어메이징 브루클린

제임스 맥브라이드

DEACON KING KONG
Copyright © 2020 by James·McBride
All rights reserved including the right of reproduction
in whole or in part in any form.

Korean translation copyright © 2022 by MIRAE JIHYANG

This edition published by arrangement with Riverhead Books,
an imprint of Penguin Publishing Group,
a division of Penguin Random House LLC.
through EYA (Eric Yang Agency)

이 책의 한국어판 저작권은 EYA(Eric Yang Agency)를 통한
Riverhead Books, an imprint of Penguin Publishing Group,
a division of Penguin Random House LLC. 사와의 독점계약으로
한국어 판권을 도서출판 미래지향이 소유합니다.
저작권법에 의하여 한국 내에서 보호를 받는 저작물이므로
무단 전재 및 복제를 금합니다.

James McBride

어메이징 브루클린

Deacon King Kong

제임스 맥브라이드 지음 | 민지현 옮김

미래지향 도서출판

차례

1. 예수의 치즈 _07
2. 죽은 목숨 _25
3. 제트 _35
4. 모면하다 _52
5. 거버너 _67
6. 번치 _88
7. 개미 떼의 행진 _99
8. 파헤치다 _126
9. 오물 _139
10. 수프 _163
11. 자리공 _195
12. 마녀 장난 _215
13. 시골 처녀 _232

14. 시궁쥐 _264

15. 어떻게 될지는 아무도 몰라 _277

16. 하나님이 당신을 보호하시기를… _300

17. 해럴드 _317

18. 수사 _345

19. 배신 _362

20. 식물 박사 _375

21. 새 오물 _392

22. 델파이 281번지 _411

23. 마지막 시월 _423

24. 폴 자매 _432

25. 언약을 지키는 자 _455

26. 아름다워라 _471

옮긴이의 말 _496

일러두기
본문의 주는 옮긴이의 것으로, 괄호 안에 글씨 크기를 줄여 표기했습니다.

1
예수의 치즈

쿠피 램킨은 죽은 목숨이나 다름없는 신세가 되었다. 쿠피는 파이브엔즈 침례교회의 집사다. 스포츠코트라는 별명을 가진 늙은 집사 쿠피는 1969년 9월의 어느 흐린 오후, 브루클린 남부에 있는 커즈웨이 빈민 주택 단지 안에 있는 광장으로 당당히 걸어 나와 마약 중개업자인 열아홉 살 딤즈 클레멘스의 얼굴에 구식 38구경 콜트를 겨누고 방아쇠를 당겼던 것이다.

늙은 스포츠코트가 무자비하기로는 둘째가라면 서러울 악랄한 마약 딜러를 왜 쏘았는지를 두고, 단지 주민들 사이에서는 분분한 의견이 오가고 있었다. 야위었지만 강단 있고 웃음이 많은 갈색 피부의 스포츠코트는 숨이 넘어갈 듯한 기침과 가래를 달고 살면서도 늘 껄껄거리고 술을 마셔대며 커즈하우스에서 그의 칠십 일평생 중 대부분을 보냈다. 그는 적을 만들지 않는 사람이었고, 단지 주민들로 이루어진 야구팀의 코치로서 지난 십사 년 동안 야구팀을 이끌어 왔다. 고인이 된 그의 아내 헤티는 교회 성탄절 클럽의 회계 일을 맡았었다. 스포츠코트는 평온한 성품을 지닌 사람이었고 모두가 그를 좋아했다. 그런데 무슨 일이 있었던 걸까?

총격 다음 날 아침에 은퇴한 도시 근로자, 싸구려 여인숙을 전전하는 부랑자, 살림에 싫증이 난 주부, 전과자 등등이 공원에 있는 국기 게양대 근처의 벤치에 모였다. 이들은 매일 이곳에 모여 공짜 커피도 마시고 국기가 게양될 때 경례를 붙이기도 하는데, 그날도 모여서 스포츠코트가 총을 쏜 이유에 대해 온갖 추론을 주고받았다.

"스포츠코트는 류머티즘 때문에 열이 났던 거야." 커즈하우스주민협회 회장이자 파이브엔즈 침례교회 목사의 아내인 베로니카 지 자매가 말했다. 스포츠코트는 파이브엔즈 침례교회에서 15년 동안이나 집사로 일했다. 지 자매는 스포츠코트가 다가오는 '교우와 가족의 날'에 교회에서 처음으로 설교를 할 예정이었으며, 설교 제목은 '신앙 고백을 하지 않고는 샐러드에 드레싱도 뿌려 먹지 말라'였다고 했다. 베로니카 자매는 또한 성탄절 클럽에서 모금한 돈이 없어졌다는 말도 했다. "만약 스포츠코트가 그 돈을 가져갔다면, 그것도 류머티즘성 열 증세 때문이었을 거야."

T. J. 빌링스 자매도 나름대로의 추론을 내놓았다. 교회의 수석 안내원인 빌링스 자매는 '범범'이라는 애칭으로 불렸다. 그녀의 남편은 교회 역사상 최초로 다른 남자와 바람이 나서 아내를 떠난 사람으로 기억되고 있는데, 알래스카로 옮겨가 지금까지 잘살고 있다. 빌링스 자매는 스포츠코트가 딥즈를 쏜 이유는 출처를 알 수 없는 개미 떼가 9동으로 다시 돌아왔기 때문이라고 했다. "스포츠코트는 말이야," 빌링스 자매가 음울한 목소리로 말했다. "사악한 마법에 걸려 있어. 불길

한 마력이 작용한 거라니까."

커즈하우스 주민들로 이루어진 푸에르토리코독립협회의 부회장인 이지 코르데로는 스포츠코트가 낡은 권총을 딤즈에게 겨누고 방아쇠를 당길 때 10미터 거리에 있었다. 그녀는 스포츠코트가 어느 '악독한 스페인계 폭력배'로부터 협박을 받는 바람에 이 사달이 난 거라고 했다. 그리고 자기는 그 폭력배를 잘 알고 있으며, 경찰에게 모든 것을 말하겠다고 했다. 모임에 참석한 사람들은 이지 코르데로가 자신의 전남편인 도미니카 출신의 호아킨을 두고 하는 말임을 알고 있었다. 호아킨은 커즈하우스에서 속임수 없이 정직하게 넘버스 러너(*미국의 빈민가에서 많이 하는 불법 숫자 게임*)를 운영하는 유일한 사람이었는데, 이지와 호아킨은 서로를 속속들이 미워해서 지난 이십 년간 어떻게든 상대방이 체포되게 하려고 갖은 꾀를 다 짜내고 있었다. 아무튼 상황은 대충 그랬다.

커즈하우스의 관리인인 핫소시지와 스포츠코트는 단짝 친구였다. 핫소시지는 매일 아침 국기를 게양하고 커즈하우스 노인센터에 무료 커피를 가져다주는 일을 담당하고 있는데, 스포츠코트가 딤즈를 쏜 것은 2년 전에 커즈하우스 야구팀과 그들의 경쟁상대인 워치하우스 팀 간의 경기가 취소된 일 때문이라고 했다. 핫소시지가 뿌듯한 표정으로 말했다. "스포츠코트는 양쪽 팀 모두가 인정하는 유일한 심판이었어."

그렇지만 모두의 마음을 한 마디로 집어낸 것은 스포츠코트와 같은 동에 사는 아이티인 요리사 도미니크 르플루어였다. 도미니크는 몇 해 전에 포르토프랭스에 사는 어머니를 보러 가서 9일 동안 지내고 왔는데, 돌아온 후에 이상한 바이러스를 건물 주민의 절반 정도에게 전염시키고 말았다. 감염된 주민들은 설사와 구토에 시달렸고 한동안은 모두가 그를 멀리했었다. 그런데 희한하게도 도미니크 자신은 아무런 증상도 보이지 않았다.

총격이 있던 날, 도미니크는 면도를 하면서 욕실 창문을 통해 충격적인 장면을 고스란히 목격했다. 그러고는 주방으로 가서 열이 39도까지 오른 채 오한으로 떨고 있는 10대 딸과 점심을 먹기 위해 마주앉았다. 그리고 이렇게 중얼거렸다. "스포츠코트가 평생에 한 번쯤은 대단한 일을 할 줄 알았어."

사실 단지에 사는 사람들 중 누구도 스포츠코트가 딤즈를 쏜 진짜 이유를 알지 못했다. 스포츠코트 자신도 모르긴 마찬가지였다. 달이 왜 치즈처럼 생겼는지, 초파리는 왜 생겼다가 없어지는지, 시에서는 왜 성 패트릭 데이에 커즈웨이 항구의 물을 초록색으로 물들이는지를 설명할 수 없는 것처럼, 이 늙은 집사는 자기가 왜 딤즈를 쐈는지 설명할 수 없었다. 스포츠코트는 그 전날 밤, 1967년 폭설이 내릴 때 떠나간 아내 헤티의 꿈을 꾸었으며, 친구들에게 그 이야기를 하고 싶었다.

"아름다운 날이었어." 스포츠코트가 말했다. "하늘에서 눈이 마치 재처럼 뿌려졌지. 주택 단지 전체가 아주 평화롭고 깨끗했어. 그날 나는 헤티와 게 요리로 저녁을 먹고 창가에 서서 항구에 우뚝 서 있는 자유의 여신상을 바라보았지. 그러고는 잠자리에 들었어. 그런데 한밤중에 헤티가 나를 흔들어 깨우는 거야. 눈을 떠 보니 방 안에 빛이 떠다니고 있었어. 마치 작은 촛불 같더군. 그 빛이 방 안을 빙빙 돌더니 문밖으로 나가더라고. 그러자 헤티가 말했어. '저건 하나님의 빛이야. 부두에 가서 달맞이꽃을 꺾어 와야겠어.' 헤티는 코트를 입고 그 빛을 따라 밖으로 나갔어."

왜 아내를 따라 부두로 나가지 않았느냐고 묻자, 스포츠코트는 그런 질문을 하다니 어이없다는 듯이 대답했다. "헤티는 하나님의 빛을 따라가고 있었다니까. 게다가 부두에는 엘레판테가 있잖아."

스포츠코트의 말에도 일리가 있었다. 일명 엘리펀트, 즉 코끼리라는 별명으로 불리기도 하는 이탈리아 출신의 토미 엘레판테는 거대한 몸집에 잘 맞지 않는 양복을 입고 다니는 음울한 분위기의 사내였다. 부두에서 화물차 한 량을 개조해 사무실로 쓰면서 건설 및 트럭 운송업을 하고 있었는데, 커즈하우스에서는 두 블록 거리, 스포츠코트의 교회에서는 한 블록 거리였다. 엘레판테와 그의 조용하고 음침한 이탈리아 패거리들은 늘 한밤중에 작업을 했기 때문에 아무도 그들이 뭘 들여오고 내가는지 알 수 없었다. 베일에 싸여 있는 엘레판테와 그의 무리는 모두에게 두려운 존재였고, 사악한 딥즈조차도 그들과 엮이는 일은 만들지 않으려고 했다.

그날 스포츠코트는 밤새 아내를 기다리다가 다음 날 아침이 되어서야 찾으러 나갔다. 일요일 아침의 이른 시간이었다. 주민들은 아직 자고 있었고 밖에는 밤새 내린 새하얀 눈이 쌓여 있었다. 스포츠코트는 아내의 발자국을 따라 부두까지 갔다. 발자국은 물가에서 끊어져 있었다. 물 위를 넘겨다보는데 머리 위로 까마귀가 높이 날고 있었다. "아름다웠어." 스포츠코트가 말했다. "까마귀는 몇 번이나 원을 그리더니 높이 날아올라 사라져버리더군." 스포츠코트는 새가 시야에서 사라질 때까지 바라보다가 눈길을 터덜터덜 걸어 콘크리트 블록으로 지은 작은 교회 건물로 돌아왔다. 교회 안에는 소수의 신도가 아침 8시 예배를 드리기 위해 모여 있었다. 스포츠코트가 교회 안으로 들어갔을 때 지 목사는 설교단에 서서 병자와 재소자를 위한 기도문을 읽고 있었다. 설교단 뒤에는 예배당 안의 유일한 난방장치인 장작 난로가 불꽃을 피워올리고 있었다.

스포츠코트는 졸음에 겨운 채 예배를 드리고 있는 신도들 사이에 자리를 잡고 앉아 한 장짜리 주보를 집어 들었다. 그리고 떨리는 손으로 '헤티'라고 적어 안내자로 봉사 중인 베로니카 자매에게 주었다. 베로니카 자매는 스포츠코트가 준 종이를 들고 남편인 목사에게로 걸어갔다. 그리고 막 기도문에 적힌 사람들의 명단을 읽기 시작하려는 목사에게 종이를 건넸다. 명단은 길었고, 대부분 같은 이름들이 반복되었다. 댈러스에 앓아누워 있는 교우, 퀸즈 어딘가에서 죽어가고 있는 교우. 물론 파이브엔즈의 설립자인 폴 자매의 이름도 있었다. 당시 102살이었던 폴 자매는 오랫동안 멀리 떨어진 벤슨허스트 양로원에서 지냈기 때문에 신도들 중에 그녀를 기억하는 사람은 이제 두 사람밖에 없었다. 사실은 폴 자매가 그때까지 살아 있는지도 의문이어서 신도들 사이에서는 누군가, 이왕이면 목사님 같은 분이 한 번 가서 들여다봐야 하지 않겠느냐는 의견이 나오고 있었다.

"나도 가보고 싶기는 하지만," 당시 지 목사는 말했었다. "이빨은 온전히 보존해야 할 것 같아서 말이지." 벤슨허스트에 있는 백인들이 '검둥이'를 좋아하지 않는다는 사실은 모두가 알고 있었다. 그리고 목사가 밝은 음성으로 말해준 바에 의하면, 폴 자매의 십일조가 매달 4달러 13센트씩 꼬박꼬박 들어오고 있다고 했다. 그게 잘 있다는 증거가 아니겠냐고.

설교단에서 병자와 재소자의 명단을 읽어 내려가던 목사가 헤티의 이름이 적힌 종이를 무심히 받았다. 잠시 후 헤티의 이름을 큰 소리로 읽은 목사는 미소 띤 얼굴로 농담을 던졌다. "정신 차려, 이 친구야. 일하는 아내는 평생 든든하지 않겠나!" 이건 사실 농담인 척 스포츠코트를 한 대 먹이는 것일 수도 있었다. 스포츠코트는 평생 안정적인 직장을 가져본 적이 없는 반면에 그의 아내 헤티는 하나뿐인 아이를 기르면서 직장까지 다니고 있었기 때문이다.

잘생기고 인품 좋고 농담을 좋아하는 지 목사는 가끔 염문을 뿌리기도 했는데, 최근에는 반 마을 거리에 있는 실키스 바에서 가슴이 무지막지하게 큰 여승무원을 '개종'시키려는 모습이 목격되기도 했다. 그 때문에 신도들 사이에서 입지가 위태로워진 지 목사는 자기가 한 농담에 아무도 웃지 않자 곧바로 엄숙한 표정으로 헤티의 이름을 크게 읽은 다음 '누군가 나의 이름을 부르네'를 부르기 시작했다. 곧 신도들도 따라 불렀다. 다 함께 찬송가를 부르고 기도하는 동안 스포츠코트는 마음이 한결 편안해졌다. 목사도 평온을 되찾았다.

헤티는 그날 밤에도 집에 오지 않았다. 이틀 후, 엘레판테의 부하들이 부둣가 근처에서 물 위에 떠 있는 헤티의 시신을 발견했다. 집을 나갈 때 목에 둘렀던 스카프가 얼굴에 덮여 있었다. 엘레판테의 부하들은 헤티의 시신을 건져내서 모직 담요에 싼 다음, 화물차 근처의 넓고 깨끗한 눈밭에 얌전히 뉘어 놓고 스포츠코트를 데려왔다. 스포츠코트가 오자 그들은 말없이 스카치위스키 한 병을 건네주고 경찰을 불러준 다음 사라졌다. 엘레판테는 혼선이 빚어지는 걸 원치 않았다. 헤티의 일은 자기네와 무관하니까. 스포츠코트는 그의 뜻을 충분히 이해했다.

헤티의 장례식은 파이브엔즈 침례교회에서 치러지는 모든 장례 예식들이 그랬듯이 북새통을 이루었고, 성대했다. 지 목사는 발에 통풍이 도져서 구두를 신을 수 없을 정도로 부어오르는 바람에 장례 예배에 한 시간이나 늦었다. 머리가 하얗게 센 늙은 장의사 모리스 헐리는 비용을 싸게 부르고 재주도 있는 대신, 시신을 치장하느라 늘 장례 시간보다 두 시간씩 늦어지기 일쑤였다. 그래서 그가 없을 때는 모두 그를 헐리 계집애라는 별칭으로 부르기는 하지만, 헤티도 마지막 인사는 멋지고 근사한 모습으로 하고 싶을 것이라는 게 모두의 생각이었고, 헐리가 꾸며놓은 헤티의 모습은 실제로 그렇게 보였다.

　헐리가 시간을 끈 덕분에 지 목사는 꽃장식 문제로 옥신각신하는 안내원들 사이에서 훈수를 둘 수도 있었다. 꽃 화분들을 어디에 놓아야 하는지 훤히 알고 있는 사람이 없었던 것이다. 그런 일은 늘 헤티의 몫이었다. 헤티의 머릿속에는 늘 제라늄은 이 구석에 놓아야 하고, 장미는 저 의자 가까이 놓아야 하며, 철쭉은 스테인드글라스 창 옆에 놓아 식구들에게 위안을 주어야 한다는 세심한 배려가 들어 있었다. 그런데 오늘은 헤티가 장례식의 주인공이 아닌가. 그러다 보니 꽃들은 화원 배달부들이 부려놓고 간 그대로 사방에 어수선하게 흩어져 있었다. 결국 지 자매가 나서서 문제를 해결했다. 그러는 동안 오르간 반주자 비브 자매가 부스스하고 피곤에 절은 모습으로 도착했다. 육감적인 분위기를 풍기는 비브 자매는 풍만한 몸매에 매끄러운 초콜릿색 피부를 지녔다. 그녀는 핫소시지와 드문드문 사랑을 나누는 관계인데, 어젯밤 거의 일 년 만에 가져보는 애정 파티로 밤을 지새우다시피 하고 오는 길이다. 원기 충천한 두 사람은 술을 진탕 마시고는 달콤한 혀로 서로를 애무하면서 온몸으로 뒤엉켜 엎치락뒤치락 사랑놀이를 이어가다가 결국 핫소시지의 기력이 바닥이 나서야 끝이 났다. 한번은 핫소시지가 스포츠코트에게 하소연을 한 적이 있다. "비브 자매한테 걸리면 뼈도 못 추려. 오르간 얘기하는 게 아니라는 건 자네도 알

테지."

 아무튼 비브 자매는 오늘 아침 교회에 도착할 때부터 골이 지끈거리고, 어깨가 뻐근하게 결렸다. 열정적으로 뒹굴다가 자기도 모르게 지나치게 힘을 주어 상대를 잡아당겼나 보다. 신자들이 하나둘씩 예배당 안으로 들어오는 동안 혼미한 상태로 오르간 건반에 머리를 올려놓고 있던 비브 자매는 잠시 후 밖으로 나가 지하에 있는 여성용 화장실로 달려갔다. 제발 아무도 없기를 기도하면서. 그러다 계단에서 넘어지는 바람에 발목을 심하게 삐고 말았다. 발목이 심하게 아팠지만 신을 향해 불손한 말을 내뱉거나 불만을 터트리지는 않았다. 다만 황급히 화장실로 달려가 어젯밤 술 파티의 찌꺼기를 변기에 토해냈다. 그러고는 립스틱을 고쳐 바르고 머리 모양을 매만진 다음 예배당으로 돌아와 발목이 멜론만큼 부어오른 채 장례 예배가 끝날 때까지 오르간 반주를 했다. 절뚝거리며 집으로 돌아온 비브 자매는 잔뜩 화가 나고 약이 올라서 핫소시지에게 독설을 퍼부어댔다. 간밤에 사랑놀이로 탈진했다가 이제 다시 기운을 차려 또 한 번의 광란을 기대하는 그에게 말이다. 핫소시지는 5미터쯤 뒤에 떨어져 얼쩡거리며 걷다가, 오디 덤불 뒤에 웅크리고 숨기도 하면서 애완견처럼 그녀 뒤를 졸졸 따라다녔다. 비브 자매는 뒤로 돌아보다가 덤불 위로 불룩 솟은 핫소시지의 납작한 중절모가 보이면 또다시 불같이 화를 내며 쏘아붙이곤 했다. "꺼져버려, 이 짐승아. 더 이상은 너랑 즐거울 일도, 시시덕거릴 일도 없으니까!"

 한편 스포츠코트는 편안하고 말끔한 모습으로 장례 예식에 참석했다. 어제는 친구인 루퍼스 할리와 밤새 헤티의 일생에 관해 이런저런 이야기를 나누고 그녀를 추억하면서 함께 지새웠다. 루퍼스는 스포

예수의 치즈 15

츠코트의 고향 친구이자 브루클린에서는 핫소시지 다음으로 친한 친구다. 커즈하우스에서 몇 블록 거리에 있는 워치하우스의 관리인으로 일하고 있는데 핫소시지와는 성격이 잘 맞지 않았다. 루퍼스는 사우스캐롤라이나 출신이고, 핫소시지는 앨라배마 출신이니 그럴 만도 했다. 루퍼스는 집에서 직접 블랜디드 위스키를 만들곤 했는데, '킹콩'이라는 별칭으로 통하는 그의 위스키는 모두에게 인기가 있었다. 핫소시지도 루퍼스의 위스키만큼은 즐겨 마셨다.

스포츠코트는 킹콩이라는 이름이 못마땅해서 수년 동안 여러 이름을 제시했었다. "자네 위스키에 고릴라 이름만 붙이지 않으면 옥수수빵만큼이나 잘 팔릴 거야. '넬리의 나이트캡'이나, '기드온의 소스' 같은 이름은 어때?" 하지만 루퍼스는 귀담아듣지 않았다. "예전에는 '소니 리스턴'이라고 불렀었지." 루퍼스가 말했다. 소니 리스턴은 강철 주먹으로 상대를 한 방에 때려눕혀 헤비급 챔피언 자리를 지켰던 흑인 권투선수의 이름이다. "무하마드 알리가 나타나기 전까지는 그랬지." 하지만 이름이 어찌 됐든 루퍼스의 위스키는 브루클린에서 최고였다.

포섬 포인트에 있는 고향 마을에 관한 즐거운 이야기로 긴긴 겨울밤을 보낸 스포츠코트는 다음 날 아침 밝은 모습으로 환한 미소를 띤 채 예배당 맨 앞 좌석에 앉아 있었다. 흰 정장 차림의 여성 신도들이 호들갑스럽게 그를 맞이했고, 성가대에서는 노래를 잘 부르기로 손꼽히는 두 명의 단원이 하나밖에 없는 마이크를 서로 차지하겠다고 싸우고 있었다. 교회 신도들끼리의 싸움이란 주로 조용하고, 무심한 척 일어나기 마련이어서 조용히 뒤통수치기, 모함하기 그리고 누구누구는 쭉정이 신도라는 식의 수군거림이 난무할 수밖에 없었다. 그런데 이번엔 모두가 보는 앞에서 공공연한 싸움이 된 것이다. 구경거리로는 최고였다. 그 싸움의 주인공인 나네트와 스위트콘은 사촌 사이인데 둘 다 서른셋이고, 예쁘며, 노래도 똑같이 잘했다. 두 사람은 자매처럼 자라서 지금도 한 지붕 아래서 살고 있다. 그런데 근래에 치열한 갈등을 겪었던 것이다. 같은 단지에 사는 푸딩이라는 한 시시한 청년 때문이었다. 갈등의 결과는 아주 감동적이었다. 두 사람은 상대방에 대한 분노를 음악으로 풀어내면서 어떻게든 상대를 앞지르기 위해 젖 먹던 힘까지 쏟아내며 우리의 위대한 왕이자 구원자인 나사렛의 예수 그리스도의 구원을 치열하게 찬양했던 것이다.

두 사촌이 온 힘을 다해 목청을 돋우는 동안 성가대의 제복 안에서 한껏 부풀어 오른 그녀들의 아름다운 젖가슴에 영혼이 충만해진 지 목사는 유창한 소리로 추도문을 읽었다. 이번에야말로 며칠 전 미사 중에 헤티가 이미 부두에서 죽은 줄도 모르고 농담을 던져 실추되었던 체면을 되찾아야 하기에. 이러한 정황들이 총체적으로 상승효과를 끌어낸 덕분에 오늘의 귀천 의식은 파이브엔즈 교회에서 지난 수년간 치러온 예식들 중 가장 성대하고 장엄했다.

스포츠코트는 이 모든 장면을 경외심으로 바라보면서 기쁨에 겨워 예식에 깊이 몰입했다. 흰색 정장과 화려한 모자로 차려입고 예배당 안을 바삐 오가며 스포츠코트와 그의 아들 퍼지 핑거스를 호들갑스럽게 챙겨주는 자원봉사자들을 우러르면서. 스포츠코트와 나란히 앉아 있는 퍼지 핑거스는 스물여섯 살인데 앞을 보지 못하는 시각 장애인이었으며, 정신적으로 약간 모자란다고들 했다. 오래전에 어느 사회복지사가 기부해준 값나가는 장애인용 안경을 쓰고 있었는데, 어느새 젖살이 빠져 보기 좋게 호리호리해져 있었다. 늘 그러듯이 퍼지는 오늘도 주변에서 일어나는 일에는 별 관심이 없었다. 예배 후 친교 시간에는 입맛이 당기지 않는지 음식을 별로 먹지 않았다. 퍼지로서는 흔치 않은 일이었다. 하지만 스포츠코트는 몹시 흡족했다. "정말 근사했어." 예배가 끝나고 스포츠코트가 친구들에게 말했다. "헤티가 아주 좋아했을 거야."

그날 밤 스포츠코트는 헤티의 꿈을 꾸었다. 꿈에서 스포츠코트는 언젠가 설교를 하게 되면 준비해야 할 원고의 제목을 읊어보고 있었다. 스포츠코트가 생각해낸 제목들은 '하나님, 젖소를 축복하소서'라든가, '옥수수를 주신 하나님께 감사', '에비! 치킨이 말했다'와 같은 것들이었다. 헤티는 생전에 늘 그렇게 제목만 말해놓고 내용은 생각하지 않는 그를 재미있다는 듯 바라보곤 했다. 그런데 그날 밤 꿈에서는 헤티가 좀 짜증이 난 것 같았다. 보라색 원피스를 입은 헤티는 다리를 꼰 자세로 스포츠코트의 말을 들으며 계속 인상을 찌푸리고 있었다. 그래서 기분을 달래줄 요량으로 그녀의 장례식에서 좋았던 점들을 이야기하기 시작했다. 예식이 얼마나 아름다웠는지, 꽃과 음식, 추도문, 음악들이 모두 얼마나 근사했는지 말해주었다. 그리고 헤티가 마침내 주님이 주신 날개를 달고 천국에 올라가 그동안의 삶에 대한 포상을 받게 되어 자기도 기쁘다고 말했다. 다만 헤티가 쌓아 놓은 사회보장연금의 혜택을 받는 방법만 좀 알려주고 갔더라면 좋았을 것이라고도 했다. 세무서에 가서 하루 종일 줄 서 있는 일이 얼마나 괴로운지 잘 알지 않는가? 그리고 성탄절에 아이들에게 선물을 사주기 위해 헤티가 모금하던 성탄 기금은 어디에 보관했는지도. 헤티는 회계를 담당하면서 돈을 어디에 숨겨두는지 절대로 말해주지 않았다.

"다들 자기 돈의 행방을 궁금해한단 말이야." 스포츠코트가 말했다.

"어디다 숨겼는지 말해줘야 해."

그러나 헤티는 스포츠코트의 궁금증에 응답하는 대신 옷의 주름진 부분을 가볍게 털어내며 말했다. "그런 식으로 어린 애 달래듯이 말하지 마. 당신은 지난 51년 동안 늘 그런 식이었어."

"도대체 돈을 어디다 숨겼어?"

"당신 똥구멍이나 찾아봐, 이 주정뱅이야!"

"그 돈에는 우리 돈도 포함되어 있잖아!"

"우리라고?" 헤티가 콧방귀를 뀌며 말했다. "당신은 지난 20년 동안 일 센트짜리 동전 하나 보탠 적이 없어. 밤낮 술이나 들이켜는 쓸모없는 게으름뱅이야!" 그러고는 벌떡 일어섰다. 그렇게 시작된 싸움은 예전에 늘 하던 식으로 이어졌다. 토닥거리는 실랑이로 시작되어 점점 격앙되면서 씩씩거리다가 다음날까지 심한 말다툼으로 이어지곤 했다. 헤티는 두 손을 허리춤에 얹은 채 스포츠코트가 가는 곳마다 따라다니며 다그쳤고, 스포츠코트는 이리저리 도망 다니며 어깨 너머로 되받아쳤다. 싸움은 아침 식사를 하면서도 끝나지 않았고, 점심 식사 후에도, 그다음 날에도 계속되었다. 다른 사람들이 보기에는 스포츠코트가 하루 종일 이런저런 일상의 잡무를 처리하는 틈틈이 벽에다 대고 혼자 중얼거리는 것 같았다. 핫소시지와 마리화나를 피우기 위해 잠깐 보일러실에 내려갈 때도, 4동 G호에 가느라 계단을 올라갈 때도, 퍼지 핑거스를 시각 장애인 복지 센터 버스에 태우기 위해 정거장까지 데려갈 때도, 일용직으로 하는 일들을 위해 출근을 할 때도. 집으로 돌아가는 길에도 싸움은 계속되었다. 어디를 가나 스포츠코트는 헤티와 말로 실랑이를 벌였다. 더 정확하게 말하려면 스포츠코트가 혼자 그랬다고 해야 할 것이다. 주변 사람들의 눈에 헤티는 안 보였으니까. 스포츠코트만 혼자 허공에 대고 떠벌이는 거였다. 하지만 스포츠코트는 사람들이 쳐다보든 말든 신경 쓰지 않았다. 헤티와 아웅다웅하는 건 너무도 자연스럽고 익숙한 일이니까. 지난 40년간 그렇게 살아왔지 않은가.

스포츠코트는 믿을 수가 없었다. 포섬 포인트에서 살 때는 헤티의 손을 잡고 그녀의 아버지 정원에 있는 옥수수밭으로 숨어들곤 했는데. 그때 자그맣게 키득거리던 보드랍고 수줍음 많은 사랑스러운 어린 소녀는 어디로 갔단 말인가. 스포츠코트는 헤티의 셔츠에 와인을 들이붓고 그녀의 젖가슴을 애무했었다. 이제 헤티는 뉴욕시만큼이나 거대한 존재감을 가지게 되었다. 거만하고 수다스러워진 헤티는 때와 장소를 가리지 않고 나타났다. 그때마다 처음 보는 가발을 쓰고 있었는데 아마도 힘든 인생을 살아낸 대가로 하나님께 선물로 받은 것 같았다. 스포츠코트가 딤즈에게 총을 쏘던 날은 헤티가 빨간 가발을 쓰고 나타났었다. 그것만으로도 스포츠코트는 기절초풍했는데, 그날도 여전히 성탄 기금의 행방에 대해 물어보자 헤티는 화를 내기 시작했다.

"도대체 그놈의 돈은 어디 있는 거냐고! 사람들에게 돈을 내줘야 한단 말이야."

"난 말해주지 않을 거야."

"그건 도둑질이나 마찬가지야!"

"남 말하고 있네. 치즈 도둑 같으니!"

이 마지막 말은 스포츠코트의 폐부를 찔렀다. 뉴욕시 주택국은 비대해진 관료 집단의 표본이었고, 사기, 부정, 뇌물을 받는 자, 상인들의 푼돈을 뜯어가는 불량배들의 온상이기도 했다. 또한 한때 높은 자리에 앉았다가 키즈하우스를 비롯해 뉴욕시에 있는 마흔다섯 개의 빈민 주택 단지를 관장하는 일로 밀려나, 거드름만 피우고 업무 능력은 형편없는 한물간 공직자들의 온상이기도 하다. 그런 뉴욕시 주택국이 지난 수년간 커즈하우스에 선물을 쏟아붓고 가곤 했는데, 바로 공짜 치즈였다. 누가 시작했는지, 서류작업은 누가 했는지, 누가 마법처럼 치즈를 만들어 냈는지는 아무도 몰랐다. 지난 몇 년 동안 치즈의 출처를 밝히는 일을 존재 이유로 삼았던 범범조차 아무것도 알아내지 못했다. 치즈의 출처가 커즈하우스 안에 있을 것이라는 짐작은 모두가 하고 있었지만, 시에 연락해서 일을 들쑤실 만큼 멍청한 바보는 없었다. 왜 그런 짓을 하겠는가? 어차피 공짜 치즈인데.

매달 첫 번째 토요일 새벽이면, 정확하게 핫소시지의 보일러실로 치즈가 배달되었다. 신선하게 냉장 보관된 5파운드 덩어리가 담긴 나무 상자가 열 개씩이나. 주택 단지에서 제공되는 그런 '무늬만 치즈'가 아니었다. 곰팡이가 핀 채 외딴 거리의 식료품점 진열장에 굴러다니는, 밤에는 쥐에게 파 먹히다가 어느 날 산토도밍고에서 온 만만한 손님에게 팔려 가는, 딱딱하게 굳고 냄새나는 그런 치즈도 아니었다. 그야말로 신선하고 진한 풍미가 도는, 크림처럼 부드러운, 먹고 죽어도 여한이 없는, 적당히 짭짤한, 돈 꽤나 만지는 백인들이 먹는 치즈였다. 무슨 대가를 치르고라도 먹고 싶고, 그 치즈를 먹으면 행복해지고, 맛으로는 어떤 치즈도 따라올 수 없는, 대단한 사람들이나 먹을 것 같은, 세상을 다 주고라도 먹고 싶은 그런 치즈였다. 그 맛있는 치즈 맛을 보기 위해 매달 첫 번째 토요일이면 사람들은 줄을 서서 기다렸다. 엄마, 딸, 아버지, 할머니, 할아버지, 휠체어를 탄 장애인, 어린아이, 다른 마을에서 온 친척, 근처 브루클린하이츠에 사는 백인 그리고 콩코드 에비뉴에 있는 쓰레기처리장에서 일하는 남아메리카 출신의 인부들까지 모두 참을성 있게 줄을 서서 기다렸다. 줄은 핫소시지의 보일러실 안에서부터 시작되어 광장의 국기 게양대까지 이어졌다. 운 나쁘게 제일 끝에 서게 된 사람은 계속 뒤를 돌아보며 경찰이 오는지 망을 봐야 했다. 이렇게 좋은 건 뭔가 구린 구석이 있게 마련이니까. 반면에 앞쪽에 서 있는 사람들은 군침을 흘리며 조금씩 앞으로 다가섰다. 자기 차례가 올 때까지 치즈가 남아 있기를 애타게 바라면서. 치즈가 보이는 곳까지 갔다가 물량이 떨어지는 것을 목격하게 된다면 그건 열정적인 사랑을 나누다가 중요한 순간에 절정에 이르지 못하고 끝나버리는 허탈감과 맞먹을 것이기 때문이다.

하지만 치즈 분배라는 중책을 담당한 핫소시지와 친분이 있는 스포츠코트는 남들과 달리 항상 큰 덩어리 하나를 통째로 차지할 수 있었고, 이는 스포츠코트와 헤티에게 대단히 즐거운 일이었다. 헤티는 특히 그 치즈를 좋아했다. 그런 면에서 본다면 헤티가 날린 마지막 한 마디는 스포츠코트의 화를 돋우기에 충분했다.

"당신도 그 치즈 먹지 않았어?" 스포츠코트가 소리쳤다. "훔쳤든 말든 상관없이 푸줏간의 개처럼 정신없이 먹었으면서. 당신 그 치즈를 좋아했잖아."

"그건 예수님이 주신 거니까."

이 말에 화가 폭발한 스포츠코트는 헤티가 눈앞에서 사라질 때까지 비난을 퍼부어댔다. 총격 사건이 있기 몇 주 전부터 스포츠코트와 헤티의 다툼은 격렬해져서 스포츠코트는 헤티가 나타나기 전에 미리 혼자 연습해둘 정도였다. 헤티가 나타났을 때 본때를 보여주리라 벼르면서. 그러다 보니 단지 주민들 눈에는 스포츠코트가 점점 더 이상해지는 것처럼 보였다. 루퍼스의 위스키병을 들고 텅 빈 복도에 서서 마치 누군가와 대화를 하듯이 큰 소리로 떠벌이고 있으니 말이다. "누가 치즈를 가져오는 거야? 예수야, 나야? 치즈를 받기 위해 줄을 서는 것도 나고, 비가 오나 눈이 오나 치즈를 집으로 가져오는 것도 난데. 누가 치즈를 가져오는 거야? 예수야, 나야?"

스포츠코트의 친구들은 그런대로 그를 봐주며 넘어갔고, 이웃들은 모르는 척했다. 파이브엔즈 교회 식구들은 어깨를 한 번 들썩해 보이는 정도로 대수롭지 않게 여겼다. 그럴 수도 있지. 스포츠코트가 약간 제정신이 아니라고 치자. 커즈하우스에 사는 사람들 모두 조금씩은 이상한 구석이 있지 않은가. 5동에 사는 도미니카 출신의 미녀 네바 라모스만 해도 그렇다. 자기 방 창문 아래 서 있는 남자의 머리에 컵에 담겼던 물을 부어버리지 않았는가. 단지 운이 나빠 그녀의 창문 아래 서 있었던 것 외에 아무 잘못도 없는데 말이다. 7동에 사는 더브 워싱턴은 어떤가. 비탈리 부두에 있는 폐공장에서 자면서 겨울마다 매번 식료품점에서 도둑질을 해서 잡혀가곤 한다. 그리고 범범은 매일 아침 출근하기 전에 파이브엔즈 교회 뒷벽에 그려진 흑인 예수의 그림 앞에 서서 전남편에게 벌을 내려 주십사 큰 소리로 기도한다. 이왕이면 주님께서 그의 중요한 방울 두 개를 불에 태워버리시거나, 프라이팬에 지져서 작고 납작한 감자 팬케이크처럼 만들어 달라고 말이다.

그들 모두 그럴만한 사정은 있다. 네바는 직장에서 상사에게 부당한 대우를 받았고, 더브 워싱턴은 차라리 따뜻한 감옥에 가는 편이 나았던 것이다. 범범 자매의 남편은 다른 남자와 눈이 맞아 그녀를 떠났다. 커즈하우스 식구들 모두 각자 돌아버릴 만한 사연들이 있다. 대개 모든 일에는 그럴만한 이유가 있게 마련이었다.

스포츠코트가 딥즈를 쏘기 전까지는 그랬다. 하지만 이번 일은 달랐다. 사건의 원인을 찾으려면 한때는 귀여운 사고뭉치이자 커즈하우스 역사상 최고의 야구선수였던 딤즈가 어쩌다가 무서운 마약 딜러이자 살인도 불사하는 괴물이 되었는가를 설명할 수 있어야 한다. 그건 쉽지 않은 일이었다.

"유효기간 없는 행운이 평생 그를 따라다닌다면 모를까," 범범 자매가 말했다. "이제 스포츠코트는 재앙을 피할 수 없어. 틀림없이 표적이 되었을 테니까."

맞는 말이다. 모두가 그녀의 말에 동의했다. 스포츠코트는 죽은 목숨이었다.

2
죽은 목숨

커즈하우스 주민들은 이미 수년 동안 스포츠코트가 곧 죽을 것이라고 예상해왔다. 해마다 봄이 오면 단지 주민들은 그라운드호그처럼 자기 아파트에서 나와 광장을 걸으며 바깥 공기를 마시곤 했다. 근처 하수처리장에서 불어오는 잔뜩 오염된 공기이기는 했지만. 그러다 보면 스포츠코트가 밤새 루퍼스의 집에서 킹콩을 들이키거나, 반 마을에 있는 실키스 바에서 카드놀이를 하고 비틀거리며 돌아오는 모습이 눈에 띄곤 했는데, 어느 날 누군가 그 모습을 보며 말했었다. "저 친구는 이제 끝났어."

1958년, 스포츠코트가 심한 독감에 걸렸을 때도 그랬다. 당시 9동 주민의 반 정도가 독감을 앓았고, 마이티핸드복음교회 집사였던 어스킨은 결국 하늘나라로 떠났는데, 그때 범범 자매가 말했었다. "스포츠코트는 요단강을 건너게 될 거야." 1962년, 스포츠코트가 세 번째 심장발작을 일으켜 구급차가 왔을 때는 19동에 사는 지니 로드리게스가

"스포츠코트는 가망이 없어"라고 했었다.

그 해에 푸에르토리코독립협회의 이지가 경품에 당첨되어 뉴욕 메츠의 경기 관람 티켓을 받게 되었는데, 이지는 이미 120게임이나 지고 있던 메츠가 그날 경기에서는 이길 것이라 예상했었고, 정말 게임은 메츠의 승리로 끝났다. 그 일로 의기양양해진 이지는 2주 후에 스포츠코트가 죽었다고 말했다. 요리사인 도미니크 르플루어가 포르토프랭스에 살고 있는 그의 어머니를 방문하고 돌아오자, 스포츠코트가 갑자기 쓰러져 숨을 거두었다는 것이다. 4층에 있는 그의 아파트 문 앞에서 쓰러지는 것을 보았다고 했다. 도미니크가 가져온 이상한 바이러스 때문이라면서. "완전히 뻗어버렸다니까!" 그날 밤 단지에 와있던 시립 시체안치실 소속의 검은색 미니밴을 마치 증거물인 듯 가리키면서. 그러나 다음 날 아침, 그 시신이 아이티 출신 요리사의 형인 엘 하지였음이 밝혀지자 이지는 자신이 했던 모든 말을 번복해야 했다. 죽은 엘 하지는 자기 어머니 가슴에 대못을 박으면서 이슬람교로 개종을 했는데, 시내버스 운전기사가 되기 위해 삼 년 동안이나 애쓰다가 겨우 취직이 되어 버스를 운전하게 된 첫날 그런 변을 당한 것이다. 허무하게도.

그렇지만 여전히 스포츠코트는 죽은 목숨인 걸로 정해져 있었다. 파이브엔즈 교회의 해맑은 영혼들조차도 스포츠코트의 죽음을 예견했다. 스포츠코트는 교회의 집사이면서, 브루클린 엘크스 로지 제47지구 형제단의 파이브엔즈 지부장이기도 했는데, 교회의 수장인 목사로부터 '일 년에 우편환으로 16달러 75센트만 내면, 엘크스 로지 회원들의 장례식을 파이브엔즈 교회에서 치러준다'는 약속을 받아놓은 상태였다. 물론 운구는 스포츠코트가 맡기로 했다. 그런 스포츠코트에 대해서 베로니카 지 자매는 말했었다. "스포츠코트는 아픈 곳이 많은 사람이에요."

지 자매의 말이 맞았다. 일흔한 살인 스포츠코트는 병이란 병은 모두 달고 있었기 때문이다. 통풍 증세도 있었고, 치질도 있었다. 류머티즘성 관절염 때문에 등이 심하게 굽어져 흐린 날에는 거의 꼽추처럼 웅크리고 다녔다. 왼쪽 팔에는 레몬 크기의 종양이 자랐고, 사타구니에는 탈장으로 오렌지 크기만큼 장기가 삐져나와 있었다. 처음에는 오렌지만 하던 것이 자몽만큼 커지자 의사가 수술을 권했지만, 스포츠코트는 아랑곳하지 않았다. 결국 근처 병원에서 일하는 친절한 사회복지사가 수술 외의 모든 치료를 받을 수 있도록 주선해 주었다. 침술, 자석 치료, 거머리 붙이기, 온갖 종류의 약초 치료 등등. 그러나 어떤 방법도 효과는 없었다.

한 가지씩 실패할 때마다 그의 건강은 악화되었고, 사람들은 좀 더 자주, 좀 더 불길한 어조로 그의 죽음을 예견했다. 그렇지만 누구의 예견도 현실화되지는 않았다. 본명이 쿠퍼 재스퍼 램킨인 스포츠코트의 죽음은 그가 커즈하우스에 살기 한참 전에 이미 예견된 사실이었지만 말이다. 칠십 일 년 전, 포섬 포인트에서 그가 세상에 태어나던 날, 열려 있던 창문으로 갑자기 새가 날아들어 갓 태어난 아기의 머리 위에서 날개를 퍼덕이다가 날아갔다. 불길한 징조였다. 그 광경을 지켜보던 산파는 사색이 되었고, '이 아기는 백치로 자랄 것이다'라는 말을 남기고 아기를 산모의 품에 안겨준 다음 사라졌다. 산파는 그 길로 워싱턴D.C로 이사를 했고 배관공과 결혼해 살면서 다시는 아기를 받지 않았다.

그 후로 불운이 아기를 따라다니는 것 같았다. 아기는 배앓이를 했고, 장티푸스, 홍역, 유행성 이하선염, 성홍열에 걸렸다. 두 살 즈음에는 무엇이든 닥치는 대로 집어삼켰다. 구슬, 돌멩이, 흙 등을 가리지 않고 삼켰는데, 한번은 주방에서 숟가락을 삼켜 콜롬비아에 있는 대학 병원에서 빼내야 했다. 세 살이 되던 해에 동네 교회의 목사가 어린 스포츠코트를 축성해 주기 위해 방문한 적이 있었다. 그때 스포츠코트가 구토하면서 목사의 말끔한 흰 셔츠를 온통 걸쭉한 녹색 액체로 더럽혀 놓았다. 목사는 '이 아이는 악마의 영혼을 지녔다'는 말을 하고는 시카고로 떠났다. 거기서 목사직을 그만두고 블루스 가수가 된 그는 탬파 레드라는 이름으로 데뷔해서 "악마의 영혼"이라는 곡을 발표했는데 대 히트를 쳤다. 하지만 결국 파산하고, 그의 음악을 꽃피우지 못한 채 죽어 역사에 묻혔다. 하지만 그의 존재는 음악학계와 로큰롤 대학 과정에 영원히 기록되었다. 그가 남긴 고전 블루스의 히트곡은 백인 작곡가들과 음악 이론가들 사이에서 추앙되었고, 복음 스템 음악 출판사가 자그마치 4천만 달러의 이윤을 남기는 데 근간이 되었다. 하지만 정작 목사 자신도, 스포츠코트도 일전 한 푼 받은 적이 없었다.

다섯 살이 된 스포츠코트는 거울 앞으로 기어가 거울에 비친 자신의 모습에 침을 뱉었다. 악마를 부르는 신호였다. 그 결과 아홉 살이 되도록 어금니가 나지 않았다. 그의 어머니는 스포츠코트의 어금니를 자라게 하려고 갖은 수단을 다 써보았다. 두더지의 발을 잘라 목걸이를 만들어 아기의 목에 걸어주기도 하고, 갓 잡은 토끼의 뇌를 아이의 잇몸에 문질러 보기도 했다. 그뿐만 아니라 어린 스포츠코트의 주머니에 돼지 꼬리나 악어 이빨을 넣기도 했다. 하지만 모두 헛된 일이었다. 한번은 개를 데려다 스포츠코트를 밟게 하면 효과가 있다는 말을 듣고 시도했던 적도 있었는데, 개는 아이를 물기만 하고 달아나버렸다. 결국 어머니는 주술사를 불렀다. 노파는 녹색 덤불에서 잘라낸 가지를 쥐고 쿠피의 본명을 주문처럼 외운 다음 그 가지를 주머니에 씌워 방 한쪽 구석에 두었다. 그러고는 어머니에게 앞으로 8개월 동안 아이의 본명을 부르지 말라고 했다. 그래서 어머니가 생각해낸 이름이 '스포츠코트'였다. 반웰 카운티에 있는 J. C. 얀시의 농장에서 목화를 따던 시절 얼핏 흘려들은 말이었다. 어머니는 당시 이익배당을 받는 조건으로 농장에서 일을 했는데 백인 관리인 중 한 명이 입고 있던 스포츠코트를 가리키며 누군가 한 말이었다. 그 관리인은 그날 아침에 새로 산 초록색과 흰색 체크무늬 스포츠코트를 입고 뜨거운 남부의 태양을 받으며 말 위에 앉아 있었다. 목화밭의 이랑 끝에 말을 세우고 무릎 위에 산탄총을 올려놓은 채 졸고 있었는데 목화를 따던 흑인 노동자들도 그 모습이 재미있어 키득거렸고 다른 관리인들도 킬킬거렸다.

8개월이 지난 어느 날, 어머니가 아침에 눈을 떠보니 열 살짜리 스포츠코트의 입 안에 어금니가 가득 돋아 있었다. 어머니는 기뻐하며 주술사 노파를 불러왔다. 노파는 스포츠코트의 입속을 찬찬히 들여다보고는 말했다. "이 아이는 악어보다도 많은 치아를 갖게 될 거요." 그 말을 들은 어머니는 기쁨에 겨워 아들의 머리를 쓰다듬고는 낮잠을 자려고 누웠다가 그대로 죽었다.

어린 스포츠코트는 어머니를 잃은 충격에서 헤어 나오지 못했다. 가슴 속에 수박덩이만큼이나 큰 아픔이 자리 잡았다. 주술치료사의 예언은 적중했다. 스포츠코트는 두 사람분의 치아를 갖게 되었다. 치아는 잡초처럼 자랐다. 앞어금니, 가지런한 옆니, 크고 긴 송곳니, 널찍한 앞니, 갸름한 뒷니. 잇몸에 치아가 너무 많아서 뽑아내야 할 정도였다. 발치는 사우스캐롤라이나 대학의 치과대학 학생들이 성실하게 해 주었다. 학위 과정을 마무리하기 위해 환자가 절실히 필요했던 학생들은 스포츠코트의 이를 뽑고 나서 감사의 표시로 그에게 달콤한 머핀과 위스키를 주었다. 스포츠코트가 알코올의 마력을 알게 된 것은 바로 그때였다. 술맛을 알게 된 또 하나의 계기는 그의 아버지와 양어머니의 결혼 축하연이었다. 양어머니는 종종 스포츠코트에게 258마일이나 떨어진 사사프라스 산에 가서 놀라고 말하곤 했다. 그리고 벌거벗은 채 산 정상에서 뛰어내리라고.

열네 살이 되었을 때 스포츠코트는 이미 술주정뱅이였으며, 치아에 문제가 많아 치과대학 학생들이 가장 반기는 환자가 되어 있었다. 열다섯 살에는 의과대학 학생들이 그를 반기게 되었다. 그동안 지니고 있던 질병들 중 하나가 심화되어 증세가 나타나기 시작했기 때문이었다. 그리고 열여덟 살이 되자 혈액에 독성이 쌓여 림프절이 구슬 크기로 부풀어 올랐다. 홍역을 비롯해서 몇 가지 다른 질병들도 그의 몸에서 나는 상한 고기 냄새를 맡고 모여들었다. 성홍열, 혈성 질환, 급성 바이러스 감염, 폐색전증. 스무 살에는 결핵성 피부병인 낭창도 한 번 앓았다. 스물아홉에는 노새가 얼굴을 발로 걷어차는 바람에 오른쪽 눈 주위의 뼈가 부러져 몇 달을 더듬거리며 다녀야 했다. 서른한 살에는 톱에 왼쪽 엄지가 잘리기도 했다. 신이 난 의과대 학생들이 기꺼이 돌아가며 일흔네 바늘이나 꿰매 주고 나서 중고 톱을 선물로 사주었는데, 이번에는 그 톱으로 오른쪽 엄지발가락을 잘라 먹었다. 의대생들은 서른일곱 바늘을 꿰매어 붙여주었고, 그 덕분에 두 명의 학생이 노스웨스트 병원에서 인턴으로 일할 수 있게 되었다. 그 학생들은 감사의 표시로 많은 돈을 주었고, 스포츠코트는 그 돈으로 노새와 사냥

칼을 샀다. 그리고 토끼 가죽을 벗기다가 이번에는 대동맥을 끊었다. 그때 의식을 잃고 쓰러지는 바람에 거의 죽을 뻔했는데, 급히 병원으로 실려 가서 수술대 위에 죽은 듯이 삼분쯤 누워 있다가 정형외과 인턴이 엄지발가락에 탐침을 꽂는 바람에 정신이 번쩍 들어 욕과 저주를 퍼부으며 벌떡 일어나 앉았다. 쉰한 살이 되었을 때 홍역이 마지막으로 한번 더 그를 찾아왔다가 떠났다. 그러고 나서 쿠피 재스퍼 램킨은 그의 어머니가 새로 지어준 '스포츠코트'라는 이름을 지닌 채, 그의 뒤치다꺼리를 하느라 골머리를 앓던 아버지와 양어머니 그리고 포섬포인트를 떠나 뉴욕시로 갔다.

사우스캐롤라이나 의대 학생들이 그를 붙잡고 싶어서 매달렸지만 단호히 거절하고 떠났다. 스포츠코트가 뉴욕시로 간 이유는 어린 시절부터 좋아했던 그의 아내 헤티 퍼비스와 함께 살기 위해서였다. 그즈음 헤티는 뉴욕시에 머물며 브루클린의 부유한 백인 가정에서 가사도우미로 일하게 되었고, 스포츠코트가 지낼 수 있도록 모든 것을 마련해 놓은 상태였던 것이다.

1949년, 스포츠코트는 커즈하우스에 도착했다. 기침을 할 때마다 피와 짙은 가래가 섞여 나왔다. 그러면서도 에버클리어를 계속 마셔댔고, 나중에는 루퍼스가 만든 킹콩으로 주종을 바꿨다. 알코올이 '보존제' 역할을 한 덕분인지 스포츠코트는 예순이 될 때까지 무사히 살아 있었다. 그리고 그즈음에 이런저런 이유로 수술을 받기 시작했다. 의사들은 그의 신체를 조금씩 잘라냈다. 제일 먼저 폐 한쪽, 그다음에는 발가락 한 개, 또 한 개. 이어서 편도선, 방광, 비장을 차례로 잘라냈고, 신장 수술도 두 번이나 받았다. 그러는 동안 계속 술을 마셨다. 고환이 아프도록 술을 마시면서도 쉬지 않고 노예처럼 일했다. 그는 만능 일꾼이었으니까. 작동하거나 자라는 모든 것은 그의 손을 거치면 좋아졌다. 난로, 텔레비전, 창문, 자동차 할 것 없이 고치지 못하는 게 없었다. 식물을 재배하는 일도 커즈하우스에서 그를 따라갈 사람이 없었다. 기를 수 있는 것이라면 뭐든 키워냈다. 토마토, 허브, 흰 강낭콩, 민들레, 도깨비바늘, 금낭화, 고사리, 야생 제라늄. 어떤 식물이든 그가 손을 대면 자랐고, 어떤 씨앗도 싹을 틔워 햇볕을 만났다. 어떤 동물도 그가 부르면 달려왔으며, 그가 미소를 짓고 손짓을 하면 말을 들었다.

스포츠코트는 걸어 다니는 재주꾼이었고, 살아 있는 재앙이었으며, 불운의 대명사였고, 의학적인 측면에서는 기적의 화신이었다. 그리고 커즈하우스 역사상 가장 훌륭한 야구심판이었다. 또한 야구 코치이자 커즈청소년야구팀의 창립자였다. 그리고 커즈하우스 주민들에게는 만능 잡역부였다. 고양이가 쓰레기를 뒤엎고 엉덩이에 대변 조각을 달고 다닐 때도 주민들은 그를 불렀다. 시골 출신인 스포츠코트는 조물주의 섭리로 만들어진 것이면 어떤 것도 외면하지 않았기 때문이다. 그와 비슷한 상황으로, 몸무게가 200킬로그램이나 되고 당뇨가 있는 전도사가 교회에 방문했다가 점심때 바비큐와 닭 다리를 잔뜩 먹고는 화장실에 갔다가 변기에 앉은 채 꼼짝 못 하고 있다고 가정해 보자. 누군가가 트랙터-트레일러만큼이나 거대한 그를 끄집어내서 브롱크스로 가는 버스에 태워 보내야 교회 문을 잠그고 다들 집으로 돌아갈 수 있는 상황에서 그 일을 해 줄 수 있는 사람도 스포츠코트밖에 없었다. 왜? 그는 모두의 해결사였으니까. 스포츠코트의 사전에는 시시해서 하기 싫은 일도, 기적을 바랄 만큼 하기 어려운 일도, 냄새로 비위가 뒤집혀 못 할 일도 없었다. 그랬기 때문에 스포츠코트가 매일 저녁 취기가 오른 채 비틀거리며 광장을 지나갈 때면 다들 "어리석은 것 같지만 희한한 구석이 있어"라거나, "세상 다 살게 마련이야"라고 수군거리곤 했다.

하지만 그건 어디까지나 스포츠코트가 딤즈 클레멘스에게 총을 쏘기 전의 이야기였다.

딤즈 클레멘스는 커즈하우스에서 지금껏 보지 못했던 새로운 유형의 인간이었다. 남부나 푸에르토리코, 바베이도스 같은 곳에서 살다가 성경책과 꿈 하나 가지고 빈손으로 뉴욕에 온 가난한 유색인 청년이 아니었다. 노스캐롤라이나에서 목화를 따거나, 산후안에서 사탕수수를 나르며 인생의 쓴맛을 보고 겸허해질 기회도 얻지 못했다. 아이들이 신발도 신지 못한 채 뛰어다니고 닭 뼈와 거북이 수프를 먹는 가난한 동네를 떠나 10센트 동전 하나 주머니에 넣고 뉴욕으로 흘러든 부류도 아니었다. 뉴욕의 깨끗한 집과 청결한 화장실, 깨끗이 비워진 쓰레기통을 경이로운 눈빛으로 우러르지도 않았으며, 도시의 안락한 일터와 교육의 기회를 제공해 줄 선한 백인을 기대하지도 않았다. 딤즈는 백인들이나 교육, 사탕수수, 목화 같은 것에는 전혀 관심이 없었다. 한때 실력을 발휘하던 야구에도 흥미가 없기는 마찬가지였다. 옛날 방식의 삶에는 그 어떤 관심도 두지 않았다.

한때 젊고 영리한 커즈하우스의 아들이었던 딤즈는 마약을 팔면서 지금까지 커즈하우스 주민들이 한 번도 꿈꿔보지 못한 정도의 돈을 빠른 속도로 벌어들이고 있었다. 뉴욕 동부 록어웨이와 퀸즈를 아우르는 넓은 지역의 상류층 인사들과 친분이나 인맥을 가지고 있었을 뿐 아니라 누구든 딤즈에 관해 조금이라도 쓸데없는 말을 한 사람은 심하게 다치거나, 항아리에 담긴 채 이름 모를 뒷골목에 묻혔다.

그렇기 때문에 모두가 스포츠코트도 이제 제 운을 다했다고 생각하는 거였다. 드디어 진짜 죽은 목숨이 된 것이다.

3
제트

 스포츠코트가 자신의 사형집행 영장에 서명하던 날, 커즈하우스 광장에는 열여섯 명의 목격자가 있었다. 그중 한 명은 지나가던 여호와의 증인이었고, 세 명은 아기를 안고 있던 엄마들이었다. 한 명은 푸에르토리코독립협회의 이지, 한 명은 위장 임무를 수행 중이었던 경찰, 일곱 명은 마약을 사러 왔던 딤즈의 고객들, 세 명은 '친구와 가족의 날 예배' 안내문을 나눠주고 있던 파이브엔즈 교회의 신도들이었다. 스포츠코트가 난생처음 설교하기로 예정되었던 바로 그 날이었다. 그들 중 누구도 총격에 대해 경찰에게 입을 열지 않았다. 위장 근무 중에 사건을 목격한 경찰조차도 입을 다물었다. 그의 이름은 이드로 '제트' 하드먼. 스물두 살이었으며 제76관할구 소속이었는데, 커즈하우스에서 처음 배출한 흑인 수사관이었다.
 제트는 지난 7개월 동안 딤즈 클레멘스에 대한 수사를 진행해왔다. 그가 맡은 첫 번째 위장 임무였는데 수사를 진행하면서 무서운 사실을 알게 되었다. 그가 발견한 사실에 의하면 클레멘스는 마약 조직의 하수인에 불과했으며 그 먹이사슬의 끝에는 브루클린에서 악명 높은 이탈리아 범죄 조직의 핵심, 조 펙이 있었던 것이다. 그가 이끄는 대규모 폭력조직은 제트가 소속된 76관할구 순경들이 이름만 들어도 부들부들 떨 정도였다. 제 목숨이 중하지 않은 사람이 어디 있겠는가. 펙은 관할 경찰서와 브루클린 시청에도 인맥을 가지고 있었다. 그리고 푼돈만 쥐여줘도 경찰 한 명쯤 감쪽같이 해치울 수 있는 범죄 집단, 고르비노 패밀리와도 친분이 있었다.

제트의 예전 파트너였던 나이 많은 아일랜드 출신의 경사, 케빈 '포츠 멀린'도 펙이라는 인물에 대해 우려 섞인 경고를 한 적이 있다. 정직한 경찰관인 그는 몹쓸 인간들을 감옥에 처넣는데 지나치게 열정적이었던 덕에 그동안 퀸즈로 좌천되어 있다가 최근에 복귀했다. 제트가 위장 임무에 자청했다는 말을 들은 포츠는 어느 날 오후 제트의 관할구로 찾아왔다. 제트는 의외의 방문에 깜짝 놀랐다.

"왜 위험을 자초하는 건가?" 포츠가 물었다.

"곧 그자의 아지트를 소탕할 거예요, 포츠." 제트가 자신만만하게 대답했다. "나는 무엇이든 첫 번째가 되는 걸 좋아했어요. 초등학교 시절에는 최초로 트롬본을 연주한 흑인 학생이었죠. 중학교에서는 수학 클럽에 들어간 첫 번째 흑인 학생이었고요. 지금은 커즈하우스에서 첫 흑인 수사관이죠. 그건 신세계를 여는 것과 같아요, 포츠. 나는 개척자라고요."

"넌 바보 멍청이야." 포츠가 말했다. 76관할구 앞에 서서 이야기를 나누던 중이었다. 경사 제복을 입은 포츠는 순찰차 범퍼에 기댄 채 고개를 저었다. "이번 임무에서 빠져나와. 자네가 감당할 수 있는 상대가 아니야."

"이제 막 시작이에요, 포츠. 자신 있어요."

"자네 능력이 미치지 못하는 상대란 말이야."

"별거 아니에요, 포츠. 사기, 보석, 절도 그리고 약간의 마약이 관련된 정도라고요."

"약간의 마약? 위장은 어떻게 할 건데?"

"마약을 하는 청소부로요. 스물셋도 되기 전에 청소하는 직업을 갖게 된 최초의 흑인 청소부!"

포츠가 고개를 저으며 말했다. "이건 마약이라고."

"그래서요?"

"말 한 마리가 있다고 하세." 포츠가 말했다. "그 말의 등에서 왱왱거리는 파리, 그게 자네야."

"이건 기회예요, 포츠. 수사대에서도 위장 임무를 수행할 흑인 경찰이 필요하고요."

"경위가 자네를 그렇게 설득한 건가?"

"맞아요. 경위님이 정확하게 그렇게 말했죠. 그런데 왜 나를 쫓아다니며 이러는 거죠? 당신도 예전에 위장 임무를 수행했으면서."

"그건 20년 전이야." 포츠가 한숨을 쉬며 대꾸했다. 배가 고팠다. 어느새 점심때가 다 되었다. 양고기와 감자가 들어간 베이컨 스튜를 떠올렸다. 포츠는 감자를 좋아했다. 그의 할머니가 지어준 포츠라는 이름도 거기서 연유한 것이다. 막 걸음마를 배울 때쯤에 '포테이토'라는 발음을 못해서 '포츠'라고 했던가 보다.

"그때는 위장 임무라는 게 수첩을 가지고 다니며 메모하는 정도가 고작이었어." 포츠가 말했다. "경마, 절도가 대부분이었으니까. 그런데

요즘은 헤로인이나 코카인이지. 거기엔 어마어마한 돈이 걸려 있어. 내가 한창 일하던 시절 이 동네 이탈리아인들이 마약에 손을 대지 않은 게 나로서는 천만다행이었지."

"조 펙 같은 인물 말인가요? 아니면 엘레판테?" 제트는 흥분된 기분을 애써 감추며 물었다.

포츠는 인상을 쓰면서 관할서 건물을 돌아보고는 누가 듣고 있지는 않은지 살폈다. "그 둘은 이 관할서에도 첩자를 심어놓았다고. 그러니 건드리지 말게. 펙은 미친놈이야. 언젠가 자기 편 중 누군가가 그를 불에 태워 죽일지도 몰라. 엘레판테는……." 포츠는 어깨를 한 번 으쓱해 보이더니 말을 이었다. "완전 구식이지. 트럭운송, 건설, 창고. 한 마디로 밀수야. 담배, 타이어 같은 것들을 항구에서 빼내는 거지. 마약은 손대지 않아. 정원을 가꾸는 데 열성적이기도 하고."

제트는 눈을 가늘게 뜨고 포츠를 바라보았다. 포츠는 잠시 딴생각을 하는 것 같았다.

"참 희한한 녀석이야. 엘레판테 말이야. 자동차나 보트 같은 것을 좋아할 것처럼 생겨가지고 정원을 마치 꽃 박람회장처럼 가꿔놓잖아."

"어쩌면 마리화나 같은 것을 눈에 띄지 않게 키우느라 꽃을 심는 걸 수도 있죠." 제트가 말했다.

포츠가 마른침을 삼키고는 잔뜩 신경이 쓰이는 눈빛으로 제트를 바라보며 말했다. "자네 만화 그리는 걸 좋아했던 걸로 기억하는데."

"좋아하죠. 늘 그리는걸요."

"그럼 이 일에서 손을 떼고 밤새 만화나 그리며 지내게. 뭐든 첫째가 되고 싶다고 했나? 그렇다면 딕 트레이시 놀음은 깨끗이 잊고 무사히 정년을 맞이하는 최초의 영리한 흑인 경찰이 돼 보라고."

"딕 트레이시가 누군데요?" 제트가 물었다.

"자넨 신문 만화도 안 보나?"

제트가 어깨를 들썩였다.

포츠가 나지막이 웃으며 말했다. "빠져나와. 바보같이 굴지 말고."

제트는 빠져나오려고 했다. 실제로 경위와 그 문제를 놓고 의논했었다. 그러나 경위는 제트의 말을 들어주지 않았다. 제트가 이제 막 수사관으로 일하게 된 76관할구는 사기가 꺾일 대로 꺾인 엉망진창 조직이었다. 서장은 대부분의 시간을 맨해튼에서 회의하느라 보냈다. 백인 경찰들은 그를 신뢰하지 않았고, 몇 명의 흑인 경찰들은 지상의 지옥으로 불리는 뉴욕 동부로 전출될 것이 두려워 그를 거스르지 않았다. 말을 섞게 되더라도 주말에 북부로 올라가 낚시하는 이야기 정도가 고작이었다. 서류작업은 산더미처럼 많았다. 상점 절도범 하나만 잡아도 서류를 12부나 작성해야 했다. 폭발물 처리반은 모여앉아서 하루 종일 카드 게임만 했다. 포츠는 제트가 신뢰하는 유일한 사람이었다. 하지만 쉰아홉 살인 포츠는 이미 한 발은 밖에 내놓고 은퇴할 날만 기다리고 있었다. 무슨 이유에선지 경위로 강등되었지만, 그 이유에 대해서는 말하려고 하지 않았다. 포츠의 정년은 몇 개월도 채 남지 않았다.

"일 년만 일하고 빠지겠어요. 그럼 최초라고 할 수 있겠지요."

"알았어, 커스터(조지 암스트롱 커스터, 용감하나 무모한 사령관이라는 평을 받는 전설적인 미국의 군인). 일이 잘못되면 자네 어머니에게는 내가 연락할게."

"아 진짜, 그러지 마요, 포츠. 나도 남자라고요."

"조지 커스터도 그랬어."

충격이 있던 날, 주택국 소속 청소부 유니폼을 입은 제트는 빗자루에 기댄 채 광장에 서 있었다. 그때, 낡은 스포츠 재킷과 후줄근한 바지 차림의 스포츠코트가 9동의 어둑한 복도를 나와 딤즈 클레멘스 주변에 모여 있는 사내아이들 방향으로 비틀거리며 걸어가는 모습을 보았다. 딤즈는 광장에 있는 국기 게양대를 차지하고 앉아 있었는데, 그의 패거리와 고객들이 그를 둘러싸고 있었다. 제트가 서 있는 자리에서 3미터도 안 되는 거리였다.
　제트는 스포츠코트의 얼굴에 웃음이 번져 있는 것을 보았다. 이상한 일은 아니었다. 그 멍청한 늙은이는 그동안에도 늘 만면에 미소를 지은 채 혼자 중얼거렸으니까. 스포츠코트는 북적이는 광장에 잠시 서서 야구 타자의 자세를 취하고는 마치 공이 날아오는 듯 배트 휘두르는 시늉을 했다. 그러고는 팔을 곧게 쭉 폈다가 다시 비틀거리며 앞으로 걸어갔다. 제트는 킬킬거리며 막 돌아서려는 찰나, 스포츠코트가 왼쪽 재킷 주머니에서 큼직하고 녹슨 권총을 꺼내 오른쪽 주머니에 넣는 것을 보았다. 제트는 어찌해야 할지를 모른 채 사방을 둘러보았다. 이것이야말로 포츠가 말하는 '문제상황'이었다.
　그때까지 제트의 임무는 순조롭게 흘러가고 있었다. 그동안 딤즈에게 약을 몇 번 샀고 중요하다고 생각되는 점들을 머릿속에 저장해 두었다. 신원조회도 하고 뒤를 캐보기도 하면서 전반적인 내막을 파악했다. 연결망이 어디로 뻗쳐 있는지 알아보았더니, 베드스타이에 사는 '번치'라는 공급책에 닿아 있었다. 그의 패거리 중 잔혹한 행동대원인 얼이 단지로 와서 약을 공급하고 돈을 수금해 간다. 이 정도가 지금까지 제트가 파악한 내용이다. 청부살인업자가 있다는 말도 들었다. 이름은 해럴드인데 얼마나 악명이 높은지 딤즈 같은 악당을 포함해서 모두가 그의 이름조차 입에 올리기를 꺼렸다. 제트도 자기가 해럴드를 만나는 일은 없기를 바랐다. 하지만 사실 이번 임무가 그다지 신이 나지는 않았다. 제트가 임무 진행 상황을 보고할 때마다 그의 상관은 시큰둥한 반응을 보였기 때문이다. "좋아, 잘하고 있어"라는 말이 전부였다. 제트가 알기로 그는 진급에만 눈독을 들이고 있었고, 76관할구에 있는 대부분의 상관들이 그렇듯이 한 발은 밖으로 내놓은 상태였다. 유일하게 믿을 수 있는 포츠와 그 외 소수의 친절한 선임 수사관들 덕분에 제트는 별다른 지도나 명령을 받지 않고 스스로 알아서 임무를 수행할 수 있었다. 제트는 그런 상황이 나쁘진 않았고, 포츠의 조언대로 매사를 완곡하게 처리하고 있었다. 요란한 소탕 작전이나 체포도 하지 않고, 의견을 내거나, 특이 사항을 기록하지도 않고, 그저 지켜보기만 했다. 포츠가 시키는 대로.

하지만 지금 이 상황은…… 다르다. 스포츠코트라는 늙은이가 총을 든 채 다가가고 있지 않은가. 만약 포츠가 지금 내 입장이라면 어떻게 할까?

제트는 주변을 둘러보았다. 사방에 사람들이 있다. 정오 가까운 시간이었고, 매일 모닝커피와 국기 참배를 위해 모이는 단골 멤버들도 아직 남아 있었다. 아침마다 이곳에 나와 수다를 떨며 짓궂은 농담을 주고받는 이 토박이 주민들과 마약을 파는 딤즈의 무리 사이에는 무언의 협정 같은 것이 존재하는 것 같았다. 오전 11시 30분부터 정오까지의 짧은 시간 동안, 이 두 그룹은 국기 게양대 주변의 공간을 나누어 쓰고 있는 것이다. 국기 게양대를 기준으로 딤즈가 한쪽 벤치를 차지하고 있었고, 그 반대편에는 아침 단골 멤버들이 모여 낮은 소리로 망가져 가는 세상을 한탄하고 있었다. 그중에는 딤즈를 향한 탄식도 들어 있었다.

"저게 내 자식이라면 나는 저놈의 머리통을 야구방망이로 후려칠 거야." 베로니카 지 자매가 이렇게 투덜거리는 소리가 제트의 귀에까지 들렸다. 그러자 범범 자매가 덧붙였다. "나 같으면 다리를 부러뜨리고 싶을 거야. 하지만 기도하기도 바쁜데 왜 굳이 시간 낭비를 하겠어?" 그러자 핫소시지가 거들었다. "내가 조만간 정신이 맑을 때 저놈을 한번 손 봐줄 거야."

하지만 제트가 보기에 딤즈는 이들을 의도적으로 외면하는 것 같았다. 토박이들이 흩어질 때까지 되도록 자기 자리를 지키고 있었고, 모든 소소한 언쟁과 거친 행동, 욕설, 심한 말다툼, 몸싸움 같은 것들도 뒤로 미루어 놓는 것 같았다. 정오가 되기 전까지 광장은 안전한 곳이었다.

지금까지는 그랬다.

시계를 보니 11시 55분이었다. 주민들 중 몇 명이 벤치에서 일어나는 중이었고, 스포츠코트는 여전히 걸어오고 있었다. 한쪽 손을 총이 들어 있는 주머니에 찌른 채 15미터 거리까지 왔다. 제트는 스포츠코트가 술에 취해 비틀거리면서도 보폭을 있는 대로 넓혀 다가가는 모습을 보면서 입 안이 바짝 말랐다. 그러다가 멈춰 서더니 상상 속의 야구방망이를 휘둘렀다. 정면을 향해 한 번 더 휘두르면서, 천천히 혼잣말을 했다. 가만히 들어보니 보이지 않는 누군가와 대화를 주고받는 것 같았다. "이 여자야, 지금 당신하고 실랑이할 시간이 없단 말이야. 오늘은 안 돼! 어차피 오늘은 당신도 제정신이 아닌 것 같구먼."

제트는 이 상황을 지켜보면서도 믿을 수가 없었다. 12미터, 10미터, 5미터. 스포츠코트는 여전히 중얼거리며 딤즈를 향해 다가갔다.

5미터 지점에서 스포츠코트는 중얼거림을 멈췄다. 그렇지만 걷기를 멈추지는 않았다. 제트는 자기도 모르게 훈련받은 동작이 나왔다. 순간적으로 몸을 낮게 웅크리고는 발목에 차고 있던 짤막한 38구경 권총을 잡았다. 그러다가 멈췄다. 발목에 권총을 차고 있는 모습을 보이면 신분이 발각된다. '나 경찰이야'라고 외치는 격이다. 제트는 할 수 없이 뒤로 물러났다. 스포츠코트는 이제 딤즈를 둘러싸고 있는 사람들 주변에까지 이르렀다. 제트는 최대한 자연스럽게 국기 게양대로 걸어가 빗자루를 기대놓고 팔을 쭉 뻗으며 긴 하품을 했다. 그러고는 토박이 주민들이 모여 있던 벤치를 바라보았다. 몇 명이 여전히 남아 있었다. 제트는 그들이 걱정되었다.

주민들은 웃고 떠들며 자리에서 일어났다. 그러면서도 계속 농담을 주고받느라 시간을 끌었다. 그중 누군가는 딤즈와 그의 패거리를 힐끗거렸다. 반대편 젊은 무리는 늙은 토박이들은 아랑곳하지 않고 자기들의 왕을 중심으로 모여 있었다. 그중 한 명이 딤즈에게 종이봉투를 건넸다. 딤즈는 봉지를 열고 커다란 샌드위치를 꺼냈다. 포장지를 벗기자 제트가 서 있는 곳까지 냄새가 풍겨왔다. 참치 샌드위치다. 제트는 토박이 주민들 쪽을 살폈다.

제발 어서 가라고.

드디어 끝까지 앉아 있던 사람들이 일어섰다. 핫소시지가 커다란 커피 보온병을 집어 들고, 범범 자매는 종이컵을 챙겼다. 이들이 떠나는 모습을 보면서 제트는 안도의 숨을 내쉬었다. 이제 두 명 남았다. 이지와 지 자매였다. 전단지를 한 아름 안고 있는 지 자매가 먼저 일어나 자리를 떴다. 이제 이지만 남았다. 몸집이 크고 하얀 피부에 윤기 흐르는 검은 머리를 가진 푸에르토리코 출신의 이지가 지 자매를 향해 큰 소리로 웃었다. 웃음소리가 칠판을 분필로 긁는 것 같았다.

어서 가라, 제발. 제트가 속으로 외쳤다. 가, 가라고!

하지만 이 늙은 푸에르토리코인 여자는 지 자매가 가는 모습을 지켜보며 코를 비비고, 겨드랑이를 긁적거리고, 딤즈 주변에 모인 약쟁이들을 노려보며 스페인어로 뭔가 중얼거렸다. 제트는 욕을 하는 것이라고 짐작했다. 그러더니 마침내 느긋하게 걸음을 옮기기 시작했다.

스포츠코트는 여전히 다가가고 있었다. 이제 3미터 남았다. 제트가 서 있는 곳을 지나칠 때는 미소까지 지어 보였다. 술 냄새가 풀풀 풍겼다. 드디어 스포츠코트가 클레멘스를 둘러싸고 있는 약쟁이들 사이를 비집고 들어갔다. 오늘의 첫맛을 보느라 잔뜩 조바심이 난 무리의 어깨에 묻혀 스포츠코트의 모습이 잠시 보이지 않았다.

제트의 두려움은 거의 공황 상태로 발전되었다. 도대체 저 멍청한 늙은이가 무슨 생각을 하는 거지? 결국 자기가 박살이 나고 말 텐데 말이야.

제트는 겁에 질린 채 총성이 들리기를 기다렸다. 가슴이 쿵쾅거렸다.

하지만 아무 일도 일어나지 않았다. 아무런 동요도 일어나지 않은 채, 딤즈를 둘러싼 무리는 여전히 시끌벅적하게 치근거림과 농담을 주고받았다.

제트는 게양대에 기대놓았던 빗자루를 집어 들고 딤즈의 패거리들 쪽으로 밀고 갔다. 아무렇지도 않은 척 무심하게 빗자루질을 하면서 땅에 떨어진 휴짓조각을 주웠다. 제트는 자기도 딤즈의 고객이었으므로 자기가 그렇게 다가가도 딤즈가 신경 쓰지 않으리라는 걸 알았다.

조금 더 다가가다가 이번에는 빗자루를 땅바닥에 뉘어 놓고 신발 끈을 묶었다. 딤즈로부터 3미터 거리에서 낮게 시야를 확보하니 무리의 다리 사이로 딤즈와 스포츠코트를 볼 수 있었다. 딤즈는 벤치에 앉아 샌드위치를 먹으며 누군가와 이야기를 나누고 있었다. 둘 다 웃고 있었는데, 바로 앞에 스포츠코트가 서 있다는 사실은 알아채지 못한 것 같았다.

"딤즈?" 스포츠코트가 입을 열었다.

딤즈가 고개를 들었다. 스포츠코트를 보고 놀라는 것 같았다.

"스포츠코트 아저씨! 오, 나의 아저씨." 딤즈는 이렇게 말하고는 다시 한 입 샌드위치를 베어 물었다. 마요네즈와 토마토에 버무려진 참치가 삐져나와 떨어졌다. 스포츠코트를 만나면 딤즈는 늘 왠지 마음 한쪽이 불편했다. 그의 술 때문도, 허풍 때문도 아니었다. 마약 때문에 퍼붓는 잔소리가 듣기 싫어서도 아니었다. 그보다는 어떤 기억 때문이었는데, 그리 오래된 기억은 아니었다. 어느 따뜻한 봄날 스포츠코트와 포구 연습을 하던 기억이었다. 100미터 밖에서 공을 받아 한쪽 다리를 지렛대 삼아 홈베이스로 속구를 던지는 법을 가르쳐 준 것도, 투구하는 방법과 몸의 반동을 이용할 때 무게 중심을 뒷발에 두는 요령, 속구를 던지기 위해서는 팔을 곧게 펴야 한다는 것, 커브를 던질 때 공을 제대로 잡는 법을 가르쳐 준 것도 스포츠코트였다. 그리고 몸의 중심과 힘이 모두 어깨에 쏠리지 않고 공에 실리게 하려면 다리가 몸동작을 따라가 줘야 한다는 것을 가르쳐 준 것도 스포츠코트였다. 스포츠코트가 그를 야구 스타로 만들었다. 덕분에 딤즈는 존 제이 고등학교 야구팀에서 백인 학생들의 선망을 한 몸에 받았고, 대학 선수 스카우트 담당자들은 그가 투구하는 모습을 보기 위해 냄새나고 지

저분한 커즈하우스 야구장까지 신변의 위험을 무릅쓰고 왔으며, 그의 실력에 감탄했었다. 하지만 다 지나간 얘기다. 딤즈가 어린 소년이었고, 그의 할아버지가 살아 있던 시절의 이야기다. 이제 딤즈는 성인이 되었다. 열아홉 살의 청년 딤즈는 돈이 필요했다. 그런 딤즈에게 스포츠코트는 귀찮은 존재였다.

"너 왜 요즘 야구를 안 하는 거냐?" 스포츠코트가 물었다.

"야구?" 딤즈가 샌드위치를 씹으며 되물었다.

"그래, 야구." 스포츠코트가 비틀거리며 말했다.

"더 중요한 문제가 있어서요." 딤즈는 무리를 향해 윙크를 날리며 이렇게 대답하고는 다시 한번 샌드위치를 크게 한 입 베어 물었다. 딤즈를 둘러싼 녀석들이 모두 함께 웃었다. 딤즈는 스포츠코트를 쳐다보지도 않은 채 다시 한 입을 베어 물었다. 샌드위치 내용물이 떨어지는 것에만 온통 신경을 쓰는 것 같았다. 스포츠코트는 말없이 눈만 껌벅이며 그런 딤즈를 바라보았다.

"야구보다 중요한 건 없어, 딤즈. 이유를 좀 알아야겠다. 이 커즈하우스에서 야구에 관한 문제라면 내 관할이니까 말이야."

"그 말은 맞아요, 스포츠코트. 야구 하면 당신이죠."

"나는 이 단지 역사상 최고의 심판이야." 스포츠코트는 비틀거리면서도 자신만만한 목소리로 말했다. "그리고 치즈를 가져오는 건 나야. 베드로도 아니고, 바오로도 아니고, 예수도 아니야. 바로 나란 말이다. 난 너에게 야구를 그만하라고 한 적 없어, 딤즈 클레멘스, 알아? 왜냐하면 네가 제일 잘하는 건 야구니까. 그런데 왜 야구를 하지 않는 거냐?"

클레멘스는 두 손으로 샌드위치를 감싼 채 킬킬거리며 말했다. "그만 가요, 스포츠코트."

"너 아직 대답 안 했어. 나는 하나님의 말씀대로 너를 가르쳤어. 주일학교에서도 가르쳤고, 야구도 가르쳤어."

딤즈의 얼굴에서 웃음기가 사라졌다. 갈색 눈동자에 서려 있던 온기가 가셨다. 그리고 어둡고 텅 빈 공허가 스며들었다. 더 이상 늙은이의 잔소리를 들을 기분이 아니었던 것이다. 샌드위치를 감싸고 있던 그의 긴 손가락에 힘이 들어가면서 흰 마요네즈와 토마토즙이 손등으로 흘러내리기 시작했다. "꺼지라고, 스포츠코트." 딤즈는 이렇게 내뱉더니 손가락을 훑고 나서 다시 샌드위치를 베어 물었다. 그리고 옆에 앉은 소년에게 뭐라고 속삭이더니 둘이 숨이 넘어가게 웃었다.

그때, 스포츠코트가 몇 발짝 뒤로 걸음을 옮기며 주머니에 손을 넣었다.

네 걸음쯤 떨어진 거리에 웅크리고 있던 제트는 운동화 끈을 잡은 채 스포츠코트의 행동을 주시하다가 결국은 딤즈의 생명을 구하게 된 한 마디를 외쳤다. "그가 총을 가지고 있어!"

입 안 가득 참치 샌드위치를 물고 있던 딤즈는 본능적으로 제트의 음성이 들리는 쪽으로 고개를 돌렸다.

바로 그 순간 스포츠코트가 방아쇠를 당겼다.

딤즈의 이마를 겨냥하던 총알이 빗나가면서 귀를 스쳤다. 하지만 폭발력만큼은 엄청나서 딤즈를 벤치 뒤로 넘겨버렸다. 그 바람에 입에 물고 있던 참치 샌드위치가 목구멍으로 들어가면서 기도를 막았다. 숨을 쉴 수 없게 되어 버린 것이다.

딤즈는 콘크리트 바닥에 쓰러져 연거푸 기침을 몇 번 하더니 몸을 일으켰다. 모여 있던 무리가 놀라 우왕좌왕하면서 광장에는 일대 혼란이 일었다. 전단지가 바닥에 떨어지고, 아기엄마들은 쏜살같이 유모차를 밀고 자리를 피했다. 휠체어를 탄 남자도 재빨리 바퀴를 굴려 멀어졌다. 쇼핑카트를 밀고 가던 사람들이 달리기 시작하면서 위에 쌓여 있던 식료품 봉지들이 바닥으로 떨어졌고, 지나가던 사람들도 겁에 질린 채 바람에 날리는 전단지들 사이로 달아났다.

스포츠코트는 낡은 권총을 다시 딤즈에게 겨누었다. 그러나 딤즈가 두 손과 무릎으로 엎드린 채 숨이 막혀 쩔쩔매는 모습을 보자 마음이 흔들렸다. 갑자기 혼란스러워지는 것 같았다. 간밤에 헤티가 빨간 가발을 쓰고 나타나 치즈 도둑이라고 소리 지르는 꿈을 꿨는데, 지금은 딤즈 앞에 서 있지 않은가. 어떻게 된 건지는 모르지만 손에 들려 있는 몹쓸 물건을 방금 쏜 것 같았고, 딤즈는 엎드려 숨을 쉬려고 안간힘을 쓰고 있었다. 그를 바라보고 있자니 문득 한 가지 깨달음 같은 것이 스쳤다.

두 손과 무릎으로 엎드린 채 죽어서는 안 돼.

스포츠코트는 재빨리 벤치를 넘어 딤즈의 등 위에 올라탔다. 그러고는 하임리크 구명법을 실시했다. "사우스캐롤라이나에 있을 때 어떤 젊은이에게 배운 거야." 스포츠코트는 으스대듯 말했다. "백인이었는데 나중에 의사가 됐더군."

하지만 누가 보아도 그 장면은 결코 바람직하지 않은 상황의 연출이었다. 악명 높은 마약 중개인 딤즈 클레멘스는 두 손과 무릎으로 바닥에 엎드려 헐떡거리고, 그의 등 위에 낡은 스포츠 코트에 낮은 중절모를 쓴 늙은 스포츠코트가 올라타 요동을 치고 있었으니까.

"스포츠코트가 딤즈를 단단히 욕보였어." 이지는 나중에 커즈하우스 푸에르토리코독립협회 회원들에게 그 순간을 설명하면서 이렇게 말했다. 독립협회 회원은 이지 외에 두 명, 엘리노라 소토와 안젤라 니 그론뿐이었다. 둘은 이지의 이야기를 무척 흥미롭게 들었다. 특히 딤즈가 샌드위치 조각을 뱉어내는 부분을 재밌어했는데, 이지가 이 대목에서 샌드위치 조각을 자기 전남편 호아킨의 작고 허연 고환에 비유했기 때문이었다. 예전에 아구아디아에 사는 이지의 사촌 에밀리아가 방문한 적이 있었는데, 이지는 전남편 호아킨이 에밀리아의 팔에 안겨 자고 있는 장면을 목격하고 그의 고환에 뜨거운 올리브오일을 부은 적이 있었다. 딤즈가 뱉어낸 샌드위치 조각이 꼭 그것처럼 생겼다고 한 것이다.

소란은 오래가지 않았다. 딤즈는 평소에 늘 하수인들을 시켜 사방에서 망을 보게 했는데, 네 개 빌딩의 옥상에서 광장을 내려다보던 하수인들이 바로 대처하기 시작했던 것이다. 9동과 34동에서 망을 보던 자들이 계단을 뛰어 내려왔고, 처음에 총소리가 나자 놀라서 달아났던 두 명의 판매책이 정신을 차리고 스포츠코트에게 다가왔다. 술에 취해 있는 스포츠코트의 눈에도 그들이 보였다. 스포츠코트는 딤즈를 잡았던 손을 놓고 38구경 권총을 그들을 향해 겨눴다. 스포츠코트를 향해 다가오던 두 명은 또다시 줄행랑을 쳤다. 이번에는 34동 지하로 완전히 숨어버렸다.

그들이 달려가는 모습을 바라보던 스포츠코트는 또다시 머릿속이 혼란스러워졌다. 여전히 손에 권총을 든 채, 3미터 거리에서 빗자루를 쥐고 얼음처럼 굳어 있는 제트를 향해 몸을 돌렸다.

제트는 두려움에 싸여 늙은 스포츠코트를 바라보았다. 스포츠코트도 정오의 태양에 눈이 부셔 눈을 찡그린 채 그를 바라보았다. 두 사람의 시선이 마주쳤다. 그 순간, 제트는 큰 바다를 바라보는 느낌을 받았다. 늙은 스포츠코트의 눈빛은 깊고 고요하게 가라앉아 있었다. 제트는 잔잔한 바다에 떠서 출렁이는 파도에 몸을 맡기고 있는 것 같았다. 그때 깨달음이 왔다. 우리는 같은 신세구나. 갇혀 있어.

"치즈는 내가 가져온 거야." 늙은 집사가 차분한 음성으로 말했다. 그의 등 뒤에서 딤즈의 신음소리가 들려왔다. "알겠니? 치즈는 내가 가져온 거라고."

"치즈는 당신이 가져온 거야." 제트가 말했다.

그러나 스포츠코트는 그의 말을 듣지 못했다. 어느새 총을 주머니에 넣고 돌아서서 다리를 절며 그가 사는 아파트 건물을 향해 멀어져 가고 있었다. 그러고는 입구로 들어가는 대신 옆으로 돌아 지하의 보일러실로 통하는 비탈길을 내려갔다.

제트는 겁에 질려 꼼작도 못 하는 상태에서 스포츠코트가 사라지는 모습을 바라보았다. 옆 눈으로는 순찰차가 광장으로 들어오는 모습이 보였다. 순찰차는 끼익 소리를 내며 급정거를 하더니 약간 후진을 했다가 인도로 올라와 제트가 서 있는 곳으로 다가왔다. 순찰차가 오자 제트는 비로소 마음이 놓였다. 운전자는 황급히 흩어지는 보행자들을 피하기 위해 연신 브레이크를 밟고 핸들을 이리저리 틀어야 했다. 그 뒤로도 두 대가 더 오고 있었다. 제트는 얼마나 안심이 되던지 맥이 완전히 풀리면서 온몸에서 힘이 빠져나가는 것 같았다.

제트는 다시 한번 고개를 돌려 스포츠코트의 머리가 9동 건물의 지하로 완전히 사라지는 것을 확인하고 경찰차의 바퀴가 바닥을 긁으며 멈추는 소리를 들은 후에야 몸을 움직일 수 있었다. 빗자루를 내려놓고 딤즈가 있는 벤치 쪽으로 뛰었다. 그리고 딤즈 위로 몸을 굽히려는 순간 경찰관의 소리가 들렸다. 동작 그만. 일어나. 손을 머리 위로.

제트는 시키는 대로 하면서 속으로 중얼거렸다. 이제 더 이상은 못

하겠어. 그만하자.

"움직이지 마! 돌아서지 마!"

뒤에서 누군가 두 손으로 그를 잡고 두 팔을 틀어줘었다. 얼굴이 경찰차의 보닛 후드 위에 세게 부딪혔다. 팔목에 수갑이 채워지는 것을 느꼈다. 뜨거운 자동차의 덮개에 귀가 눌린 채 광장을 바라보았다. 조금 전만 해도 기차역처럼 분주하던 광장이 완전히 비어 있었다. 바람에 날리는 전단지 몇 장과 자동차 덮개를 짚고 있는 희고 두터운 경찰의 손만 보였다. 제트의 머리를 덮개 위에 단단히 누르고 있는 다른 손을 대신해서 덮개를 짚고 체중을 지탱하고 있는 손. 제트는 경찰의 흰 손가락에 결혼반지가 끼워져 있는 것을 보았다. 낯익은 손이라는 생각이 들었다.

자동차 덮개에서 얼굴을 들 수 있게 되었을 때, 제트는 그 손의 주인이 옛 파트너 포츠라는 것을 알았다. 나머지 경찰들은 주저앉아 있는 딤즈를 에워싸고 있었다.

"난 아무 짓도 하지 않았어요." 제트는 클레멘스를 포함해서 주변에 있는 사람들 모두가 들을 수 있도록 큰소리로 외쳤다.

포츠가 그를 돌려세우더니 몸수색을 했다. 발목에 차고 있는 38구경 권총을 조심스럽게 피하면서. 그러는 동안 제트가 나지막이 속삭였다. "나를 체포해 줘요. 그래야 해요."

포츠가 제트의 멱살을 잡고 경찰차의 뒷좌석에 밀어 넣으며 중얼거렸다.

"넌 바보 멍청이야."

4
모면하다

9동 지하의 보일러실로 간 스포츠코트는 거대한 석탄 난로 옆에 놓인 접이식 의자에 앉아 숨을 헐떡였다. 사이렌 소리가 들렸지만 곧 모든 것을 잊어버렸다. 더 이상은 사이렌 소리에 신경을 쓰지 않았다. 뭔가를 찾고 있었다. 바닥을 살피다가 갑자기 뭔가 생각난 듯 동작을 멈췄다. 곧 다가오는 '교우와 가족의 날'에 설교할 때 필요한 성경 구절을 외워야 한다는 사실이 떠올랐기 때문이었다. 잘못된 일을 바로잡는 것에 관한 구절이었는데. 로마서였던가, 미가서였던가? 기억이 나지 않았다. 하지만 곧 그의 의식은 지난 며칠 계속 그가 골몰해 있는 문제로 옮겨갔다. 헤티와 성탄 모금액의 행방 말이다.

"당신이 그놈의 성탄절 클럽 일에 정신을 팔기 전까지는 그래도 우리 둘이 잘 지냈어." 스포츠코트가 코웃음을 치며 말했다.

지하실을 둘러보며 헤티를 찾았지만 헤티는 아직 나타나기 전이었다.

"내 말 듣고 있어?"

대답이 없었다.

"뭐, 그래도 좋아." 스포츠코트가 내뱉듯이 말했다. "교회에서도 사라진 돈에 대한 책임을 나에게 묻지는 않으니까. 그 책임을 끝까지 지고 갈 사람은 당신이라고."

스포츠코트는 벌떡 일어서더니 핫소시지가 어딘가에 숨겨놓았을 킹콩을 찾기 시작했다. 하지만 여전히 취기가 가시지 않아 어지럽고 혼미한 상태였다. 스포츠코트는 바닥에 흩어져 있는 공구와 자전거 부품들을 발로 이리저리 헤치며 중얼거렸다. "정말로 미쳐버리지 않기 위해 미친 척해야 하는 사람도 있고, 설교인지 간섭인지, 간섭인지 설교인지 구분을 못 하고 왔다 갔다 하는 사람도 있어. 헤티, 그건 내 돈이 아니야. 교회 돈이란 말이야." 스포츠코트는 잠시 발짓을 멈추고 가만히 서서 허공에 대고 중얼거렸다. "사람은 원칙을 지키며 살아야 해. 그게 없으면 가치 없는 인간이지. 거기에 대해선 어떻게 생각하지?"

아무 소리도 들리지 않았다.

"그럴 줄 알았어."

한결 차분해진 스포츠코트는 다시 발밑을 헤집으며 킹콩을 찾기 시작했다. 허리를 굽혀 공구함과 벽돌 밑을 살피며 계속 중얼거렸다. 그러다 스포츠코트는 기운이 빠진 듯 움직이기를 멈추고 가만히 서 있었다. 여전히 사방을 둘러보기는 하는데 뭘 찾고 있었는지는 잊어버린 것 같았다. "그 돈은…… 내 것이 아니잖아, 헤티!"

여전히 아무 소리도 들리지 않았다. 스포츠코트는 혼란스러운 상태로 다시 접이식 의자에 앉았다.

차가운 의자에 앉아 있는 동안에도 뭔가 끔찍한 일이 일어난 것 같은 이상한 기분이 떠나지 않았다. 근래에 느껴본 적이 없는 기분이었

모면하다 53

다. 특히 헤티가 떠난 후로는. 보통 때 같으면 기분 따위에 연연하지 않았겠지만 오늘은 그 이상한 기분을 떨쳐버릴 수가 없었다. 하지만 뭐라고 꼭 집어서 설명할 수는 없었다. 그때 한참 찾고 있던 것이 눈에 띄었고, 머릿속을 어지럽히던 생각들이 일시에 사라졌다. 스포츠코트는 의자에서 일어나 힘없이 발을 끌며 온수기 쪽으로 다가갔다. 그 밑으로 손을 뻗어 루퍼스의 킹콩이 담겨 있는 병을 꺼냈다.

천장에 달린 전등의 불빛에 병을 비춰보았다. "자, 마시는 거야. 잔을 들자. 계산을 끝낼 때가 됐다고! 암탉을 데려와! 한판 놀아 보는 거야, 헤티. 언제가 될지는 하느님밖에 몰라! 준비 단단히 하라고!"

스포츠코트는 병을 들고 벌컥벌컥 마셨다. 그러자 마음속을 맴돌던 이상한 느낌이 가라앉았다. 병을 다시 있던 곳에 숨겨놓고 편안하게 의자에 앉았다.

"역시 킹콩이야." 스포츠코트는 이렇게 중얼거리고는 사방을 둘러보았다. "오늘이 무슨 요일이지, 헤티?"

그는 헤티의 대답 소리가 들리지 않자 천천히 낡은 달력 앞으로 가서 흐린 눈으로 한참을 들여다보더니 고개를 끄덕였다. 목요일이다. 잇킨의 가게에 가는 날. 스포츠코트는 네 개의 직업을 가지고 있었다. 월요일에는 파이브엔즈 교회 청소를 한다. 화요일에는 양로원 쓰레기통을 비운다. 수요일에는 적갈색 벽돌로 꾸민 정원을 가지고 있는 늙은 백인 여자를 돕는다. 목요일에는 커즈하우스에서 네 블록 거리에 있는 잇킨의 술 가게에서 물건 부리는 일을 한다. 금요일과 토요일에는 원래 야구 연습을 했다. 커즈하우스 야구팀이 해체되기 전까지는.

스포츠코트는 벽시계를 바라보았다. 한 시가 되어가고 있었다. 일하러 가야 할 시간이다.

"이제 가야 해, 헤티!" 스포츠코트가 밝은 어조로 말했다.

다시 병을 꺼내 급히 한 모금 더 마시고, 있던 자리에 밀어 넣은 다음 지하의 뒷문으로 나갔다. 뒷문은 광장의 국기 게양대에서 한 블록 떨어진 지점으로 통했다. 거리는 깨끗하고 조용했다. 스포츠코트는 휘적휘적 편안하게 걸었다. 신선한 공기가 마음을 가라앉혀주면서 취기가 걷히는 것 같았다. 잠시 후 말끔한 상점들이 줄지어 있는 피셀리 거리로 접어들었다. 바로 근처에는 이탈리안 거리가 있다. 스포츠코트는 브루클린 시내에 있는 잇킨의 가게까지 걸어가면서 줄지어 있는 주택과 상점을 구경하는 걸 즐겼다. 상점주인들 중에는 스포츠코트가 지나갈 때 손을 흔들어 주는 사람도 있었다. 선반에 술을 채우고, 고객의 차까지 술을 옮겨주는 일들은 스포츠코트가 제일 즐겨 하는 일이었다. 다음 날까지 이어지지도, 특별한 도구가 필요하지도 않은 이 소소한 일들이 스포츠코트는 더없이 편안하고 좋았다.

10분쯤 후, 스포츠코트는 잇킨스 주류 상회라는 글씨가 쓰인 천막 아래로 들어섰다. 막 문을 열려는 찰나 구급차가 휙 하고 지나갔다. 스포츠코트가 들어서자 문이 딸그락 소리를 내며 등 뒤에서 닫혔다. 앵앵거리는 구급차의 사이렌 소리가 한결 작아졌다.

가게 주인 잇킨은 계산대를 닦고 있었다. 유대인인 잇킨은 다부진 체격에 느긋한 성격이었다. 계산대 위로 불룩하게 나온 배가 보였다. 가게는 조용했고, 냉방장치는 씽씽 돌아가고 있었다. 아직 가게 문을 열려면 5분 정도가 남았다. 잇킨은 고개를 끄덕여 보이고는 스포츠코트의 어깨 너머로 커즈하우스 방향으로 달려가는 구급차를 보며 물었다. "거기 무슨 일이 있나?"

"당뇨병이지 뭐." 스포츠코트가 잇킨이 서 있는 계산대를 지나 뒤편 창고로 가면서 대답했다. "당뇨가 저들의 목숨을 하나씩 빼앗아 갈 거야." 창고 안에는 새로 들어온 술 상자들이 쌓여 있었다. 스포츠코트는 궤짝을 깔고 앉으며 한숨을 쉬었다. 하지만 사이렌 소리에는 전혀 신경을 쓰지 않았다.

스포츠코트는 모자를 벗고 눈썹을 문질렀다. 계산대에서 창고까지는 족히 5미터는 되는 거리였지만, 계산대 끝에 서 있는 잇킨의 시야에는 스포츠코트의 모습이 훤하게 들어왔다. 잇킨이 계산대를 닦던 손을 멈추고 큰소리로 외쳤다. "오늘 안색이 안 좋아 보여, 램킨 집사."

스포츠코트는 빙긋이 웃더니 두 팔을 한껏 벌리며 늘어지게 하품을 하고는 말했다. "난 아주 멀쩡한데." 잇킨은 다시 계산대를 닦기 시작하더니 곧 반대편을 닦기 위해 시야에서 사라졌다. 스포츠코트는 잇킨의 눈을 피해 운반용 상자에서 루트 비어 한 캔을 슬쩍 집더니 마개를 땄다. 그러더니 한 모금 길게 마시고는 가까운 선반에 놓아두고 상자 쌓는 일을 시작했다. 잠시 후 스포츠코트는 다시 한번 잇킨이 있는 쪽을 힐끗거렸다. 잇킨이 계산대 반대편 끝에 있어서 자기가 보이지 않는다는 사실을 확인한 스포츠코트는 좀도둑의 노련한 손놀림으로 가까운 상자에 있는 진을 한 병 집더니 마개를 열고 반병 정도를 루트 비어 캔에 부었다. 그러고는 병마개를 닫아 재킷 주머니에 넣고, 재킷을 벗어 가까운 선반에 놓았다. 그런데 재킷이 툭 하고 선반에 무겁게 부딪히는 소리를 내는 게 아닌가. 스포츠코트는 술병을 넣은 주머니의 반대편 주머니에 손을 넣어 만져지는 것을 꺼냈다. 38구경 권총이었다.

"군용 권총이 왜 여기 들어 있지?" 스포츠코트가 중얼거렸다.

바로 그때 짤랑거리는 소리와 함께 문이 열렸다. 얼른 총을 재킷 주머니에 넣고 고개를 드니 첫 손님 그룹이 들어왔다. 모두 백인들이었다. 그 뒤로 눈에 익은 납작 중절모를 쓴 핫소시지가 보였다. 그는 여전히 뉴욕시 주택국 소속 청소관리부 작업복을 입고 있었는데 갈색 얼굴에는 걱정이 가득 차 있었다.

핫소시지는 고객들이 술을 사는 동안 문 쪽에 진열된 술을 보는 척하면서 잠시 머뭇거렸다. 잇킨이 신경 쓰이는 듯한 표정으로 핫소시지를 힐끗 쳐다보았다.

"램킨 집사가 집에 뭘 두고 가서……." 핫소시지는 불쑥 이렇게 둘러댔다.

잇킨이 시큰둥한 표정으로 뒤 창고를 향해 고갯짓해 보였다. 그때 진열대에서 술을 고르던 고객이 주인을 찾았고, 잇킨은 그쪽으로 갔다. 덕분에 핫소시지는 잽싸게 계산대를 지나 창고로 갈 수 있었다. 스포츠코트는 땀을 흘리며 숨을 헐떡이는 핫소시지를 보자 대뜸 말했다.

"소시지, 어쩐 일이야? 자네 이 방에 들어오는 거 잇킨이 안 좋아해." 핫소시지가 뒤를 살피더니 낮은 소리로 속삭였다. "젠장, 이 멍청아!"

"왜 이렇게 흥분했는데?"

"빨리 도망치란 말이야! 어서!"

"웬 수선이야? 내가 뭘 어쨌다고?" 스포츠코트는 이렇게 말하면서 루트 비어 캔을 내밀었다. "한 모금 마시고 머리 좀 식혀."

핫소시지는 루트 비어 캔을 낚아채더니 냄새를 맡았다. 그러고는 상자에 거칠게 내려놓았다. 마개가 열린 구멍으로 술이 튀었다.

"야 이 검둥아, 여기 앉아서 술이나 홀짝거릴 때가 아니야. 얼른 달아나야 한다고!"

"뭐라고?"

"가란 말이야!"

"어디로 가라는 거야? 이제 막 왔는데."

"어디로든 가야 해, 멍청아. 도망가란 말이다!"

"일하다 말고 갈 수는 없어!"

"딤즈는 죽지 않았어." 핫소시지가 말했다.

"누구?" 스포츠코트가 물었다.

"딤즈 말이야! 죽지 않았다고."

"누구라고?"

핫소시지가 눈을 껌벅거리며 뒤로 물러섰다. "스포츠코트, 자네 왜 이러는 거야?"

스포츠코트는 힘없이 술 상자에 앉아 고개를 저었다. "소시지, 나도 모르겠어. 헤티랑 '교우와 가족의 날'에 할 설교 얘기를 나누었어. 그런데 헤티가 또 그 치즈 얘기랑 성탄 모금 이야기를 꺼내며 언성을 높이잖아. 그러더니 우리 엄마 얘기를 하는 거야. 우리 엄마가……."

"허튼소리는 집어치워, 스포츠코트. 자네 큰일 났어!"

"헤티 때문에? 내가 또 뭘 잘못했는데?"

"헤티는 2년 전에 죽었어, 이 바보야!"

스포츠코트가 얼굴을 잔뜩 찌푸리며 나지막이 말했다. "우리 헤티에 대해 함부로 말하지 마, 소시지. 헤티는 단 한 번도 자네를 허투루 대한 적이 없어."

"지난주에 자네가 성탄 모금액 때문에 버럭버럭 화를 내던 날은 별로 애틋해 하는 것 같지도 않더구먼. 아무튼 헤티 얘기는 일단 접어둬. 딤즈가 죽지 않았단 말이야!"

"누구?"

"딤즈 말이야, 바보야. 루이스의 손자. 루이스 클레멘스 기억하지?"

"루이스 클레멘스?" 스포츠코트가 고개를 한쪽으로 갸우뚱거리며 진심으로 놀라는 표정을 지었다. "소시지, 루이스는 죽었어. 이번 5월이면 벌써 5년째라고. 우리 헤티보다도 훨씬 먼저 죽었잖아."

"루이스 얘기하자는 게 아니야. 그의 손자 딤즈 얘기를 하는 거라고."

스포츠코트의 표정이 밝아졌다. "딤즈 클레멘스! 커즈하우스 역사상 최고의 야구선수지 않은가. 차세대 블렛 로건이 될 거야. 1942년에 로건이 경기하는 모습을 한 번 본 적이 있어. 이곳에 오기 전에 피츠버그에서 말이야. 정말 굉장한 선수더군. 경기 중에 심판과 싸워서 퇴장당하긴 했지만. 밥 머틀리가 심판을 보고 있었지. 머틀리도 대단한 심판이거든. 가장 위대한 흑인 심판이었어. 자기도 선수인 양 같이 뛰더라고."

핫소시지는 스포츠코트를 잠시 물끄러미 바라보다가 조용히 물었다. "자네 대체 무슨 문제가 있는 거야?"

"아무 일도 없어. 헤티가 좀 힘들게 해서 말이지. 내게 나타나서는……."

"내 말 잘 들어. 자네가 딤즈에게 총을 쐈고, 그는 죽지 않았어. 그러니 자기 패거리들을 데리고 자네를 찾아올 거야. 자네 어서 여기를 떠나서……."

하지만 스포츠코트는 핫소시지의 말을 듣는 대신 자기 말을 계속하고 있었다. "헤티가 나를 보며 '당신 어머니가 당신을 망신시켰어'라고 하는 거야. 우리 엄마는 나를 망신시키지 않았거든. 그 여자는 내 엄마가 아니야, 헤티." 스포츠코트는 누구에게 하는 말인지 모르게 중얼거렸다. "양어머니였다고."

핫소시지는 낮게 휘파람 소리를 내면서 맞은편 술 상자에 앉았다. 그리고 여전히 손님들을 상대하고 있는 잇킨을 힐끗 보더니 진이 가득 든 루트 비어 캔을 들어 길게 한 모금 마셨다. "아마 방문 허가증을 받아야 할 거야."

"뭐에 쓰려고?"

"자네가 교도소에 가게 되면 필요하겠지. 오래 머물게 된다면 말이야."

"별일도 아닌 걸로 겁주지 마."

핫소시지는 잠시 골똘히 생각하다가 진을 한 모금 더 마시고는 다시 한번 스포츠코트의 기억을 정리해 주기 위해 질문을 했다.

"자네 딤즈 알지? 루이스의 손자. 그렇지?"

"그럼, 당연하지." 스포츠코트가 대답했다. "내가 야구 코치였잖아. 주일학교에서도 가르치고. 재능이 있는 녀석이야."

"그 애가 총에 맞았어. 거의 죽을 뻔했지."

스포츠코트가 눈살을 찌푸렸다. "하느님 맙소사! 정말 큰일 날 뻔했네."

"자네 때문이야. 하느님께 맹세코 정말이라고. 자네가 딤즈를 쐈어."

스포츠코트는 농담으로 알아듣고 잠시 껄껄 웃었다. 그러나 핫소시지의 심각한 표정이 가시지 않자, 스포츠코트도 웃음을 그치고 물었다. "지금 농담하는 거지?"

"나도 그랬으면 좋겠네. 자네가 그의 앞으로 다가가 권총으로 그에게 총알을 안겼단 말이야. 자네 사촌이 군에서 가져다준 그 낡은 총으로 말이야."

스포츠코트는 돌아서더니 선반에 놓은 스포츠 재킷 주머니에 손을 넣어 낡은 콜트를 꺼냈다. "내가 왜 이놈의 물건을 가지고 있나 했는데……." 그러더니 손바닥에 탁 소리가 나게 놓았다. "자, 보라고. 난 이걸 구입한 후로 한 번도 사용한 적이 없어. 이 안에 총알도 한 개밖에 없는데, 그것도 보여주기식으로 넣고 다니는 거야." 하지만 총알이 없는 것을 확인한 스포츠코트는 얼굴에 핏기가 가시고 창백한 얼굴로 손에 들고 있는 권총을 바라보았다.

핫소시지는 스포츠코트가 들고 있는 총을 손으로 덮어 내리며 문 쪽을 살폈다. "제발 이놈의 물건 좀 안 보이게 감춰!" 핫소시지가 목소리를 낮춰 다급하게 속삭였다. "그걸로 벌써 엄청난 일을 저질렀잖아!"

술기운으로 혼미한 스포츠코트의 의식에 처음으로 핫소시지의 말이 먹혀드는 것 같았다. 혼란스러운 듯 잠시 눈을 껌벅거리던 스포츠코트가 큰 소리로 웃었다. 그리고 콧방귀를 뀌며 말했다. "내가 요즘 정신이 없어서 내가 한 일도 깜박깜박 잊어버리기는 해. 어젯밤에는 자네와 킹콩을 마시고 집에 가서 자다가 꿈에 헤티를 보았어. 늘 그렇듯이 또 옥신각신했지. 그리고 눈을 뜨니 해장을 해야겠더라고. 그래야 속이 가라앉을 것 아닌가. 그리고 나서 딤즈를 만나러 간 거야. 위치하우스 팀과 경기하는 문제로 얘기를 해 보려고. 자네도 알다시피 딤즈 없이는 우리가 이길 수 없잖아. 그 녀석이 실력은 있거든! 열세 살 때 시속 78마일의 속도로 공을 던졌으니까." 스포츠코트는 미소까지 지어가며 말했다. "난 늘 그 녀석이 제일 맘에 들었어."

"그런 자네 마음을 좀 잘못된 방향으로 표현했단 말이야. 자네가 광장으로 가서 그 녀석에게 총을 쏘았다니까. 그 녀석의 패거리들이 보는 앞에서 말이야."

스포츠코트가 놀라는 표정을 지었다. 믿을 수 없다는 듯 눈살을 찌푸리고 말했다. "그렇지만 난 이놈의 물건을 잘 가지고 다니지도 않

아. 도무지 모르겠어. 내가 어쩌다가……." 그러더니 입술에 침을 바르고 말을 이었다. "술에 취해 있기는 했어. 그건 알아. 내가 딤즈에게 중상을 입힌 건 아니지? 혹시 내가 그랬나?"

"죽지는 않았어. 귀만 떨어져 나갔대."

"도무지 내가 했을 법한 일이 아니야. 귀를 쏴서 떨어져 나가게 하다니. 두 개뿐인 귀를."

핫소시지는 어이가 없었다. 웃음이 나오려는 걸 억지로 참고 물었다. "오늘 자네 집에 갔었어?"

"아니. 바로 일하러 이리로……" 잠시 말을 멈춘 스포츠코트의 표정이 굳어졌다. 뭔가 기억이 나는 것 같았다. "그러고 보니 젊은 녀석이 머리에서 피를 흘리고 있었는데 어쩌다 그랬는지 목이 메어서 숨을 못 쉬고 있었어. 기억이 나는 것 같아. 그래서 내가 예전에 고향에서 어떤 의사에게 배웠던 처치를 해주었지. 숨을 못 쉬고 있더라고. 가여운 녀석. 그래서 내가 목에 걸린 걸 꺼내준 거야. 그게 딤즈였던 것 같네. 그래서 지금은 괜찮은가?"

"아주 멀쩡해. 곧 자네의 가슴에 황금별(골드스타, 전사자를 기리는 금장식)을 박아주려고 할 거야. 저세상으로 보내려고 할 거란 말이야."

"그럴 리가!"

"자네가 그럴 만한 일을 저질렀잖아!"

"난 기억이 안 나! 내가 그랬을 리가 없어."

"자네가 그 녀석을 쐈어, 스포츠코트. 내 말 알아들어?"

"소시지, 농담으로 헛소리를 주고받는 건 좋아. 그 녀석처럼 좋은 실력을 낭비하는 놈은 총을 맞아 마땅하기도 하고. 하지만 하나님께 맹세코 나는 그놈을 쏘지 않았어. 그런 기억이 없다고. 만약 내가 그랬다면, 그 녀석이 다시 공을 던지게 하고 싶었기 때문일 거야. 그 녀석도 귀가 다 나으면 모두 잊어버리겠지. 나도 잘 들리는 귀는 하나뿐이잖아. 귀가 하나뿐이어도 공은 잘 던질 수 있고 말이야." 스포츠코트는 이렇게 말하고는 잠시 생각에 잠기는 듯하다가 다시 물었다. "혹시 누가 보지는 않았나?"

"없어. 국기 게양대에 모여 있던 사람들 말고는."

"맙소사." 스포츠코트가 풀 죽은 음성으로 중얼거렸다. "텔레비전으로 중계한 거나 마찬가지네." 진을 몇 모금 벌컥 이고 나니 마음이 좀 가라앉는 것 같았다. 하지만 여전히 그 일이 꿈인지 생시인지 모르겠다는 얼굴이었다.

핫소시지는 스포츠코트의 재킷을 집어서 내밀며 말했다. "갈 수 있을 때 얼른 달아나라고."

"경찰에 전화해서 설명을 해야 할 것 같기도 해." 스포츠코트가 말했다.

"그런 생각은 아예 하지도 마." 소시지가 문 쪽을 살피며 말했다. "사우스캐롤라이나에 가면 도움 받을만한 사람이 있겠지?"

"아버지 돌아가신 후로는 고향에 가본 적 없어."

"그럼 워치하우스에 가서 루퍼스를 만나 봐. 거기 납작 엎드려 있으라고. 어떤 식으로든 조용히 가라앉을 수도 있겠지만……. 아직은 장담할 수 없어."

"워치하우스든 루퍼스든, 거기 가서 자고 싶지는 않아!" 스포츠코트가 콧방귀를 뀌며 말했다. "그 친구 한 2년은 샤워를 안 했을 거야. 몸뚱이가 물 구경을 못 해서 바싹 말라가고 있을걸. 술에 떡이 되지 않는 한 그놈 옆에 가까이 있을 수가 없어. 그리고 엄연히 내 집이 있는데 왜!"

"이제 사정이 달라졌어."

"퍼지는 어떻게 하고? 아침에 학교 버스 타는 데까지 데려다줘야 해."

"그건 교회 사람들이 알아서 할 거야." 핫소시지가 스포츠코트의 재킷을 내민 채 말했다.

스포츠코트는 재킷을 뺏어서 선반 위에 걸쳐놓으며 투덜거렸다.

"자넨 지금 거짓말을 하고 있어! 난 딤즈를 쏘지 않았어. 밤새 헤티와 실랑이를 벌이다 깼고, 일어나자마자 퍼지를 맹아 학교 버스 타는 곳에 데려다줬어. 그리고 간단히 몇 모금 목만 축이고 곧장 이리로 온 거라고. 그 중간에 잠깐 옆으로 새서 딤즈의 귀를 쐈다고 치자고. 내가 정말 그랬을지도 모르지. 아닐 수도 있고. 그래서 뭐? 아직 한쪽 귀는 남아 있잖아. 그렇게 멋진 팔을 가진 녀석한테 귀가 뭐 그렇게 중요해? 예전에 우리 고향에는 귀부인의 지갑을 훔쳤다가 백인 남자에게 거길 잘린 녀석도 있었어. 사타구니에 구멍을 내고 평생 그리로 소변을 봐야 했지. 그래도 멀쩡해. 지금도 여전히 잘살고 있다나 봐."

"그 백인이 잘살고 있다는 말인가, 아니면 거길 잘린 녀석이 그렇다는 말인가?"

"내가 알기로는 둘 다 아직 살아 있어. 둘은 오랜 세월 알고 지낸 사이고 말이지. 그런데 왜 귀 한쪽 잘린 거 가지고 이렇게 난리를 피우느냐 말이야? 예수님도 샌들은 한 켤레 이상 필요하지 않으셨어. 시편의 말씀에도 '너는 내 귀를 원하지 않았고, 내 귀를 열게 하지도 않았다'던가……. 뭐 그런 말씀이 있지 않은가."

"시편에 뭐라고 나와 있다고?"

"아무튼 그 비슷한 말이야. 그게 뭐가 중요해? 하나님께서 다 바로잡아 주실 텐데. 딤즈의 한쪽 귀를 두 개의 귀보다 더 쓰임새 있게 만드실 거라고."

마음이 정해졌는지, 스포츠코트는 술병들을 상자에서 꺼내기 시작했다. "이번 주말에 낚시 갈래?" 스포츠코트가 물었다. "내일 급여 받을 거야. 파이브엔즈에서 할 첫 설교에 대해서도 생각해야 하고. 이제 삼 주밖에 안 남았잖아."

"천국에 관한 얘기라면 곧 얼마든지 할 기회가 있을 거야. 천국에 가게 될 자네 얘기를 모두들 궁금해할 테니까."

"죄를 고백하지 않고 샐러드에 드레싱을 뿌려 먹는 것에 관해 이야기할 거야. 로마서 제14장 10절. 아니, 시몬 제7장 9절인지도 모르겠다. 둘 중 하난데. 찾아봐야 해."

핫소시지는 어이없는 표정으로 바라보았다. 스포츠코트는 계속 술병들을 상자에서 꺼내고 있었다. 핫소시지가 말했다. "이 봐, 자네 치즈는 이미 크래커에서 미끄러져 떨어졌어."

"자네가 그렇게 호들갑을 떤다고 해서 정말 내게 문제가 생긴 건 아니잖아!"

"스포츠, 지금 내 말을 듣는 거야?! 자네는 딤즈를 죽이려고 했단 말이야. 그리고는 모두가 보는 앞에서 그의 등에 올라타 개처럼 그 짓을 했고."

"거짓말을 하고 싶으면 단짝 친구인 내게 말고 다른 데 가서 해. 나는 평생 남자와 그 짓을 한 적이 없어."

"술에 취했었잖아!"

"커즈하우스 주민들 모두 나만큼은 마셔."

"지금 누가 거짓말을 하는 거지? 모두가 킹콩 집사라고 부르는 사람이 누군데."

"사람들이 나에 대해 거짓말로 비비 꼬아서 하는 말들에 신경 쓰고 싶지 않아. 나도 내 나름대로 사리 판단을 하는 사람이라고."

핫소시지가 문 쪽을 힐끗 살폈다. 손님들은 이미 나간 뒤였고, 잇킨은 두 사람이 있는 창고 쪽을 보고 있었다. 소시지는 주머니에 손을 넣어 꼬깃꼬깃한 지폐 몇 장을 꺼냈다. 그러고는 두 팔 가득 술병을 안은 채 그를 쳐다보고 있는 스포츠코트에게 돈을 내밀었다.

"자, 30달러. 내가 가진 전부야, 스포츠코트. 이걸로 버스표를 사서 어디로든 가."

"난 아무 데도 안 가."

핫소시지는 깊은 한숨을 쉬고는 돈을 다시 주머니에 넣고 돌아섰다. "좋아. 그럼 이 돈은 내가 교도소로 자네 면회 갈 때 버스표 사는 데 쓸게. 그때까지 자네 목숨이 붙어 있다면 말이지."

5
거버너

 토마스 엘레판테가 딤즈 클레멘스 총격 사건에 대해 알게 된 것은 사건이 일어나고 한 시간쯤 후였다. 키즈하우스에서 세 블록 떨어진 실버 스트리트에 있는 그의 집에서 어머니의 꽃밭을 손질하던 중이었다. 머릿속으로 풍만하고 예쁜 시골 처녀를 만나게 되는 상상을 하면서 흙을 고르고 있는데 정복 차림의 76관할구 소속 경찰이 순찰차를 몰고 다가와 창문 너머로 엘레판테를 불렀다.
 "총격을 가한 자에 대한 정보를 입수했어요."
 경찰이 사건의 경과를 전해주는 동안 엘레판테는 순찰차에 기댄 채 말없이 듣고 있었다. 피해자의 신원은 파악되었다. 범인이 누구인 것도 거의 확실하다. 하지만 범인에 대한 이야기는 엘레판테의 관심 밖이었다. 그건 조 펙의 일이니까. 그의 마약 때문에 유색인들끼리 서로 죽이려고 했다면 그건 엘레판테가 아니라 조 펙의 문제였다. 다만 엘레판테가 신경을 쓰는 것은 사건이 일어남으로써 이렇게 경찰이 찾아온다는 사실이었다. 경찰 출두가 잦아지면 사업에 지장이 생길 수밖에 없다. 적어도 엘레판테의 사업에는 그렇다.

마흔 살의 엘레판테는 체격이 좋고 잘 생겼다. 짙은 눈과 날카로운 턱선은 돌처럼 굳건한 침묵을 담고 있었는데, 그 안에 담긴 어린 시절의 쓰라린 경험들을 밝고 냉소적인 유머로 가리고는 했다. 그의 어머니는 자기주장이 강하고 괴팍한 사람이었는데 아버지가 감옥에 가 있는 동안 아버지 소유의 선창을 관리했다. 선창을 관리하고 남는 시간에는 식물을 수집했는데 커즈 주변으로 5마일 이내에 있는 공터란 공터는 모두 돌아다니며 거둬들였다. 그러면서 점차 독신인 아들까지 자신의 취미활동에 끌어들였다. 그의 어머니는 엘레판테가 너무 열심히 일하느라 혼기를 놓쳤다고 한탄하곤 했다.

엘레판테는 그런 어머니의 잔소리에 신경을 쓰지 않고 살아왔는데, 근래에는 조금씩 '어쩌면 어머니의 말이 맞을지도 모른다'는 생각을 하게 되었다. 커즈웨이에 있는 괜찮은 여자들은 모두 이미 결혼했거나, 가족과 함께 교외로 이사를 갔고, 이제 이 지역에는 유색인들이 완전히 자리를 잡고 있었다. 엘레판테는 결혼을 하려면 젊고 철없을 때 해야 한다는 생각이 들었다. 어쩌면 이 멍청한 경찰 녀석도 젊고 매력적인 여자와 데이트를 하고 있을지 모른다. 그의 말투로 보아 브루클린 출신은 아닌 것 같았다. 커즈 지구 출신도 분명 아니다. 엘레판테는 기껏해야 스물한 살 정도로 보이는 경찰을 물끄러미 바라보았다. 이 풋내기 경찰의 수입이라야 일 년에 7천 달러 정도 될 것이다. 그런데도 이 녀석에겐 여자도 있다. 반면에 나는, 외톨이 뜨내기에 지나지 않아. 쓸모없는 인간. 그저 정원사 노릇이나 하는 게 나을지도 모르지.

경찰의 조잘거림은 끝나지 않았다. 조심성이 없고, 경험도 부족한 녀석이라는 생각이 들었다. 그러니 엘레판테의 집 앞에 이웃에서 훤히 보이도록 주차하지 않았겠는가 말이다. 이 동네에서 그런 부주의는 위험을 자초하는 일들 중 하나다. 엘레판테는 그가 참 딱하다는 생각을 했다. 이웃 모두가 이탈리아인이던 옛날 그 시절이 아니란 말이다. 새로 이사 온 이웃들 중에는 러시아인도 있었고, 유대인, 스페인인 그리고 흑인들도 있었다. 이탈리아인만 빼고 세계 모든 인종이 모여든 것 같았다. 엘레판테는 경찰이 좀 더 떠들도록 기다렸다가 그의 말을 끊고 말했다. "커즈에서 일어난 일은 내 소관이 아니야."

경찰은 놀란 듯이 커즈하우스 방향을 가리키며 물었다. "거기 아무 볼 일이 없다는 건가요?" 세 블록 떨어진 곳에 피라미드처럼 솟아오른 커즈하우스가 오후의 뜨거운 태양을 받아 번쩍이고 있었다. 허름한 거리와 멀리 항구에 서 있는 자유의 여신상도 오후의 태양 빛에 뜨거운 열기를 뿜어내고 있었다.

"볼 일?" 엘레판테가 되물었다. "거기서 야구 경기가 열리곤 했지. 그건 재미있었어."

경찰은 잠깐 동안 실망과 두려움이 뒤섞인 듯한 표정을 지었다. 엘레판테는 아주 잠깐 그가 안쓰럽다는 생각이 들었다. 사람들이, 때로는 경찰들까지도 자신을 두려워한다는 사실에 늘 마음이 쓰였다. 하지만 그건 어쩔 수 없는 일이었다. 자신의 이권을 보호하기 위해 지금까지 한두 번 끔찍한 일을 저질렀다. 물론 좋은 일도 몇 번 했지만 그런 일은 한 번도 인정을 받지 못했다. 세상 이치가 다 그런 거니까. 어쨌든 엘레판테는 이 멍청한 녀석이 믿지 않았다. 엘레판테는 주머니에서 20달러를 꺼냈다. 지폐를 왼손으로 조심스럽게 접어 자동차 창문 틈으로 밀어 넣고는 돈이 순찰차 바닥에 떨어지는 것을 확인하자 돌아서서 보도로 올라갔다. "또 보자고." 순찰차는 순식간에 멀어져 갔다. 엘레판테는 순찰차의 뒷모습이 사라질 때까지 기다리지 않고 고개를 돌려 반대편을 바라보았다. 이건 오랜 습관이었다. 순찰차 한 대가 지나가면, 바로 반대편을 보며 또 다른 순찰차가 오는지 살피는 것. 아무도 없다는 것을 확인하자 엘레판테는 연철 대문을 열고 다시 정원으로 들어갔다. 정원은 아담한 적갈색 벽돌집의 앞마당인 셈이었다. 작업복 차림의 엘레판테는 무릎을 꿇고 화초를 심기 위해 땅을 파기 시작했다. 그러면서도 충격 사건으로 인해 마음 한편이 어두웠다.

모두 마약 때문이야. 엘레판테는 땅을 파면서 혼자 씩씩거렸다. 망할 놈의 마약.

엘레판테는 땅 파기를 멈추고 어머니의 꽃밭을 둘러보았다. 갖가지 꽃들을 하나씩 살폈다. 모두 익숙한 꽃들이다. 해바라기, 끈끈이대나물, 예루살렘 참나무, 베드플라이, 산사나무, 풍년화, 꿩고비. 그리고 지금 심고 있는 이건 뭐였더라? 참새발고사리라던가? 양치류는 여기서 잘 자라지 못한다. 풍년화와 산사나무도 마찬가지다.

엘레판테는 몸을 굽히고 다시 땅을 파기 시작했다. 뉴욕시를 다 뒤져도 마흔 살짜리 총각은 나 하나뿐일 거야. 엘레판테는 문득 참담한 생각이 들었다. 게다가 어머니는 쓰레기 같은 꽃들을 눈에 띄는 데로 주워 들여서 나더러 심으라고 하지 않는가. 그러나 사실 엘레판테는 꽃을 심는 일이 싫지 않았다. 꽃을 심다 보면 마음이 편안해졌다. 그리고 꽃밭은 어머니의 자랑이자 기쁨의 원천이지 않은가. 어머니가 주워오는 꽃들은 대부분 폐허가 된 철길이나 도랑, 그리고 커즈 지구의 버려진 공터나 공장 주변에 무성하게 자란 잡초들 틈에서 캐낸 것이다. 그중에는 이 양치식물처럼 보잘것없는 모습으로 옮겨져 와서는 어엿한 화초로 자라는 것들도 있다. 엘레판테는 흙을 걷어내고 양치식물을 캐냈다. 그리고 손수레에서 신선한 흙을 퍼서 기존의 흙과 섞어 양치식물을 캐낸 자리에 밀어 넣은 다음, 부드럽고 유연한 숙련된 손놀림으로 양치식물을 다시 제자리에 심었다. 그러고는 잠시 흐뭇하게 바라보다가 다음 식물로 옮겨갔다. 어머니는 다른 때 같으면 나중에라도 나와서 제대로 심어졌는지 확인하겠지만, 요즘엔 건강이 나빠져서 집 밖으로 잘 나오지 못한다. 그러다 보니 정원은 조금씩 어머니의 손길이 닿지 않는 티가 나기 시작했다. 누렇게 말라가는 화초도 여러 개고, 다시 심어야 할 것들도 있었다. 어머니는 그중 몇 개를 화분에 옮겨 심어 집 안으로 들이고 싶어 했다. "무슨 일이 있는 것 같더라. 병이 도는 것 같아." 어머니가 말했다. 엘레판테도 그렇게 생각하기는 했지만, 그가 생각하는 병은 어머니가 걱정하는 그런 것과는 달랐다.

탐욕이지. 엘레판테는 땅을 파면서 생각했다. 탐욕은 병이야. 나도 그 병을 앓고 있잖아.

2주 전이었다. 한밤중에 나이 많은 아일랜드 남자가 부두에 있는 그의 화물차 사무실에 찾아왔다. 엘레판테가 부하들과 트럭에 담배를 싣고 있을 때였다. 그가 하는 일이 값나가는 물건들을 보관해 놓았다가 원하는 사람에게 판매하는 것이기 때문에, 밤중에 낯선 사람이 찾아오는 것은 이상할 게 없었다. 하지만 그런 점들을 감안하더라도 이 노인은 좀 수상했다. 70세쯤 되어 보였는데 낡은 재킷에 나비넥타이를 매고 있었으며 머리는 백발이었다. 얼굴엔 주름이 가득하고 깊은 골들이 패어 있어서 마치 지하철 노선도를 보는 것 같았다. 한쪽 눈은 부어오른 채 감겨 있었는데, 그 눈은 완전히 시력을 잃은 것 같았다. 깡마르고 허약해 보였으며 숨 쉬는 것조차 힘들어 보였다. 그가 들어오자 엘레판테는 앉으라는 시늉을 했고, 노인은 고마워하며 의자에 앉았다.
"혹시 도움을 받을 수 있을까 해서 왔소." 노인이 말했다. 아일랜드 사투리가 너무 심해서 알아듣기가 힘들 정도였다. 쇠약해 보이는 데에 비해서는 음성이 명확했으며, 어투에는 단호함과 당당함이 배어 있었다. 어떤 일을 당할지 알 수 없는 밀수업자의 사무실에, 그것도 새벽 세 시에 혼자 걸어 들어오면서 마치 볼로냐소시지를 사러 식료품점에 들어가는 것처럼 아무렇지 않은 것부터가 그랬다.
"원하는 게 뭐냐에 따라 다르지." 엘레판테가 말했다.
"셸비 도일이 보내서 왔는데." 노인이 말했다. "당신이 날 도와줄 수 있을 거라고 하더군."
"난 셸비 도일이란 사람을 모르는데."
노인은 코웃음을 치더니 나비넥타이를 잡아당기며 말했다. "당신이 물건을 옮겨 줄 수 있다고 하던데."
엘레판테가 어깨를 한 번 들썩여 보이고는 대답했다. "나는 트럭운송과 창고 일을 하는 일개 이탈리아 젊은이일 뿐이요. 지금도 할 일이 남아 있는데 당신 때문에 지연되고 있소."
"건설 공사도 하나?"
"건설도 좀 하고. 창고업이나 운송도 하고. 아주 무거운 것만 아니라면. 우린 주로 땅콩이나 담배를 취급하니까." 엘레판테는 이렇게 말하면서 주변에 쌓인 상자들에 붙은 '담배' 라벨을 턱으로 가리켰다. "담배 피우시겠소?"
"아니. 목 건강을 위해서 담배는 피우지 않아. 난 가수거든."
"무슨 노래를 주로 부르는데?"

"가장 멋진 노래." 노인이 유쾌한 어조로 대답했다.

엘레판테의 입가에 미소가 번졌다. 자기도 모르게 웃음이 지어진 것이다. 숨쉬기도 힘들어 보이는 노인이 노래를 한다니. "그럼 한 번 불러줘 보시든지." 엘레판테가 말했다. 그냥 장난삼아 던져본 말이었다. 그러자 뜻밖에도 노인은 자리에서 일어나 고개를 양옆으로 까닥이며 목 근육을 풀더니 음성을 다듬는 것이었다. 그러더니 구레나룻을 기른 턱을 천장을 향해 쳐들고 양팔을 벌린 채 맑고 아름다운 테너의 음성을 뽑아냈다. 장엄하면서도 경쾌한 곡이었다.

> 그날을 기억하네, 거칠고 적막했던,
> 허드슨강에 파도치던 밤.
> 목사님이 죄수의 무덤에
> 구덩이를 파고 시체를 묻었죠.
> 포대에 싸여 묶인 채 누워 있는 비너스,
> 빌렌도르프의 미녀,
> 그녀는 얕은 무덤 바닥에 잠들어 있어요.

갑자기 기침이 나오는 바람에 노래가 끊겼다. "좋아, 그만하면 됐소." 노인이 노래를 이어가기 전에 엘레판테가 말했다. 사무실에서 일사불란한 동작으로 상자들을 옮겨 트럭에 싣던 엘레판테의 부하들 중 두 명이 잠시 동작을 멈추더니 미소를 지었다.

"아직 끝나지 않았는데." 노인이 말했다.

"그 정도면 훌륭해." 엘레판테가 말했다. "이탈리아 노래는 모르나? 트랄랄레로 같은 거?"

"내가 안다고 하면 거짓말이지 않겠나."

"이탈리아 북부 지역에서 많이 알려진 노랜데. 주로 남자들이 부르는."
"그건 자네 사람들에게 불러달라고 하게. 난 자네가 좀 더 관심 있어 할 얘기를 하러 온 거니까." 노인은 이렇게 말하더니 또다시 기침을 했다. 이번엔 좀 더 깊고 힘겨워 보였다. 잠시 후 기침이 잦아들자 노인은 목청을 가다듬었다. "내가 보기에 자넨 돈이 필요한 것 같은데?"
"내가 그렇게 다급해 보이나?"
"케네디 공항으로 보내야 할 물건이 좀 있소."
엘레판테가 근처에서 머뭇거리는 부하 두 명을 힐끗 보았다. 둘은 황급히 멀어져 다른 동료들에 합세했다. 일에 관한 얘기임을 알아차린 엘레판테는 아일랜드 출신의 노인에게 사무실 한쪽에 있는 책상 의자에 앉으라는 시늉을 했다.
"우린 공항 배달은 하지 않소." 엘레판테가 말했다. "보관 서비스와 가벼운 배달만 하지. 대부분 식료품 관련해서."
"그런 일은 정부에 맡기게." 노인이 말했다. "셀비 도일 말로는 자네를 믿어도 된다고 하던데."
엘레판테가 잠시 생각하는 듯하더니 말했다. "셀비는 죽어서 스태튼아일랜드 어딘가에 묻혀 있다고 들었소."
노인이 껄껄 웃었다. "나와 알고 지낼 때는 멀쩡했지. 자네 아버지도 그랬고. 우린 모두 친구였거든."
"내 아버지는 친구가 없었소."
"우리가 함께 주립 교도소에서 지내던 시절에는 자네 아버지도 친구가 많았네. 고인에게 하나님의 축복이 있기를."
"하소연을 늘어놓고 싶으면 당신의 탁상에나 대고 털어놓고, 공연이나 시작해 보시오." 엘레판테가 말했다.

"지금 뭐라는 건가?"

"당신 요점이 뭐냐 말이오?" 엘레판테가 더 이상 참기가 힘들다는 듯이 물었다. "대체 원하는 게 뭐요?"

"내가 말했지 않은가. 케네디 공항까지 물건을 옮겨야 한다고."

"그다음에는?"

"그건 내가 알아서 할 거야."

"덩어리가 큰 물건이오?"

"아니. 그렇지만 기밀 유지와 안전을 보장해 줘야 해."

"그럼 택시를 이용하시오."

"택시는 믿을 수가 없어. 셀비는 믿을 수 있었지. 그런데 그가 당신을 믿을 수 있는 사람이라고 소개한 거야."

"셀비는 내 얘기를 어디서 들었는데?"

"셀비가 자네 아버지와 알고 지내는 사이였다니까. 내가 말했잖아."

"내 아버지를 아는 사람은 없어. 다가가기가 정말 힘든 사람이었으니까."

아일랜드 출신의 노인이 또다시 껄껄 웃었다. "자네 말이 맞아. 하루에 세 마디 이상 안 하는 사람이었지."

사실이었다. 엘레판테는 아일랜드 출신의 이 노인이 실제로 아버지를 잘 알고 있었다는 사실을 기억해 두어야겠다고 생각했다. "그래서 당신은 지금 누구 밑에서 일하는데?" 엘레판테가 물었다.

"내 밑에서." 노인이 대답했다.

"무슨 뜻이오?"

"출근하기 싫을 때 굳이 누구에게 보고하지 않아도 된다는 말이야." 노인이 대답했다.

거버너 75

엘레판테가 콧방귀를 뀌면서 일어섰다. "부하를 시켜서 지하철 타는 곳까지 모시도록 하겠소. 커즈 지구에는 동전 한 닢을 위해 당신 얼굴에 권총을 들이댈 인간들이 우글거리니까."

"잠깐, 젊은 친구." 노인이 말했다. "내 이름은 드리스콜 스터게스. 브롱크스에서 베이글 가게를 하고 있지."

"거짓말 서비스를 하는 거겠지. 아일랜드인이 베이글 가게를 한다고?"

"합법적인 거야."

"당신 거처로 돌아가는 게 좋을 거요, 선생. 내 아버지한테 아일랜드 친구는 없으니까. 아버지가 말을 섞은 아일랜드인이 있다면 경찰뿐이었을 거야. 곰팡이 같은 존재들이지. 지하철 타는 곳까지 태워다 줘요, 말아요?"

노인의 얼굴에서 생기가 사라졌다. "구이도 엘레판테는 싱싱 교도소에 있을 때 많은 아일랜드 친구들을 사귀었다네, 젊은이. 레니 벨턴, 피터 시무스, 셀비, 나. 우린 모두 친구였지. 나에게 일 분만 시간을 주시오."

"그럴 시간이 없소." 엘레판테는 이렇게 말하고는 일어나서 문 쪽으로 다가가 노인이 일어나기를 기다렸다. 그러나 노인은 일어나지 않고 그를 올려다보며 말했다. "여기 아주 좋은 사업체를 차렸군. 그런데 사업의 건강 상태는 어떤가?"

엘레판테가 노인의 얼굴에 시선을 고정시킨 채 말했다.

"다시 한번 말해 보시오."

"자네의 운송 사업이 원활하게 돌아가는지 물었네."

엘레판테가 잔뜩 인상을 쓴 채 다시 자리에 앉았다. "당신 이름이 뭐라고 했소?"

"스터게스. 드리스콜 스터게스."

"다른 이름은 없소?"

"글쎄……. 자네 아버지는 나를 거버너라고 불렀지. 늘 건강하기를, 등 뒤에서는 늘 순풍이 불어오기를, 가는 곳마다 길이 열리고, 하나님의 손길이 늘 함께하기를. 아일랜드에서 전해 내려오는 시야. 그 시의 마지막 줄을 가지고 짤막한 노래를 하나 만들었는데, 들어보려나?" 노인이 노래를 부르려고 일어서자, 엘레판테가 긴 팔로 노인의 재킷을 잡아당겨 다시 자리에 앉혔다.

"잠깐 좀 가만히 앉아 있으란 말이오."

엘레판테는 노인을 뚫어지게 바라보았다. 갑자기 귀가 떨어져 나가는 듯 정신이 번쩍 들면서 숨을 쉬기 힘들 정도의 긴장감이 몰려왔다. 그리고 아련하게 떠오르는 기억이 있었다. 거버너. 아주 오래전에 그 이름을 들은 적이 있다. 아버지가 몇 번 언급하는 것을 들었는데, 그게 언제였던가? 수년 전인데. 아버지가 돌아가시기 얼마 전, 엘레판테가 열아홉 살 때였다. 한창 말 안 듣던 십 대 청소년 시절. 거버너라고? 엘레판테는 노인과 관련된 사실을 떠올리기 위해 기억의 심연으로 파고들었다. 거버너……. 거버너……. 뭔가 중요한 사실과 연결되어 있는데. 돈과 관련된. 뭐였더라?

"거버너라고 했소?" 엘레판테가 머뭇거리며 물었다.

"맞아. 자네 아버지가 내 얘기를 한 번도 안 하던가?"

엘레판테는 잠시 눈을 껌벅거리다가 목청을 가다듬고 대답했다. "어쩌면 했을 수도." 그의 아버지 구이도 엘레판테는 사용하는 단어가 몇 개 되지 않았으며, 하루에 네 번 정도 입을 열었다. 하지만 한마디씩 할 때마다 그 소리는 아버지가 마지막 몇 해를 갇혀 지내야 했던 어두컴컴한 침실 밖으로 날카롭게 터져 나오곤 했다. 아버지는 감옥에 있던 중에 뇌졸중으로 쓰러져 반신불수가 되었는데, 아버지의 음울하고 냉혹한 말들은 천진난만했던 어린 소년의 마음을 아프게 파고 들었다.

엘레판테는 어린 시절 심한 개구쟁이였으며, 그를 통제하지 못하는 어머니를 대신해서 이웃과 사촌들이 그를 길들여 주었다. 엘레판테가 그렇게 어린 시절을 보내는 동안 그의 아버지는 대부분의 세월을 감옥에서 보냈는데, 도대체 어떤 범죄를 저질렀는지는 말해준 적이 없다. 아버지가 마지막으로 감옥에서 나온 것은 엘레판테가 열여덟 살때였다. 엘레판테는 아버지와 가까웠던 적이 없다. 엘레판테가 스무 번째 생일을 앞둔 어느 날 아버지는 두 번째 뇌졸중으로 세상을 떠났다. 엘레판테는 늘 아버지가 부재한 채 그의 어린 시절을 보냈다. 다섯 살쯤 되었을 때 아버지가 엘레판테를 키즈하우스 수영장에 데려갔던 것을 포함해서 한두 번을 제외하고는 아버지와 즐겁게 놀아 본 기억이 없었다. 감옥 생활을 끝내고 집으로 돌아온 아버지는 여전히 말이 없고, 침울하고, 뭔가 수상했으며, 항상 표정이 굳어 있었다. 아버지는 늘 아내와 아들을 강철 같은 위엄으로 제압했으며, 단 한 가지 삶의 지표를 아들의 마음에 새겨주었다. 고향인 제노아에서 가난에 찌들어 살던 시절부터 이 적갈색 벽돌집을 사고 은행 빚을 다 갚고 세상을 떠날 때까지 아버지의 한평생 길잡이가 되었던 철칙. 그것은 바로 자기가 한 말을 지키는 일이었다. 아버지는 그 한 가지가 이 냉혹한 세상을 살아가는 동안 엘레판테를 지켜줄 것이며, 그가 원하는 것들을 이루게 할 것이라고 했다. 자기가 한 말을 지키지 못하는 남자는 아무짝에도 쓸모없는 인간이라고 했다.

　엘레판테가 아버지의 힘과 능력을 진심으로 인정하게 된 것은 한참 더 나이가 들고 나서였다. 아버지는 침대에 누워서 생활하는 쇠약한 상태에서도 트럭 운송업과 창고업, 건설업을 명석한 사고와 단호한 판단력으로 이끌어갔다. 아버지가 어쩌다가 긴 침묵을 깨고 하는 한마디는 늘 똑같았다. 입을 무겁게 닫고 살아라. 고객에 관해서 절대 묻지 마라. 우리는 시칠리아 출신 밑에서 일하는 제노아 출신들임을 기억해라. 그들은 우리의 안녕 따위엔 관심도 없다는 사실도. 침묵과 건강. 아버지는 건강을 굉장히 중요하게 생각하는 사람이었다. 건강. 건강은 네가 가진 전부다. 항상 건강에 유의해라. 엘레판테는 건강에 관한 말들을 너무 많이 들으며 자라서 이제는 건강이라면 진저리를 칠 정도였다. 처음에는 아버지 자신이 건강을 잃어서 그러는 것이라 생각했다. 그러나 아버지에게 죽음이 소용돌이처럼 닥치는 것을 보고 나자 그의 경고는 엘레판테에게 또 다른 의미를 띠게 되었다.

　화물차 사무실에서 늙은 아일랜드인과 마주 앉아 있으려니 문득 그때의 깨달음이 떠오르면서 마음을 착잡하게 가라앉혔다. 마치 대장장이의 망치가 모루를 때리듯 뭔가 가슴을 두드리는 것 같았다.

　아버지와 작별하기 전날 침실에 함께 있을 때였다. 아버지는 평소 오렌지 주스를 어머니 성화에 못 이겨 마실 뿐 좋아하지는 않았는데 그날따라 신선한 오렌지 주스가 마시고 싶다며 어머니를 가게에 보냈다. 방에는 엘레판테와 아버지만 남았고 두 사람은 채널 7의 단골 진행자인 빌 뷰텔이 진행하는 지역뉴스를 보고 있었다. 엘레판테는 방에 하나뿐인 의자에 앉아 있었고, 아버지는 침대에 기대어 비스듬히 누워 있었는데, 아버지가 뭔가 다른 생각이 떠오른 듯 베개에서 고개를 들고 말했다. "텔레비전 소리 좀 크게 해라."

엘레판테는 소리를 키우고 의자를 침대 옆으로 가져갔다. 엘레판테가 의자에 앉으려고 하는데 아버지가 손을 뻗어 엘레판테의 셔츠를 잡고 자신에게 끌어당겼다. 그런 다음 엘레판테의 얼굴에 바짝 대고 속삭이듯 말했다. "네가 눈여겨봐야 할 사람이 있다."

"누군데요?"

"늙은이야. 아일랜드 출신이지. 거버너."

"뉴욕시 주지사 말이에요?" 엘레판테가 물었다.

"그 인간 말고." 아버지가 말했다. "다른 거버너 말이다. 아일랜드 출신. 거버너가 그의 이름이야. 그가 나타나면, 그러지 않을 수도 있지만 그래도 혹시 나타난다면 너의 건강에 대해 물을 거다. 그럼 그 사람이 거버너라는 걸 알아차려야 해."

"제 건강에 대해서 뭘 물어보는 거죠?" 아버지는 엘레판테의 질문에는 대답하지 않고 말했다. "네가 가는 곳에 길이 열릴 것이라는 말, 등 뒤에서 순풍이 불어줄 거라는 말, 그리고 하나님이 너와 함께 하실 거라는 말을 할 거야. 아일랜드 천주교인들이 주절거리는 구절들이지. 그런 말을 하면서 너의 건강에 관해 물으면, 그자가 바로 거버너야."

"그 사람이 왜요?"

"내가 그의 물건을 가지고 있는데, 그걸 찾으러 올 거야. 그걸 그자에게 주어라. 그럼 그가 정당한 대가를 지불할 거야."

"뭘 보관하고 있는데요?" 하지만 그때 문이 열리고 어머니가 돌아왔다. 그러자 아버지는 나중에 얘기하자며 더 이상 말하지 않았다. 하지만 나중은 오지 않았다. 아버지는 그대로 혼수상태에 빠졌고 다음 날 세상을 떠났다.

지금 자신을 뚫어져라 바라보고 있는 아일랜드 인을 마주하고 앉은 엘레판테는 되도록 평정심을 유지하려 애쓰며 말했다. "아버지가 건강에 대해서 뭔가 얘기를 했었던 것 같은데, 벌써 오래전이오. 돌아가시기 직전이었으니까 내가 스무 살 때였소. 지금은 잘 기억도 나지 않지만."

"아, 그렇군. 자네 아버지는 의리를 지키는 사람이었어. 친구를 절대로 잊지 않았지. 내가 아는 누구보다 멋진 사람이었어. 감옥에 있을 때 나를 잘 보살펴 주었고."

"이 봐요, 이제 냄새만 피우는 얘기는 그만하고 본론을 꺼내지 그래요?"

"뭐라고?"

"본론으로 들어가자고. 내게 원하는 게 뭐요?"

"좋아, 한 번 더 말해주지. 케네디 공항으로 물건을 옮겨야 해."

"승용차로 옮기기에는 너무 큰 거요?"

"아니. 한 손으로 쥘 수도 있어."

"카드놀이 하듯 하루 종일 이렇게 수수께끼만 던질 거요? 도대체 뭔데 그래?"

거버너는 입가에 미소를 지었다. "내가 친구 집에 골칫거리나 안겨줄 만큼 한심한 인간으로 보이나?"

"감동적인 말이긴 한데, 거짓말처럼 들려서 말이지."

"내가 직접 운반할 수도 있지만," 늙은 아일랜드인이 말했다. "창고에 있어서 말이야."

"그럼 꺼내면 되잖소."

"그렇긴 하지만 그럴 수가 없네. 창고를 운영하는 사람이 나를 모르거든."

"누군데?"

그러자 거버너는 코웃음을 치더니 잘 보이는 한쪽 눈으로 엘레판테를 힐끗 보았다. "내게 아직 살날이 많이 남아 있다면 자네가 내 말을 얼마든지 끊어도 좋겠지. 하지만 내 나이가 그렇게 여유롭지는 못하지 않나? 그러니 더 이상 내 말을 방해하지 말고 잘 들으라고." 그는 씁쓸한 미소를 지어 보이고는 의자에 앉은 채 조용히 노래를 불렀다.

> 전쟁이 치러졌고, 양편 모두 치열하게 싸웠네.
> 전쟁이 끝나고 비너스는 위법자의 손에 들어갔지.
> 비너스, 비너스, 내게 너무도 소중했던.
> 빌렌도르프엔 언제나 그녀의 모습이 남아 있으리.
> 오, 아름다운 비너스!
> 이제는 꽁꽁 묶여 땅에 묻혔네.
> 나는 그녀를 잃었지만, 사라진 건 아니네.

노래를 멈추고 보니 엘레판테가 그를 뚫어지게 노려보고 있었다. "이빨을 제대로 보존하고 싶으면 노래는 그만해."

늙은 아일랜드인이 난처한 표정을 지으며 말했다. "속임수 같은 건 없어. 수년 전 내가 뭔가를 얻게 됐고, 지금 나는 그걸 찾아내서 옮기는 데 자네 도움이 필요한 걸세."

"그러니까 그게 뭐냐고?" 이번에도 거버너는 엘레판테의 질문에 답을 하지 않았다. "내겐 시간이 얼마 남지 않았어, 젊은이. 세상 떠날 준비를 하는 중이라고. 속임수를 써 봐야 내게 도움이 될 게 없어. 나는 폐를 못쓰게 됐네. 장성한 딸이 하나 있어. 베이글 사업을 물려줄 생각이네. 깨끗하고 건실한 사업이니까."
"아일랜드인이 무슨 베이글을 굽는다는 말이지?"
"법으로 금지되어 있나? 경찰 걱정은 안 해도 돼, 젊은이. 원한다면 한 번 와서 보라고. 아주 잘 돌아가고 있으니까. 우린 브롱크스에 있네. 브루크너 하이웨이를 빠져나오면 바로 거기야. 난 아주 바르고 정직한 사람이야."
"그렇게 바르고 정직하다면, 가진 것 모두 딸에게 주고 오래오래 행복하게 살면 되겠네."
"그렇지만 딸이 그 세계에 연루되는 건 내가 원치 않아. 자네가 가지게. 자네라면 잘 지킬 수 있을 거야. 아니면 원하는 대로 알아서 처분해도 돼. 어찌 되든 허사가 되는 건 아닐 테니까."
"차라리 웨딩 플래너가 되지 그랬소. 처음에는 내게 물건을 옮겨달라고 하더니, 이제는 나에게 주겠다는 말이요? 그런 다음 내가 그걸 팔고, 당신에게 지분을 챙겨줘라, 이 말이잖소. 도대체 무슨 꿍꿍이가 있는 거요?"
노인이 곁눈으로 엘레판테를 힐끗거리며 말했다. "자네 아버지가 한 번 얘기한 적이 있어. 그 친구가 막 출소한 후였을 거야. 자네가 파이브 패밀리 밑에서 일하고 싶어 한다고 하더군. 만약 그랬다면 그 결말이 어땠을지 알고 싶은가?"
"이미 알고 있소."
"아니, 자넨 몰라." 거버너가 말했다. "감옥에 있을 때 자네 아버지는 자네 자랑을 많이 했어. 언젠가 자네가 자기 일을 맡아서 하게 될 거라고 말이야. 자네는 비밀을 지킬 수 있는 사람이라고 했어."
"물론 잘 지키지. 비밀 하나 듣고 싶소? 우리 아버지는 죽었고, 이제 내 인생은 오로지 내 몫이라는 거요."

"왜 그렇게 흥분하나, 젊은이? 자네 아버지는 자네에게 선물을 남겼어. 자네 아버지가 이 일을 계획 한 거라고. 수년 전에 나를 위해 맡아 주기로 했어. 열쇠는 자네가 가지고 있지."

"내가 그 열쇠를 이용해서 벌써 그 물건을 처분하지 않았다고 어떻게 믿지? 그게 뭔지는 모르지만 말이오." 엘레판테가 물었다.

"만약 자네가 그렇게 했다면 이런 시각에 이런 화물차 안에서 자네가 물건이라 부르는 허접한 것들을 나르고 있지는 않았겠지. 옛 기억을 되살려서 계산해 보자면…… 12피트짜리 트럭에 상자 34개. 담배와 술이 담겨 있다면 한 상자당 48달러로 치고. 거기서 일꾼들 임금 주고, 이 선창을 운영하는 고르비노에게 사용료 지불하고 나면 자네 주머니에 5천5백 달러 남겠군. 그건 그렇고 자네가 아직 고르비노 밑에서 일하는 걸 자네 아버지가 안다면 가만있지 않을 걸세. 분명 엄청 충격을 받을 테지."

엘레판테는 안색이 창백해졌다. 이 늙은이는 배짱도 있고, 영리하다. 그리고 의미심장한 말을 하고 있다. "좋아, 계산은 좀 하는 것 같군." 엘레판테가 말했다. "내게 말해줄 수 없는 그 물건은 지금 어디 있소?"

"방금 자네에게 말해줬지 않는가. 창고 상자 속에 있을지도 모르는 거지."

엘레판테는 거버너의 말에 대꾸하지 않았다. 그는 여전히 그게 뭔지 말해주지 않았다. "증명할 만한 게 있소?"

"뭐가 있냐고?"

"영수증 같은 게 있냐고? 아니면 창고 물품 보관증이라든가. 그 상자가 당신 것이라는 증거 말이오."

거버너가 인상을 찌푸리며 말했다. "구이도 엘레판테는 영수증 같은 걸 준 적이 없어. 그의 말이면 충분했으니까."
 엘레판테가 잠시 생각을 하는 동안 거버너는 잠자코 있었다. 엘레판테가 말했다. "창고 자물쇠만 쉰아홉 개요. 창고를 임대한 사람이 자물쇠를 채우게 되어 있지. 그리고 열쇠는 주인만 갖고 있소."
 아일랜드 출신의 거버너는 큰 소리로 웃었다. "그렇다면 창고에 있지 않은 거겠지."
 "그럼 어디 있단 말이오? 땅에 묻혀 있단 말인가?"
 "안이하고 편안하게 돈을 벌 생각이라면, 나는 자네 편에 서 줄 수 없어. 매사에 철저하고 깔끔해야지. 팔모리브 비누처럼 깨끗해야 해. 자네 아버지라면 꼭 그렇게 했을 테니까."
 "그게 무슨 말이오?"
 "정신 똑바로 차리라고, 젊은이. 내가 방금 말했지 않은가. 어디에 보관 중이든 깨끗해야 한다고. 물건은 비누 하나일 수도 있고, 비누 상자 안에 들어 있을 수도 있어. 그 정도로 작다는 거야. 비누 상자 안에 넣으면 말끔하게 보관될 수 있는 정도. 그 정도 크기란 말이야."
 "이것 보쇼, 선생. 갑자기 나를 찾아와서 수수께끼를 연발하고 있군. 그놈의 것이 뭔지는 모르지만, 처음에는 트럭으로 공항까지 운송해야 한다고 하더니, 이제는 비누 한 개 정도의 크기라고? 게다가 비누처럼 깨끗해야 한다고? 내가 비누 하나 때문에 뛰어다닐 한심한 놈으로 보이는 거요?"
 "그걸 팔면 3백만 달러는 받을 수 있을 거야. 내겐 몇 푼만 떼어주던가, 내키지 않으면 주지 않아도 돼." 아일랜드 출신의 거버너가 말했다.
 엘레판테는 가까이 있는 부하가 문 앞에 있는 상자를 들어 트럭에 옮기는 모습을 살폈다. 표정하나 변하지 않고 말없이 상자를 트럭에 싣는 모습으로 보아 두 사람의 대화를 엿들은 것 같지는 않았다.

"마음 같아서는 당신이 밤새도록 내게 달콤한 말들을 쏟아놓게 하고 싶지만," 엘레판테가 말했다. "아침이 되면 그렇게 했던 나 자신이 한심해서 미쳐버릴 거요. 내 부하를 시켜서 당신을 브롱크스까지 데려다주도록 하겠소. 지하철도 예전 같지 않아서 말이야. 내 아버지를 봐서 그렇게 해 주는 거요."

그러자 거버너가 주름진 손을 들며 말했다. "자네를 속이거나 기만하는 게 아니야. 유럽에 그걸 사려는 사람이 있어. 그래서 케네디 공항으로 가져가려는 거야. 그런데 지금 자네와 얘기를 나누고 보니 자네가 영리하다는 걸 알겠어. 그래서 자네가 그걸 가지는 편이 더 나을 것 같다는 생각이 들었네. 자네가 원하면 팔아도 좋아. 나에게는 아주 조금 떼어주면 좋고. 내키지 않는다면 주지 않아도 괜찮아. 내게 남은 건 집에 있는 딸자식 하나뿐이야. 내 일을 잘 이어가고 있지. 난 단지 그 물건을 헛되게 낭비하고 싶지 않은 것뿐이라네."

"그게 뭐냐고. 동전? 보석? 금? 도대체 가치로 따져서 얼마나 되는데?" 늙은 아일랜드인이 자리에서 일어나며 말했다. "가치가 꽤 될 거야."

"꽤 된다고?"

"구이도가 보관하고 있겠다고 했으니, 나는 그게 잘 보관되어 있으리라 믿어. 어디에 있는지는 모르지만. 자네 아버지는 자기가 한 말을 어긴 적이 없거든."

거버너는 엘레판테의 책상에 명함을 내려놓았다. "브롱크스로 날 찾아오게. 함께 얘기를 해 보자고. 그걸로 무얼 하면 좋을지도 말해줄 테니까. 나중에 마음이 내키면 내게 아주 조금만 떼어주면 돼."

"내가 보관 장소를 모른다면 어떻게 되는 거요?"
"3백만 달러의 가치라면 자넨 알아내게 될 거야."
"현실적인 차원에서 얘기해 보는 게 어떻겠소? 당신이 진실을 말하고 있다는 걸 내가 어떻게 믿지? 내가 뭘 찾아야 하는데?"
"자네 물건들을 확인해 봐. 자네 손에 뭐가 놓여 있는지 보란 말일세."
"누군가 당신을 내게 보내서 올가미를 씌우려는 게 아니라는 걸 내가 어떻게 알 수 있지?"
"내가 이 시간에 여기까지 단지 운동 삼아 나올 만큼 멍청이로 보이나?" 거버너는 이렇게 말하고는 자리에서 일어나 열려 있는 문 쪽으로 갔다. 그리고 문에 기대 선창을 내다보았다. 20미터 정도 거리에서 엘레판테의 부하 두 명이 무거워 보이는 상자를 트럭 안에 밀어 넣느라 끙끙거리고 있었다. 거버너는 그들을 보며 고개를 끄덕였다. "자네 아버지가 감옥에서 만난 대부분의 인간들처럼 쓸데없이 더러운 입만 나불거리는 사람이었다면 자네도 지금쯤 저 친구들과 똑같은 신세로 살아가고 있었을 거야. 파이브 패밀리 뒤나 쫓아다니면서 말이지. 아, 그리고 자네가 옮겨줘야 할 물건은 비너스라고 하네. 빌렌도르프의 비너스. 하나님의 손길이 그녀를 지켜주고 있다네. 자네 아버지가 편지에 그렇게 적었어."

엘레판테는 화물차 한쪽 구석에 있는, 아버지가 쓰던 낡은 캐비닛을 힐끗 보았다. 엘레판테는 그 캐비닛을 열두 번도 더 뒤져 보았었다. 그러나 그 안에는 아무것도 없었다. "아버지는 편지 같은 걸 쓰지 않았소." 엘레판테가 말했다. 그러나 거버너는 이미 문밖으로 걸어 나간 뒤였다. 그리고 거리를 건너 어둠에 싸인 텅 빈 공터로 들어가더니 시야에서 사라졌다.

6
번치

낡은 적갈색 벽돌집 이 층 창을 통해 보면 멀리 맨해튼 고층빌딩의 화려한 불빛이 춤을 추듯 일렁였다. 어두운 거실에는 키가 크고 마른 체형에 갈색 피부를 가진 사내가 화려한 색상의 아프리카 켄테 쿠피 모자와 다시키 셔츠 차림으로 손에는 암스테르담 신문(뉴욕시에서 발행하는 아프리카계 미국인 신문)을 들고 기쁨에 겨워 환성을 지르고 있었다. 서른한 살의 번치 문은 '문 렌터카'와 '문 스테이크 앤 고'를 소유하고 있으며 베드포드-스타이버선트 개발공사의 공동 책임자이기도 하다. 반들반들 윤이 나는 식탁에 앉아 시에서 발행하는 흑인 신문으로는 가장 정평이 나 있는 신문의 반가운 소식을 읽는 그의 입가에 웃음이 번졌다.

웃음이 옅은 미소로 잦아들면서 신문을 넘겨 뒷부분을 마저 읽은 번치는 손가락으로 염소수염을 매만지며 식탁 맞은편에 앉아 십자말풀이를 하고 있는 스무 살 정도의 남자에게 조용히 말을 건넸다.

"얼, 퀸즈가 불에 타고 있어. 유대인들이 불을 질렀다네."

십자말풀이에 열중하고 있는 번치의 오른팔, 얼 모리스는 윤기 흐르는 갈색 피부에 가죽 재킷 차림이었다. 오른손에는 연필, 왼손에는 불붙인 담배를 들고 있었다. 네모 칸에 낱말 채우는 일에 열중하느라 오른손과 왼손을 헷갈릴 지경이다. 결국 담배를 재떨이에 내려놓고 고개도 들지 않은 채 대답한다. "아, 그렇습니까."

"시에서 포레스트 힐즈에 주택 단지를 지을 모양이야." 문이 말했다. "그래서 그 지역에 사는 유대인들이 열받은 거지!"

"그러네요."

"린제이 시장이 현장에 갔는데 항의가 대단했던 가봐. 시장이 화가 나서 '탐욕스러운 유대인들'이라고 했다는군." 번치가 껄껄 웃으며 말을 이었다. "언론과 미디어가 보고 있는 가운데 말이야. 캡틴 마블 같은 영웅 아닌가. 자네도 이 자가 마음에 들지 않나?"

"그러네요."

"얼마나 많은 신문이 이 뉴스를 다뤘을 것 같아? 아무도 없어! 타임스에도 안 실렸고 포스트에도 없어. 유일하게 암스테르담 신문만 실었어. 시장이 현장에 가서 유대인들을 모욕하는 발언을 했는데 거기에 대해 어떤 신문도 한마디를 안 해. 우리 말고는. 유대인들은 우릴 싫어해! 포레스트 힐즈에 주택 단지가 생기는 걸 원하지 않는다고."

"그러네요."

"그리고 백인들은 유대인을 싫어하지. 왜냐하면 그들이 모든 걸 차지하니까. 알아들어?"

"그러네요."

번치가 눈살을 찌푸렸다.

"다른 말 좀 할 수 없어?"
"그러네요."
"얼!"
얼이 낱말 칸에 글자를 적어 넣으며 고개를 들어 번치를 바라보았다.
"네?"
"다른 말 좀 할 수 없냐고?"
"뭐에 대해서 말씀입니까?"
"내가 방금 한 말에 대해서. 유대인이 모든 것을 차지하고 운영한다는."
얼은 말없이 입술을 오므리며 난감한 표정을 지었다. 그러더니 담배를 짧게 한 모금 빨더니 조용히 물었다. "이번엔 또 어떤 유대인이랍니까?"
번치는 어이가 없다는 듯 코웃음을 치며 생각했다. 주변에 온통 멍청이들뿐이군. "커즈하우스에 사는 녀석은 좀 어떤가? 어제 총 맞은 녀석 말이야."
얼은 비로소 정신을 차리고 자세를 바로 했다. 보스가 조금씩 열을 받고 있다는 걸 눈치챈 것이다. "귀를 맞았답니다." 얼이 재빨리 대답했다. "중상은 아니고요."
"이름이 뭐라고 했지?"
"딥즈 클레멘스입니다."
"영리한 녀석인데. 언제쯤 일어날 수 있대?"
"일주일쯤이랍니다. 늦어도 이 주 정도면…"
"거기 영업은 어떻고?"
"조금은 떨어졌습니다."

"총 맞고 나서 체포됐어?"

"아닙니다. 체포되지 않았어요. 빼돌린 사람이 있어서 경찰이 아무 단서도 잡지 못했답니다."

"좋아, 그럼 곧 다시 일할 수 있게 해. 자기가 맡았던 광장 구역은 사수하게 해야지."

"그럴 수가 없을 것 같습니다."

"왜 못한다는 거지?"

"아직 회복되지 않았어요, 보스."

"염병. 그 검둥이 녀석이 귀 한쪽을 잃은 거지, 불알을 잃은 게 아니잖아. 그리고 패거리들도 있고."

"그러네요."

"그놈의 소리 좀 그만할 수 없어?" 번치가 쏘아붙였다. "좀 더 일찍 일을 시작하게 할 수는 없겠나? 영업 관리를 탄탄하게 하지 않으면 순식간에 매출이 떨어질 거야. 안 되면 패거리들을 시켜서라도 할 수 없겠나?"

얼이 어깨를 들썩여 보이며 말했다. "보스, 거긴 지금 위험해요. 경찰이 계속 범인을 찾고 있어서."

"범인이 누군데?"

"어느 늙은이랍니다. 술주정뱅이인가 봐요."

"좀 더 구체적으로 말해 봐. 커즈하우스엔 발에 걸리는 게 술주정뱅이이니까."

"그러……." 번치가 노려보자 얼은 갑자기 기침을 하더니 목청을 가다듬었다. 그러고는 얼른 고개를 떨궈 종이에 코를 박은 채 십자말풀이에 다시 열중하기 시작했다. 그러다가 십자말풀이를 가리키며 말했다. "똑같은 말 반복하는 습관을 고치려고 이걸 하는 거예요. 매일 새로운 단어를 배우고 있죠."

번치는 치아 사이로 혀를 차고는 창문 쪽으로 고개를 돌렸다. 기분은 이제 완전히 잡쳐 있었다. 번치는 걱정스러운 얼굴로 거리를 내다보았다. 멀리서 반짝이는 맨해튼의 스카이라인을 바라보다가 피곤함에 절은 듯 허물어져 가는 적갈색 벽돌집들로 시선을 옮겼다. 거리 양쪽으로 쓰레기 더미가 쌓여 있고, 사이사이에 버려진 차들이 거대한 곤충의 시체처럼 아무렇게나 세워져 있었다. 엔진이 통째로 사라진 것도 있고, 타이어가 빠진 것도 있었다. 쓰레기 더미 위에서 개구리처럼 폴짝거리며 이리저리 옮겨 다니며 놀고 있는 아이들도 보였다. 쓰레기더미가 쌓여 있는 음산한 거리와는 대비되는 번치의 적갈색 벽돌집 앞에는 잘 닦인 다이아몬드처럼 반짝이는 차 한 대가 세워져 있었다. 번치의 검은색 뷰익 엘렉트라 225.

"이놈의 저주받은 도시." 번치가 중얼거렸다.

"그렇죠." 얼은 짧게 대꾸했다. 길게 말해서 좋을 것 없을 테니까.

머릿속이 복잡한 번치는 얼의 반응에 무디어졌다. "경찰은 딤즈 문제에 매달릴 여유가 없을 거야." 번치가 말했다. "신문에도 전혀 실리지 않았잖아. 암스테르담 신문조차 그 사건을 싣지 않았다고. 지금 중대 뉴스는 퀸즈의 유대인들 문제니까 말이지. 브라운스빌 폭동하고."

"무슨 폭동이요?"

"자넨 신문도 안 보나? 지난주에 거기서 아이 하나가 총에 맞았잖아."

"백인 아이요, 흑인 아이요?"

"이 친구야, 자네 머리는 방음장치가 되어 있나? 브라운스빌이잖아. 당연히 흑인 아이지!"

"아, 맞아요. 저도 읽었어요. 그 아이가 노인을 상대로 강도질을 했다나, 뭐 그런 거 아니었어요?" 얼이 말했다.
"폭동 때문에 76관할구 경찰들이 몽땅 출동했더라고. 그건 우리로선 좋은 일이지. 우리가 키즈하우스 문제를 해결하는 동안 경찰력이 그쪽에 집결해 있을 테니까. 잘 들어. 스테이크 앤 고에 전화해서 캘빈하고 저스틴에게 일을 쉬라고 해. 그리고 꽃과 케이크, 따뜻한 커피를 폭동 현장과 데모 현장에 가져다주고, 주도자들이 모이는 아지트에도 가져가라고. 몇몇 교회 같은 데서 만나겠지. 이왕이면 닭고기도 가져가라고 해." 번치는 이렇게 말하고는 쓴웃음을 지었다. "그 마틴 루터 킹의 후예들도 닭고기를 먹어야 생각이 좀 돌아갈 테니까 말이야. 윌러드 존슨에게 준비를 도와달라고 해."
"윌러드가 어젯밤에 전화했었습니다."
"무슨 일로?"
"돈이 좀 모자란다고요……. 그 일 있지 않습니까. 우리가 하고 있는 도시 관련, 빈민 프로그램인가……."
"재개발 관련 말인가?"
"네, 그 건. 돈이 필요하답니다. 사무실 임대료와 전기세. 그래야 한고비 넘길 수 있답니다."
"젠장……. 키즈하우스 쪽 일을 정리해야겠어. 딤즈를 쏜 자에 대해 좀 더 자세히 말해 봐." 번치가 거실을 서성이기 시작하자 얼은 그의 얘기에 집중하고 있었다.
"별로 말씀드릴 게 없습니다. 늙은 영감이 술에 취해 총을 쏜 거예요. 거기 교회 집사랍니다."
번치가 서성이기를 멈추고 물었다. "왜 진작 그걸 말하지 않았나?"

"묻지 않으셨잖습니까."

"어떤 교회? 큰 교회, 아니면 작은 교회?"

"잘 모르겠습니다, 보스. 커즈 주민들은 남녀노소를 막론하고 교회 신도들이어서 교회가 열네 개나 되니까요. 어느 이름 없는 작은 교회라고만 들었어요."

그 말에 번치는 한결 안심이 되는 듯했다. "됐어. 그 늙은이를 찾아. 그 교회를 찾으라고. 우선 그자부터 처리해야 해. 그자를 제대로 처리하지 않으면 남브루클린의 판매책들이 우리 영역을 넘보려고 할 거야. 강도를 당한 것처럼 꾸며. 혹시 돈을 가지고 있으면 뺏고. 약간 상처도 내 주고. 너무 중상을 입히지는 마. 교회 사람들을 흥분시키는 건 좋지 않으니까. 그런 다음 재개발국에서 나온 척하고 교회를 찾아가는 거야. 우리 지역사회에서 그런 사건이 생긴 것에 대해 유감을 표하는 거지. 성경책을 들고 가서 호감을 사고, 시에서 재개발기금을 주겠다고 약속해. 하지만 먼저 그 늙은이를 손봐주는 것이 중요해. 브라운스빌이 잠잠해지기 전에 재빨리 처리해야 해."

얼이 미간을 찌푸리며 대답했다. "거긴 우리 영역이 아니에요, 보스. 그쪽 담당하는 녀석들을 제가 다 아는 것도 아니고요. 이럴 때를 위해서 조 펙에게 돈을 주는 거 아닌가요? 우리 공급책이자 그런 일들도 처리하라고 말이에요. 펙은 그쪽 경찰에도 선이 닿아 있고, 사람들도 다 잘 알 거예요. 펙에게 전화를 해 보지 그러세요?"

번치가 어깨를 한 번 들썩여 보였다. "벌써 했어. 우리가 직접 처리하겠다고 했지."

얼이 애써 놀라움을 감추며 물었다. "왜요?"

번치가 창문을 힐끗 보고는 각오를 한 듯 말했다. "조 펙을 떼어버릴 생각이야. 공급책을 우리가 직접 구하는 거지."
 얼은 뭔가 생각하는 듯 조용히 듣고만 있었다. 이건 번치가 가볍게 하는 얘기가 아니다. 그렇다면 번치가 얼을 자기 일에 조금 더 깊숙이 받아들인다는 의미가 된다. 얼은 지금 이 상황이 자신에게 좋은 일인지, 안전한 건지 판단할 수가 없었다. 이 바닥에서 안전은 중요한 요소다. "펙은 고르비노 패밀리예요, 보스."
 "그가 고르비노 워싱턴의 패밀리라고 해도 난 상관없어. 고르비노도 이제 예전 같지 않다고. 게다가 이제 그들도 펙을 반기지 않아." 번치가 말했다.
 "왜 안 반기죠?"
 "그 친구 너무 거칠잖아."
 "그러네요." 얼은 또 이 말을 하고 말았다. 번치의 성난 눈초리에 신경 쓸 여유는 없었다. 머릿속이 이미 복잡해졌기 때문이다. 신중히 생각해야 한다. 커즈하우스를 생각하면 왠지 불안해졌다. 일주일에 한 번씩 약을 가져다주고 돈을 받아오는 것 외에 얼은 그곳에서 이방인이었다. 얼은 손가락으로 턱을 문지르며 골똘히 생각에 잠겼다. "고르비노 쪽에서 펙을 탐탁지 않게 생각한다고 해도 엘레판테가 있잖아요. 그를 상대해야 할 수도 있어요. 엘레판테와 얽히면 항구에서 시멘트에 발이 박힌 채 끝날 수도 있고요. 마크 범퍼스 기억하세요? 엘레판테를 거슬렀다가 바다에서 시신 조각들로 건져 올려졌다고 들었어요."
 "범퍼스는 멍텅구리 벽창호였어. 밀수업자고. 그리고 엘레판테는 마약을 취급하지 않아."
 "그렇죠. 하지만 선창을 관리하고 있어요."
 "자기 선창만 관리하는 거지. 항구에는 다른 선창도 많아."

"엘레판테가 커즈를 각별하게 생각해요, 보스. 거긴 그의 영역이에요."

"누가 그래?"

"모두가 그렇게 말해요. 펙과 고르비노도 엘레판테는 건드리지 않아요."

"엘레판테는 고르비노 패밀리가 아니야. 그들과 손잡고 일은 하지만, 엘레판테는 독자적으로 사업을 운영하지. 담배나 타이어, 냉장고 같은 것들이 아니면 관심을 두지 않으니까."

"저도 그러기를 바라죠." 얼이 여전히 의심스러운 표정으로 귀를 긁적이며 말했다. "엘레판테가 관리하는 항구에서 영혼의 해방을 맞은 검둥이가 범퍼스뿐만이 아니에요. 그게 그 이탈리아 놈이 자기를 화나게 한 상대를 처리하는 방식이라고 들었어요."

"자, 이제 지하철표나 챙겨서 어서 움직이지 그래? 내가 말했잖아, 엘레판테는 건드리지 않을 거라고. 그자는 우리 일에 관심 없어. 그리고 그자는 펙하고 가깝지 않아. 우리가 일을 조용히 처리하기만 하면 아무 문제 없어. 지금이야말로 우리가 펙을 적당히 빼고 큰 몫을 챙길 수 있는 기회야."

"펙을 빼고 어떻게 공급책을 구할 건데요?" 얼이 물었다.

"그건 내가 알아서 해." 번치는 테이블에 앉은 채 켄테 쿠피 모자를 벗어 짚고 숱이 많은 머리를 쓰다듬었다. "커즈하우스로 가서 그 늙은 이를 처리해. 팔을 부러뜨리라고. 그리고 옷에 불을 붙여. 죽이지는 말고. 강도를 만났는데 일이 좀 험하게 된 것처럼 꾸며. 그런 다음에 재개발 기금으로 교회에 약간의 기부만 하면 끝나는 거야."

"맙소사, 보스. 그런 일은 펙한테 시키면 좋지 않아요? 아니면 딤즈를 시키거나."

번치가 굳은 표정으로 얼을 빤히 바라보며 물었다. "자네 마음이 떠난 건가? 그렇다면 자네 마음을 존중해 주지. 이제 곧 일이 본격적으로 힘들어질 것 같거든."

"마음이 문제가 아니고요. 늙은이를 가혹하게 폭행하고, 그의 교회에 기부를 한다는 게 마음에 걸립니다."

"자네 언제부터 그렇게 양심적인 사람이 된 거야?"

"그게 아니에요."

"해럴드를 부르는 게 좋을 것 같군."

그러자 지금까지 의자에 느긋하게 기대앉아 있던 얼이 몸을 일으켜 똑바로 앉았다. "그 검둥이는 왜 불러내시려는 겁니까?"

"일손이 더 필요할 것 같아서."

"그 늙은이를 겁주려는 건가요, 아니면 커즈하우스를 아주 박살 내시려는 건가요?"

"아무튼, 요즘 해럴드는 어디서 지내나?" 번치가 물었다.

얼은 언짢은 기색을 감추지 못하더니 이내 대답했다. "버지니아에 있습니다. 마지막 일을 끝냈으면 알래스카에 있어야 하고요. 빌어먹을 방화범."

"펙이 이번 일로 성질을 부릴 경우 우리도 해럴드의 기술이 필요할 거야."

얼은 어두운 침묵을 곱씹으며 손가락 끝으로 턱을 문질렀다. 번치는 얼의 뒤에서 양손으로 얼의 어깨를 탁탁 치더니 안마를 하기 시작했다. 얼은 시선을 정면에 고정한 채 잔뜩 긴장했다. 번치의 칼솜씨는 가까이서 보아왔다. 순간적으로 공포가 엄습했으나 번치가 말을 이어가자 비로소 사라졌다. "자네가 교회 사람들에 대해 어떤 마음인지 잘 알아. 자네 어머니도 교회 신자셨지 않나?"

"그건 중요하지 않습니다."

번치는 얼의 대답에 개의치 않았다. "내 어머니도 신자셨어. 우리 모두 한때는 교회 식구들이었지 않나. 교회는 좋은 거야. 위대한 거지. 우리를 공동체 안에 살게 하니까. 하나님께 감사해야 해." 그러더니 얼의 귀에 대고 속삭이듯 말했다. "교회 공동체를 무너뜨리자는 게 아니야. 오히려 세우려는 거지. 내가 하고 있는 일들을 한번 생각해 보자고. 우리가 제공하는 일자리. 우리가 도움 주는 사람들. 세차장을 백인이 운영하나? 렌터카 사업을 백인이 하나? 레스토랑은? 우리에게 일자리를 주는 게 백인인가?" 번치가 창밖을 가리켰다. 지저분한 거리. 버려진 자동차, 칙칙하게 폐허가 되어가는 벽돌집들. "저 밖에서 백인이 우릴 위해 해주는 게 뭐가 있지, 얼? 그들은 도대체 어디 있냐고?"

얼은 말없이 앞만 바라보았다.

"우린 교회에 많은 돈을 줄 거야." 번치가 말했다. "잘 될 거라고. 그러니 함께하겠나, 빠지겠나?"

"물론 함께합니다." 얼이 중얼거리듯 말했다.

번치는 다시 테이블 앞에 앉더니 암스테르담 신문을 뒤적이며 얼을 향해 문 쪽으로 고개를 까닥해 보이며 말했다. "그 늙은이, 정신이 번쩍 들게 해 주라고. 제대로 손을 봐줘. 필요하면 불알 하나를 잘라내더라도 말이야. 어떻게 하든 난 상관 안 할 테니 우리 뜻을 정확히 전달하라고. 그럼 해럴드를 부르는 것은 다음 기회로 미루지. 그러니 잔말 말고 시키는 대로 해."

7
개미 떼의 행진

언제부터인지는 모르지만, 매년 가을이 시작되기 전쯤에 커즈하우스 17동에는 한 번씩 개미 떼가 찾아오곤 했다. 한 달에 한 번씩 핫소시지의 보일러실로 마법처럼 배달되는 예수의 치즈 때문이었다. 핫소시지는 그중에서 1파운드짜리 덩어리 몇 개를 자기가 먹으려고 따로 남겨두는데 그걸 몇 년 전에 파크 슬로프에서 주워온 커다란 괘종시계 안에 숨겨두었던 것이다. 처음에 그 시계를 발견하고 지하 보일러실까지 끌고 올 때는 수리를 해서 사용할 생각이었지만, 아직까지 손을 보지는 않았다. 그렇지만 개미 떼는 시계가 고장 났건 말건 상관없이 매년 찾아와 덧문 틈을 통해 들어와서는 7센티미터 정도의 폭으로 대열을 이루어 온갖 폐품, 자전거 부품, 벽돌, 배관 공구, 낡은 개수대 등이 미로처럼 쌓여 있는 핫소시지의 보일러실을 꼬불꼬불 지나 뒷벽에 서 있는 괘종시계 안으로 깨진 유리판을 통해 들어갔다. 치즈는 왁스 종이에 싸여 시계 내부 공간 바닥에 놓여 있었다. 치즈를 맛있게 먹어 치우고 나면, 개미 떼는 시계 밖으로 나와 벽을 따라 왔던 길로 되돌아가면서 마주치는 것들을 닥치는 대로 먹어 치운다. 먹다 버린 링딩스 캔디, 바퀴벌레, 시궁쥐 그리고 동족의 시체들까지.

도시에서 흔히 보는 개미들이 아니었다. 크고 붉은 시골 개미였는데 몸체의 뒷부분이 크고 머리가 작았다. 그것들이 어디서 오는지는 알 수 없었는데, 근처 파크 슬로프에 있는 프레스톤 카터 수목원에서 오는 거라는 소문이 있었고, 브루클린 대학의 대학원생이 그 개미를 가득 담은 비커를 떨어뜨려 바닥에서 산산조각이 나는 바람에 개미들이 사방으로 흩어졌다는 소문도 있었다.

하지만 진실을 얘기하자면 개미 떼가 브루클린에 나타나게 된 유래는 긴 여정을 거쳐 1951년에 시작되었다. 정확하게 말하자면 근처 프레스톤에 있는 닭 가공공장 노동자였던 헥터 말도네즈에 의해서였다. 헥터는 그 해에 브라질 화물선인 안드레사를 타고 뉴욕으로 밀항해 들어왔다. 헥터는 뉴욕에 들어온 후 6년 정도 미국 생활에 적응하고 나서 아내이자 어린 시절의 첫사랑이었던 여자와 이혼하기로 결심했다. 그의 아내는 그때까지 페리자 산맥 북부인 리오아차 근처에 있는 고향 마을에서 네 자녀를 키우며 살고 있었다. 그래도 양심이 있었던 헥터는 비행기를 타고 고향으로 날아가 아내에게 미국에서 푸에르토리코 출신의 여자를 만나 사랑을 하게 되었으며 그녀와 결혼하고 싶다고 털어놓았다. 그리고 이혼을 하더라도 그녀와 아이들의 생활을 끝까지 지원할 것이라는 말도 했다. 하지만 헥터의 아내는 고향으로 돌아와 평화롭던 결혼생활을 다시 이어가자고 간청했고, 헥터는 이를 거절하면서 의기양양하게 말했다. "나는 이제 미국 사람이야." 그렇지만 자기도 이제 미국에서 주요 인사가 되었으므로 시골 여자를 아내로 데리고 살 수는 없으며, 미국으로 함께 갈 생각도 없다는 사실은 차마 말하지 못했다.

번민과 언쟁이 오가고, 욕설과 고함이 나오고, 결국엔 머리를 쥐어뜯는 사태까지 벌어지고 나서, 헥터가 다시 한번 그녀와 아이들의 생활비를 매달 보내주기로 약속하였고, 콜롬비아의 아내는 눈물을 흘리며 이혼에 동의했다. 아내는 헥터가 떠나기 전에 그가 제일 좋아하는 음식인 반데하 빠이사를 만들었다. 닭고기와 소시지, 부드러운 빵을 새로 산 도시락에 정성껏 싸서 공항으로 가는 그의 손에 들려주었다. 헥터는 문을 나서며 도시락을 받아들고 아내에게 지폐 몇 장을 쥐여주었다. 그러고는 무사히 빠져나왔다는 홀가분한 마음으로 고향을 떠났다. 비행기가 정확한 시각에 뉴욕에 도착한 덕분에 헥터는 공장의 근무 시간에 맞춰 출근할 수 있었다. 오전 근무를 마친 헥터는 점심 식사를 하려고 도시락을 열었다. 그런데 맛있는 반데하 빠이사가 들어 있어야 할 도시락에 끔찍하게도 고향마을의 붉은 개미가 한가득 들어 있는 게 아닌가. 메모지도 한 장 들어 있었는데, 스페인어로 다음과 같이 쓰여 있었다. "잘 가라, 인간 말종아. 네가 한 푼도 보내지 않으리라는 거 우린 다 알고 있어!"

헥터는 비명을 지르며 도시락을 공장 밑으로 지나가는 여물통에 던져버렸다. 여물통은 닭의 내장이나 폐기물들을 모아 하수 파이프로 실어 보내는데, 하수 파이프는 커즈하우스 밑을 미로처럼 꼬불꼬불 지나 방죽을 통해 따뜻한 항구까지 이어졌다. 개미들은 파이프와 물풀들이 이루는 아늑한 환경에 적응해 살면서 알을 낳고 그런대로 조화롭게 번식해갔다. 서로를 잡아먹기도 했지만 주로 생쥐, 시궁쥐, 청어, 게, 물고기 머리, 닭 내장 등을 먹고 살았다. 가끔은 재수 없이 걸려

든 고양이, 반쯤 죽은 고양이 또는 커즈하우스에 살다가 군것질거리를 찾아 닭 공장에 들어왔던 개들도 먹이가 되었는데, 그중에는 커즈하우스 주민들의 사랑을 받던 도널드라는 이름의 독일종 셰퍼드도 있었다. 가여운 도널드는 오염된 운하의 악취 나는 물에 빠져 익사 지경까지 갔던 게 틀림없었다. 털이 주황색으로 물들고 고양이처럼 울면서 더러운 물에서 빠져나왔을 것이다. 그러고는 쓰러지기 전까지 한 시간 정도 둑을 따라 비틀거리며 걸어갔을 것이다. 개미 떼는 물론 그의 몸을 깨끗이 먹어 치웠다. 개미들은 그렇게 진흙탕과 폐기 파이프에 숨어 살던 이름 모를 생물들을 탐식하면서 가을까지 잘 지냈다. 그러다가 가을이 오면 생체 시계의 신호로 땅 위로 올라가 순례의 여정을 떠나야 할 시기라는 것을 알게 된다. 그렇게 개미 떼는 예수를, 아니 예수의 치즈를 찾아 나섰던 것이다. 그런데 그 치즈가 뉴욕시 주택국에서 관리하는 커즈하우스의 17동에 있었다. 치즈를 숨겨놓는 핫소시지라는 사내는 브루클린 최고의 오르간 반주자인 드니스 비브 자매와 하룻밤을 보낼 수 있게 해 달라고 매달 하느님께 간절히 기도했다. 그러면서 아쉬울 때를 위해 매주 예수의 치즈를 몇 덩어리씩 감춰두었던 것이다. 결국 가을에 개미 떼에게 좋을 일만 하는 꼴이 될 것도 모르고.

물론 커즈의 주민들은 개미 떼의 행진에 별 관심을 보이지 않았다. 흑인들과 스페인계 주민 삼천오백 명이 꿈을 안고, 또는 악몽을 안고 모여들어 개나 고양이, 거북이, 기니피그, 부활절 병아리를 키우며, 아이들과 부모, 거기에 푸에르토리코나 버밍햄, 바바도스에서 온 뚱뚱한 사촌들까지 함께 256채의 작은 아파트에서 부대끼며 사느라고 바빴으니까. 한편 기가 막히게 부패한 뉴욕시 주택국은 한 달에 43달러의 임대료만 내면 주민들이 살든, 죽든, 피똥을 싸든, 맨발로 돌아다니든 사무실로 전화해서 불평을 하지 않는 한 눈 하나 깜박하지 않았다. 그러다 보니 개미 떼의 일은 사소한 걱정으로 방치되었던 것이다. 주민들도 아직은 제정신이 붙어 있었고 버스 터미널 벤치를 집 삼아 살고 싶지는 않았기 때문에, 맨해튼에 있는 주택국의 우두머리를 찾아가 그들의 달콤한 낮잠을 방해해 가며 개미 떼나 화장실 문제, 살인, 아동 성희롱, 강간 같은 사소한 일들을 감히 불평하지는 않았다. 브루클린에 있는 아파트 중에는 난방이 안 되는 곳도 있고, 납 성분이 들어 있는 페인트 때문에 아이들의 뇌가 콩알만 하게 줄어드는 일도 있었는데 말이다.

그런데 어느 해인가, 아파트 주민 중 한 여자가 개미 떼에 관해서 불만 신고를 했다. 물론 주택국은 그 신고를 무시했다. 그런데 나중에 어떻게 해서 그 신고가 데일리 뉴스에 알려지게 되었고, 개미 떼에 관한 기사가 실리게 되었다. 그러자 대중이 그 일에 관심을 가지기 시작했다.

뉴욕대학교에서는 생물학자를 보내서 조사해보도록 했으나, 커즈하우스에 왔던 날 강도를 당하는 바람에 달아나 버렸다. 그러자 대중의 인지도에서 어떻게든 뉴욕대학교를 이겨보려고 전전긍긍하던 뉴욕시립대학교는 두 명의 흑인 여자 대학원생을 보내 살펴보도록 했다. 그러나 두 학생 모두 그해가 졸업 연도였고 그들이 커즈하우스에 갔을 때는 개미 떼가 이미 떠난 뒤였다. 결국 뉴욕시가 자랑하는 환경활동부가 커즈하우스의 개미 떼 문제를 조사하겠다고 약속했다. 당시 환경활동부는 주로 대마초를 피우며 애비 호프만을 찬양하는 히피와 이피*(반체제적인 젊은이들의 집단)*, 미신숭배자, 반전주의자들의 집합체였다. 개미 떼를 조사하기로 약속하고 일주일쯤이 지난 후 어느 날, 시의

원이 사무실로 어슬렁거리며 들어왔는데 그는 폴란드 이민 1세대이자 뉴욕 폴란드계 미국인 소사이어티의 중추적인 인물이었다. 그는 시의회가 위대한 폴란드-리투아니아 출신 안제이 타데우시 보나벤투라 코시치유슈코 장군을 기리는 의미에서 시의 어딘가에 장군의 이름을 붙여야 한다고 주장하며 이를 위한 운동을 매년 열심히 벌여왔으나 실패했다. 현재 코시치유슈코 장군의 이름을 딴 것이라고는 윌리엄스버그 위로 뻗어 있는 녹슬고 허물어져 가는 다리뿐이기 때문이었다. 시의원이 사무실에 들렀을 때는 히피 직원 중 하나가 20세기 초 유니언 결성의 선봉에 섰던 엠마 골드만의 공로에 대해 열변을 토하면서 아카풀코 골드 브랜드의 마리화나를 피운 직후였는데, 그 냄새를 감지한 시의원은 잔뜩 못마땅해서 투덜거리며 사무실을 나가버렸다. 그런 일이 있고 나서 바로 시의원은 부서의 예산을 반으로 줄이고, 커즈하우스의 개미 떼를 조사하도록 지명되었던 조사관을 주차 단속국으로 전출시켰다. 조사관은 그 후 4년 동안 주차요금 징수기에서 동전을 수금하며 지냈다. 그렇게 해서 뉴욕시의 개미 떼 출현은 끝내 미스터리로 남게 되었던 것이다.

개미 떼의 이야기는 수수께끼이자, 매년 일어나는 끔찍한 공포이자, 도시의 전설이었으며, 뉴욕 빈민들의 지난한 삶에 부록처럼 따라붙는 또 하나의 암울함이었다. 마치 맨해튼 동쪽 남단의 지하 하수구에 살면서 가끔 맨홀로 기어 올라와 어린이를 집어삼킨다고 전해지는 헤라클레스라는 이름의 악어나, 퀸스브릿지 주택 단지에 살다가 주인을 조여 죽이고 창문으로 빠져나가 59번가 다리 근처로 사라졌다는 시드라는 이름의 보아 뱀처럼. 보아 뱀은 다리의 골조에 위장을 한 채 붙어 있다가 밤에 가끔 내려와서는 창문을 열고 달리는 운 나쁜 트럭 운전자를 물어간다고 한다. 링글링브라더스 서커스단에서 탈출한 원숭이의 이야기도 있다. 원숭이는 탈출한 뒤 매디슨 스퀘어 가든의 서까래 위에 살면서 뉴욕 농구팀 닉스가 게임 도중 수도 없이 퇴장당하는 동안 팝콘을 먹으며 열심히 경기를 응원한다고 전해진다. 이렇게 개미 떼의 문제는 가난한 사람들의 어리석음으로 치부되었고, 스러져가는 도시에서 일어나는 잊힌 이야기가 되었다.

하지만 개미 떼는 여전히 하나의 상징으로 브루클린에 남아 있었다. 브루클린 공화국. 다저스 야구팀이 뉴욕을 떠난 후 그들의 빈자리는 주민들의 살맛을 앗아가 버렸고, 뼛속까지 흑인에다 너무 가난해서 이곳을 벗어날 수 없는 부랑아들은 일전 한 푼 없다는 절박함에 인생을 비관했다.

한편, 맨해튼에서는 정확한 시간표에 맞추어 버스가 다녔고, 전등이 꺼지는 법이 없었으며, 백인 아이 하나가 교통사고를 당하면 신문 일면에 실렸다. 그런가 하면 브로드웨이 극장가에서는 그럴듯하게 각색된 흑인과 라틴계 미국인들의 이야기가 성황을 이루었고, 백인 작가들은 이러한 소재들로 부를 얻었다. 웨스트사이드 스토리, 포기와 베스, 퍼얼리 빅토리우스.

백인들은 하는 일마다 여러 분야가 서로 상승작용을 하면서 점점 거대한 눈덩이처럼 성장했고, 위대한 미국의 신화, 빅애플, 잠들지 않는 도시와 같은 수식어들이 유행했다. 반면에 흑인과 라틴계 미국인들은 아파트 청소나 쓰레기 처리를 생업으로 삼거나, 음악 활동을 하거나, 교도소의 빈방들을 채웠다. 그들은 그렇게 투명 인간처럼 하루하루를 보내면서 지역사회의 한 계층으로 주어진 유색인종의 삶을 살았다.

그러는 동안에도 개미 떼는 가을마다 작은 생물체들을 모조리 먹어

치우며 가열차게 행군을 해서 17동으로 왔다. 맛있는 예수의 치즈로 배를 채운 개미 떼는 괘종시계 밖으로 나와 보일러실에서 복도로 통하는 문 옆에 있는 쓰레기통으로 들어가 또다시 거기 남은 음식들을 먹어 치웠다. 핫소시지와 그의 단짝인 스포츠코트는 도시락을 밀쳐두고 킹콩을 마시기가 일쑤였는데 그렇게 해서 버려진 도시락에서 나온 샌드위치와 케이크 조각들이 쓰레기통에 널려 있었던 것이다. 그런 다음에는 좀 더 많은 먹이를 찾아 복도와 물품 창고로 이동했다. 그곳엔 시궁쥐와 생쥐가 늘 많았다. 죽은 놈도 있고 산 놈도 있었다. 접착제를 이용한 쥐덫에 걸린 채 상자에 갇혀 있는 놈도 있었고, 핫소시지의 손에 맞아 즉사한 놈, 삽으로 얻어맞고 널브러져 있는 놈, 빗자루에 끼어 있거나 쓰레받기 위에 얹혀 있는 것도 있었다.

이것들로 푸짐하게 저녁식사를 마치고 나면, 개미 떼는 망가진 화장실 파이프를 타고 1B에 사는 플레이 킹슬리의 집을 거쳐 넬슨 부인이 사는 2C로 이동한다. 이동하는 동안 넬슨 부인이 토마토밭에 주려고 모아둔 수박껍질과 커피 찌꺼기들을 먹고, 쓰레기 파이프를 타고 범범 자매가 사는 3C로 올라간다. 여기도 먹을 것이 별로 없다. 4C로 이동하여 지 목사의 집에 도착하면, 그곳이야말로 정말 얻어먹을 것이 전무하다. 목사의 아내인 지 자매는 집을 먼지 한 올 없이 청결하게 유지하기 때문이다. 다음에는 이지 자매가 사는 5C의 화장실을 지나면서 푸에르토리코에서 가져온 온갖 향기 좋은 비누들을 맛볼 수 있다. 이지 자매는 매년 가을마다 개미 떼가 온다는 사실을 알면서도 비누들을 유리 용기에 넣는 것을 잊어버린다. 개미 떼는 마지막으로 외벽을 타고 지붕으로 올라가 17동 지붕과 9동 지붕을 연결하는 사다리에서 고공 줄타기 묘기를 펼치려다가 짓궂은 십 대 청소년들에 의해 최후를 맞이한다. 바로 비니와 래그, 슈가, 스틱 그리고 커즈하우스가 낳은 최고의 투수이자, 가장 무자비한 마약 딜러인 딤즈 클레멘스다.

  딤즈는 머리에 붕대를 감은 채 9동 5G에 누워 있었다. 진통제를 먹어서 정신이 몽롱한 가운데 개미 떼를 생각하고 있었다. 병원에 입원한 이후로 여러 번 개미 떼가 등장하는 꿈을 꾸었던 것이다. 퇴원하고 3일 동안 꼬박 침대에 누워 있는 중인데 진통제를 먹어서 몽롱한데다가 머리 오른쪽 부위에서 계속 윙윙거리는 소리가 들리는 것 같았다.

  열아홉 살이 된 딤즈는 난생처음 집중이 안 되고 기억력이 작동하지 않는 느낌을 받았다. 예를 들면 어린 시절의 기억이 빠른 속도로 지워지는 것 같은 느낌이 들어 가슴이 섬뜩해지는 것이었다. 유치원 때 선생님의 이름도 생각나지 않았고, 딤즈를 스카우트하기 위해 매일 전화를 해대던 세인트 존 대학의 야구 코치 이름도 떠오르지 않았다. 브롱크스에 사는 이모네 집 근처 지하철역 이름도 기억해 낼 수가 없었고, 선셋 파크에 있는 자동차 대리점 이름도 잊어버렸다. 그 대리점 직원이 자기가 타던 폰티액 파이어버드를 딤즈에게 팔았고, 운전을 못 하던 딤즈를 대신해서 집까지 차를 몰고 와 주기까지 했는데 말이다. 많은 일들이 일어나고 있었고 소용돌이처럼 바삐 돌아갔다. 한때는 완벽에 가까운 기억력을 가지고 있어서 종이나 연필이 없어도 넘버 게임에 필요한 베팅 숫자들을 모조리 외울 수 있었다. 그런 딤즈가 과거의 기억을 잃는다는 것은 심각한 문제였다.

  오후에 침대에 누워 있는데 갑자기 그런 기억 상실 증세가 어쩌면 총에 맞은 귀에서 나는 이명 때문이 아닐까 하는 생각이 들었다. 사람이 살아가는데 수천 가지를 기억해야 한다고 할 때, 그 모두를 잃어버리고 한두 가지 기억만 남게 된다면 그 남은 기억들은 아무리 사소한 것이라도 더 이상 사소하지 않은 것이라는 생각도 들었다. 17동에서 나오는 개미 떼를 기억해 낸 것에 그렇게 기분이 좋아지는 자신이 놀라웠다.

딤즈는 지난 10년 동안 친구들과 그놈의 개미 떼가 9동으로 기어들지 못하도록 할 수 있는 기발한 방법들을 궁리해 왔다. 딤즈는 그 기억들을 떠올리며 미소 지었다. 온갖 방법들을 다 써 보았다. 물에 빠뜨려 죽이기, 독한 약, 얼음, 화약, 탄산수에 녹인 아스피린, 표백제에 섞은 날달걀 노른자, 페인트에 섞은 대구 간유. 어느 해에는 친구인 슈가가 얻어온 주머니쥐를 사용하기도 했다. 가족들과 함께 앨라배마에 사는 친척 집에 놀러 갔던 슈가가 자기 아버지의 올즈모빌 트렁크에 주머니쥐를 감춰 가지고 돌아온 거였다. 브루클린에 도착했을 때 주머니쥐는 이미 상태가 좋지 않아 몸도 제대로 가누지 못했다. 슈가는 주머니쥐를 판지 상자에 넣고 테이프로 봉한 다음 개미가 들어갈 만큼의 구멍을 뚫어 9동 지붕의 개미 떼가 지나는 길목에 두었다. 개미 떼는 상자에 다다르자 예상했던 대로 구멍을 통해 들어가 주머니쥐를 먹기 시작했다. 그러자 위기를 느낀 주머니쥐가 사력을 다해 몸부림치며 찍찍거렸고, 거기에 기겁을 한 아이들은 석유 한 병을 상자에 들이붓고 불을 붙였다. 순식간에 불꽃이 타오르자 당황한 아이들은 상자를 걷어차서 지붕 아래로 떨어뜨렸고, 상자는 6층 건물 옥상에서부터 광장 바닥으로 떨어졌다. 큰 사건으로 커질 수 있었고, 어른들의 노여움을 살 것은 분명했다. 아이들을 구제한 것은 딤즈였다. 지붕 위에서 작업하던 인부들 옆에 있던 5갤런짜리 양동이를 들고 뛰어 내려온 딤즈는 광장 바닥에 어질러진 것들을 양동이에 깨끗이 주워 담고 부두로 달려갔다. 그러고는 양동이에 있는 것들을 모두 물속에 쏟아버렸다. 그 일로 열 살이었던 딤즈는 또래들의 리더가 되었고, 지금까지 리더의 자리를 굳히고 있다.

그렇지만 무슨 대단한 그룹의 리더란 말인가? 딤즈는 침대에 누운 채 씁쓸한 생각이 들어 옆으로 돌아누우며 중얼거렸다. "모든 게 무너지고 있어."

"딤즈, 뭐라고 했어?"

놀라서 눈을 떠 보니 비니와 라이트벌브가 침대 옆에 앉아 그를 보고 있었다. 혼자 있는 줄 알았던 딤즈는 얼른 벽을 향해 돌아누우며 시선을 피했다.

"괜찮아, 딤즈?" 라이트벌브가 물었다.

딤즈는 못 들은 척 벽만 바라보며 생각에 잠겼다. 어쩌다 이렇게 된 거지? 기억이 나지 않았다. 딤즈가 열네 살 때 뉴욕시립대학에 다니던 손위 사촌 루스터가 학교를 그만두고 헤로인을 팔아서 큰돈을 챙기기 시작했다. 대부분의 고객은 워치하우스에 사는 건달들이었고, 루스터는 딤즈에게 자기 영업 방법을 가르쳐주었다. 그리고 5년이 지났다. 벌써 그렇게 됐나? 딤즈는 이제 열아홉 살이 되었고, 은행에는 4천 3백 달러의 잔고가 있다. 하지만 어머니는 딤즈를 보기만 해도 미워서 진저리를 친다. 루스터는 죽었고, 아니 마약 강도에 의해 살해되었고, 딤즈 자신은 오른쪽 귀를 잃고 누워 있다.

염병할 놈의 스포츠코트.

침대에 누워 벽을 바라보고 있자니 페인트의 납 성분 냄새가 콧구멍으로 파고들었다. 스포츠코트를 떠올리는 딤즈의 마음에 분노 같은 것은 없었다. 다만 혼란스러웠다. 이해할 수가 없었다. 커즈에 사는 사람 중에 딤즈에게 총을 쏴서 득이 될 것 없는 유일한 사람을 꼽으라면 바로 스포츠코트였기 때문이다. 굳이 딤즈에게 본때를 보여야 할 이유도 없었다. 키즈하우스에서 딤즈의 말에 반박을 하고, 지적을 하거나 소리를 지르거나, 욕을 하거나, 농담을 걸거나, 속여 먹거나, 거짓말을 할 수 있는 유일한 사람도 늙은 스포츠코트뿐이었으니까. 스포츠코트는 그의 야구 코치였고, 주일학교 선생님이었다. 이제 완전히 주정뱅이 늙은이가 됐어. 이런 생각을 하자 씁쓸한 기분이 들었다. 하지만 지금까지 그게 문제가 됐던 적은 없었잖아. 스포츠코트는 딤즈가 기억하는 한 언제나 얼마쯤은 취해 있었다. 중요한 것은 그가 언제나 한결같다는 사실이었다. 스포츠코트는 불평하거나 자기주장을 하지 않았다. 남을 비판하지도 않았다. 무심한 편이었다. 늘 자기만의 세계가 있었고, 딤즈는 그래서 스포츠코트가 좋았다. 딤즈가 못 견디게 싫어하는 게 있다면 아무것도 아닌 일에 불평을 끊임없이 해대는 사람들이었다. 가진 게 없는 사람들은 아무것도 아닌 것에 불평을 한다. 그리고 예수님을 기다리고, 하나님을 기다린다. 스포츠코트는 그렇지 않았다. 단지 야구와 술을 좋아했다. 그뿐이었다. 스포츠코트도 하나님의 일을 했다. 하지만 딤즈가 보기에 그건 그의 아내 헤티 때문이었다. 그 시절에 딤즈는 스포츠코트와 자기가 같은 처지라는 생각을 했었다. 둘 다 갇혀 있는 신세였다고 할까.

딤즈는 오래전부터 스포츠코트가 키즈하우스의 맹목적인 신자들과 다르다고 생각했다. 스포츠코트는 하나님을 필요로 하지 않았다. 물론 그도 파이브엔즈 교회의 다른 어른들과 다를 바 없이 행동하는 면도 있었다. 그러나 스포츠코트는 파이브엔즈 교회의 누구도, 아니 딤즈가 열아홉 평생을 살아오면서 보아온 주택 단지 주민들 중 누구도 갖지 못한 무언가를 가지고 있었다.

바로 행복이었다.

스포츠코트는 행복했다.

딤즈는 깊은 한숨을 쉬었다. 그에게 아버지나 다름없었던 친할아버지 팝팝도 그다지 행복하지는 않았다. 팝팝은 늘 투덜거렸고, 강압적으로 집안을 다스렸다. 하루의 일을 끝내고 밤늦게 돌아오면 맥주 한 캔을 손에 들고 안락의자에 쓰러지듯 앉아 잠이 들 때까지 라디오를 들었다. 딤즈가 소년원에 있을 때 유일하게 면회를 온 사람도 할아버지였다.

어머니는 한 번도 오지 않았다. 어머니는 몇 시간 동안 예수와 성경에 대해 이야기하는 것으로 키스나 미소, 함께 하는 식사, 밤에 읽어주는 책을 대신할 수 있다고 생각하는 사람이었다. 어머니는 딤즈가 조금만 그녀를 거스르면 엉덩이가 헐도록 매질을 했다. 딤즈가 하는 일을 마음에 들어 한 적이 거의 없었으며, 그의 야구 경기에도 와 본 적이 없었다. 그러면서 일요일에는 반드시 딤즈를 교회에 끌고 갔다. 음식, 보금자리, 예수. 어머니에게는 이 세 가지가 삶의 신조였다. "나는 먹고살기 위해서 하루에 열두 시간씩 달걀과 설탕을 휘졌고 베이컨을 굽는데 너는 살 수 있는 공간이 있다는 것에 대해 예수님께 감사하는 일조차 못 하는 거냐? 감사합니다, 예수님." 예수는 염병.

딤즈는 어머니가 자기를 이해해 주기를 바랐다. 하지만 어머니는 딤즈를 이해하지 못했다. 가족 중에 아무도 그를 이해할 수 있는 사람은 없었다. 딤즈는 동등하게 대우받고 싶었다. 어린 마음에도 이 닭장 같은 아파트에 바글바글 모여 사는 현실이 한심해 보였다. 퍼지 같은 시각 장애인에게도 그런 게 보일 것 같았다. 오래전에 퍼지와 그런 이야기를 나눈 적이 있었다. 주일학교였는데 딤즈가 아홉 살이고, 퍼지는 열여덟 살이었을 것이다. 퍼지는 중등부였지만 '학습 속도가 더디다'는 이유로 어린아이들과 함께 주일학교로 보내졌다. 딤즈는 퍼지에게 기분 나쁘지 않으냐고 물었다. 그때 퍼지는 간단하게 대답했다. "아니, 간식이 여기가 더 맛있어."

주일학교 교실은 지하에 있었다. 한 번은 교실에서 주일학교 교사가 하나님에 대한 이야기를 들려주고 있는데 퍼지가 딤즈의 어깨로 몸을 기울이며 속삭였다. "딤즈, 우리가 저능아라고 생각하니?" 딤즈는 펄쩍 뛰며 대답했다. "당연히 아니지." 퍼지도 알고 있었다. 퍼지는 학습이 더딘 아이가 아니었다. 사실 퍼지는 무척 영리했다. 퍼지는 어떤 누구도 기억하지 않는 것들을 기억했다. 뉴욕 메츠의 클레온 존스가 지난 스프링캠프에서 피츠버그 파이리츠를 상대로 1루타를 몇 개 나 쳤는지 같은 것들 말이다. 퍼지는 비브 자매가 교회에서 오르간을 연주할 때 발로 페달 밟는 소리만 듣고도 그녀가 아프다는 걸 알아맞힌다. 퍼지는 그 정도로 영리하다. 당연하지 않은가, 스포츠코트의 아들인데.

스포츠코트는 모든 주일학교 아이들을 평등하게 대해주었다. 자기 아들이라고 특별하게 대하는 법이 없었다. 스포츠코트가 주일학교를 맡을 때는 신도들이 위층에서 찬양과 기도를 드리는 동안 지하에서 사탕과 풍선껌을 즐기고, 교회 주보를 공처럼 뭉쳐서 던지고 놀면서 하나님 말씀을 배웠다. 한 번은 일요일 아침에 주일학교 학생들을 데리고 항구로 '소풍'을 간 적도 있었다. 딤즈를 비롯한 아이들이 진흙탕에서 뛰어노는 동안 스포츠코트는 숨겨두었던 낚싯대를 꺼내 낚싯줄을 드리웠다. 야구 경기를 할 때 스포츠코트는 거의 마법사 같은 존재였다. 올키즈 야구단을 결성해서 공을 받고 던지는 법, 타자석에 서는 법,

필요한 경우 몸으로 공을 막는 법 등을 제대로 가르쳐주었다. 더운 여름날 오후에 연습이 끝나면, 스포츠코트는 아이들을 모아놓고 오래전에 고인이 된 흑인 리그의 선수들에 대한 이야기를 들려주었다. 아이들에게는 사탕 이름처럼 들리는 쿨 파파 벨, 골리 허니 깁슨, 스무드 루브 포스터, 블렛 로건 같은 선수들의 이야기였다.

뜨거운 팔월의 공기를 가르며 150미터나 공을 날려 보낸 이야기, 머리 위로 높이 날던 공이 야구장 밖으로 날아간 이야기, 더 과장하면 그들이 살고 있던 구질구질한 붉은 벽돌 아파트 단지 밖으로 날아갔다는 이야기들이었다. 루브 포스터는 텍사스에서 공을 쳤는데 얼마나 멀리 날아갔는지 앨라배마에서 기차를 타고 돌아와야 할 거리였다고 한다! 그런가 하면 골리 허니 깁슨은 어떻게 그의 별명을 얻게 되었을까? 그의 아내 덕분이었다! 아내가 그를 훌륭한 선수로 만들었다. 배트로 계속 라인 드라이브를 날려서 그를 연습시킨 것이다. 공은 미사일처럼 빠르게 날아왔는데, 그 힘이 얼마나 셌던지 공을 받을 때 몸이 뒤로 튀어 오를 정도였다. 깁슨은 자기도 모르게 "골리(golly, '와우' 또는 '야라는 감탄사) 허니!" 하고 외쳤다고 한다. 스포츠코트의 말에 따르면, 흑인 리그는 꿈의 리그였다. 흑인 리그 선수들의 다리 근육은 바위처럼 단단했고, 경기 중에 달릴 때는 다리가 보이지 않을 정도였다고 했다.

모두 말도 안 되는 이야기들이어서 딤즈는 하나도 믿지 않았다. 그렇지만 야구에 대한 스포츠코트의 열정은 딤즈와 그의 친구들까지 빠져들게 했다. 스포츠코트는 아이들에게 야구 배트와 공, 글러브 그리고 헬멧까지 사주었다. 매년 워치하우스와 경기를 열고 커즈 팀의 코치와 심판의 역할을 동시에 해냈다. 마스크와 가슴 보호대를 차고 검은색 심판 재킷을 입고 경기장을 뛰어다니며, 아웃을 당했을 땐 세이프를 외치고, 세이프일 땐 아웃을 외쳤으며, 언쟁이 붙으면 판정을 뒤집었다. 그러다가 언쟁이 심해져서 경기장이 시끄러워지면 "너희들 때문에 오늘 술 마셔야겠다!"라고 소리쳐서 모두를 웃게 만들었다. 이유도 모르는 채 오랫동안 반목하고 있는 두 주택 단지의 아이들을 야구장에 모아 경기를 하게 할 수 있는 사람은 스포츠코트뿐이었다. 딤즈는 스포츠코트를 존경했고, 마음 한구석에는 그처럼 되고 싶다는 열망도 있었다.

"그런데 그 늙은이가 나를 쐈어." 딤즈는 여전히 벽을 향한 채 중얼거렸다. "내가 그 늙은이에게 뭘 잘못했는데?" 등 뒤에서 라이트벌브의 목소리가 들렸다. "딤즈, 우리 얘기할 게 있는데." 딤즈가 돌아누우며 눈을 떴다. 둘은 창가에 있었다. 비니는 불안한 듯 담배를 피우며 밖을 기웃거리고, 라이트벌브는 그를 바라보고 있었다. 딤즈는 손가락으로 관자놀이를 더듬어 보았다. 이마에 두껍게 붕대가 감겨 있었다. 온몸이 압착기에 눌린 것처럼 늘어졌고, 허리와 다리는 벤치에서 뒤로 떨어질 때의 충격으로 여전히 욱신거렸다.

"광장은 누가 맡고 있지?" 딤즈가 물었다.

"스틱이 있어."

딤즈는 고개를 끄덕였다. 스틱은 열여섯 살밖에 안 되었지만 처음부터 함께 일을 해왔기 때문에 괜찮을 거다. 시계를 보니 아직 오전 11시였다. 단골들은 정오쯤에야 국기 게양대 근처에 나타나니까, 그 전에 광장에 면하고 있는 건물들에 사람을 배치할 시간은 충분했다. 건물 옥상에서 망을 보고 있다가 경찰이 오거나 그밖에 문제가 발생할 조짐이 보이면 신호를 해 줄 사람이 있어야 한다.

"9동에선 누가 망을 보고 있지?" 딤즈가 물었다.

"9동?"

"그래 9동."

"지금은 아무도 없는데."

"누구든 보내서 망을 보게 해. 개미 떼가 오는지 지켜보게 하란 말이야."

라이트벌브는 어리둥절한 표정으로 딤즈를 바라보았다. "개미 떼를 보라고? 우리가 예전에 장난치던 그 개미 떼 말이야?"

"방금 내가 그렇게 말하지 않았어? 맞아, 그 빌어먹을 놈의 개미 떼……."

순간 문이 열리는 바람에 딤즈는 하던 말을 멈췄다. 딤즈의 어머니가 물과 약 한 줌을 가지고 들어와서는 침대 옆 탁자에 놓고, 딤즈와 두 친구들을 힐끗 보고는 아무 말 없이 방을 나갔다. 딤즈가 퇴원해 집으로 온 지 3일이나 지났지만 그의 어머니는 딤즈에게 다섯 마디도 하지 않았다. 하기는 평소에도 어머니는 딤즈에게 "하나님께 네가 철이 들 수 있도록 해 주십사 기도하고 있다"라는 말 외에는 다섯 마디 이상 하지 않았다.

딤즈는 어머니가 방을 나가는 모습을 지켜보았다. 시간이 좀 지나면 어머니는 딤즈에게 화를 내고, 소리치고, 저주를 퍼부을 것이다. 하지만 상관없다. 수중에 돈이 있으니 어머니가 집에서 쫓아내더라도 혼자 생활할 수 있을 것이다…… 아마도. 어차피 조만간 독립해야 하지 않겠는가. 목이 뻣뻣해지는 것 같아서 좀 움직여 보았다. 그러자 폭탄이 터지듯 다시금 예리한 아픔이 얼굴과 귀에서 등으로 퍼져나갔다. 누가 머릿속에 불을 붙인 것 같았다. 딤즈는 신음을 토하며 눈을 찡그렸다. 라이트벌브가 물과 약을 내밀었다.

"약 먹어, 딤즈."

딤즈는 알약과 물을 받아 단숨에 삼키고 나서 말했다. "이번엔 그놈들이 누구네 아파트로 들어갔는데?"

라이트벌브가 또다시 어리둥절한 표정을 지었다. "누구 말이야?"

"개미 떼 말이야. 지난해에는 누구네 아파트로 들어갔었지? 항상 같은 경로로 이동하던가? 17동에 있는 핫소시지의 지하 보일러실에서 올라오는 거지?"

"왜 개미 떼 걱정을 하는 거지?" 라이트벌브가 말했다. "지금 우리 문제가 심각해. 얼이 너를 만나야겠대."

"난 얼에게 관심 없어." 딤즈가 말했다. "개미 떼에 대해 묻고 있잖아."

"얼이 화났어, 딤즈."

"개미 떼 때문에?"

"도대체 왜 이러는 거야?" 라이트벌브가 말했다. "개미 떼는 그만 잊어버려. 얼이 스포츠코트를 손봐줘야 한다고 했어. 뭔가 조치를 취하지 않으면 워치하우스한테 광장을 뺏길 거래."

"그 문제는 우리가 해결해야지."

"우리가 해결할 수 없어. 얼이 자기가 직접 스포츠코트를 손봐주겠다고 했어. 번치가 얼에게 그렇게 지시했대."

"우리 일을 처리하는데 얼이 필요하지는 않아."

"내가 말했잖아. 번치의 기분이 썩 좋지 않다고."

"너 지금 누구와 일하는 거야? 나야? 아니면 얼과 번치야?" 라이트벌브는 풀이 죽은 채 입을 다물었다. 딤즈가 말을 이었다. "너희들은 그동안 광장에 갔었어?"

"매일 정오에." 라이트벌브가 대답했다.

"영업은 어때?" 언제나 덜렁대는 라이트벌브는 돈뭉치를 꺼내 딤즈의 눈앞에 바짝 들이댔다. 딤즈는 어머니가 방금 나간 문 쪽을 살피며 낮게 속삭였다. "어서 치워, 인마." 라이트벌브가 얼른 다시 돈을 주머니에 넣었다.

"혹시 워치하우스에서 온 사람은 없어?" 딤즈가 물었다.

"아직." 라이트벌브가 대답했다.

"아직 이라니? 무슨 뜻이지? 그쪽에서 누가 온다는 말이라도 들은 거야?"

"그건 나도 모르지!" 라이트벌브가 답답하다는 듯이 언성을 높였다. "나도 이런 일은 처음이라고."

딤즈가 고개를 끄덕였다. 라이트벌브는 두려워하고 있다. 이런 일을 할 만한 배짱이 없다. 두 사람이 다 알고 있는 사실이다. 그런데도 함께 일해 온 것은 단지 친구 간의 정 때문이었다. 그런 생각을 하니 딤즈의 마음이 착잡해졌다. 우정은 사업에 방해가 될 뿐이다. 딤즈는 다시 한번 라이트벌브를 바라보았다. 그의 둥근 아프로 스타일(1970년대 유행한 흑인들의 둥근 곱슬머리 모양)의 머리를 옆에서 보면 영락없는 60촉짜리 전구 모양이다. 라이트벌브라는 별명은 그래서 갖게 된 거였다. 턱에 염소수염이 자라기 시작해서 약간은 히피처럼 보이기도 했다. 하지만 그런 건 중요하지 않다. 라이트벌브는 얼마 안 가서 헤로인을 주사하기 시작할 것이다. 딤즈는 라이트벌브에게서 그런 낌새를 챘다. 딤즈는 조용하고 다부진 비니에게로 시선을 옮겼다.

"비니, 너는 어떻게 생각해? 워치하우스 녀석들이 우리 광장을 넘볼 것 같아?"

"그건 나도 모르겠어. 그런데 그 청소부는 경찰 같아."
"핫소시지 말이야? 핫소시지는 술꾼이야."
"아니. 젊은 녀석 말이야. 제트."
"제트는 체포됐다고 한 것 같은데."
"그건 괜히 그렇게 한 거야."

딤즈는 베개에 기댄 채 생각해 보았다. 그렇지만 그날 광장에서 제트가 소리치지 않았다면 자기는 스포츠코트의 총에……. 딤즈는 이런 생각을 하며 머리통을 쓰다듬었다. 윙윙거리던 이명이 잦아들고 이제는 찌릿찌릿하며 아파왔다. 약을 먹었음에도 통증은 두 눈에도 전달되었다. 딤즈는 비니의 말에 대해 다시 한번 진중하게 생각해 보고 나서 말했다. "그날 17동과 34동 지붕에서 누가 망을 보고 있었지?"

"칭크가 17동에 있었고, 34동엔 반스가 있었어."
"그 녀석들은 뭐 본 거 없었대?"
"물어보지 않았어."
"물어봐." 딤즈는 이렇게 말하고 나서 잠시 말을 끊었다가 덧붙였다. "내 생각엔 얼이 우리를 물 먹인 것 같아."

라이트벌브와 비니가 서로를 힐끗거렸다. "얼이 쏜 거 아니야, 딤즈." 라이트벌브가 말했다. "총을 쏜 건 스포츠코트였어."

딤즈는 라이트벌브의 말을 듣지 못한 것 같았다. 그 대신 머릿속으로 몇 가지 사실들을 분석해 보고 나서 말했다. "스포츠코트는 술주정뱅이야. 같이 일하는 사람들도 없어. 그러니 그에 대해서는 걱정하지 않아도 돼. 하지만 얼은……. 우리가 돈을 지불하고 있는데도 우리를 배신한 거야. 우리를 함정에 걸려들게 한 거라고."

"왜 그렇게 생각하지?" 라이트벌브가 물었다.

"그렇지 않았다면 어떻게 스포츠코트가 내 앞에 다가올 때까지 아무도 소리치거나 신호하지 않을 수 있었겠어? 이번 일은 어쩌면 아무 일도 아닌 걸 수도 있어. 그냥 늙은 스포츠코트가 정신이 나간 거였을 수도 있으니까. 그렇지만 요즘 헤로인 판매가 점점 위험해지고 있어······. 단속이 심해지고 있다고. 거리에서 한 봉지에 5센트, 10센트짜리 헤로인을 파느니 차라리 강도질을 하는 게 더 쉬울 정도야. 난 그동안 얼의 보스에게 여기 경호를 좀 더 강화해 달라고 요청해 왔어. 총 같은 것 말이야. 그런 요청을 하기 시작한 지 벌써 일 년 정도는 됐어. 그리고 우리 몫을 떼어줄 때 좀 더 챙겨달라고 했지. 지금은 4퍼센트밖에 못 받잖아. 우리 일을 고려해 볼 때 5, 6퍼센트, 아니 10퍼센트 정도는 받아야 해. 그리고 내가 총을 맞던 날 수금한 돈을 몸에 지니고 있었어. 그런데 깨어나 보니 돈이 몽땅 없어졌더라고. 물론 경찰이 가져갔을 수도 있지. 그런데 이제 그 돈을 내가 물어내야 한단 말이지. 시간을 지키지 못한 대가로 10퍼센트 벌금까지 얹어서 말이야. 번치는 내가 어떤 일을 겪었는지는 상관하지 않으니까. 그까짓 4퍼센트 때문에 이런 일들을 겪어야 할까? 차라리 우리가 공급책을 바꾸는 게 나을 것 같아."

"딤즈." 비니가 말했다. "우리 지금 잘하고 있어."

"그런데 왜 나를 경호해 줄 든든한 녀석 하나가 없는 걸까? 거기 누가 있었는데? 너희 둘뿐이었잖아. 17동에 칭크와 34동에 반스. 그리고 조무래기 몇 명. 좀 더 유능한 인력이 필요해. 총을 가지고 있는. 그래서 우리가 얼에게 돈을 지불하는 거 아냐? 우리 뒤를 누가 봐 주는데? 우리가 유통하는 물량이 많잖아. 그러니까 얼이 누군가 보냈어야지."

"얼이 보스는 아니잖아." 비니가 말했다. "보스는 번치야."

"그 위에 더 높은 보스가 있어." 딤즈가 말했다. "조. 우린 그 자와 얘기를 해야 해."

라이트벌브와 비니는 말없이 서로를 마주 보았다. 둘 다 조 펙을 알고 있다. 조의 패밀리는 실버 스트리트에 있는 장례식장을 소유하고 있다.

"딤즈, 그는 조직폭력배야." 비니가 침착하게 말했다.

"그도 우리처럼 돈을 좋아해." 딤즈가 말을 이었다. "그리고 세 블록 거리에 살아. 번치는 중간 보스일 뿐인데 저 멀리 베드…… 스터이……인지 뭔지에 떨어져 살고."

비니와 라이트벌브는 잠시 아무 말도 하지 않았다. 비니가 먼저 입을 열었다. "난 잘 모르겠어, 딤즈. 우리 아버지가 부두에서 그 이탈리아인들과 오랫동안 일을 했는데, 그들과 엮이는 일은 절대 만들지 말라고 했어."

"너희 아버지가 뭐든 다 아셔?" 딤즈가 말했다.

"내 말은 조 펙도 엘레판테와 비슷하지 않을까 하는 거지." 비니가 대답했다.

"엘레판테는 마약은 취급하지 않아."

"네가 어떻게 알아?" 비니가 물었다.

딤즈는 대답하지 않았다. 모든 걸 다 알려줄 필요는 없으니까.

라이트벌브가 입을 열었다. "무슨 얘길 하는 거야, 딤즈? 우린 엘레판테나 조 펙, 그 외에 누구하고도 부딪힐 필요가 없어. 얼이 자기가 처리하겠다고 했어. 그러니 그가 알아서 하게 하자고. 문제는 늙은 스포츠코트잖아. 네가 그 일에 대해 뭘 어떻게 할 수 있겠어?"

딤즈는 잠시 말이 없었다. 라이트벌브는 '우리'라는 말 대신 '너'라고 했다. 일단 기억해 두고 나중에 다시 생각하기로 했다. 딤즈는 또다시 마음이 울적해졌다. 딤즈가 개미 떼 얘기를 했지만 두 친구는 그 일을 기억하지 못했다. 우리 건물을 지키는 일이었는데! 키즈하우스. 우리의 영역을 지키는 일! 그렇지만 두 친구는 그런 일에는 관심이 없었다. 라이트벌브는 이미 '너'를 얘기하지 않는가. 딤즈는 슈가가 곁에 있었으면 좋겠다고 생각했다. 슈가는 의리를 지키는 친구다. 따듯한 가슴을 가졌다. 그런데 슈가의 어머니가 그를 앨라배마로 보냈다. 딤즈가 슈가에게 한번 놀러 오라고 편지를 보냈는데 슈가는 "이러지 마"라는 답장을 보냈다. 그리고 딤즈가 두 번째 편지를 보내자 더 이상 답을 하지 않았다. 지금 딤즈가 믿을 수 있는 사람은 비니, 칭크, 반스 그리고 스틱뿐이다. 워치하우스에서 쳐들어온다면 이 정도 구성으로는 부족하다. 라이트벌브는 이제 열외라는 생각을 하자 기분이 씁쓸했다.

비니를 향해 고개를 돌리자 총 맞은 귀에서 머리까지 통증이 전해졌다. 딤즈는 얼굴을 찌푸리며 물었다. "최근에 스포츠코트 본 적 있어?"

"잠깐씩. 늘 그렇듯이 술 마시며 돌아다니지."

"아무튼 눈에 띄긴 한단 말이지?"

"예전처럼 자주 보이진 않아. 그렇지만 여기 있기는 한 것 같아. 퍼지 핑거스도 그렇고." 비니가 말했다. 스포츠코트의 눈먼 아들을 말하는 거였다. 퍼지는 키즈하우스 주민들에게 두루 사랑을 받으며 자유롭게 단지 안을 돌아다녔으며, 종종 그를 발견한 이웃이 그를 집까지 데려다주기도 했다.

"퍼지 핑거스는 굳이 손댈 필요 없어." 딤즈가 말했다.

"그냥 그도 여전히 여기 살고 있다는 뜻이었어."

"퍼지 핑거스는 건드리지 말라고."

셋 다 말없이 생각에 잠겼다. 딤즈가 눈을 껌벅이다가 입을 열었다.

"좋아. 이번 한 번만 얼이 우리 일을 처리하도록 놔둬 보자."

그러자 라이트벌브와 비니가 시무룩한 표정을 지었다. 딤즈는 난감한 기분이 들었다. 라이트벌브와 비니 둘 다 스포츠코트를 손 봐줘야 한다고 주장하지 않았던가. 그래서 그들의 의견에 동의했더니 왜 또 시무룩해지는 거지? 이런 빌어먹을!

"징징거리지 좀 마." 딤즈가 말했다. "너희가 그렇게 해야 한다고 했잖아. 이제 그렇게 된 거야. 그러지 않으면 워치하우스가 광장을 차지하려고 들 테니까. 얼이 스포츠코트를 처리하게 하자고."

둘은 고개를 숙이고 바닥을 바라보았다. 이번에는 서로 눈을 마주치지도 않았다.

"여기 일이 다 그런 거야."

둘은 여전히 말이 없었다.

"얼이 우리 일을 처리하게 하는 건 이번이 마지막이야." 딤즈가 말했다.

"그런데 문제는……." 비니가 조용히 입을 열었다가 그만두었.

"문제는 뭐?"

"음……."

"도대체 너 왜 그러는데?" 딤즈가 말했다. "너희가 얼을 너무 두려워해서 우리 일을 처리하도록 맡긴 거잖아. 그렇게 하는 게 좋겠다고 다 동의했었잖아. 그럼 된 거야. 얼에게 마음대로 하라고 해. 아니다, 내가 일어날 수 있게 되면 직접 말할게."

"또 다른 문제가 있어." 비니가 말했다.

"말하라고!"

"문제는, 어제 얼이 왔었는데, 핫소시지에 대해서도 물었어."

딤즈는 또 한 방 맞은 것 같았다. 핫소시지는 친구다. 예전에 야구할 때 늘 스포츠코트를 도와주었다. 매달 주민들에게 치즈를 나누어주는 사람도 핫소시지다. 그와 파이브엔즈 교회의 오르간 반주자 비브 자매의 관계는 모두가 다 알고 있다. 게다가 비브 자매는 비니의 고모다.

이건 심각한 문제야. 딤즈는 생각했다. 이놈의 단지는 너무 좁아서 모두가 모두에게 얽혀 있잖아.

"얼은 핫소시지가 스포츠코트를 숨겨주고 있다고 생각해." 비니가 말했다. "아니면 핫소시지가 보상을 노리고 우리를 경찰에 신고했을 수도 있다고 생각해."

"핫소시지는 그럴 사람이 아니야." 딤즈가 나지막이 중얼거렸다. "우리는 그의 바로 코앞에서 일을 하고 있어. 그가 스파이일 리는 없다고."

"커즈하우스 사람들은 모두 알지. 하지만 얼은 커즈 사람이 아니잖아."

딤즈는 비니를 힐끗 보고 나서 라이트벌브를 보았다. 한 녀석은 걱정스러운 얼굴이고, 한 녀석은 겁먹은 얼굴이었다. 딤즈는 고개를 끄덕였다. "좋아. 내게 맡겨. 얼이 핫소시지는 건드리지 못해. 내가 얼과 얘기할게. 일단은, 잘 들어. 다음 한 주 또는 두 주 내에 개미 떼의 행진이 시작될 거야. 우리가 예전에 했던 것처럼 9동 옥상에 준비를 해둬. 그러고 나서 개미 떼가 나타나면 나에게 알리라고. 그걸 할 줄 아는 사람들은 너희들뿐이야."

"왜 그래야 하지?" 라이트벌브가 물었다.

개미 떼의 행진 123

"그냥 그렇게 해. 개미 떼가 오는 기미가 보이면 내가 어디에 있든 나를 불러. 나타날 조짐이 보이는 즉시 내게 알리라고. 알았지? 어떻게 조짐이 보이는지 기억하고 있지? 뭘 신경 써서 관찰해야 하는지 알아?"

둘 다 고개를 끄덕였다.

"말로 해 봐."

비니가 말했다. "생쥐와 시궁쥐들이 지붕의 좁은 통로로 황급히 달아나지. 바퀴벌레들도 위로 올라오고."

"맞아. 그런 징후가 보이면 나를 불러. 내 말 알아들었지?"

둘 다 고개를 끄덕였다. 시계를 보니 정오가 다 돼가고 있었다. 잠이 오려고 했다. 약 기운이 몸에 퍼지는 모양이었다. "둘 다 내려가서 스틱이 영업하는 걸 도와줘. 옥상에 망보는 녀석들 배치하고. 사례는 일 끝난 다음에 지불해. 미리 주지 말고. 비니, 광장에 가기 전에 9동 지붕부터 확인해."

그러자 둘의 얼굴빛이 걱정스럽게 변했다.

"걱정하지 마. 내게 다 계획이 있어. 곧 모든 게 정상으로 돌아올 거라고." 딤즈는 이렇게 말하고 나서 붕대를 감은 귀가 천장으로 향하도록 옆으로 돌아누웠다. 그리고 눈을 감고 복잡한 심경으로 잠을 청했다.

과거의 딤즈는 뉴욕의 가난한 주택 단지에 사는 불행한 아이였다. 꿈도 없고, 집도 없고, 어떻게 살아야 하는지도 모르는 채 안정감이나 야망도 없이, 집 열쇠를 가져 보거나 뛰어놀 뒷마당을 가져 본 적도 없는 아이. 예수님도 모르고 행군 악대 연습에 참여해 본 적도 없으며, 그의 말을 들어줄 어머니도 그를 이해해 줄 아버지도 그에게 처세법을 가르쳐 줄 사촌도 없었다. 그리고 이제 딤즈는 더 이상 시속 78마일의 속도로 공을 던질 수 있는 열세 살의 소년이 아니다. 그때는 가난한 삶에서 유일하게 그것만이 그가 마음대로 할 수 있는 일이었다. 하지만 그 모든 것은 이미 과거의 일이다. 이제 딤즈는 포부를 가지고 계획을 세우는 삶을 산다. 싫든 좋든 큰 판을 짜야 한다. 그게 게임의 법칙이므로.

8
파헤치다

핫소시지가 스포츠코트의 위기를 예견하고 사흘이 지난 후, 스포츠코트는 그의 친구 루퍼스를 만나러 워치하우스에 가기로 했다.

핫소시지가 세상이 끝날 것처럼 수선을 떨었던 것과는 다르게 스포츠코트는 전혀 그런 낌새를 채지 못했다. 스포츠코트는 늘 그러듯이 비틀거리고 걸으면서 헤티와 언쟁을 했고, 9동의 복도를 지나 브루클린 시내의 사회보장 사무소로 갔다. 사무소 사람들은 늘 그렇듯이 그를 본척만척 했고, 그러거나 말거나 스포츠코트는 자기가 맡은 잡다한 일들을 했다. 파이브엔즈 교회의 자매들은 아침마다 퍼지 핑거스를 버스 정류장까지 데려가 주었고, 버스는 퍼지를 사회복지 센터에 데려다주었다. 퍼지는 복지센터에서 밤을 지낼 때도 있었으며, 자매들이 돌아가며 그를 돌봐주었다.

"파이브엔즈 교회는 자기 교회 식구들을 잘 챙겨주거든." 스포츠코트는 친구들에게 이렇게 자랑했지만, 사실은 헤티가 죽고 성탄 기금이 행방불명된 후로 가까이 지내는 사람들이 점점 줄어든다는 사실을 스스로도 인지하고 있었다. 퍼지를 돌봐주는 자매들이 성탄 기금의 행방에 대해 한마디도 안 하는 것이 스포츠코트를 더 미안하게 만들었고, 자신도 그 돈의 행방을 알지 못한다는 사실이 너무 답답했다. 매주 자매들이 달러 지폐와 25센트 동전이 들어 있는 봉투를 정성스레 성탄 모금함에 넣는 것을 보아왔기 때문이다. 성경 공부가 있던 날 스포츠코트는 모임이 끝나고 지 목사를 찾아가 답답한 속을 털어놓았었다.

"제가 돈을 감추고 있는 게 아니거든요." 스포츠코트가 목사에게 말했다.

"그건 알지요." 지 목사가 대답했다. 지 목사는 유머도 있고 성품이 온화한데다 외모도 말쑥했다. 홈이 팬 턱에 금니를 반짝이며 늘 웃곤 했는데, 그날은 웃지 않았다. 진지하게 걱정스러운 표정이었다. "신자들 중에 그 일로 언짢아하는 사람들이 있어요." 목사가 조심스럽게 말했다. "어제 남녀 부제들이 모여서 회의를 했는데 내가 잠깐 들어갔었지요. 몇 번 좀 심한 말들이 오가더라고요."

"목사님은 뭐라고 하셨는데요?"

"제가 할 수 있는 말이 없더라고요. 모금함에 얼마가 있었는지, 누가 얼마를 넣었는지 아는 사람이 없지 않습니까. 그런데 어떤 이는 자기가 얼마를 넣었다고 주장하고, 또 다른 사람은 자기가 그보다 더 많이 넣었다고 주장하더라고요. 여성 부제들은 당신 편이에요. 그들은 헤티 자매를 아니까. 그런데 남성 부제들은 그렇지 않아요." 목사가 목청을 가다듬더니 소리를 낮춰 속삭이듯 말했다. "혹시 장롱 서랍 어딘가에 넣어둔 것 아닐까요?"

스포츠코트가 고개를 저었다. "이제는 모든 게 지겹다는 생각만 듭니다. 헤티가 죽은 뒤로 왜 제가 온 집안을 구석구석 찾아보지 않았겠어요? 만약 그러지 않았다면 지금 당장 제 얼굴에 구정물을 끼얹으셔도 좋습니다. 정말 샅샅이 뒤져 보았어요. 그렇지만 다시 한번 찾아볼게요." 스포츠코트는 그렇다고 나올 것 같지는 않았지만 일단 그렇게 말했다. 이미 아파트 구석구석을 모두 찾아보았지만 헛수고였기 때문이다. 헤티는 돈을 도대체 어디에 숨긴 걸까?

결국 스포츠코트는 사우스캐롤라이나에서부터 알고 지낸 고향 친구 루퍼스를 찾아가 보기로 했다. 그는 곧잘 좋은 해결책을 생각해내곤 하니까. 스포츠코트는 지난 목요일에 잇킨스의 가게에서 일을 끝내고 나오면서 슬쩍해온 씨그램스 세븐 크라운을 들고 루퍼스가 일하는 워치하우스의 보일러실로 향했다. 씨그램스 세븐 크라운을 주는 대신 루퍼스의 킹콩 한 병을 얻을 겸, 그의 생각과 조언도 들어볼 요량이었다.

호리호리한 몸에 초콜릿색 피부를 가진 루퍼스는 늘 입고 있는 기름때 묻은 파란색 주택국 작업복 차림으로 보일러실 바닥에서 작업 중이었다. 굉음을 내며 돌아가는 커다란 발전기에 달린 문을 열어놓은 채 두 손과 발은 물론 온몸이 거의 다 들어가 있었다.

발전기 소리가 얼마나 컸던지 스포츠코트는 루퍼스 뒤에 바짝 서서 소리쳐 불러야 했다. 루퍼스는 한참 만에 스포츠코트를 올려다보더니 씩 웃었다. 입 안 가득한 금니를 보이면서.

"스포츠." 루퍼스는 큰 소리로 반기고 나서 얼른 기계를 조절해서 소리를 낮추고 기계에 연결된 여러 갈래의 전선 사이에서 긴 손을 빼내 악수를 청했다.

"자네 나를 망하게 할 셈이야, 루퍼스?" 스포츠코트가 인상을 찌푸리고 뒷걸음질 치며 말했다.

"내가 뭘 어쨌는데?"

"친구와 왼손으로 악수를 하면 나쁜 운이 찾아온다잖아."

"아, 미안." 루퍼스가 버튼을 누르자 기계 소리가 잦아들면서 털털거리는 소리가 가라앉았다. 여전히 다리를 벌린 채 앉아 있는 루퍼스는 근처에 있는 헝겊 조각에 오른손을 문지르고 다시 내밀었다. 스포츠코트는 흐뭇한 표정으로 루퍼스의 손을 잡고 흔들었다. "무슨 문젠데?" 스포츠코트가 발전기를 턱으로 가리키며 물었다.

루퍼스가 발전기를 힐끗거리며 말했다. "이놈의 물건은 매주 말썽이야. 뭔가가 전선을 갉아 먹는 것 같아."

"쥐?"

"쥐들은 그 정도로 미련하지는 않아. 브루클린에 뭔가 심상치 않은 일이 일어나고 있어."

스포츠코트는 주머니에서 씨그램 병을 꺼냈다. 스포츠코트는 뜯지도 않은 새 술병을 바라보며 깊은숨을 내쉬었다. 그리고 킹콩과 맞바꾸지 않기로 마음먹었다. 루퍼스는 어차피 스포츠코트에게 킹콩을 줄 테니 씨그램은 나눠 먹는 게 좋을 것 같았다. 스포츠코트는 플라스틱 상자를 루퍼스 옆으로 끌어다 놓고 앉아 병의 레이블을 뜯었다. 그런 다음 먼저 한 모금을 마시고 나서 루퍼스에게 건넸다.

"자네 아직도 헤티 때문에 걱정인가?"

스포츠코트는 대답 대신 술병을 달라는 듯 손을 내밀었다. 루퍼스가 병을 돌려주자 한껏 들이마시고는 말했다. "성탄 모금액을 내가 충당해야 해. 헤티는 돈을 어디에 뒀는지 끝내 말을 안 해주고, 교회 사람들은 그 돈 때문에 웅성거리고 있거든."

"돈이 얼마나 되는데?"

"나도 몰라. 헤티가 말을 안 했으니까. 그렇지만 꽤 될 거야."

루퍼스가 키득거리며 말했다. "돈을 찾을 수 있도록 열심히 기도해 달라고 해. 핫소시지에게도."

스포츠코트가 시무룩하게 고개를 저었다. 루퍼스와 핫소시지는 잘 어울리지 못했다. 루퍼스가 파이브엔즈 교회의 창립 멤버였다가 14년 전에 교회에서 나온 것도 두 사람 사이가 서먹해지는 데 일조했다. 루퍼스는 그 후로 교회에 발을 디딘 적이 없다. 반면에 루퍼스의 인도로 교회에 발을 디디게 되었던 핫소시지는 이제 신앙심이 깊어서 예전에 루퍼스가 하던 집사 일을 받아서 하고 있었다.

"얼마인지도 모르는데 어떻게 충당하겠어? 모금 봉투 안에 골무나 빠진 이빨 같은 거나 들어 있을지도 모르잖아." 스포츠코트가 말했다.

루퍼스가 잠시 생각해 보더니 말했다. "파이브엔즈 교회의 고참 신자 중에 돈의 행방을 알 만한 사람이 있어."

"누군데?"

"폴레타 칙소우 자매."

"폴 자매는 내가 기억하지." 스포츠코트가 반색을 하며 말했다. "에디 칙소우의 어머니잖아? 아직 살아 계셔? 그렇다면 백 살도 더 되었을 텐데. 에디는 오래전에 죽었잖아."

"오래전에 죽었지. 그렇지만 폴 자매는 살아 있는 걸로 알고 있어." 루퍼스가 말했다. "폴 자매와 헤티는 친구 사이였잖아. 헤티가 벤슨허스트에 있는 양로원으로 만나러 가곤 했지."

"헤티는 나에게 그런 말 한 번도 안 했어." 스포츠코트가 쓸쓸한 어조로 말했다.

"아내들은 자기 남편에게 뭐든 말하지 않으려고 해." 루퍼스가 말했다. "난 그래서 결혼하지 않고 독신으로 사는 거라네."

"폴 자매는 교회 일에 대해서 전혀 몰라. 헤티가 다 알아서 했으니까."

"폴 자매가 뭘 알고, 뭘 모르는지는 자네가 모르잖아. 폴 자매는 파이브엔즈 교회의 최고참이야. 교회를 지을 때부터 있었으니까."

"나도 그랬어."

"아니지, 이 늙은이야. 헤티가 있었지. 자네는 그때까지도 고향에서 톱에다 발가락이나 잘리며 살고 있었잖아. 자네는 일 년 뒤에 이리로 왔어. 교회 기초 공사가 끝난 다음에. 헤티는 교회를 지을 때부터 있었고. 기초 공사 하느라 땅을 파기 시작할 때부터."

"나도 기초 공사 할 때 있었는데."

"땅을 파고 벽돌 작업 할 때는 자네 없었어."

"그래서 뭐가 어떻다는 거야?"

"그러니 자네는 교회 초창기의 일을 모른다는 거지. 그때는 폴 자매가 성탄 기금을 모았거든. 헤티가 이어받기 전에 말이야. 그러니까 폴 자매는 모금액을 어디다 두는지 알고 있을 거란 말이지."

"자네가 어떻게 알아? 자네는 14년 전에 파이브엔즈 교회에서 나갔잖아."

"내가 더 이상 신앙생활을 하지 않는다고 완전 허깨비가 된 건 아니야. 폴 자매는 이 건물에 살았어. 바로 이 워치하우스에 말이야. 사실은 내가 그 성탄 모금 상자를 봤어."

"자네가 어린애라면 거짓말을 한 대가로 회초리 맛을 보여주고 내쫓겠네. 울고불고하면서 거리를 헤매도록 말이지. 자네는 성탄 모금 상자를 보지 못했어."

"내가 하루에도 몇 번씩 폴 자매를 교회까지 데려다주고 데려오고 했단 말이야. 여기 상황이 좋지 않을 때여서, 폴 자매는 누가 혹시 자기를 때려눕히고 모금액을 빼앗아 갈까 봐 종종 나에게 데려다 달라고 했거든."

"성탄 모금 상자를 그렇게 들고 돌아다니면 안 되는데."

"폴 자매도 평소에는 성금을 모금하고 나서 교회 안에 숨겨놓았지. 하지만 그러려면 사람들이 다 나갈 때까지 기다려야 하잖아. 가끔은 신자들이 남아서 생선튀김을 먹을 때도 있고, 목사님이 설교를 길게 하실 때도 있는데, 그럴 때 기다릴 시간이 없으면 성금을 가지고 집으로 가야 하잖아."

"목사님의 사무실 어딘가에 넣어 놓고 문을 잠그면 되잖아?"

"어떤 바보가 목사 주변에 돈을 두나?" 루퍼스가 되물었다.

스포츠코트는 무슨 말인지 알겠다는 듯 고개를 끄덕였다.

"폴 자매가 한 번은 교회 안에 모금액을 숨겨둘 좋은 장소를 찾았다고 하는 거야." 루퍼스가 말했다. "어딘지는 나도 몰라. 아무튼 그곳에 숨길 수 없을 때는 다음 주일까지 집으로 가져가서 보관했어. 그래서 아는 거지. 그럴 때면 폴 자매가 나에게 집까지 데려다 달라고 했거든. 나는 기꺼이 그렇게 해 주었지. 그러면 폴 자매는 나에게 이렇게 말했어. '루퍼스 할리, 당신은 진짜 사나이야. 다시 교회에 나오지 그래? 당신은 진짜 사나이야. 다시 교회에 나와.' 그렇지만 내 마음은 이미 교회를 완전히 떠났었거든."

스포츠코트는 루퍼스의 말을 곰곰이 생각해 보고는 말했다. "그것도 벌써 수년 전이야. 이제 폴 자매도 도움이 안 될 거야."

"폴 자매가 어떤 카드를 가졌는지 모르잖아. 폴 자매 부부는 이 주택 단지로 이사 온 첫 번째 유색인이었어. 1940년대였는데, 아일랜드인과 이탈리아인들이 유색인이 커즈하우스로 들어오면 못살게 굴 때였지. 폴 자매 부부는 자기 아파트 거실에서 교회를 시작했어. 파이브엔즈 교회를 지을 땅을 파기 시작할 때는 나도 있었고. 우리 넷이서 땅을 다 팠다니까. 나랑 폴 자매의 딸 에디, 자네 아내 헤티 그리고 이 단지에 살았던 몸이 불편한 이탈리아인, 그렇게 넷이었어."

"몸이 불편한 사람 누구?"

"이름은 잊어버렸어. 오래전에 죽었지. 파이브엔즈에서 참 일도 많이 했는데. 이름이 생각나지 않네. 이탈리아 이름이었는데. '엘리…'로 시작하는 이름이었던 것 같아. 이탈리아 이름들이 그렇잖아. 좀 괴짜였어. 몸이 불편했고. 성한 다리가 하나밖에 없었거든. 나를 포함해서 누구하고도 말을 나눈 적이 없어. 검둥이와 노닥거릴 생각이 없었던 게지. 그렇지만 파이브엔즈 교회 일에는 최선을 다했어. 돈도 좀 있는 것 같더라고. 굴착기를 가지고 있었는데 영어는 전혀 못 하는 이탈리아 인부들을 고용해서 교회 지을 터를 파내고 뒷벽에 예수님 그림을 그리게 했어. 뒷벽에 있는 예수님 그림 알지? 그게 그 이탈리아 인부들 솜씨야."

"어쩐지 예수님을 백인으로 그려놨더라." 스포츠코트가 말했다. "지 목사님이 비브 자매의 아들 지크를 시켜서 예수님 초상화에 색을 입히게 했는데 나랑 소시지에게 지크를 도와주라고 했지."

"칠 안 했으면 더 좋았을걸. 그 그림 좋던데."

"그림은 아직 벽에 남아 있어. 덧칠을 해서 그렇지."

"글쎄. 원래대로 놔두는 게 옳은 일이었던 것 같네. 굴착기를 동원하고 인부들까지 고용했던 사람을 생각해서라도 말이야. 그 사람 이름을 기억하고 싶은데. 폴 자매는 기억할지 모르겠다. 두 사람이 아주 잘 지냈었거든. 그가 폴 자매를 좋아했던 것 같아. 폴 자매가 나이는 꽤 많았지만 아주 예뻤거든. 그때 이미 75살은 넘었던 걸로 기억하는데, 그런데도 아주…… 뭐랄까…… 그 정도 예쁜 여자라면 침대에서 크래커를 먹어도 나가서 먹으라고 쫓아내지는 않을 것 같아. 그건 분명하네. 적어도 그때는 말이지. 살집도 좀 있는 편이었어."

"자네 생각에 두 사람이……." 스포츠코트가 손으로 요동치는 시늉을 했다.

루퍼스가 빙긋이 웃으며 대답했다. "하긴, 그 시절에는 그런 일들이 흔하기는 했어."

"폴 자매는 목사와 결혼하지 않았었나?" 스포츠코트가 물었다.

"별 볼 일 없는 사내가 무슨 재주로 아내를 곁에 잡아둘 수 있었겠나?" 루퍼스가 냉소적인 어조로 말했다. "목사는 폴 자매에게 전혀 의미 있는 존재가 아니었어. 그렇지만 솔직히 말해서 그 이탈리아인과 두 사람이 얼싸안고 뒹구는 그런 사이였다고는 장담할 수 없어. 여튼 둘이 잘 맞기는 했어. 그 사람이 유일하게 대화를 나누는 사람이 폴 자매였으니까. 그 사람 없었으면 파이브엔즈 교회는 완공할 수 없었을 거야. 그가 나서 주어서 땅도 다 팠던 거야. 엄청난 일이었지. 우리는 파이브엔즈 교회를 그렇게 지었다네, 스포츠코트."

루퍼스는 잠시 말을 멈추고 옛일을 떠올리는 듯했다. "교회 이름을 짓는 데도 그의 생각이 결정적이었다는 거 알아? 원래는 포엔즈 침례교회로 결정되었거든. 하나님의 손길이 동서남북 모든 방향에서 우리에게 온다는 의미로 말이야. 목사님의 아이디어였지. 그런데 그 이탈리아인이 뒷벽에 예수님을 그려 넣고 나자 누군가 파이브엔즈로 하자고 제안했던 거지. 예수님 자체가 또 하나의 방향이라고 하면서 말이지. 목사님은 그 제안을 맘에 들어 하지 않았어. '난 처음부터 거기 그림 그리는 걸 좋아하지 않았어요'라고 하면서 말이야. 그런데 폴 자매가 완강히 주장해서 목사님도 어쩔 수가 없었다네. 그렇게 해서 교회 이름이 포엔즈가 아닌 파이브엔즈가 된 거야. 예수님 그림은 아직 그대로 있는 거지?"

"그럼. 주변에 잡초가 무성해서 그렇지 그림은 여전하다네."

"그림 위에 아직도 '하나님께서 당신을 그분의 손안에 보호하시리'라고 쓰여 있어? 페인트로 덧칠하지는 않았지?"

"절대 아니지. 말씀 위에 덧칠하지는 않았어."

"맞아, 그래서는 안 돼. 그 이탈리아인을 생각해서라도 말이야. 오래 전에 죽었지만 여전히 하나님의 일을 하고 있겠지. 남자가 그렇게 매주 주일날마다 교회에 가서 하나님의 일을 하기는 쉽지 않아."

"그렇지만 당장 내게 필요한 이야기는 아니야."

"자네가 폴 자매에 대해 물었잖아. 그래서 말하는 거야. 한 번 가서 만나 봐. 폴 자매는 성탄 모금 상자가 어디 있는지 알 수도 있어. 어쩌면 폴 자매가 헤티에게 어디에 숨기라고 가르쳐 줬을 수도 있고."

스포츠코트가 잠시 생각해 보더니 말했다. "지하철로 한 참 가야 하는 거리야."

"손해 볼 게 뭐 있어? 그 시절을 살았던 사람 중 유일한 생존자잖아. 내가 같이 가 줄게. 나도 한번 만나고 싶어. 그런데 벤슨허스트에 있는 백인들은 너무 못돼서 말이야. 검둥이만 보면 언제든 총을 겨눌 기세라니까."

'총'이라는 말을 듣자 스포츠코트는 흠칫 놀라며 또다시 씨그램 병을 집었다. "세상이 너무 복잡해." 스포츠코트는 이렇게 중얼거리고는 깊게 한 모금을 마셨다.
"핫소시지가 자네와 함께 가 줄지도 모르겠군."
"그 친구는 너무 바빠."
"뭐 하느라고 바빠?"
"늘 이일 저일 들쑤시고 있지." 스포츠코트가 말했다. "이리저리 다니면서 남이 기억도 못하는 일을 했다고 몰아붙이지를 않나." 스포츠코트는 화제를 바꿔야겠다고 생각하고 턱으로 발전기를 가리키며 물었다. "도와줄까? 무슨 문젠데?"
루퍼스는 발전기 내부를 돌아다보며 대답했다. "무슨 문제든 내가 고칠 수 있어. 자넨 가서 자네 일이나 봐. 그리고 폴 자매 한 번 찾아가 보고. 씨그램은 두고 가주게. 심심풀이가 필요하니까."
"자네 요즘은 킹콩 안 만드나?"
루퍼스는 한쪽 무릎을 짚고 쪼그리고 앉아 발전기 안으로 고개를 집어넣으며 대꾸했다. "킹콩은 늘 만들지. 그런데 두 단계를 거쳐야 해. 먼저 '킹'을 만들고 나서 '콩'을 만들어야 하거든. '킹'은 쉬워. 이미 만들어져 있어. 이제 '콩'이 될 때까지 기다려야 하는데 그건 시간이 좀 걸려."
루퍼스가 발전기 몸체 옆에 달린 버튼을 누르자 잠시 털털거리다가 괴로움을 토로하듯 푸드득거리더니 굉음을 울리며 돌아가기 시작했다.
루퍼스가 스포츠코트를 돌아보며 소음을 뚫고 소리쳤다. "가서 폴 자매 만나 봐! 그리고 나서 어떻게 지내는지 나한테도 알려줘. 벤슨허스트에 오래 머물지는 말고. 조심해!"
스포츠코트는 고개를 끄덕이고는 씨그램을 마지막으로 한 모금 마시고 밖으로 나왔다. 뒤쪽에 있는 비상구를 이용하는 대신 짧은 복도를 지나 정문으로 이어지는 계단을 올라갔다. 정문은 광장으로 통해 있었다. 스포츠코트가 정문에 다다랐을 때 검은 가죽 재킷 차림의 키가 큰 남자가 벽장에서 나와 계단을 올라 파이프를 든 채 스포츠코트 뒤로 조용히 따라붙었다. 청소도구를 모아두는 창고로 사용 중인 벽장이었다. 그와 스포츠코트의 거리가 두 걸음 정도로 좁혀졌을 때 갑자기 뒤에서 야구공이 날아와 키 큰 남자의 뒤통수를 정통으로 맞혔다. 남자는 순간 뒤로 자빠지면서 요란한 소리와 함께 계단을 굴러 벽장 안에 처박혔다. 아홉 살 정도의 사내아이 둘이 2층에서 뛰어 내려와 놀란 스포츠코트를 스쳐 달렸다. 그중 한 명이 문가에 떨어져 있는 야구공을 집어 들더니 "안녕, 스포츠코트 아저씨!" 하고 외치고는 친구와 깔깔거리며 시야에서 사라졌다.

 스포츠코트는 화가 난 듯 황급히 광장으로 나가 아이들의 등에 대고 소리쳤다. "천천히 다녀 이 녀석들아! 왜 야구장에 가서 놀지 않고 여기서 소란인 거냐?" 스포츠코트는 이렇게 외치면서 아이들이 사라진 방향으로 따라가느라 뒤에 키 큰 남자가 있었다는 사실은 전혀 알아채지 못했다.

 청소도구 벽장 안에는 번치의 행동책인 얼이 반쯤 열린 문밖으로 발을 뻗은 채 벽에 등을 대고 털썩 주저앉아 있었다. 얼은 정신을 차리려 머리를 좌우로 흔들어 보았다. 누가 내려오기 전에 빨리 움직여야 한다. 표백제 냄새가 나는 것 같았다. 다음 순간 엉덩이가 축축하게 젖어 있다는 걸 깨달았다. 엎어져 있는 노란 양동이에 담겼던 구정물이 바닥에 흥건히 고여 있었다. 일단 벽에서 등을 뗀 다음 일어나기 위해 두 손으로 바닥을 짚었다. 그러자 오른손이 젖은 대걸레 위에 닿

파헤치다   137

았다. 왼손에는 무슨 기계장치 같은 것이 만져졌다. 얼은 겨우 몸을 움직여 벽장문을 발로 차서 활짝 열었다. 벽장 안이 훤해지자 비로소 왼손이 쥐덫 위에 얹혀 있는 게 보였다. 죽은 쥐가 한 마리 끼어 있는. 얼은 비명을 지르며 벌떡 일어나 벽장 밖으로 튀어 나갔다. 그러고는 정문을 통과해 최대한 빠른 걸음으로 광장을 지나 가까운 지하철역으로 갔다. 가죽 재킷에 미친 듯이 손을 문질러 닦으면서. 흠뻑 젖은 바지와 운동화 속으로 차가운 공기가 스며들었다.

"빌어먹을 늙은이." 얼이 중얼거렸다.

9
오물

 정복 차림의 경찰 두 명이 파이브엔즈 교회로 들어왔다. 성가대 연습을 하다가 사촌 자매간에 싸움이 벌어지고 5분 정도 지나서였다. 사실 나네트와 스위트콘의 갈등은 23년 전에 시작되었다.
 두 자매가 격분해서 실랑이를 벌이는 동안 키가 크고 예쁜 48세의 지 자매는 성가대 벤치에 앉아 시선을 무릎 위로 내린 채 집 열쇠를 만지작거리며 중얼거렸다. "주여, 저들을 말려 주소서."
 그러자 마치 기도에 응답이라도 하듯이 뒷문이 열리고 두 명의 백인 경찰이 좁은 현관을 지나 교회당 안으로 들어선 것이다. 알전구의 불빛이 경찰 배지와 정복의 단추에 반사되어 빛났다. 통로를 지나 앞으로 다가오는 동안 열쇠 꾸러미의 열쇠들이 부딪쳐 종소리처럼 쩔렁댔고, 허리춤에 찬 총집이 엉덩이에 부딪히며 덜렁거렸다. 두 경찰은 설교단 앞까지 오자 걸음을 멈추고 성가대를 바라보았다. 스포츠코트의 아들인 퍼지 핑거스를 제외한 여성 단원 다섯 명과 남자 단원 두 명의 시선도 일제히 경찰을 향해 있었다.

"여기 책임자가 누구요?" 경찰 중 한 명이 물었다.

젊은 경찰이었는데 마르고 잔뜩 긴장한 듯 보였다. 그 뒤에는 좀 더 나이가 지긋하고 넓은 어깨에 몸집이 좋은 경찰이 서 있었다. 그의 푸른 눈가에 잔주름이 선명하게 보였다. 지 자매는 그의 시선이 재빨리 교회 안을 훑어보는 것을 알아차림과 동시에 어디선가 본 듯한 인상이라는 생각을 했다. 나이 많은 경찰은 모자를 벗더니 아일랜드 억양이 섞인 말씨로 젊은 경찰에게 속삭였다. "미치, 모자를 벗어야 해."

젊은 경찰은 모자를 벗고 나서 다시 물었다. "책임자가 누구요?" 지 자매는 모두의 시선이 자기에게 향하는 것을 느꼈다.

"우리 교회에서는 용건을 말하기 전에 먼저 서로 인사를 나누는 게 상례인데요."

경찰은 가지런히 접힌 파란 종이를 들어 보이며 말했다. "나는 던 순경이오. 셀로니어스 엘리스에 대한 체포 영장을 가지고 왔소."

"누구요?"

"셀로니어스 엘리스."

"여긴 그런 이름 가진 사람 없습니다." 지 자매가 말했다.

젊은 경찰은 지 자매 뒤에 서 있는 성가대를 보며 물었다. "혹시 그에 대해 아는 사람 있습니까? 체포 영장을 가지고 왔습니다."

"저 사람들은 영장이 뭔지도 모릅니다." 지 자매가 말했다.

"댁한테 말하는 게 아닙니다. 저는 저 성가대 분들에게 묻고 있어요."

"누구와 얘기를 하려는지 아직 마음을 정하지 못하고 오셨나 보네요, 경찰관님. 처음에 책임자가 누구인지 물어서 제가 대답했는데요. 그런데 이제는 저들에게 물으시네요. 누구와 이야기하러 오신 거죠?

전가요, 아니면 저 사람들인가요? 아니면 공지 사항을 알려주러 오신 건가요?"

그러자 뒤에 있던 나이 많은 경찰이 말했다. "미치, 밖을 살펴봐 주지 않겠나?"

"벌써 살펴봤어요, 포츠."

"다시 한번 살펴봐."

젊은 경찰은 돌아서서 날렵한 동작으로 영장을 포츠의 손에 넘겨주고 좁은 현관을 지나 밖으로 나갔다.

포츠는 문이 닫힐 때까지 기다렸다가 지 자매를 향해 돌아서더니 양해를 구하는 듯한 어조로 말했다.

"젊은 친구라서……."

"그 정도는 저도 알아요."

"저는 76관할구 소속 멀린 경관입니다. 경찰국 내에서는 포츠 경사라고 부르죠."

"실례지만 경관님, 왜 하필 포츠라는 애칭을 쓰시나요?"

"프라이팬보다는 낫지 않습니까."

지 자매가 키득 웃었다. 이 나이 많은 경관에게서는 뭔지 온화한 기운이 느껴졌다. 검은 연기 속에 섞여 있는 작은 불꽃 같은 온기. "저는 지 자매라고 합니다. 정식 성함을 알려주시겠어요?"

"알려드릴 만한 이름이 못돼서요. 그냥 포츠라고 해 두죠. 예전에 감자 귀신이긴 했어요. 어렸을 적에 말이죠. 그래서 저희 할머니가 포츠라는 이름을 지어준 거죠."

"감자 귀신이라뇨?"

"감자를 엄청 많이 먹는다는 뜻이죠."

"정말 재밌는 이름이네요."

"그러시는 본인도 만만치 않은 이름을 가지지 않으셨나요? 성이 지라고 하셨죠? 이름이 혹시 골리라면 저는 기권하고 물러가지요*(Golly Gee*, 놀라움을 표현하는 감탄사)."

지 자매는 그 순간 등 뒤에서 누군가 키득거리는 소리를 들었다. 지 자매 자신도 웃음이 나오려는 것을 억지로 참고 있었다. 이 경관은 사람의 마음을 들뜨게 하는 매력을 지니고 있었다. "전에 어디선가 뵌 것 같은데요, 포츠 경관님." 지 자매가 말했다.

"그냥 포츠라고 부르십시오. 근처에서 보셨을 겁니다. 젊었을 때 여기서 네 블록 정도 거리에 살았으니까요. 아주 오래전이죠. 커즈에서 수사관으로 일했거든요."

"아, 그러고 보니…… 그때 뵈었나 보네요."

"하지만 그건 20년 전인데요."

"20년 전에 저도 여기 살았답니다." 지 자매가 생각에 잠긴 채 대답했다. 지 자매는 한동안 포츠를 바라보며 뺨을 비비더니 갑자기 눈빛이 밝아지면서 얼굴에 은근한 미소가 번졌다. 지 자매의 미소 띤 얼굴을 보자 포츠는 마음의 빗장이 풀리는 것 같았다. 역시 여자란 참 섬세하고 아름다운 존재라는 생각이 들었다.

"생각나요." 지 자매가 말했다. "공원 근처 9번가. 거기 오래된 술집이 있었어요. 아일랜드풍의 술집이었죠. 래티건스. 거기서 경관님을 봤어요."

포츠의 얼굴이 붉어졌다. 성가대 단원들 여럿이 그 모습을 보고 미소를 지었다. 사촌 자매들의 입가에도 웃음이 번졌다.

"거기서 업무 핑계로 종종 모이곤 했어요." 포츠가 장난기 어린 어투로 말했다. 그러고는 이내 환한 표정을 지으며 물었다. "실례가 되지 않는다면, 혹시 지 자매께서도 거기서 일 관계로 모임을 하셨던 건가요? 같은 시간에? 저를 보셨을 때 말이죠."

"오 주여!" 성가대에서 누군가 소리 죽여 웃으며 외쳤다. 이야기가 점점 재미있어지고 있었다. 결국 성가대 전체가 웃고 말았다. 이제 지 자매가 얼굴을 붉힐 차례였다.

"저는 술집에 가지 않아요." 지 자매가 다급히 해명했다. "래티컨스 바로 길 건너에 제가 낮에 일하는 직장이 있었거든요."

"직장이요?"

"가사도우미죠. 거기 큰 적갈색 벽돌집에서 청소 일을 했어요. 그 가정에서 14년 동안이나 일했죠. 그동안 월요일마다 래티컨스 주변에서 주웠던 술병 하나당 5센트만 받았어도 지금 저는 부자가 됐을 거예요."

"저는 술병을 술집 안에 두고 나오죠." 포츠가 시무룩하게 말했다.

"경관님이 술병을 어디에 두는가는 아무래도 상관없어요." 지 자매가 말했다. "제 직업은 깨끗이 치우는 거예요. 무엇을 치우는가는 중요하지 않죠. 오물은 어디를 가든 결국 오물이니까."

포츠가 고개를 끄덕였다. "오물 중에도 유난히 치우기 힘든 오물이 있죠."

"경우에 따라 그렇기도 하죠." 지 자매가 말했다.

화기애애한 분위기가 엷어지면서 포츠는 교회당 안에 약간의 거북감이 전해져오는 것을 느꼈다. 지 자매도 느꼈다. 포츠가 성가대를 힐끗 보며 물었다. "잠시 단둘이 대화를 할 수 있을까요?"

"물론이죠."

"혹시 지하실에서 가능할까요?"

"성가대가 내려가서 연습하면 될 것 같아요. 거기도 피아노가 있으니까."

성가대는 기꺼이 일어나서 서둘러 지하실로 향했다. 나네트가 지나갈 때 지 자매가 그녀의 손목을 잡고 조용히 말했다. "퍼지 핑거스도 데려가 줘요."

지 자매는 가볍게 말한 거였으나, 포츠는 그 순간 두 자매간에 주고받는 눈길을 보았다. 뭔가 의미가 담겨 있는 눈길이었다.

모두가 자리를 뜨자 지 자매가 포츠를 향해 물었다. "어디까지 얘기했었죠?"

"오물에 대해서였죠." 포츠가 대답했다.

"아, 맞아요." 지 자매가 자리에 앉으며 응수했다. 포츠는 지 자매가 보면 볼수록 예쁘고 매력 있는 여자라는 생각을 했다. 키가 훤칠했으며, 중년에 들어선 듯했지만 기도 외에는 다른 삶의 경험이 거의 없을 것 같은 교회의 다른 여자들처럼 주름진 얼굴이 아니었다. 밝은 갈색 피부에 뚜렷한 이목구비, 희끗희끗 흰머리가 섞여 있는 숱 많은 머리는 가지런히 가르마를 내어 빗겨져 있었고, 호리호리하고 균형 잡힌 몸매에 소박한 꽃무늬 원피스 차림이었다. 벤치에 등을 곧게 세우고 앉아 있는 모습은 마치 발레리나 같았는데, 가는 팔꿈치를 앞 벤치에 걸치고 한 손으로 열쇠 꾸러미를 천천히 딸랑거리며 백인 경찰을 바라보는 모습이 너무나 편안하고 자신만만해 보여서 포츠는 왠지 불편한 느낌마저 들었다. 잠시 후 지 자매는 벤치 등받이에 기대앉더니 가는 팔을 자기가 앉은 벤치 끝에 걸쳤다. 작은 동작이었지만 우아하고 섬세했다. 포츠는 그녀의 움직임이 순한 어린 양 같다고 생각했다. 갑자기 정신이 혼미해지면서, 포츠는 이성을 잃지 않으려 안간힘을 써야 했다.

"유난히 치우기 힘든 오물이 있다고 하셨죠." 지 자매가 말했다. "맞아요. 오물을 치우는 것이 저의 임무였어요, 경관님. 청소를 직업으로 삼고 있으니까요. 오물을 묻히면서 일을 하죠. 하루 종일 오물을 찾아다니며 치우고요. 그래서 오물들은 저를 좋아하지 않아요. 그것들이 제게 '나 여기 숨어 있어. 와서 찾아봐' 하고 신호를 보내지는 않죠. 제 발로 모두 찾아다니며 치워야 해요. 그렇지만 저는 오물들이라고 해서 혐오하는 마음은 없습니다. 무엇이든 존재 자체를 미워할 수는 없으니까요. 오물이 있으니까 제 일도 있는 거고요. 어디서든 오물을 치움으로써 저는 누군가를 위해 좀 더 나은 환경을 만드는 거죠. 당신도 그렇지 않은가요. 온갖 나쁜 사람들을 찾아다니지만, 그들이 '나 여기 숨어 있소. 와서 잡아 봐"라고 손짓하지는 않으니까. 당신이 그들을 찾아다니며 잡아내든, 유인하든 해야 하죠. 그렇게 정의를 실현함으로써 당신은 누군가를 위해 좀 더 나은 세상을 만들죠. 그러니 어찌 보면 당신과 나는 결국 같은 일을 하는 거예요. 오물을 치우는 일. 누군가 살아간 흔적들을 추적하고, 사람들이 살아가면서 만들어내는 실수들을 찾아서 정리하죠. 물론 누가 되었든 그가 잘못된 삶을 살아간다고 해서 문제라거나, 골칫덩어리 또는 …… 오물이라고 이름을 붙이는 게 옳은 것 같지는 않지만 말이죠."

포츠는 입가에 미소를 띠고 말했다. "당신은 변호사가 돼야 했을 사람이군요."

지 자매가 눈썹을 모으며 물었다. "지금 저를 놀리는 건가요?"

"아니요." 포츠 경관이 웃었다.

"제가 말하는 걸 들으면 아시겠지만, 저는 공부를 많이 한 사람이 아니에요. 시골 출신이고요. 학교도 좀 더 다니고 싶었죠." 지 자매가 아쉬운 듯 말했다. "하지만 이미 옛날 일이죠. 노스캐롤라이나에서 어린 시절을 보낼 때 말이에요. 남부에 가보신 적 있나요?"

"아니, 못 가봤습니다."

"고향이 어디신데요?"

"말했잖아요. 여기라고. 커즈 지구. 실버 스트리트."

지 자매가 고개를 끄덕였다. "아, 그러셨군요."

"그렇지만 부모님은 아일랜드 출신이십니다. 사람들이 잠깐씩 일상을 멈추고 생각하며 살아가는 곳이죠. 생각할 머리가 있는 사람들이라면 말이에요."

지 자매가 소리 내서 웃었다. 그 모습을 바라보면서 포츠는 어둠에 싸인 채 잠들어 있던, 수백 년 동안 산자락에 묻혀 있던 작고 진기한 마을에 수백 개의 전등불이 밝혀지는 광경을 보는 듯한 느낌을 받았다. 캄캄한 어둠 속에서 일시에 반짝거리는 불빛과 함께 나타난 작고 진기한 마을. 지 자매의 얼굴 구석구석에서 빛이 나오는 것 같았다. 포츠는 그녀에게 지금까지 가슴 속에 쌓여 온 모든 슬픔을 털어놓고 싶다는 생각이 들었다. 그가 기억하는 아일랜드는 휴가 여행지 팸플릿에 나오는 아일랜드가 아니라는 이야기. 그의 기억 속에 들어 있는 아일랜드는 여덟 살인 어린 포츠의 손을 잡고 실버 스트리트 거리를 걸으며 입술을 깨문 채 슬픈 노래를 흥얼거리던 할머니의 모습과 함께라는 이야기. 가난하고 궁핍했던 할머니가 어린 시절, 몸을 쉴 곳과 음식을 찾아 아일랜드의 시골길을 헤매며 부르던 그 노래. 그 노래를 흥얼거리던 할머니의 손에는 마지막 1센트짜리 동전 한 닢이 쥐어져 있었다는 이야기. 그래서 어른이 된 지금도 여행 홍보 자료에 나오는 아일랜드의 사진을 보면 그 할머니에 대한 기억이 솟아나 한순간에 혈관을 타고 심장으로 흘러들어 가슴이 아린다는 이야기를 털어놓고 싶어졌다.

그들이 잠든 위로 파란 초원이 물결치네. 평안한 휴식은
영원히 그들의 것.
사냥은 끝났고, 추위와 배고픔도 지나갔네…….

그러한 기억들을 누르고 포츠는 짧게 말했다. "그렇게 좋지는 않았던 것 같아요."
지 자매는 포츠가 의외의 반응을 보이는 것이 조금 당황스러웠다. 그의 얼굴이 상기되는 것을 보자 가슴이 설레기 시작했다. 뭔가 의미 있는 침묵이 실내를 채웠다. 두 사람 모두 그것을 느꼈다. 자신들의 마음이 도저히 건널 수 없는 거대한 골짜기 너머로 서로 손을 내미는 것 같았다. 골은 너무 깊고, 너무 넓었다. 그걸 넘어선다는 것은 도무지 말이 되지 않았다. 그런데도…….
포츠가 침묵을 깨고 입을 열었다. "이 친구 말입니다. 내가 찾고 있는 그 자……. 그의 이름이 셀로니어스 엘리스가 아니라면 뭘까요?"
지 자매가 조용해졌다. 입가의 미소가 사라지면서 시선을 돌렸다. 마법에서 깨어난 것이다.
"괜찮습니다." 포츠가 말했다. "총기 사건이라는 것이 대부분 어떻다는 건 우리가 잘 알고 있으니까요." 가볍게 위안의 뜻으로 말하려는 것이었는데 말을 해놓고 보니 너무 딱딱하고 사무적으로 들렸다. 그럴 생각은 아니었는데. 진지함이 결여된 자신의 목소리에 포츠 자신

도 좀 놀랐다. 키가 크고 초콜릿색 피부를 가진 이 여자는 닫혀 있던 마음을 열게 하는 부드러운 마력을 가지고 있다는 생각이 들었다. 이제 4개월 후면 포츠는 정년퇴임을 하게 된다. 하지만 4개월은 너무 길다. 포츠는 그것이 어제였으면 좋았겠다고 생각했다. 갑자기 제복을 벗어 던지고 싶은 충동을 느꼈다. 그러고는 지하로 내려가 성가대와 함께 노래를 부르고 싶었다.

"저는 곧 정년퇴임을 하게 됩니다. 이제 120일 남았어요. 그리고 나면 낚시도 하고, 성가대에 들어갈지도 모르죠."

"당신의 남은 인생을 그렇게 보낼 수는 없죠."

"성가대에서 노래하는 것 말씀인가요?"

"아니요. 낚시 말이에요."

"그보다 더 좋은 일은 생각해 보지 못했는데요."

"글쎄요. 본인이 좋아하는 게 그거라면 하셔야죠. 장례식이나 술자리를 찾아다니며 폭음을 하는 것보다는 나을 것 같네요."

"래티건스 같은 곳 말씀인가요?"

그러자 지 자매가 손을 내저으며 말했다. "거기는 괜찮아요. 어차피 술 마시는 곳에서는 싸움이나 언쟁이 끊이지 않는 법이니까요. 사실 더 한심한 건 하나님을 믿으며 경건하게 살아간다는 곳들이죠. 교회들 중에는 하나님은 제일 뒤로 미뤄놓는 곳들도 있으니까요. 거리에서보다 더 많은 싸움이 일어나기도 한답니다. 기도하는 시간보다 서로 싸우는 시간이 더 많은 것 같아요. 예전에는 그렇지 않았는데 말이죠."

지 자매의 말을 들으며 포츠는 정신이 들었다. 그리고 애써 원래의 용건으로 돌아왔다. "셀로니어스 엘리스라는 친구에 대해 아시는 게 있는지요?" 지 자매가 손을 번쩍 들어 올리며 대답했다. "하나님께 맹세코 이 교회에는 그런 이름을 가진 사람이 없어요. 적어도 제가 알기로는."

"하지만 저희가 가지고 있는 이름은 정확한 것입니다. 목격자의 진술에서 나온 이름이니까요."

"레이 찰스처럼 시각장애가 있는 사람이 진술했나 보네요. 아니면 다른 교회에 다니는 사람이 말한 것이거나."

포츠가 미소를 지으며 말했다. "그가 이 교회에 다니는 것은 당신도 나도 알고 있습니다."

"누군데요?"

"그 나이 많은 사람 있지 않습니까. 총격을 가한 사람. 술 많이 마시고. 모두가 알고 있는."

지 자매가 다소 냉소적인 미소를 지었다. "그런데 왜 저에게 묻는 거죠? 당신네 사람이 이미 그를 알고 있는데."

"저희 사람 누구 말씀인지?"

그러자 지 자매가 포츠를 향해 고개를 기울였다. 지 자매의 수려한 얼굴이 자신을 향해 기울어지자 포츠는 잠시 정신이 아찔해졌다. 새의 날개가 한순간 얼굴을 스치면서 차가운 습기를 머금은 공기를 만들어내면서 그 차가운 습기가 양쪽 어깨에 내려앉는 것 같았다. 지 자매를 바라보며 저절로 눈썹이 치켜 올라갔다. 포츠는 곧 시선을 바닥으로 옮겼다. 조금 전에 겨우 닫았던 마음의 문이 또다시 활짝 열리는 느낌이었다. 포츠는 바닥에 시선을 고정시킨 채 이 여자는 몇 살이나 되었을까 생각해 보았다.

"핫소시지 밑에서 일하던 경찰 말이에요." 지 자매가 말했다.

"핫, 누구요?"

"경찰 말이에요." 지 자매가 차분하게 대답했다. "핫소시지 밑에서 일하던. 지하 보일러실에서요. 핫소시지는 관리소장이자 보일러 수리공이에요. 그 밑에서 일하던 청소관리인 말입니다. 젊은 사람. 그가 당신네 사람이었잖아요."

"핫소시지의 본명은 뭐요?"

지 자매가 빙긋이 웃으며 말했다. "왜 저를 혼란하게 만드시는 거죠? 지금 당신네 사람에 대해 말하고 있잖아요. 핫소시지는 17동 관리 담당이에요. 그 밑에서 일하던 유색인 젊은이. 그가 딤즈의 생명을 구했죠. 이곳 사람들은 지금 그에게 감사해야 할지, 양동이로 물세례를 퍼부어야 할지 모르는 상황이랍니다."

포츠는 아무 말도 하지 않았다. 지 자매가 미소를 지었다.

"커즈 사람들 모두 그가 경찰이라는 사실을 알고 있어요. 그런데 당신이 그를 모른다고요?"

포츠는 당장에라도 뛰쳐나가 관할구로 돌아가서 그 바보 같은 서장을 한 대 때려주고 싶은 것을 억지로 참고 있었다. 자신이 너무나 한심하게 느껴졌다. 지금 자신은 서장이 저질러 놓은 머저리 같은 처사의 뒷감당을 해야 하는 상황이 아닌가. 매사에 첫 번째 흑인이 되는 것에 목숨을 걸고 있는 제트. 그 녀석은 도무지 수사관의 자질을 갖추지 못했다. 너무 어리고 경험도 없다. 소양도 없고 동지도 없고 멘토도 없다. 글쎄, 멘토는 포츠 자신일 수도 있겠지만. 그런데도 서장은 "커즈 하우스에 흑인 경찰을 좀 보내야 한다"고 주장했던 것이다. 그자의 머리통에는 도무지 남의 말이 먹혀들지 않는다. 서장이라는 작자가 어쩌면 그렇게 멍청할 수 있을까?

"그 친구는 퀸즈로 전출됐어요." 포츠가 말했다. "잘된 일이죠. 좋은 친구예요. 제가 훈련시켰죠."

"그래서 대신 오신 건가요?" 지 자매가 물었다.

"아니요. 내가 이 지역을 잘 알기 때문에 일을 맡게 된 겁니다. 관할서에서 신참 마약 딜러들에 대한 수사를 시작하려는 중이거든요."

포츠는 지 자매의 안색이 살짝 변하는 것을 보았다. "개인적인 질문을 드려도 될까요?" 지 자매가 물었다.

"물론이오."

"수사관을 하시다가 어떻게 다시 제복을 입고 경찰관이 되신 건가요?"

"그건 이야기가 좀 길어요." 포츠가 말했다. "나는 이미 말했듯이 여기서 자랐소. 근무 시간도 맘에 들고, 사람들도 좋아요. 경찰이 마약사범 소탕 작전에 돌입하겠다면 난 누구보다 충실하게 그 임무를 수행할 겁니다."

지 자매는 새어 나오는 웃음을 감출 수 없었다. "이런 게 경찰에서 말하는 작전이라면, 방향이 좀 잘못된 것 같네요. 스포츠코트는 일흔 한 살의 노인이랍니다. 마약 딜러가 아니에요."

포츠가 말을 이었다. "그와 이야기를 좀 나눠야 할 것 같은데요."

"그를 찾는 건 어렵지 않으실 겁니다. 이 교회의 집사니까요. 사람들은 그를 쿠피 집사라고 부르기도 하는데, 대부분 스포츠코트라고 부르죠. 그가 평소에 워낙 스포츠코트 차림으로 지내기도 하고요. 그의 별명이 왜 붙여졌는지는 보시면 아실 거예요. 제가 도와드릴 수 있는 건 거기까지입니다. 저도 여기서 살아야 하니까요."

"그를 잘 알아요?"

"21년 동안 알고 지냈죠. 제가 스물여덟 살 때부터니까요."

포츠는 머릿속으로 재빨리 계산해 보았다. 이 여자는 자기보다 열

오물 151

살 아래다. 포츠는 재킷을 아래로 잡아당겨 불룩 나온 배를 가리고 물었다. "뭐 하는 사람이오?"

"허드렛일을 하죠. 이런저런 일들을 조금씩 되는 대로요. 잇킨스의 술 가게에서 일할 때도 있고, 아파트 지하실 청소도 하고, 쓰레기를 내다 버리기도 하죠. 근처에 사는 백인들 집에서 정원 일도 하고요. 화초를 정말 잘 가꾸거든요. 어떤 식물이든 그의 손이 닿으면 잘 자라죠. 술도 많이 마시고, 야구에 관해서는 이 근처에서 그를 따를 사람이 없는 걸로 인정받고 있어요."

포츠는 잠시 생각에 잠겼다. "커즈하우스와 워치하우스가 야구 경기할 때 심판을 봤던 그 사람인가요? 베이스마다 뛰어다니며 소리치던 바로 그 사람?"

"네. 바로 그 사람이에요."

포츠가 껄껄 웃었다. "재미있는 사람 같던데. 순찰을 돌다가 경기를 몇 번 본 적이 있어요. 아주 잘하는 선수가 한 명 있더군요. 열네 살 정도 된 아이였는데. 공을 기가 막히게 던지더라고요."

"그 아이가 딤즈예요. 스포츠코트가 총을 쏜 바로 그 아이."

"정말입니까?"

지 자매는 한숨을 쉬고는 잠시 말이 없었다. "열두세 살 정도까지는 주일마다 지금 경관님이 계신 바로 그 자리에 앉아서 예배를 보았죠. 스포츠코트, 쿠피 집사가 딤즈의 주일학교 선생님이자 야구 코치였어요. 사실 스포츠코트는 딤즈에게 모든 면에서 매우 중요한 사람이었죠. 그의 아내 헤티가 죽기 전까지는 말이에요."

"헤티라는 분에게 무슨 일이 있었는데요?"

"항구에서 물에 빠져 죽었어요. 2년 전에. 어떻게 된 건지는 아무도 모르고요."

"당신의 남자가 그 일과 관련이 있을지 모른다고 생각하는 건가요?"

"스포츠코트는 제 남자가 아닙니다. 살아오면서 삶의 나락으로 떨어진 적이 있기는 하지만, 그 정도로 떨어지지는 않았어요. 저는 결혼했습니다. 이 교회 목사와 말이에요."

포츠는 순간 마음이 무너져 내리는 것 같았다. "그렇군요."

"스포츠코트는 헤티의 죽음과 아무 관련이 없습니다. 사실 스포츠코트는 이 커즈하우스에서 진심으로 자기 아내를 사랑하는 몇 안 되는 남자들 중 한 사람이죠."

지 자매는 말을 하는 동안 고요하게 앉아 있었다. 하지만 그녀의 아름다운 올리브색 눈동자에는 애잔함과 아픔이 일렁이고 있었다. 포츠에게도 그 일렁임이 보였다. 포츠는 마치 뜨거운 여름의 태양이 쏟아지는 피크닉 테이블 위에 너무 오랫동안 방치된 아이스크림을 보는 것처럼 안타까웠다. 곧 그녀의 눈에서 회한이 봇물 터지듯 쏟아져 내릴 것만 같았다. 포츠 앞에서 무너져 내리기라도 하려는 것처럼.

포츠는 얼굴이 상기되어 오는 것을 느끼며 시선을 돌렸다. 괜한 말을 한 것에 대해 사과의 말을 하려는 참에 지 자매가 먼저 입을 열었다. "당신은 이 제복을 입었을 때보다 평상복을 입고 있을 때가 훨씬 더 멋진 것 같군요. 그래서 제가 당신을 기억하고 있었나 봐요."

포츠는 지 자매가 그 옛날 술집에서 친구들과 앉아 있던 자기를 기억하고 있는 이유가 자신을 지켜보고 있었기 때문이었다는 걸 깨달았다. 그때 포츠는 북아일랜드의 지하 군사 조직의 일원이었던 친구가 영국에 분개하고, 동네가 쇠퇴해져 간다고 투덜대는 소리를 듣고 있었다. 그 친구의 말에 의하면 흑인과 스페인 사람들이 동네로 들어

오면서 지하철역의 일자리를 비롯해 청소관리, 문지기 같은 일자리를 빼앗아 간다는 것이었다. 자기들 몫으로 던져졌던 모든 것들을 놓고 서로 차지하기 위해 싸워야 한다고 했다. 포츠는 꿈을 꾸듯 천천히 낮은 소리로 물었다. "그러니까 헤티라는 분의 죽음에 대해서는 조사할 필요가 없다는 뜻인가요?"

"조사하고 싶으면 하세요. 헤티는 아주 야무진 여자였어요. 여기의 삶이 힘든 만큼 야무지게 살 수밖에 없었죠. 그렇지만 처음부터 끝까지 좋은 사람이었어요. 부부간의 주도권은 헤티가 쥐고 있었어요. 스포츠코트는 헤티의 말이라면 뭐든 다 했어요. 한 가지만 빼고." 지 자매는 키득거리며 말을 이었다. "그 치즈 문제만큼은 아니었지만요."

"치즈요?"

"매달 첫 번째 토요일에 치즈를 나눠줬거든요. 헤티는 그걸 몹시 못마땅해했어요. 두 사람은 그 문제로 늘 싸웠고요. 그것 말고는 금실이 좋았지요."

"헤티라는 분은 어쩌다 그렇게 된 겁니까?"

"부두로 걸어가서 물속에 뛰어들었어요. 그 후로는 이 교회에 여러 가지 어려움이 많답니다."

"왜 그랬을까요?"

"지쳤던 것 같아요."

포츠가 한숨을 내쉬고 다시 물었다. "그 일에 대해 보고서를 써야 할까요?"

"쓰고 싶으면 쓰세요. 저의 솔직한 마음은 스포츠코트가 무사하길 바랍니다. 딤즈라는 녀석을 쏜 것 때문에 감옥에 갈 만큼, 그 녀석이 그렇게 가치 있는 인생이 못되니까요. 적어도 현재는 그렇지 못하다는 말이죠."

"이해할 것 같소. 하지만 그 친구는 무기를 가지고 있었어요. 정신적으로도 불안정한지 모르고요. 그렇다면 이 공동체에 소요를 야기할 수도 있어요."

지 자매가 코웃음을 치며 대꾸했다. "이곳이 불안정해진 건 벌써 수년 전이에요. 그 새로운 마약이 들어오면서부터죠. 사람들이 피우기도 하고, 바늘로 혈관에 주사하기도 하는 그걸 뭐라고 부르는지는 모르겠지만……. 아무튼 그걸 몇 번만 하면 그다음부터는 중독이 되는 것 같더라고요. 그전에는 그런 걸 한 번도 본 적이 없는데 말이죠. 그런 게 들어오기 전까지 이곳은 안전한 곳이었어요. 요즘엔 나이 많은 주민들이 퇴근길에 몽둥이찜질을 당하기도 하고, 얼마 안 되는 급여를 강도에게 빼앗기기도 한답니다. 다 몹쓸 녀석들이 딥즈에게 약을 사기 위해 그런 짓을 하는 거죠. 그 녀석은 창피한 줄을 알아야 해요. 그 녀석 할아버지가 아직 살아 있었다면 자기 손자를 가만두지 않았을 거예요."

"무슨 말인지 알겠소. 그렇지만 자기 손으로 법을 집행하려 한 것은 잘못이오. 그래서 이런 게 발부된 것이고요." 포츠는 영장을 들어 보였다.

지 자매의 얼굴이 굳어지면서 두 사람 사이에 다시 거리가 생겼다. "영장 집행을 하세요. 어차피 영장을 남발하는 김에 우리 성탄 모금을 가져간 사람 앞으로도 하나 발부해 주시고요. 아마 몇천 불 정도는 모였을 거예요."

"그건 무슨 얘기요?"

"성탄 클럽 일이에요. 저희는 매년 성탄절에 아이들에게 선물을 사

오물 155

주기 위해 모금을 하고 있거든요. 헤티가 그 돈을 모아서 작은 상자에 보관하고 있었고요. 참 잘 해왔지요. 그 상자를 어디에 숨겨두는지 아무에게도 말하지 않고 말이에요. 매년 성탄절이 되면 헤티가 돈을 내주곤 했어요. 그러던 헤티가 죽었고 스포츠코트는 헤티가 돈을 어디다 숨겼는지 모른다는 거죠. 스포츠코트가 알고 있다면 분명히 돈을 벌써 내주었을 거예요. 교회 돈을 착복할 사람이 아니니까요. 아무리 술을 사기 위해 돈이 필요한 상황이라도 그는 절대 그런 짓은 안 하죠."

"술을 위해서라면 더 한 짓을 하는 사람들도 봤소."

그 말에 지 자매는 인상을 찌푸렸다. 아름다운 얼굴에 포츠에 대한 실망의 빛이 어렸다. "이 교회의 신도들은 대부분 가난하지만, 아이들을 위해 한두 푼씩 돈을 모으죠. 그리고 서로를 위해 하나님께 기도하고, 하나님의 은혜를 빌어줍니다. 성탄 모금이 증발해 버려서 영영 찾을 수 없게 된다면 그건 하나님의 뜻일 거예요. 당신네 경찰들은 스포츠코트가 그 돈을 가져갔는가에만 관심을 두겠지만 그건 중요한 걸 놓치고 있는 겁니다. 스포츠코트는 이 세상 누구의 것이든 한 푼이라도 가져가느니 차라리 부두에 가서 물속에 몸을 던지는 편을 택할 겁니다. 요컨대 스포츠코트는 술에 취해 있었고, 그 김에 이 키즈하우스를 한 방에 바로잡아 보려 했던 거죠. 그 때문에 전례 없이 많은 경찰들이 그를 찾기 위해 샅샅이 뒤지고 있는 거고요. 그렇게 해서 저희에게 어떤 메시지를 주려는 거죠?"

"우리는 그를 보호하려는 겁니다. 클레멘스는 번치라는 이름의 몹시 흉악한 자 밑에서 일하고 있어요. 정작 우리가 뒤쫓고 있는 사람은 그 자예요."

"그렇다면 딥즈를 체포하세요. 그리고 그 악마의 물건을 파는 자들을 체포하세요."

포츠가 한숨을 내쉬고 말했다. "20년 전이었다면 그렇게 할 수도 있었겠지만 지금은 아니오."

지 자매와의 사이에 벌어졌던 간극이 좁혀지는 느낌이 들었다. 그리고 그건 혼자만의 상상이 아니었다. 지 자매도 그랬으니까. 포츠의 다정함과 정직함, 성실함이 느껴졌다. 그리고 또 다른 느낌. 그것은 아주 중요한 것이었다. 이 남자의 내면에 자석 같은 것이 있어서 자신의 영혼을 끌어당기는 것 같은 느낌이었다. 그건 참 신기하고도 설레는, 짜릿하기까지 한 경험이었다. 지 자매는 포츠가 일어나서 문으로 걸어가는 모습을 바라보았다. 지 자매는 얼른 일어나 그와 함께 예배당 통로를 걸어갔다. 포츠는 불안을 달래려는 듯 콧노래를 흥얼거리며 장작 난로를 지나 통로를 걸어 문 쪽으로 갔다. 지 자매는 곁눈으로 포츠가 문밖으로 나가는 모습을 지켜보았다. 어린 시절 그녀의 아버지가 오후에 학교로 찾아왔던 날 이후로 남자에게서 처음 느껴보는 감정이었다. 그때 아버지는 학교가 끝나는 시간에 맞춰 그녀를 마중 나와서 함께 집까지 걸어갔었다. 학교 친구 중 하나가 백인 아이에게 맞는 일이 일어난 직후의 어느 날이었다. 진심으로 자신을 걱정하고 아끼는 사람에게서 뿜어져 나오는 위안과 안정감. 백인 남자에게 그런 감정을 느끼다니. 게다가 처음 보는 사람이지 않은가. 참 이상하면서도 마음을 충만케 하는 경험이었다. 꿈을 꾸고 있는 것 같았다.

두 사람은 좁은 현관에 섰다. "그 집사라는 사람이 나타나면, 우리와 함께 있는 것이 더 안전할 거라 전해주시오." 포츠가 말했다.

막 대답하려는데 누군가의 목소리가 울려왔다. "우리 아버지 어디 있어요?"

퍼지 핑거스였다. 혼자 위로 올라와 정문 옆 어두운 구석에 있는 접이식 의자에 앉아 있었던 것이다. 보이지 않는 눈을 정면으로 향한 채 의자에 앉아 늘 그러듯이 몸을 앞뒤로 흔들고 있었다. 다른 성가대원들은 지하실에서 성가 연습에 열중하느라 퍼지를 찾으러 올라올 생각은 못 하는 모양이었다. 적어도 교회 안에서는 퍼지도 다른 사람 못지않게 자유롭게 돌아다닐 수 있었고, 종종 그러는 것을 즐기기도 했다.

지 자매는 퍼지의 팔뚝에 손을 얹어 일으켜 세우며 말했다. "퍼지, 어서 다시 내려가 성가 연습 해야지. 나도 곧 따라가마."

퍼지 핑거스가 말을 듣지 않고 그대로 서 있자, 지 자매는 조심스럽게 퍼지를 돌려세운 다음 그의 손을 계단 난간에 올려놓아 주었다. 포츠와 지 자매는 퍼지가 계단을 내려가 지하 통로로 들어가는 것을 지켜보았다.

퍼지가 시야에서 사라지자 포츠가 말했다. "저 아이가 그의 아들인 것 같군요."

지 자매는 대답하지 않았다.

"그가 어느 건물에 사는지 아직 내게 말해주지 않았소."

"묻지 않았으니까요." 지 자매는 이렇게 말하고는 창문을 향해 돌아섰다. 그러고는 창밖을 바라보며 불안한 듯 두 손을 비볐다.

"내려가서 그의 아들에게 물어봐야 할까요?"

"왜 그러셔야 하죠? 저 아이가 정상이 아니라는 건 경관님도 보셔서 아셨을 거 아니에요."

"그래도 그가 어디 사는가는 알겠죠."

지 자매는 한숨을 쉬고는 계속 창밖을 바라보며 말했다. "한 가지 물어볼게요. 사건과 아무 관련도 없는 사람을 쥐어짜서 무슨 소득이 있다는 거죠?"

"그건 내가 결정할 수 있는 일이 아니오."

"이미 말씀드렸잖아요. 스포츠코트를 찾는 건 너무 쉬운 일이에요. 이 근처에 늘 있으니까요."

"그건 거짓말로 받아들여야 할 것 같은데. 우린 아직 그를 보지 못했잖소."

지 자매의 표정이 굳어졌다. "보고하시려면 하세요. 어떻든 당신들이 스포츠코트를 데려가게 되면 퍼지 핑거스는 복지 시설로 보내지겠죠. 브롱크스나 퀸즈의 시설로 보내져서 우리가 다시는 그를 못 보게 되겠지요. 저 아이는 헤티의 아들이에요. 헤티는 40대에 저 아이를 낳았어요. 아이를 낳기에는 너무 늦은 나이였죠. 더구나 헤티처럼 고생을 많이 한 여자로서는 더 그런 셈이었어요."

"유감입니다만, 그 역시 제 소관은 아닌 것 같군요."

"물론 아니죠. 그렇지만 저는 쓸모없는 일을 하느니 차라리 잠이나 자자는 주의예요." 지 자매가 말했다.

포츠는 씁쓸하지만 웃음을 지었다. "담번에 출근해선 잠이나 자게 강력수면제를 먹어야겠군요."

지 자매가 웃을 차례였다. "그런 뜻은 아니에요. 헤티는 교회 일을 많이 했어요. 교회가 처음 세워질 때부터 있었고요. 헤티는 자기가 일자리를 잃고 힘들었을 때도 성탄 성금에 손을 댄 적이 없었답니다. 경관님이 해야 하는 일들을 하세요. 그렇지만 스포츠코트를 체포하신다면 퍼지 핑거스는 시설로 보내질 것입니다. 그건 전혀 다른 또 하나의 문제를 만드는 거죠. 퍼지를 위해서라면 우리도 기꺼이 싸울 준비가 되어 있으니까요."

포츠는 언짢아졌다. "그럼 당신은 내가 총을 소지하고 있는 주택 단지의 아이들에게 무료로 알사탕이라도 나눠줘야 한다는 거요? 법은 법이에요. 그는 암살을 시도했어요. 사람을 쐈다고요. 목격자들이 보는 앞에서 말이오! 그가 총을 쏜 녀석이 성가대원도 아니고……."

"성가대원이었어요."

"지금 일이 어떻게 돌아가는지 알지 않소."

지 자매는 창가에서 움직이지 않았다. 포츠는 등을 곧게 세우고 밖을 내다보는 지 자매를 바라보았다. 느린 호흡에 맞추어 그녀의 가슴이 아래위로 움직였다. 올리브색 눈동자로 거리를 살피는 옆얼굴에서 연약함과 다정함은 사라지고, 볼 뼈와 강한 턱선, 끝이 넓게 퍼진 큼직한 코가 성난 모습으로 변했다. 포츠는 스태튼섬에 있을 자신의 아내를 떠올렸다. 목욕 가운을 입은 채, 지역신문인 '스태튼아일랜드 어드밴스'에서 쿠폰을 잘라내는 아내의 지루함이 가득 담긴 눈빛. 목요일에 손톱 손질을 해야 하고, 금요일에는 머리 손질을 해야 한다는 둥, 토요일 밤에는 빙고에 못 가게 되었다고 투덜거리는 아내의 점점 굵어지는 손목과 점점 얇아지는 인내심.

자기 목덜미를 쓰다듬는 지 자매를 보면서 포츠는 그녀의 목에 손가락을 대 보고 싶은 충동을 느꼈다. 목에서부터 둥글게 흘러내린 그녀의 등을 쓰다듬어보고도 싶었다. 문득, 그녀의 입이 움직이는 것을 본 것 같았다. 그렇지만 충동에 흔들리느라 그녀가 무슨 말을 했는지 듣지 못했다. 포츠는 자기가 얼마나 이 지역을 좋아하며, 다른 관할구에서 너무 고지식하게 일을 하려다 문제가 생겨서 커즈 지구로 오게 되었다는 이야기를 해주었다. 커즈에서 네 블록 떨어진 곳에서 자란 자신은 이 커즈 지구가 유일하게 편안하고 자유로운 곳이며, 이곳은 자신에게 여전히 고향이라는 이야기도 했다. 이곳에서 정년을 맞이하고, 노년을 보내고 싶어서 돌아왔다고 했다. 그리고 이번 사건에 대해서도 말했다. "이번 일은 모든 면에서 좀 특별한 일이오. 브루클린의 다른 지구에서 이런 일이 일어났다면, 곧 잊힐 수 있어요. 그런데 당신네 성가대원 딤즈는 큰 조직에 속해 있소. 그 조직은 도시 전체에 이권이 연결되어 있죠. 조직폭력배, 정치인 그리고 경찰에까지. 이 마지막 부분은 안 들은 걸로 해 주시오. 그들은 자기들의 이권에 방해가 되면 누구든 해칠 수 있어요. 그들로서는 그럴 수밖에 없죠. 그 세계의 질서가 그러니까."

포츠가 말하는 동안 지 자매는 창밖에 펼쳐진 어둠에 싸인 주택 단지를 바라보며 조용히 들었다. 한 블록 너머에 있는 허름한 길가에는 바람에 날리는 신문지들 사이로 엘레판테의 낡은 화물차를 비롯한 허름한 차들이 죽은 딱정벌레처럼 늘어서 있었다. 그녀 뒤에서 말하고 있는 포츠의 모습이 유리창에 비쳤다. 경찰복을 입은 파란 눈빛과 넓은 어깨를 가진 백인 남자. 그의 서 있는 모습, 움직임에는 다른 사람과 다른 무엇인가가 배어 있었다. 지 자매는 포츠가 말을 이어가는 동안 유리창에 비친 그의 모습을 바라보았다. 시선을 아래로 떨군 채 손을 만지작거리는 그의 모습. 이 남자의 마음에는 크고 넓은 공간이 있을 것 같은 생각이 들었다. 연못이나 웅덩이, 어쩌면 호수일 수도. 그의 말투에 담긴 다감한 아일랜드 억양 덕분에 넓은 어깨와 두툼한 손을 지녔어도 기품 있는 분위기가 풍겼다. 합리적이면서도 다정한 사람. 지 자매는 이 남자도 역시 자기처럼 삶에 갇혀 있는 사람이라는 생각이 들었다.

"그렇다면 순리대로 굴러가게 놔두세요." 지 자매가 유리창에 비친 자신의 모습을 향해 나직이 말했다.

"그대로 놔둘 수만은 없소."

지 자매는 곁눈으로 살짝 포츠를 살폈다. 그의 짙은 눈동자가 반짝이는 것 같았다.

"또 오세요." 지 자매는 이렇게 말하며 교회 문을 열었다.

포츠는 말없이 모자를 쓰고 어두운 거리로 나섰다. 비릿한 부둣가의 냄새가 라일락의 향기와 달빛에 섞여 코끝에 닿았다가 두근거리는 그의 가슴속으로 나비처럼 팔락이며 스며들었다.

10
수프

루퍼스에게 다녀온 다음 날 아침, 스포츠코트는 침대에 누워 체크무늬 재킷을 입을 것인지, 노란 단색 재킷을 입을 것인지 생각하고 있었다. 물론 헤티에게 물어봐 가면서.

오늘따라 헤티의 기분이 좋아서 두 사람이 오순도순 대화를 나누던 차에 요란한 기타 소리가 방해했다. 순간 헤티는 사라지고, 짜증이 난 스포츠코트는 창가로 가서 밖을 내려다보았다. 스포츠코트의 9동과 마주하고 있는 17동 현관 계단 앞에 사람들이 모여 있었다. 계단에는 기타, 아코디언, 봉고와 콩가로 구성된 사인조 밴드가 자리를 잡고 있었다. 봉고와 콩가 연주자들이 몇 명 더 광장으로 다가오는 것이 보였다.

"이런 젠장." 스포츠코트가 투덜거렸다. 방 안을 둘러보니 헤티는 이미 사라지고 없었다. 오늘 참 좋았는데.

"별거 아니야, 헤티." 스포츠코트가 빈방에 대고 말했다. "호아킨과 봉고 패거리들이야. 그러니까 가지 마. 다시 오라고." 하지만 헤티는 이미 가버린 뒤였다.

스포츠코트는 헤티가 그렇게 가버린 것이 영 서운한 채 외출 준비를 했다. 바지는 입고 잤으니, 그 위에 셔츠와 재킷만 입으면 되었다. 헤티가 좋아하는 노란색 재킷을 입었다. 그런 다음 킹콩 병에 남아 있는 술을 한 모금 마셨다. 스포츠코트가 킹콩 마시는 것을 싫어했던 헤티에게 오늘 아침에 그렇게 가버린 것에 대한 작은 복수를 하는 셈이었다. 스포츠코트는 술병을 재킷 주머니에 넣고 광장으로 나왔다. 17동 계단 앞에는 호아킨과 몽상가라는 의미를 지닌 그의 밴드 '로스소냐도라스'의 연주를 듣기 위해 사람들이 모여 있었다.

단지 주민들이 기억하는 한, 호아킨 코르데로는 커즈하우스 역사상 유일하게 정직한 넘버스 러너*(미국 빈민층에서 주로 하던 숫자도박게임의 수금원)*였다. 갈색 피부에 키가 작고 다부진 호아킨은 이목구비는 잘 생겼으나 뒤통수가 팬케이크처럼 납작하고 정수리가 스키 슬로프처럼 기울어져 있어서 어린 시절에는 '점프'라는 의미의 스페인어인 '살토'라는 별명으로 불렸다. 하지만 호아킨은 그런 별명이 싫지 않았다고 한다. 그는 자타공인 '사람들과 어울리기를 좋아하는' 사람이었고, 그런 유형의 사람들이 정치를 하지 않는 한 그럴 수밖에 없듯이 늘 다양한 직업을 가지고 있었다. 자기가 살고 있는 17동의 1층 아파트 창문을 개조해서 접수창구처럼 만들어 넘버스 러너를 운영하며 내기 번호들을 받았으며, 창틀 밑에는 직접 만든 캐비닛을 놓고 낱개 담배를 팔거나 종이컵에 위스키나 와인을 덜어 팔기도 했다. 아침에 기분 전환이나 입맛 다실 뭔가가 필요한 주민들이 그의 고객이었다. 그 외에도 시간제로 택시를 몰기도 했으며, 바쁜 직장인들을 위해 세탁 서비스를 해

주고, 망가진 의자를 고쳐주고, 일탈을 꿈꾸는 한가한 주부들을 따라다녔다. 그러는 틈틈이 기타를 치며 노래했던 것이다. 커즈의 사람들은 그런 호아킨을 재능꾼으로 인정해 주었다. 적어도 커즈하우스에서 호아킨은 음악가였고 사람들은 그의 밴드를 좋아했다.

커즈하우스 사람들 중에 호아킨과 그의 밴드 로스소냐도레스가 실력이 있는지 없는지 객관적으로 말할 수 있는 사람은 없었다. 그렇지만 결혼식이든, 행사든, 장례식이든, 로스소냐도레스가 불려가지 않는 적은 없었다. 비록 차가운 시월의 아침에 억지로 시동이 걸리는 디젤 엔진 같은 소리를 내더라도, 중요한 건 어떤 음악을 들려주느냐가 아니라 그들의 마음이었으므로. 호아킨의 전처인 이지는 커즈하우스의 모든 행사에 로스소냐도레스가 불려가서 연주를 할 수 있는 이유는 호아킨이 젊은 백인 사회복지사인 미스 크립신스키와 정분을 나누는 사이여서라고 했지만, 그건 말도 되지 않는 음해였다. 미스 크립신스키는 커즈하우스 노인센터의 운영을 맡고 있었는데 단지 내에서 행사가 있을 때마다 약간의 돈과 음식을 제공하곤 했다.

아무튼 음악이 문제 되지는 않았다. 고물 자동차 네 대가 동시에 부르릉대는 것 같은 소리로 로스소냐도레스가 연주를 하면 어디든 사람들이 모여들었다. 도미니카 출신들은 리듬에 맞춰 고개를 끄덕이며 자기들끼리 깔깔거렸고, 푸에르토리코 출신들은 어깨를 들썩여 보였다. 어차피 셀리아 크루즈나 에디 팔미에리보다 멋진 음악을 연주할 수 있는 사람은 하나님밖에 없을 텐데 누군들 무슨 상관이겠는가? 에디 팔미에리는 살사 재즈의 열풍을 일으켜 너나 할 것 없이 나이트클럽에서 돈깨나 쓰게 만들었던 연주자였다.

흑인들, 그중에서도 남부 태생의 기독교 신자들이 몸담았던 교회의 목사들은 권총을 찬 채 목화를 땄고, 아무런 준비 없이 설교단에 서서도 십 리 밖에까지 들릴 만큼 쩌렁쩌렁한 소리로 설교를 할 수 있었다. 한 손에는 목화 꾸러미를 들고, 다른 한 손으로는 성가대 여성 단원의 몸을 더듬으면서. 그런 교회에서 자라난 신자들은 굳이 음악을 가려듣지 않는다. 그러니 무엇이 문제겠는가? 어떤 음악에든 춤을 출 수 있었고 누구와도 어울릴 수 있었다. 그러지 못할 이유가 없지 않은가? 호아킨의 음악은 공짜로 즐길 수 있었고, 음악은 하나님의 선물인 것을. 하나님으로부터 온 것은 모두 좋은 것 아닌가.

스포츠코트는 17동 계단 앞에 모여 있는 사람들 뒤쪽을 어슬렁거렸다. 계단 위에는 앰프와 드럼세트가 설치되어 있었고, 임시변통으로 만들어 놓은 무대를 가로질러 앰프에 연결된 전기 연장선이 놓여 있었다. 전선은 건물 입구 바로 옆에 위치한 1층 창문으로 이어졌다. 바로 호아킨의 아파트였다. 연주자들의 머리 위 차양막에는 현수막이 걸려 있었는데, 스포츠코트가 서 있는 거리에서는 읽을 수가 없었다.

스포츠코트는 맨 뒤에 서서 호아킨이 스페인어로 노래하는 모습을 지켜보았다. 노래가 절정에 이르자 호아킨은 한층 목청을 돋우었고, 그에 따라 연주자들도 아코디언을 한껏 조였다가 늘이고 봉고를 더 열정적으로 두드려댔다.

"잘한다, 호아킨!" 스포츠코트가 외쳤다. 그런 다음 킹콩을 한 모금 마시고는 옆에 있는 여자를 향해 버터처럼 누렇게 튀어나온 앞니 몇 개를 드러내 보이며 웃었다. "저 친구들이 하는 건 언제나 들을 만해."

아이 둘을 데리고 나온 젊은 도미니카 여성은 아무런 대꾸도 하지 않았다.

"좋아, 계속 연주하라고! 술을 마시니 음악 소리가 점점 더 신나는

구나." 스포츠코트가 무대를 향해 소리를 질렀다. 스포츠코트의 열렬한 팬심이 가상해 보였는지, 주변에 있던 구경꾼 몇 명이 시선을 무대에 고정한 채 입가에 미소를 지었다. 호아킨의 공연은 이어졌고, 밴드는 연주에 열중하느라 아무도 스포츠코트의 열렬한 환호를 알아채지 못했다.

"차 차 차!" 스포츠코트는 흥겹게 외쳤다. "그렇지, 좋아!" 엉덩이를 흔들며 킹콩을 또 한 모금 마셨다. "세계 최고의 봉고 음악이야!"

옆에 서서 구경하던 아이 엄마가 미소를 지으며 힐끗 돌아보았다. 그러다가 외침의 주인공이 스포츠코트인 것을 보자 미소를 거두고 자기 아이들을 끌어안으며 얼른 몇 걸음 물러섰다. 근처에 서 있던 남자가 그 모습을 보았다. 그리고 그들 옆에 있는 스포츠코트도 보았다. 그러자 그 남자도 물러섰다. 그 옆에 있던 사람도.

스포츠코트는 이런 상황을 전혀 눈치채지 못했다. 그를 중심으로 사람들이 물러서자 밴드 가까이 서 있던 눈에 익은 낮은 중절모가 보였다. 이빨 사이에 시가를 물고 바차타 리듬에 맞춰 고개를 끄덕이는 핫소시지였다. 스포츠코트는 군중 사이로 다가가 핫소시지의 어깨를 살짝 두드렸다. "무슨 날인가? 웬 파티지? 그 시가는 어디서 났어?"

핫소시지는 스포츠코트를 돌아보고는 눈이 휘둥그레진 채 굳어버렸다. 그러더니 황급히 주변을 둘러보고는 입에 물었던 시가를 빼 들고 말했다. "자네 지금 여기서 뭐 하는 거야? 딤즈가 나왔단 말이야."

"어디서 나왔다는 거야?"

"병원에서 퇴원했다고. 그래서 집에 와 있어. 여기 어디 있을지도 모르고."

"잘됐군. 다시 야구 하러 오면 되겠네." 스포츠코트가 말했다. "시가 하나 더 있나? 시가 피워본 지 20년도 더 된 것 같아."

"내 말 못 들었나, 스포츠코트?"

"수선 그만 떨고 시가나 하나 줘." 스포츠코트는 킹콩 병을 꽂아놓은 바지 뒷주머니를 턱으로 가리키며 말했다. "여기 킹콩 가져왔는데. 좀 줄까?"

"여기선 안 마셔." 비록 이렇게 말은 하면서도, 핫소시지는 국기 게양대 쪽을 얼른 살피고는 스포츠코트의 뒷주머니에 있는 술병을 꺼내 재빨리 한 모금 마시고 다시 주머니에 꽂았다.

"웬 시가야?" 스포츠코트가 물었다. "비브 자매를 임신시키기라도 한 건가?"

스포츠코트가 교회 오르간 반주자이자 자기 애인이기도 한 비브 자매를 언급하자 핫소시지는 정색을 했다. "그런 농담은 재미없어." 그러고는 물고 있던 시가를 빼고 퉁명스럽게 중얼거렸다. "내기에 이겨서 얻은 거라고."

"누구를 상대로 이겼는데?" 스포츠코트가 물었다.

핫소시지는 호아킨을 흘낏 보았다. 계단 앞에서 노래하던 호아킨이 누군가를 보는 것 같더니 갑자기 안색이 창백해졌다. 로스소냐도레스 밴드 전체가 누군가를 보고 있었다. 스포츠코트는 그제서야 알아차렸다. 그들이 보고 있는 누군가가 바로 스포츠코트 자신이라는 것을. 이미 쳐지고 있던 음악이 더 느려졌다.

스포츠코트가 킹콩 병을 꺼내 마저 마시고 밴드를 향해 고개를 까딱이고는 말했다. "핫소시지, 이제 인정하자고. 역시 저 녀석들은 '글래디스 나이트 앤드 더 핍스'는 아니야. 도대체 호아킨은 왜 저런 엉터리 녀석들을 자꾸 불러내서 같이 공연하는 거지?"

"저기 포스터 안 보여?"

"무슨 포스터?"

핫소시지가 판지에 휘갈겨 써 놓은 문구를 가리켰다. '너의 귀환을 환영한다, 수프'라고 쓰여 있었다.

"수프 로페즈가 감옥에서 나왔나 보지?" 스포츠코트가 놀란 얼굴로 물었다.

"맞아."

"세상에나! 나는 수프가 7년 받은 걸로 알고 있었는데."

"그랬지. 그런데 2년 만에 나오게 된 거야."

"뭣 때문에 들어간 거였지?"

"몰라. 감옥에서도 그 녀석 배 채워 주느라 등골이 너무 빠져서 내보내기로 했나 보지. 오늘은 그자가 배고프지 않았으면 좋겠네."

스포츠코트도 고개를 끄덕였다. 커즈 주민들 대부분이 그렇듯, 스포츠코트도 커즈하우스에 사는 내내 어릴 적부터의 수프를 알고 지냈다. 온순하고 조용한 성격에 마르고 왜소한 수프는 동네 불량배들로부터 도망치는 것이 하루 일과의 대부분이었으며 스포츠코트의 야구팀에서도 제일 못하는 선수였다. 몸집이 작은 수프는 오후 시간 대부분을 집에서 '캡틴 캥거루' 같은 순한 백인 남자가 미스터 무스나 미스터 그린 진, 인형들과 어울려 웃고 떠드는 아이들 프로그램을 보면서 지내고 싶어 했다. 그러던 수프는 아홉 살이 되자 커즈하우스에서 유례가 없을 정도로 급격한 성장기를 맞으면서 130센티미터이던 키가 일 년 사이에 160센티미터까지 자랐고, 열 살 때는 거의 180센티미터에 가까워졌으며, 열한 살이 되자 이제는 거실에서 작은 흑백 텔레비전으로 캡틴 캥거루를 볼 때면 바닥에 앉아서 목이 아플 정도로 고개를 숙여야 했다. 이때쯤에는 그가 좋아하던 캡틴 캥거루도 이미 지루해진 뒤였다. 열네 살이 되었을 때는 결국 캡틴 캥거루를 포기하고, 점잖은 백인 아저씨와 그의 착한 인형들이 나오는 '로저스 아저씨네 동네'라는 프로를 즐겨보게 되었다. 열여섯 살 무렵에는 키가 2미터에 체중이 125킬로그램이나 되었다. 물론 체중의 대부분은 근육의 무게였다. 수녀처럼 온순하고 다정한 심성을 지녔는데도 인상이 너무 험악해서 그를 보면 기차도 놀래서 탈선을 할 정도였다. 야구하는 모습 역시 수녀 같았다. 덩치가 산만 해졌지만 여전히 스포츠코트의 팀에서 제일 못하는 선수였는데, 덩치가 너무 큰 바람에 스트라이크를 넣을 수 있는 영역이 알래스카만큼이나 넓었기 때문이다. 게다가 다른 어떤 것도 마찬가지였지만, 공을 배트로 때리는 행위 자체에 도무지 익숙해질 줄을 몰랐다.

스포츠코트의 팀원들 대부분이 그랬듯이 수프도 질풍노도의 시기라는 십 대에 들어서면서 키즈하우스 어른들의 레이더에서 사라졌다. 상대 팀인 워치하우스에게 큰 웃음을 안겨주며 스트라이크 아웃을 당하곤 하던 수프가 어느 날 감옥에 들어갔다는 말이 들려왔다. 열일곱 살의 나이에 성인 감옥에 들어간 것이다. 뭣 때문에 감옥에 갔는지는 아무도 모르는 것 같았다. 그건 중요한 게 아니었다. 키즈하우스에서는 모두가 한 번쯤은 감옥에 갈 예정이거나, 갔으니까. 보도블록의 갈라진 틈새로 기어 다닐 수 있는 작은 개미로 변하든, 음속을 능가할 만큼 빠른 로켓으로 변하지 않는 한, 사회가 당신의 정수리에 망치를 내려뜨리면 맞지 않고 빠져나가리란 불가능했다. 수프는 7년 형을 받았다. 뭣 때문에 감옥에 갔는지는 중요하지 않았다. 중요한 건 그가 돌아왔으며 지금 그를 위한 환영파티가 열리고 있다는 사실이었다.

"출소했다니 잘됐네." 스포츠코트가 말했다. "그가 아주… 뭐랄까…

아주 잘하는 선수는 아니었지만, 그래도 연습에 빠지지 않고 성실하게 참여했거든! 지금 어디 있지?"

"조금 늦게 오려나 보네." 핫소시지가 말했다.

"우리 팀 코치를 맡겨도 좋을 것 같아." 스포츠코트가 해맑은 어조로 말했다. "수프가 도와주면 다시 경기를 진행할 수 있을 거야."

"무슨 경기?"

"워치하우스 팀하고 말이지. 사실 나도 지금 자네한테 그 얘기 하러 온 거야."

"야구 경기 따위는 잊어버려." 핫소시지가 쥐어박듯 말했다. "자네는 지금 경기장에 얼굴을 내밀 처지가 아니라고."

"왜 그렇게 쥐어박듯 말하는 거야? 아침 아홉 시부터 동네를 시끄럽게 하는 건 내가 아니잖아. 저 호아킨 녀석한테나 뭐라고 좀 하지 그래. 지금 창구에서 넘버스 러너 번호 받고 있어야 할 시간이란 말이야. 그래야 사람들이 번호를 접수하고 출근을 할 게 아닌가."

마치 그 말을 듣기라도 한 것처럼, 갑자기 음악 소리가 끊어졌다. 스포츠코트가 고개를 들어보니 호아킨이 안으로 들어가고 있었다.

"수프는 아직 안 왔잖아!" 누군가 큰소리로 외쳤다.

"가서 일해야 해." 호아킨이 어깨 너머로 소리쳤다. 호아킨이 정문으로 들어가 버리자 그의 밴드도 따라 들어갔다.

"일 때문에 들어가는 게 아니야." 핫소시지가 투덜거렸다. "총격이 벌어지기 전에 안으로 피하려는 거지."

"무슨 총격?"

몇몇이 스포츠코트와 핫소시지를 지나쳐 호아킨의 창구 앞으로 가더니 줄을 섰다. 호아킨은 마지못한 듯 천천히 창문을 열고 고개를 내밀었다. 그런 다음 좌우를 살펴 확인한 다음 넘버 베팅을 받기 시작했다.

스포츠코트는 창문을 향해 고갯짓을 하며 핫소시지에게 물었다.

"오늘 넘버스 한 판 할까?"

"스포츠코트, 제발 여기 있지 말고 안으로 들어가라고."

"핫소시지!" 누군가 귀청을 찢을 듯한 음성으로 불렀다. "국기 게양은 할 거야, 안 할 거야?" 이지가 팔짱을 낀 채 걸어오고 있었다. 그 뒤로 범범 자매와 지 자매가 따라왔다. "벤치에서 30분이나 기다렸단 말이야. 수프 로페즈가 출소했다는 사실은 알아?"

핫소시지가 건물 입구에 걸려 있는 판지를 가리켰다. "어디들 갔다 오셨나? 알래스카라도?"

그러자 이지가 판지를 올려다보고는 다시 핫소시지를 보았다. 그러다가 시선이 스포츠코트에게 옮겨지자 깜짝 놀라며 눈을 깜박였다.

"스포츠코트 할아버지, 여기서 뭐 해요?"

"아무것도."

"스포츠코트, 당신이 악당 딤즈에게 한 짓을 잊었어요? 그의 패거리가 당신을 바나나처럼 동강 내 버릴 수도 있다고요." 이지가 스페인어로 말했다.

지 자매도 앞으로 나서더니 차분하게 말했다. "집사님, 경찰이 교회에 왔었는데 당신의 행방을 물었어요."

"성탄 모금액은 내가 찾아낼 거요, 지 자매. 목사님께도 내가 반드시 찾아낼 거라고 말씀드렸소."

"그것 때문에 온 게 아니었어요. '셀로니어스 엘리스'라는 사람에 대해 물어보려고 온 거였어요. 혹시 그런 이름 알아요?"

핫소시지는 건물 입구 제일 위 계단에 걸터앉다 말고, 그 말을 듣더니 고개를 들고 놀란 표정으로 외치듯 말했다.
"경찰이 왜 나를 찾는데? 내가 딤즈를 쏜 게 아니잖아!"

'딤즈'라는 이름이 들리자 주변이 갑자기 조용해졌다. 넘버 게임을 하려고 줄을 서 있던 사람들 몇몇은 슬금슬금 도망치듯 물러났다. 나머지 사람들은 불안한 침묵 속에서 앞만 보며 가만히 서 있었다. 손에는 번호가 적힌 종이를 든 채, 아무것도 못 들은 척하면서 한쪽 눈으로는 딤즈가 영업을 하던 국기 게양대 쪽을 살폈다. 상황이 워낙 흥미진진하게 흘러가서 신변의 위험을 무릅쓰고라도 구경을 하고 싶었지만, 그렇다고 일에 끼어들 만큼은 아니었다.

"셀로니어스 엘리스가 당신이에요? 당신 이름인 줄은 전혀 몰랐어요." 지 자매가 핫소시지에게 말했다. "지금까지 당신 이름이 랄프… 아니 레이… 뭐 그런 줄 알았는데."

"그게 무슨 차이가 있다고."

"큰 차이가 있죠." 지 자매가 흥분하며 말했다. "내가 경찰에게 거짓말을 한 게 되니까."

"모르고 있었는데 어떻게 거짓말이 되겠소." 핫소시지가 말했다. "성경에 보면 예수님도 이름이 여러 개던데."

"맙소사. 성경 어디에 당신이 예수라고 나와 있어요?"

"내가 예수라고는 말하지 않았소. 내 이름이 꼭 하나여야 할 필요는 없다는 말을 한 거지."

"그럼 이름이 도대체 몇 개나 되죠?" 지 자매가 물었다.

"유색인으로 이 세상을 살아가는데 이름이 몇 개나 필요할 것 같소?"

지 자매가 눈알을 굴리며 말했다. "지금까지 한 번도 다른 이름이 있다고 말한 적 없잖아요. 난 당신 본명이 레이 올렌인 줄 알았다고요."

"레이 올렌이 아니라 랄프 오덤이겠지. 랄프 오덤. 결국 그게 그거니까 중요하진 않지만. 그건 내 본명이 아니니까. 그건 내가 24년 전에 주택공사에 직원으로 취직할 때 써낸 이름이요. 내 진짜 이름은 엘리스지. 셀로니어스 엘리스." 핫소시지는 이렇게 말하고는 고개를 저으며 입술을 오므렸다. "경찰이 나를 찾는다니. 내가 뭘 했다고?"

"당신을 찾는다기보다, 여기 있는 쿠피 집사를 찾는데 당신 이름이 쿠피 집사의 이름인 줄 알았던 것 같아요."

"쿠피 집사는 저기 있잖소." 핫소시지가 스포츠코트를 가리키며 말했다. "자네가 날 또 구렁텅이로 끌어들인 거야, 스포츠코트."

"무슨 말을 하는 거죠?" 지 자매가 물었다.

핫소시지는 지 자매의 말에는 대꾸하지 않고 부글거리는 눈빛으로 스포츠코트를 쏘아보았다. "지금 경찰이 나를 쫓고 있어. 딤즈는 당신을 쫓고! 아주 기쁘지?"

"우리 단지에 망조가 들려나 보네!" 이지 자매가 외쳤다. "서로가 서로를 쫓고 있으니 말이야!" 한탄을 하려는 거였는데 흥미로워하는 듯한 어조로 들렸다. 이건 아주 강렬한 수다거리였다. 맛있고, 흥미진진한. 넘버 게임을 위해 줄을 서 있던 사람들은 점점 솔깃해져서 바짝바짝 거리를 좁혀들며 대화에 귀를 기울였다.

"어쩌다 이런 일이 생긴 거죠?" 지 자매가 핫소시지에게 물었다.

"아, 그건······. 52년도에 내가 중고 패커드 한 대를 샀거든. 그 시절에는 내가 십계명을 따라 착실하게 살지는 않을 때라, 뉴욕에 왔을 때 면허증도 신분증도 없었어. 기회가 있을 때마다 술을 홀짝일 때였거든. 차를 산 다음 스포츠코트에게 나 대신 그 망할 차 등록을 좀 해 달라고 부탁했지. 스포츠코트는 백인들과 말이 잘 통하니까. 그래서 스포츠코트가 내 출생 증명서를 가지고 차량관리국에 가서 운전면허랑 모든 서류처리를 해 주었어. 그들 눈에는 유색인들이 다 똑같아 보이니까. 그래서…"

핫소시지는 모자를 벗고 땀을 닦으며 스포츠코트를 올려다보았다. "우리 둘이서 면허를 교대로 소지하기로 했던 거지. 한 주는 스포츠코트가 가지고 다니고, 그다음 한 주는 내가 가지고 다니고. 그런데 이제 경찰이 스포츠코트가 저지른 일을 가지고 나를 심판하려고 쫓아다니는군." 핫소시지는 이렇게 말하더니 스포츠코트를 보며 언성을 높였다. "자네가 딤즈를 쏘는 것을 본 누군가가 자네가 내 보일러실로 도망가는 것을 보고 경찰에 말했을 거야." 그러더니 이번에는 지 자매를 보고 말했다. "경찰이 내 이름을 가지고 이 친구를 쫓는 거요. 내가 왜 이 친구의 행위 때문에 고생해야 하는 거지? 내가 이 친구에게 잘못한 거라고는 내기를 한 것밖에 없는데 말이야."

"무슨 내기요?" 지 자매가 물었다.

핫소시지가 베팅 창구에 있는 호아킨을 힐끗 보았다. 호아킨도 베팅을 하기 위해 줄을 서 있는 사람들과 함께 두 사람을 보고 있었다. 신경이 쓰여 잔뜩 짜증이 난 듯 보였지만 아무 말도 하지 않았다.

"그게 뭐가 중요해?" 핫소시지가 퉁명스럽게 내뱉었다. "지금 더 큰 문제가 발등에 떨어졌는데."

"그건 내가 경찰에 설명할게요." 지 자매가 말했다. "경찰에 그건 당신 본명이라고 말해주겠어요."

"아, 그러지 마." 핫소시지가 황급히 말했다. "앨라배마에 있을 때 내 앞으로 지명수배가 떨어진 적이 있거든."

지 자매와 이지, 빌링스 자매가 놀란 표정으로 시선을 마주쳤다. 호아킨과 줄 서 있던 몇 명도 지대한 관심을 갖고 보고 있었다. 이런 뜻밖의 고백은 흥미를 당기게 마련이니까.

"지명수배라니! 맙소사, 어쩌다 그런 일이!" 호아킨이 창구에서 고개를 내밀고 말했다. "당신들처럼 착한 사람들이 말이야." 어찌나 큰 소리로 외쳤는지 관심을 돌렸던 사람들조차 다시 고개를 돌리고 궁금해했다.

핫소시지가 그들을 힐끗거리며 말했다. "아주 라디오 방송에 대고 말하지 그래, 호아킨?"

"정말 그렇다면 내기 결과가 달라지는데, 영감님."

"내 것을 떼어먹을 생각은 아예 하지 마." 핫소시지가 이빨 사이로 숨을 들이마시며 말했다. "나는 분명 정정당당히 내기에서 이긴 거라고."

"무슨 내기요?" 지 자매가 물었다.

"어……." 핫소시지가 말끝을 흐리더니 갑자기 흥분하면서 호아킨에게 말했다. "내가 죽기 전에는 너에게 가짜 동전 한 닢도 양보하지 않을 거야."

"살다 보면 그럴 수도 있지." 호아킨이 안됐다는 듯 말했다. "이해는 해. 그렇지만 내 시가는 돌려주면 좋겠어."

"시가 열 개를 화장실에 처넣는 일이 있어도 너에게 돌려줄 수는 없어!"

"다들 좀 어른답게 얘기할 수 없어요?" 지 자매가 더 이상 못 들어주겠다는 듯 말했다. 그러고는 핫소시지를 향해 물었다. "대체, 무슨 내기를 한 건데요?"

핫소시지는 지 자매가 아닌 스포츠코트를 보며 겸연쩍은 표정을 지었다. "어, 자네에 관한 내기였어. 자네가 체포될 것인지 아닌지에 대해서. 다른 뜻이 있었던 건 아니야. 물론 자네가 잡혀 들어간다면 보석금을 내고라도 자네를 빼내 오려 했을 거야. 자네를 위해서는 체포되는 것이 최선이겠지만. 그런데 이제 내 걱정이 태산이네." 핫소시지가 턱을 쓰다듬으며 침울한 얼굴로 시선을 돌렸다.

"영장은 아무것도 아니야, 소시지." 스포츠코트가 말했다. "경찰은 걸핏하면 영장을 발부한다고. 워치하우스에 있는 루퍼스도 사우스캐롤라이나에 있을 때 영장을 받았었는데 뭐."

"루퍼스도?" 핫소시지의 얼굴이 금세 환해졌다. "뭣 때문에?"

"서커스단에서 고양이를 훔쳤어. 그런데 알고 보니 고양이가 아니었지. 점점 커지더라고. 뭐였는지는 모르지만, 결국 루퍼스가 총으로 쏠 수밖에 없었어."

"쏴 죽인 게 고양이는 아니었을 거야." 핫소시지가 콧방귀를 뀌었다. "루퍼스는 자제력이 없다고. 무슨 짓을 했는지 어떻게 알아? 영장이라는 게 그래. 어떤 죄목으로 발부되었는지를 알 수가 없어. 경우에 따라서는 살인을 했을 수도 있다고!"

잠시 정적이 흘렀다. 이지도 범범 자매도, 지 자매도, 호아킨과 스포츠코트를 비롯해서 줄을 서 있던 사람들도 모두 핫소시지를 보고 있었다. 납작 중절모자로 부채질을 하고 있던 핫소시지는 모두 자기를 보고 있는 것을 알아채고 쏘아붙이듯 말했다. "아니, 모두 왜 나를 그렇게 뚫어져라 보고 있는 거지?"

"혹시······?" 이지가 입을 열었다.

"이지, 조용히 해!" 호아킨이 버럭 나무라듯 말했다.

"네 주둥이나 닥쳐, 이 사악한 불량배야!" 이지가 쏘아붙였다. "차라리 가서 물에 뛰어들던지!"

"원숭이 같은 게!"

"넌 유인원이야!"

"널 두 동강 내고 싶지만, 너 같은 인간을 둘씩이나 만들기 싫어서 참는다!" 호아킨이 스페인어로 외쳤다.

"모두 그만해!" 핫소시지가 소리쳤다. "난 그 일이 알려져도 창피하지 않아. 작업반 인부로 일 하다가 몰래 도망쳤거든." 그러더니 스포츠코트를 보고 말했다. "그래서 그렇게 됐어."

"그게 앨라배마와 사우스캐롤라이나의 차이야." 스포츠코트가 으스대듯 말했다. "우리 고향에서는 한 번 작업반 인부로 들어가면 그 일이 끝날 때까지 함께 일하지. 중간에 그만두는 일은 없어."

"이제 이 얘긴 그만하고 중요한 문제에 대해 좀 더 얘기를 해 보자고요!" 지 자매가 단호한 어조로 말했다. 그러고는 스포츠코트를 향해 돌아섰다. "집사님, 경찰에 가서 자수하세요. 딤즈가 한 때는 좋은 아이였죠. 그러나 지금은 악마가 그의 영혼을 지배하고 있어요. 그걸 경찰에 가서 설명해야 해요."

"나는 아무것도 설명하지 않을 거요. 내가 기억하는 한, 난 그에게 잘못한 게 없어요." 스포츠코트가 말했다.

"딤즈가 자네를 손봐주러 올 거야. 그러니까 눈에 띄지 말라고." 핫소시지가 말했다.

"딤즈는 아무 짓도 안 할 거야." 스포츠코트가 말했다. "난 그를 어렸을 때부터 봐 왔어."

"딤즈 혼자의 문제가 아니에요." 지 자매가 말했다. "그가 일하는 조직의 윗선들이 있으니까요. 약초 치료사보다 더 끔찍하게 사람 잡는 폭력배들이라고 들었어요."

스포츠코트는 더 들을 것도 없다는 듯 손을 내저으며 말했다. "여기 앉아서 누가 누굴 쐈는지 안 쐈는지 같은 헛소리나 하려고 온 게 아니요." 스포츠코트가 핫소시지를 보며 말을 이었다. "내가 온 이유는 보일러 수리공으로 일하는 어떤 자에게 내 야구 심판복 얘기를 하려고 온 거요. 내가 심판복을 그의 보일러실에 두고 왔거든."

"자기 물건을 되돌려 받는 이야기가 나왔으니 말인데, 내 이름과 자네 사진이 붙어 있는 내 운전면허증은 어디 있나?" 핫소시지가 물었다.

"그건 뭐하게?" 스포츠코트가 말했다. "그리고 이번 주는 내가 면허증을 가지고 다닐 차례라고."

"자네가 과거에 힘든 삶을 산 건 내 잘못이 아니야." 핫소시지가 손을 내밀며 말했다. "이제 내 면허증을 주게. 어차피 자네는 이제 면허증이 필요 없을 것 같으니 말이야."

스포츠코트는 어깨를 한 번 들썩해 보이더니 낡은 지갑을 꺼냈다. 그러고는 가장자리가 닳아서 너덜거리는 운전면허증을 꺼내 핫소시지에게 주었다. "이제 내 심판복을 줘. 다시 경기를 해야겠어. 이 동네 아이들에게 다시 제 길을 찾아줘야 해."

"자네 정신이 제대로 박혀 있기나 한 거야? 아이들은 야구에 관심이 없어. 딤즈가 팀에서 나간 순간 그 시절은 끝난 거라고."

"그는 팀을 떠나지 않았어." 스포츠코트가 말했다. "그놈이 마리화나를 피우는 바람에 내가 팀에서 쫓아낸 거지."

"스포츠코트, 자네는 필라델피아 나이트클럽보다 더 구식이로군. 홍콩에서 온 바텐더도 자네보다는 영리할 거야. 아이들은 이제 야구 대신 테니스 경기를 본다고. 청재킷을 입고, 마약을 해. 그걸 손에 넣으려고 몸싸움을 하고 늙은이를 상대로 강도질을 한다고. 자네 야구팀 선수였던 아이들 중 반은 지금 딥즈 밑에서 일하고 있어."

"수프는 아니잖아." 스포츠코트가 자신만만하게 말했다.

"수프는 감옥에 있었으니까요." 호아킨이 창구에서 끼어들었다. "일단은 상황이 잠잠해질 때까지 피해 있어요. 필요하면 브롱크스에 있는 우리 사촌 엘레나에게 가 있어도 돼요. 엘레나는 집에 거의 붙어 있지 않으니까. 철도국에 좋은 일자리를 구했거든요."

이지가 콧방귀를 뀌며 말했다. "그 여자, 사람 가리지 않고 잠자리를 같이하는 여자라고요. 거기 가지 말아요, 스포츠코트. 벼룩 옮을지도 몰라. 아니면 더 지독한 거라든지."

호아킨이 얼굴을 붉히며 또다시 스페인어로 말했다. "넌 생각이 썩었어. 더러운 것!"

"네 어머니도 그럴걸!" 이지가 되받아쳤다.

"자, 이제 그만해!" 지 자매가 주변을 둘러보며 말했다. 넘버 베팅을 하려고 줄 서 있던 사람들은 아예 핫소시지 주변에 둘러앉아 넘버 게임보다 훨씬 더 재미있는 말씨름을 구경하고 있었다. 지 자매가 말을 이었다. "다 같이 생각해 보자고." 그때 아파트 현관문이 열리는 소리가 났다. 사람들 사이로 문 쪽을 바라본 지 자매가 깜짝 놀라며 숨을 들이마셨다. 그 바람에 다른 사람들도 고개를 돌려보고는 반색을 하며 모두 현관문을 향했다.

수프 로페즈였다. 말끔한 회색 정장에 흰 셔츠, 검은색 나비넥타이를 맨 수프가 환하게 웃는 얼굴로 서 있었다. 2미터의 거대한 체구로 17동 현관을 꽉 채우고.

"수프!"

"수프 로페즈! 사지에서 돌아왔구나!"

"수프, 술 한 잔 사야지! 이 옷은 어디서 났어?"

"드디어 집에 왔어!" 수프가 외쳤다.

거대한 몸집을 둘러싼 사람들 사이에서 시끌벅적한 인사말이 오가고 악수가 이어졌다. 수프는 구부정하게 숙인 채 사람들과 인사를 나눴다. 창구에 있던 호아킨이 플라스틱 컵에 위스키를 따르고는 창구를 비워둔 채 기타를 매고 나왔다. 그 뒤로 로스소냐도레스의 봉고 연주자가 뛰어나오며 스페인어로 외쳤다. "우리 조카!" 수프는 자기를 안으려고 달려오는 자그마한 봉고 연주자를 베개 들어 올리듯 가뿐하게 안아 올렸다. 로스소냐도레스는 얼른 전기 플러그를 꽂고 요란한 음악을 연주하기 시작했다. 아까보다 한층 더 열정적으로.

그 후로 한 시간 반 정도 스포츠코트의 위기에 대해서는 모두가 까맣게 잊어버렸다. 수프는 옛 친구들과 인사를 나누고 마술 시범으로 모두를 즐겁게 해 주었다. 한 손으로 여자 둘을 들어 올리는가 하면, 감방에서 배운 한 손 팔굽혀 펴기 등을 보여주기도 하고, 뉴욕 주 정부가 특별 맞춤 제작한 엄청난 크기의 신발도 자랑했다. 그러다가 신발 한쪽을 벗어들고 핸드볼 공을 때려 300야드나 날려 보내서 그의 야구 코치인 스포츠코트를 감동시켰다. "코치님은 제가 기본을 잘 갖추고 있다고 늘 말해주셨잖아요"라고 자랑스럽게 말했다.

즐거운 분위기가 사람들의 장난기를 발동시켜서 스포츠코트에게 다가가기를 꺼리던 사람들도 그에게 다가와 악수를 청하고, 등을 토닥거리며 딤즈를 쏜 것에 대해 감사의 마음을 전했다. 술을 권하는 사람도 있었다. 나이 많은 한 여자는 넘버 게임을 하려던 2달러를 스포츠코트의 재킷 주머니에 찔러주었다. 젊은 아이 엄마도 다가왔다. "예전에 제게 깡통 던지는 법을 가르쳐 주셨죠"라고 말하며 스포츠코트의 뺨에 뽀뽀해 주었다. 교통국 소속으로 지하철 G호선 톨게이트에서 일하는 캘빈이라는 덩치 좋은 남자는 천천히 걸어와 스포츠코트와 악수를 하고는 5달러 지폐 한 장을 스포츠코트의 재킷 주머니에 넣으며 이렇게 말했다. "난 당신 같은 사람이 좋아."

분위기가 화기애애해지자 처음에 스포츠코트를 보고 자리를 피했던 사람들도 다시 모여들어 스포츠코트가 무사하다는 사실을 반가워하면서 그를 물끄러미 바라보기도 하고, 악수를 청하기도 했다.

"역시 노장다워요!"

"스포츠코트, 당신이 제대로 본때를 보여줬어!"

"스포츠코트… 정말 용감하고, 멋져요. 저들은 한 번 혼내 줘야 해!"

"스포츠코트, 우리 아가의 축복을 빌어주세요!" 젊은 임산부가 둥그런 배를 감싸 안고 말했다.

스포츠코트는 놀라움과 민망함, 흐뭇함이 뒤섞인 채 악수를 나누며 호아킨의 창구에서 이웃들이 사주는 술을 마음껏 마셨다. 이제 창구는 이지가 맡고 있었다. 전남편인 호아킨은 한 컵에 50센트를 받기만 하면 누가 술을 따라 팔든 상관하지 않는다는 것을 알고 있었던 것이다. 그렇지만 이지는 50센트를 받을 때마다 절반에 해당하는 25센트씩을 자기 몫으로 챙기고 있었다. 수고비인 셈이었다.

스포츠코트에 대한 치하와 감사가 이어지는 동안 9동에 사는 아이티 출신 요리사 도미니크 르플루어가 친구인 밍고와 함께 나타났다. 밍고는 피부가 거칠고 인상이 험악했는데 손에는 집에서 만든 흉측한 인형을 들고 있었다. 작은 쿠션 세 개를 묶어 만든 몸통에 D 배터리네 개를 테이프로 묶고 헝겊을 씌운 것 같은 머리가 달려 있는 인형이었다. 도미니크는 스포츠코트의 등을 손바닥으로 두드리고는 인형을 내밀며 말했다. "이 인형이 당신을 보호해 줄 거야."

그걸 보자 넘버 게임을 하기 위해 20분 동안이나 참을성 있게 줄을 서 있던 범범 자매가 못마땅한 듯 말했다. 범범 자매는 줄을 서 있는 동안 파티가 시작되었을 때와, 사람들이 컵에 담긴 위스키를 사기 위해 다시 줄을 서는 바람에 두 번이나 자리에서 밀려났었다.

"도미니크, 왜 귀신이랑 망령을 사방에 퍼뜨리는 거야?"

"행운을 가져다주는 인형이라고." 도미니크가 말했다.

"스포츠코트는 행운이 필요하지 않아. 예수님이 함께 하고 계시잖아!"

"이것도 같이 가지고 있으면 나쁠 것 없지."

"예수님은 주술 같은 게 필요하지 않다고. 이런 흉측한 인형은 더욱 필요 없고. 예수님은 전지전능하시니까. 수프를 봐. 우리가 기도하니까 예수님께서 저렇게 수프를 우리에게 돌려보내 주셨잖아. 그렇지 않니, 수프?"

정장에 나비넥타이를 한 수프는 술을 마시며 로스소냐도레스의 엉터리 음악에 맞춰 춤을 추는 파티 인파 속에서 불편해 보이는 모습으로 우뚝 솟아 있었다. "사실은 자매님, 전 이제 교회에 나가지 않아요. 저는 다른 곳에 속하게 되었어요."

"다른 곳 어디?"

"이슬람 민족 말이에요."

"그거 유엔 같은 건가?" 범범 자매가 물었다.

"그렇지는 않아요." 수프가 말했다.

"그들만의 국기도 있지 않아? 성조기처럼 말이야." 소시지가 끼어들었다.

"성조기는 이제 저와 상관없어요. 소시지 아저씨." 수프가 말했다.

"저는 이제 한 나라의 국민이 아니에요. 저는 이제 세계의 시민이라고요. 무슬림 세계."

"아하……." 핫소시지는 이렇게 대꾸하고 아무 말도 하지 않았다. 달리 할 말이 떠오르지 않았다.

"모하메드가 진정한 하나님의 선지자예요. 예수님이 아니라. 모하메드는 도미니크처럼 인형 같은 건 사용하지 않아요." 범범 자매의 어이없는 표정을 보며 수프가 말을 이었다. "그렇지만 범범 자매님이 말씀하시는 뜻은 저도 이해해요. 우리 모두 뭔가 믿는 게 있어야 한다는 거잖아요."

수프는 늘 그랬듯이 온순한 어조로 말했지만, 듣는 사람들의 마음에 엄청난 파문을 일으켰다. 범범 자매는 두 손을 엉덩이에 대고 마치 벼락을 맞은 사람처럼 서 있었으며, 도미니크는 어이가 없다는 듯 고개를 돌렸다. 지 자매와 핫소시지, 스포츠코트는 방금 자기들이 들은 말을 믿을 수 없었다. 싸늘해진 분위기를 알아차린 호아킨은 어깨에 멨던 기타를 내리고 로스소뇨도레스 일행과 함께 안으로 들어갔다가 잠시 후 브랜디 병을 들고 다시 나왔다.

"네가 돌아와서 반갑다, 수프. 이거 너 오면 마시려고 아껴뒀던 거야." 호아킨이 말했다.

"난 마실 수 없어. 이건 백인이 흑인을 억압하는 방편이었으니까."

"도미니카산 브랜디로 말이야? 이건 최상급인데."

"푸에르토리코산 브랜디에 비하면 허접하지." 이지가 호아킨의 창구에서 받아쳤다.

"거기서 나와!" 호아킨이 버럭 소리를 질렀다.

"네 돈 벌어주고 있는 거라고! 옛날처럼 말이야! 약아빠진 인간!"

"내 창구에서 나와. 그리고 이 동네에서 꺼져버려 이 마녀 같은 여자야!"

그러자 이지는 팔꿈치 근처에 있던 묵직한 유리 재떨이를 집어서 호아킨에게 던졌다. 재떨이는 원반처럼 날아갔다. 이지가 꼭 호아킨을 맞추려고 던진 건 아니었다. 실제로 재떨이는 호아킨을 비껴가서 근처의 남자친구와 춤을 추고 있던 임신한 여자의 어깨에 맞았다. 여자는 순간적으로 돌아서더니 인형을 든 채 뒤에 서 있던 도미니크의 뺨을 때렸다. 점잖은 도미니크는 여자가 두 번째 따귀를 때리려는 것을 막기 위해 인형을 든 손을 올리려다가, 배터리로 만든 인형의 머리가 그녀 남자친구의 머리통을 치고 말았다. 남자친구는 이에 대한 반격으로 주먹을 날리려다가 임산부를 부축하려고 다가오던 범범 자매의 턱을 팔꿈치로 강타했다. 턱을 맞은 범범은 분개하며 주먹을 휘두르다가 지 자매를 쳐서 자빠지게 했고, 지 자매는 자빠지면서 키즈하우스 푸에르토리코독립협회의 회계 일을 보고 있는 엘리노라 소토를 덮쳤다. 그 바람에 엘리노라가 마시던 위스키가 방금 스포츠코트에게 5달러짜리 지폐를 주었던 바로 그 교통국 직원, 캘빈의 셔츠에 엎질러졌다.

소란은 이렇게 시작되었다. 물고, 할퀴고, 발로 차며 싸웠다. 마구잡이의 난투극은 아니었다. 그보다는 작은 충돌들이 여기저기서 일어났다가 평정되는 상황이 연쇄적으로 이어지고 있었다. 이들 사이에 섞여 있는 심판관과 평화애호가들은 얼굴을 맞아가면서 여기저기서 일어나는 충돌들을 진압했다. 축하하기 위해 모였던 아침에 일어난 일이었다. 지칠 때까지 싸우고는 현관 앞 계단에 앉아 눈물을 닦으며 숨을 고르다가 기운을 차리면 일어나서 또다시 불같이 화를 내며 싸웠다. 또 어떤 이들은 험한 말로 언쟁만 하다가 잘못 날아온 주먹에 한 대 맞는 바람에 몸싸움에 말려들기도 했다. 그런가 하면 말없이 결연한 표정으로 수년 동안 가슴 속에 응어리져 있던 한을 풀어내듯 주먹질을 하는 이도 있었다. 그러느라 아무도 번치 문의 오른팔인 얼이 큰 키에 검은 가죽 재킷을 입고 접이식 칼을 든 채 싸움에 여념이 없는 군중을 헤집고 스포츠코트를 향해 다가오는 것을 알아채지 못했다. 밴드는 여전히 엉터리 음악을 연주하는 중이었고 스포트코트와 수프 두 사람은 싸움 구경을 하고 있었다.

"제 잘못이에요." 수프가 말했다. "위층에서 텔레비전이나 보고 있어야 했는데."

"가끔은 목화와 잡초가 함께 자라기도 하지만, 괜찮아." 스포츠코트가 말했다. "다 좋은 거야. 모두 공기를 정화시켜주니까." 서로 뒤엉켜 싸우고 욕을 퍼붓는 군중을 바라보던 스포츠코트의 시선이 계단 아래 호젓이 서 있는 도미니카산 브랜디 병에 닿았다. 마개를 열지 않은 새 병이었다. 스포츠코트에게서 불과 몇 미터 거리에 있는 맛 좋은 브랜디 병은 아무도 알아주지 않아 외로운 듯 보였다. 이제 곧 일하러 가야 할 시간이다. 실버 스트리트에 사는 백인 노부인의 정원 일을 도와주어야 하기 때문이다. 매주 수요일마다 가는데 지난 수요일에는 가지 못했다. 그래서 월요일인 오늘 가기로 했던 것이다. 노부인이 호락호락하지 않았기 때문에 스포츠코트도 반드시 가야 한다고 생각하고 있었다. 심지어 오늘은 호아킨의 창구에서 넘버 게임도 하지 않고 바로 노부인의 집으로 가려고 했는데 호아킨의 엉터리 밴드가 잠을 깨우는 바람에 아침 일정이 흐트러지고 말았다. 그렇지만 이제는 정말 가야 한다.

그런데 계단 아래 외롭게 서 있는 브랜디 병을 보자 한 모금 정도 마시는 거야 뭐 어떻겠느냐는 생각이 드는 거였다. 일터로 가기 전에 잠깐 마음을 달래주는 게 나쁠 건 없지 않은가.

스포츠코트는 일어나서 브랜디 병을 집으려고 계단 아래로 향했다. 그 순간 누군가 병을 차서 넘어뜨렸고, 병은 아수라장이 되어 있는 광장 중앙으로 미끄러지더니 눕혀진 채 빙그르르 돌아가고 있었다. 스포츠코트는 병을 따라서 군중 속으로 들어갔다. 그리고 막 병을 집으려는데 누군가 또다시 병을 찼고, 병은 빌링스 자매와 젊은 임산부의 다리 사이로 미끄러졌다. 서로 엉겨 붙어 싸우는 두 여자를 도미니크와 임산부의 남자친구가 뜯어말리는 중이었다. 스포츠코트가 보고 있는 사이에 병은 또다시 누군가의 발에 걷어차였다. 이번에는 핫소시지와 교통국 직원 캘빈의 다리를 지나, 엉겨 붙은 또 다른 두 여자의 다리 사이에 기적적으로, 아슬아슬하게 멈췄다. 두 여자는 서로 쥐어뜯으며 가발을 벗겨버리겠다면서 저주와 협박을 퍼붓는 중이었다. 여자들의 다리 사이에서 빙글빙글 돌아가던 병이 서서히 멈췄다.

스포츠코트가 낮게 엎드려서 병을 끄집어낸 다음 마개를 돌리려는데 누군가 병을 낚아챘다.

"이건 백인들의 독약이에요, 스포츠코트." 수프가 병을 든 채 조용히 말했다. "이제 더 이상 우리 동네에서 이런 건 필요 없어요."

수프는 어깨 너머로 병을 던져버렸다.

어린 시절의 수프는 팔 힘이 별로 없었지만, 거구가 된 지금은 팔 힘도 어마어마했다. 길고 느리게 솟아오른 브랜디 병은 빙글빙글 돌면서 포물선의 정상에 닿았다가 소용돌이를 그리며 천천히 내려왔다. 그러고는 번치의 행동책인 얼의 정수리에 정통으로 떨어졌다.

얼의 정수리에 맞고도 멀쩡하게 튀어 오른 브랜디 병은 결국 포장

된 도로에 떨어지면서 산산조각이 났다. 그 옆에 얼이 종이 인형처럼 쓰러졌다.

병이 깨지는 소리와 함께 길바닥에 사람이 쓰러지자 모든 동작이 일시에 멈췄다. 쥐어뜯기와 할퀴기를 멈추고 모두 죽은 듯이 쓰러져 있는 얼 주위에 모여들었다.

멀리서 순찰차의 사이렌 소리가 들렸다.

"우리가 다 같이 저지른 짓이야." 호아킨이 침울한 어조로 말했다.

그 순간 모두 위기를 감지했다. 호아킨의 아파트가 수색을 받을 것이고, 며칠, 몇 주, 아니면 몇 개월 영업을 못하게 될 것이다. 넘버 게임을 못하게 된다는 뜻이다. 더구나 수프는 보호 관찰을 받는 상태다. 사고나 문제에 연루되는 즉시 다시 감옥으로 돌아가야 한다. 뭐 이런 얄궂은 세상이 있단 말인가!

"모두 들어가." 지 자매가 차분하게 말했다. "내가 해결할게."

"나도 있겠어요." 도미니크가 말했다. "내 잘못이니까. 내가 범범 자매의 기분을 휘저어놓는 바람에."

"난 남자가 휘저을 수 있는 여자가 아니야, 도미니크 르플루어." 느닷없이 빌링스 자매가 말을 낚아챘다. "난 남자가 내 칵테일을 휘저어주는 것도 싫어한다고!"

"그건 어떤 남자가 어떤 막대로 휘젓는가에 따라 다르겠지." 도미니크가 빙긋이 웃으며 말했다. "나는 아이티 요리의 '대가'라고. 대가"

"그런 식의 돼먹지 않은 농담은 집어치우시지! 정말 그렇게 믿고 있는 게 아닌 줄은 알지만 말이야!"

도미니크가 어깨를 한 번 들썩여 보였다. '안 믿으면 할 수 없고'라고 하는 듯이.

"이럴 시간이 없어." 지 자매는 이렇게 말한 다음 사람들을 돌아보며 외쳤다. "모두 들어가." 그러고는 지하철 요금 수금원인 캘빈을 향해 말했다. "캘빈과 수프는 남아 줘. 이지도." 그런 다음 다시 사람들을 향해 외쳤다. "자, 서둘러. 모두, 어서 들어가라고."

사람들이 서둘러 자리를 떴다. 대부분은 건물 안으로 들어가거나 일터로 향했다. 그 와중에 스포츠코트와 핫소시지는 로스소냐도레스가 악기들을 정리하고 있는 계단 위로 올라왔다. 핫소시지가 밴드를 가리키며 스포츠코트에게 말했다. "애들이 오제이스 밴드 정도만 됐어도 이런 소동은 나지 않았을 거야."

"봉고 음악. 난 한 번도 그게 좋았던 적이 없어." 스포츠코트도 고개를 저으며 말했다.

"자넨 여기서 체포되기를 기다릴 텐가?" 핫소시지가 물었다.

"일하러 가야 해."

"가기 전에 한잔하자고. 내 작업실에 킹콩이 좀 있어." 핫소시지가 말했다. "뒷문을 이용해서 34동 지하 석탄 터널을 지나갈 수 있어. 거기서 9동까지 이어져."

"석탄 터널은 폐쇄된 줄 알았는데."

"보일러공한테는 폐쇄된 게 아니지."

스포츠코트가 빙그레 웃으며 말했다. "망할 놈의 영감탱이 같으니. 좋아, 그럼 어서 가자고."

두 사람은 건물 안으로 들어갔다. 핫소시지는 들어가면서 수프가 얼을 어깨에 둘러메고 광장을 빠져나가는 것을 얼핏 보았다. 잠시 후 경찰이 도착했을 때, 광장은 텅 비어 있었다.

이십 분쯤 후, 정신이 돌아온 얼은 자신이 실버 스트리트 전철역 벤치에 기댄 채 앉아 있다는 사실을 알 수 있었다. 한쪽 옆에는 지금까지 보아온 푸에르토리코인 중에 가장 거대한 몸집을 가진 남자가 앉아 있었고, 다른 한쪽에는 교회 모자를 쓴 아름다운 흑인 여자가 앉아 있었다. 얼은 자기 머리통을 이리저리 더듬어 보았다. 며칠 전에 야구공으로 맞은 바로 그 부분을 이번에 또 병으로 맞은 것이다. 이미 달려 있던 혹이 밀워키 주만큼이나 커져 있었다.

"어떻게 된 거요?" 얼이 쉰 목소리로 물었다.

"머리를 병에 맞았어." 지 자매가 말했다.

"옷은 왜 젖어 있소?"

"정신이 들게 하려고 우리가 물을 끼얹었으니까."

접이식 칼이 들어 있던 주머니를 더듬어 보았다. 칼이 없어졌다. 거인 같은 푸에르토리코인의 주먹 사이로 칼날이 삐져나와 있었다. 죽은 자의 얼굴만큼이나 흉측한 인상을 주는 사내였다. 얼은 이런 사내라면 접이식 칼로 찔러봤자 간지럼 태우는 것밖에 안 될 거라는 생각을 했다. 그러고는 불안한 시선으로 전철역을 둘러보았다. 역은 텅 비어 있었다.

"왜 역에 사람들이 없는 거요?" 얼이 물었다.

"주머니에 있는 서류를 보니까 베드스타이에 있는 게이츠 애비뉴에서 온 것 같아서 그 방향으로 가는 전철을 태워주려던 참이었지." 지 자매가 말했다.

얼은 욕을 내뱉으려다가 거대한 덩치의 사내를 힐끗거렸다. 그도 자기를 빤히 바라보고 있었다.

"보아하니, 내가 베드스타이에 살았을 때 알고 지냈던 목사를 잘 아는 것 같던데. 에벤에저 침례교회의 해리스 목사 말이야. 좋은 사람이고, 훌륭한 목사였지. 몇 년 전에 돌아가셨잖아. 그를 잘 알았나?"

얼은 아무 말 하지 않았다.

"해리스 목사님은 좋은 사람이었어." 여자가 다시 말했다. "평생 열심히 일했지. 롱아일랜드 대학에서 관리인으로 일했던 걸로 알고 있는데. 우리 교회 사람들이 에벤에저 교회를 방문했을 때 해리스 목사님의 아이가 하나였나, 둘이었나 있었는데……. 물론 아주 옛날 일이지만 말이야. 마흔여덟이나 되고 보니 이제 제대로 기억하는 게 별로 없어."

얼은 여전히 말이 없었다.

"커즈에 대해 오해하고 있는 게 있었다면, 뭔지는 모르지만 내가 사과할게." 지 자매가 말했다. "자네 지갑에서 나온 서류를 보고, 하나님을 섬기는 사람들로서 우리는 자네가 경찰에 붙잡혀 고초를 겪지 않고 집으로 돌아갈 수 있도록 해 주려고 이리로 데리고 온 거야. 커즈하우스를 찾아온 손님이니까." 지 자매는 잠시 말을 끊었다가 다시 이었다. "그리고 우리는 우리 식구들도 철저히 챙긴다네."

지 자매는 잠시 생각할 틈을 주려는 듯 기다리다가 일어서면서 수프를 향해 고개를 끄덕였다. 얼은 정장을 말끔히 차려입고 나비넥타이에 깨끗한 흰 셔츠를 입은 무슬림 국가의 시민이 일어서는 모습을 경이에 찬 눈으로 바라보았다. 수프는 마치 인간 아코디언처럼 몸을 펼쳤다. 커다란 주먹 사이로는 여전히 얼의 접이식 칼이 삐져나와 있었다. 몸을 다 일으키자 그의 머리는 거의 전철역 가로등 높이만큼 올

수프 191

라가 있었다. 거구의 수프는 마침내 손을 펴고 두 개의 굵직한 손가락으로 칼을 벤치에 앉아 있는 얼 옆에 조용히 내려놓았다.

"자 그럼, 잘 있어 젊은이." 지 자매가 말했다. "하느님의 축복이 함께 하기 바란다."

지 자매가 계단을 향해 발을 옮기자 거구의 수프가 뒤를 따랐다.

얼은 벤치에 앉은 채 전철이 들어오는 소리를 들었다. 온통 낙서로 뒤덮인 G호선 전철이 터널을 빠져나와 그를 향해 달려오고 있었다. 전철이 멈추자 얼은 가능한 한 빠른 동작으로 전철에 몸을 실었다. 여자와 거구의 사내가 계단에 서서 전철을 바라보고 있었다.

이 역에서 탑승한 승객은 얼 혼자뿐이었다. 플랫폼 전체를 통틀어 다른 사람은 없었다. 이런 상황이 너무도 낯설고 이상했다. 전철이 다시 움직이기 시작하자 계단에 서 있던 두 사람도 돌아섰다.

지 자매와 수프는 지하철역 플랫폼에서 나와 지상층 매표소로 향했다. 출입구 자동 회전문 앞에 열대여섯 명의 지하철 승객들이 짜증스러운 얼굴로 서 있었다. 회전문 세 개가 모두 폐쇄되어 있었기 때문이다. 누군가 비상 작업표지판을 세워 놓았던 것이다. 지 자매가 매표소를 힐끗 보자 매표소 직원인 캘빈이 얼른 나와 말없이 표지판을 치우고 다시 매표소로 들어갔다. 기다리던 사람들은 서둘러 자동문을 통과해 플랫폼으로 향했다.

사람들이 서둘러 승강장으로 달려가는 모습을 바라보던 지 자매는 사람들이 시야를 벗어나자 뒤에 서 있는 수프를 향해 나직이 말했다.

"밖에서 보자, 알았지?" 이 큰 사내가 출구로 느릿느릿 향하는 동안 지 자매는 재빨리 매표소로 다가가 계산대 앞에 무표정한 표정으로 서 있는 캘빈에게 조용히 말했다. "캘빈, 고마웠다. 나중에 갚을게."

"괜찮아요. 모두 떠난 후에 어떻게 됐죠?"

"아무 일도 없었어. 뒷길로 급히 서둘러왔거든. 호아킨의 넘버 종이들은 범범이 브래지어 안에 감췄어. 이지가 경찰에게 호아킨과 좀 심하게 싸운 거라고 했고. 다 잘 됐어. 호아킨은 다시 영업을 할 수 있게 됐어. 경찰도 다 돌아갔고. 다 네 덕분이야."

"오늘 내 번호에 2달러만 걸어주면 그걸로 퉁 칠게요." 캘빈이 말했다.

"몇 번?"

"143번이에요."

"좋은 번호 같은데, 무슨 의미가 있는 번호지?"

"수프한테 물어보세요." 캘빈이 말했다. "수프의 번호니까."

실버 스트리트 역에서 빠져나온 지 자매는 앞서가던 수프 곁으로 가서 함께 키즈하우스를 향해 걸었다. "자네 어머니가 살아 있다면 내가 자네를 이런 상황에 처하게 한 것을 좋아하지 않을 것 같아. 남의 뒤처리나 하게 만들었으니 말이야. 내가 잘한 건지, 잘못한 건지 모르겠어. 그렇지만 그 녀석을 나 혼자 역까지 업고 갈 수는 없잖아."

수프는 말없이 어깨만 한 번 들썩여 보였다.

"물론 그럴만한 가치가 있는 녀석은 아니었지만 말이야." 지 자매가 말했다. "스포츠코트를 해칠 목적으로 온 것 같아. 교회 공동체의 일원이 같은 공동체 식구를 옹호해 주지 못한다면 이 세상이 어떻게 되겠니?" 그러고는 잠시 생각에 잠겼다가 말을 이었다. "내 생각에는 잘

한 것 같아. 한편으로는 스포츠코트가 좀 우둔한 거 아닌가 하는 생각도 들고. 만약 딜러들을 상대해서 문제를 해결할 수는 없는데 말이지. 수프, 너는 그러지 말아라."

수프가 겸연쩍은 듯 웃었다. 자기보다 훨씬 큰 수프를 올려다보려니 오후의 태양이 눈에 들어와 지 자매는 눈살을 잔뜩 찌푸려야 했다.

"저는 그럴만한 사람이 못 돼요, 지 자매님." 수프가 말했다.

"그런데 왜 캘빈이 너의 번호로 베팅하는 거지? 캘빈도 너와 같은 종교를 믿기 시작한 거야?"

"'그런 건 아니에요." 수프가 말했다. "캘빈 어머니와 우리 어머니는 친구였어요. 같은 동에 살았거든요. 자주 우리 집에 와서 저와 같이 텔레비전도 보고 그랬죠. 그 프로에 나오는 번호예요."

"무슨 프로를 봤는데?"

"'로저스 아저씨네 동네'라는 프로였어요."

"그 선하게 생긴 백인 아저씨가 나와서 노래도 하고 그러는 프로 말이야? 인형들하고?"

"번호는 그 로저스 아저씨의 주소예요. 143번지. 143에 어떤 의미가 담겨 있는지 아세요?"

"모르겠는데."

그러자 무표정하던 수프의 입가에 아이 같은 미소가 번졌다. "말씀드릴 수는 있지만, 그냥 비밀로 할래요."

11
자리공

실버 스트리트 전철역에서 네 블록 떨어진 곳에서는 엘레판테가 주방 식탁에 앉아 어머니에게 '자리공'이라는 식물에 대해 묻고 있었다.
"자리공은 독이 있다고 하지 않았어요?"
자그마한 몸집에 올리브색 피부를 가진 엘레판테의 어머니는 머리가 헝클어진 채 주방 조리대에 서서 아침에 엘레판테가 텃밭에서 따온 채소들을 썰고 있었다. 고사리, 루트베리, 스컹크양배추.
"독을 먹는 건 아니야." 어머니가 대답했다. "뿌리에만 독이 있어. 새순은 몸에 좋아. 혈액을 맑게 해 주거든."
"혈액 희석제를 드세요." 엘레판테가 말했다.
"의사들이 주는 약은 돈 낭비야." 어머니가 잘라내듯 말했다. "자리공이 몸 안의 독을 씻어내 주는데 뭐 하러 약을 먹어. 더구나 이건 공짜잖니. 부둣가에 지천으로 자라고 있으니까."
"오늘 나더러 부두에 가서 그걸 꺾어 오라고 하진 마세요." 엘레판테가 퉁명스럽게 말했다. "오늘은 브롱크스에 가야 해요." 거버너를 만나러 가려는 거였다.

"그러려무나." 어머니가 비아냥거리듯 말했다. "교회에서 유색인 한 명이 도와주러 오기로 되어 있으니까."

"유색인 누구요?"

"집사."

"그 늙은 영감 말이에요? 술 마시는 걸 보면 위장에 들어간 음식이 물장구를 치게 생겼던데요. 그 영감 집에 들이지 마세요."

"상관하지 마." 어머니가 쏘아붙였다. "이 근처에서 식물에 대해 그 사람보다 더 많이 아는 사람은 없을 거다. 너보다는 당연히 낫고."

"아무튼 집 안에는 들이지 마시라고요."

"걱정 말거라. 저기 파이브엔즈인가 뭔가 하는 유색인 교회의 집사야."

"파이브엔즈가 맞을 거예요."

"맞아, 거기. 집사라고." 어머니는 짧게 대꾸하고는 입을 다물었다.

엘레판테도 말없이 어깨만 한 번 들썩여 보였다. 집사라는 직책이 뭘 하는지는 모르지만, 그가 운영하는 화물차 사무실에서 한 블록 정도 거리에 있는 교회에 드나드는 걸 본 기억은 있다. 술주정뱅이지만 남에게 해를 끼칠 사람은 아닌 것 같았다. 엘레판테의 화물차 사무실은 부두 쪽에 있었고, 교회는 길 반대편에 있었다. 거리상으로는 가까웠지만 잡초가 무성한 공터를 사이에 두고 있었기 때문에 서로 마주치며 안면을 익힐 기회는 거의 없었다. 엘레판테에게 유색인들은 이웃으로서 완벽했다. 자기들 사는 일에 열중할 뿐이어서 쓸데없이 남의 일을 궁금해하지 않았기 때문이다. 몇 년 전 그 가여운 여자가 물에 둥둥 뜬 채 부두에서 발견되었을 때 건져 준 것도 그 때문이었다. 그 여자가 교회에 드나드는 모습도 많이 보았다. 가끔 여자가 손을 흔들며 인사를 하면 엘레판테도 손을 흔들어 답례했다. 이탈리아인과 흑인이 함께 살지만 서로 얽히는 일이 거의 없는 커즈 지구에서는 그 정도의 소통이면 충분했던 것이다. 그녀가 어쩌다가 부두에서 생을 마감하게 되었는지에 대해서는 아는 바도 들은 바도 없었다. 엘레판테가 전혀 신경 쓸 일은 아니었고, 직접 확인할 시간도 없었다. 다만, 부하들이 그 여자의 시신을 건져 올려준 후로 크리스마스 때만 되면 교회의 유색인들이 고구마파이 두 개와 닭고기 요리를 화물차 사무실 밖에 가져다 놓고 간다는 건 알고 있었다. 더 많은 사람들이 이런 식으로 서로 어울려 살 수 있다면 얼마나 좋겠는가?

엘레판테는 채소를 써는 어머니를 가만히 바라보았다. 아버지가 건설 공사장에서 신던 낡은 장화를 신고 있다. 오늘 정원 일을 하려는 거다. 헝클어진 머리에 낡은 장화를 신고, 홈웨어에 앞치마를 두른 어머니의 모습은 어찌 보면 제정신이 아니거나 약물 중독자처럼 보일 수도 있다. 하지만 여든아홉 살의 어머니가 자기 편한 대로 지내겠다는데 누가 뭐라 하겠는가. 다만 엘레판테는 어머니의 건강이 염려스러웠다. 채소를 써는 일조차 힘들어 보였다. 관절염이 진행되어 손가락이 굽어지고 마디는 울퉁불퉁했다. 어머니는 류머티즘성 관절염에 당뇨, 심장판막 질환 증상으로 고생을 하고 있었으며 최근에 몇 번이나 쓰러졌었다. 심장의 상태에 관한 의사의 소견은 더 이상 소견이 아니라 분명한 경고였으며, 처방전에는 온통 빨간 글씨로 경고와 주의를 요하는 문구들이 적혀 있었다. 그런데도 어머니는 의사의 모든 경고를 무시하고, 건강에 도움이 된다는 약초들에 집착했다. 엘레판테는 어머니가 좋아하는 화초와 약초들의 이름을 어린 시절부터 들어왔다.

블랙베리, 산초나무, 생강나무 그리고 이제 자리공까지.
 엘레판테는 힘들게 칼질을 하는 어머니를 안쓰럽게 바라보았다. 자기가 집을 비운 동안 그 유색인 정원사가 모든 칼질과 가위질을 해왔던 게 아닐까 하는 생각이 들기도 했다. 화초의 잘려 나간 부분이 깔끔하기도 했고, 고무줄을 이용해서 줄기를 묶어준 솜씨도 야무졌으며, 다른 가지와 뿌리를 손질한 솜씨도 훌륭했다. 그런 생각을 하자, 그동안 어머니에게 외부 사람을 집에 들이지 말라고 했던 자기 말을 어머니가 따르지 않은 것이 은근히 다행스럽기까지 했다. 아무도 없는 것보다는 누구라도 있는 편이 나을 테니까. 어머니의 삶이 얼마 남지 않았다는 것은 어머니도 엘레판테도 알고 있었다. 석 달 전, 어머니는 커즈 지구에서 이탈리아인이 운영하는 장례식장으로는 유일하게 남아 있는 조 펙 패밀리의 장례식장에 연락해서 사람을 보내달라고 부탁하고 돈을 지불했다. 우드론 공동묘지에 묻힌 아버지의 무덤을 파서 시신을 더 깊이 묻기 위해서였다. 더 이상 무덤이 들어설 자리가 없게 꽉 찬 공동묘지에 어머니의 자리를 마련할 수 없을 것 같으니, 어머니는 아버지를 더 깊이 묻고, 그 위에 당신이 묻혀야겠다는 생각을 한 것이다. 그러려면 일반적인 기준에 맞춰 2미터 깊이에 묻혀 있는 아버지의 관을 다시 2.5미터 깊이로 묻어야 했다. 펙은 자기가 직접 그 일을 해주겠다고 약속했지만, 엘레판테는 그 말을 믿지 않았다. 조 펙이 하는 말은 무엇이든 거짓말일 수 있기 때문이었다.
 "조 펙이 직접 땅을 팔 거라는 걸 보증할 만한 것은 있고요?" 엘레판테가 물었다.
 "내 일은 내가 알아서 할 수 있다고 말했을 텐데." 어머니가 말했다.
 "조는 언제든 말과 행동이 다를 수 있다는 거 아시잖아요."

"날 도와주는 유색인에게 확인해 달라고 할 거다."

"그가 마음대로 공동묘지를 헤집을 수는 없어요. 그러다간 체포될 테니까."

"그가 방법을 알고 있을 거야."

더는 말해봐야 소용없다는 생각이 들었다. 그래도 최소한 자기가 거버너의 의중을 확인하러 브롱크스에 다녀오는 동안 집에서 어머니를 보살필 사람이 있으니 안심은 되었다.

엘레판테는 한숨을 쉬며 주방 식탁에서 일어나 문고리에 걸어두었던 넥타이를 목에 걸고 거울 앞으로 다가섰다. 안도감이 들면서 동시에 자기 의지와는 다르게 약간의 설렘이 일었다. 아버지가 화물차 사무실이나 창고에 숨겨두었다는 그 '대단한 보물'에 대한 거버너의 이야기는 한편의 동화 같은 것이라고 결론을 내렸었다. 그렇지만 몇 군데 전화해 보고, 어머니에게 조심스럽게 몇 가지 물어본 바에 따르면 거버너의 이야기 중 일부는 사실인 것 같았다. 거버너가 아버지의 친구이며, 2년 동안 함께 생활했던 감방 동기라는 사실은 확인이 되었으니까. 아버지는 죽음에 임박해서 어머니에게도 여러 번 거버너의 이야기를 했다고 한다. 다만 어머니가 무심코 흘려들었을 뿐. "네 아버지 말이 친구의 물건을 맡아 가지고 있는데 그 물건은 하나님의 손에 맡겨져 있다고 했다." 어머니가 말했었다. "나는 귀담아듣지도 않았지."

"아버지가 하나님의 손이라고 했어요? 아니면 하나님의 손바닥이라고 했어요?" 엘레판테는 거버너가 암송했던 시를 떠올리면 물었다.

"너도 그때 함께 있었잖아!" 어머니가 따지듯 물었다. "너는 기억 못하니?"

그렇지만 엘레판테는 기억이 나지 않았다. 그때 그는 열아홉 살이었고, 고르비노의 영향권 아래에서 운영하던 사업을 인계받으려던 시기였다. 아버지가 죽음을 앞두고 있으니 그가 넘겨받아야 했던 것이다. 생각할 것이 많았다. 머릿속은 너무 복잡해서 터질 것 같았고, 가슴속엔 털어놓지 못한 감정들이 잔뜩 차올라 있던 시절이었다. 하나님을 생각할 여유가 있을 리 없었다.
"아니요. 기억나지 않아요." 엘레판테가 대답했다.
"네 아버지는 당시에 머릿속에 있는 것들을 모두 말로 쏟아내고 있었어." 어머니가 말했다. "하지만 네 아버지는 감옥에서 나온 이후로 교회에 가본 적이 없었기 때문에 나는 네 아버지가 하는 말이 진심이라고 생각하지 않았다."
엘레판테는 자기가 열어볼 수 있는 창고 공간들을 모조리 뒤져 보았다. 고객의 양해를 구할 수 있는 정도보다 훨씬 더 깊이, 샅샅이 뒤져 보았지만 거버너가 아버지에게 맡겨두었다는 보물은 발견하지 못했다. 기억의 창고 역시 낱낱이 들춰보았다. 하지만 그 시절의 기억은 희미해서 오히려 혼란을 가중시킬 뿐이었다. 아버지가 여러 차례 말했던 건 기억하고 있다······. '거버너란 사람을 기억해라. 이상한 시를 암송할 거야. 그러면 정신을 바짝 차려야 해.' 그렇지만 십 대 시절에 누가 그렇게 자기 아버지의 말에 귀를 기울인단 말인가? 어차피 자세하고 구체적으로 말해준 것도 아니고 고개를 끄덕이거나 신음을 내는 정도로 암시나 힌트만 던져주는 식이었는데 말이다. 생각을 말로 꺼내놓는 것은 아버지의 세계에서 몹시 위험한 일이었다. 아버지가 정작 말로 꺼내놓을 때는 당연히 그럴만한 이유가 있었다. 그만큼 중대한 일이라는 뜻이다. 그 메시지에 담긴 구체적인 단서들은 무엇이었을까? 곰곰이 생각할수록 점점 더 머릿속이 혼란스러워지는 것 같았다. 그에 대한 해답은, 만약 정말로 해답이 있다면, 드리스콜 스터게스라는 이름을 가진 거버너 자신이 가지고 있을 것이라는 결론에 도달했다. 그래서 그에게 연락해서 만날 약속을 잡은 것이다. 해답의 일부라도 얻을 수 있을지 모르니까.

엘레판테는 불안함과 설렘이 뒤섞인 기분으로 재킷과 자동차 열쇠를 집어 들었다. 브롱크스까지 운전해서 가는 동안 쉬면서 생각을 정리할 수 있을 것 같았다. 현관에 걸린 거울 앞에 서서 마지막으로 한 번 더 넥타이를 바로 하고 옆모습을 비춰보며 양복을 매끈하게 매만졌다. 체중이 약간 불어난 것 말고는 보기 좋았다. 얼굴 피부도 아직 탱탱하고 눈가에 주름도 잡히지 않았다. 믿을만한 자식도, 사촌도, 옆에서 챙겨주는 마누라도 없고, 자기가 아니면 어머니를 돌봐줄 식구 하나 없다는 사실이 씁쓸할 뿐이었다. 마흔이 된 엘레판테는 외로웠다. 넥타이를 바로잡으며 생각했다. 이번에 크게 한몫 챙기게 된다면 얼마나 좋을까? 이번 한 번만. 그러면 부두에 있는 화물차 사무실을 벗어날 수 있을 텐데. 브루클린의 부두를 장악하고 있는 고르비노와 조 펙의 틈바구니에서 벗어나 바하마에 있는 섬으로 가서, 바닷가에서 와인을 마시며 남은 생을 즐길 수 있을 텐데 말이다. 요즘 들어 부쩍 일에서 받는 스트레스가 숨통을 조이는 것 같았다. 고르비노는 점점 엘레판테에 대한 신뢰를 잃어가고 있다. 엘레판테도 그걸 알고 있었다. 마약을 거부하는 자신을 점점 더 못마땅해하는 눈치였다. 이것도 일종의 편견일 수 있지만, 아버지로부터 물려받는 피에 흐르는 것이었으므로 자기도 어쩔 수가 없었다. 하지만 아버지가 살았던 세계는 지금과 달랐고, 그때의 사람들도 지금과는 달랐다. 아버지의 시절에는 싼 가격에 창고를 빌려주고, 그들이 시키는 불법 공사를 신속하게 완성해주며, 무엇이든 그들이 원하는 대로 운송만 해 주면 되는 거였다. 물론 마약은 예외였지만.

그러나 이미 그건 과거의 이야기다. 노동과 노름, 밀수, 음주가 주류였던 시대. 지금은 마약의 시대다. 돈의 단위가 크다. 커즈하우스에서 유일하게 고르비노 패밀리에 속하게 된 조 펙은 마약 거래에 전격적으로 뛰어들어 주요 공급책이 되었다. 그러고는 엘레판테를 끌어들이려 바짝 열을 올리고 있다. 브루클린에는 수많은 선착장이 있었지만, 조 펙이 엘레판테의 동네에서 활동을 했기 때문에 엘레판테는 선착장에서 사업을 하면서 끊임없이 압박을 받아야 했다. 조 펙은 기상천외한 방법으로 마약을 물에서 뭍으로 옮기고 있었다. 시멘트 봉지라거나, 가솔린 탱크, 냉장고 뒷면, 텔레비전 수상기 내부 그리고 심지어 자동차 부품에까지 마약을 숨겨 들여왔다. 위험천만한 일이었다. 엘레판테는 참치를 통째로 수송해야 할 때가 제일 싫었다. 마약이 그놈의 냄새 나는 생선과 한 몸이 되어 있었고, 지독한 생선의 냄새는 다른 모든 냄새를 덮고도 남았다. 도박과 건설 공사, 담배, 술은 이제 이류로 밀려났다. 아이러니하게도, 고르비노 패밀리는 마약에 대해 호의적이지 않았다. 조 펙에 대해서도 마찬가지였다. 펙이 미련하고 충동적인 인물이라는 사실을 알고 있기 때문이었다. 그렇지만 그들은 커즈 지구가 아니라 벤슨허스트에 있었다. 엘레판테는 그런 상황이 안타깝고 답답했다. 그들은 조의 미련한 행동을 가까이서 지켜볼 기회가 없었고, 그 때문에 매사가 항상 복잡하게 뒤엉키곤 했다. 머리가 아둔한 펙은 일의 순서를 제대로 파악하지 못했다. 유색인이건, 스페인 사람이건, 별 볼 일 없는 가난한 부패 경찰이건 가리지 않고 손을 잡았다. 신뢰 같은 건 고려하지 않았다. 당연히 재앙이 따를 수밖에 없고, 노역장 신세 10년쯤은 충분히 보장할 만한 행동 방식이었다. 더구나 고르비노 패밀리의 수장인 빅터 고르비노가 나이가 들어 반쯤은 노망이 들은 상태여서 경찰로부터도 적지 않은 시달림을 받고 있었다. 그러다 보니 빅터 고르비노를 직접 만나 조 펙의 어리석음을 고하는 일도 쉽지 않았다. 더구나 고르비노와 펙은 시칠리아 출신이고, 엘레판테는 이탈리아 북부인 제노아 출신이었다. 그의 아버지가 늘 그 점을 경고했다. "잊지 마라. 우리는 그저 제노아 출신일 뿐이라는 사실을." 언제나 소외계층일 수밖에 없다는 의미였다.

아버지가 살았던 시절에는 북부 출신과 남부 출신의 차별이 그다지 심각하지 않았다. 아버지와 고르비노는 옛날 사람들이었으니까. 당시 브루클린의 질서를 담당하는 것은 살인과 폭력조직인 마피아였고, 침묵이 황금률이었으며, 서로 협동하는 것이 목숨을 부지하는 길이었다. 하지만 지금 고르비노 패밀리를 이끄는 아들은 그의 아버지와 달랐다. 빅터 고르비노는 비니 토그너렐리의 도움 없이는 바지도 입을 수 없는 신세가 되었다. 비니 토그너렐리는 빅터 고르비노의 보좌관으로, 엘레판테는 그와 전혀 안면이 없었다. 이런 상황이 되자, 엘레판테의 좁은 세계는 더 좁아질 수밖에 없었다.

엘레판테는 문을 나서기 전, 주방 조리대에서 여전히 채소를 썰고 있는 어머니를 돌아보며 이탈리아어로 물었다. "그 유색인은 몇 시쯤 와요?"

"올 때가 됐어. 늘 늦기는 하지만."

"그 영감 이름이 뭐라고 했죠?"

"무슨 집사라고 불렀는데……. 아, 이웃에서는 또 다른 이름으로 부른다더구나. 수트 재킷인가 뭐 그런 거였어."

엘레판테는 고개를 끄덕이고는 다시 물었다. "집사가 뭐 하는 사람인데요?"
"잘은 모르겠는데, 목사와 비슷한 일을 하는데 월급이 좀 적다거나 뭐 그렇겠지." 어머니가 말했다.

엘레판테는 마당을 나와 갓길에 세워 놓은 링컨으로 갔다. 막 열쇠로 차 문을 열려는데 조 펙의 GTO가 모퉁이를 돌아 나타났다. 엘레판테는 인상을 찌푸린 채 펙의 GTO 스포츠카가 서서히 정지하면서 운전석의 창문이 내려가는 것을 지켜보았다. "나도 데려가 줘!" 운전석에 앉은 펙이 외쳤다.
늘 입는 짙은 색 셔츠에 말끔하게 다림질된 바지 차림이었다. 특유의 묘한 미소가 번진 입가에 금발의 곱슬머리가 보기 좋게 말려 있었다. 보기 드문 미소년이다. 엘레판테는 둘의 대화가 밖으로 새 나가지 않도록 펙의 차창 쪽으로 고개를 들이밀었다.
"일 때문에 가는 거야, 조. 재미없을 거야. 그러니 따라오지 마."
"네가 가는 곳엔 언제나 돈이 따르잖아."
"나중에 보자, 조." 엘레판테가 돌아서자 펙이 소리쳤다. "일 분만 시간을 줘. 그래 줄 수 있잖아. 중요한 일이라고."
엘레판테는 인상을 쓰고는 다시 고개를 차 안으로 들이밀었다. 두 사람의 얼굴이 차 안에서 닿을 듯 가까워졌다. "무슨 일이야?" 엘레판테가 물었다.
"계획이 바뀌었어." 펙이 대답했다.

"무슨 계획? 우리가 무슨 파티에라도 가기로 했나? 우린 계획이 없잖아."

"레바논에서 운송되어 오는 물건 말이야." 펙이 말했다.

엘레판테는 순간 피가 거꾸로 솟는 것 같았다. "내가 말했잖아. 난 그런 일은 안 해."

"그러지 마, 토미!" 펙이 사정하듯 매달렸다. "이번에는 네가 도와줘야 해. 이번 한 번만."

"워치하우스에 있는 허비한테 부탁해. 아니면 코니아일랜드에 있는 레이한테 부탁하든가. 레이도 이제 한 팀을 꾸렸으니까. 트럭도 있고, 만반의 준비를 갖췄다고. 그가 도와줄 수 있을 거야."

"그 녀석한테 부탁할 수는 없어. 그 녀석들 맘에 안 들어."

"왜 안 돼? 애송이 둘이지만, 힘을 합하면 한 몫 훌륭히 해낼 수 있어."

그 순간 펙의 관자놀이가 튀어나오는 것 같더니 이맛살이 잔뜩 찌푸려졌다. 화가 치밀어 오른다는 표시였다. 펙은 늘 그게 문제다. 욱하는 성질머리. 엘레판테는 그를 고등학교 때부터 알았다. 베이리지 고등학교 재학생 삼천 명 중에 자동차 정비소에서 렌치가 없어졌다고 커터 칼을 휘두르는 멍청이는 펙밖에 없었을 것이다. 계집애 같은 얼굴에 완두콩만 한 두뇌를 가진 커즈 출신의 보잘것없는 아이, 펙. 고등학교 시절, 엘레판테는 어쩔 수 없이 펙을 네 번인가 다섯 번 패줬어야 했는데, 펙은 놀랍게도 자기가 당한 기억을 쉽게 털어버렸다. 일단 열을 받아서 뚜껑이 열리면 어떤 일로 화가 났는지, 누구와 대항해서 싸워야 하는지, 왜 싸워야 하는지 생각하려 들지 않았다. 그러다 보니 조직폭력배로서는 용감할 수 있을지 모르지만, 조만간 도자기 항아리에 담겨 자기 패밀리가 하는 장례식장에 놓일 위험을 늘 달고 사는 셈이었다. 적어도 엘레판테가 보기에는 그랬다. 세월이 지났는데도 어쩌면 그렇게 철들 줄을 모르는지.

"커즈하우스 검둥이들이 우리 일을 넘보고 있어." 펙이 말했다. "아이 하나를 쐈어. 좋은 녀석인데 말이지. 검둥이야. 내 고객 중 한 명의 물건을 많이 팔아 줬지. 아주 영리하다는 평을 받고 있는 녀석이야. 일도 잘하고. 총에 맞기 전까지는."

"그렇게 일을 잘하면, 그 흑인 장학금 중에 하나를 주지 그래?"

엘레판테는 순간 펙의 얼굴이 벌겋게 달아오르는 것을 흥미롭게 지켜보았다. 모욕감을 무시하고 분노를 삼키는 것 같았다. "문제는……" 펙은 무슨 말인가를 하려다가 자동차의 앞 유리와 뒷유리를 번갈아 살폈다. 혹시 누가 듣고 있지는 않은지 확인하는 것 같았다. "그 녀석을 쏜 자가 어떤 늙은 영감이라는 거야. 그래서 베드스터이에 있는 내 고객이 부하 한 명을 보내서 그 영감에게 본때를 보여주려고 했지. 그 부하가 영감을 쫓고 있기는 한데, 잘 잡히지 않는 모양이야."

"순박한 영감이어서 관심 끄는 걸 좋아하지 않나 보지."

"쓸데없는 소리 말고 내 말 좀 집중해서 들을 수 없어?"

엘레판테는 심장이 요동을 치는 것 같았다. 의자 너머로 팔을 뻗어 펙의 멱살을 잡고 계집애 같은 얼굴에 주먹을 날리고 싶은 것을 억지로 참았다. "그러니까 쓸데없는 헛소리 집어치우고 본론이나 얘기하라고. 알았어?"

"무슨 뜻이야?"

"원하는 게 뭔지만 말하란 말이야. 나 지금 볼일이 있어서 가는 중이니까."

"영감을 손봐주기 위해 갔던 녀석이 실패한 모양이야. 그러고는 경찰에 체포되었대. 지금 76관할구에 있다네. 거기 있는 내 첩자 녀석이 그러는데, 그자가 아주 종달새처럼 나불거린다는군. 경찰에 모든 걸 이야기하는 거지. 베드스터이에 있는 내 유색인 고객이 공급책인 나를 자르려고 한다는 것까지 말해버렸다는군. 공급책을 바꾸겠다는 거지. 어떻게 생각하나? 은혜를 모르는 검둥이들! 내가 사업을 시작해 주었는데 이제 와서 나를 배신하겠다는 거야. 인종 전쟁을 시작하겠다는 거라고."

엘레판테는 잠자코 듣기만 했다. 신뢰할 수 없는 자들과 일을 하니까 그런 일이 생기는 거야. 엘레판테는 씁쓸한 생각이 들었다. 마약이든 시리얼이든 그건 중요하지 않아. 결국 같은 문제니까.

"나는 관여하지 않을 거야." 엘레판테가 말했다

"고르비노가 좋아하지 않을 텐데."

"그와 얘기해 봤어?"

"응······. 아니, 아직. 그의 부하인 빈센트와는 얘기했어. 고르비노가 나와 다시 얘기할 거라고 했어. 그렇지만 빈센트 말이 베드스터이는 우리 구역이라고 하더군. 그러니까 우리가 해결해야 한다고."

"네 구역이지, 조. 우리 구역이 아니고."

"우리는 함께 선착장을 사용하잖아."

"그렇지만 마약은 네 물건이잖아."

엘레판테는 펙의 표정이 어두워지는 것을 보았다. 또다시 끓어오르는 성질을 참는 중이었다. 털끝 하나만 건드려도 폭발할 것 같았다. 하지만 펙은 안간힘을 써서 겨우 다시 마음을 가라앉혔다.

"이번 한 번만 나와 함께 일해 주면 안 될까, 토미?" 펙이 거의 애원조로 말했다. "이번 한 번만? 안 돼? 이 레바논 건만 운송해주면 다시는 부탁하지 않을게. 제발 이번 한 번만 도와줘. 이번 물건으로 힘을 길러서 그 검둥이 녀석에게 영원히 내 옆에서 꺼지라고 할 거야. 그런 다음 고르비노 문제도 해결하고."

"문제를 해결한다고?"

"고르비노에게 몇천 달러 정도 갚아야 할게 있거든." 펙은 이렇게 말하고 나서 서둘러 해명을 했다. "그렇지만 이번 일만 잘되면 깨끗이 해결하고, 마약에서는 영원히 손 뗄 거야. 네 말이 맞았어. 마약에 대한 네 생각이 옳았다고. 너무 위험해. 이번 일이 마지막이야. 빚진 것만 해결하고 손 씻을 거야."

엘레판테는 아무 말 없이 한동안 펙을 바라보았다.

"제발, 토미." 펙이 사정을 했다. "옛정을 생각해서. 너 지난 6개월 동안 일이 없었잖아. 내가 수고비는 섭섭하지 않게 줄게. 한 시간이면 충분해. 한 시간. 화물선에서 바로 선착장까지만 가져다 놓으면 끝이라고. 타이어를 먼저 내려야 한다거나 하는 귀찮은 일도 없어. 바로 물건만 가져다 내게 주면 되는 거야. 한 시간이면 다 끝내고 갈 수 있어. 한 시간. 네가 그 정도 돈을 만지려면 담배를 한 달은 옮겨야 하잖아."

엘레판테는 초조한 듯 손가락으로 자동차 지붕을 두드렸다. 펙의 GTO가 부르릉거리며 몸을 떨었다. 엘레판테는 흔들리는 차체와 함께 자기 마음도 흔들리는 것을 느꼈다. 한 시간이면 된단 말이지. 엘레판테는 생각했다. 그 한 시간에 모든 것이 날아갈 수도 있는 위험을 거는 건데.

말로만 들으면 간단할 것 같다. 엘레판테는 머릿속으로 재빨리 시나리오를 그려보았다. 그놈의 물건이란 게 레바논에서 오는 거라면, 터키에서 출발한 화물선에 실려서 올 것이다. 그렇다면 쾌속정을 이용해서 물건을 내려야 한다. 화물선은 커즈에 정박하지 않으니까. 수심은 충분히 깊지만 브루클린에는 바지선만 들어온다. 따라서 쾌속정으로 항구 한가운데로 나가야 한다. 그쪽에 있는 항구 순찰대를 지나 항구의 한복판에서 물건을 싣고, 가능한 한 빨리 연안으로 돌아와야 한다. 그런 다음 추적되지 않을 차를 구해 물건을 싣고 조 펙이 원하는 곳으로 가져다줘야 한다. 당연히 훔친 차여야 할 것이다. 하지만 정부 요원들이 사방에 포진해 있는 요즘 같은 때, 펙의 뒷문은 정부 요원이, 앞문은 고르비노 패밀리가 지켜보고 있을 것이 뻔했다. 펙은 고르비노에게 돈을 빌린 상태니까. 그 부분이 아무래도 마음에 걸렸다.

"코니아일랜드에 있는 레이에게 부탁해."

펙의 성미가 드디어 터졌다. 그가 주먹으로 운전대를 힘껏 내리치며 소리쳤다. "넌 친구라는 게 고작 그 정도도 못 해주겠다는 거야?!"

엘레판테는 윗니로 아랫입술을 지그시 깨물었다. 무거운 침묵이 내려앉는 것을 느꼈다. 보물을 손에 쥐게 될 수도 있다는 희망과 결의에 찬 마음으로 브롱크스로 향하려던 하루가 이렇게 망가져 버렸다. 설령 그 보물찾기라는 것이 늙은 아일랜드 출신의 사기꾼이 감언이설로 던져 놓은 몽상 같은 것이었다 하더라도, 덫에 걸린 듯 답답하고 암울한 그의 삶에서 일시적이나마 벗어날 수 있는 기회였다. 이제 그 홀가분함은 사라지고, 마치 검은 기름처럼 끓어오르는 익숙한 감정이 가슴속에 들어차기 시작했다. 잠시 그대로 몇 분이 흘렀다. 통제할 수 없이 분출되는 원초적인 화의 감정이 아니었다. 그보다는 차분하고 냉정한 분노였다. 신속하게 문제를 해결하고 악명 높은 폭력조직인 고르비노 패밀리조차 두려움에 떨게 할 만한 메시지를 보내야 한다는 비장하고도 단호한 결의가 마음속에 자리 잡았다. 어머니는 엘레판테의 그런 면이 제노아의 피라고 했다. 제노아 사람들은 불행한 삶을 견디는 법을 배웠으며, 무슨 일이 있어도 끝까지 삶을 살아낸다고 했다. 시련을 견디고 극복하면서, 자기 할 일은 해낸다고 했다.

어머니의 말에 의하면 제노아인들은 고대 로마의 시저 시대부터 그렇게 살았다고 한다. 엘레판테는 부모님과 함께 제노아에 간 적이 있었다. 그때 보았던 제노아는 우중충하고 헐벗은 언덕과 고대에 지어진 황량한 회색 빌딩의 도시였다. 딱딱한 돌벽과 살을 에는 듯한 추위, 그리고 비에 젖은 자갈과 블록으로 덮인 거리. 그 위를 오가며 판에 박힌 하루하루를 살아가는 불행한 얼굴을 한 사람들. 집에서 일터로, 일터에서 다시 집으로. 음울한 표정으로 서로를 지나칠 뿐, 입술을 꾹 다문 창백한 얼굴에는 미소가 들어설 자리가 없었다. 다만 무심한 표정으로 좁고 축축한 거리를 지날 뿐, 차가운 바닷물이 인도에 부서지든, 머리 위로 흩뿌려지든, 상관하지 않았다. 비릿한 바다 냄새와 근처 생선 공장의 냄새가 옷에 배어들고, 누추한 집과 커튼, 심지어 그들이 먹는 음식에까지 배어 있었지만, 누구도 그런 것에 개의치 않고 마치 로봇인 양 묵묵히 주어진 일상을 살았다. 서쪽으로는 행복한 프랑스 니스의 그늘에 가려진 채, 남쪽으로는 가난하고 불우한 사촌, 플로렌스와 시칠리아의 경멸을 감수하면서 살아야 하는 불행을 운명으로 받아들면서. 플로렌스와 시칠리아 사람들은 유럽의 에티오피아인답게 자신들의 삶에 만족하며 행복에 겨워 웃고 춤을 추었고, 지중해 사촌 프랑스인들은 리비에라의 아름다운 해변에서 일광욕을 즐겼지만, 평생 죽어라 일하면서도 기쁨조차 느끼지 못하는 제노아인들은 포카치아를 먹으며 묵묵히 고난의 행군을 이어가고 있었다. 제노아식 포카치아를 좋아하는 건 제노아 사람들뿐이다. "세상에서 제일 맛있는 빵이지." 아버지는 늘 이렇게 말했었다. "치즈가 특별하거든." 엘레판테도 제노아식 포카치아를 먹어본 적이 있었다. 그걸 먹고 나서 엘레판테는 비로소 제노아인들의 삶이 왜 그렇게 불행한지 알 것 같았다. 제노아의 맛있는 음식들에 비하면 그들의 비루한 삶은 너무나 하찮았기 때문이었다. 일단 음식에 맛을 들이고 나면, 삶의 다른 일들, 그것이 사랑을 나누는 일이든, 잠을 자는 일이든, 버스 정류장에서 버스를 기다리는 일이든, 식료품 가게에서 서로 밀치고 싸우는 일이든, 아니면 서로를 죽이는 일이든, 그밖에 무엇이 되었든 서둘러 해치우고 음식 앞으로 달려가게 되어 있었다. 어머니가 늘 말하듯이 제노아 출신이었던 크리스토퍼 콜럼버스는 미대륙을 찾으려던 게 아니었다. 향료를 찾고 있었다. 음식을 맛있게 먹기 위해서. 어머니 말에 의하면 진정한 제노아인은 이 악마의 소굴 같은 세상에서 겪는 고달픔을 달래줄 수 있는 위안거리를 박탈당하느니 차라리 목을 매고 죽는 것을 택한다고 한다.

엘레판테는 자기 안에 있는 이 차가운 분노가 두려웠다. 그동안 지켜왔던 침묵의 실체가 결국은 맹렬한 분노의 감정이었기 때문이다. 스스로 생각해도 소름 끼치지만, 깊은 침묵이 내면에 덮이는 순간을 즐긴 적도 있었다. 나중에 그 시간을 돌아볼 때는 자신이 혐오스러웠지만 말이다. 엘레판테는 그렇게 침묵에 싸여 있는 동안 끔찍한 일들을 저지르곤 했다. 브루클린이 잠들고 부두가 어둠에 싸인 시간, 아내도 없이, 다른 방에서 코를 골며 자고 있는 아이들도 없이, 홀로 된 어머니가 남편의 장화를 신고 돌아다니는 그 외롭고 공허한 적갈색 벽돌집 침대에 누워서, 엘레판테는 침묵의 마법에 걸려 있는 동안 자신이 저지른 일들을 돌아보며 처참하리만큼 괴로워해야 했다. 그러다

보면 자기도 모르게 벌떡 일어나 앉아서 잠옷에 피가 묻어 있지는 않은지 확인해야 했고, 영혼이 산산조각으로 부서지는 느낌을 받았다. 온몸에서 땀이 비 오듯 쏟아졌고 눈물이 한없이 흘러내렸다. 그러나 이미 그가 할 수 있는 일은 없었다. 그때 그 순간은 지나갔으니까. 분노는 이미 끓어오르는 용암처럼 흘러넘쳐 앞을 가로막는 것은 누구든, 무엇이든 덮어버린 뒤였고, 그들이 본 것이라고는 차갑고 맑은 응시뿐이었던 것이다.

하지만, 그때 그들은 토미 엘레판테의 진정한 눈빛을 보았을까? 항구에 떠 있는 가여운 유색인 여자를 건져 주라고 부하들에게 명령할 만큼 자상한 마음씨를 가진 외로운 엘레판테의 눈빛을? 아니면 그들은 수줍음 많은 브루클린의 숫총각, 토미 엘레판테의 눈빛을 보았을까? 브루클린을 떠나 뉴햄프셔로 가서 몸집이 풍만한 시골 여자와 결혼하고 싶다는 순수한 꿈을 가진 청년 엘레판테의 눈빛을 보았을까? 외모로 보나, 성품으로 보나 그렇게 하고도 남을 자격을 갖추었지만, 거칠고 떳떳하지 못한 그의 삶에 차마 여자를 끌어들이지 못하는 착한 남자의 눈빛을 보았을까?

아마 그들은 아무것도 보지 못했을 것이다. 다만 엘레판테의 겉모습만 보았을 것이다. 무뚝뚝하고, 냉정하고, 잔인한 겉모습. 그의 계산된 차분함과 무언의 응시에서 그들은 읽을 수 있었을 것이다. "넌 이제 끝났어." 그러고는 지극히 사무적인 얼굴로 무자비하게 닥치는 대로 찢고 부쉈다. 엘레판테의 눈빛은 제아무리 강한 사내도 두려움에 떨게 했다. 엘레판테는 침묵 속에서 냉정한 분노를 폭발시킬 때 그들의 얼굴에 스치는 두려움을 보았다. 지금까지도 그 기억을 지울 수가 없다. 가장 최근의 상대는 비탈리 항구의 폐공장에서 처리했던 마크 범퍼스라는 유색인 소년과 그의 패거리 둘이었다. 엘레판테의 돈 만 사천 달러를 훔치려다가 현장에서 붙잡혔던 것이다. "살려주세요." 범퍼스는 사정했었다. "내가 다 해결할 게요." 그가 울면서 소리쳤었다. 그러나 이미 때는 늦었다.

조 펙은 순간적으로 엘레판테가 침묵이 내려앉은 눈빛으로 그를 보고 있다는 사실을 깨달았다. 너무도 선명해서 그 소리가 들리는 것 같았다. 십 대 청소년이었을 때 몇 번 경험한 적이 있는 펙은 머릿속에 경종이 뱃고동 소리처럼 울려 퍼지는 느낌이었다. 지나치게 몰아붙였다는 생각이 들었다. 엘레판테의 무표정한 응시가 펙의 얼굴을 뜯어보는 동안, 펙의 성난 표정은 점점 두려움에 질린 표정으로 뒤틀렸다. 엘레판테의 시선이 펙의 얼굴에서 자동차 내부로, 그리고 운전대를 잡고 있는 그의 손으로 옮겨갔다. 펙도 운전대를 잡은 채 굳은 듯 꼼짝도 하지 않는 자신의 두 손을 느꼈다. 씁쓸하지만 달리 방법이 없었다.

"두 번 다시 내게 그런 식으로 엉겨 붙지 마, 조. 다른 사람 찾아봐."

엘레판테는 GTO에서 고개를 빼고 두 팔을 내린 채 펙의 GTO가 부르릉거리며 멀어지는 모습을 바라보았다. 엘레판테는 두 손을 주머니에 넣고 텅 빈 거리 한복판에 서서 소리 없이 아우성치는 분노가 가라앉아 마침내 사라질 때까지 기다렸다. 몇 분이 지나자 엘레판테는 평상시의 고적한 중년의 남자로 돌아왔다. 아직은 4월을 몇 번 더 만날 수 있기를 기대하는 늙어가는 독신 남자. 헐렁한 정장 차림의 엘레판테는 피곤이 내려앉은 허름한 브루클린의 거리에 서 있었다. 로버트 모세라는 이름의 유대인 개혁가가 지은 거대한 주택 단지가 그의 머리 위로 그늘을 드리우고 있었다. 몸에 잘 맞지 않는 양복을 입은 채 멀어져가는 자동차를 바라보는 과체중의 독신 남자. 젊고 매력적인 펙이 마치 밝은 미래를 향해 달려가듯 멀어지는 모습을 초라한 중년의 엘레판테가 바라보고 있었다. 저렇게 잘생긴 펙은 갈 곳과 데이트할 여자, 할 일을 모두 가졌을 거라는 부러움을 가득 담아서. 상점들과 적갈색 집들이 늘어선 암울하고 황량하며, 복잡한 브루클린의 거리에 서 있는 늙은 중년의 엘레판테에게는 얼굴에 자욱하게 어려 있는 펙의 멋진 스포츠카가 남기고 간 매연 말고는 아무것도 남은 게 없었다.

꿈도 없고, 친구도 없고, 미래도 없는 처량한 자.

드디어 GTO가 모퉁이를 돌아섰다. 엘레판테는 깊은숨을 몰아쉬고는 그의 링컨으로 다가가 문에 열쇠를 꽂고 차 안으로 들어갔다. 그러고는 한참이나 말없이 운전석에 앉아 있었다. 부드러운 가죽 의자에 앉은 채 몇 분을 흘려보낸 엘레판테가 문득 큰 소리로 독백처럼 내뱉었다.

"누군가가 나를 사랑해 줬으면 좋겠어."

12
마녀 장난

스포츠코트는 핫소시지의 보일러실에서 킹콩 병을 든 채 궤짝을 깔고 앉아 있었다. 더 이상 서두르지 않았다. 오늘 아침 광장에서 브랜디 병을 집으려고 쫓아다니다가 결국 수프가 병을 깨뜨려 쓰러졌던 마음은 소시지의 작업실에 와서 충분히 달랠 수 있었다. 핫소시지는 어디 갔는지 보이지 않았지만 상관없었다. 스포츠코트는 오전 내내 보일러실에서 킹콩을 마시며 느긋하게 숨을 돌렸다. 그리고 나니 이제 한결 기분이 좋아졌다. 그럼 된 거다. 서두를 것 없어. 기분 좋게 킹콩 병을 움켜쥐며 생각했다. 일어나서 시계를 볼까도 싶었지만, 조그만 지하실 창문을 통해 들어오는 햇빛의 기울기로 대충의 시각은 짐작할 수 있다. 정오가 지난 것 같다. 하품을 늘어지게 하면서 기지개를 켰다. 벌써 두 시간 전에 노부인의 정원에 가서 일을 시작했어야 했다. 그녀의 이름을 생각해내려고 했지만 허사였다. 중요한 건 아니다. 이탈리아 이름인데 'i'로 끝난다. 그리고 항상 현금으로 일당을 지불한다. 중요한 건 그거다. 그녀는 스포츠코트가 늦는 것에 대해서는 그다지 신경 쓰지 않았다. 늦게 간만큼 저녁에 남아서 일을 해주니까. 그런데 최근 들어 걸음걸이가 좀 불안정해 보이는 것 같았다. 나이가 들어가는 거겠지. 스포츠코트는 씁쓸한 생각이 들었다. 건강하게 늙는 것도 힘이 있어야 하는데 말이야. 막 킹콩을 내려놓고 나가려는데 헤티가 나타났다.

"오늘 수프 환영 파티에서 있었던 일 가지고 잔소리를 하려거든 그만둬." 스포츠코트가 말했다.

"당신이 무슨 짓을 했든 관심 없어." 헤티가 쌀쌀맞게 쏘아붙였다. "당신이 어떻게 생각하든 그건 중요하지 않아. 중요한 건 당신이 남들이 침을 뱉을 만한 행동을 했다는 거지."

"누가 침을 뱉어? 아무도 나한테 침 뱉지 않아."

"당신이 당신 자신에게 침을 뱉잖아."

"엉터리 같은 소리 집어치워. 일하러 가야 해."

"그럼 가든지."

"야구 경기를 다시 시작하는 일에 대해 생각하는 동안 술 몇 모금 마시며 목을 축였는데, 그게 당신이 상관할 일은 아니지."

"여기 사는 아이들에게 야구 경기는 아무 의미도 없어." 헤티가 또랑또랑한 소리로 말했다.

"당신이 어떻게 알아? 지난 십 년 동안 내가 심판 보는 경기에 한 번 와본 적도 없으면서."

"십 년 동안 한 번도 나를 초대하지 않았잖아." 헤티가 받아쳤다.

스포츠코트는 대답할 말을 잃었다. 어른으로 살아오는 동안 겪어왔던 모든 일들이 그렇듯이, 정확한 내용은 기억나지 않았다. 가장 큰 이유는 그 대부분의 시간 동안 술에 취해 있었기 때문이다. "나는 키즈 하우스 역사상 최고의 심판이었어. 모두를 기쁘게 했다고."

"그중에 유일하게 당신 마누라만 예외였지."

"아, 그만해."

"결혼생활을 하는 동안 나는 늘 외로웠어." 헤티가 말했다.

"불평 좀 그만하라고, 이 여자야! 식탁에 음식이 있고, 머리 위에 지붕이 있으면 됐지. 그밖에 또 뭐가 필요해? 그건 그렇고, 그놈의 교회 돈은 대체 어디 둔 거야? 그것 때문에 내가 지금 몹시 난처해졌단 말이야!"

스포츠코트는 킹콩 병을 입에 대고 길게 한 모금 마셨다. 헤티는 말없이 그 모습을 지켜보다가 말했다. "전부 다 당신이 잘못한 건 아니야."

"당연히 그렇지. 돈을 감춘 건 당신이니까."

"그 얘기가 아니라." 헤티가 수심에 찬 얼굴로 말했다. "옛날에, 당신이 어렸을 때 얘기야. 그들이 당신에게 했던 말과 행동들 때문에 마음이 많이 상했을 거야. 그런데도 당신은 불평 한마디 하지 않았어. 나는 그런 당신이 좋았어."

"우리 부모 얘기는 들먹이지 마. 이미 오래전에 죽은 사람들이잖아."

헤티는 스포츠코트를 바라보며 생각에 잠겼다. "그리고 이제 당신은 이렇게 노인이 돼서 야구장을 뛰어다니며 사람들에게 웃음을 안겨 주네. 아이들도 더는 당신을 따르지 않는데 말이야." 헤티가 슬픈 얼굴로 말을 했다.

"그 애들을 다시 야구장에 불러 모으면 또 나를 따를 거야. 그러려면 먼저 그놈의 성탄 모금액을 해결해야 해. 당신이 초록색 상자에 모금액을 담아 두었던 건 알아. 그 상자 어디다 숨겼어?"

"교회엔 돈이 많아."

"상자가 교회 안에 있단 말이야?"

"아니. 돈은 하나님의 손에 있어. 아니, 정확하게 말해서 하나님의 손바닥 위에 있지."

"어디 있다고?!"

"듣지도 못하는 귀는 떼어 버려." 헤티가 짜증을 내며 쏘아붙였다.

"그렇게 돌려 말하지 좀 마! 목사님 말씀이 사람들이 냈다고 주장하는 돈들을 합산해 보면 3천 달러나 된대. 거짓말쟁이들이 자꾸 늘어가고 있단 말이야. 주일날 아침이면 부활 주간보다도 더 많은 신자들이 교회에 나와서 돈 얘기로 열을 올리고 있단 말이야. 모두 모금 상자를 찾고 있어. 딕스 웨더스푼은 자기가 400달러를 넣었다는 거야. 일전 한 푼 없이 지낸 멍청이가 말이야. 그러니 내가 어떻게 하면 좋겠냐고?"

헤티가 한숨을 쉬며 말했다. "당신이 누군가를 사랑한다면, 당신은 그의 말에 귀를 기울여야 해."

"쓸데없는 얘기들을 끌어다 모으지 말라고!"

"당신이 들어야 할 얘기를 해 주는 거야, 이 바보야."

헤티는 이렇게 말하고 가버렸다.

스포츠코트는 숨을 헐떡이며 몇 분 더 앉아 있었다. 모금액이 교회 안에 숨겨져 있지 않은 건 확실했다. 핫소시지와 함께 그 작은 교회 건물을 열두 번도 더 뒤져 보았으니까. 목이 마르는 느낌이 들어 킹콩 병을 입에 대고 기울였지만, 병은 비어 있었다. 보일러실에는 술을 숨겨 두는 곳이 또 하나 있다. 스포츠코트는 일어나서 한쪽 무릎을 꿇고 찬장 밑에 손을 넣어 휘저어 보았다. 아무것도 잡히지 않았다. 그때 문이 열리는 소리가 들렸다. 돌아다보니 핫소시지의 뒤통수가 보였다. 문을 들어서자마자 바로 커다란 발전기 뒤로 들어가는 것 같았다. "소시지?" 스포츠코트가 불렀다.

대답이 없었다. 낮게 투덜거리며 연장을 뒤적이는 소리가 들렸다. "숨을 필요 없어. 이 밑에 킹콩 세 병이 있었던 걸로 기억하는데."

그 말에 대답이라도 하듯이 불꽃 튀는 소리가 나면서 거대한 발전기가 굉음과 함께 돌아가기 시작했다. 스포츠코트가 일어나서 발전기 쪽으로 갔다. 핫소시지는 머리를 모터 안에 들이민 채 거의 바닥에 엎드리다시피 하고 있었다. 워치하우스 보일러실에 있는 그 낡아빠진 옛날 모델이었다. 루퍼스도 그것 때문에 골머리를 앓고 있는데. 핫소시지는 스포츠코트를 힐끗 올려다보고는 다시 털털거리며 이상한 소리를 내는 발전기에 열중했다.

스포츠코트는 깔고 앉았던 궤짝을 집어 핫소시지 옆으로 끌어왔다. 모자는 벗고, 기름때가 덕지덕지한 낡은 푸른색 주택국 작업복을 입고 있었다. 핫소시지는 다시 한번 스포츠코트를 올려다보더니, 말없이 다시 털털거리는 발전기에 머리를 디밀었다.

스포츠코트가 소음을 뚫고 소리쳤다. "미안해. 내가 경찰에 가서 바로 잡아 놓을게. 전부 다 설명하고, 내가 얼마나 이곳을 떠나 있으면 되는지 말해달라고 할게."

핫소시지가 발전기를 이리저리 들여다보면서 말했다. "빌어먹을 놈의 멍청이 같으니."

"자네를 이 한심한 일에 휘말리게 할 생각은 정말 없었어, 소시지."

소시지는 기분이 좀 가라앉았는지 긴 손을 발전기 밖으로 내밀어 악수를 청했다.

스포츠코트는 악수를 하는 대신 인상을 찌푸리며 핫소시지의 손을 내려다보았다. "내가 사과했잖아. 그런데 왜 왼손을 내미는 거지? 왼손으로 악수하면 재수 없다는 거 알면서."

"아, 미안." 핫소시지는 황급히 발전기에 집어넣었던 오른손을 꺼내 내밀었다. 스포츠코트는 악수하고 나서 옆에 있는 궤짝에 앉았다. "킹콩은 어디에다 뒀어?" 스포츠코트가 발전기를 뚫고 외쳤다.

핫소시지는 근처에 있던 공구 선반 밑에서 맑은 액체가 가득 담긴 병을 꺼내 스포츠코트 쪽으로 밀어준 다음 다시 발전기 안을 들여다보며 작업을 계속했다. "이놈의 기계가 이제 매주 말썽을 부리네."

"워치하우스에 있는 루퍼스도 똑같은 문제로 애를 먹고 있어." 스포츠코트가 외쳤다. "두 단지가 같은 해에 지어졌잖아. 아파트, 화장실, 발전기 할 것 없이 다 똑같아. 불량품들이지. 이 발전기처럼 말이야."

"그렇지만 난 관리를 잘하고 있잖아."

"루퍼스 말로는 발전기가 문제가 아니라네. 나쁜 기운 때문이래."

그 말에 핫소시지가 혀를 끌끌 찼다. 몇 군데 더 손을 보고 나니, 발전기의 소음이 한결 조용해지면서 견딜만하게 되었다. "나쁜 기운은 무슨. 말도 안 돼."

"그럼 시궁쥐 때문일까? 아니면 혹시 개미 떼?"

"아직 개미 떼가 말썽부릴 때는 아니야. 그리고 개미 떼도 이런데 기어 올라갈 정도로 바보는 아니고. 전선 연결이 잘못돼서 그런 거지. 므두셀라만큼이나 낡은 거니까."

스포츠코트는 위스키를 한 모금 더 마시고는 핫소시지에게 주었고, 병을 받은 핫소시지는 한 모금 길게 마시고는 다시 스포츠코트에게 주었다. 그런 다음 다시 낡은 발전기 안으로 고개를 디밀었다. "이런 엉터리 물건은 세상에 또 없을 거야." 핫소시지가 말했다. "이 건물에

32가구가 있는데 그중에 네 가구에만 전기가 공급된다니까. 다른 가구는 저쪽 발전기에 연결되어 있지." 핫소시지가 방 반대편에 있는 또 하나의 커다란 발전기를 턱으로 가리키며 말했다. "이 단지를 지은 자가 누군지는 모르지만 술에 취해 있었던 게 틀림없어. 하나로 만들지 않고 이렇게 두 개로 떨어뜨려 놓은 걸 보면 말이야."

스포츠코트에게서 다시 킹콩을 받아든 핫소시지는 한 모금 더 마신 다음 병을 발전기 옆에 내려놓고, 긴 팔을 기계 안으로 뻗어 전선 두 개를 한데 묶었다. 발전기는 펑펑 소리를 내며 몇 번 요동을 치더니 털털거리고 돌아가기 시작했다.

"어떻게든 교회 성탄 모금액을 내가 대체해야 할 것 같아."

"자넨 지금 그게 중요한 게 아니야."

"아, 제발 그런 헛소리 좀 집어치워. 이건 돈 문제란 말이야. 헤티는 그 모금 상자 안에 얼마가 들어 있었는지도 말해주지 않았어. 어디에 숨겼는지, 누가 얼마를 넣었는지도. 목사님 말로는 그 안에 3천 달러가 들어 있었던 걸로 추정된다는 거야. 모두가 그 안에 돈을 넣었다고 주장하고 있어."

"나도 천사백 달러 넣었는데, 그건 포함되지 않았네." 소시지가 말했다.

"아주 재밌군."

"자네가 헤티의 유령을 계속 보는 것도 무리는 아니네. 내가 자네라도 그 정도 돈이 머릿속에 왔다 갔다 하면 심장이 오그라들 것 같아. 자넨 사방에 문제로군. 여기 들어오면서 문은 잠갔겠지? 딤즈가 나한테 유감이 있는 건 아니지만 말이야. 그래도 직장에서 일하다 말고 목숨을 구걸하는 것만큼 처량한 신세가 어디 있겠나? 딤즈가 당장 이리로 쳐들어온다면 어떻게 막을 거냐고?"
"별일 아닌 걸 가지고 수선 좀 떨지 마." 스포츠코트가 말했다. "아무도 내 뒤를 쫓고 있지 않아. 그리고 난 헤티의 유령과 얘기하는 게 아니야. 난 헤티의 잔소리에 대꾸하는 건데, 잔소리는 유령이 아니야. 주술 같은 거지. 마녀 장난처럼 말이야. 내게 요술을 부리는 것 같아. 사람처럼 보이지만 사람이 아니야. 마녀지. 옛날에 고향 사람들이 늘 그런 얘기를 했었어. 마녀는 어떤 형체로든 둔갑을 할 수 있다고. 그러니까 난 헤티와 대화를 나눈 게 아닌 거야. 헤티는 나에게 그런 식으로 말하지 않았거든. 단 한 번도 나를 바보 머저리라든가 하는 식으로 부른 적이 없어. 그건 마녀야."

소시지가 키득거렸다. "내가 그래서 결혼을 안 한 거야. 우리 구스 삼촌이 그런 여자와 결혼했거든. 구스 삼촌의 소가 그 여자 아버지의 옥수수를 먹었거든. 여자의 아버지는 옥수숫값으로 40센트를 요구했는데 구스 삼촌이 그 돈을 지불하지 않았어. 자기 아내가 화를 내는데도 삼촌은 끝내 돈을 내놓지 않았어. 그러다가 여자가 죽으면서 삼촌에게 저주를 걸어 버린 거야. 내가 본 저주 중에 최악이었어. 삼촌의 가슴뼈가 새가슴처럼 튀어나오더니 계속 자란 거야. 머리카락도 옆 부분은 다 빠지고, 정수리 부분만 계속 자라더라고. 아주 괴상한 검둥이의 모습이 되었어. 그렇게 죽을 때까지 수탉 같은 모습으로 살았지."

"왜 나중에라도 여자 아버지에게 돈을 주지 않았을까?" 스포츠코트가 물었다.

"그땐 너무 늦은 거지." 핫소시지가 말했다. "40센트로 마녀의 장난을 멈추게 할 수는 없으니까. 일단 시작되면 400센트 정도는 내놓아야 멈출 수 있을 거야. 구스 삼촌에게 저주를 걸어놓은 거지. 헤티가 자네에게 그런 것처럼."

"헤티가 내게 그랬다는 걸 자네가 어떻게 알아?"

"누가 걸었는지는 중요하지 않아. 중요한 건 자네가 그걸 풀어야 한다는 거지. 구스 삼촌은 교회 마당에서 달팽이를 잡아서 7일 동안 식초에 담가서 저주를 풀었어. 자네도 한 번 그렇게 해 봐."

"그건 앨라배마 식이야." 스포츠코트가 말했다. "구식이지. 사우스캐롤라이나에서는 베개 밑에 포크를 묻어 놓고 주방 둘레에 물을 담은 양동이를 쭉 늘어놓지. 그러면 악재를 물리칠 수 있대."

"아니야." 핫소시지가 말했다. "사냥개 이빨을 옥수숫가루에 묻힌 다음 그걸 목에 걸어야 해."

"아니야. 두 손을 머리 뒤에 얹고 언덕을 걸어 올라가야 해."

"메이플 시럽 병에 손을 집어넣어야 해."

"씨옥수수와 흰 강낭콩 껍질을 문밖에 뿌려야 해."

"뒷걸음질로 장대를 열 번 넘어야 해."

"조약돌 세 개를 삼키고……."

둘은 이렇게 서로 지지 않으려고 한동안 실랑이를 벌이며 마녀 쫓는 방법을 늘어놓았다. 마치 세계 제일의 위대한 도시 전체가 마녀의 장난에 대한 이야기로 들끓기라도 하는 듯이. 그러는 동안 지상에서는 브루클린의 복잡한 교통지옥 속을 차들이 굉음을 내며 달렸고, 보로 홀에서는 보로 회장이 인류 최초로 달에 발자국을 남긴 닐 암스트롱을 환대하고 있었다. 퀸즈의 플러싱에서는 과거엔 형편없었으나 지금은 찬사를 받고 있는 뉴욕 메츠의 선수들이 오만육천여 명의 관중이 지켜보는 가운데 셰이 스타디움에서 TV 카메라의 조명을 받으며 경기에 앞서 몸을 풀고 있었다. 맨해튼 서북부 벨라 앱저그에서는 호사스러운 차림의 유대인 하원의원이 대선 출마와 관련하여 기금 모금자들을 만나고 있었다. 그리고 지하 보일러실에서는 두 늙은이가 마주 앉아 밀주를 마시며 마녀의 저주를 푸는 방법을 놓고 말씨름을 벌이고 있었다.

"말이 지나가는 동안에 고개를 옆으로 돌리지 말아야……."

"죽은 생쥐를 빨간 주머니에 담아야 해."

그러다가 매달 네 번째 목요일에 집의 모든 창문에 가스램프를 밝혀두면 마법이 풀어진다는 데까지 이야기가 이어졌을 때, 고물 발전기가 요란스러운 굉음을 내더니 숨이 넘어가듯 털털거리다가, 몇 번 꾸르륵거리고는 멈춰버렸다.

전등불이 꺼지면서 지하실 전체가 어둑해졌다. 다행스럽게도 두 번째 발전기가 있어서 완전히 깜깜해지지는 않았지만, 그것 역시 털털거리면서 겨우 지하실 한쪽 구석에 달린 전구 하나에 전력을 공급하고 있었다. 복도로 통하는 문 위에 달린 전구도 아직 켜져 있었다. 스포츠코트는 보일러실에 들어올 때 그 문을 특별히 주의를 기울여 꼭 닫았다.

"다 자네 때문이야." 핫소시지가 어둠 속에서 투덜거렸다. "여기 와서 마녀니, 저주니 하는 얘기들을 늘어놓더니 이제 이놈의 기계에 마법을 걸어 놓았군."

핫소시지는 무릎을 꿇고 발전기 안으로 손을 넣어 더듬으면서 몇 가지 손을 보았다. 그러자 발전기가 앓는 소리를 내더니, 털털거리다가 다시 돌아가기 시작했다. 보일러실 안이 다시 밝아졌다.

스포츠코트는 어리둥절한 표정으로 발전기를 노려보았다. 소리가 더 커진 것 같았고, 작동되는 속도도 심상치 않게 빨랐다. 돌아가는 소리가 어찌나 요란했던지 핫소시지가 목청이 터져라 외쳐대야 겨우 스포츠코트가 알아들을 수 있었다.
"합선이 되었던 것 같아."
스포츠코트가 고개를 끄덕이며 소리쳤다. "나 이제 일하러 가야 해. 내 심판복 어디 있지?"
"뭐라고?"
스포츠코트가 굉음을 내며 돌아가는 발전기를 가리켰다. 핫소시지가 무릎을 꿇고 엎드려 기계를 만지자 소리가 다시 정상으로 돌아왔다. 소시지가 앉은 채로 다시 물었다. "뭐라고?"
"야구 경기를 다시 시작할 생각이야." 스포츠코트가 말했다. "그래서 내 심판복이 필요하다고. 기억하지? 여기 어디에다 두었던 것 같은데."
"그게 왜 필요해? 우리의 스타 투수가 귀를 잃어버렸잖아. 지금 자네를 잡으려고 혈안이 되어 있을 거라고."
스포츠코트는 답답하다는 듯 킹콩을 또 한 모금 마셨다. "심판복이나 찾아 줘."
"예전에 자네가 둔 곳에 그대로 있어." 핫소시지가 킹콩 병을 가져가면서 반대편 구석에 있는 벽장을 가리켰다. 스포츠코트는 앉은 자리에서 벽장까지 가려면 넘어야 할 쓰레기더미를 바라보았다. 그리고는 입고 있는 체크무늬 스포츠 재킷을 내려다보았다. "이 쓰레기더미를 헤집고 저 벽장까지 가려면 재킷이 너무 더러워질 것 같아."
핫소시지가 혀를 몇 번 차더니 킹콩 병을 스포츠코트에게 주고, 잡동사니 더미 속으로 들어갔다. 한동안 퉁탕거리는 소리와 신음 소리, 밟고 뭔가를 차는 소리, 뒤집는 소리를 내더니 검은 비닐봉지를 들고 다시 나타났다. 그러고는 검은 봉지를 스포츠코트 앞에 던졌다.

그때 발전기가 폭발할 듯 펑펑 소리를 내며 쿨렁거렸다. 푸른 불꽃을 튀며 털털거리던 발전기는 기어코 다시 멈춰버렸다. 잠시 후 두 번째 발전기도 작동을 멈췄다.

이번에는 출구 표지판 전구만 빼놓고 보일러실이 완전히 깜깜해졌다. 지금까지 꼭 닫혀 있던 문도 살짝 열려 있었다.

"염병할." 핫소시지가 나직이 내뱉었다. "이 녀석이 다른 녀석까지 합선시킨 모양이야. 손전등 좀 줘 봐, 스포츠코트."

"난 그런 거 안 가지고 다니는데."

"아무튼 나 원, 자넨 여기 있어. 난 저쪽 발전기를 좀 들여다봐야겠어."

핫소시지는 또다시 퉁탕거리는 소리를 내며 보일러실 반대편으로 갔다. 스포츠코트는 무심하게 킹콩을 홀짝거리며 발로 바닥을 더듬거렸다. 그리고 자기가 앉았던 궤짝을 찾아 깔고 앉았다.

스포츠코트도 핫소시지도 가죽 재킷을 입은 키 큰 남자가 열린 문을 통해 방으로 들어온 것은 알아채지 못했다.

"이런 일이 자주 있어?" 스포츠코트가 정적을 뚫고 물었다.

"이런 적은 없었어." 건너편에서 핫소시지가 대답했다. "물론 자네가 마녀네, 주술이네 하는……" 핫소시지가 투덜거리는 소리를 듣고 있는데 문 쪽에서 무슨 소리가 들렸다. 그 순간 문 쪽으로 고개를 돌린 스포츠코트는 출구 표지판의 불빛에 누군가의 그림자가 휙 지나가는 것을 보았다. 아니, 봤다고 착각을 한 건지도 모르겠다.

"소시지, 여기 누가……"

"이제 됐다!" 핫소시지가 외쳤다. "자네 쪽에 있는 발전기 뒤에 스위치 상자가 있을 거야. 그리로 가서 내가 신호를 보내면 스위치를 켜. 그럼 다시 전등이 들어올 거야."

"뭘 켜라고?"

"스위치 말이야. 자네 쪽의 발전기 뒤에 있어. 손으로 더듬어 보면 찾을 수 있을 거야. 그걸 켜면 돼." 핫소시지가 말했다. "그럼 발전기 두 대가 모두 작동될 거야."

"난 스위치 같은 거 전혀 모르는데."

"빨리, 스포츠. 이 건물에는 아파트가 32가구나 된다고. 다들 콜라 드랑 달걀 스크램블을 만들어 먹고 얼른 일터로 나가야 해. 하나도 어려울 거 없어. 그냥 발전기 뒤를 손으로 더듬어서, 밖으로 나온 두꺼운 전선만 찾으면 돼. 그 전선을 따라 벽으로 가면 거기 상자가 만져질 거야. 그 상자를 열고 안에 있는 스위치를 한 번만 젖히면 돼."

"자네한테 그렇게 쉬운 일이면, 나는 남은 위스키나 마저 마시는 게 낫겠어." 스포츠코트가 큰소리로 외쳤다. "아무것도 안 보인다고. 그리고 여기 지금 누군가……."

"위층에 있는 인간들이 내려와서 난리 치기 전에 빨리 스위치를 켜란 말이야!"

"나는 스위치 상자 같은 거 모른다니까."

"감전당할 위험은 전혀 없어." 핫소시지는 짜증이 치미는 것을 억지로 참으며 말했다. "그러니 어서 그 상자 안의 스위치나 젖혀 줘. 아무 걱정하지 말고. 여기 이게 자동차단기야. 전류는 이쪽에만 흐르고 있어. 자네가 있는 쪽이 아니고."

"전류가 그쪽에 흐르면 그쪽에서 스위치를 젖히면 되지 않아?"

"싱거운 소리 그만하고 서둘러! 위층에서 다들 호통치며 내려오기 전에. 아니면 주택국에 신고할지도 몰라."

"알았어." 스포츠코트는 마지못해 대답하고는 어둠 속을 더듬어 발전기를 찾았다. 발전기 몸체를 따라 뒤로 손을 뻗어 보니 두꺼운 전선이 잡혔다. 전선을 따라 벽으로 손을 옮기면서 핫소시지 쪽으로 고개를 돌리는데 또 그 남자의 그림자가 출구의 빛을 지나 보일러실 가운데로 들어왔다. 이번에는 확실하게 보았다.

"소시지?"

"스위치를 젖혀."

"저기 누가……."

"빨리 좀 젖히지 않을래?"

"알았어. 이 전선을 어떻게 하지?"

"전선은 신경 쓰지 마. 그건 필요 없으니까. 스위치만 젖혀."

"이 전선은 필요 없다고? 이 느슨하게 늘어져 있는 거 말이야?"

그러자 소시지는 한동안 아무 말이 없었다. "내가 전선을 다 묶지 않았던가?" 핫소시지가 중얼거렸다.

"뭘 묶어?"

"전선 말이야. 아무튼 그냥 상자만 찾아. 상자. 손에 상자가 만져지면, 그 안에 있는 스위치를 젖히라고."

"그런데 전선이……."

"제발 그놈의 스위치나 젖혀! 일단 전깃불이 들어오면 내가 다 고칠 수 있어. 건물 주민들이 이리로 몰려와서 아우성치기 전에 서둘러야 해!"

스포츠코트는 상자를 열어 안을 더듬어 보았다. 스위치 두 개가 만져졌다. 스포츠코트는 어떻게 해야 하는지를 정확하게 파악하지 못한 채로, 피복이 벗겨진 전선을 그대로 둔 채 스위치 두 개를 동시에 젖혔다. 순간 번쩍하고 스파크가 일었고, 신음 소리에 이어 울부짖는 듯한 비명 소리가 들렸다. 또다시 굉음을 울리며 발전기가 돌아가기 시작했고, 전등이 들어왔다. 스포츠코트의 눈앞에서 한 쌍의 장화가 공중으로 날아올랐다.

보일러실 건너편에서는 핫소시지가 성난 얼굴로 벤치와 콘크리트 블록, 개수대, 자전거 부품들을 넘어 다가오고 있었다. "자네 도대체 뭐가 문제야? 스위치 하나 젖히는 게 그렇게 힘들어?"

그러다가 갑자기 걸음을 멈추고 조용해지더니, 휘둥그레진 눈으로 바닥 한가운데를 뚫어지게 바라보았다. 잠시 후 두 사람은 보일러실 한가운데 마주 서서 벤치의 오른팔인 얼을 내려다보고 있었다. 완전히 정신을 잃은 채 바닥에 누워 있는 얼의 검은색 가죽 재킷 자락이 타들어 가 있었다. 전기에 감전된 부분인 것 같았다. 번쩍이는 손목시계는 수정판이 깨진 채 튕겨 나와 있었는데, 움켜쥔 손에는 연발 권총이 쥐어져 있었다.

"어럽쇼!" 핫소시지가 말했다. "이 친구는 수프 환영파티 때 그 친구 잖아. 어떻게 그새 또 왔지? 그때 완전히 기절해서 사람들한테 업혀서 간 것 같은데."

스포츠코트가 얼을 내려다보며 말했다. "죽은 거야?"

핫소시지가 무릎을 꿇고 앉아 얼의 목에 손을 얹고 맥을 짚어 보았다. "아직 살아 있어."

"그때 수프가 그 브랜디를 이 친구 머리통에 던지지 말고 차라리 마시게 했다면 인심 후하게 썼다는 말이라도 들었을 텐데 말이야. 경찰을 불러야 할까?"

"무슨 소리야, 안 돼. 주택국에서 나한테 책임을 물을 거라고."

"자네는 잘못한 게 없잖아."

"그건 중요하지 않아. 사정이야 어떻든 일단 경찰이 주택 단지에 출동하게 되면 보고서를 써야 하잖아. 낮잠 자고 커피 마시는 것 외에 뭔가 일을 하게 만드는 거지. 누구든 그들을 귀찮게 하면 해고 통지를 받게 되는 거야. 난 직장을 잃게 될 거라고."

핫소시지는 이렇게 말하고 얼을 내려다보았다. "이 친구 여기서 내보내야 해. 우리가 밖으로 끌어다 놓자."

"난 그 친구 몸에 손대지 않을 거야."

"이 친구가 여기 왜 왔을 것 같아? 자네한테 글자 가르쳐 주려고 왔겠어? 총을 들고 여기 몰래 들어왔잖아. 딤즈가 자네를 해치라고 보낸 거야."

"딤즈는 아직 어린 애야, 핫소시지. 이 친구는 어른이고. 그리고 어린 딤즈는 누구를 고용해서 남을 해칠만한 돈이 없어."

"그 어린 딤즈가 파이어버드 스포츠카를 가지고 있어."

"그래? 잘했군. 그 녀석 아주 큰 일을 하는가 보네!"

"염병할. 이 봐, 야구방망이로 자네를 정신이 번쩍 들게 해서 울고불며 저 문으로 달아나게 해 주고 싶네. 이제 내 일터에까지 골칫거리를 불러오잖아! 이 녀석 얼른 여기서 치워야 해! 그러니 어서 날 도우라고!"

"알았어. 그렇게 신경을 곤두세울 것까지는 없잖아."

하지만 핫소시지는 이미 행동으로 옮기는 중이었다. 잡동사니 더미에서 바퀴 달린 작은 수레를 꺼내 얼이 있는 쪽으로 밀고 와서는 다시 한번 맥박을 짚어 보았다. "나도 전에 저 발전기에 감전된 적이 있었어." 핫소시지가 말했다. "정신을 차리려면 한참 걸릴 거야. 그래도 회복은 될 테지. 그동안 아무도 모르는 곳에 끌어다 놓자고."

두 사람은 얼을 옮기기 시작했다.

그로부터 20분쯤 후, 17동 건물 뒤로 난 골목에서 얼은 정신이 들었다. 좁은 골목 바닥에 등을 대고 똑바로 누운 채였다. 불에 탄 가죽 재킷에서는 머리카락 타는 냄새가 났고, 두 팔이 어찌나 아픈지 둘 다 부러진 줄 알았다. 브랜디 병에 맞고 기절할 때 생긴 혹이 욱신거렸다. 마치 누군가 해머로 내려치는 것 같았다. 오른팔을 들어 보려는데 끔찍한 통증이 어깨로 전해졌다. 시계가 제대로 있는지 확인했다. 수정판이 깨져 있고, 작동은 멈춰 있었다. 왼쪽 팔을 움직여 보았다. 왼팔은 괜찮은 것 같았다. 왼쪽 재킷 주머니에서 총을 꺼냈다. 총알을 누가 모두 제거했는지 비어 있었다. 총을 다시 주머니에 넣고 일어나 앉았다. 두 다리가 젖어 있었다. 의식이 없는 동안 오줌을 싼 것 같았다. 하늘을 올려다보려니 아파트 유리창들이 시야에 들어왔다. 창을 통해 자신을 내려다보는 사람은 없었고, 해가 떠 있는 위치로 보아 오후쯤 된 것 같았다. 늦었다. 정오에 베드스타이 거리를 담당하는 번치의 딜러에게 어제 영업한 돈을 수금하기로 되어 있었는데.

얼은 천천히 일어섰다. 온몸의 근육이 욱신거렸지만 절뚝거리며, 간간이 담벼락에 기대가면서 근처 실버 스트리트 전철역으로 향했다. 쓰러질 것처럼 힘들었지만, 조금씩 기운을 차리며 걸음을 재촉했다. 입으로는 분통을 터트리면서도, 한쪽 눈으로는 아침에 그를 전철역까지 데려다준 거구의 사내가 보이는지 살폈다. 번치의 집으로 가기 전에 베드스타이에 가서 돈을 수금해야 한다. 최소한 수금한 돈은 가지고 가야 한다. 그래야 번치가 죽이지 않을 테니까.

마녀 장난 231

13
시골 처녀

엘레판테와 거버너가 거버너의 집 거실에 마주 앉아 있었다. 브롱크스의 모리스하이츠에 있는 벽돌로 지은 소박한 2가구 하우스였다. 쇠퇴해 가는 도시 한가운데 울창한 나무들이 점점이 서 있는 조용하고 아늑한 곳에 위치했다. 갑자기 거실문이 벌컥 열리더니 대걸레가 바닥을 문지르며 먼저 들어오고, 이어서 매력적인 여자가 비눗물이 가득 담긴 바퀴 달린 양동이를 끌면서 들어왔다. 고개를 숙인 채 열심히 빠른 속도로 걸레질을 하느라, 거실에 두 사람이 앉아 있는 걸 알아채지 못한 것 같았다. 엘레판테는 문을 등지고 흔들의자에 앉아 있었고, 거버너는 안락의자에 앉아 있었다. 왼쪽에서 오른쪽으로 걸레질을 해오던 여자는 흔들의자 다리를 걸레도 툭 치고 나서야 옆에 발이 놓여 있는 것을 보았다. 깜짝 놀란 여자는 비로소 고개를 들어 엘레판테를 보고는 얼굴을 붉혔다. 그 순간 엘레판테는 자신의 미래가 머릿속에 펼쳐지는 것을 느꼈다.

몸집이 풍만한 여자는 혼기가 꽉 찬 나이로 보였지만 여전히 수줍음이 가시지 않은 예쁜 얼굴을 가지고 있었다. 그녀의 커다란 갈색 눈동자가 놀라서 깜박거렸다. 갈색 머리는 뒤로 모아 올렸고, 옴폭 들어간 길고 사랑스러운 턱이 상냥한 입을 받치고 있었다. 살집이 좀 있기는 했지만 키가 크고 뼈대가 가는 체형이었다. 목은 길었으며, 큰 키를 조금이라도 덜 강조하려는 듯 고개는 다소곳이 숙인 모습으로 맨발에 초록색 드레스를 입고 있었다.

"어머나, 청소하려고 들어왔어요." 그녀는 서둘러 뒷걸음질을 쳐서 거실을 나가며 문을 닫았다. 엘레판테는 멀어져가는 그녀의 발걸음 소리를 들었다.

"미안하오." 거버너가 말했다. "내 딸 멜리사요. 아래층에 살고 있지."

엘레판테는 고개를 끄덕였다. 멜리사를 오래 보지는 못했지만, 그녀는 이미 엘레판테의 마음에 들어와 있었다. 나중에 생각해 보니, 특히 그녀의 맨발이 마음을 움직였던 것 같았다. 신발을 신지 않은. 얼마나 예쁘던지. 시골스러운 아름다움. 그가 늘 꿈꾸던 모습이었다. 엘레판테는 살집이 있는 여자가 좋았다. 그리고 수줍음을 타는. 그녀를 처음 본 순간 알 수 있었다. 뭔가 약간 어설픈 듯한 움직임, 다소곳이 숙인 고개, 시선을 피하려 예쁜 얼굴을 돌리는 긴 목. 그녀를 보는 순간 단단히 빗장이 잠겨 있던 상처 많은 그의 마음이 느슨하게 열리면서 거버너의 고민을 이해할 수 있을 것 같았다. 저렇게 수줍은 많은 예쁜 여자가 베이글 가게를 운영할 수 있을 것 같지 않았다. 더구나 거버너가 많은 돈을 받고 팔려는 그 물건과 관련된 일들을 이어받아 처리한다는 건 더욱 힘든 일일 것 같았다. 저런 여자는 시골에서 조그만 가게를 운영하는 게 어울려. 엘레판테는 꿈을 꾸듯 상상을 해 보았다. 나와 함께 가게를 운영하며 사는 거지.

엷은 미소가 번진 거버너의 주름진 얼굴이 자신을 바라보고 있는 것을 알아차린 엘레판테는 얼른 생각을 떨쳐버렸다. 엘레판테는 그날 오후 내내 거버너의 집에서 시간을 보냈다. 거버너는 오랜 친구를 대하듯 엘레판테를 환대해 주었다. 베이글 가게는 두 블록 거리에 있었다. 거버너는 가래 끓는 기침을 연신 해대는 상태였음에도 굳이 함께 가게까지 걸어가자고 했다. 그러고는 흐뭇한 얼굴로 엘레판테에게 가게의 전체적인 운영 상태를 보여주었다. 주문한 음식을 먹을 수 있는 공간, 손님들이 가득한 매장, 뒤편에 있는 창고 공간까지. 창고에는 두 대의 배달 트럭이 주차되어 있었다. 마지막으로 보여준 주방에서는 두 명의 푸에르토리코 출신 요리사가 하루 작업의 마무리를 하고 있었다. "새벽 두 시에 작업을 시작하지." 거버너가 설명했다. "네 시 반이면 따끈따끈하게 구워진 베이글이 배송 트럭에 실려 나간다네. 아홉 시면 벌써 800개의 베이글이 배송되는 거야. 몇천 개를 배송하는 날도 있어." 거버너가 자랑스러운 듯 말했다. "이 가게뿐만 아니라 브롱크스 전체에 있는 베이글 가게에 물건을 공급하니까."

엘레판테는 내심 놀라고 감탄스러웠다. 단순한 베이글 가게라기보다는 공장이었다. 두 사람은 다시 거버너의 집 2층으로 돌아왔다. 딸이 아래층 자기 집에 내려가 있는 것을 확인하고 본격적으로 그 일에 대한 얘기를 시작했다.

"내가 참견할 일은 아니지만," 엘레판테가 말했다. "따님이 그 일에 대해서……. 그러니까, 내가 오늘 의논하기 위해 여기 온 일에 대해서 알고 있는 거요?"

"전혀 모르지."

"혹시 사위는?"

거버너가 어깨를 들썩여 보이고는 말했다. "내가 젊은이들의 생각을 모두 이해할 순 없지. 옛날부터 아일랜드에 전해져 내려오는 전설에 의하면 해변에 있는 바다표범들은 사실 젊고 매력적인 왕자들이라네. 아름다운 인어와 결혼하기 위해 바다표범이 되었다는 거지. 내 딸은 지금 바다표범을 찾는 중인 것 같아."

엘레판테는 아무 말 하지 않았다.

거버너는 갑자기 피곤이 몰려오는지 천장을 향해 고개를 젖히고 의자 등받이에 기댔다. "나는 아들이 없소. 저 딸애가 내 유일한 상속자지. 내가 이 일에 대해 얘기한다면 저 애는 전심전력을 다 쏟을 거요. 그렇지만 큰 짐이 되겠지. 저 애를 그 일에 끌어들이고 싶지 않소."

거버너는 천성적으로 낙천적인 사람처럼 보였지만, 이 말을 하는 그의 어조로 보아 엘레판테는 거버너가 자기에게 모든 것을 맡기고 싶어 한다는 것을 알 수 있었다. 물론 그 대가도 후하게 치를 마음인 것도 느낄 수 있었다. 물론 이 늙은 아일랜드 인의 이야기가 진실이라면 말이다. 거버너는 지쳐 보였다. 베이글 가게까지 짧은 거리를 걸어가서 둘러보고 왔을 뿐인데 완전히 탈진된 것 같았다. "좀 피곤한 것 같네. 잠깐 소파에 누워야겠어." 거버너가 말했다. "그렇지만 얘기는 할 수 있어. 지금부터 일 얘기를 하자고."

"좋소. 난 아직 당신이 팔려고 하는 게 뭔지 모르고 있으니까."

"이제 알게 될 걸세."

"그럼 말해 봐요. 당신 이야기를 들으려고 온 거니까. 그동안 주변에 좀 알아봤는데, 아버지 친구 중에 당신을 기억하는 사람이 있었소. 그래서 당신이 믿을 만한 사람이라는 건 알아요. 사업체도 훌륭한 것 같고. 이건 베이글 가게라기보다는 공장이오. 깨끗하고. 수익성도 좋을 것 같고. 이렇게 좋은 수입원을 가지고 있는데 왜 위험한 일을 하겠다는 거요? 얼마나 많은 돈은 벌고 싶은 거지?"

거버너는 잠시 미소를 짓더니 다시 기침이 터져 나오자 손수건을 집어 가래를 뱉었다. 거버너는 가래를 뱉어낸 손수건을 반으로 접었다. 나중에 한 번 더 쓸 수 있을 정도로 큰 손수건이었다. 아일랜드 출신의 이 부자 노인은 보기보다 많이 아픈 것 같았다.

거버너는 머리를 뒤로 기댄 채 엘레판테의 질문에 답을 하는 대신, 다른 이야기를 이어갔다. "내가 이 집과 베이글 가게를 갖게 된 지도 어언 47년이나 되었네. 사실 베이글 가게는 아내가 마련한 거야. 그해에 난 자네 아버지와 함께 감옥에 있었고. 어떻게 이 가게를 갖게 되었는지 말해주겠네. 내게 모아놓은 돈이 좀 있었어. 어떻게 모은 돈인가는 중요하지 않고, 아무튼 꽤 많은 액수였는데 감옥에 있는 동안 아내에게 돈의 행방을 말해 준 것이 발단이었지. 어느 날 면회를 온 아내가 말하더군. '무슨 일이 있었는지 알아요? 그랜드 콩코스에서 베이글 가게를 운영하던 그 유대인 노부부 있죠? 그 사람들이 베이글 가게를 내게 싼값에 팔았어요. 되도록 빨리 이사 나가고 싶다면서 말이에요.' 아내는 빨리 결정을 해야 해서 내게 물어볼 시간이 없었다고 하더군. 그냥 혼자 결정해 버린 거지. 내가 모아둔 돈으로 건물 전체를 사버린 거야."

이 이야기를 하면서 옛날 생각이 나는지 입가에 미소가 번졌다. "아내가 면회실에서 이 이야기를 했을 때, 난 고래고래 소리를 지르며 아내에게 달려들어 화를 냈어. 오죽했으면 내가 아내 목이라도 조를까 봐 간수가 내 멱살을 잡아야 했어. 그 후로 아내는 몇 주 동안 내게 편지도 쓰지 않았지. 내가 뭘 할 수 있었겠나? 감옥에 갇힌 신세였는데.

아내는 우리가 가진 돈을 전부 베이글에 쏟아부었어. 나는 미칠 것 같았지. 상자에 갇힌 개구리처럼 화를 내며 펄쩍거렸어."
거버너는 회한이 가득한 얼굴로 천장을 올려다보았다.
"자네 아버지는 그런 내 모습을 재미있다는 듯 지켜보았어. 그러면서 말했지. '그래서 돈을 잃어버렸다고 생각하나?' 내가 대답했어. '그걸 내가 어떻게 알아? 사방에 검둥이와 히스패닉이 우글거리는데 말이야.' 그러자 자네 아버지가 그러더군. '그들도 베이글을 먹잖아. 아내에게 미안하다고 편지를 쓰게.' 하나님의 가호가 있어서 나는 아내에게 편지를 썼고, 아내는 나를 용서해 주었어. 지금은 그 가게를 사들인 아내에게 매일 감사하고 있지. 아내가 내 곁에 있었다면 매일 감사하며 살았을 것 같아."
"돌아가신 지는 얼마나 되었는데요?"
"음, 몇 년이더라……. 잘 모르겠네." 거버너는 깊은 한숨을 쉬더니 나직이 노래를 흥얼거리기 시작했다.

　　이십 년 동안 자라서,
　　이십 년 동안 꽃피우고,
　　이십 년 동안 버티다가,
　　이십 년 동안 지네.

엘레판테는 마음이 부드럽고 촉촉해지는 느낌이었다. 절대로 남에게 보이지 않았던 그의 내면에 온기가 오르면서 말랑해지는 걸 알 수 있었다. 거버너의 예쁜 딸이 걸레질을 하며 방안에 들어왔을 때 열렸던 바로 그 부분이었다. "모든 것에 대해 미안한 마음을 갖고 있다는

시골 처녀　237

뜻인 거요? 아니면 그저 좋지 않은 기억일 뿐인 거요?"

거버너는 잠시 아무 말 없이 천장만 바라보고 있었다. 먼 곳을 응시하는 듯한 눈빛이었다. "내가 감옥에서 나올 때까지는 아내가 살아 있었소. 내가 감옥에 있는 동안 아내는 멜리사와 함께 베이글 가게를 번성시켜 놓았더라고. 출소 후 3년째에 아내는 병이 들었고, 이제는 나 또한 건강이 조금 안 좋아졌네."

조금 안 좋아졌다고? 엘레판테는 생각했다. 당장에라도 쓰러질 것처럼 보였기 때문이다.

"다행히 멜리사도 이제 베이글 가게를 이어받을 준비가 된 것 같아." 거버너가 말했다. "좋은 아이라네. 이 사업을 번창시킬 수 있을 거야. 내가 복이 많아서 그런 딸을 둔 거지."

"위험한 일에 끌어들이지 말아야 할 이유가 더 분명해지는군."

"그래서 자네가 필요한 거라네, 세실."

엘레판테는 태연하게 고개를 끄덕였지만, 내심 조금 당황스러웠다. 예상 밖의 이름이 튀어나왔기 때문이었다. '세실'은 엘레판테가 어렸을 때 아버지가 지어준 이름이었다. 엘레판테의 원래 이름은 토마소 또는 토마스였으며, 아버지의 이름인 구이도를 미들네임으로 쓰고 있었다. 세실은 아버지가 지어준 애칭이다. 어디서 유래했는지, 아버지가 왜 그 이름을 선택했는지는 모른다. 다만, 그 이름은 애정의 표현 이상의 의미를 지니고 있었으며, 아버지와 아들이 비밀 이야기를 나눠야 할 때, 아버지가 그를 부르는 신호였다. 아버지는 침대에서 지내야 했던 말년까지 사업을 계속했으므로, 침실에도 종종 사람들이 드나들었다. 화물차 사무실에서 일하는 사람들, 건축 공사를 맡은 사람들, 창고 사업을 맡은 사람들. 아버지가 '세실'이라는 이름으로 엘레판테를 부를 때는 비밀리에 사업 이야기를 나눠야 한다는 뜻이었으며, 침실에 단둘이 있을 때 얘기해야 한다는 뜻이었다. 거버너가 그 이름을 알고 있다는 건, 그를 믿어도 된다는 또 하나의 증표였다. 그만큼 거버너에 대한 일종의 책임감 같은 것이 느껴져 마음이 무거워졌다. 이 노인까지 책임지고 싶지는 않았다. 이미 책임져야 할 것들이 어깨가 무거울 만큼 많으니까.

거버너는 한동안 엘레판테를 바라보고 있다가, 더 이상 피곤을 이길 수 없는지 자세를 바꾸어 다리를 소파 위로 올리고 누웠다. 그러고는 한쪽 팔을 이마 위에 올린 채, 다른 쪽 팔을 들어 엘레판테 뒤에 있는 책상을 가리켰다. "저 책상에서 펜과 종이 좀 집어 주겠나?"

엘레판테는 거버너가 시키는 대로 했다. 거버너는 종이에 뭔가를 끄적거리더니, 반듯이 접어서 엘레판테에게 주었다. "아직은 열어보지 말고 잠깐 기다려 주게."

"대리 투표라도 해달라는 거요?"

거버너가 미소를 지으며 대답했다. "우리 세계에서 나 같은 늙은이가 어떻게 되는지 생각해 볼 때 그것도 나쁜 생각은 아니군. 자네도 힘들 거야. 자네 아버지도 그걸 알았지."

"아버지 얘기를 해 주시오." 엘레판테가 말했다. "내 아버지는 어떤 사람이었소?"

"자넨 지금 나를 떠보려는 거지." 거버너가 낮은 소리로 껄껄 웃으며 말했다. "자네 아버지는 체커 게임을 즐겼고, 하루에 여섯 마디밖에 안 하는 사람이었어. 그 여섯 마디 중에 다섯은 자네 이야기였다네."

"내게는 그런 모습을 거의 보이지 않았소." 엘레판테가 말했다. "감옥에서 나왔을 때는 이미 뇌경색이 온 후였으니까. 말을 하기가 무척 힘들었죠. 늘 침대에서 지냈으니까. 생존 문제가 가장 시급했소. 화물차 사무실을 운영하며 가족을 부양하는…….” 엘레판테가 잠시 말을 끊었다. “고객을 만족시키는 것이 급선무였으니까.”

거버너가 고개를 끄덕였다. “난 파이브 패밀리 밑에서 일한 적이 없네.”

“이유는?”

“아일랜드인은 언젠가 세상이 자기를 배신하리라는 걸 알고 있거든.”

“그게 무슨 뜻이오?”

“내가 아직 숨을 쉬고 있는 비결이지. 내가 아는 이들 중 패밀리 밑에서 일하던 자들은 모두 만신창이가 된 채 조용히 아무도 모르는 곳으로 끌려갔지. 자네 아버지는 침대에서 생을 마칠 수 있었던 몇 안 되는 이들 중 하나였어.”

“아버지는 그 사람들을 완전히 믿은 적은 없었소.” 엘레판테가 말했다.

“왜였을까?”

“이유야 많소. 우리는 북이탈리아 출신이고, 그들은 남이탈리아 출신이니까. 젊은 시절 나는 어리석었소. 아버지는 내가 오래 버티지 못할 거라고 생각했던 것 같아. 내게 부두를 맡기고 바쁘게 만들었지. 아버지는 내게 지시를 하고, 나는 그걸 따랐어. 아버지가 감옥에 가기 전에도, 출소한 후에도 우린 그런 식으로 일을 했소. 나는 꼭두각시였고, 아버지는 조종사였지. 화물차에서 사무를 보고, 물건들을 옮기고, 이곳저곳으로 배송하고, 창고에 보관하고, 이 사람 저 사람에게 돈을 지불하고, 직원들에게 임금을 지급했소. 그리고 아버지는 늘 다른 일에 발을 담그고 있었지. 건축 공사나 대출 사업 같은 거 말이오. 잠깐이지만 정원 사업도 했고. 늘 다양한 방면에 관심이 있었지."

"사람을 전적으로 신뢰하지 않았기 때문에 다른 곳에도 관심을 가졌던 거야."

"신뢰했소. 다만 아버지는 자기가 믿는 사람들에 대해서도 늘 신중했던 것 뿐이요."

"왜 그랬을까?"

"남을 신뢰하지 않는 사람을 신뢰할 수는 없으니까."

거버너가 미소를 지었다. "바로 그런 점에서 자네가 이 일을 맡아줄 적임자인 거야."

거버너가 흡족한 얼굴로 바라보자 엘레판테가 당황스러운 듯 말했다. "그래서 노래라도 부를 생각이라면 참아주시오. 여기 오는 길에 차 안에서 계속 프랭키 벨리의 노래를 들었으니까. 그보다 더 잘 부르는 가수는 없을 거요."

거버너는 큰 소리로 껄껄 웃더니 엘레판테가 쥐고 있는 종이를 가리키며 말했다. "이제 읽어 보게."

엘레판테는 종이를 펼쳐서 읽었다. "남을 신뢰하지 않는 사람은 신뢰할 수 없다."

"난 자네 아버지를 잘 알고 있었어." 거버너가 진지한 어조로 말했다. "이 세상 누구보다도 그를 잘 알지."

엘레판테는 무슨 말을 해야 할지 알 수 없었다.

"이제 노래를 부르겠네." 거버너가 밝은 어조로 말했다. "프랭키 벨리보다 나을 거야."

❧

그날 저녁, 거버너가 준 쪽지를 주머니에 넣고 메이저 디건 고속도로를 달려 집으로 돌아오면서 엘레판테는 마음이 복잡했다. 거버너와 나눈 이야기를 생각하는 게 아니었다. 거실에 잠깐 들어왔다가 사과를 하며 뒷걸음질로 나가던 수줍음 많고 예쁜 아일랜드 처녀를 생각하고 있었다. 봄처럼 화사했다. 엘레판테보다 조금 어리게 보였으니까 서른다섯 정도라고 할 때, 혼기가 좀 지났다고 볼 수 있다. 숫기가 없어서 사업을 할 수 있을 것 같지는 않았다. 하지만 실제 상황에서 그녀가 행동하는 걸 본 적은 없지 않은가. 그녀도 어쩌면 나 같은 사람일지 모른다. 내가 비록 일할 때는 거칠고 난폭하지만, 일단 집으로 돌아가면 밤에 별을 올려다보며 사랑하는 사람과 인생의 동반자를 만나고 싶은 소망을 빌지 않는가. 아니면 바보 얼간이어서 그런지도 모르지. 엘레판테는 씁쓸한 생각이 들었다.

FDR 고속도로의 진입로를 빠른 속도로 지나 브루클린 브리지로 통하는 동부 맨해튼을 달렸다. 운전을 하는 동안 머릿속에 떠오르는 생각들을 정리하고 혼란을 가라앉힐 수 있어서 다행이었다. 아직은 차량의 흐름이 원활한 편이었다. 라디오를 틀었다. 요란한 음악이 그를 단숨에 현실로 데려왔다.

이스트강을 돌아보며 바지선을 살폈다. 눈에 익은 것들도 있었다. 그들 중 몇 개는 위험한 물건을 취급하지 않는 정직한 선장들이 관리한다. 그들은 수천 달러를 지불하겠다고 해도 훔친 타이어 같은 것은 절대로 옮겨주지 않는다. 그 외의 바지선들은 완전 멍청이들이 관리하는데, 커피 한 잔 값밖에 안 되는 돈에도 주저 없이 양심을 창밖으로 던져버린다. 전자는 그릇된 일을 정직하게 거부했다. 하지만, 후자는 태생적으로 사기꾼이다. 나는 어느 쪽에 속할까? 문득 궁금해졌다. 나는 좋은 사람일까, 나쁜 사람일까?

일에서 완전히 손을 떼는 생각을 해 보았다. 오래전부터 꿈꿔오던 일이기도 했다. 돈은 충분히 저축해 놓았다. 먹고살 만큼은 벌어 놓은 셈이다. 아버지가 원하던 바가 그것 아니었던가? 벤슨허스트에 임대 중인 집 두 채를 팔아도 되고, 코니아일랜드에 있는 레이에게 화물차 사무실을 팔아도 된다. 그리고 완전히 손을 터는 거다. 그러고 나서 뭘 하려고? 베이글 가게에서 일하려고? 엘레판테는 자기가 그런 생각을 하고 있다는 사실이 놀라웠다. 거버너의 딸은 아직 엘레판테가 누구인지도 모르는데 엘레판테는 벌써 마음속으로 그녀의 주방에까지 들어가 있으니 말이다. 지금부터 십 년 뒤, 자신의 모습을 그려보았다. 새벽 세 시에 요리사복을 입은 채 반죽을 하고 오븐을 돌리는 뚱보 남편.

하긴 인생이라는 게 결국 뭐겠는가? 가족. 사람. 그 여자는 자기 아버지를 생각하는 마음이 지극하다. 가족에 충실한 거다. 그것만으로도 그녀에 대해 많은 것을 안 것 같았다.

거버너의 집에서 나오기 전에 그녀와 잠깐 대화를 나눌 수 있었다. 거버너가 엘레판테와 대화를 마치고 소파에서 잠이 들자, 엘레판테는 그의 집에서 나오려고 문 쪽으로 갔다. 그때 마침 아버지를 들여다보기 위해 계단을 올라오던 멜리사와 마주쳤다. 엘레판테가 나오는 소리를 듣고 아버지가 괜찮은지 확인하려던 것이리라. 엘레판테가 그녀였더라도 그렇게 했을 테니까. 아버지가 무사한지, 낯선 방문자가 예전에 함께 일하던 일당 중 하나는 아닌지, 과거의 원한을 갚으러 찾아온 것은 아니었는지 확인해야 했을 것이다. 그러한 행동 역시 그녀에 대해 많은 것을 말해주었다. 수줍음이 많지만 해야 할 일을 못 할 정도로 수줍음을 타는 건 아니라는 것, 바보가 아니라는 것, 위험을 두려워하지 않는다는 것.

두 사람은 복도에서 20분 정도 대화를 나눴다. 그녀는 곧 마음을 열고 솔직하게 그를 대했다. 아버지가 신임하는 사람이었으므로 그녀도 엘레판테는 신뢰하는 것 같았다.

베이글 가게를 혼자 운영할 수 있는지 물었을 때 그녀가 대답했다. "할 수 있어요." 엘레판테가 처음에 거실문이 열리고 대걸레가 먼저 들어오고, 양동이를 든 채 대걸레를 창처럼 밀어대던 그녀의 모습을 농담처럼 얘기하자 그녀가 웃으면서 말했다. "아, 그거요. 아버지의 청소 실력이 유치원생 정도밖에 안 되거든요."

"일을 워낙 많이 하시니까요."

"그렇죠. 그런데 주변을 정말 심하게 어질러 놓으시죠. 졸기도 잘 하시고요."

"나도 버스를 탈 때면 종종 졸음이 몰려오곤 해요."

멜리사가 다시 한번 크게 웃었다. 그녀의 마음이 좀 더 열리는 것 같았다. 대화를 나누는 동안 엘레판테는 겉으로 드러나는 그녀의 부드러운 모습이 거버너를 닮았다는 것을 알 수 있었다. 가볍고, 유쾌하지만, 동시에 견고하고 명확한 두 부녀의 성품이 마음에 들었다. 두 사람은 편안하게 담소를 나눴다. 멜리사는 엘레판테가 아버지와 중대한 일을 의논하기 위해 왔다는 것을 알고 있었다. 두 사람의 아버지들끼리 절친한 친구였다는 사실도. 그런데도 여전히 망설임 같은 것이 느껴졌다.

엘레판테는 조심스럽게 그녀를 살폈다. 엘레판테는 자신의 그러한 직업적 습성이 싫다는 생각이 들었다. 조 펙 같은 저질 마약 딜러, 빅 고르비노 같은 살인마와 상대하고, 밀수 일을 하면서 굳어진 습성이었다. 상대의 약점을 탐지하는 것. 하지만 동시에, 엘레판테는 그녀도 자신을 살피고 있음을 알아챘다. 자신의 치수를 가늠하고, 무언가를 알아내려 살며시 압박하는 것이 느껴졌다. 그런데도 피할 수가 없었다. 다른 사람들에게는 절대 보여주지 않는 자신의 내면을 그녀가 보고 있는데, 그것을 막을 수가 없었다. 겉으로 보기에 단단하고 야무지며, 사무적인 면에서 어쩌면 지나치게 이탈리아인스러운 그의 행동과 말씨. 그 밑에 깔려 있는 어머니와 지인들에 대한 무거운 책임감. 엘레판테는 그것을 친절로 가장하고 살았다.

그는 그녀의 아버지가 신뢰하는 사람이었다. 그런데 왜 엘레판테일까? 사촌이나 삼촌도 아닌 이 남자? 차라리 아일랜드 출신의 동료들 중에서 선택해야 하는 거 아닌가? 왜 이탈리아인인가? 거기 서 있던 20분 동안, 인종 간의 갈등, 이탈리아인과 아일랜드인의 긴장감이 피어올랐다. 영국인과 프랑스인, 독일인에 치이던 유럽의 두 검은 영혼의 대표가 대치하고 있었던 것이다. 훗날 미국으로 건너와서는 맨해튼의 거인들에게 치였다. 자신이 유대인임을 잊은 유대인과 자신이 인간임을 잊은 백인들이 돈을 벌기 위해 막강한 힘을 가지고 뉴욕에 모여든 것이다.

이들은 브롱크스와 브루클린의 미천하고 힘없는 자들의 터전 위에 포장도로를 깔고, 주민들을 몰아냈다. 그리고 주민들을 지역 권력자들의 손에 시달리게 했다. 이 권력자들은 인종 전쟁이나 유대인 박해, 1, 2차 세계대전에서 미국을 위해 피와 살을 희생한 이들의 삶 같은 것은 안중에도 없었다. 다만 더 큰 몫을 차지하기 위해 은행과 시 정부,

주 정부와 손을 잡고 멀쩡한 동네 한가운데에 고속도로를 내고, 아메리칸드림을 꿈꾸며 모여든 힘없는 사람들을 외곽으로 쫓아버렸다. 멜리사와 복도에 서 있는 동안 엘레판테에게는 그런 생각들이 스쳐가고 있었다.

아버지를 잃은 남자와 곧 아버지를 잃게 될 여자 사이에 통하는 마음이 있었다. 누군가에게 소속되고 싶은 마음이었다. 농부의 아내 같은 옷차림을 한 멜리사. 당당하게 세금을 내고 사업을 하며, 경찰이 들이닥칠 일도, 조 펙 같은 사람이 결부될 일도, 애국을 부르짖으면서 시민의 주머니를 털려는 위선자들의 전화를 받을 일도 없는 삶을 살아가는 여자. 그리고 오랫동안 느껴보지 못한 연대감을 맛보는 엘레판테.

멜리사는 이런저런 질문을 하는 중에 자주 웃었다. 이제는 더 이상 수줍어하지 않았다. 엘레판테는 말없이 고개를 끄덕이며 들었다. 함께 있던 20분 동안 멜리사가 거의 혼자 말을 한 셈이었다. 단 몇 초처럼 짧게 느껴지는 시간이었다. 멜리사의 이야기를 들으면서 엘레판테는 끊임없이 속으로 외치고 있었다. "내가 바로 해변에 있는 바다표범이야. 당신이 나의 참모습을 알아봐 줄 수만 있다면." 그러면서도 겉으로는 초연하게 거리를 두는 듯, 가벼우면서도 무뚝뚝하게 그녀의 질문들에 방어적인 태도로 응대했다. 하지만 멜리사는 그런 엘레판테의 심중을 꿰뚫어 보는 것 같았다. 엘레판테는 그녀 앞에 맨몸을 드러낸 느낌이었다. 멜리사는 엘레판테가 왜 아버지를 찾아왔는지 알고 싶어 했다. 모든 것을 알고 싶어 했다.

하지만 그녀는 절대로 알지 못할 것이다.

그게 합의 조건 중 하나였으니까. 엘레판테는 당연히 거버너의 무모한 계획에 동의했다. 아버지를 사랑했다는 사실이 그 이유 중 하나였다. 그가 아는 한, 아버지는 신뢰를 가장 중요하게 생각했다. 아버지가 신뢰하는 사람이라면 사람을 사랑할 줄 아는 선한 사람이다. 그건 의심의 여지가 없었다. 구이도 엘레판테는 자기가 신뢰하는 사람에게 한 말을 절대로 번복하지 않았다. 동시에 남들이 자기를 어떻게 생각하는가에 연연하지 않았다.

아버지는 어머니를 사랑했다. 어머니는 브루클린에 모여 살았던 전형적인 이탈리안 가정의 주부였으니까. 소소한 일들에 대해 이야기하기를 즐기고 카놀리를 만들어 이웃과 나눠 먹으며, 매일 아침 세인트 앤드류 성당의 아침 미사에 참례해서 남편의 구원을 위해 기도하고, 더불어 자신의 구원도 빌었다. 엘레판테의 어머니는 유색인에 대해 별다른 감정이 없었다. 그저 그들을 똑같은 사람으로 보았을 뿐이다. 화초와 약초를 좋아했고, 동네 공터에 피는 것들을 파다 심었다. 그러면서 그 약초들 덕분에 아버지가 사람들이 예상했던 것보다 훨씬 더 오래 살 수 있었다고 믿었다.

아들에 대해서는 의구심을 갖지 않았다. 엘레판테가 어렸을 때부터 어머니는 아들을 존중해 주었다. 그때부터 아들이 동네의 다른 이탈리아인들과는 다르다는 것을 본능적으로 알고 있었기 때문이다. 어머니와 아버지가 살아남기 위해 남들과 다른 삶을 살았던 것처럼 아들도 당연히 그래야 한다고 생각했다. 어머니는 가족에게 사과한 적이 없었다. 그게 엘레판테 가문의 사람들이었다. 아버지는 거버너를 그의 세계로 받아들였다. 그래서 엘레판테도 거버너를 받아들였다. 이제 그들은 동업자다. 이미 그렇게 결론지어졌다.

전체적인 사업 계획에는 구미를 당기는 요소가 있었다.

물론 그건 돈이었다.
그런데 과연 돈 때문만이었을까? 엘레판테는 스스로에게 물어보았다. 운전석 옆자리에 놓여 있는 메모지를 힐끗 보았다. 거버너가 아버지 이야기를 하면서 엘레판테의 손에 쥐어주었던 메모지다.
"남을 신뢰하지 않는 사람은 신뢰할 수 없다."
휴스턴 스트리트를 지나자 엘레판테는 핸들을 진출로로 틀어 고속도로를 빠져나왔다. 눈앞에 브루클린 브리지의 실루엣이 나타났다. 또다시 거버너와 나눈 대화와 그의 이야기가 떠올랐다.
"내가 정신이 나간 거야." 엘레판테가 중얼거렸다.

늦은 오후, 거버너가 엘레판테의 아버지에게 '비누'를 맡겼던 이야기를 할 즈음에 거버너는 거의 잠에 취해 있었다. 소파에 누운 채 천장을 바라보며 얘기를 이어갔고, 그러는 동안에도 천장에 달린 선풍기는 쉬지 않고 삐걱거리며 돌아가고 있었다.
"오스트리아 비엔나에 있는 마리아 방문 기념교회에는 수천 년 가까이 내려오는 보물이 있었다네." 거버너가 말했다. "성서 필사본, 구세주의 피를 받아 마시는 성작과 촛대 같은 것들이야. 자네나 나 같은 사람에겐 쓸모없는 물건들이지. 황금 동전도 몇 닢 있다네. 모두 영원히 남겨지도록 만든 거야. 수백 년도 넘게 세대를 거쳐 내려오던 것들이지. 제2차 세계대전이 일어났을 때 성당은 그 물건들을 군인들의 손에 들어가지 않도록 숨겼어. 바로 내 동생 메이시가 주둔했던 곳이라네. 45년도에 파병되었는데 미국이 전쟁이 끝나고도 군대를 그곳에 주둔시켜 놓는 바람에 메이시도 계속 그곳에 남게 되었지. 메이시는 나보다 여덟 살이 어리고 군에서는 중위였는데, 좀 특이한 아이였어. 뭐랄까…… 음…….” 거버너는 잠시 생각에 잠기는 듯하다가 말을 이었다. “계집애 같은 남자 있지 않나.”

“계집애 같은 남자?” 엘레판테가 되물었다.

“새털처럼 가볍고 섬세한 남자 말이야. 요즘에는 씨씨(Sissy, 여자 같은 남자를 부르는 비속어)라고 부르는 거 같던데. 섬세한 걸 좋아했지. 예술을 좋아했어. 어렸을 때부터. 그 분야에 대해 아는 게 많았고 책도 많이 읽었어. 예술적인 감각이 있었던 거지. 아무튼 전쟁이 끝난 후 폐허가 된 도시를 수색하던 중에 메이시가 이 숨겨진 물건들을 찾은 거야. 알텐부르크 근처에 있는 동굴에서 말이야.”

거버너는 잠시 말을 멈추고 생각에 잠겼다.

“메이시가 어쩌다가 그 동굴을 찾았는지는 나도 몰라. 아무튼 그 안에 귀중한 물건들이 많이 있었던 거야. 그걸 메이시가 집으로 가져온 거지. 성서 필사본, 다이아몬드로 장식된 작은 상자, 상아판 그리고 성유물함 몇 개.”

“성유물함이 뭐요?”

“나도 사전을 다섯 번쯤 찾아보고 나서야 뭔지 알 수 있었다네.” 거버너가 말했다. “아주 작은 관처럼 생긴 상잔데 금과 은으로 만들어져 있어. 가장자리가 다이아몬드로 장식된 것도 있고. 성직자들이 보석이나 예술품, 유물 같은 것을 넣어두기도 하고, 성인의 뼛조각을 보관한다더군. 이런 물건들은 중요한 전리품 중 하나야. 메이시는 그 엄청난 것들을 손에 넣게 되었던 거야.”

“어떻게 알게 됐죠?”

"내가 직접 봤으니까. 메이시는 그것들을 자기 집에 보관하고 있었거든."

"그 많은 걸 다 어떻게 집으로 가져갔을까?"

거버너가 미소를 지으며 말했다. "머리를 쓴 거지. 군사우편을 이용해서 자기 주소로 보낸 거야. 조금씩. 물건들은 아주 작았어. 전쟁이 끝나고는 우체국에 취직을 해서 누구의 간섭도 받지 않고 원할 때마다 물건을 옮길 수 있었던 거지."

거버너는 킬킬거리며 웃더니 몸을 일으켜 손수건에 가래를 한 움큼 뱉어냈다. 그런 다음 손수건을 접어서 다시 주머니에 넣고 이야기를 이어갔다.

"우체국에서 일하는 메이시가 어떻게 그렇게 여유 있게 사는지 늘 이상했어." 거버너가 말했다. "좋은 아파트에 온갖 고급스러운 것들을 차려 놓고 살았으니까. 한 번도 물은 적은 없어. 메이시는 부양해야 할 자식이 없었기 때문에 그럴 수 있다고 생각했지. 아버지는 메이시를 몹시 못마땅해했다네. 아버지는 늘 '메이시는 남자를 좋아하는 거야'라고 말하곤 했지. 내가 아버지에게 '세인트 앤드류 성당의 신부도 남자를 좋아한다고 소문이 났어요'라고 말했지만 아버지는 듣고 싶어 하지 않았어. 난 어린아이를 좋아하는 정신병자와 남자를 좋아하는 남자는 구분할 줄 알았다네. 그 신부는 자기 공동체의 여러 아이들에게 몹쓸 짓을 했거든. 세인트 앤드류 성당의 그 야만적인 신부를 죽여 버리려고 했는데 메이시가 나를 설득하며 말렸지. 그때 메이시가 말하더군. '그는 병자야. 그 사람 때문에 감옥에 가지는 마'라고 말이야. 메이시는 내 동생이었지만, 여러 면에서 나보다 지혜로웠어. 나는 메이시의 말을 들었다네. 결국 다른 일로 감옥에 가기는 했지만! 감옥에서도 메이시의 영리함은 내게 많은 도움이 되었어. 감옥에 들어가서도 남의 문제에 끼어들거나 간섭하지 않으면 별일 없이 지낼 수 있다고 했거든. 누구든 그 행동이 나에게 피해를 주지 않는 한, 그 사람의 일이라는 걸 명심하라는 거지. 그래서 나는 메이시를 사랑했고, 그 애는 나를 신뢰했어."

거버너는 깊은숨을 내쉬고는 자기 머리를 쓰다듬으며 골똘히 생각에 잠겼다. "메이시는 어머니가 돌아가시고 몇 년 후에 암에 걸렸어. 그리고 얼마 후 어머니를 따라 세상을 떠났지. 어머니를 잃은 충격에다 아버지까지 그를 달가워하지 않으니 정말 가여운 신세였지. 시간이 얼마 남지 않았을 때 메이시는 나를 찾아와서 모든 걸 털어놓았어. 자기 집 벽장을 열고 물건들을 보여주었어. 동굴에서 가져온 것들을 모두 벽장에 보관하고 있었던 거야. 그 엄청난 물건들을 상상해 보게. 황금 표지로 장식된 성서와 성서 필사본 그리고 유물들. 황금 동전과 옛 성인의 뼈가 담긴 다이아몬드 성유물함. 메이시가 말하더군. '이것들은 수천 년 전의 물건들이야. 형은 백만장자야'라고. 메이시는 그것들을 대부분은 팔지 않고 보관하고 있다고 하더군. 그러면서 메이시가 말했어. '팔고 싶지 않았어. 보기만 해도 좋았거든.' 그래서 내가 말했지. '메이시, 하지만 이건 옳지 않아. 교회에 있어야 할 물건들이잖아.' 그러자 메이시가 '교회는 나 같은 사람한테 관심이 없어'라고 대꾸하더군."

거버너는 잠시 숨을 고르고 다시 이야기를 시작했다. "그 말에 정말 가슴이 아팠다네. 그래서 내가 그에게 말했지. '메이시, 네가 구세주 하나님의 물건들을 훔쳐서 가지고 있다는 걸 천국에 있는 어머니가 아시면 하나님의 권좌 앞에 무릎을 꿇으실 거야. 가슴이 무너지실 거고.' 그러자 메이시가 눈물을 흘렸어. 그러면서 말했지. '아직은 죽으면 안 되겠네. 몇 가지는 되돌려 놓을 방법을 찾을 수 있을지도…….'"
거버너는 엘레판테를 보면서 말을 이었다. "그러고는 정말로 물건들을 다시 가져다 놓았다네. 죽기 전까지 그가 누리던 삶을 유지하기 위해 한두 가지는 더 팔아야 했지만, 대부분은 다시 가져다 놓았어. 가져올 때 사용했던 방식으로 다시 비엔나로 보낸 거지. 조금씩 우편으로 부쳐서 말이야. 아마도 비엔나 현지에 도와주는 사람이 있었던 걸로 짐작해. 절대로 들키지 않을 방법으로 되돌려 놓았어. 그런데 되돌려 놓지 않은 게 하나 있다네."
"그게 뭐요?"
"그게 바로 내가 지금 찾고 있는 걸세. 작은 동상."
"무슨 동상?"
"뚱보 소녀. 빌렌도르프의 비너스."
엘레판테는 자기가 혹시 꿈을 꾸는 건 아닌지 의구심이 들었다. 뚱보 소녀의 동상이라고? 거버너의 딸이 바로 그런 모습이었는데. 아름다운 소녀. 이게 혹시 함정일까? 아니면 우연의 일치?
"그게 비누 이름이오?" 엘레판테가 물었다.
거버너가 엘레판테를 향해 인상을 찡그렸다.
"그냥 물어본 거였소." 엘레판테가 말했다.
"메이시는 그 동상이 자기가 가져온 물건 중에 가장 값나가는 것이라고 했어."
"왜지?"
"그건 말해줄 수가 없네. 메이시는 잘 알았지만 난 그런 쪽에 워낙 아는 게 없거든. 약간 붉은빛이 도는 금색이야. 아주 작다네. 돌로 만들어졌는데 비누 하나 정도의 크기야."

"금도 아닌데 왜 그렇게 비싼 걸까?"

거버너가 한숨을 쉬었다. "예술에 관해서라면 난 완전 문외한이라네. 모르지. 내가 말했듯이 '성유물함'이라는 단어를 다섯 번이나 찾아보고서야 그게 무슨 뜻인지 알았으니까. 이 동상도 그런 성유물함 중 하나였다네. 세숫비누 크기의 아주 작은 상자, 말하자면 관 같은 거 말일세. 수천 년 전에 만들어졌으니, 메이시 말로는 그 상자 하나만 해도 어마어마한 액수라네. 그 작은 뚱보 소녀, 빌렌도르프의 비너스가 자기가 가져온 것 중에서 가장 값진 거라고 했으니까."

"동생분이 가지고 있었던 것은 가짜일 수도 있잖소? 진짜는 박물관에 있을 테지. 왜 그런 물건이 박물관에 있지 않았겠소? 아무튼 박물관에 가져가면 진짜인지 가짜인지 알 수 있을 것 같은데."

"자네 아버지와 나는 감옥에서 에스키모인들에게 얼음을 팔 수 있을 만큼 말이 청산유수인 사기꾼들과 어울려 지냈다네. 그들은 파리가 똥 위에 앉는 것보다 빨리 자네 은행 계좌를 털 수도 있어. 보험 사취나 은행 사기를 치는 수법이나 손재주가 필라델피아 바텐더보다 능수능란하지. 캐러멜만큼이나 달콤하고 말이야. 그들이 늘 하는 말이 있어. 낚싯바늘에 걸리거나 잡아먹힐 뻔한 송어는 그것에 대해 함구하는 법이라는 말. 그런 종류의 이야기는 조용히 덮어 두는 게 상책이라는 거지. 박물관을 운영하는 고매한 자들도 다르지 않아. 설사 가짜 물건을 소장하고 있다고 해도 왜 그걸 세상에 떠들겠는가? 우매한 인간들이 그걸 보기 위해 돈을 지불하기만 한다면, 굳이 진짜 가짜를 구분할 필요가 있겠나?"

엘레판테는 거버너의 말을 곰곰이 새겨보았다.

"내가 자네를 속이는 것 같나?" 거버너가 물었다.

"어쩌면 그럴지도. 왜 그 물건이 그렇게 값이 나가는지 동생에게 물어본 적이 있소?"

"아니. 물어보지 않았어. 동생의 마음이 변할까 봐 얼른 가져왔거든. 그리고 나서 바로 동생은 죽었어."

"빌렌도르프의 비너스. 무슨 수프 이름 같군."

"수프가 아니야. 뚱보 소녀지." 거버너가 다시 한번 강조했다.

"고등학교 때 뚱보 소녀가 있었소. 보물처럼 매력적인 아이였지. 하지만 아무도 그녀의 동상을 만들지는 않았소."

"그 동상은 자네 손바닥에 쥘 수 있을 정도로 작다네. 나는 감옥에 가기 전에 그것을 감춰 두었고, 자네 아버지가 나보다 2년 먼저 나왔지. 나는 누군가 그것을 찾게 될까 봐 걱정이 돼서 자네 아버지에게 부탁했어. 그 물건을 찾아서 내가 나갈 때까지 보관해 달라고 말이야. 자네 아버지가 그렇게 했다고 말했어. 그러니 어디든 자네 소유의 장소에 보관되어 있을 거야."

엘레판테는 두 손을 펼치며 말했다. "성모님께 맹세코, 아버지는 그걸 어디에 보관하고 있는지 말해주지 않았소."

"아무 말도?"

"당신이 불렀던 그 노래 얘기만 했소. 하나님의 손바닥에 관한 노래 말이오."

거버너는 흡족한 얼굴로 고개를 끄덕였다. "음, 그럼 얘기를 하긴 했군."

"그건 아무 의미도 없지 않소. 어디 있는지, 어떻게 생겼는지도 모르는데 어떻게 찾아보겠소?"

"뚱보 소녀라니까."

"뚱보 소녀의 동상은 이 세상에 얼마든지 있소. 혹시 그 동상이 코에 혹이 달려 있던가, 아니면 옆에서 보면 말 같은 모습인가? 캔버스에 페인트를 뿌리고 크림을 덕지덕지 바른 그런 형상인가? 혹시 외눈박이는 아니고? 도대체 어떤 모습이냐고."

"그건 나도 몰라. 그저 뚱보 소녀라고만 알고 있어. 수천 년 전에 만들어진. 그리고 유럽에 있는 누군가가 그 동상을 갖기 위해 3백만 달러를 지불할 거라는 사실하고 말이야."

"전에도 그 말은 하셨소. 그런데 그의 말을 어떻게 믿지?"

"믿어도 될 만한 사람이네. 메이시가 죽기 전에 그에게 물건을 한두 개 팔기도 했으니까. 메이시가 연락하는 방법을 알려주긴 했는데, 그냥 두는 수밖에 없었다네. 한번 만나 본 적도, 거래를 해 본 적도 없는 사람에게 수작을 걸었다가 항아리에 담겨 공동묘지에 가게 되는 수가 있거든. 감옥에 가기 전에도 그에게 연락해 본 적이 없고, 감옥에서 나온 후에는 아내가 병이 들어 내가 돌보아야 했어. 감옥에 다시 돌아갈 수는 없었지. 그러다가 몇 달 전에 의사가 내가…… 병이 들었다는 거야. 그래서 유럽에 있는 그 친구에게 전화를 걸어보았지. 아직 살아 있더군. 내가 메이시의 형이라는 말을 하고, 내가 가지고 있는 물건에 대해 얘기했지. 처음엔 내 말을 믿지 않더군. 그래서 딱 한 장 가지고 있던 사진을 보내주었어. 참 어리석지 않나. 얼마나 바보였으면 사본 만 들어 둘 생각을 못 했을까. 다행히 사진을 받고 나서 그 친구가 아주 진지해지더군. 요즘엔 거의 매주 내게 전화를 하고 있다네. 처음에는 4백만 달러를 내겠다고 했어. 그래서 내가 그렇게 많은 돈을 어떻게 구할 거냐고 했더니, 그건 자기가 알아서 할 일이라는 거야. 자기는 그 물건을 천이백만 달러에 팔 수 있다고 하더군. 아니 천오백만 달러까지도 받을 수 있다고. 그러면서 내게 4백만 달러를 줄 테니 자기가 있는 비엔나까지 운송을 해 달라는 거야.

그러니까 수상한 생각이 들어서 내가 좀 뒤로 물러섰지. 믿을 수가 없었거든. 그래서 '당신이 내 동생이 말한 그 사람이 맞는다면, 나에게 전신환으로 만 달러를 송금하고, 내 동생이 당신한테 판 물건 중 하나를 말해 보시오'라고 했어. 그랬더니 그렇게 하더라고. 나는 바보가 아니라네. 그에게 내가 어디 사는지는 말해주지 않았어. 그는 내가 스태튼아일랜드에 사는 줄 알고 있지. 사진을 보낼 때 반송 주소를 그렇게 적었거든. 그는 내가 가르쳐 준 대로, 스태튼아일랜드에 있는 은행으로 송금을 했어. 나는 돈을 그에게 반송하면서 그만하면 됐다고 했지. 그렇지만 나는 현실적으로 물건을 운송할 만한 힘이 없지 않은가. 지금 그걸 유럽으로 가져다줄 수가 없는 거야. 만약 그렇게 할 수 있다고 해도, 거기까지 물건을 가지고 갔다가 그가 나를 때려눕히고 물건을 가지고 달아날 수도 있는 일이고. 그래서 그에게 말했어. '당신이 이리로 와서 물건을 가지고 간다면, 값을 3백만 달러로 낮춰 주겠소. 백만 달러는 당신이 불편을 겪는 대가로 치시오.' 그냥 한 번 던져본 거였어." 거버너가 말했다. "나는 당연히 그가 관두자고 할 줄 알았지. 그가 그렇게까지 담대하지는 못할 거라고 생각했던 거야. 그는 생각해 보겠다고 하더군. 그러더니 일주일 후에 전화를 했어. '좋소. 내가 가서 가져오리다.' 그래서 내가 자네에게 갔던 걸세."

"지금 당신은 나에게 위험 요소가 많은 거래를 제안하는 거요. 설사 내가 찾는다고 해도, 내가 그 물건을 당신, 아니면 그 사람에게 내놓을 거라고 어떻게 믿지?" 엘레판테가 물었다.

"자넨 자네 아버지의 아들이니까. 그냥 마구잡이로 던지는 게 아니라네. 자네에 대해 여기저기 알아봤거든. 자네 아버지와 나는 우리가 누구인지 잘 알고 살았어. 우리는 늘 미천한 사람들이었으니까. 운송업자들이었지. 완력이나 골치 아픈 상황을 자초하는 일은 절대로 하지 않았지. 우린 그저 운송만 했어. 내가 말하는 그 유럽인은 리더의 자리에 있는 게 분명해. 말하는 걸 보면 무척 영리하더라고. 악센트가 있으면서 아주 유창해. 그런 친구들은 항상 우리보다 한발 앞서 있다네. 우리가 아무리 영리하다고 자만해도, 그들은 항상 우리보다 유리한 고지를 선점하고 있지. 그래서 리더가 되는 거야. 리더와 맞먹으려면 정신 무장이 되어 있어야 해. 자네 아버지는 자네가 그런 사람이라고 했어."

엘레판테는 그 말을 곰곰이 생각하며 혼잣말처럼 중얼거렸다. "나는 리더가 될 재목은 아니오."

"3백만 달러의 돈이 걸려 있는 문제라면 리더가 되어야지."

거버너는 잠시 말을 끊었다가 다시 이었다. "내가 할 수 있는 일은 다 했다네. 그 친구에게 전화해서 거래를 실행하기 위한 계획을 세우자고 했어. 그 친구는 '물건을 보관함에 넣고 내가 꺼내올 수 있게 해주시오. 그러면 물건을 꺼내오면서 보관함에 돈을 넣어 놓겠소'라고 하더군. 그게 좋은 생각인 것 같아. 켄터키에서 만나기로 했네. 동상이 어디 있는지 알기만 하면 일을 마무리할 수 있지."

"아버지에게 넘기기 전에 어디에 숨겨놓을지 알 수 있었잖소." 엘레판테가 말했다.

"감옥에 가기 전에 그걸 보관하고 있었지. 하지만 아내에게도 말할 수 없었어. 나 혼자만의 비밀이었지. 하지만 그 동상은 안전한 곳에 있지 않았어. 그래서 싱싱 감옥에 있으면서 자네 아버지에게 그 동상이 있는 곳을 알려줬던 거야. 자네 아버지는 출소하게 되면 그 동상을 찾아서 보관해 주겠다고 했어. 나는 자네 아버지에게 내가 감옥에서 나간 다음 모든 것이 조용해지면 찾으러 가겠다고 했어. 그리고 자네 아버지 몫을 떼어주겠다고 했어. 자네 아버지는 '오케이'라는 대답을 했고. 그랬는데 감옥에서 심근경색이 왔고, 그 후로는 자네 아버지를 보지 못했네. 구내 병원에 있는 동안 소식을 전하려고 했는데 내가 연락을 취하기 전에 자네 아버지는 퇴원했더라고. 심근경색이 오자 그대로 석방시킨 거지. 자네 아버지가 나중에 편지를 보냈더군. 편지에는 이렇게 적혀 있었어. '걱정하지 말게. 자네가 말한 작은 상자를 찾았네. 자네가 늘 부르던 노래 가사처럼 하나님의 손바닥 안에 깨끗하고 안전하게 보관되어 있어.' 그래서 난 그가 물건을 손에 넣었으며, 어딘가에 잘 보관해 놓았다는 걸 알았지."

"하나님의 손? 그게 무슨 뜻이지?"

"모르지. 그냥 하나님의 손바닥 안이라고만 했으니까."

"그렇다면 다른 사람이 쓴 편지일 거요. 그건 내 아버지가 쓴 편지가 아니라고. 아버지는 교회에 가본 적도 없소. 내가 어렸을 때 어머니가 세인트 어거스틴 성당에 억지로 데려간 적은 있지만 커서는 안 갔소. 아버지는 한 번도 간 적이 없고. 죽는 날까지 말이오. 자기 장례식에 처음이자 마지막으로 간 거였으니까."

"교회가 아니라면, 자기 관속에라도 숨겼나 보군."

엘레판테는 잠시 생각을 해 보았다. 어머니가 아버지와 같은 무덤에 묻히고 싶다면서 아버지의 관을 파내겠다고 했다. 그리고 조 펙이 직접 그 일을 해주겠다고 했다. 뇌가 콩알만 한 펙이 아버지의 유해를 파내서 이리저리 헤집고, 주머니를 뒤지며, 아버지의 두개골에 구멍을 내면서 3백만 달러의 가치가 있는 뚱보 소녀의 동상을 찾는 모습을 떠올리자 엘레판테는 숨이 멎을 것 같았다. 잠시 후, 엘레판테가 마음을 가라앉히고 말했다. "교회에 두지는 않았을 거요. 교회에 아는 사람이 없으니까. 아버지는 교회 사람들을 믿지 않았어. 그리고 자기와 함께 땅에 묻을 만큼 바보도 아니었을 거요."

"나도 그렇게 생각하네." 거버너가 말했다. "그렇지만 자네는 창고를 가지고 있지 않나. 운송 일을 하고 말이야."

"벌써 우리가 보유하고 있는 창고 공간을 모두 뒤져 보았소. 내가 열어볼 수 있는 것들은 말이오."

"자네가 열어볼 수 없는 것들은 어떡하고?"

"그것들도 열어볼 수는 있을 거요." 엘레판테가 말했다. "그렇지만 시간이 걸릴 거요."

"난 시간이 없다네." 거버너가 말했다. "그 친구 겁이 좀 많은 것 같아. 나 말고 다른 사람이 관여하는 걸 알게 되면 좋아하지 않을 거야. 내가 동상을 찾으라고 자네에게 부탁하는 또 하나의 이유지."

이것 보라니까. 엘레판테는 냉철히 상황을 정리해 보았다. 이 영감한테는 아무도 없어. 유럽에 있는 그 거물이 어떤 값을 치르고라도 물건을 손에 넣으려고 하는데 그와 유물 사이에 유일한 장애물이 이 베이글 영감과 그의 딸 뿐이라니……. 그래, 그런 상황이야.

"그는 당신이 스태튼아일랜드에 사는 걸로 안다고 했던 것 같은데." 엘레판테가 말했다.

"그렇게 말했지만, 그런 친구들은 쉽게 알아챌 수 있을 걸세." 거버너가 말했다. "어쩌면 그는 내 동생 메이시 같은 부류일 수도 있어. 좀 광적인 사람들 말이야. 우리가 좀 조종을 할 수 있는 여지가 있단 뜻이지. 조금이라도 수상한 낌새를 보이면 동상은 영원히 물 건너간 것임을 분명히 해 둬야 해. 두 번 다시 기회가 없다는 걸 말이야. 먼지로 날려버린다고. 아니면 강물에 던져버리거나. 내가 자네를 찾아갔던 건, 음… 자네라면, 그게……. 자네 아버지가 어떤 사람인지 알고 있으니까 말이야. 한 사람 정도는 배신하고 달아나지 않을 누군가가 우리 편에 있어야 할 것 같아서였다네."

엘레판테는 아무 말 하지 않았다. '우리 편.' 거버너의 이 말이 귓전에 울렸다. 내가 어쩌다가 이 영감의 편이 되었을까?

거버너는 잠시 몸을 일으켜 소파에 앉더니 허리를 굽혀 소파 밑에 손을 넣어 봉투 하나를 꺼냈다. "그리고 한 가지 더." 그가 말했다.

거버너는 봉투를 엘레판테에게 건넸다. 흔들리는 필체로 힘겹게 쓴 아버지의 글씨였다. 겉봉에는 거버너의 이름이 적혀 있었다.

"이걸 어디서 받았소?"

"내가 감옥에 있는 동안 자네 아버지가 보내준 것일세."

봉투를 열어보니 카드 하나가 들어 있었다. 1940년대에 찍은 것 같은 커즈 선착장과 함께 멀리 자유의 여신상이 보이는 사진이 담긴 카드였다. 뒷면에는 책이나 신문에서 오려낸 듯한 아일랜드인의 축복의 기도문이 테이프로 붙여져 있었다.

당신 앞에 언제나 길이 나타나기를.
바람은 언제나 당신의 등 뒤에서 불어오기를.
당신의 얼굴에는 해가 비치고,
당신의 들에는 고운 비가 내리기를.

그리고 우리가 다시 만날 때까지,
하나님이 당신의 손안에 그대를 보호하시기를.

기도문 옆에는 아버지가 직접 스케치 한 것 같은 작은 상자가 그려져 있었다. 상자 안에는 서툰 솜씨로 대충 그린 난로와 작은 장작 조각들이 보였고, 그 위에는 십자가가 그려져 있었다. 상자는 오각형이었는데 그 한쪽 면에는 동그라미가 그려져 있고, 그 안에 사람이 두 팔을 펼치고 있는 형상이 그려져 있었다.

"아버지의 필체가 아니었다면, 이 그림도 아버지가 그렸다고 믿지 못했을 것 같군." 엘레판테가 말했다.

"뭔가 짚이는 게 없나?"

"없소."

"이건 아일랜드인의 축복의 기도야." 거버너가 말했다.

"그 정도는 나도 알아." 엘레판테가 말했다. "그런데 난로와 장작은 왜 그렸을까?"

"창고에 있는 물건 중에 이와 관련된 것이 있던가?" 거버너가 물었다.

"없소. 상자는 뭐든지 의미할 수 있지 않소. 차고, 집, 우유 상자, 아니면 숲속에 있는 오두막일 수도 있고. 어디에 있는 건지 특정 지을 수는 없지."

"그건 그렇지." 거버너가 말했다. "구이도 엘레판테라면 그 물건을 들고 어디로 갔을까?"

엘레판테는 한동안 생각해 보고 나서 대답했다.

"아버지는 어딜 가본 적이 없소. 커즈 지구 밖으로 세 블록 이상 벗어나 본 적이 없으니까. 단 한 번도. 잘 걸을 수도 없었고. 걸을 수 있었다고 해도, 멀리 가려고 하지 않았을 거요. 가끔 베이리지에 있는 제노아 식료품점에 가는 정도였지. 3번가에 포카치아와 치즈 같은 제노아 식품들을 파는 식료품점이었는데 거기도 자주 가지는 않았소."

"자네가 어떻게 알아?"

"아버지는 가는 곳이 없었다니까. 정말이오. 가끔 화물차 사무실에 갔고, 창고에도 거의 가지 않았어. 아버지가 창고에 들어가는 걸 본 것도 제 평생에 세 번쯤 정도였을 거요. 창고는 내가 관리했거든."

"자네 주변에 그런 것 말고 또 뭐가 있지?"

"아무것도 없소. 주택 단지뿐이지. 그리고 지하철과 버려진 건물들. 그뿐이오."

거버너가 이상하다는 듯 물었다. "장담할 수 있나?"

"장담할 수 있소."

"어딘가에 그 상자가 있어. 그건 내가 지금 숨을 쉬고 있는 것만큼이나 분명한 사실이지. 손가락 끝에 불거져 나온 종기처럼 어딘가에 자리를 잡고 있을 거라고. 자네 아버지가 숨겨놓은 곳에 말이야."

"그걸 내가 어떻게 찾아내겠소?"

거버너가 하품을 하고는 졸음에 겨운 목소리로 말했다. "자네 아버지 아닌가. 아들은 아버지를 아니까."

엘레판테는 들고 있는 카드를 한동안 내려다보았다. 사실은 이렇게 말하고 싶었다. "당신은 그의 아들이 아니니까 그가 얼마나 어려운 사람이었는지 모를 거야. 대화하기가 얼마나 힘든 사람이었는지." 하지만 정작 엘레판테의 입에서 나온 말은 간단했다. "쉬운 일이 아닐 것이오."

그 말은 결국 혼잣말이 되었다. 늙은 아일랜드인은 이미 깊은 잠에 빠져 있었다. 엘레판테는 되도록 소리 나지 않게 흔들의자에서 일어나 복도로 나갔다. 그리고 때마침 멜리사가 계단을 올라오고 있었던 것이다.

14
시궁쥐

번치는 베드스타이에 있는 적갈색 벽돌집 식탁에 앉아 있었다. 식탁 위에는 치킨 윙이 수북이 담긴 넓은 접시와 바비큐 소스가 놓여 있었다. "편하게 먹어, 젊은이."

딥즈 클레멘스의 오른팔인 라이트벌브는 치킨 윙 접시에 깊숙이 손을 뻗어 닭 날개 두 개를 꺼낸 다음 소스에 찍었다. 부드러운 살을 단숨에 뜯어 먹은 라이트벌브는 또다시 접시에 손을 뻗었다.

"천천히 먹지 그래." 번치가 말했다. "닭들이 어디로 도망갈 거 아니니까."

그렇지만 라이트벌브는 여전히 빠른 속도로 치킨 윙을 삼켰다. 번치는 그가 너무 허겁지겁 먹는다고 생각했다. 배가 몹시 고팠거나, 아니면 마약에 너무 중독된 것 같기도 했다. 번치는 후자일 것이라 짐작했다. 지독하게 마른데다가 긴소매를 입고 있다. 팔에 감추고 싶은 흔적이 있을 것이다.

라이트벌브는 식탁 끝에 앉은 얼을 힐끗 보았다. 오른팔은 팔걸이 붕대를 했고 머리에도 붕대를 두르고 있었다. 얼은 고개를 숙인 채 십자말풀이에 열중하고 있었다.

"딤즈 얘기 좀 해 보지." 번치가 말했다.

"뭘 알고 싶으신데요?" 라이트벌브가 물었다.

"국기 게양대 자리는 어떻게 차지하게 된 건가?" 번치가 물었다. "커즈에서도 제일 장사가 잘되는 구역이야. 딤즈가 차지하기 전에는 누가 하고 있었지?"

"제가 광장 게양대 자리를 맡고 싶습니다." 라이트벌브가 말했다. "이 문제가 해결된 후에 말이죠."

"게양대 같은 소리 집어치워. 난 지금 딤즈가 그 자리를 어떻게 차지했는지 물었어. 네가 뭘 원하는지 물은 게 아니라고."

"전 단지 제가 딤즈보다 잘 할 수 있다는 걸 말씀드리는 겁니다. 그러기 위해서는 게양대 자리가 필요해요."

"너 나를 뭐로 생각하는 거냐? 산타클로스? 난 네가 뭘 원하는지 관심 없어. 지금까지 넌 네가 원하는 게 뭔지를 말한 것과 내 치킨을 먹으면서 그 더러운 손가락을 빤 것밖에는 한 일이 없잖아."

라이트벌브는 눈을 몇 번 껌벅이더니 다시 말을 이었다. "예전에 우린 함께 야구를 했어요. 딤즈에게는 루스터라는 이름의 사촌이 있었죠. 루스터가 먼저 영업을 시작했어요. 그가 많은 돈을 버는 걸 보고 우리도 모두 야구를 그만두고 그의 밑에서 일을 하기 시작했죠. 우리가 맡은 일은 루스터에게 고객을 끌어다 주는 거였어요. 그러다가 루스터는 강도를 만나 목숨을 잃었고, 그 후에 딤즈가 이어받은 겁니다."

"그렇게 간단하게? 그래서 너희는 모두 딤즈를 리더로 인정했단 말이야?"

"음……. 딤즈가 몇 가지 한 일이 있어요."

"어떤 일?"

"어…… 딤즈 전엔 마크 범퍼스라는 친구가 맡았어요. 지금은 죽었죠."

"어쩌다가? 그냥 잠자다가 죽었나? 아니면 계단에서 구르기라도 한 거야?"

"딤즈가 함정을 파 놓았던 거죠."

"어떻게?"

"루스터가 죽었을 때, 우리는 모두 감옥에 있었어요. 그러다가 나와 보니 마크 범퍼스가 모든 걸 맡아서 하고 있었죠."

"그런데도 딤즈는 당시에는 가만히 있었던 건가? 루스터가 사촌이 었는데?"

"그때 마크는 우리에게 일 인당 하루에 40달러씩 주었어요. 큰돈이 었죠."

"그래서 딤즈가 아무 말 하지 않았단 말인가?"

"잠깐 그냥 들어주세요. 그래야 제대로 말 할 수 있을 것 같아요." 라이트벌브가 말했다. "우리가 다 같이 스포포드에 있을 때였어요." 스포포드 청소년 교도소에 있을 때 이야기를 꺼냈다. "저와 비니, 슈가, 딤즈, 범퍼스까지요, 이렇게 모두가 오락실에 있었는데, 딤즈와 범퍼스가 싸우기 시작했어요."

"뭣 때문에?"

"텔레비전 때문에요. 딤즈는 야구를 보고 싶어 했는데, 범퍼스는 그게 싫었던 거예요. 그래서 싸웠는데 딤즈가 범퍼스를 심하게 때렸죠. 얼마 후에 딤즈의 할아버지가 면회 왔다가 딤즈에게 50달러를 주고 갔어요. 스포포드에서 나오는 음식이 형편없었기 때문에 딤즈는 그 돈으로 구내매점에 가서 라이스 앤 빈즈를 샀죠. 그러고는 저와 비니, 슈가와 나눠 먹은 거예요. 범퍼스는 포함되지 않았어요. 범퍼스가 자기에게도 라이스 앤 빈즈를 좀 나눠달라고 했는데 딤즈가 거절하더라고요. '싫어. 난 내 편 하고만 나누거든'이라고 하면서요. 그날 밤 범퍼스와 그의 패거리들이 딤즈가 혼자 샤워할 때 접근해서 칼로 찔렀어요. 중상을 입히고는 라이스 앤 빈즈 그리고 50달러 중에 남은 돈을 가져갔죠. 딤즈는 그걸 절대 잊지 않았어요." 라이트벌브가 말했다.

"범퍼스가 딤즈보다 먼저 스포포드에서 나왔어요. 그로부터 두 달쯤 후 딤즈가 나와 보니 범퍼스가 광장을 차지하고 있었던 거죠. 당시 범퍼스는 아주 잘 나가고 있었어요. 헤로인, 대마초, 액시드까지 가리지 않고 취급했거든요. 곧 우리 대부분이 스포포드에서 나오게 되었고, 모두 돈이 필요했죠. 그래서 범퍼스 밑에서 일을 하기 시작했어요. 하루에 40달러씩 받으면서요. 범퍼스는 딤즈도 불러들였어요. 딤즈에게 이렇게 말했죠. '스포포드에서 있었던 일은 모두 잊어버려. 넌 이제 나와 함께 일하니까. 우리는 한 팀이야.'

딤즈는 고객을 끌어오는 솜씨가 우리 중에 최고였어요. 약쟁이를 귀신같이 알아봤거든요. 시내까지도 서슴지 않고 가서 고객을 찾아 범퍼스에게 데려다주었죠. 그러다 보니 범퍼스도 멀리 있는 고객에게 약을 공급하는 일을 딤즈에게 맡기기 시작했죠. 장사가 점점 더 잘 돼서 범퍼스도 바빠졌으니까요. 고객이 무척 많아졌어요. 바로 그때 딤즈가 범퍼스를 함정에 빠뜨린 거예요. 범퍼스가 코카인 30그램을 딤즈에게 주어서 퀸즈의 홀리스에 있는 자메이카인 고객에게 보냈는데, 딤즈가 그걸 얇은 흰색 비누 조각과 밀가루를 섞어 담은 봉지와 바꿔

치기 해서 고객에게 전달했어요. 고객은 그걸 사용하고 거의 죽을 뻔한 거죠. 그러고 나서 딤즈에게 전화를 했는데 딤즈는 비니가 전화를 받게 했고, 비니는 꺼지라고 호통을 쳤어요. 그러자 고객이 보복을 했던 거죠.

당시 딤즈가 말했어요. '소년원에 있을 때 내가 준 라이스 앤 빈즈 생각나지? 그때 범퍼스에게 진 빚을 갚으려고. 잘 지켜봐.'

그러고 나서 며칠이 지난 어느 날 밤, 예쁘게 생긴 자메이카 여자애가 국기 게양대로 오더니 범퍼스에게 헤로인을 사고 싶은데 돈이 없다는 거예요. 그러면서 헤로인을 흡입할 수 있게 해 준다고 약속하면 성행위를 서비스로 해주겠다고 했어요. 범퍼스는 그 여자애를 따라 광장 뒤에 있는 골목으로 갔고, 거기 자메이카인 몇 명이 기다리고 있었던 거죠. 거기서 범퍼스는 거의 죽다시피 했어요. 그들이 범퍼스의 얼굴을 온통 칼로 그어 놓았거든요. 이마에서 눈을 지나, 맙소사, 완전 끔찍했어요. 그런 상태로 버려두고 가버렸죠.

딤즈는 그들이 범퍼스에게 달려드는 것을 옥상에서 지켜보다가 칼을 대기 시작한 직후에 옥상에서 재빨리 내려왔어요. 자메이카인들이 범퍼스를 버려두고 모습을 감추자마자 딤즈가 뜨거운 김이 올라오는 라이스 앤 빈즈를 들고 범퍼스에게 갔어요. 아마 그런 일이 벌어지는 동안 집에서 끓이고 있었던가 봐요. 그러고는 범퍼스에게, '자, 여기 너를 위한 라이스 앤 빈즈다, 범퍼스.' 이렇게 말하고는 그릇째 그에게 엎어 버렸어요. 범퍼스는 그 일로 영구적인 불구가 되었어요. 전과는 전혀 달랐죠. 마약에서는 완전히 손을 뗐어요. 선창 주변을 어슬렁거리며 밀수 같은 일로 돈을 만들어 보려고 기웃거렸죠. 하지만 오래 버티지는 못했어요. 엘리펀트의 구역에 들어갔었거든요. 엘리펀트에 대해 들어 보셨어요?"

"들어 봤어."

"네. 아무튼 그 후로는 아무도 범퍼스를 다시 보지 못했어요."

라이트벌브는 잠시 말을 끊고 치킨 윙을 집어서 소스에 찍었다. "딤즈는 그렇게 해서 게양대 자리를 차지하게 된 거예요."

"왜 범퍼스 쪽의 누군가가 나서서 게양대 광장을 다시 찾지 않은 거지?" 번치가 물었다.

"첫째, 딤즈가 한 일이 그것만은 아니었고, 둘째, 커즈에서 딤즈보다 머리가 좋은 사람은 없기 때문이에요."

"그러니까 사람들이 딤즈를 두려워했단 말인가?"

"음, 그렇기도 하고, 아니기도 해요. 커즈의 나이 많은 토박이들은 딤즈를 좋아하죠. 교회 공동체 안에서 자랐으니까요. 아침마다 교회 토박이들이 게양대 근처에 앉아서 수다를 떨면서 시끄럽게 하는데도 딤즈는 상관하지 않고 내버려 두죠. 오후가 돼서 교회 토박이들이 자리를 뜰 때까지는 영업도 안 해요. 그전에는 절대로 하지 않아요. 그들 심경을 거스르지 않으려고 하죠. 그중에는 늙은이들도 있는데, 사고를 치기도 해요. 그중에 누군가가 딤즈를 봤거든요."

"알아." 번치가 몹시 못마땅한 표정으로 얼을 쏘아보았다. 얼은 십자말풀이에 어찌나 얼굴을 박고 있는지 코로 종이를 삼키는 것처럼 보일 지경이었다.

"더구나 딤즈는 커즈하우스 야구팀의 스타였어요." 라이트벌브가 말했다. "스포츠코트가 코치를 맡았던 팀이었죠. 딤즈의 아버지는 거의 집에 있지 않았고, 어머니는 늘 술에 취해 있었어요. 딤즈는 할아버지 손에서 컸죠. 그 할아버지와 스포츠코트는 단짝 친구였어요. 스포츠코트가 아직 살아 있는 건 그 덕분일 거예요. 딤즈는 스포츠코트의 야구팀 선수였는데 그의 할아버지는 딤즈가 야구하는 데 모든 희망을 걸었거든요. 딤즈는 야구를 정말 잘했어요. 그러다가 할아버지가 돌아가시자 딤즈는 야구를 그만두고 약을 팔기 시작한 거죠. 야구를 잘한 것처럼 영업도 잘했어요. 해결책을 찾는 데도 기가 막히고요. 하루 종일 영업 전략만 생각하는 것 같아요. 자기 자신에게 늘 빠져 있어서 별로 여자를 따라다니지도 않아요. 텔레비전도 별로 안 보고요. 그리고 뭐든 한 번 머리에 입력되면 절대로 잊어버리지 않죠. 한 번 그의 심경을 거스르면, 1년이 가든, 2년이 가든 반드시 갚아주거든요. 한 번은 오래전에 딤즈의 물건을 훔친 녀석의 이름을 알아내기 위해 한 녀석의 목을 뜨거운 다리미로 지지는 것도 봤어요. 그때까지 그 일을 기억하는 사람은 딤즈밖에 없을 정도로 오래된 일을 가지고 말이에요. 다시 말씀드리지만, 딤즈는 영리합니다. 스포포드 소년원 이후로 한 번도 감옥에 간 적이 없어요. 딤즈는 칼을 가지고 다니지도 않고, 총도 가지고 다니지 않아요. 조직적으로 움직이죠. 건물 옥상에 어린애들을 배치해서 망을 보게 하고요. 광장을 지키는 녀석들도 있어요. 그 애들이 무기를 가지고 있죠. 딤즈는 가지고 있지 않아요."

"그런데 지금 넌 그에게 무슨 불만이 있는 건데?"

"딤즈는 너무 고지식해요. 자기가 마치 경찰인 것처럼 행동한다니까요. 스포츠코트가 총을 쏘기 전까지는 상대를 가리지 않고 약을 팔았어요. 그런데 지금은 노인들한테는 약을 안 팔고요. 어린아이들한테도 안 팔아요. 그리고 교회 식구들한테도 안 팔려고 해요. 더구나 교회 근처에서는 담배도 못 피우게 하고, 교회 문 앞에서 잠도 자지 못하게 하죠. 그리고 어떤 이유이건 자기 여자 친구에게 손찌검하는 녀석에게도 약을 팔지 않아요. 사람들에게 어떻게 살아야 한다는 등의 잔소리도 하려고 들고요. 나약해져 가지고, 다시 야구를 하겠다는 소리를 해가며 사람들에게 이래라저래라 잔소리를 하려 드니까 말이죠. 돈 벌 생각은 하지 않고. 머지않아 워치하우스에서 우리 구역을 차지하려 들 거예요. 시간문제죠."

"딤즈가 조 펙으로 공급책을 바꾸려 한다는 건 무슨 소리야?"

그러자 라이트벌브가 얼을 힐끗 보고는 말했다.

"제가 그런 말을 했던가요?"

"딤즈가 정말 그런 말을 했는지 묻는 거야. 딤즈가 그렇게 말했어, 안 했어?" 번치가 다그치듯 물었다.

라이트벌브는 잠시 대답이 없었다. 얼에게 은밀히 말했던 비밀인데. 얼의 보스인 번치와 대면하게 해 주는 대가로 주는 뇌물 같은 것 말이다. 라이트벌브는 처음으로 번치가 하는 일을 직접 보았다. 겉으로 보기에는 낡고 허름하지만 안은 반짝반짝 윤기가 흐르는 적갈색 벽돌집. 얼이 보여준, 여러 명의 직원들이 헤로인을 제조하고 있는 한 블록 거리에 있는 공장. 그곳에 드나드는 대형 승용차. 환상적이고 현대적인 가구로 장식된 번치의 다이닝룸. 그것들을 목격하면서 라이트벌브는 번치가 핵심 인물임을 알아차렸다. 번치야말로 진짜배기 조직폭력배인 것이다. 그리고 너무 늦기는 했지만, 번치가 이미 자기 머리 꼭대기에 올라앉아 있다는 것도 느낄 수 있었다.

방안에 정적이 감도는 가운데 번치는 라이트벌브를 뚫어지게 바라보았다. 그제야 자신의 한마디가 딤즈에게 사형선고가 될 수도 있음을 알아차린 라이트벌브가 말했다. "제가 그런 말을 했을 수도 있지만, 딤즈가 진심으로 한 말인지는 모르겠어요."

번치가 잠시 뭔가 생각해 보는 것 같더니 긴장이 조금 풀어진 표정으로 말했다. "와 줘서 고맙네, 젊은이. 자네가 우리 일에 호의를 가지고 있다는 걸 알려준 것도 고맙고."

"그럼 제가 게양대 자리를 얻게 되는 건가요?"

"그건 좀 생각해 봐야 할 것 같군." 번치는 이렇게 말하면서 주머니에서 지폐 뭉치를 꺼냈다.

라이트벌브의 입가에 미소가 번졌다. 안심이 되면서 고마운 생각이 들었다. 그리고 문득 양심의 가책 같은 것이 느껴졌다. "저기, 그러니까, 저는 딤즈를 좋아해요. 오랜 친구니까요. 그렇지만 말씀드렸듯이 딤즈가 자꾸 경찰처럼 굴려고 해요. 그래서 온 겁니다."

"알아." 번치가 조용한 어조로 말했다. 그러고는 신중하게 지폐 뭉치에서 50달러 지폐 넉 장을 빼서 테이블에 놓더니 라이트벌브 쪽으로 밀어주었다.

"이 돈 가지고 가 봐."

"제가 게양대 자리를 차지하게 되는 거예요?"

"당나귀가 날 수 있나?"

라이트벌브는 번치의 말을 못 알아들었지만 바로 되묻지는 않고 잠시 기다렸다가 되물었다. "그 말씀은 허락한다는 뜻인가요?"

번치는 라이트벌브의 물음에 대꾸하지 않고 말했다. "치킨 윙 좀 싸가지고 가겠나?"

라이트벌브는 혼란스러운 가운데, 갑자기 숨이 가빠오는 느낌이 들었다. "안 된다는 말씀인가요?"

"생각해 보겠네."

"내가 말할 수 있는 건 다 말했어요. 그런데 내가 얻는 건 뭐죠?"

그러자 번치가 어깨를 한 번 들썩여 보이더니 말했다. "방금 200달러를 받지 않았나. 그 돈이면 많은 걸 할 수 있어. 맥주를 마시거나 여자와 하룻밤을 즐길 수도 있지. 수소문만 잘하면 일자리를 구할 수도 있는 돈이라고. 그 돈으로 자네가 뭘 하든 난 상관하지 않겠네. 단, 우리 일에 끼어들지만 않는다면 말이야. 한 번만 더 내 눈앞에 나타나면, 그땐 그 얼굴을 망치로 부숴버릴 거야."

라이트벌브의 눈이 휘둥그레졌다. "내가 뭘 잘못했는데요?" 그러자 번치가 얼을 돌아보며 말했다. "이 친구 지금 자기 편을 밀고하는 거야. 감옥에서 라이스 앤 빈즈를 나눠주었던 자기 친구를. 실제로 자기 입에 들어갈 음식을 나눠 주었는데 말이지. 그리고 내게 와서 날 위해 일하겠다고?" "그러네요." 얼이 이렇게 말하더니 위협적으로 일어섰다.

라이트벌브는 곁눈으로 얼을 지켜보면서 테이블 위에 놓인 돈을 집으려 손을 내밀었다. 그때 번치가 손으로 라이트벌브의 손을 내려치듯 덮치며 물었다.

"이 봐 젊은 친구, 우리 일에 관심 갖지 말라는 말을 내가 다시 한번 강조해야 하나?"

"아닙니다."

"좋아. 우린 자넬 기억하고 있을 거야. 자, 이제 가 봐."

라이트벌브는 200달러를 낚아채듯 집어 들고 번치의 다이닝룸을 빠져나왔다. 현관문이 닫히자 번치가 어깨를 한 번 들썩이더니 말했다. "저 돈은 한 푼도 빠짐없이 다시 돌아올 거야. 저 녀석 마약 주사를 맞고 있어."

"그러네요."

번치가 인상을 찌푸리며 얼을 노려보았다. "자네가 일을 망쳐놓았어."

"제가 제대로 마무리하겠습니다." 얼이 말했다.
"벌써 세 번이나 시도했지 않나. 두 번은 머리를 강타당했고, 그다음에는 광대처럼 전기에 감전되고 말이야. 핑계만 무성한 바보 삼총사 같아. 상황을 더 악화시키기만 했잖아."
"죽이지 말라고 하셨잖습니까. 죽이는 것과 부상만 입히는 것은 달라요. 다치게만 하려면 상대가 나를 보지 못하게 해야 하죠. 날 밀고 할 수 없도록 해야 하니까요. 죽이는 건……."
"그건 내가 지시한 일이 아니지."
번치는 치킨 윙을 집어서 소스에 찍은 다음 신문을 보며 천천히 씹었다. "상황이 바뀌었어, 얼. 내가 딤즈를 좀 더 가까이 지켜봐야 했어."
"내가 처리하게 해 줘요, 번치. 그건 내 일이니까 내가 할게요."
그러나 번치는 듣고 있지 않았다. 신문을 내려놓고 창밖을 내다보고 있었다. 생각해야 할 것들이 많았다.
"펙은 곧 레바논에서 많은 물량이 올 거라고 했어. 딤즈에게 총질을 한 그 늙은 주정뱅이 하나 제대로 손봐주지 못하는데 어떻게 펙의 비즈니스를 감당하겠나?" 번치는 답답한 듯 고개를 저으며 아랫입술을 깨물었다. "내 운이라는 게 이 정도밖에 안 되다니 말이야."
얼도 번치와 같은 마음이었다. 입을 다문 채 손가락으로 십자말풀이를 따라가고 있었지만, 면도칼 위에 앉아 있는 듯 온 신경이 곤두서 있었다. 얼은 백인 경찰 포츠에 의해 두 번이나 구금됐는데, 그때 포츠는 얼이 번치의 범법 행위를 털어놓는다면 경찰이 번치의 머리에 망치를 내려뜨릴 때 모르는 척해주겠다는 약속을 했고, 얼은 두려운 마음에 포츠의 제안에 동의했다. 그렇지만 번치 앞에 앉아 있는 지금, 자신이 번치의 영리함을 과소평가했다는 사실과 번치의 노여움이 얼마나 무서운지 잊고 있었다는 사실에 새삼 식은땀이 흐르는 것 같았다. 만에 하나라도 번치가 그 사실을 알게 되는 날에 얼은 이미 끝난 목숨이었다. 갑자기 그 가능성이 현실로 다가올 것만 같았다. 더구나 커즈하우스의 그 유색인 여자는 얼이 해리스 목사의 아들임을 알아보지 않던가. 얼은 아버지가 무덤에서도 여전히 자신을 고문하는 것 같은 느낌이 들었다.

"그 늙은이는 내가 처리할 수 있어요." 얼이 말했다.

"그럴 필요 없어." 번치가 무심하게 말했다. "오늘 밤 아홉 시 반에 리치먼드에서 도착하는 기차가 있어. 내 차를 가지고 펜역에 가서 해럴드 딘을 태워 와. 그 정도는 실수 없이 할 수 있겠지?"

"해럴드 딘까지 필요하지 않다고요!"

"자넨 내가 여름 캠프라도 운영하는 줄 아나? 만약 펙이 딤즈의 제안을 받아들여 우리 대신 그에게 물건을 팔게 된다면, 우리는 쪽박을 차게 되는 거야. 정부에서 나오는 푸드 쿠폰으로 먹고살아야 해. 끝이라고. 아무도 우리에게 물건을 팔지 않으려고 할 테니까. 로이는 물론이고, 브라이튼 비치에 사는 그 이탈리아 녀석들까지도 말이야. 웨스트사이드에서도, 할렘에서도 우리에게 물건을 공급해줄 사람은 없을 거야. 그러니까 딤즈가 펙을 설득하는 데 성공한다면 우리는 빈털터리가 되는 거라고. 그러니까 딤즈를 처리해야 해. 모든 걸 잠재우고 다시 원래 상태로 돌려놔야 한다고. 레바논에서 물건이 도착하기 전에 말이야. 우선은 그 늙은이부터 처치해야 해. 이름이 뭐라고 했지?"

"뭐더라······. 스포츠 재킷인가 라고 하던데."

"이름이 뭐든 간에, 그 늙은이는 잠재워야 해. 자, 그러니 이제 가서 해럴드 딘이나 데려오지. 커즈하우스 사람들 중에 해럴드를 본 사람은 없으니까, 일하기가 수월할 거야."

15
어떻게 될지는 아무도 몰라

 9동에 사는 도미니크 르플루어는 수프 로페즈 환영파티에서 시비를 건 것에 대해 범범에게 사과했다. 범범이 단지 내를 돌아다니는 동안 세 번이나 '우연히' 마주칠 기회가 있었다. 처음에는 파이브엔즈 교회에서 나오는 길이었다. 콩 통조림 몇 개를 식품 저장고에 넣으려고 들어갔다가 나오는데 밖에 도미니크가 있었다. 그 기회에 도미니크는 자기가 만들어 스포츠코트에게 준 인형이 절대로 불운을 가져오는 것이 아님을 설명했다.
 "아이티에서 내려오는 관습이야." 그래도 범범이 믿지 않자, 도미니크는 아프리카계 미국인들도 자기들만의 의식이 있지 않으냐는 식의 방어적인 설명을 덧붙였다. 새해 첫날에 동부콩을 먹는다든가, 류머티즘이 있을 때 날감자를 왼쪽 주머니에 넣고 다닌다든가, 아니면 "성교를 하는 동안 구리 동전을 물고 있기도 하잖아."
 "성교?" 범범이 물었다.

"자연스러운 일이잖아." 도미니크가 말했다. "그거…… 성교할 때 동전을 물고 있으면 임신이 되는 걸 막아준다고 하던데. 첫 번째 아내가 테네시 출신이었거든."

범범은 도미니크의 말에 코웃음을 쳤다. "그쪽 사람들은 뭘 먹고사는데? 난 그런 엉터리 같은 말은 들어본 적도 없는데." 범범은 그러면서도 도미니크가 집까지 함께 걸어주는 건 마다하지 않았다.

두 번째 '우연'은 예수님의 초상화가 그려진 파이브엔즈 교회 뒷벽 건너에서였다. 범범은 매일 아침 예수님의 초상화 앞에 가서 기도하는데, 기도 내용은 알래스카로 도망간 전남편에게 벌을 내려달라는 청원이었다. 그의 고환을 주스기에 짜서 납작하게 만들어주거나, 톱으로 잘라 달라는. 마침 도미니크는 교회 뒷벽에 그려진 예수님의 초상화를 감상하고 있었다. 예술작품 밑에는 쓰레기 봉지가 잔뜩 쌓여 있었는데, 교회지기인 스포츠코트가 갓길까지 끌어다 놓는 걸 깜박했기 때문이었다. 사실은 도미니크가 아이티안 크리에이션이라는 술을 한 병 가져다주면서 스포츠코트가 그걸 마시고 진탕 취해서 쓰레기 내놓는 일을 못 하게 되기를 바랐는데 정확히 그의 바람대로 된 것이다.

덕분에 다음 날 아침에 쓰레기 수거차가 왔을 때 교회에 함께 있던 도미니크는 범범에게 그 상황을 보고 할 수 있었다. 커즈하우스의 주민이자 신자로서 주님의 집을 깨끗이 유지하는 것이 도리인데 예수님의 초상화 밑에 쓰레기더미가 쌓인 채로 일주일을 보낼 수는 없는 일이니까. 범범은 경쟁상대인 마운트 태버나클 교회는 성실하게 매주 쓰레기를 내놓는다는 둥, 파이브엔즈의 쓰레기 내놓은 일은 자기 일이 아니라 스포츠코트의 일이라는 둥, 자기는 가사도우미로 일하는 날이어서 흰 유니폼을 입고 왔는데 어쩌면 좋으냐는 둥 투덜거렸다. 그러면서도 제대로 된 신자라면 예수님의 초상화 밑에 쓰레기 더미가 쌓여 있는데 모른 척할 수는 없다는 사실에는 고개를 끄덕였고, 덕분에 도미니크는 그녀와 함께 쓰레기를 치우는 20분이라는 시간을 벌 수 있었다. 사실은 몇 분밖에 걸리지 않을 일이었지만 도미니크가 굳이 범범의 흰옷을 더럽히지 말라며 말리고는 혼자서 다 들어 옮기느라 시간이 걸렸던 것이다. 그러는 동안에 도미니크는 하고 싶은 말들을 다 할 수 있었다. 주술이라는 것이 어떤 힘을 가지고 있는가에 대해서.

"주술은 말이야," 도미니크가 반쯤 찬 쓰레기 봉지를 갓길로 나르며 차근차근 설명했다. "수 마일 떨어진 사람에게도 효력을 미칠 수가 있어."

"몇 마일까지 가능한데?" 범범이 물었다.

"백 마일. 오백 마일. 아니 천 마일까지도 가능해." 도미니크가 갓길을 향해 걸으면서 대답했다. 그 뒤를 범범이 따라 걸었다. "예를 들면 알래스카까지도 효력이 미칠 수 있다는 말이야."

범범은 쓰레기 봉지가 쌓여 있는 갓길에 서서 머릿속에 떠오르는 생각을 들키지 않으려 안간힘을 쓰고 있었다. 저절로 눈살이 찌푸려졌다. 그러니까 이 아이티 요리사마저도 그녀의 남편이 알래스카로 달아난 것을 알고 있는 거였다. 범범은 전남편이 남자와 눈이 맞아 달아났다는 얘기도 들었는지 궁금했다. 들었을 수도 있지. 범범은 어깨를 들썩하고는 말했다. "원수를 벌하기보다는 그의 영혼을 구원해 주십사 기도하는 것이 좋지. 그렇지만 어디 한 번 들어나 보자." 범범은 도미니크가 지하철역까지 바래다주는 걸 허락하고는, 함께 걷는 동안 주술의 마력에 대한 이야기를 들었다.

세 번째 '만남'은 그녀가 사는 17동에서였다. 도미니크는 손수 만든 아이티 별미인 치킨 스튜와 콩 옥수수죽을 들고 범범의 아파트 문을 두드렸다. 도미니크는 음식을 건네주고, 함께 영화를 보러 가자고 청했다. 범범은 거절했다. "나는 기독교 신자야. 세속적인 행동은 하지 않아." 단호하게 말하고는 덧붙였다. "내일 아침에 파이브엔즈에 갈 거야. 접이식 의자가 필요한데 마운트 태버나클에서 좀 주기로 했거든."

"태버나클하고 파이브엔즈는 친하지 않은 줄 알았는데." 도미니크가 말했다.

"우린 기독교인이야. 태버나클은 예배 볼 때 음악이 너무 시끄럽고, 성령이 차오르면 방언을 쏟아내기는 해. 우린 그러지 않는데 말이지. 그렇지만 히브리서 12장 14절에 보면 '모든 이와 평화를 나누기 위해 힘쓰라'고 나와 있잖아. 그 말씀엔 마운트 태버나클도 포함되는 거고. 게다가 나와 제일 친한 친구 옥타비아가 그 교회 집사야. 우리가 스포츠코트를 감싸고 있다는 이유로 경찰이 교회를 폐쇄하려고 한다는 걸 그들도 다 알고 있어. 스포츠코트는 우리 집에 세탁기 들여놓을 때 도와주었는데. 아무튼 마운트 태버나클도 우리 편인 거지."

그렇게 해서 다음 날 아침 도미니크 르플루어와 범범, 지 자매, 이지는 17개의 접이식 의자를 실은 낡은 우체국 수레를 파이브엔즈 교회의 옆문으로 옮기느라 끙끙거리게 되었다. 2미터 높이로 의자를 쌓아 올린 수레를 끌고 가는데 포츠 멀린 경관의 순찰차가 교회 진입로로 들어왔다. 수프 환영파티 후 일주일이 지난 뒤였다. 순찰차가 다가올 때 지 자매는 등을 돌리고 있어서 그를 보지 못했다. 포츠는 지 자매가 일행에게서 떨어져 교회 뒤로 가는 것을 보았다. 지 자매는 잡초 자르는 칼을 들고 잡초가 무성한 공터로 들어갔다. 지 자매가 골프채처럼 생긴 칼을 휘두르며 지나가면 키 큰 잡초들이 베어졌다. 포츠가 전에 왔을 때 그런 모습을 보았더라면, 목화밭에서 목화를 따는 여인 같다고 생각했을 것이다. 그렇지만 지금 포츠의 눈에 들어오는 지 자매의 기다란 허리는 아일랜드에 갔을 때 보았던 클래어 주의 모허 절벽 근처의 바다를 떠올리게 했다. 우뚝 솟은 산 아래 펼쳐진 해안가에 부딪히는 파도. 아름다웠다.

교회 옆문을 통해 의자를 옮기던 세 사람은 포츠 경관을 보자 얼른 안으로 들어갔다. 그러고는 조용히 쌓아 놓은 의자들을 하나씩 지하실로 옮기기 시작했다. 포츠는 순찰차를 주차하고 옆문을 지나, 교회 뒤에 있는 잡초밭 한가운데 서 있는 지 자매에게로 갔다.

지 자매도 포츠가 오는 것을 보았다. 그의 뒤로 반짝이는 항구의 물결이 보였다. 지 자매는 잠시 멈춰 서서 긴 칼에 기댄 채 한쪽 손을 엉덩이에 얹고 다가오는 그를 바라보았다. 그녀는 작업복이 아닌 철쭉꽃 무늬가 화사한 봄 원피스 차림이었다. 지 자매가 스스로 지칭했듯이 그녀들은 시골 아낙네다. 포츠가 자신의 어머니와 할머니를 통해서 알고 있는 시골 아낙네는 돋보이려고 옷을 입지 않는다. 다만 무엇이 됐든 자기가 가지고 있는 옷을 입고 일을 할 뿐이다. 포츠는 무성한 잡초를 헤치고 그녀에게 다가갔다. 포츠가 다가오자 지 자매가 미소를 지었다. 포츠는 그 미소에 약간의 반가움이 섞여 있기를 바랐다. 그리고 나서 지 자매는 순찰차 옆에 앉아 있는 젊은 경찰 미치를 향해 고개를 까닥해 보였다. "저분은 왜 안 오시고요?" 지 자매가 물었다.

"당신을 보고 겁을 먹은 모양이오." 포츠가 대답했다.

"우린 사람을 물지 않는데요."

"그렇게 전하죠. 지난번에 교회 안에서 만났을 때도 그의 마음에 있던 예수님을 당신이 내쫓지 않았소."
지 자매가 웃었다. "우리는 예수님을 모시는 사람들이에요. 쫓아내는 사람들이 아니라."
"생각해 보면 당신이 저 녀석을 무참히 밟아서 달아나게 하기 전까지는 저 녀석도 천사였소."
철쭉꽃 무늬 원피스 차림으로 햇빛이 쏟아지는 잡초밭에 서서 포츠에게 시선을 고정한 채 웃음을 터트리는 지 자매의 사랑스런 갈색 얼굴을 보고 있자니 포츠는 또다시 마음이 밝아지는 것 같았다. 그 순간, 포츠는 뉴욕시 경찰청에서 보낸 지난 32년간의 세월과 그 전의 훈련 기간이 아무런 도움이 되지 못한다는 사실을 깨달았다. 갑자기 좋아지기 시작한 누군가의 미소가 마음을 동여맨 끈을 찾아 단숨에 풀어내는데 속수무책으로 내맡기고 있는 느낌이었다. 마지막으로 그렇게 느껴본 것이 언제였을까. 포츠는 그런 순간이 있었는지 기억조차 나지 않았다. 지난 20여 년간 수없이 지나치면서도 스치는 눈길조차 주지 않았던 흑인 교회 뒤에 펼쳐진 무릎까지 올라오는 풀들 가운데 서서, 포츠는 자신이 지금까지 누군가를 사랑해본 적이 있는지 생각해 보았다. 아니면 할머니가 예전에 늘 말했듯이, 사랑은 어느 순간 마법처럼 찾아오는 것인가. 포츠는 어린 시절 할머니가 읽어주던 이야기들이 좋았다. 왕과 인어 그리고 사랑을 위해 괴물과 싸우는 난파선의 선원들 이야기. "산 위에서의 회합에 빛을 던진 이 누구인가?" 할머니가 좋아하던 시에 나오는 구절이다. 포츠는 시인의 이름을 떠올려 보았다. 예이츠였던가?
그러다가 자신을 바라보고 있는 지 자매의 시선을 알아차렸다. 자기가 무슨 말을 하러 온 건지 궁금해하고 있다.

"미치는 이번 일에 흥미를 잃은 것 같소." 포츠가 겨우 한 마디 생각해냈다.

"누구요?"

"미치. 같이 온 경찰. 내 파트너 말이오."

"잘 됐군요. 저도 흥미를 잃었답니다." 지 자매는 이렇게 말하고는 칼을 반대편으로 옮기고 다시 기댔다. 그러느라 엉덩이를 바깥쪽으로 한 번 내밀었다. "아니, 어쩌면 잊으려고 노력하는지도 모르겠네요. 그 모든 일들이 있었어도 삶은 이어지니까요. 이 잡초들을 보세요."

"자주 이렇게 잘라주는 거요?"

지 자매가 웃음을 지으며 대답했다. "더 자주 해야 하는데 그러지 못해요. 이렇게 잘라주어도 금세 다시 자라니까. 나는 계속 자르고. 잡초는 다시 자라죠. 그게 잡초의 존재 목적이니까. 계속 다시 자라는 거 말이에요. 하느님이 만드신 세상 만물은 모두 존재의 목적이 있어요. 모든 것은 살아 있기를 원하죠. 모든 것이 삶을 누릴 자격이 있어요. 그게 진리죠."

"모든 것이 삶을 누릴 자격이 있다면, 잡초는 왜 죽이는 거요?"

지 자매가 깔깔 웃었다. 지 자매는 이런 식의 대화를 좋아한다. 포츠는 그녀의 그런 면을 어떻게 알고 이끌어내는 것일까? 남편과 나누는 몇 마디 되지 않는 대화들은 지불해야 하는 청구서나 교회 일, 그리고 감사하게도 성년이 되어 키즈하우스를 떠나 살고 있는 세 자녀에 대한 무덤덤하고 건조한, 지극히 현실적인 이야기가 대부분이다. 올해 마흔여덟 살인 지 자매의 일상은 교회와 자식들 일 말고는 남은 게 없는 것 같은 허전함으로 시작되곤 했다. 열일곱 살에 자기보다 열두 살 많은 남편과 결혼했다. 남편은 삶의 목표가 뚜렷한 사람일 줄 알았는데, 살면서 보니 전혀 그렇지 않았다. 풋볼 경기를 좋아하고 남들 눈에 그럴듯한 사람으로 보이는 재주 말고는 가진 게 없는 사람이었다. 남편은 실제로는 아무 감정도 느끼지 못하면서 느끼는 척하는 재주가 있었고, 스스로 전혀 공감하지 못하는 일들을 가지고 농담을 지어내는 재주도 있었다. 그리고 지 자매가 아는 많은 남자들이 그렇듯이 남편도 젊고 매력적인 성가대 여자와 새벽 세 시에 신도석에서 은밀하게 만나는 공상을 즐기곤 했다. 남편을 미워하는 것은 아니지만, 지 자매는 자기 남편이 어떤 사람인지 안다고 할 수가 없었다.

"글쎄요. 잡초들이 자라게 놔두는 것도 괜찮겠네요." 지 자매가 말했다. "난 내 눈에 존재의 목적이 없는 것처럼 보이는 것들을 그대로 두어야 하는지, 두지 말아야 하는지 판단할 만큼 지혜롭지 못해요. 내 목표는 이 교회가 사람들의 영혼을 구원할 수 있도록 오래 이어져야 한다는 거예요. 내가 아는 건 그것뿐이죠. 내가 교육을 많이 받아서 내 생각을 세 단어가 아닌 서른네 단어로 표현할 수 있다면 당신의 질문에 제대로 된 답을 할 수 있었을 거예요. 그렇지만 난 단순한 여자랍니다, 경관님. 이 잡초들은 우리가 하나님을 경배하는 집의 경관을 해치죠. 그래서 제거하는 거예요. 하지만 사실 나에게 해를 끼치지는 않아요. 내 눈에는 거슬리지만, 하나님의 눈에는 예쁘게 보일 거예요. 그런데도 나는 이 잡초들을 잘라요. 그리고 보면 나도 다른 사람들과 다르지 않군요. 많은 경우 내가 하는 일이 어떤 일인지 스스로 깨닫지 못하죠. 가끔은 내가 신발 끈을 묶을 만큼의 지식도 가지고 있지 않다는 생각을 하게 된답니다."

"당신의 신발 끈은 내가 묶어 줄 수 있소." 포츠가 눈빛을 반짝거리며 말했다. "당신이 힘들다면 말이오."

아일랜드 억양이 섞인 포츠의 말에 지 자매는 얼굴을 붉혔다. 그 순간 교회 문 옆에서 이지가 두 사람을 보고 있다는 걸 알았다. "어쩐 일로 오신 거예요?" 지 자매가 얼른 이렇게 물으며 이지를 힐끗 보았다. 마침 지하로 통하는 문에서 도미니크가 이지를 불렀다. "어서 용건을 말하세요. 저기 서 있는 우리 친구, 이지는 걸어 다니는 소식통이거든요."

"뒷담화를 한단 말이오?"

"뒷담화라고 할 것도 없지요. 이 단지에서는 모두가 모두에 대해 다 알고 있으니까. 굳이 뒷담화라고 단정을 지을 이유가 뭐겠어요? 어떻게 보면 그것도 뉴스는 뉴스잖아요."

포츠가 고개를 끄덕이며 한숨을 쉬었다. "실은 그래서 온 거요. 나도 전해줄 뉴스가 있어서."

"이제 뉴스가 생각나신 거예요?"

"젊은 친구를 하나 잡았는데, 이름은 얼이오. 당신이 그를 알고 있다는 걸 알았소."

지 자매의 얼굴에서 미소가 사라졌다. "어떻게요?"

"우리가 봤거든. 우리…… 그러니까 우리 사람 중 한 명이…… 당신을 미행했소. 지난주에 광장에서 소동이 있고 난 후에 말이오."

"수프의 파티에서 말이에요?"

"무슨 파티였든. 아무튼…… 난 모르고 있었는데…… 당신을 미행한 모양이오. 그리고 당신과 그 덩치 큰 친구가 얼을 끌고 실버스트리트 지하철역으로 가는 걸 봤소. 거기서 당신이 자동 회전문을 닫고, 얼과 몇 마디 이야기를 나눈 다음 보내주었다고 하더군. 그건 교통 당국의 규정에 위배되는 행위였소. 유감스럽지만, 중범죄에 속하지. 잠깐이나마 지하철역을 폐쇄했던 거니까."

지 자매는 승차권 판매원 캘빈을 떠올리며 가슴이 철렁하는 느낌이었다. "그건 내 생각이었어요. 내가 캘빈에게 부탁했던 거라고요. 그리고 단 10분 동안이었어요. 기차가 들어올 때까지만. 내가 저지른 잘못 때문에 캘빈이 해고당하는 건 원치 않아요."

"뭘 할 계획이었던 거요?"

"그자를 철로에 던지려던 건 아니에요. 만약 그걸 묻는 거라면."

"그럼 뭘 하려던 거였죠?"

"그자를 커즈 밖으로 데려가야 했어요. 그래서 거기로 데려간 거였죠. 관할 경찰서에 가서 보고하셔도 돼요. 판사에게 말하든가. 아니면 내가 직접 판사에게 말하죠. 그자는 누군가를 해치러 온 거였어요. 아마 스포츠코트였을 거예요. 그래서 광장에 왔던 거죠. 그날 처음 온 것도 아니었고요. 그래서 완전히 쫓아버리려던 거였어요."

"왜 경찰을 부르지 않았소?"

지 자매가 깔깔 웃었다. "광장 파티에 온 게 범죄는 아니잖아요. 누군가 병을 던졌는데 그게 하필 그자의 머리에 떨어진 거예요. 하나님의 섭리였죠. 그리고 의식을 잃었어요. 그것도 하나님의 뜻이었던 거죠. 그 망할 놈의 병에 맞았는데 죽지는 않고 의식만 잃게 하신 게 말이에요. 그자가 의식이 돌아오면 다시 올 것 같았어요. 그래서 수프의 도움으로 그를 지하철역까지 데려갔고, 캘빈에게 부탁해서 기차가 올 때까지 자동 회전문을 닫아달라고 했어요. 다른 사람들이 다치지 않게 하기 위해서였죠. 그것뿐이에요."

"그런 걸 오지랖이라고 하는 거요."

"어떻게 표현하든 상관없어요. 이제 끝났으니까."

"우리에게 신고해야 했소."

"우리는 왜 파티를 할 때마다 경찰이 와야 하죠? 당신네들은 우리를 보호하기 위해서가 아니라 우리를 감시하고 통제하기 위해 있는 거잖아요. 백인들이 입주민 파티를 할 때 경찰이 출동해서 감시하는 건 본 적이 없다고요. 우린 다만 오랜 친구인 수프의 환영 파티를 하고 있었던 거예요. 그 애는 소년 시절에 감옥에 갔다가 성년이 돼서 나왔어요. 아주 멋진 남자가 되었더라고요. 그는 이제 어디를 가야 그에게 맞는 일자리를 구할 수 있을까요? 수프는 파리 한 마리 죽이지 않을 사람이에요. 그 애가 어렸을 때는 집 밖으로도 잘 나오지 않았다는 거 아세요? 늘 집 안에 틀어박혀 하루 종일 텔레비전만 봤어요. '캡틴 캥거루'나 '로저스 아저씨네 동네' 같은 프로들이요."

"아이들 프로 말이오?"

"그 애는 어렸을 때부터 그랬어요. 지금은 이슬람교도가 되었고요. 믿어지세요? 우리가 그렇게 정성을 들였는데 말이에요." 지 자매는 턱으로 교회를 가리키고 어깨를 한 번 으쓱해 보이며 말을 이었다. "하기는 뭐……. 그 애의 삶에 어떤 방식으로든 신이 함께하면 된 거죠." 지 자매는 기대고 있던 잡초 제거용 칼을 들더니 메말라 갈라진 땅 위로 무성히 자란 풀들을 무심히 잘랐다.

"그러니까 당신과 그 어린이 프로 좋아하는 청년, 매표소 청년이 전철역을 폐쇄했던 거군요." 포츠가 말했다.

지 자매가 잡초 자르던 손을 멈추고 포츠를 바라보았다. 처음 만났을 때의 약간 화난 듯한 표정으로 돌아가 있었다. 포츠가 지 자매의 눈길을 피하기 위해 땅을 내려다보았다. 그 순간 지 자매가 그의 시선에서 보았던 것은 수치심이었을까? 확신할 수는 없었다.

"내가 역을 폐쇄했던 겁니다. 혼자서 한 일이에요."

포츠는 모자를 벗고 소매로 눈가를 훔친 다음 다시 모자를 썼다. 지 자매는 그런 포츠를 유심히 살폈다. 포츠의 동작 하나하나가 감정을 다스리기 위해 애쓰는 모습임을 알 수 있었다. 화가 난 것 같지는 않았다. 오히려 실망한 듯 보였고 조용한 슬픔 같은 것에 사로잡힌 모습이었다. 그런 포츠의 모습을 보며 지 자매는 자기 의지와 상관없이 그에게 끌리고 있었다. 그런 슬픔, 쓸쓸함을 지 자매도 잘 안다. 이 모든 상황이 약간은 걱정스러웠지만, 그런데도 그 공감대라는 것이 그녀를 설레게 했다. 그런 느낌이 어떤 것이었는지 한동안 잊고 살았다. 35년의 결혼생활 중 최근 5년간은 소리 없는 고통의 시간이었으며, 미미하고도 헛헛한 애착의 감정이 아주 가끔 불거져 나오곤 했을 뿐이었다. 그래서 오래전에 죽었다고 생각했던 그녀의 일부가 흔들려 일렁이며 깨어나는 것 같았다.

"역을 폐쇄한 일? 그 일에 대해선 알고 싶지도 않소." 포츠가 말했다. "관할서에서도 그럴 거고, 교통국에서도 그럴 거요. 그 점은 내가 확실하게 말해줄 수 있소. 그렇지만 우린 얼이라는 친구를 체포했소. 내가 체포한 거지. 그걸 당신이 알고 있어야 한다는 거요."

"왜죠?"

"그가 용의자니까. 하지만 얼은 단순한 용의자, 그 이상이오. 만만한 상대가 아니란 말이지. 당신들이 소위 말하는 실력자란 말이오. 머리도 좋고, 여러 사람 이빨 꽤나 부러뜨리고 다녔소. 하지만 지금 우리가 걱정하는 건 얼이 아니오. 그의 행위에 대해서는 확실한 증거를 확보하고 있으니까. 현재 우리는 그와 협조 중이오. 아니, 얼이 우리에게 협조하는 거지. 내가 말해줄 수 있는 건 여기까진데 당신만 혼자 알고 있어야 하오. 그러니까 얼이 다시 여기 올까 봐 걱정하지는 말라는 거요. 그렇지만 얼에게 일을 시키는 인물, 그자의 신변을 아직 확보하지 못했는데, 우리가 두려워해야 하는 상대는 바로 그자라는 거요."

"그게 스포츠코트와 무슨 상관이 있죠?"

"몇 번이나 말해야 하오? 그 스포츠코트라는 영감이 큰 벌집을 건드렸단 말이오. 알면서 일부러 그랬는지는 모르겠지만, 아니, 그런 건 아니겠고 상대를 잘못 골랐다고 해야겠지. 곧 마약 전쟁이 시작될 듯한 조짐이 보이고 있소. 당신네 스포츠코트나 교회가 그 중간에 끼이지 않도록 해야 할 거요. 그들 마약 조직은 다른 족속이라고 봐야 해요. 예전의 사기꾼들처럼 어떤 원칙 같은 것에 따라서 움직이는 자들이 아니지. 악수를 나누거나 묵시적인 계약을 주고받거나, 덮어주는 일 같은 건 기대할 수 없소. 아무도 안전할 수 없고, 어떤 것도 피해 가는 법이 없지. 너무나 큰돈이 달려 있으니까."

"그게 우리와 무슨 상관이죠?"

"전에도 말했잖소. 그 스포츠코트라는 영감을 우리에게 넘기고 뒤로 빠지시오. 가운데 끼어들지 말라는 뜻이오. 우리가 그 영감을 보호해 주겠소."

지 자매는 갑자기 더위를 느꼈다. 눈살을 찌푸리며 하늘을 올려다보고는 길고 늘씬한 갈색 팔을 눈가로 들어 올려 햇빛을 가리고 포츠를 바라보았다. "햇볕이 너무 뜨거워요. 그늘로 가서 얘기할까요?"

이 말이 포츠에게는 마치 해변으로 가자 거나, 수영을 하자거나, 아니면 냉방이 잘되어 있는 시원한 도서관 라운지에 앉아 아일랜드의 시들을 함께 읽자는 말처럼 들렸다. 할머니가 좋아해서 포츠에게 가르쳐 주었고, 포츠도 좋아했던 '이리의 상징'이나 '험프리의 일기'처럼 단순한 시들을.

지 자매는 포츠를 지나쳐서 잡초들을 헤치고 교회 건물 뒤로 갔다. 도미니크와 범범, 이지가 접이식 의자를 나르고 있는 건물 옆면에서는 더 이상 지 자매가 보이지 않았다. 포츠도 지 자매의 뒤를 따랐다. 꽃무늬 원피스에 가려진 매력적인 몸매의 율동을 감지하면서. 지 자매는 두 팔을 활짝 벌린 예수님의 빛바랜 초상화 밑에 등을 기대고 섰다. 한쪽 발로 벽을 짚어서 황갈색 무릎이 앞으로 도드라졌다. 포츠는 겨우 그늘에 들어서서 지 자매를 마주하고 섰다. 두 손을 앞으로 모아 깍지를 끼고, 두 엄지를 비비며 시선을 마주치지 않으려 애썼다. 그녀의 모든 것, 모든 움직임이 포츠의 마음을 흔들어 무릎을 꿇고 싶게 만드는 것 같았다. 목과 입의 곡선, 벽에 기대선 모습, 긴 팔을 들어 부드럽게 이마를 훔치는 모습.

"스포츠코트를 찾는 건 어렵지 않아요." 지 자매가 말했다. "늘 주변 어딘가에 있으니까요. 가서 그를 체포하려면, 그렇게 하세요. 그렇다고 달라지는 건 아무것도 없어요. 딤즈는 여전히 매일 정오가 되면 게양대에서 약을 팔 테니까요. 제가 보기에 딤즈는 스포츠코트를 해치려는 의도가 전혀 없는 것 같았어요. 사실은 오히려 전보다 더 공손해졌지요. 주민들은 딤즈가 변했다고 한답니다. 노인과 아이들에게는 약을 팔지 않아요. 물론 다섯 블록만 걸어서 워치하우스에 가면 어차피 다 살 수 있으니까 마찬가지긴 하지만요. 자기 아이를 보내서 마약을 사 오게 하는 사람도 있어요. 상상이 되세요? 아홉 살이나 열 살짜리를 보내서 마약을 사 오게 한다는 게 말이에요. 이곳이 전에는 그렇지 않았어요. 우리가 도대체 뭘 잘못하고 있는 걸까요?"

이렇게 말하는 지 자매의 얼굴이 너무도 슬퍼 보였다. 포츠는 팔을 둘러 그녀를 안고 싶은 걸 참기 위해 안간힘을 써야 했다. 슬픈 표정의 예수님이 그려진 교회 뒷벽 그늘에 서서 그녀에게 팔을 두르고 "괜찮아요. 내가 당신을 지켜주겠소"라고 말하고 싶었다.

하지만 정작 그에게서 나온 말은, "친구로서 하는 말이오. 당신을 포함해서 이곳 사람들 모두 뒤로 물러서서 우리가 임무를 수행할 수 있게 해 주어야 해요."

"그럼 딤즈를 체포하세요. 그게 문제를 해결하는 데 훨씬 도움이 될 거예요."

"우리가 오늘 그를 체포하면, 아마 내일 그를 대신할 사람 열 명이 나타날 거요. 얼을 당신네 파티에 보낸 바로 그자에 의해서 말이오. 우리가 상대하는 건 그들의 총체적인 조직이요. 스포츠코트를 쫓는 그 녀석은 범죄조직의 일원이란 말이오. 그런 조직들은 합법적인 사업과 불법적인 사업을 교묘하게 섞어서 운영하지. 한 개인으로 움직이는 게 아니라, 하나의 거대한 조직을 운영하는 거요. 그를 위해 일하는 직원들이 있고, 공장이 돌아가지. 키즈하우스 국기 게양대에서 판매되는 마약은 원료 상태로 들어오는 거요. 상점이나 약국에서 파는 음료수나 아스피린처럼 이곳 어딘가에서 가공되고, 포장되어야 하는데, 퀸즈에서부터 조지아까지 그런 작업을 수행하는 시설을 그들이 운영하고 있소. 당신들이 끼어들어서 바꿔볼 수 있는 상대가 아니라는 거요."

"경관님이 그 일을 해 보시려는 건가요?"

"경찰? 우리? 그렇소."

"그런데 우리에 관해 잘못 생각하시는 게 있어요." 지 자매가 야무지게 말했다. "우리는 성탄 모금액만 찾으면 되거든요."

그러자 포츠가 큰 소리로 웃었다. "무슨 말을 하는 거요? 당신들은 브루클린의 대대적인 마약 사업에 끼어들어, 마약왕의 오른팔인 사내의 머리에 필라델피아만 한 크기의 혹을 달아서 지하철을 태워 보냈소. 그리고 고인이 된 그의 목사 아버지를 안다고 그를 협박하기까지 했소. 그 이유가 단지 교회 성탄 클럽 모금액 때문이었다는 거요?"

"그자는 문제를 일으키려고 여기 왔다고요." 지 자매가 성난 음성으로 말했다. "그리고 성탄 클럽 모금은 우리의 소중한 돈을 모은 거예요. 거기 얼마가 들어 있는지는 아무도 모르고요."

"얼마가 되었든, 당신들이 위험을 감수할 만큼 중요하지는 않을 거요. 상대는 당신들이 상상하는 그 이상이란 말이오!" 포츠가 말했다.

"당신은 여기 살지 않잖아요." 지 자매가 쓸쓸한 어조로 말했다. "난 딤즈의 가족을 다 알아요. 그의 할아버지 루이스 씨는 참 강한 사람이었어요. 삶 자체도 그만큼 척박했고요. 주머니에 단돈 10센트를 가지고 켄터키에서 뉴욕으로 왔죠. 그때부터 죽는 날까지 40년 동안 사무실 청소를 했어요. 그의 딸은 수년 동안 매주 일요일이면 예배에 참석했어요. 우리끼리 얘기지만, 그 여자는 술을 얼마나 많이 마셔댔는지, 아무짝에도 쓸모없는 사람이었어요. 그 집 식구들 중에 제일 잘난 건 그녀의 아들이자 루이스의 손자인 딤즈였죠. 장래가 촉망되는 아이였어요. 이 근처에서 공을 그 애보다 잘 던지는 사람은 없었으니까요. 야구 하나만으로도 세상에 거칠 게 없는 아이였어요. 그랬던 아이가 지금 죽임을 당하거나 감옥에 갈 기로에 서 있는 거예요. 하기는 어느 쪽이든 마찬가지긴 하겠군요. 딤즈가 죽지 않고 살아서 감옥에 간다면 그 안에서 더 나쁜 길로 빠지게 되겠죠. 그 후로는 감옥을 제집처럼 드나들며 살 거고요. 그런 일들은 당신의 보고서나 영장에 언급될 만큼 중요하지 않겠죠, 그렇지 않나요? 마치 나무에 매달린 원숭이 떼를 보듯이 유색인이나 히스패닉에 대한 부정적 기사가 신문에 실리곤 하지만, 이런 이야기들은 다뤄지지 않아요. 그렇죠?"

"그 문제를 나한테 따지지는 마시오. 아일랜드 출신들도 똑같이 채이고 밟혔으니까."

"그 얘기가 본질이 아니잖아요."

"아닌 거 알아요. 당신은 교회 모금액 얘기를 하고 있었으니까. 하지만 그건 이번 일과 아무 관계가 없소." 포츠가 말했다.

"모든 면에서 관계가 있죠. 우리 의지대로 할 수 있는 건 그 성탄 클럽 모금뿐이니까요. 우리는 마약 중개업자들이 집 앞에서 마약을 팔아도 막지 못해요. 시 정부가 우리 아이들을 형편없는 학교에 보내게 하는 것도 막지 못하고요. 뉴욕시에 문제가 생길 때마다 사람들이 우리를 비난하는 것도 막을 수 없어요. 군대에서 우리 아들들을 베트남전에 보내는 것도 막을 수 없죠. 특히 베트콩들이 백인 병사들의 발가락을 잘라 걷지도 못하게 만들고부터는 더 그렇죠. 하지만 5센트, 10센트씩 모아서 성탄절에 다만 10분이라도 아이들을 행복하게 해 주는 건 우리 의지대로 할 수 있는 일이죠. 그게 뭐가 잘못되었다는 거죠?"

지 자매는 이렇게 말하면서 잡초밭과 주변에 있는 주택 단지 건물들을 향해 팔을 휘저었다. 주택 단지 옆에는 엘레판테의 화물차 사무실이 있었고, 그 뒤로 항구가 보였다. 항구에는 자유의 여신상이 오후의 햇살을 받아 빛을 발하고 있었다. "주변을 둘러보세요. 이 모든 것들 중에 정상적인 게 있나요? 이 풍경이 당신에겐 정상적으로 보여요?"

포츠는 꽉 다문 어금니 사이로 한숨을 내쉬었다. 이 진흙탕 같은 환경에 사는 사람이 어쩌면 이렇게 순진무구할 수 있을까.

"이 세상에 완벽하게 정상적인 건 없어요." 포츠가 말했다. "당신이 그걸 기대한다는 사실을 난 이해할 수가 없소.”
 포츠의 말을 들은 지 자매의 표정에 가득 찼던 분노가 풍선에 바람 빠지듯 가라앉았다. 다시 부드러운 표정으로 돌아온 지 자매는 호기심 어린 눈으로 포츠를 바라보다가 손 등으로 눈가를 훔치면서 체중을 반대 다리로 옮겼다.
 “왜 여기 오신 거죠?” 지 자매가 물었다.
 “이번 사건 때문이지.”
 “아니요. 설교는 교회 안으로 들어가야 들을 수 있어요. 일요일에요. 이렇게 교회 뒤편에서가 아니고요. 당신에게 필요한 건 교회 밖이 아니라 안이에요.”
 그러자 포츠가 어깨를 들썩이며 말했다. “당신에게 듣는 설교만으로도 충분하오. 아이들을 행복하게 해 주고 싶다는 말이 특히 좋았소. 당신이 들뜬 모습도 보기 좋아요.”
 지 자매가 인상을 찌푸리며 말했다. “지금 제 말을 재미로 들으시는 건가요?”
 “전혀 그렇지 않소.” 포츠가 말했다. “당신도 나처럼 오랜 세월 한 직종에 종사하다 보면 나와 같은 마음일 거요. 우리는 닮은 꼴이오. 당신과 나. 같은 일을 하고 있지. 기억나시오? 우리는 남들이 손대고 싶어 하지 않는 것들을 치우는 사람들이지. 오물. 그게 우리 직업이잖소. 사람들이 어질러 놓은 것을 치우는 일.”
 지 자매의 입가에 씁쓸한 미소가 번졌다. 포츠가 처음 교회에 걸어 들어갔을 때 만났던, 강하고, 퉁명스럽고, 무심한 여자의 모습이 다시 한번 녹아내리듯 사라지고, 취약하고 외로운 영혼이 모습을 드러냈다. 이 여자는 나를 닮았어. 포츠는 신기한 발견을 한 듯 지 자매를 바라보았다. 이 여자도 나처럼 갈 곳을 잃고 방황하고 있어.

포츠는 가까스로 정신을 차리고 불쑥 내뱉듯이 말했다. "내가 왜 여기 왔는지 물으니 대답하리다. 첫째, 당신네 교회 집사가 여기 어딘가 있다는 사실을 알고 있소. 그 영감, 위기 상황을 모면하는데 뛰어난 재주가 있는 것 같아. 그렇지만 우리는 결국 그를 찾아낼 거요."

"그럼 찾아내세요."

"우리는 되도록 조용히 접근할 생각이오. 주민들이 놀라거나 겁을 먹지 않도록. 그런데 주민들은 우리를 도와주지 않는군. 우리가 그 영감의 행방을 물을 때마다 다들, '방금 여기 있었는데'라거나, '조금 전에 나갔어요'라거나, '브롱크스에 있는 것 같아요'라고 둘러대며 그를 숨겨주려고 한단 말이오. 그렇지만 당신들이 알아야 할 게 있어요. 내 말을 모두에게 전해주시오."

포츠는 지 자매에게 가까이 몸을 기울였다. 지 자매는 포츠의 주름진 얼굴에 서린 걱정과 경고의 표정이 진심임을 알 수 있었다.

"스포츠코트를 잡으려는 그 자가 타 도시에 있는 사람을 불러들였소. 아주 위험한 인물이지. 지금 내가 알고 있는 것은 그자의 이름뿐인데, 해럴드 또는 딘이라고 불리는 사람이오. 성은 아직 모르고, 어쩌면 해럴드가 성인지도 모르겠군. 아니면 딘이거나. 아무튼 이름이 문제가 아니라, 이 자가 몹시 거칠고 잔혹하다는 거요. 당신이 쫓아 보낸 얼간 같은 친구와는 급이 완전히 달라요."

"해럴드 딘."

"그렇소. 해럴드 딘."

"사람들에게 조심하라고 말해줘야 할까요?"

"내가 당신이라면 국기 게양대 근처에는 얼씬도 하지 않을 거요."

"거긴 우리 자리에요! 매일 아침 최소한 30명 이상은 그곳을 지나 칠걸요. 딥즈도 거기서는 우리에게 함부로 굴지 않아요."
"다른 장소에서 모이도록 해요."
"다른 장소는 없어요. 우리가 게양대 자리를 내놓으면 그걸로 끝이 에요. 그다음엔 모두 집 안에서 감옥살이를 해야 할 거라고요."
"당신은 아직 상황을 이해하지 못하고 있소. 이 주택 단지에서 위험에 처한 사람이 그 스포츠코트뿐이 아니란 말이오. 보고서에서 읽은 내용에 의하면 해럴드 딘이라는 자는……."
지 자매가 숨을 죽이고 지켜보는 가운데 포츠가 잠시 말을 멈췄다.
포츠가 정작 하고 싶은 말은, "그자는 살인청부업자요. 난 그 자가 당신 가까이 오는 걸 원치 않아요"였다. 그렇지만 그렇게 말했을 때 지 자매가 어떤 반응을 보일지 알 수 없었다. 포츠는 해럴드 딘이 어떻게 생겼는지 모른다. 사진도 첨부되어 있지 않은 정보국 보고서에는 그가 흑인이고, '무기를 소지하고 있으며, 매우 위험하다'는 간단 모호한 정보가 고작이었다. 포츠는 '당신이 걱정스러워'라는 말을 하고 싶지만, 그 말을 어떻게 전달해야 할지 알지 못했다. 그러나 이제 어차피 그런 말이 소용없게 되고 말았다. 지 자매의 검은 눈동자가 다시 빛을 발하며 성난 표정으로 돌아갔기 때문이었다.
예쁜 그녀의 콧구멍이 부풀어 오르면서 포츠의 말을 대신 마무리했다. "그가 위험한 사람이라는 말씀이군요. 백인들이 위험하다고 하면 위험하고, 그렇지 않다고 하면 그렇지 않은 거로군요." 지 자매가 무덤덤하게 말했다. "이게 위험하다. 저게 위험하다. 이 주택 단지 안에서 무엇이 위험한지에 대해 당신들이 우리에게 알려줄 필요는 없어요. 세상이 우리에게 어떤 의미인지도 당신들이 우리에게 말해줄 필요는 없죠."

포츠는 쓸쓸하고 엷은 미소를 지으며 고개를 저었다. 결국 그런 거였다. "우리?" 포츠는 지 자매의 이 한마디를 되뇌어 보았다.

그러고는 뒤로 몇 발짝 물러서며 그늘을 벗어난 다음 순찰차를 향해 돌아섰다. 또 하나의 꿈이 깨졌다. 많은 꿈을 꾸고 있었다. 사실은 기뻐해야 할 일이었다. 낚싯바늘에 걸릴 뻔하다가 놓여났으니까. 할머니가 늘 얘기했던 책임감이나 마법 같은 사랑의 무게는 포츠가 감당할 수 있는 것이 아니었다. 누구나 진정한 사랑을 할 수 있는 건 아니니까.

포츠는 교회 뒷벽을 따라 천천히 걸었다. 오른손으로 벽을 스치면서, 마치 방금 건물이 무너져 내리는 걸 지켜본 사람처럼 느리고 불안정한 걸음을 옮겼다.

지 자매는 포츠가 천천히 멀어지는 모습을 지켜보면서 가슴이 발까지 내려앉는 것 같았다. 그와 동시에 가슴이 아려 오는 것을 자신도 어쩔 수 없었다.

"경관님을 개인적으로 책망한 건 아니에요." 포츠의 등에 대고 지 자매가 소리쳤다.

포츠는 걸음을 멈추었으나 돌아보지는 않았다. "더 좋은 뉴스를 가지고 오고 싶었소." 포츠가 대답했다. "이 사건에 대해서 말이오."

지 자매는 시선을 떨구고 발로 흩어진 잡초들을 쓸었다. 다시 시선을 들어 앞을 보기가 두려웠다. 그가 어서 가 주기를 바라는 마음이었다. 그를 향한 마음을 스스로 감당하기가 너무 벅찼기 때문이다. 하지만 동시에 그가 좀 더 있어 주기를 바랐다. 아쉬움 때문이었다. 각기 반대 방향에서 몰아치는 두 개의 커다란 파도가 맞부딪히는 느낌이었다. 이런 감정을 느껴 본 게 언제였는지 기억조차 나지 않았다.

한참 만에 시선을 들었을 때, 포츠는 건물 끝에서 막 모퉁이를 돌아서려는 참이었다. 모퉁이를 돌면 순찰차에서 그를 기다리는 그의 파트너가 있고, 이지와 범범, 도미니크가 있을 것이다. 어리석은 세상에 속해 있는 그들은 포츠의 참모습을 보지 못한다. 포츠는 그들이 보지 못하는 내면을 가진 남자다. 경찰 제복과 외모가 말해주지 못하는, 그 너머의 세계를 품고 있는 남자. 지 자매는 자기가 왜 남들이 보지 못하는 포츠의 내면을 보았는지 알 수 없었다. 그녀는 오물을 치우고, 그는 나쁜 사람들을 쫓는다. 그녀는 청소부고, 그는 경찰이니까. 두 사람 모두 사랑을 이야기하고 있었지만, 말로 규명할 수 없는 마음, 그 특별한 무엇, 그 특별한 노래는 서로에게 전해지지 않았다. 지 자매는 그걸 확실하게 알 수 있었다. 천천히 멀어지는 포츠의 뒷모습을 바라보면서, 지 자매는 자신과 포츠의 미래를 보았다. 그리고 언젠가 스스로를 원망하게 될 것임을 알았다. 적어도 봉투를 열어 그 안에 들어 있는 편지에 담긴 내용을 읽어 보려는 시도는 해야 했는데. 도대체 몇 번이나 가슴 속에 치밀어 올라오는 열정을 삼켜 버렸던가? 자동차를 운용할 돈을 만들기 위해서, 가정을 꾸려가기 위해서, 결혼을 위해서, 자녀들의 학교 교육을 위해서, 어머니를 위해서, 그리고 교회를 위해서 말이다. 무엇 때문에 그래야 했던가? 제 마음은 어떡해야 하나요, 주님? 제게 얼마나 많은 시간이 남은 건가요?

포츠가 교회 모퉁이를 돌아서려 할 때 지 자매의 음성이 들렸다. "뭔가 더 알려줄 게 생기면 다시 오세요."

포츠가 걸음을 멈췄다. 그리고 고개는 돌리지 않은 채 어깨 너머로 소리쳤다. "좋은 소식은 아닐 거요."

자유의 여신상과 항구를 배경으로 보이는 포츠의 옆모습은 아름다웠다. 머리 위로는 갈매기들이 날고 있었다. 다시 오지 않겠다는 말은 하지 않았다. 지 자매의 마음에는 또다시 작은 날개가 돋아나기 시작했다.

"좋은 소식이 아니어도." 지 자매가 말했다. "당신이 전해주는 거라면 그 안에 반드시 좋은 소식이 따라올 거예요."

포츠의 굽은 어깨가 약간 편안하게 내려앉는 것 같았다. 포츠는 숨을 가다듬었다. 지금 돌아본다면 얼굴에 드러나는 감정을 숨기지 못할 것 같아서 두려웠다. 이 한순간의 감정으로 인해 두 사람 모두를 너무 힘든 상황으로 몰아갈 수는 없지 않은가. 하지만 포츠가 돌아보지 못하는 더 큰 이유는 따로 있었다. 지금까지 그 많은 시와 아름다운 아일랜드의 이야기들, 아름다운 노랫말과 음률, 희망, 웃음, 기쁨, 고통이 가득한 이야기들을 읽었는데도 포츠는 지금 자기 마음을 표현할 말을 떠올릴 수 없었다. 그가 아는 모든 어휘가 크리스마스 선물처럼 포장지에 싸여버린 것 같았다. 59년을 살아오면서 처음 느껴보는 감정이었다.

"무엇이든 전해줄 소식이 생기면 기꺼이 와서 전해주겠소." 포츠는 지 자매에게 하는 말이라기보다는 땅을 향해 내뱉는 듯 외쳤다.

"기다릴게요." 지 자매가 말했다.

하지만 이 말은 허공을 향해 날아갔는지도 모르겠다. 포츠는 이미 모퉁이를 돌아 순찰차 쪽으로 사라진 뒤였으므로.

16
하나님이 당신을 보호하시기를…

수프 로페즈의 환영파티가 있은 지 9일이 지났고, 딤즈가 귀에 총을 맞은 지는 2주가 지났다. 여전히 건재한 스포츠코트는 이탈리아 노부인의 일을 도와주기 위해 아침 일찍 밝은 모습으로 그녀의 적갈색 벽돌집에 당도했다. 정원 일을 해 주기로 되어 있었다. 여느 수요일과 다름없는 날이었다.

그를 기다리던 노부인은 스포츠코트가 걸어오는 모습이 보이자 곧장 집 밖으로 나왔다. 홈웨어 차림에 허리에는 앞치마를 두른 채, 남자 재킷을 걸치고 남자 워킹화를 신고 있었다.

"집사." 노부인이 말했다. "자리공 찾으러 갑시다."

"뭣에 쓰려고요? 그 식물은 독이 있다고 들었는데."

"그렇지 않아요."

"아, 그래요? 그럼 괜찮고요." 스포츠코트가 말했다.

두 사람은 집 앞의 도로를 걸어 항구로 이어지는 공터로 갔다. 노부인이 앞서 걷고, 스포츠코트가 그녀 뒤를 따랐다. 집에서 두 블록 떨어진 잡초밭에 이르자 노부인이 풀을 헤치며 들어가고 스포츠코트가 뒤를 따랐다. 두 사람 모두 땅을 두리번거리며 걸었다.

걸으면서 몇 가지 좋은 약초들을 보았다. "대청가시도 있고, 뚝지치도 있고, 자고새풀도 있는데," 스포츠코트가 말했다. "자리공은 없네요."

"여기 있을 거유." 엘레판테 부인이 몇 걸음 앞서 잡초를 헤치고 걸어가며 말했다. "한 무더기 찾아내면 의사가 나를 미워하겠지. 환자가 줄어들 테니까."

"아무렴요." 스포츠코트가 키득거리며 응수를 했다. 오늘 아침엔 기분이 좋았다. 사실 스포츠코트는 노부인의 이름을 기억하진 못했지만, 아침에 그녀와 커즈 지구를 돌아다니며 화초나 약초를 찾는 날이면 늘 기분이 좋았다. 그가 돈을 벌기 위해 하는 일들 중에 유일하게 술기운을 빌릴 필요가 없는 일이기도 했다. 헤티가 죽은 후로는 매일 아침 하루를 시작하기 위해 술기운을 빌려야 했다. 하지만 이 노부인의 일을 도와주는 수요일에는 늘 설레고 기분이 좋았다. 노부인은 자기 나이가 여든아홉을 바라본다고 했다. 그러니 스포츠코트보다 열여덟 살 위인 셈이다. 커즈에서 그 정도 나이에 그녀만큼 하루 종일 야외에서 일하는 걸 즐기는 노인은 별로 없었다. 그녀의 일을 도와주기 시작한 지 4개월이나 되었지만, 스포츠코트는 아직 그녀의 이름을 기억하지 못했다. 다만 스포츠코트가 중요하게 생각하는 것은 노부인이 선량한 백인이라는 사실이었다. 스포츠코트는 사람의 이름을 기억하는데 빵점이었다. 술독에 빠져 지내기 시작한 후로는 더욱 그랬다. 그래서 누구를 만나든 '잘 지냈소, 형제'라거나, '안녕하시오, 부인' 하는 식으로 넘어갔고, 상대의 이름이 뭐든 자연스럽게 대화가 이어질 수 있었다. 4개월이 지난 지금에 와서 다시 이름을 물어보는 건 실례가 될 것 같았다. 그래서 스포츠코트는 노부인을 '포 파이 부인'이라고 부르기로 했다. 노부인은 그렇게 불리는 것에 대해 마다하지 않았지만, 핫소시지에게 그 얘기를 했을 때는 얼마나 재밌어했는지 모른다.

"진짜 이름은 없대?" 핫소시지가 물었다.

"물론 있지. 노인센터에 있는 여자가 노부인의 일을 내게 소개해주면서 그녀의 이름을 적어주었는데, 그 종이를 잃어버렸어."

"그럼 노부인에게 이름을 다시 한번 물어보지 그랬어?"

"내가 뭐라고 부르던 신경 쓰지 않는 것 같아!" 스포츠코트가 변명을 했다. "내가 '포 파이 부인'이라고 부르는 걸 좋아하는 것 같더라고."

"왜 그렇게 부르는 건데?"

"내가 일을 도와주기로 하고 처음 그녀 집에 갔을 때, 오븐 안에 따끈따끈한 블루베리 파이 네 개가 있었어. 온 집안에 블루베리 냄새가 진동을 하더라고." 스포츠코트가 말했다. "그래서 내가, '냄새가 정말 좋네요'라고 말했지. 그리고 나서 그녀가 자기 이름을 말했어."

"그런데 기억이 안 난다는 말이야?"

"그럼 어떤가? 늘 현금으로 수고비를 주는데." 스포츠코트는 이렇게 말하고 잠시 생각해 보더니 말을 이었다. "이탈리아 이름 같았어. '일리… 에…' 뭐든가, 아니면 '엘라… 랜… 티'든가 그랬던 것 같은데." 스포츠코트는 머리를 긁적이더니 다시 말을 이었다. "첫날은 기억하고 있었는데, 집에 와서 술 한 병 마시고는 잊어버렸어. 바로 머릿속에서 빠져나갔다고."

"첫날 자네에게 그걸 주었다고?" 핫소시지가 물었다. "내게 술을 한 병 주었냐고? 아니 나도 내 술이 있어."

"아니. 파이 말이야! 파이를 네 개나 만들었다며."

"당연한 걸 왜 또 묻는 거야? 그랬다니까!" 스포츠코트가 다시 한번 강조하듯 말했다. "포 파이 부인은 실없는 농담 같은 거 하는 사람이 아니라고! 그녀는 내가 정원사라는 걸 알아. 좋은 사람이야." 그러고는 잠시 생각에 잠겼다가 말을 이었다. "그런데 지금 다시 생각해 보니, '포 파이'가 아니라 '쓰리 파이' 부인이라고 불러야 할 것 같네. 그날 파이 하나를 통째로 나에게 주고, 세 개만 남겼으니 말이야." 스포츠코트는 이렇게 말하고 껄껄 웃었다. "나 아주 인기가 좋다네, 핫소시지! 거기 사람들 나를 좋아해. 그녀도 나한테 완전히 반한 것 같거든."

"자네가 자기보다 이빨이 많이 남아서 그런가 보지."

"질투하지 마. 아주 까칠한 여자야. 소위 말하는 껄끄러운 면이 있단 말이야. 아, 그 노부인이 유색인이고 안짱다리였다면, 내가 실키스에 데려가 좋은 브랜디 한 잔 사줄 텐데 말이야."

"왜 하필 안짱다리여야 하는데?"

"정상적인 다리는 나한테 있잖아."

핫소시지가 웃었다. 하지만 스포츠코트는 방금 한 농담에 스스로 민망해진 느낌이었다. "사실은 말이야, 소시지," 스포츠코트가 자못 진지한 어조로 말했다. "헤티가 보고 싶어. 헤티는 내가 이런 못된 농담을 하면 가만두지 않았거든. 내가 이런 말 하는 걸 들으면 앞으로 내 앞에 나타나지도 않을 거야. 그럼 안 돼." 스포츠코트는 헤티의 기분을 상하게 할 수 있는 농담을 한 것을 만회해야겠다고 생각했다. "사실 포 파이 부인은 가까이하기 힘든 여자야. 자기 마음대로 말을 하거든. 생각하는 걸 주저 없이 말로 쏟아내는 것 같아. 그래서 난 그 여자가 좀 무서워. 남편이 오래전에 죽었는데, 아마 그 여자가 말로 남편을 잡았을 거야. 그 정도로 강한 여자라니까. 이 근처에서 식물에 대해 그녀보다 많이 아는 사람은 없을 거야. 일을 도와주다 보면 시간이 언제 가는 줄 모르게 흘러. 나도 식물을 좋아하니까. 그녀의 일을 도와주는 날은 술기운을 빌릴 필요가 없어. 물론 예방 차원에서 약간은 해야겠지만, 많이는 필요하지 않아. 정원 일을 하지 않는 다른 날들에 비하면 안 마시는 거나 마찬가지지. 다른 일을 하는 날에는 술을 마시며 떠들어대다가 울고, 결국은 정신을 놓을 때까지 마시고 취해버리기가 일쑤거든. 특히 헤티가 나타나지 않는 날에는 말이야. 그럴수록 더 정신이 혼미한 상태로 이런저런 생각에 빠져들게 돼. 그리고는 헤티를 그리워하고, 내가 그녀에게 잘못했던 일들을 떠올리며 괴로워하지.”

　스포츠코트는 그런 얘기를 나누면서 자기가 포 파이 부인과 잡초밭을 헤치며 식물에 대해 얘기하는 시간이 매주 기다리는 몇 안 되는 즐거움 중 하나라는 사실을 새삼 깨달았다. 주로 말을 하는 사람은 포 파이 부인이고 스포츠코트는 듣는 편이었다.

　두 사람이 함께 있는 풍경은 좀 생경했다. 홈웨어에 앞치마를 두르고 자기 치수보다 훨씬 큰 남성용 작업화를 신은 백인 노부인과, 낮은 중절모에 체크무늬 재킷을 입은 나이 많은 흑인 남자가 화물차와 황량한 항구, 철도를 지나 폐허가 된 공장 주변에 무성하게 자란 잡초밭으로 걸어 들어가는 모습이라니.

　스포츠코트는 그날 노부인의 뒤를 따라 걸으며, 그녀의 걸음걸이가 불안정하다는 생각을 했다. 사실은 지난 몇 개월 동안 쭉 피곤해 보였고 걸음걸이가 불안정했다. 적갈색 벽돌집으로 돌아온 후에도 자주는 아니었지만 노부인은 스포츠코트에게 주방에 들어와 청소나 채집해 온 약초 자르는 것을 도와달라고 할 때가 있었다. 남부에서 자란 스포츠코트는 어딜 가든 안보다는 밖에 있는 것이 불문율처럼 익숙했다. 남의 집에 들어가는 것은 무조건 두렵고 불편한 일이었기 때문에 스포츠코트는 그대로가 편했다. 게다가 포 파이 부인이 처음부터 말했었다. 그녀와 함께 살고 있는 아들이 집 안에 외부인 들이는 것을 좋아하지 않는다고 말이다. 스포츠코트는 그 아들을 한 번도 만난 적이 없었다. 아니, 어쩌면 만났는데 기억하지 못하는 것일 수도 있다. 아무튼 스포츠코트는 전혀 개의치 않았다. 어차피 백인의 집에서 뭔가 좋지 않은 일이 생겼는데 하필 그 주변에 있게 되면, 그 불똥은 결국 자기에게 튄다는 사실을 늘 염두에 두고 있어야 했기 때문이다. 그렇지만 수개월 동안 함께 일하면서 노부인의 마음속에 스포츠코트에 대한 신뢰가 생긴 것 같았다. 그런데도 스포츠코트는 주방에 들어가 노부인이 부탁한 일을 해주고 나면 가능한 한 빨리 마당으로 나왔다. 어찌 됐든 스포츠코트는 바깥일을 하는 사람이었으니까. 포 파이 부인도 그 점을 이해하는 것 같았다.

항구 남쪽 공터에 무성하게 자란 잡초밭을 거닐던 두 사람은 각기 떨어져 다른 방향을 찾아보기로 했다. 노부인이 제방 아래쪽으로 내려가 스포츠코트의 시야에서 벗어나자, 스포츠코트는 곧 그쪽으로 가서 노부인을 살폈다. 그녀는 버려진 닻 위에 걸터앉아 정면에 펼쳐진 늪을 둘러보고 있었다.

"여기 어딘가 자리공이 있었는데." 노부인이 말했다. "땅이 습해질수록 자리공이 있을 확률이 높거든."

"자리공 찾느라 너무 기운을 다 빼지는 말아야 할 것 같은데요." 스포츠코트가 말했다. "제 사촌 하나가 그걸 먹고 아팠던 적이 있습니다요."

"어느 부분을 먹느냐에 따라 그럴 수도 있지." 노부인이 말했다. "어디를 먹었는데? 뿌리, 줄기, 아니면 이파리?"

"아, 그건 모르죠. 벌써 오래전의 일이어서요."

"나는 다리에 감각이 무뎌지는 증상이 있다우. 게다가 백내장도 왔고. 하나도 안 보여. 자리공을 먹으면 피가 맑아져서 잘 보이게 될 거유. 다리도 그다지 아프지 않게 될 거요. 난 자리공이 있기만 하면 어느 부분이든 거의 다 먹을 수 있는데." 노부인이 말했다.

스포츠코트는 노부인의 확신이 감동적이기까지 했다. 노부인은 다시 일어서더니 늪지로 들어갔다. 스포츠코트도 다시 그녀의 뒤를 따랐다. 두 사람은 점점 깊이 들어갔다. 물에 가까워질수록 땅이 축축해지면서 젖은 풀들 사이로 발이 푹푹 빠졌다. 그러는 동안 좋아하는 약초들을 발견할 수 있었다. 앉은부채, 클레이토니아, 고사리. 그렇지만 자리공은 없었다. 두 사람은 물길을 따라 서쪽으로 이동하면서 20분 정도를 더 찾았다. 그러다가 드디어 물가에 있는 낡은 페인트 공장 근처에서 그렇게 찾던 보물을 발견한 것이다. 공장 뒤 빈터에 반가운 식물들이 그득하게 자라고 있었다. 야생 갓, 달래, 거대한 제라늄. 물론 자리공도 있었는데, 그중 어떤 것들은 키가 1.2미터나 되었다.

두 사람은 가지고 갈 수 있는 만큼 자리공을 채집해서 포 파이 부인의 집으로 향했다.

원하던 것을 수확한 부인은 기분이 좋았다. "자리공이 정말 크구먼." 자리공을 보며 말했다. "가게에서는 이렇게 큰 것을 찾아볼 수 없지. 하기는 이제 가게에서 싱싱하고 좋은 채소를 사기는 힘들어졌지만 말이우. 토마토 같은 것도, 가게에서 볼 때는 색도 빨간 게 윤기가 흐르고 싱싱해 보이지만, 집으로 가져와서 잘라보면 시뻘건 속이 뭉크러져 있을 때가 많아. 물론 맛도 없고. 그걸로 어떻게 스파게티 소스를 만들겠수?"

"못 만들죠." 스포츠코트가 응수했다.

"예전 같은 게 하나도 없어." 포 파이 부인이 투덜거렸다. "아버지만 한 아들 본 적 있수? 아들이 키도 물론 더 크고, 강할지는 모르지. 어깨도 넓고. 그렇다고 아버지보다 나은 사람일까? 내 아들은 분명히 자기 아버지보다 강하다우. 외면은 분명히 강해. 그렇지만 내면도 그럴까? 글쎄."

"아드님은 한 번도 본 적이 없는 것 같은데요, 포 파이 부인."

"지나다니는 건 본 적이 있을 거유." 부인이 손을 휘저으며 말했다. "요즘 젊은 애들이 다 그렇듯이 얼른 돈 좀 벌어보려고 이리저리 뛰어다니니까. 더 쉽게, 더 빨리, 더 많이 말이야. 그 애들이 원하는 건 그런 것들이지. 늘 바쁘게 서두른단 말이야. 뭐든 시간을 들여 차분히 하는 법이 없지. 얼른 참한 이탈리아 처녀를 만나야 할 텐데 말이유."

포 파이 부인은 잠시 그 생각에 빠져드는 것 같았다. 다시 공터로 나오는 길에 부인이 좋아하는 박주가리, 마디풀, 달래, 뚝지치가 자라고 있는 곳을 지났다. 그것들을 알아본 스포츠코트는 포 파이 부인이 좋아하겠다고 생각했지만, 부인은 자기 얘기에 열중하느라 식물들을 알아보지 못했다. "내가 늘 아들에게 말한다우. 쉽고 빠르게 벌리는 돈은 없다고. 그리고 돈이 전부도 아니라고 말이유. 먹고살 만큼 있으면, 그걸로 충분한 거지."

"부인 말이 전적으로 옳습니다."

포 파이 부인이 걸으면서 스포츠코트를 돌아보았다. "집사로 일한 지는 얼마나 되우?"

"몇 년이나 되었는지는 따져 본 적은 없어요. 기억도 못하고요. 아무튼 파이브엔즈 식구가 된 지는 20년이 넘었죠. 제 아내가 회계 일을 보았었답니다."

"아, 정말?"

"아내는 참 좋은 사람이었죠." 스포츠코트가 회한이 가득한 음성으로 말했다.

"요즘 아내들은 예전의 아내들 같지 않을 거유." 포 파이 부인이 말했다. "아무렴. 다르고말고."

적갈색 벽돌집으로 돌아오자, 포 파이 부인은 피곤했는지, 오랜만에 스포츠코트를 집 안까지 들어오게 했다. 자기는 너무 피곤하니 이 층에 가서 좀 누워야겠다면서, 그동안 스포츠코트가 할 일을 일러주었다. "약초들은 개수대에서 씻어주시오. 그러고 나서 조리대 위에 올려놔 주기만 하면 돼요. 오늘 수고비는 조리대에 올려 놓았수. 나갈 때 뒷문은 꼭 닫아주고."

"알겠습니다. 포 파이 부인."

"고마워요, 집사."

"별말씀을요, 부인."

포 파이 부인이 이 층으로 올라가고, 그녀가 부탁한 일들을 마친 스포츠코트는 작은 뜰로 통하는 뒷문으로 나왔다. 계단을 내려와 왼쪽으로 돌아서니 옆집과의 사이에 난 좁은 골목이 나왔다.

막 골목으로 들어서는데 엘레판테와 마주쳤다. 스포츠코트는 당연히 엘레판테를 알아보지 못했다. 키즈하우스 주민들 대부분이 화물차 사무실에 들락거리는 이탈리아인들 중에 누가 엘레판테인지 알지 못했다. 다만 그의 이름과 함께 따라붙는 끔찍한 이야기들은 모르는 사람이 없었다.

엘레판테가 브롱크스에 다녀온 지는 벌써 일주일이 지났지만, 그때의 기억은 여전히 그의 머릿속에 생생히 살아 있었다. 뒤뜰에서 늙은 흑인 영감과 마주쳤을 때도 그 생각에 골몰하던 중이었다. "누구요?" 엘레판테가 물었다.

"정원사요."

"여기서 뭐 하는 거요?" 엘레판테가 다시 물었다.

스포츠코트가 어색하게 웃으며 대답했다. "글쎄. 정원사는 당연히 정원에서 일을 하지 않겠소, 선생." 그 순간 스포츠코트는 엘레판테가 얼른 마당을 둘러보는 것을 보았다. "포 파이 부인이 애지중지하는 그 아드님이신 것 같구먼. 부인은 하루 종일 선생 얘기라오."

"방금 무슨 부인이라고 했소?"

스포츠코트는 실수했다는 생각에 민망해져서 두 볼을 풍선처럼 부풀렸다가 입으로 내쉬었다. "안에 있는 부인 말이오. 화초 가꾸기를 좋아하는. 선생의 어머니라고 생각되는데? 내가 일을 도와드리고 있소. 부인의 성함을 잊어버려서……."

"어머니는 별일 없으신 거요?"

"아, 괜찮으시오. 쉬어야겠다고 올라가셨어. 나와 함께 저기…… 음…… 항구 근처에 자리공 찾으러 다녀오셨거든."

엘레판테가 표정을 조금 풀더니 인상을 쓰며 물었다. "찾으셨소?"

"독수리가 날 수 있는지 묻는 거요? 당신 어머니는 이 근처 식물을 훤히 알고 계시오."

엘레판테는 비로소 편안하고 조그맣게 소리 내서 웃었다. 그러고는 스포츠코트를 빤히 바라보며 물었다. "우리 안면이 있지 않소?"

"그럼 우리가……." 스포츠코트도 엘레판테를 가만히 바라보았다.

그러자 기억이 났다. "맙소사…… 선생은 우리 헤티가 죽었을 때 그 양반 아니오?"
엘레판테가 손을 내밀어 악수를 청했다. "토미 엘레판테요."
"아, 그렇군요. 나는……" 스포츠코트는 갑자기 진땀이 나는 것 같았다. 고마운 마음이 들긴 하는데 뭐에 고맙다고 해야 하나? 물에서 헤티를 건져내 준 것에 대해서? 너무 많은 생각이 한꺼번에 일어났다. 이 자가 바로 엘레판테. 말로만 듣던 그 악명 높은 조직폭력배란 말이다. "어…… 나는 그만 가 봐야 할 것 같소, 선생."
"잠깐."
엘레판테는 주머니에서 돈뭉치를 꺼내더니 100달러를 세어 스포츠코트에게 내밀었다. "내 어머니를 도와주는 것에 대해 드리는 거요."
스포츠코트가 돈을 내려다보더니 말했다. "이러지 않아도 돼요. 어머니가 이미 내셨으니까."
"그래도 괜찮소."
"수고비는 이미 받았소, 선생. 어머님이 아주 후하게 주셨지." 스포츠코트가 말했다. "어머니는 식물 학교를 차리셔도 될 것 같소. 정말 아는 게 많으시지. 나보다 훨씬 더 많이 아실 거요. 어머니는 지금 자리공을 찾겠다는 결심이 대단하시오. 오늘도 그걸 찾기 위해 한참을 걸어 다녔는데, 나중에는 걸음걸이가 좀 불안정해지시더라고. 그래도 괜찮기는 하셨지만 말이오. 결국 자리공을 찾았고, 어머니는 자리공 덕분에 건강이 좋아질 거라고 하셨지. 그게 정말 효과가 있으면 좋겠소."
"이건 보너스로 받아 가시오, 선생." 엘레판테가 돈을 내민 채 말했다.
"선생은 그렇게 생각하지 않을지 모르지만, 나의 헤티를 물에서 건져 주었을 때 이미 나에게 많은 것을 베푼 셈이오."

엘레판테는 말없이 스포츠코트를 바라보았다. '난 그 여자가 어쩌다가 그렇게 되었는지 몰라'라고 말하고 싶었다. 하지만 그렇게 말하는 건 자기와 상관없는 일에 대해 괜한 언급을 하는 꼴이 되고, 왠지 변명처럼 들리지 않을까 걱정되었다. 엘레판테의 입장에서 그런 위험을 감수할 필요는 없었다. 차라리 아무것도 말하지 않는 것이 나았다.

스포츠코트도 그 점을 이해하는 것 같았다. "헤티는 지쳤던 것 같소. 그것뿐이오. 하나님의 빛을 따라간 거였소. 달맞이꽃을 찾겠다면서. 참 아름다운 날이었지. 장례 예식도 그동안 교회에서 치러졌던 장례 예식 중에 가장 성대하고 멋있었고."

엘레판테는 돈을 다시 주머니에 넣고, 자기 집 벽에 기대면서 말했다. "종종 그녀가 교회에 드나드는 걸 봤소. 그녀는 나와 눈이 마주치면 인사를 건네곤 했지. 요즘엔 이웃에게 인사를 건네는 사람이 많지 않은데 말이오."

"대부분 안 그러지."

"좋은 사람 같았소. 남의 일을 간섭하거나 궁금해하는 것 같지도 않고. 직장에 다녔소?"

"아, 그냥 일용직으로 이일 저일 했소. 우리들 대부분이 그렇듯이. 그리고 헤티는 항상 천국에 가는 날을 꿈꾸며 살았지."

"우리 모두 그러는 거 아니오?"

"선생은 종교를 믿으시오?" 스포츠코트가 물었다.

"아니. 어쩌면 아주 조금."

스포츠코트가 고개를 끄덕였다. 어서 가서 핫소시지에게 이 사건을 말해주고 싶었다. 실제로 엘레판테를 만나 대화를 나누었다고. 진짜 조직폭력배를 말이다! 그런데 나쁜 사람 같지 않더라고! 신앙심도 있는 것 같더라고! 아주 조금?

"자, 이제 슬슬 가 봐야겠소." 스포츠코트가 말했다. "다음 주 수요일에 또 어머니를 찾아뵐 거요."

"잘 가시오, 영감. 그런데 이름이 뭐요?"

"대부분 쿠피 집사라고 부르지. 스포츠코트라고 부르는 사람도 있고. 이쪽 동네에서는 그냥 집사로 통하는 것 같소."

엘레판테가 웃음을 지었다. 이 영감 참 특이한 데가 있다. "좋소, 집사. 그런데 집사가 무슨 일을 하는 거요?"

스포츠코트가 빙긋이 웃으며 대답했다. "글쎄, 그것참 좋은 질문이오. 온갖 잡일을 다 한다고 보면 되지. 교회 일을 돕는 거요. 쓰레기도 내다 버리고, 가끔 가구를 사들이기도 하고, 여성 집사들이 친교 음식을 만들 수 있도록 식재료도 사다 주고. 가끔 요청이 있을 때는 설교도 하고. 뭐든 해야 하는 일이 생기면 하는 거지. 말하자면 하나님 집의 정비공이라고 보면 될 거요."

"알겠소."

"솔직히 말하자면, 우리 유색인 교회를 이끌어 가는 건 여자들이오. 죽은 내 아내와 지 자매, 범범 같은 여자들."

"수녀님들이신가?"

"아니. 그렇지는 않소. 그냥 자매들이지."

"친자매?"

"아니오."

엘레판테가 혼란스러운 듯 눈살을 찌푸렸다. "그런데 왜 자매라고 하는 거요?"

"왜냐하면 교회 안에서는 우리 모두가 형제고, 자매니까. 언제 한 번 우리 교회에 와 보슈. 어머님도 모시고. 그럼 알게 될 거요. 파이브엔즈는 언제나 방문자를 환영하니까."
"생각해 보겠소."
"자, 그럼 가겠소." 스포츠코트가 말했다. "다시 만날 때까지, 하나님이 당신을 그분의 손안에 보호하시기를."
막 집으로 들어가려던 엘레판테가 굳은 듯 멈춰 섰다.
"다시 말해 보시오."
"아, 이건 내 아내 헤티가 만나는 사람들에게 전하던 축복의 인사요. 우리 교회에서 방문자들에게 늘 하는 말이지. 선생도 우리 교회에 오면 듣게 될 거요. 내가 파이브엔즈의 식구가 되기 전부터 내려오는 교회의 좌우명이기도 하고. 파이브엔즈의 식구가 된 건 20년 정도 되었소. 교회 건물 뒷벽에 예수님 초상화가 그려져 있는데, 거기도 이 문구가 적혀 있소. 예수님 초상화 위에 고급스러운 황금색 페인트로 적어 놓았지. 가보면 금세 찾을 수 있을 거요."
엘레판테는 놀라움과 호기심이 가득한 눈으로 스포츠코트를 바라보았다. 방금 만난 백인 남자에게 뭔가 생각할 거리를 던져준 셈이었다. 더구나 그는 조직폭력배가 아닌가! 어쩌면 이 백인 남자를 하나님의 세계로 전향시키게 될지도 모르겠다. 이건 정말 굉장한 일 아니야? 내가 교회로 인도한 첫 신자! 난생처음 교회로 인도한 사람이 진짜배기 조직폭력배라니! 스포츠코트는 이 순간의 감격을 확인하려는 듯 다시 한번 말했다. "하나님이 당신을 그분의 손바닥 안에 보호하시기를. 당신의 마음 안에도 그분의 모습이 있소."
"그 초상화가 어디 있다고 했소?"
"당신 마음에 있는 초상화 말이오?"

"아니. 교회에 있는 초상화."

"아, 그거? 벽에 커다란 원을 그리고 그 안에 예수님을 그린 거요. 그리고 머리 위에 그 문구를 적어 놓은 거지. 교회 뒷벽에 있어요."

"얼마나 오래된 거요?"

"아, 그게 그러니까…… 나도 모르지. 누가 그렸는지 아는 사람도 없소. 내 아내 헤티의 말에 의하면 처음 교회를 지을 때 어떤 사람이 그렸다는데. 헤티가 그러더군. '그림 그린 사람에게 어떻게 수고비를 지급했는지 모르겠군. 교회 재정 상태가 50달러를 넘은 적이 없는데 말이지. 내가 가지고 있는 성탄 모금액에서 빼간 건 분명히 아니거든!' 이라고 말이오." 스포츠코트는 껄껄 웃더니 말을 이었다. "헤티는 성탄 모금액도 가지고 있었소. 상자에 넣어서 보관했는데……. 어디 있는지 모르지만."

"그렇군. 그 초상화는…… 교회 뒷벽, 그러니까 바깥쪽에 그려져 있단 말이오?"

"그렇소. 둥근 원 안에 예수님이 그려져 있는데 두 손을 거의 원에 닿을 듯 벌리고 있는 큰 그림이오. 몇 마일씩 떨어진 곳에서 그 초상화를 보러 오는 사람들도 있지. 부분적으로 덧칠하기는 했지만, 멀찍이 떨어져서 보면 둥근 원이랑 얼굴 전체의 원래 모습을 볼 수 있을 거요. 그 초상화에 특별한 사연이 담겨 있다고 들은 적이 있소만."

"덧칠은 왜 한 거요?" 엘레판테는 호기심이 가득한 표정으로 스포츠코트를 바라보며 진지하게 물었다.

"아니, 전부를 덧칠한 건 아니오. 세월이 지난 후에 교회 사람들이 약간 덧칠을 하기는 했지만. 일부 색도 입히고. 그렇지만 여전히 본래의 모습을 볼 수 있소. 그리고 초상화 위에 쓰여 있는 문구가 그렇게 중요한 건 아니오. 중요한 건 예수님의 마음이지. 당신을 그분의 손바닥 안에 품고자 하시는 마음 말이오."
"그 손도 볼 수 있소?"
"물론이오."
하지만 스포츠코트가 조심스러운 마음에 하지 않은 말이 있었다. "처음에는 초상화가 백인의 모습으로 그려졌었는데 교회 측에서 유색인으로 다시 칠을 한 거요"라는 말이다. 스포츠코트는 모르고 있었지만, 원래 교회를 지을 때 최초에 그려진 초상화는 이탈리아의 화가 조토 디 본도네의 최후의 심판에 나오는 예수님의 모습을 따라 그린 것이었다. 파도바의 스크로베니 성당에 있는 최후의 심판 말이다. 예수님이 턱수염을 가진 백인의 모습으로 묘사된.

그러다가 몇 년이 지난 후 일부 신자들이 예수님을 흑인의 모습으로 묘사하는 것이 옳다고 주장하기 시작했고, 늘 신자들의 마음을 맞춰주려고 노력하는 지 목사가 기꺼이 비브 자매의 아들이자 페인트공으로 일하는 지크에게 일을 맡겼다. 거기에 핫소시지와 스포츠코트가 힘을 합해서 세 사람이 예수님의 얼굴과 손에 갈색 페인트를 입혔던 것이다. 결과는 당연히 엉망이었다. 원작을 본떠 그렸던 원래의 초상화에 담겼던 섬세한 얼굴의 곡선과 특징들이 형편없이 왜곡되었고, 예수님의 손도 심하게 훼손되었다. 그렇지만 지 목사는 당시 매우 흡족한 듯, 흑인 예수님의 모습이 잘 나타나 있고 성령이 충만하다며, 중요한 건 그거 아니냐고 말했었다.

스포츠코트는 순간적인 기지를 발휘해서 이런 사연에 대해 한 마디도 꺼내지 않고 있었지만, 엘레판테가 여전히 호기심 어린 눈으로 그를 바라보자 자기가 너무 많이 지껄인 건 아닌지 우려하는 마음이 들었다. 이런 경우 결국 백인과의 골치 아픈 문제로 이어지기 십상이니까. "자, 그럼 나는 이만!" 스포츠코트는 이렇게 말하고는 서둘러 골목을 빠져나왔다.

엘레판테는 멍한 상태에서 그의 뒷모습이 사라질 때까지 바라보았다. 거버너의 딸을 향한 신선한 사랑의 감정으로 가슴이 설레는 중이었는데, 이번엔 스포츠코트와의 만남이 또다시 그의 마음에 파문을 일으킨 것이다. 그의 화물차 사무실에서 200미터 정도 거리에 있는 유색인 교회에 다니는 검둥이 영감이 말이다.

엘레판테는 좁은 계단을 올라 뒷문을 열고 주방으로 들어갔다. 집 안에 들어설 때까지도 여전히 어지러웠다. 스포츠코트의 말이 계속 머릿속에 맴돌았다.

하나님이 당신을 그분의 손바닥 안에 보호하시리.

17
해럴드

두 시간 후, 스포츠코트는 핫소시지와 마주 앉아 엘레판테와의 조우에 대한 감회를 나누고 있었다.

"엘레판테가 총을 가지고 있던가?" 핫소시지가 물었다.

"총은 안 가지고 있어!" 스포츠코트가 의기양양하게 대답했다. 지하에 있는 핫소시지의 보일러실에 궤짝을 엎어 놓고 앉아 담소를 나누는 중이었다. 킹콩은 나중에 디저트로 마시려고 아껴두고, 먼저 페퍼민트 버번을 땄다.

"어땠는데?"

"괜찮더라고! 좋은 사람 같았어. 나에게 한사코 100달러를 주려고 하지 뭐야."

"받았어야지. 하기는, 그걸 자네가 왜 받겠나? 받는 게 영리한 선택이기는 했지만, 자넨 죽어도 못하는 일이기도 하니까."

"이 봐, 그의 어머니가 이미 수고비를 냈단 말이야. 더구나 그 친구가 헤티를 건져 주었지 않은가."

"어떻게 알아, 그자가 헤티를 항구에 던졌는지."

"소시지, 무지가 축복이라면, 자넨 행복한 사람일세. 엘레판테 같은 거물은 나의 헤티 같은 사람은 건드리지 않아. 그리고 그녀를 좋아했던 것 같더라고. 헤티가 교회를 오고 가면서 자기에게 늘 손을 흔들어 인사를 건네곤 했대."

"스포츠코트, 어쩌면 그자가 하는 짓을 헤티가 봤을 수도 있어. 아니면 헤티가 뭔가를 알고 있거나. 아니면 헤티가 그 자에게 강도를 당한 걸 수도 있고!"

"자넨 영화를 너무 많이 봤어." 스포츠코트가 말했다. "엘레판테는 헤티에게 손끝 하나 대지 않았어. 헤티는 하나님의 빛을 따라간 거야. 그리고 그걸 찾은 거지."

"그건 자네 생각이고."

"헤티는 좋은 곳으로 갔어. 자유를 찾은 거지. 하나님 곁에 있는 천사. 난 요즘 거의 매일 헤티와 대화를 한다네."

"자네도 몸조심하지 않으면 곧 날개를 달게 될 거야. 요즘 딤즈가 아주 바쁘게 움직이고 있어."

"난 딤즈에게 신경 안 써."

"매일 그 녀석이 마약 파는 걸 본다네. 척척 얼마나 잘 파는지 몰라. 돈을 얼마나 벌어들이는 건지 짐작할 수도 없을 정도야. 그리고 내가 자네와 친하다는 걸 알아서인지 자네에 대해선 전혀 물어보지 않아. 한 마디도. 그래서 더 긴장된다니까. 뭔가 꿍꿍이가 있는 것 같아서 말이야. 자네가 한눈을 파는 동안 순식간에 행동으로 옮길 거라고. 자네이 단지를 떠나야 해."

스포츠코트는 핫소시지가 하는 말을 못 들은 척하고 일어나 기지개를 켜더니 페퍼민트 버번을 한 모금 더 마셨다. 그러고는 병을 핫소시지에게 주며 말했다. "자넨 생각이 멈추질 않아, 그렇지? 내 심판복은 어디 있나?"

핫소시지는 한쪽 구석에 있는 검은색 비닐봉지를 턱으로 가리켰다. "오늘 이걸 집으로 가져가려고. 그리고 딤즈를 만날 거야. 이번에는 그 녀석이 뭐라고 하는지 똑똑히 기억해야겠어. 그와 얘기를 해보고 나서 자네에게 모두 얘기해 줄게."

"바보 같은 짓 하지 마."

"가서 말할 거야. '딤즈, 팀을 짜려고 하는데, 우리를 위해 네가 한 게임만 공을 던져 줬으면 좋겠다. 딱 한 게임. 그러고 나서도 야구가 하고 싶지 않으면, 그땐 그만둬도 좋아. 다시는 귀찮게 하지 않아. 그러니 한 게임만 해 보자.' 이렇게 말이야. 그렇지만 한 게임 하고 나면 그 녀석도 다시 팀으로 돌아오고 싶다고 사정하게 될걸."

핫소시지가 한숨을 쉬며 말했다. "그래 뭐, 세상이 다 그런 거지. 누구나 한 번은 죽어야 하니까."

"헛소리하지 마." 스포츠코트가 말했다. "그 녀석은 야구를 사랑해. 야구를 대하는 태도와 걸어온 길은 조시 깁슨이랑 똑같다니까. 조시 깁슨 알지? 야구 역사상 최고의 포수였지 않나."

스포츠코트가 야구 역사상 가장 위대한 흑인 선수였던 조시 깁슨의 위대함을 나열하는 동안 핫소시지는 눈알을 굴리며 들었다. 1945년에 전쟁이 끝난 후 그를 직접 만났던 이야기부터 시작해서 끝없이 이어졌다. 결국은 핫소시지가 말했다. "자네가 들먹이는 사람 중에 실제로 만난 사람이 반이나 되는지 모르겠네."

"다 만났어." 스포츠코트가 의기양양하게 말했다. "여기저기 돌아다니며 직접 내 실력을 보여주기도 했지만, 돈을 벌어가며 해야 했지. 하지만 딤즈는 그런 문제를 겪을 필요가 없을 거야. 메이저리그에서 큰돈을 벌 테니까. 그 녀석은 힘도 있고, 재능도 있거든. 타고난 선수는 공에 대한 열정을 잃어버리는 법이 없어. 그 녀석 안에는 타고난 야구선수가 들어 있어."

"그 녀석 안에는 살인마가 들어 있네, 스포츠코트."

"어떻게든 녀석이 알아듣게 얘기할 거야."

"아니, 그러지 못할걸! 내가 먼저 경찰을 부를 거니까."

"자네 앞으로 발부된 영장이 있다는 사실은 잊었나?"

"그럼 지 자매가 경찰을 부르게 하지 뭐."

"지 자매는 경찰을 부르지 않을 거야. 성탄 클럽 모금액 때문에 지금 나를 완전히 못마땅해하고 있다고. 아마 그 돈부터 찾기를 바랄 거야. 그 일로 해서 사람들이 나를 더 이상 신뢰하지 않는 것 같아. 자네까지도 말이야. 내 목숨을 놓고 호아킨과 시가 내기를 하는 걸 보면."

핫소시지는 흠칫 놀라는 표정을 짓더니 얼른 페퍼민트 버번을 한 모금 들이켰다. "자네를 두고 내기한 게 아니야." 핫소시지가 말했다. "호아킨과 관련된 거야. 호아킨과 지난 16년 동안 넘버 게임을 해왔는데 딱 한 번 맞았어. 호아킨이 내 돈을 가로챈 것 같아. 그래서 내 돈의 일부라도 받으려고 그랬던 거야."

"핫소시지, 자네는 젊음의 묘약을 찾았나 보군. 여전히 어린애들처럼 거짓말을 하고 있으니 말이야."

"스포츠코트, 난 이렇게 생각했던 거야. 자네가 굳이 도피하지 않고, 딤즈의 손에 주……, 아니 세상을 하직하려고 작정을 한 것 같아서, 어차피 그럴 거면 내가 자네 목숨을 걸고 돈을 좀 벌어도 자네가 이해해 줄 거라고 말이지. 나 그동안 자네한테 좋은 친구였잖아. 그렇지 않은가?"

"아주 좋은 친구지. 자네가 내 목숨을 걸고 돈 몇 푼 번다고 해도 난 개의치 않아. 사실, 그보다 자네에게 제안을 하나 하고 싶어. 내가 딤즈와 화해할 수 있도록 도와줘. 내가 만나고 싶어 한다고 전해 달란 말이야. 그럼 자네가 내 목숨을 걸고 내기 한 걸 용서해 주지."

"자네 정신이 나갔군. 난 딤즈 근처에도 가고 싶지 않아."

"딤즈는 나한테 나쁜 감정을 품고 있지 않아. 이 심판복을 딤즈가 사줬다는 거 알고 있나?"

"몰랐어."

"딤즈가 사줬어. 헤티를 묻고 나서 2년 정도 지났을 때 우리 집으로 가져왔지. 내가 쓰던 것에 비해서 완전히 새것이었다니까. 문 두드리는 소리가 나서 열어보니 딤즈가 이걸 내게 주면서 말했어. '아무에게도 말하지 말아요.' 그런 아이가 냉혹하게 친구를 총으로 쏠 수 있을 것 같아?"

핫소시지가 묵묵히 듣고 있더니 대답했다. "딤즈라면 그럴 수 있어."

"말도 안 되는 소리. 가서 딤즈에게 내가 단둘이 얘기하고 싶어 한다고 전해주게. 내가 조용히 만나서 모든 걸 해결할 거야."

"난 못해, 스포츠코트. 난 겁이 많잖아. 알지?"

"딤즈가 노리는 건 나야, 소시지. 자네는 살갗 한 점 안 다칠 테니 걱정할 필요가 없다는 말이지."

"살갗 한 점이라도 다칠까 봐 걱정이 돼. 내 몸을 싸고 있는 게 살갗인데 어떻게 걱정을 안 하나."

"내가 직접 광장 게양대로 가서 애기하고 싶지만, 그렇게 되면 딤즈가 자기 친구들 앞에서 망신을 당하는 꼴이 되지 않겠나. 그래서 단둘이 만나려는 거야. 그의 체면을 생각해서 말이지."

"이미 자네가 총을 쏴서 딤즈를 망신시켰잖아. 딤즈가 그 심판복까지 주었다면 상황이 더 안 좋구먼." 핫소시지가 말했다. "그의 친절에 자네는 총질로 보답을 했으니 말이야."

"아직도 아까운 구석이 많은 녀석이야." 스포츠코트는 핫소시지가 들고 있던 버번을 가져가 마시면서 말했다. "그 애 할아비 루이스도 참 괜찮은 사람이었어. 그렇지 않나?"

"자네가 혼자서 해결 해. 나는 여기 앉아서 버번이나 마시고 있을 테니."

"진정한 친구라면 그 정도는 해 줘야지. 그렇지 않으면 진정한 친구가 아니야."

"좋아."

"뭐가 좋다는 거야?"

"이제부터 난 자네 친구가 아니야."

"그럼 루퍼스에게 부탁하지 뭐. 그는 내 고향 친구니까. 사우스캐롤라이나 남자는 믿을 수 있거든. 루퍼스 말이, 앨라배마 사람들은 뭉쳐야 할 일이 생겼을 때 항상 흩어진다고 하더군."

"내가 왜 자네 일로 위험을 감수해야 하나? 술에 취해서 총을 쏜 건 자넨데."

"자네도 아주 상관이 없는 건 아니야, 핫소시지. 우리가 단짝 친구라는 걸 딤즈도 알고 있으니까. 자네도 주일학교에서 딤즈를 가르쳤잖아. 그렇지만 됐어. 루퍼스에게 부탁할게."

핫소시지는 인상을 찌푸리고 입술을 잔뜩 오므린 채 발로 바닥을 콕콕 찍었다. 화가 나서 콧구멍이 벌름거렸다. 그러더니 벌떡 일어나서 등을 돌리고 팔을 스포츠코트 쪽으로 뻗으며 말했다. "버번."

등 뒤에 서 있던 스포츠코트가 그의 손에 버번 병을 쥐여주자, 핫소시지는 길게 한 모금 마시고는 다시 병을 콘크리트 블록 위에 내려놓았다. 그리고 등을 돌린 채 한동안 서 있었다. 술기운이 오르는지 몸이 조금씩 휘청거렸다. 한참 만에 어깨를 한 번 들썩이고는 돌아서서 핫소시지가 말했다. "좋아, 젠장. 자네 바보짓에 한 번 따라가 보지. 어차피 선택의 여지가 없는 것 같으니 어쩌겠어. 만나게 해 줄게. 내가 딤즈에게 이리로 와서 우리와, 아니 자네와 얘기 좀 해 보라고 할게. 난 그쪽 인간들과 볼 일이 없으니까."

"핫소시지, 정말 자네 생각은 종잡을 수가 없군. 그 녀석이 왜 여기까지 내려와 나와 얘기를 하겠나? 우리가 가서 그를 만나야지."

"여기서 '우리'라는 말은 빼. 이건 자네 일이니까. 그렇지만 내가 가서 일대일로 만나 설명을 할게. 자네가 단둘이 만나고 싶어 한다고. 그러니까 그쪽도 혼자 와서 만나라고. 그러면 자네가 사과도 하고, 모든 걸 설명할 거라고. 그렇게 해야 자네를 죽이고 싶으면 아무도 못 보는 상황에서 행동으로 옮길 수 있을 테니까. 그래야 나도 험한 꼴을 안 보고, 딤즈도 바로 체포되거나 하지는 않을 거고 말이야. 찾아가서 그 정도 얘기하는 걸로 나를 죽이지는 않겠지. 내가 쏜 것도 아닌데 말이야."

"그 얘기 좀 인제 그만 할 수 없어? 내가 말했잖아. 그 일에 대해서는 전혀 기억이 나지 않는다고."

"그것참 재밌네. 딤즈는 기억을 아주 잘하고 있으니 말이지."

스포츠코트가 잠시 생각에 잠긴 듯하다가 말했다. "그럼, 가서 그를 불러와. 그리고 지켜보라고. 내가 그 녀석에게 사정하는 일은 없을 테니까. 당장 그 녀석을 무릎 꿇리고 하나님이 주신 재능을 썩히고 있는 것에 대해 따끔하게 야단을 쳐줄 거야."

"자네는 그 애 손끝 하나 건드리지 못해, 스포츠코트. 그 녀석 셔츠 벗었을 때 맨 몸을 본 적 있나?"

"그보다 더 한 것도 봤지. 주일학교 시절에는 종종 그 녀석 밑천까지 다 보기도 했는데."

"그건 십 년도 더 된 딤즈가 어렸을 때 얘기야."

"세월이 흘렀어도 똑같아." 스포츠코트가 말했다. "한 인간의 진실한 면을 보고 나면 그를 알게 되는 법이니까."

※

어둠이 깔릴 무렵, 딤즈는 동네에 새로 등장한 멋진 여자와 비탈리 항구 선착장 끝에 자리를 잡고 앉았다. 물 위로 다리를 내려뜨린 채, 물 건너에 있는 맨해튼과 자유의 여신상을 바라보았다.

"수영할 줄 알아?" 딤즈가 등을 미는 시늉을 하며 물었다.

"하지 마." 그녀는 장난하듯 팔꿈치로 딤즈를 툭 쳤다.

딤즈가 그녀를 처음 본 것은 그녀가 약을 사기 위해 게양대에 왔을 때였다. 그리고 며칠 후, 그녀는 두 번째 약을 사기 위해 다시 왔다. 헤로인 두 봉지를 사가고, 이틀 후 또 한 봉지를 사 갔다. 붉은 머리에 섹시하고 빼어난 외모를 지닌 소녀였다. 밝은 갈색 피부에 긴 팔다리, 가냘픈 턱선에 볼록한 뺨을 가지고 있었다. 더운 날에도 긴 소매 옷을 입는 것으로 보아 팔에 난 주사 자국을 가리려는 것 같았다. 매끄러운 피부에 긴 머리가 눈길을 끌었다. 몹시 불안해 보였지만 딤즈는 그런 모습이 거슬리지 않았다. 섹스에 탐닉할 때는 다들 그러니까. 딤즈는 그녀가 처음 나타나던 날부터 눈여겨보고 있었다. 그녀가 34동으로 들어가는 것을 보고 비니를 보내서 그녀에 대해 알아보게 했다. 비니가 보고한 바에 따르면 그녀의 이름은 필리스였다. 플러 리처드슨의 조카인데 애틀랜타에 살고 있다고 했다. 플러 리처드슨은 딤즈의 단골 고객인 골수 약쟁이다. 그의 아파트에는 그의 아내를 비롯해서 사촌들, 자녀들 그리고 그가 돈을 빌린 사람들로 바글거렸다. 빚쟁이들 중에는 플러의 여동생인 이 소녀의 어머니도 있었다. "그 애의 어머니가 플러에게 많은 돈을 빌려줬대. 그래서 플러가 없는 동안에는 그 애가 그의 방에서 지낸대." 비니가 말했다. "한동안 여기 머물 것 같아."

딤즈는 다른 녀석이 끼어들어 산통을 깨기 전에 확실하게 그녀 곁을 차지하기 위해 민첩하게 움직였다. 필리스가 두 번째 약을 사러 왔을 때, 면밀하게 살피며 과연 시도할 가치가 있는지 확인했다. 완전히 깡마르지 않은 것으로 보아 아직은 심하게 중독된 상태는 아닌 것 같아서 기뻤다. 지갑도, 신발도, 코트도 갖추고 있었으며, 입고 있는 옷도 깨끗했다. 시간제로 일도 하고 있었다. 아직 본격적인 약쟁이는 아니라는 뜻이다. 어쩌면 조지아쯤에서 어느 인간말짜에게 몸과 마음을 빼앗기고, 그쪽으로 맛을 들여가는 철모르는 여자애처럼 보였다. 상처받은 마음도 달래고, 좀 더 큰물에서 놀아 보고자 뉴욕으로 온 것이리라. 조지아에 있는 친구들에게는 여기서 연애 중이라고 자랑하겠지. 하지만 현재 상황이 어떻든지, 그녀는 매력적인 새 얼굴이었다. 그리고 딤즈는 돈이 있었다. 그거면 충분했다.

필리스가 세 번째로 나타났을 때 딤즈는 영업을 비니와 돔에게 맡기고, 그녀 뒤를 밟아 34동 건물로 갔다. 어차피 그날은 한산한 날이었다.

딥즈가 따라오는 것을 안 그녀가 물었다. "왜 나를 따라오는데?"

"헤로인 한 봉지 더 줄까?"

"더는 필요 없어." 필리스가 말했다. "지금도 너무 많이 하고 있어."

딥즈는 그 대답이 마음에 들었다. 나중에, 한 참 시간이 지난 후에 생각해 보니, 그녀와 나눈 이 첫 대화에서 너무 많은 것을 알아버린 셈이었다. 무엇보다도 몸짓을 통해 전해오는 메시지가 큰 의미를 전해주었다. 약에 대해 언급할 때 긴장하거나 불안해하는 기색이 없었다. 가까이서 본 그녀에게서는 단순명쾌함과 팽팽한 긴장감이 엿보였다. 좀 뻣뻣하다 싶을 정도로 똑 부러지는 성격에 늘 약간 긴장 상태에 있는 것 같았다. 딥즈는 그런 모습이 불안을 감추기 위한 노력이라고 생각했다. 남부의 작은 시골 마을 출신인 그녀는 딥즈가 선착장에서 만나자고 했던 첫날, 한때 교회에 다닌 적이 있고 지금도 여전히 교회에 소속되어 있다고 고백했다. 딥즈는 그 점도 마음에 들었다. 그녀도 딥즈처럼 자유분방한 내면을 꽁꽁 숨기고 있다는 뜻일 수 있었기 때문이다. 딥즈의 단골 고객 중에는 교회에 열심히 다니면서 실제 삶은 형편없는 자들도 있었다. 딥즈 역시 교회 식구였던 적이 있다. 그 안에서 억압당한 감정들이 가슴 속에 어떻게 쌓여 있는지 안다. 딥즈는 자기처럼 가슴에 맺힌 게 있는 사람을 원했다. 커즈 사람들 모두가 이제 그를 안다. 스포츠코트가 그에게 총을 쏜 후로, 딥즈는 좀 더 성숙해졌다. 전보다 더 크고 나은 사람이 되었다. 딥즈가 스포츠코트에게 보복하리라는 건 모두가 알고 있었다. 딥즈 자신도 알고 있었다. 하지만 서두를 이유가 뭐겠는가? 딥즈는 서두르지 않았다. 서두르면 손해다. 적절한 시간이 오면 스포츠코트와 흥정을 할 생각이었다. 스포츠코트는 아무런 위협 요인이 아니었다. 하지만 얼은? 얼이 문제였다. 지금은 그와 얼 사이에 거리감이 있다는 게 느껴진다.

얼이 스포츠코트에 대한 임무를 수행하기 위해 첫 번째 시도를 했다가 낭패를 당한 후, 모든 것이 무산된 것처럼 보였다. 얼이 스포츠코트를 공격하기 위해 워치하우스에 갔다가 야구공에 머리를 맞았다는 건 공공연한 사실이었다. 하지만 얼은 포기하지 않았다. 그다음에는 수프 로페즈의 환영파티를 망쳐주기 위해 갔다가 의식불명이 되는 바람에 멍청한 수프가 지하철역까지 끌고 갔다는 사실도 모두 알고 있었다. 지 자매가 선생님처럼 그 뒤를 따라갔다는 사실도. 그다음에 딤즈에게 들려온 소식은, 키즈하우스의 17동 건물 지하에서 스포츠코트와 핫소시지가 얼을 전기에 감전시켜 죽이려다가 실패하는 바람에 건물 전체가 두 시간 동안 정전되었으며, 두 영감이 얼을 건물 밖으로 끌어냈다는 것이었다. 얼은 그렇게 계속 당하고 있었다.

얼이 스포츠코트에 대한 자기 임무를 계속 실패하고 있는 것에 대해 번치는 정말 개의치 않는 걸까? 번치는 자기 오른팔인 얼이 키즈 지구에서 온갖 수모를 겪는데 왜 계속 보고만 있는 걸까? 그리고 얼은 왜 이렇게 조용한 걸까? 모든 것이 함정 같았다. 딤즈는 지난 수년간 얼에게서 일주일에 두 번씩 헤로인을 공급받았다. 얼이 일을 처리하는 방식을 지켜보았다. 기분 나쁜 눈빛으로 자기를 봤다는 이유로 상대의 눈에 포크를 꽂는 것도 봤다. 단돈 10달러가 모자란다고 마약 딜러를 총으로 쏴서 의식불명 상태에 빠뜨린 적도 있다. 얼은 그렇게 당하고 있을 자가 아니다. 뭔가 이상하다.

딤즈는 이런 생각들을 떨쳐버릴 수 없었다. 뭔가 일이 꾸며지고 있는 게 분명했다. 전모가 드러나는 건 시간문제인 것 같은데, 과연 뭘까? 기다리는 건 문제가 아니었지만, 딥즈를 신경 쓰이게 하는 건 대체 어떤 일이 꾸며지고 있는지를 모른다는 불확실성이었다. 딥즈가 가장 중요하게 생각하는 건 치밀한 계획이었다. 그건 딥즈의 생존 방편이기도 하다. 다른 거물급 딜러들이 자기를 천재 소년이라고 부른다는 말도 들었다. 그런 말을 들으면 기분이 좋았다. 그의 부하들이나 경쟁자들 그리고 번치조차도 딥즈가 어린 나이에 혼자 영업을 하면서 나이 많은 경쟁자들을 앞지르는 것을 보며 놀라워했다. 그런 이야기를 들으면 딥즈는 뿌듯했다. 하지만 나이 많은 경쟁자들 중에는 딥즈의 영업을 빼앗고 싶어 하는 사악한 자들도 있었다. 딥즈가 어떻게 늘 경쟁에서 앞설 수 있는지, 경쟁자를 공격할 때와 뒤로 빠져야 할 때는 어떻게 아는지 궁금해 하는 것도 딥즈를 흐뭇하게 했다. 딥즈는 무엇을 팔아야 하는지, 언제, 얼마나 팔아야 하는지, 어떤 상황에서 어떤 버튼을 눌러야 하는지, 누구를 몰아세워야 하는지와 같은 것들을 판단하는 능력이 뛰어났다. 한 번은 번치가 마약 사업은 전쟁과 같다고 말한 적이 있다. 딥즈는 그의 말에 동의하지 않았다. 딥즈는 사람들을 지켜보고, 그들의 움직임을 관찰했다. 영업을 일종의 야구 경기로 보았다. 야구는 전략을 기반으로 하는 운동 경기다.

딥즈는 야구를 좋아했고 고등학교 때까지 줄곧 투수로 활약했다. 사촌인 루스터가 헤로인 사업을 해서 쉽게 돈을 버는 길로 그를 꾀어내지 않았다면 계속 야구를 했을 것이다. 딥즈는 지금도 야구 경기 결과와 타자, 투수들의 성적 그리고 올해 기적적으로 월드 시리즈에 나갈 수도 있는 미러클 메츠에 관한 소식들을 챙겨 듣는다. 하지만 그가 정작 가장 관심을 가지는 것은 경기전략이었다. 야구는 투수가 끌고 가는 경기니까. 타자를 몰아내려면 투수는 홈 플레이트 위로 공을 던져야 하고 타자는 그 사실을 알고 있다. 그렇기 때문에 투수가 공을 던지면 타자는 공을 기량껏 칠 수 있는 것이다. 그러므로 투수는 타자가 공을 예측하기 힘들게 해야 한다. 타자가 커브를 기대할까? 속구를 원할까? 외곽 커브를 원할까? 아니면 플레이트 안쪽으로 떨어지는 속구를 원할까? 타자는 우리 대부분이 그렇듯 예측을 해야 하는 입장이다. 훌륭한 타자는 투수를 연구하고, 그들의 움직임을 유심히 관찰한다. 어떤 공이 날아올 것인지를 예측하는데 단서가 될 수 있는 것들이 보이는지 살핀다. 그런데 실력 있는 투수는 그러한 타자의 예측을 넘어선다. 타자가 계속 공을 예측하기 위해 전전긍긍하게 만든다. 안쪽으로 날아올까? 외곽으로? 커브일까? 스플리터일까? 속구로 높이? 투수의 예측이 잘못되면 타자는 공을 담장 밖으로 날려 보낸다. 예측이 맞아떨어지면 타자는 아웃이 되고, 투수는 백만 불짜리 선수가 된다.

마약 판매도 똑같다. 상대가 어떻게 할지 계속 예측하는 것이 관건이다. 딜러가 이쪽 방향에서 접근해 올까? 아니면 저쪽 방향에서? 밤에? 아니면 낮에? 저 녀석이 나보다 싸게 팔고 있나? 헤로인을 팔아야 할까? 아시아 쪽 물건을 팔아야 할까? 아니면 터키 물건? 퀸즈의 자메이카에는 왜 갈색 담배형 마약을 헐값에 내주면서 롱아일랜드의 와이언던치에 사는 고객에게는 세 배의 값을 받고 팔까?

그런 걸 끊임없이 생각한 덕분에 남브루클린에서 우위를 차지할 수 있었으며, 퀸즈로 밀고 들어가 맨해튼과 롱아일랜드 일부까지 손을 뻗칠 수 있었던 것이다. 딥즈는 그런 것들을 생각하며 자부심을 느꼈다. 함께 일하는 팀원들도 탄탄하게 구성되어 있었고, 무엇보다 중요한 것은 야구의 정신을 지니고 있다는 것이었다. 최고의 실력자에게 훈련을 받았으니까. 누구보다 야구를 잘 아는 사람.

바로 빌어먹을 영감탱이 스포츠코트다.

딤즈는 씁쓸한 마음으로 한심하고 멍청한 스포츠코트를 떠올리면서, 언제고 이 난감한 문제를 처리해야 한다고 생각했다. 그러나 지금은 얼과 번치의 움직임에 신경을 쏟아야 한다. 그래야 한다.

상황을 풀어나가는 게 쉽지는 않았다. 딤즈는 얼이 망쳐버린 사건들에 숨겨진 번치의 전략이 무엇인지를 파악하느라 밤잠을 설칠 정도였다. 아침이면 두통과 함께 잠이 깼으며, 총에 맞아서 떨어져 나간 귀의 남은 부분은 여전히 욱신거렸다. 휴식과 잠이 필요했다. 그런 면에서 비탈리 항구의 선착장에 딤즈와 나란히 앉아 있는 필리스는 완벽한 일탈의 기회인 셈이었다. 딤즈는 긴장을 완화할 시간이 필요했다. 폭발하기를 기다리고 있는 시한폭탄이었으니까. 같은 임대주택 단지에 살았던 딜러들 중에도 잠시 쉬면서 전력을 재정비할 기회를 갖지 못하고 몰아붙이기만 했던 녀석들이 있었다. 그들이 결국 어떻게 되는지 딤즈는 똑똑히 보았다. 번치와 얼에게는 계획이 있다. 어떤 계획일까? 딤즈는 알 수 없다. 하지만 지금 딤즈가 얼을 세차게 한 방 먹인다면, 아니 그가 공격해올 때 방어하는 것만으로도, 조 펙과 손을 잡으려는 그의 계획은 시작도 하기 전에 무산될 수 있다.

펙이 월드시리즈 급이라는 사실은 딤즈도 알고 있었다. 펙은 실력과 도구를 갖춘 자다. 그러므로 딤즈도 펙과의 거래를 시작하기 전에 팀을 제대로 갖추어야 한다. 그래서 지금 그 일에 열을 올리는 중이다. 힘 좀 쓸 수 있는 자들을 팀원으로 영입하고, 비용과 위험 부담을 계산하고, 워치하우스와 파 락어웨이에 있는 동맹군을 확인하고 있다. 거기에 스포포드에 있을 때 알게 된, 지금은 베드스타이에 있는 두 명의 믿을 만한 지원군까지 확보해 두었다. 조 펙에게 접근하기 전에 이들을 하나의 팀으로 탄탄하게 구성해야 했다. 딤즈는 가장 믿을 만한 비니를 퀸즈로 보내서 자메이카에 있는 몇몇 딜러들을 타진해 보게 했다. 번치보다 20퍼센트 낮은 가격에 판다면 앞으로 약을 딤즈에게서 살 의향이 있는지. 모두 은밀하게 좋다는 대답을 했다. 이제 조금만 더 준비하면 조 펙에게 접근할 수 있다. 이 주일 정도만 냉철하게 검토한 후 실행에 옮기면 될 것 같았다.

  그런데 정말 견디기 힘든 것은 스트레스였다. 믿을 수 있는 사람이 없는 상황이니까. 딤즈는 점점 더 비니에게 의지하게 되었다. 비니는 다른 팀원들보다 성숙했고, 입이 무거워서 쓸데없는 말을 하지 않았다. 그런데 그 외의 모든 상황은 복잡했다. 어머니는 점점 더 알코올에 의존하는 것 같았으며 여동생은 실종되어 몇 달이 지난 지금까지 나타나지 않고 있었다. 딤즈는 아침에 침대에서 일어나기가 힘들 정도였다. 침대에 누운 채 옛 생각에 빠지곤 했다. 더운 여름날 공이 배트에 맞는 소리가 들리는 것 같았다. 비니와 라이트벌브, 돔 그리고 제일 친한 친구인 슈가가 외야에서 공을 쫓아다니는 모습이 눈에 선했다. 스포츠코트가 그들을 향해 소리를 지르고, 퀴퀴한 냄새가 나는 선수대기석에 이들을 앉혀 놓고 흑인 리그에서 이름을 날렸던 선수들의 이야기를 들려주는 모습. 그들은 왜 하나 같이 웃기는 이름들을 가졌는지. 가을날 친구들과 9동 건물 옥상에 누워서 개미 떼를 기다리던 장면도 떠올렸다.

  그때는 다들 순진한 소년이었는데 지금은 아니다. 열아홉 살의 딤즈는 이미 오십 년은 산 것 같은 느낌이었다. 매일 아침 침대에서 일어날 때마다 마치 어둡고 깊은 절벽 끝에 몸을 걸치고 잔 것 같은 느낌이었다. 달아나는 생각도 해 보았다. 여기 일에서 손을 떼고 슈가가 이사 간 앨라배마로 가서 그의 집에서 쉬면서, 야구부가 있는 남부의 작은 대학을 알아보면 어떨까. 실력은 여전하다. 시속 90마일은 거뜬히 던질 수 있다. 들어가는 즉시 훌륭한 대학팀으로 만들 자신이 있었다. 세인트존스의 야구 코치인 빌 보일도 그렇게 말했었다.

딤즈는 보일 코치를 수년간 알고 지냈는데, 여름마다 딤즈를 찾아와 안부도 묻고, 그가 공 던지는 모습을 지켜보기도 했다. 그리고 딤즈의 성적과 등급, 특기 사항들을 기록했다. 딤즈는 보일 코치의 그런 관심과 지지가 좋았다. 존 제이 고등학교에 다니는 동안에는 그의 투구 실력 덕분에 야구팀이 주 챔피언의 자리까지 올랐다. 그때 보일 코치가 말했었다. "다른 길로 빠지지만 않으면 넌 장래가 보장되어 있어."

하지만 딤즈는 다른 길로 빠졌다. 고등학교를 졸업하던 여름, 세인트존스에 입학이 확정된 상태에서 보일 코치가 딤즈를 찾아왔던 적이 있었다. 그즈음 딤즈는 이미 마약 딜러로 자리를 잡고 영업이 성황을 누리고 있었다. 보일 코치가 오는 것을 보고 패거리들을 흩어지게 한 딤즈는 아무 일도 없는 척 보일 코치를 커즈하우스 야구장으로 안내했다. 그리고 여전히 시속 90마일 이상으로 공을 던질 수 있다는 걸 보여주었다. 보일 코치는 무척 기뻐하며 돌아갔다. 그리고 가을학기가 시작될 즈음, 보일 코치가 전화를 했고 딤즈는 '가서 뵙겠다'는 대답을 했다. 그리고 나서 무슨 일이었는지 지금은 기억도 나지 않지만, 아무튼 마약 영업과 관련해서 골치 아픈 일이 생겨 약속을 지킬 수 없게 되었다. 딤즈에게서 아무 소식이 없자 보일 코치는 사전 연락도 없이 불쑥 커즈하우스로 찾아왔고, 마침 계양대에서 약쟁이들에 둘러싸여 헤로인을 팔고 있는 딤즈를 본 것이다. "재능이 아깝구나." 보일 코치는 이 말을 남기고 가버렸다. 딤즈는 그에게 연락하고 싶었지만 너무 부끄러워서 하지 못했다. 그것으로 끝이었다.

한편 생각해 보면, 보일 코치는 그래봐야 겨우 낡은 닷지 다트를 끌고 다니지 않나. 그보다야 내 파이어버드가 훨씬 낫지. 그리고 보일 코치는 이 키즈하우스의 척박한 삶을 모르니까.

딤즈는 애써 야구에 대한 생각을 밀쳐내고 다른 일을 생각하기로 했다. 현실적으로 훨씬 더 절실한, 온 정신을 집중해야 하는 사업. 지금까지 안아보지 못한 매력적인 소녀와 선착장에 앉아 있지 않은가. 별 마크가 붙은 컨버스 새 운동화를 신고, 한쪽 주머니에는 현금으로 3천2백 달러가 들어 있고, 또 한 주머니에는 32구경 권총이 있다. 이제 딤즈는 경호원 없이 아무 데도 가지 않았다. 지금도 비니를 경호원으로 세워두었다. 오후에 베드스터이에 있는 스포포드 소년원 동기가 전화를 했다. 딤즈의 예측이 맞았다. 번치가 계획을 실행에 옮기려고 한다는 것이다.

동기의 말로는 번치가 딤즈를 겨냥하고 있다고 했다. 딤즈가 번치의 공급을 끊고 조 펙과 거래를 트려고 한다는 사실을 번치가 알았다는 것이다. 얼은 딤즈를 안심시키기 위한 속임수일 뿐이라고 했다.
"경계해야 할 대상은 얼이 아니야. 번치는 다른 사람을 보냈어."
"누구?" 딤즈가 물었다.
"해럴드 딘이라는 자야. 그에 대해서는 총잡이라는 것밖에 아는 게 없어. 그러니 항상 등 뒤를 잘 살펴야 할 거야."

결국 그거였다. 좋아. 커브 볼이다. 해럴드 딘. 딤즈는 팀원들에게 경고하고, 건물들마다 인력을 배치해 경계를 서도록 했다. 키즈하우스 주민이 아닌 이상한 자가 딤즈의 근거지인 9동이나 34동, 17동에 접근하거나, 게양대 광장을 지나가면 눈여겨보라고 했다. 어른이든 애든 가리지 말고. 해럴드 딘일 수 있으니까. 그에게 아무 짓도 하지 말고 바로 자기에게 알리라고 지시했다. 그 점을 분명히 해놓고, 돈을 써서 몇 명을 더 배치했다. 커즈하우스의 구석구석을 하나도 빼놓지 않고 커버한 셈이었다. 옥상마다, 건물마다 빈틈없이 경비를 세웠다. 딤즈가 사는 9동을 비롯해서 골목 하나도 빼놓지 않고 망을 보게 했다. 특히 9동 옥상에는 스틱을 배치하고, 복도는 라이트벌브와 릭이라는 아이가 함께 지키도록 했다.

라이트벌브.

라이트벌브에 대해서는 뭔가 석연치 않은 느낌이 있었다. 그가 2주 전에 비니와 함께 문병 왔을 때 딤즈는 그가 몹시 겁을 먹고 있다는 걸 알 수 있었다. 그리고 딤즈가 펙에게 접근하려는 계획을 얘기할 때도 라이트벌브는 계속 '우리'라는 말 대신 '너'라고 했다. 그때 딤즈는 라이트벌브가 그의 계획에 동조하지 않고 있음을 알 수 있었다. 그러고 보면 라이트벌브는 지금까지 한 번도 함께 하는 일에 열정을 보인 적이 없었다. 번치가 딤즈를 제거하려는 이유는 누군가 번치에게 그의 계획을 흘렸기 때문이다. 딤즈는 배신할 가능성이 있는 녀석들의 목록을 머릿속으로 훑어보았다. 그중에 가장 유력한 자를 꼽으라면…….

분노가 치밀어 오르면서 목구멍이 타들어 가는 것 같았다.

옆에 앉은 매력적인 소녀의 달콤한 속삭임과 물 위에 대롱거리는 그녀의 발을 보며 마음을 가라앉히고 지금 이 순간에 집중할 수 있었다. 그러다가 또다시 마음이 어수선해졌다. 소녀가 뭐라고 말을 해도 딤즈는 듣지 못했다. 해럴드 딘이라는 자에 대해 생각하다가, 결국은 라이트벌브의 배신에 대한 분노가 되살아났다.

빌어먹을 놈의 라이트벌브.

도저히 믿을 수가 없었지만, 믿어야 했다. 2주 전 아파트에 왔을 때 징후가 보이지 않았던가. 그 후로 그를 별로 보지 못했다. 게다가 물건을 배달하면서 자기 몫의 물건을 확보하기 위해 베이킹소다 같은 것들을 섞어 물량을 늘릴 가능성도 있다. 생각할수록 화가 치밀었다.

"그때 아파트에 왔을 때 속셈을 내비친 셈이었어." 딤즈는 자기도 모르게 입 밖으로 중얼거렸다.

"뭐라고?" 필리스가 물었다. 무척 상냥하다. 남부 억양이 섞인 사랑스러운 그녀의 음성이 딤즈를 설레게 했다. 성숙한 여자처럼 보이기도 했다. 영화나 텔레비전에서 본 흑인 여배우 다이안 캐롤이나 시슬리 타이슨처럼 완전히 성숙한 자아를 지닌 여성의 모습으로 앉아 있었다. 그 옆에 앉아 있으니 딤즈 역시 자기가 갑자기 영화배우나 성숙한 남자가 된 것 같은 느낌이었다. 지금까지 여자와의 관계를 별로 가져보지 못했다는 사실이 창피하기까지 했다. 스물네 살인 그녀는 딤즈보다 다섯 살 위였다. 딤즈가 지금까지 알고 지낸 여자들은 모두 그보다 어리거나, 그가 고용한 여자애들이었다. 연상의 여자들은 단지 약을 얻기 위해 그를 유혹하거나, 습관적인 바람둥이가 대부분이어서 관계를 지속하는 게 불가능했다. 그런데 이 매력적인 소녀는 단정한 데다 영리하기까지 하다. 이런 여자애가 자기와 본격적인 연애도 해보기 전에 헤로인이나 건달패들에 의해 망가지게 되는 것은 너무 안타까운 일이라는 생각이 들었다. 게다가 약간 차가운 듯 거리를 두는 게 더 치명적인 매력으로 다가왔다.

딤즈가 선착장까지 걸어가자는 제안을 하자 필리스가 좋다고 했다.

선착장에는 구석진 공간들이 많아서 남자 녀석들이 여자애를 안고 섹스를 즐기기에 더없이 좋은 장소였다.

필리스가 의아한 눈빛으로 딤즈를 바라보며 그의 대답을 기다렸다. 딤즈가 어깨를 들썩이며 말했다. "아무것도 아니야." 딤즈는 이렇게 말하고 물 건너 하나씩 밝혀지는 불빛들을 바라보았다. 서쪽 하늘에는 막 해가 지고 있었다. "저 불빛들을 봐."

"멋있다."

"이제 아파트를 하나 장만하려고 해. 맨해튼에."

"좋을 것 같다." 필리스가 말했다.

딤즈가 필리스의 어깨에 팔을 얹었다. 그러자 필리스가 딤즈의 팔을 치우며 말했다.

"나 그런 여자 아니야."

딤즈가 민망한 듯 낮게 웃었다. 등 뒤로 5미터 정도 거리에 비니가 권총을 장전한 채 그들을 지켜보고 있지 않은가. "그럼 넌 어떤 여잔데?"

"그런 여자는 아니라는 거지. 아직은. 아직 널 잘 모르잖아."

"그래서 여기 온 거잖아."

필리스가 웃었다. "너 몇 살이지?"

"이 봐, 우리가 여기서 십 대 애들처럼 속살을 비비대자는 게 아니잖아. 저 녀석이 저렇게 서 있는데 말이지." 딤즈가 비니 쪽으로 고개를 까딱이며 말했다. "그저 물도 보고, 이야기도 나누며 쉬려고 온 거지."

"좋아. 그런데 나 그거 조금 당기기는 하는데. 약간 설레기도 하고……. 근데 설마 여기서 하자는 건 아니겠지?"

딤즈는 그녀의 반응에 조금 실망스러웠다. "이 봐. 지금 그러고 싶지는 않아. 지금 당장은 말이야. 너 지금 약이 필요한 거야? 내가 줄게."

"관둬." 필리스는 이렇게 잘라 말해놓고서도 생각을 해 보는 듯 고개를 양옆으로 갸우뚱거렸다. 그러더니 말했다. "음…… 아주 조금 맛만 볼까?"

딤즈가 필리스를 실망스러운 듯 쳐다보았다.

"아직 중독되지는 않았다고 한 것 같은데."

"약을 말하는 게 아니야. 너를 맛보겠다는 거였지, 꼬마야!" 필리스가 딤즈의 바지 지퍼 근처를 살짝 치면서 말했다.

딤즈가 껄껄 웃었다. 또다시 가슴이 설레면서 흥분되기 시작했다. 비니의 방해가 없었다면 그대로 그 기분에 빠져들었을지도 몰랐다. 그런데 하필이면 그 순간 등 뒤에 서 있던 비니가 큰 소리로 웃으며 외쳤던 것이다. "딤즈, 이런 염병. 이것 좀 봐!"

딤즈가 고개를 돌려 비니를 보았다. 비니 옆에는 핫소시지 영감이 서 있었다. 술에 잔뜩 취해 있었고, 늘 쓰고 다니던 납작한 중절모도 쓰고 있지 않았다. 그 대신 야구 심판복을 입고 있었다. 재킷에 모자, 가슴 보호대까지 완벽하게 착용하고 손에는 마스크를 든 채로 술에 취해 불안하게 비틀거렸다.

딤즈가 일어나 그에게 다가갔다. "소시지, 지금 여기서 뭐 하는 거야?" 딤즈가 키득거리며 물었다. "취했어? 아직 핼러윈은 아닌데." 술 냄새가 진동을 했다. 만취가 되어 당장에라도 쓰러질 것 같아서 애처로워 보일 지경이었다.

핫소시지가 말했다. "내가 이러고 싶어서 이러는 게 아니야. 자네 때문에…… 뭐냐…… 이 심판복을 보면 자네가 느끼는 바가 있을 거라고 해서 말이지."

"무슨 소리야?" 딤즈가 물었다. 그러면서 뭔가 문득 떠오르는 기억이 있었다.
"예전 야구할 때도 생각날 테고……."
딤즈는 여전히 웃음을 참지 못하는 비니를 힐끗 보았다. 딤즈가 몇 블록 떨어진 공원 쪽을 가리키며 말했다. "야구장은 저쪽이야, 소시지."
"잠깐 단둘이 얘기할 수 있을까?" 핫소시지가 물었다.
딤즈는 뭔가 심상치 않은 느낌이 들어 주변을 둘러보았다. 선창에는 비니와 필리스, 핫소시지 외에 아무도 없었다. 그리고 어둠에 싸인 텅 빈 페인트 공장이 있었다. 만취 상태였음에도 핫소시지는 불안해 보였으며 숨을 헐떡이고 있었다.
"내일 다시 와. 맨정신으로. 나 지금 바빠."
"오래 걸리지 않아, 딤즈군."
"딤즈군이라고 부르지 마, 젠장. 게양대에서 나에 대해 뭐라고들 지껄이는지 다 듣고 있단 말이야. 당신이 스포츠코트를 숨겨주는 동안 나는 가만히 앉아서 노른자만 빨아먹고 있다고 생각하지? 내 할아버지만 아니었으면 내가 2주 전에 당신들 이빨을 몽땅 부러뜨렸을 거야. 당신과 스포츠코트. 당신네 두 늙은이가……."
"잠깐만, 딤즈군. 전해야 할 말이 있어. 중요한 거야."
"그럼 그놈의 주둥이를 열어보라고. 어서."
핫소시지는 완전히 겁에 질린 채 필리스와 비니를 힐끗거리고는 다시 딤즈에게로 시선을 옮겼다.
"사적인 이야기라서, 딤즈. 말했잖아. 남자 대 남자로. 스포츠코트에 관해서야."
"그 염병할 놈의 스포츠코트." 딤즈가 내뱉듯이 중얼거렸다.
"스포츠코트가 자네에게 긴히 할 말이 있대!" 핫소시지가 힘을 주어 말했다. "단둘이서."

"수작 부리지 말라고 전해! 그리고 어서 내 눈앞에서 사라져!"

"이 늙은이를 조금만 생각해 주면 안 되겠나? 난 자네에게 잘못한 게 없잖아?"

딤즈는 짧은 순간 머릿속으로 계산을 해 보았다. 게양대에는 그의 팀원들이 있다. 칭크도 정해진 자리에 있다. 래그도. 옥상에는 스틱이 조무래기들을 데리고 있다. 딤즈 옆에는 비니가 총을 가지고 있다. 라이트벌브는…… 어딘가 있겠지. 필리스를 흘깃 보았다. 예쁜 엉덩이에 묻은 흙먼지를 털며 일어나더니 페인트 공장 쪽으로 물러나고 있었다.

"잠깐 저쪽으로 가 있을게." 필리스가 말했다. "얘기 나눠."

"아니야. 여기 있어." 딤즈가 말했다.

"가 있는 게 좋을 것 같은데." 핫소시지가 필리스에게 말했다.

"그 애에게 상관하지 마, 소시지!"

"일 분이면 돼, 딤즈. 부탁하네. 일 분만 단둘이 얘기하게 해 줘. 제발, 딤즈군! 일 분만!"

딤즈가 분노에 찬 음성으로 낮게 말했다. "할 말이 있으면 지금 당장 하라고. 그러지 않으면 그 이빨을 모조리 부러뜨려버릴 테니까."

"알았어." 핫소시지가 혀 꼬부라진 소리로 대답하고는 말을 이었다. "지 자매…… 기억하지?"

"어서 말하란 말이야, 염병!"

"알았다니까!" 핫소시지는 술기운에 비틀거리는 몸을 애써 가누며 헛기침을 했다. 그러고는 말을 이었다. "오늘 보일러실에서 스포츠코트와 술을 마시고 있는데 지 자매가 왔어. 경찰이 커즈하우스에 와서 이런저런 질문을 하고 갔다네. 그리고 경찰 중 한 명이 전해준 정보가 있다면서 스포츠코트에게 알려준 거야. 스포츠코트가 그 정보를 자네에게 전해주라고 했네."

"어떤 정본데?"

"누군가 자네를 해치러 온 다네, 딤즈. 아주 잔혹한 자래"

"내가 모르는 정보를 얘기 좀 해 보지, 영감."

"이름은 해럴드 딘."

딤즈가 침을 꿀꺽 삼키며 비니를 돌아보았다. "비니, 이 영감을 끌어내." 그러고는 돌아서는데 오른쪽 눈가에 스친 순간적인 움직임을 감지했다.

필리스였다.

그녀가 딤즈에게서 몇 발짝 멀어지면서 매끄러운 동작으로 가죽 재킷 안에 손을 넣더니 스미스 웨슨 제품인 38구경을 꺼내 비니에게 겨누고 방아쇠를 당겼다. 비니도 그녀를 보고 총을 잡으려고 했지만 한 발 늦었다. 비니가 쓰러지자 소녀는 핫소시지를 향해 돌아섰다. 그러고는 뒷걸음질을 치는 핫소시지의 가슴을 겨냥해 한 방을 쏘았다. 핫소시지가 비틀거리며 쓰러졌다. 총구가 딤즈를 향했다.

선착장 끝에 서 있던 딤즈는 총구가 번쩍임과 동시에 뒤로 점프하면서 물속에 뛰어들었다. 몸이 수면에 부딪히는 순간, 스포츠코트의 총에 맞았던 귀가 타는 듯 아팠다. 이스트강의 찬 물결이 온몸을 감싸자 이번에는 왼팔에서 폭발적인 고통이 전해져오면서 온몸을 짓이겼다. 몸이 갈기갈기 찢기는 것 같았다. 이렇게 왼팔을 잃는구나 생각했다.

커즈하우스에서 자라는 대부분의 아이들이 그렇듯이 딤즈는 수영을 배운 적이 없었다. 항구의 물은 너무 더러웠고, 주택 단지 내 수영장은 주로 백인들이 사용했다. 경찰이 수영장을 지켰으며, 주택 단지 아이들이 들어가는 것을 제지했다. 강물에 뛰어든 딤즈는 두 손을 휘저으며 다급하게 오른팔을 뻗었다. 정신없이 더러운 강물을 마시고 있는데 첨벙 소리와 함께 누군가 근처에서 뛰어드는 소리가 들렸다. 젠장, 그년이 뛰어들었구나. 딤즈는 생각했다. 어두운 물속으로 가라앉으면서 어린 시절 이후 처음으로 하나님을 찾았다. 도와달라고 절규했다. 제발 도와주세요. 더 많은 물을 마셨고, 겁에 질려 정신없이 허우적거렸다. 지금 저를 도와주셔서 제가 살아나게 된다면……. 하나님, 도와주세요. 제발. 지금까지 느껴보았던 모든 고통, 지금까지 그가 저지른 악행으로 인해 초래된 모든 슬픔이 가슴에 맴도는 것 같았다. 어린 시절 파이브엔즈의 예배당 벤치에 붙여 놓았던 오래된 껌딱지처럼 달라붙어 그의 양심을 괴롭히던 모든 기억들이 소용돌이치며 목을 감싸고 조여드는 것 같았다. 겨우 물살을 차고 올라 수면 위에서 다급하게 공기를 들이마셨다. 그러고는 곧장 다시 물속으로 빨려 들어갔다. 이번에는 더 깊이. 저항할 수가 없었다. 물살이 서서히 그를 빨아들이는 것을 느끼며 온몸에 힘이 빠졌다. 발끝에서부터 위기감이 밀려오고 의식이 흐려졌다.

그때 누군가 딤즈의 재킷을 잡아당겨 물 밖으로 끌어냈다. 등을 잡고 선착장 밑 말뚝으로 바짝 끌어당겼다. 억센 팔로 딤즈를 잡고 있는 그 사람도 몹시 숨을 헐떡이고 있었다. 그리고 나직이 속삭였다. "쉬이, 소리 내지 마."

사방이 어두워졌고, 딤즈는 아무것도 볼 수 없었다. 왼쪽 어깨가 타들어 가는 듯 화끈거렸다. 마치 강한 산성 용액에 담그고 있는 느낌이었다. 어지러웠다. 왼쪽 팔에서 흘러내리는 뜨끈한 피의 감촉이 느껴졌다. 그를 잡고 있던 손이 잠시 힘을 빼는 듯하더니 그를 다시 고쳐

잡고 나무 선착장의 안쪽으로 좀 더 깊이 끌어들였다. 발끝에 돌의 희미한 촉감이 느껴졌다. 물은 목 높이까지 차 있었다. 그를 잡고 있는 사람은 돌을 밟고 서 있는 것 같았다. 딤즈도 서 보려고 했으나 다리를 움직일 수 없었다.

"젠장." 딤즈가 자기도 모르게 내뱉었다. 그를 잡고 있던 사람이 재빨리 한 손으로 그의 입을 막고 속삭였다.

"조용히 해."

선착장의 악취와 생선 비린내, 이스트강의 곰팡내가 자욱한 물속에서도 딤즈는 등 뒤에서 풍겨오는 술 냄새를 맡을 수 있었다. 그리고 남자의 냄새. 늙은 주일학교 교사의 체취였다. 파이브엔즈 교회의 장작 난로 옆에서 바지에 오줌을 싼 딤즈를 무릎에 안고 있던 그 사람. 늘 술에 취해 있었던 어머니는 주일날이면 종종 딤즈만 혼자 교회에 보내곤 했다. 냄새나고 더러운 옷을 입혀서 보내면 늙은 술주정뱅이 주일학교 교사와 그의 착한 아내 헤티가 그들의 눈먼 아들, 퍼지 핑거스의 깨끗한 바지, 셔츠, 속옷으로 갈아입혀 주리라는 걸 알았던 것이다. 헤티가 딤즈의 옷을 미리 준비해온 가방에 넣어 성탄 모금액이 담긴 상자와 함께 집으로 가져갈 것이라는 걸 알았고, 그 옷들을 깨끗이 세탁해서 종이봉투에 담아 케이크 한 쪽이나 파이 한 쪽 또는 생선튀김 등과 함께 돌려보내리라는 것도 알았다. 헤티는 성탄 모금 상자에 한 주도 빠지지 않고 50센트씩 넣었는데, 25센트는 딤즈를 위한 헌금이고, 25센트는 그들의 아들, 퍼지 핑거스를 위한 헌금이었다. 진실한 기독교적 선함이었고, 진심이 담긴 사랑이었다. 척박한 세상을 꿋꿋하게 살아가는 한 여인이 굳건한 사랑을 실천하는 모습이었다. 헤티의 술주정꾼 남편은 그로부터 몇 년 후 딤즈에게 공 던지는 법을 가르쳐

주었다. 시속 90마일의 속구가 홈플레이트 외각을 정확하게 지나도록 공 던지는 법을 가르쳐주었다.

스포츠코트는 딤즈의 몸을 말뚝에 바짝 붙여 안은 채 고개를 물 위로 잔뜩 쳐들고 나무판자 사이로 위를 살폈다. 머리 위로 달려가는 필리스의 발소리가 선착장을 빠져나가 페인트 공장을 지나 거리 너머로 멀어졌다.

이제 말뚝에 부딪치는 물소리 외에는 사방이 고요했다. 딤즈를 잡고 있던 스포츠코트가 손에 힘을 풀고 딤즈를 뒤로 돌려세우더니 물가로 끌고 갔다. 헝겊 인형처럼 딤즈를 끌고 가서 물에서 끌어내 모래밭에 눕히고 그 옆에 앉았다. 스포츠코트도 몹시 지쳐 있었다. 잠시 후 소시지를 향해 소리쳤다. "핫소시지, 살아 있어?"

신음 같은 대답이 희미하게 들렸다.

"지랄, 염병할." 스포츠코트가 낮게 내뱉었다.

딤즈는 지금까지 스포츠코트가 욕하는 걸 들어본 적이 없었다. 신성했던 뭔가가 더럽혀지는 느낌이 들었다. 스포츠코트는 선착장 위로 올라가려고 시도를 하다가 한쪽 무릎을 꿇고 주저앉았다. 그의 지친 얼굴에 강 건너 맨해튼의 불빛이 비쳤다. "잠깐 숨 좀 돌릴게, 소시지." 스포츠코트가 헐떡이며 말했다. "움직일 수가 없어. 잠깐만 기다려, 곧 갈게."

핫소시지가 또다시 신음 소리를 냈다. 스포츠코트는 여전히 모래밭에 누워 있는 딤즈를 힐끗 보며 고개를 저었다. "네가 도대체 무슨 생각을 했던 건지 모르겠구나." 스포츠코트가 가쁜 숨을 몰아쉬며 말했다. "넌 도무지 남의 말을 듣지 않아."

"그년이 날 봤다고요." 딤즈가 신음처럼 내뱉었다.

"조용히 해. 아직 한쪽 팔은 성한 게로구나."

"그년이 무장을 하고 있는 줄은 몰랐어요."

"이래서 젊은 애들이 문젠 거야. 남부에서 자랐더라면 뭔가 배운 게 있었을 거다. 이놈의 도시에서는 애들에게 가르쳐주는 게 없어. 네게 말을 전해달라고 소시지에게 부탁했었단 말이다. 지 자매가 해럴드 딘이 너를 죽이러 온다는 정보를 알려주었거든."

"나도 경계를 하고 있었어요."

"그래? 그런데 어째서 한 치 앞을 못 보고 여자애에 정신이 팔려 있었지? 네 손을 잡고 새끼고양이처럼 가르릉거리던 계집애가 바로 해럴딘이었어. 해럴드 딘이 아니고 해럴딘. 염병할! 해럴딘이라는 여자 이름이었던 거지."

잠시 후 몸을 일으킨 스포츠코트는 핫소시지가 있는 선착장으로 올라갔다. 스포츠코트의 뒷모습을 지켜보는데 점차 시야가 흐릿해졌다. 의식을 잃어가고 있으리라. 참 기가 막힌 타이밍이다.

18
수사

핫소시지의 지하 보일러실에서 치즈를 분배받던 토요일 아침, 수프 로페즈가 그곳에 없었다면 싸움이 일어날 수도 있었다. 지 자매는 그 날 수프를 오게 한 것이 천만다행이라고 생각했다. 지 자매가 생각하기에 그날 치즈를 분배해 줄 핫소시지가 없었다는 건 다툼의 이유가 아니었다. 그보다는 그 전 수요일에 핫소시지와 그의 단짝 친구 스포츠코트가 총에 맞아 죽었다는 사실이 문제였다. 사건 초기에 늘 그렇듯 이런 저런 설들이 난무했다. 딤즈가 항구에서 두 사람을 사살한 다음 자신도 스스로 목숨을 끊었다는 소문도 그중 하나였다. 하지만 그건 헛소문일 뿐이었다. 커즈하우스 주민들이 그런 소문에 이골이 나 있다는 건 지 자매도 잘 알고 있는 사실이었지만, 그렇다고 하더라도 그 사건은 모두의 마음에 적지 않은 충격을 주었다.

"지옥에나 떨어져라 딤즈 녀석." 범범이 말했다. "순서를 바꿔서 자기를 먼저 쏘았어야 하는데." 범범은 치즈를 나누는 토요일 아침이면 늘 새벽 여섯 시에 정확히 문 앞에 도착했다. 지난 몇 달 동안 쭉 그랬지만, 싸움이 나던 토요일에는 평소보다 10분쯤 늦게 지하실 문 앞에 도착했다. 이지가 맨 앞에 서서 치즈 배급 테이블 앞에 앉은 지 자매와 이야기를 나누고 있었다. 핫소시지를 대신해서 지 자매가 치즈 배급을 해 주기로 한 것이다. 이지 뒤로 사촌 자매 둘, 넘버 러너를 하는 호아킨 그리고 범범이 속으로 마음을 두고 있는 아이티 요리의 대가 도미니크가 있었다. 말끔히 세수한 티가 역력한 도미니크를 보면서 범범은 그가 손톱도 늘 짧게 깎는 것으로 보아 위생 관념도 철저할 거라는 생각을 했다. 도미니크 뒤에는 푸에르토리코독립협회 회원 두 명이 서 있었다. 떠도는 소문과 남 이야기에는 일가견이 있는 사람들이 모두 나와 있었다. 한바탕 찰진 대화와 뒷담화가 벌어질 조건이 갖추어진 셈이었다.

범범은 맨 앞에 있는 이지가 범범을 위해 잡아 놓은 이지 바로 뒷자리, 특혜받은 두 번째 자리로 갔다. 이지는 한창 이번 사건에 대한 자기의 견해를 말하는 중이었다.

"스포츠코트는 지난 20년 동안 중독적으로 술을 마셨어." 이지가 말했다. "그렇지만 핫소시지는 그렇게까지 심하게 마시지는 않았지. 두 사람이 싸우다가 서로를 쏜 것 같아."

"핫소시지는 쏘지 않았어." 범범이 말했다.

그러자 뒤에 서 있던 도미니크가 말했다. "핫소시지는 좋은 친구였는데." 도미니크도 일찍 자리를 잡기 위해 새벽 여섯 시를 약간 넘어 도착했고 몇 사람에게 부탁을 해서 자리를 바꿔 결국 범범 바로 뒤에까지 도달했다. 도미니크 뒤로 몇 사람 건너에 서 있던 호아킨이 슬픈 얼굴로 말했다. "핫소시지에게 12달러 빌렸는데. 갚지 않아서 다행이네."

"맙소사, 치사한 인간 같으니." 맨 앞의 이지가 줄 밖으로 나와 그를 보며 말했다. "돈 가지고 너무 쩨쩨하게 굴어서, 네가 걸을 때마다 똥구멍에서 궁상스러운 바람 소리가 날 지경이야."

"난 그래도 최소한 똥구멍이 있기는 하네, 뭐."

"재수 없는 놈!"

"돼지 같은 년!"

이때, 한참 뒤에 서 있던 남자가 이지에게 뚱뚱한 엉덩이 그만 흔들고 줄이나 서라고 소리쳤다.

"네 일이나 신경 써!" 호아킨이 이번에는 그 남자에게 소리쳤다.

"어디, 이리 와서 붙어 보든가, 호아킨!" 그 남자가 받아쳤다.

호아킨이 줄에서 나오고 본격적인 싸움이 벌어지려는 찰나, 이슬람 국가의 검은 제복을 입은 수프가 거대한 몸집으로 막아서며 사태를 진정시켰다. 그러자 지 자매가 치즈가 잔뜩 쌓인 긴 테이블에서 나와 수프를 옆으로 비켜서게 하고 중재를 했다.

"모두 진정해, 제발." 지 자매가 말했다. "어떻게 된 건지는 아무도 몰라. 나중에 알게 되겠지."

나중은 생각보다 빨리 왔다. 밖이 소란스러워지는 것 같더니 건물 밖에 줄 서 있던 사람들이 갑자기 옆으로 비켜섰다. 몇 사람이 건물 안으로 들어오고, 그중에 포츠 경관이 먼저 보일러실로 들어왔다.

그 뒤로 그의 젊은 파트너와 두 명의 사복 수사관이 늘어선 사람들을 비집고 보일러실로 들어오자 일시에 모두 조용해졌다.

포츠 경관은 지 자매가 서 있는 테이블 쪽을 힐끗 보고 나서 줄을 서 있는 주민들의 불안한 표정을 살폈다. 곁눈으로 몇 명이 움직이는 것이 보였다. 고개를 돌려보니 여자 한 명과 남자 두 명이 줄에서 나와 조용히 출구 쪽으로 갔다. 포츠는 그들이 가석방자거나 체포 영장을 발부 받고 있는 자들일 것이라 짐작했다. 키가 2미터는 훌쩍 넘을 듯한 거대한 체격에 말끔하게 차려입은 남자가 그들의 뒤를 따랐다. 포츠는 문으로 걸어가는 그 젊은이를 어디선가 본 것 같다는 생각이 들었다. 미치가 포츠의 어깨를 가볍게 두드리고는 수프를 바라보며 말했다. "제가 가서 몇 가지 물어볼까요?"

"농담하나? 저 친구 체격을 보고 하는 말이야?"

수프가 다른 세 명과 함께 문밖으로 사라졌다.

포츠는 지 자매에게로 주의를 돌렸다. 음산한 토요일의 이른 아침, 어수선하고 눅눅한 지하실에서 보아도 지 자매는 여전히 아일랜드의 봄날 아침만큼이나 아름다웠다. 허리를 묶는 블라우스에 청바지 차림이었는데 머리에 묶은 화사한 리본이 그녀의 여성적인 아름다움을 배가시켰다.

"좋은 아침이오." 포츠가 인사를 건넸다.

지 자매가 옅은 미소를 지었다. 그다지 반가워하는 기색은 아니었다. "오늘은 팀 전체를 데리고 오셨네요." 지 자매가 말했다.

줄을 서 있는 사람들을 둘러보던 포츠 경관은 범범과 도미니크, 이지가 자기를 뚫어지게 바라보고 있는 것을 눈치채자 세 명의 경찰관을 고개로 가리키며 말했다. "잠시 저 경찰관들의 질문에 답을 좀 해줄 수 있겠소? 그저 형식상 필요한 절차일 뿐이오. 걱정하지 않아도 돼요. 교회에서 세 사람 모두 본 것 같은데. 피해자들에 대해 알아야 해서 말이요." 그러고는 지 자매를 보며 말했다. "당신은 잠깐 밖으로 나가서 나와 얘기 좀 할 수 있겠소?"

지 자매는 범범 자매만 파이브엔즈 교회 식구라는 건 굳이 포츠에게 말하지 않았다. 그 대신 사촌 자매 중 하나인 나네트를 돌아보며 말했다. "나네트, 나 대신 테이블을 좀 맡아 줘."

지 자매는 포츠를 따라 밖으로 나왔다. 광장에 이르자 포츠가 주머니에 손을 넣은 채 지 자매를 향해 돌아섰다. 그러고는 시선을 땅에 고정시킨 채 인상을 찌푸리고 있었다. 지 자매는 경사 제복을 입은 포츠가 제법 멋있어 보인다고 생각했다. 은근히 마음이 동요되기 시작했다. 포츠가 한참 만에 지 자매를 쳐다보았다.

"'내가 이렇게 될 거라고 했지'라는 말은 굳이 하지 않겠소."

"좋아요."

"아시다시피 사고가 있었소."

"들었어요."

"전부 다 들었소?"

"아니요. 소문만 들었어요. 하지만 난 소문을 믿지 않아요."

"우리가 추측하기로는 랄프 오덤……. 오덤 씨, 음, 보일러 정비공 핫소시지가 항구에서 물에 빠져 죽은 것 같소."

지 자매는 헉하고 놀라는 자신의 숨소리를 들었다. 하지만 포츠 앞에서 이성을 잃고 감정을 쏟아내고 싶지는 않았다. 갑자기 자신이 어리석었다는 생각이 들었다. 몇 번 밖에 만나보진 못했지만 호감을 주었고, 사랑을 꿈꾸게 해 주었던 포츠 경관이 오늘은 그저 다른 경찰관들 중 하나로 느껴졌다. 그들은 늘 나쁜 소식이나 통지서 또는 영장을 가지고 와서 심문을 한다. 늘 질문만 할 뿐, 대답을 해주는 경우는 없다.

"소식을 처음 들었을 때 믿지 않았어요." 지 자매가 침울한 음성으로 말했다. "물에 빠져 죽은 사람이 스포츠코트일지 모른다고 생각했죠."

"아니요. 물에 빠져 죽은 사람은 핫소시지요. 우리 친구, 아니 당신 친구 스포츠코트는 살아 있어요. 오늘 아침에 만났소."

"무사한가요?"

"가슴에 총을 맞았는데 죽지는 않았소. 생명에는 지장이 없을 것 같소."

"지금 어디 있어요?"

"보로 파크에 있는 메이모니즈 병원에 있소."

"왜 거기까지 데려갔죠?"

포츠가 어깨를 들썩여 보이고는 말을 이었다. "딤즈 클레멘스도 왼쪽 어깨에 총상을 입었소. 그 친구도 치명상은 아니고."

"하느님 맙소사. 서로를 쏜 건가요?"

"그건 모르지. 총을 맞은 사람이 하나 더 있소. 렌들 콜린스. 그 친구는 죽었소."

"모르는 이름이에요."

"별명으로 불리는 것 같더군."

"여기선 다들 그러죠."

"비니라던데."

"아, 알아요." 지 자매는 울음이 터지려는 걸 참으려 툭 던지듯 대답했다. 한 번 울음이 터지면 그칠 수 없을 거라는 걸 알기 때문이었다. 포츠 앞에서 울고 싶지는 않았다. 충격과 슬픔이 한 차례 밀려왔다 가라앉았다. 그동안 포츠 경관은 말이 없었다. 지 자매는 차오르는 감정을 다스리기 위해 차라리 입을 열었다. "무슨 말을 듣고 싶으신 거죠?"

"혹시 스포츠코트가 그 둘에게 총을 쏠 만한 이유가 있소?"

"그에 관해서 내가 아는 건 경관님도 다 알고 계시잖아요." 지 자매가 말했다.
포츠는 정면에 보이는 건물의 옥상을 올려다보았다. 옥상에서 아래를 내려다보고 있던 어린 소년 하나가 숨는 것을 보았다. 경찰을 염탐하는 일을 맡은 녀석인 것 같았다.
"사실은 그렇지 않소." 포츠가 말했다. "오늘 아침에 병원에서 당신 친구 스포츠코트를 만났소. 가슴 근처를 맞았더군. 수술을 해서 총알은 꺼냈고, 이제 괜찮을 거요. 아직 정신이 혼미한 상태긴 하지만. 그건 진정제 때문이니까. 그런데 정신이 오락가락하는지, 아침에 잠깐 얘기를 했는데, 자기는 딤즈를 쏘지 않았다고 하더군."
"스포츠코트는 당연히 그럴 거예요. 처음 딤즈에게 총을 쏠 때도 무척 취해 있었으니까. 그러고는 아무것도 기억나지 않는다고 했지요. 정말 기억이 나지 않는 걸 수도 있어요."
"당신 친구 스포츠코트 말로는 그들에게 총을 쏜 건 여자라던데."
"글쎄요. 아무 말이나 지어내는 걸 수도 있죠."
"친구가 물에 빠져 죽었다고 했더니 무척 충격을 받는 것 같았소."
포츠는 이 말을 들은 지 자매가 눈물을 참느라 입술을 깨무는 동안 잠시 말을 멈췄다.
"핫소시지가 정말 물에 빠져 죽은 거예요?" 지 자매가 물었다.
"그를 찾을 수 없는 건 분명하오. 당신 친구 스포츠코트는 야구 심판복을 입은 채 발견되었고, 랜들이라는 아이는 죽은 채 발견되었고, 딤즈는 부상당한 채 발견되었는데 핫소시지만 없었으니까."
지 자매는 아무 말 하지 않았다.
"내가 심각한 일이라고 말했을 거요. 그렇지 않소?" 포츠가 말했다.
지 자매는 먼 곳에 시선을 고정시킨 채 아무 말도 하지 않았다.

"그 두 사람이 가까웠소? 셀로니우스 엘리스 말이오. 당신 친구 스포츠코트와 오덤 씨?" 포츠가 물었다.

"아주 가까웠죠." 지 자매는 이렇게 대답하면서 포츠 경관에게 랄프 오덤이라는 이름은 핫소시지의 가짜 이름이라는 걸 말해야 하나 잠시 생각했다. 그의 진짜 이름은 셀로니우스 엘리스라고. 그리고 스포츠코트의 본명은 쿠피 램킨이라고. 두 사람은 운전면허증 하나를 일주일씩 번갈아 가지고 다닌다고. 그런데 포츠 경관은 아직 쿠피 램킨이라는 이름은 한번도 꺼내지 않았다. 뭔가 잘못된 게 분명하다.

"스포츠코트는 그의 친구를 매우 걱정하고 있소. 정신이 오락가락하면서도 계속 친구 얘기를 했소. 그래서 내가 그의 친구 오덤 씨가 물에 빠져 죽었는지는 확신할 수 없다고 했소. 페인트 공장에서 총소리도 듣고, 딥즈가 물에 빠지는 것도 목격한 사람이 있소. 잠수부들이 도착했을 때는 물살이 빠져나가는 중이었소. 매년 이맘때쯤엔 물살이 빨라지지. 차갑고. 차가운 물에서는 시신이 가라앉는 법이오. 떠오르지 않아. 오늘 오후에 잠수부들이 들어가 시신을 찾아볼 거요."

"딥즈에게 어떻게 된 건지 물어봤어요?"

"딥즈는 입을 열지 않고 있소."

"제 생각에는 반대의 경우일 것 같아요." 지 자매가 말했다. "딥즈가 스포츠코트를 쏜 거죠. 아니면 두 사람을 다 쏘았거나. 핫소시지도 딥즈를 무척 못마땅해했으니까요. 핫소시지는 누구를 총으로 쏠 사람이 아니에요. 스포츠코트도 그렇고요. 적어도 제정신일 때는 말이죠. 스포츠코트는 딥즈를 좋아했어요. 그를 무척 아꼈죠. 지난번에 딥즈에게 총을 쏘기는 했어도 여전히 그를 사랑했죠. 오랫동안 딥즈의 주일학교 교사였으니까요. 야구 코치이기도 했고요. 그걸로 딥즈에 대한 스포츠코트의 마음이 어느 정도는 설명되는 거 아닌가요?"
포츠는 어깨를 들썩여 보이며 말했다. "아이들을 데리고 캠핑을 가서 마시멜로를 구워 먹는다고 해서 보이스카우트가 되는 건 아니오."
"참 얄궂은 운명이네요." 지 자매가 말했다. "스포츠코트는 수도 없이 죽을 고비를 넘겼는데······. 그리고 핫소시지는 지금까지 누구하고도 갈등을 빚어본 일이 없어요. 뭔가 잘못 알고 있는 거 아닌가요? 언뜻 보면 두 사람이 비슷하거든요."
"스포츠코트 맞아요. 그의 지갑에 있던 신분증을 확인했소."
"운전면허증 말씀인가요?"
그 순간 지 자매는 수프의 환영파티에서 스포츠코트가 차량관리국에 가서 핫소시지의 본명인 셀로니우스 엘리스로 운전면허증을 발급받았다는 얘기를 들었던 생각이 났다. 핫소시지가 그렇게 말하고는 그 자리에서 스포츠코트로부터 운전면허증을 돌려받지 않았는가.
"야구 심판복까지 입고 있었단 말이오." 포츠가 덧붙였다. "스포츠코트가 가끔 심판복을 입고 다닌다는 얘기를 들었는데."
"심판복을 입었다면 스포츠코트일 거예요." 지 자매가 고개를 끄덕이며 말했다. 혹시 핫소시지가 수프의 환영 파티 후에 또다시 운전면허증을 스포츠코트에게 주지는 않았을까? 아직은 희망이 있다. 의식이 혼미한 상태여서 어떻게 된 건지 누가 누구인지 설명하지 못하는 한 아직 희망은 있다.
"그 야구 심판복이 엘리스 씨의 목숨을 구한 거요." 포츠가 말했다. "가슴보호대가 총알의 속도를 감소시키는 역할을 한 거지. 그렇지 않았으며 목숨을 잃었을 거요. 문제는 의식이 혼미해서 헛소리를 한다는 거지. 아직 의식이 완전히 돌아온 게 아니어서. 그래서 하루나 이틀 정도 후에 다시 가서 얘기를 해 볼 생각이오. 정신이 좀 더 맑아진 다음에."

"그러세요."

"아 참, 그리고 여자 얘기를 하던데. 그의 아내 이름이 뭐라고 했소?"

"헤티요."

"아닌데. 헤티가 아니었소. 드니스 비브에 대해 얘기했소."

"비브 자매요?" 지 자매는 표정을 들키지 않으려고 애를 쓰면서 땅을 내려다보았다. "비브 자매는 교회 오르간 반주자예요. 정식 직위는 음악목회자죠."

"당신 친구 스포츠코트 말이 총을 쏜 사람이 여자라고 했소. 그리고 비브라는 이름을 여러 번 말했어요. 드니스 비브. 왜 그랬을까?"

지 자매는 입술을 깨물었다. "제정신이 아니었던 것 같아요. 당신도 그가 정신이 혼미한 상태라고 했잖아요. 그렇죠?"

"많이 혼미하지. 거의 의식이 없는 상태라고 봐야 해요. 그런데 비브 자매에 대해 좀 이상한 소리를 했소. 그녀가 살인자라나, 뼈도 못 추린다는 둥 말이오. 남자만큼 강하다고. 기관총 사수라는 말도 했소. 그녀와 안 좋은 관계였소? 어떤 식으로든 그 여자가 관련되어 있다고 생각하느냐 말이오."

그럴 줄 알았어! 지 자매는 생각했다. 핫소시지와 비브 자매 사이에 뭔가의 관계가 있었던 거야! 지 자매는 되도록 무표정한 표정을 지으려고 애쓰면서 말했다.

"비브 자매는 파리 한 마리 죽이지 못하는 사람이에요."

"증거 확인 차원에서 그냥 물어본 거요."

"그렇다면 '나이가 들면 남는 게 상상력밖에 없어서'라고 해 두죠."

지 자매가 말했다. 씁쓸한 듯한 미소를 지어 보이려고 했으나 잘되지 않았다. 진심에서 미소가 우러나오고 있었으니까.

포츠는 그런 지 자매의 미소를 바라보면서 무지개를 떠올렸다. 하지만 애써 무심하고 공적인 어조로 말했다. "그러니까 비브 자매가 스포츠코트에게 원한 같은 것을 가지고 있을 이유는 없다는 거요? 사랑 싸움 같은 거라도?"

지 자매가 어깨를 들썩이며 말했다. "교회 안에서도 세상 다른 곳들처럼 서로 떠보기도 하고, 사귀기도 하죠. 사람에겐 감정이라는 게 있지 않나요? 외로움도 느끼고요. 결혼을 한 사람들도 그럴 수 있어요. 세상엔 사랑이라는 게 있답니다. 그걸 멈출 수 있는 건 아무것도 없어요. 그런 걸 본 적이 없으신가 보죠?"

지 자매는 갈망이 담긴 눈빛으로 포츠를 바라보았다. 그걸 보는 포츠는 선생님의 지목을 받기 위해 손을 높이 들고 있는 초등학교 3학년 아이처럼 설레는 가슴을 애써 진정시켜야 했다. 그녀의 손을 잡고 싶었다. 지 자매는 자신도 모르는 사이에 포츠의 가면을 벗겨버린 것이다.

"물론 있소." 포츠가 겨우 대답했다.

"하지만 두 사람 사이에 아무것도 없는 건 아닌 것 같아요." 지 자매가 말했다. "비브 자매에게 직접 물어보지 그러세요?"

"비브 자매는 지금 어디 있소?"

"34동에 살아요. 그렇지만 오늘은 토요일이어서 일하러 가야 하는 날이에요. 맨해튼에 있는 카페테리아에서 요리사로 일하거든요."

"어젯밤에 그녀를 보았소?"

"아니요." 사실이었다. 3분 전에 치즈를 받기 위해 줄을 서 있는 걸 보긴 했지만, 그건 묻지 않았으니까. 그렇게 생각하니 마음이 좀 편했다. 어머니의 표현을 빌려서 '심한 거짓말'은 하지 않았으니까. 한편으로는 그가 자신의 거짓말을 알아냈으면 싶기도 했다. 그러면 그가 다시 와야 할 거고, 지 자매는 포츠를 또 만나고, 또 만나고, 또 만날 수 있을 테니까. 교회에서 처음 그를 만났던 날처럼, 그가 미소 지으며 낮고 부드러운 음성으로 농담하는 모습을 볼 수만 있다면 계속 거짓말을 할 수 있을 것 같다. 이런 생각을 하다 보니, 목구멍으로 신물이 넘어오는 것 같았다. 이런 허황된 꿈을 꾸다니. 씁쓸한 생각이 들었다. 볼 일을 마치면 돌아갈 사람이야. 언젠가 래티건스 앞에서 친구들과 웃고 떠드는 모습을 볼 수는 있겠지. 나는 길가에 흩어진 술병을 쓸어 모으고 있겠지만. 이런 생각을 하니 비참한 기분이 들었다.

포츠는 지 자매의 얼굴이 시무룩해지는 것을 보았다. 그러나 이유는 알 수 없었다. "나중에 다시 와서 비브라는 사람을 만나 보겠소."

지 자매의 입가에 진심에서 우러난 슬픈 미소가 번졌다. 가슴이 땅으로 내려앉는 느낌이었다. "그럼 다시 오세요. 또 오셔도 돼요. 원하신다면." 포츠는 이 말을 들을 때마다 가슴속에 등불이 켜지는 느낌이었다.

포츠는 할 수 있는 한 마음에 빗장을 굳게 걸어야만 했다. 근무 중이었고, 사망자들이 나온 사건이었다. 유가족에게 통보도 해야 한다. 수사의 진행 상황도 확인해야 한다. 작성해야 할 서류들도 있다. 어떻게든 정신을 차리고 벗어나야 하는 대상이 지금 바로 그의 앞에 있다. 지금까지 보아온 어느 여성보다도 매력적이고 상냥한 사람. 포츠는 깊은 한숨을 쉬고는 짧은 미소를 지어 보였다. 그리고 지하실로 통하는 문에 늘어선 줄을 힐끗 보았다. 동료 경찰관들이 그를 기다리고 있었다.

"우리는 이제 돌아가는 게 좋겠소."

포츠가 돌아서서 경사로를 내려가려는데 지 자매가 그의 팔을 잡았다. 포츠가 걸음을 멈췄다.

"핫소시지가 항구에서 물에 빠진 것이 확실한가요?" 지 자매가 물었다.

"확실하지는 않소." 포츠가 대답했다. "시신을 찾기 전까지는 아무것도 확신할 수 없으니까."

지 자매도 포츠를 따라 경사로를 내려갔다. 포츠는 기다리고 있던 동료들과 합류해 말없이 멀어져갔다.

경찰들이 가고 나서 지 자매는 비로소 안도의 숨을 내쉬는 주민들에게 다가갔다. 몇 명씩 무리를 지어 있느라 줄은 이미 해체된 상태였다. 테이블 위에는 치즈가 가지런히 쌓여 있었지만 아무도 관심을 갖지 않았다. 치즈는 나네트가 지키고 있었다. 사람들은 치즈를 외면하고 지 자매에게 모여들었다.

"나 대신 치즈를 나눠 주라고 부탁했잖아." 지 자매가 나네트에게 말했다.

"그건 신경 쓰지 마." 나네트가 답답하다는 듯 말했다. "경관이 뭐래?"

지 자매는 자기를 바라보고 있는 사람들을 둘러보았다. 그녀가 평생 동안 보아온 사람들이었다. 그들이 익숙한 눈빛으로 그녀를 보고 있었다. 주택 단지의 삶이 담긴 눈빛. 척박한 세상에서 불운으로 점철된 삶을 살면서 터득한 지혜와 슬픔, 의혹, 피곤이 담긴 눈빛. 그들 중네 명이 사라졌다. 생사의 문제를 떠나서 영원히 돌이킬 수 없는 운명적 변화를 겪은 것이다. 앞으로도 더 많은 이들이 같은 운명과 맞닥뜨리게 될 것이다. 그들 곁에는 마약, 아주 강력한 마약, 헤로인이 있으니까. 무엇으로도 그것들을 막지 못할 것이다. 이제 모두 그걸 안다. 게양대에 있는 딤즈의 벤치는 누군가 벌써 차지했다. 이곳에선 아무것도 달라지지 않을 것이다. 커즈의 삶은 언제나 그랬듯이 휘청거리며 앞으로 나갈 것이다. 모두 지금껏 열심히 일했고, 노예처럼 인내했고, 시궁쥐와 싸웠다. 생쥐와도 싸우고, 바퀴벌레, 개미 떼, 주택관리국, 경찰, 강도들과 싸웠다. 그리고 이제 마약 딜러들과 싸운다. 삶은 당신에게 늘 실망과 시련을 안겨 주었다. 여름은 너무 더웠고, 겨울은 너무 추웠다. 낡은 스토브는 불이 켜지지 않았고, 창문은 열리지 않았으며, 화장실은 물이 내려가지 않았다. 벽에서 떨어져 내리는 페인트에는 납이 들어 있어서 아이들은 납 중독의 위험에 노출되어 있었다. 부두 노동을 하기 위해 미국으로 건너온 이탈리아인들을 위해 지은 허름하고 황량한 아파트에 살면서 그 척박한 삶을 살아냈다. 유색인과 라틴계 이주민들이 도착했을 땐 이미 꿈도, 돈도, 기회도 더 이상 남아 있지 않았는데도 말이다. 그런데도 뉴욕은 모든 문제를 그들의 탓으로 돌린다. 그렇다고 누구를 원망하겠는가? 그곳에 살기를 원한 건 당신인데.

각박한 사람들이 사는 이 척박한 도시, 현란한 신기루에 눈먼 어리석은 인간들에겐 깨진 꿈과 허망한 약속의 동토. 하지만 세계 금융의 수도, 백인을 위한 기회의 땅. 지 자매는 그녀를 에워싸고 있는 이웃을 둘러보았다. 그리고 깨달았다. 이들은 결국 빵부스러기 같은 존재, 굴러다니는 골무 같은 존재였다는 것을. 과자 위에 드문드문 뿌려진 설탕 가루. 약속의 땅이라는 좌판 위에서 눈에 띄지 않거나 드문드문 흩어져 있어야 하는 점들. '믿음을 가지라!'는 슬로건이 걸린 브로드웨이 무대나 야구팀에 드문드문 등장하는 존재. 그러나 현실인즉, 믿음을 가질 근거는 어디에도 없다. 한 공간에 유색인 하나 정도는 묵인할 수 있지만 둘만 되어도 스무 명은 되는 것처럼 여겨지며, 셋이 되면 영업을 종료하고 모두 집으로 돌아간다.

자유의 여신상이 보이는 커즈하우스에서도 모두가 화려한 뉴욕의 삶을 꿈꾸며 살고 있다. 하지만 그 수많은 목화밭과 사탕수수 농장에서보다 더 많은 이들의 꿈이 이 도시에서 부서졌다. 이제는 헤로인, 아무짝에도 쓸모없는 하얀 가루가 우리 아이들을 또다시 노예로 전락시킨다.

지 자매는 그들을 다시 한번 둘러보았다. 그러자 지 자매는 자신이 보았던 걸 그들도 보고 있음을 알 수 있었다. 그들의 얼굴에서 읽을 수 있었다. 그들은 절대로 이길 수 없을 것이다. 결과가 이미 정해진 게임이다. 악당이 승리하고 영웅은 죽는다. 앞으로 몇 주는 아들의 관을 붙잡고 울부짖는 비니 어머니의 모습이 그들의 머릿속에 맴돌 것이다. 다음 주나 다음 달에는 또 다른 아이의 어머니가 그 뒤를 이어 비통함에 울부짖을 것이다. 그리고 그다음에는 또 다른 어머니……. 이렇게 영원히 이어질 것이다. 이 모든 것이 그녀를 너무도 암울하게 했다.

그런데도 가끔 한 가닥의 희망이 비치기도 한다. 맨해튼의 깜박이는 불빛처럼. 희망은 잠자는 이들의 콧잔등을 후려쳐서 다시 벌떡 일어서게 해서 또다시 삶의 현장으로 향하게 한다. "나는 하나님의 자녀야. 난 여전히 여기 있어"라고 말하게 한다. 이렇게 생각하자 지 자매는 하나님의 축복을 느낄 수 있었다. 가슴 깊이 감사를 드렸다. 바로 그때 그들의 얼굴에도 빛이 어리는 걸 볼 수 있었다. 지 자매가 하려는 말을 그들이 이미 알고 있다는 걸 느낄 수 있었다. 일생의 대부분을 그들과 함께 보낸 한 남자에 대한 이야기를 말이다. 열여덟 살 때 림프절이 구슬만 한 크기로 커졌으며, 혈류성 질환, 급성 바이러스 감염, 폐색전증, 낭창, 안구 손상, 두 번의 성홍열, 수도 없는 독감으로 비틀거리며 다녔던 사람. 우리 대부분은 평생을 통해서도 경험할까 말까 한 정도의 많은 수술을 한 해에 다 받고도 버텨낸 불멸의 신체를 지녔던 사람에 대한 이야기를 지 자매는 하려는 것이다. 하나님께서 그 이야기를 이들과 나눌 수 있는 기회를 주시고, 그럴 수 있는 마음을 허락하신 것에 대해 감사했다. 왜냐하면 지 자매에게 있어서 그가 살아온 삶의 이야기는 하나님께서 한없이 너그러운 마음으로 우리에게 선물을 주신다는 증거였기 때문이다. 희망, 사랑, 진실 그리고 모든 인간의 선함에 대한 깨지지 않는 믿음. 지 자매는 할 수만 있다면 17동 옥상에서 확성기에 대고 이 진리를 외치고 싶었다. 주택 단지의 모든 이가 들을 수 있도록.

그렇지만 여기 모인 사람들에게 말하는 것만으로도 충분할 것이다. 여기서부터 널리 퍼져나갈 것이므로.

"핫소시지는 죽지 않았어." 지 자매가 말했다. "총상을 입었지만 치명상은 아니었대. 지금 병원에 있어."

"스포츠코트는?" 범범이 물었다.

무거운 침묵이 방 안을 채웠다.

지 자매가 미소를 지으며 말했다. "지금으로서는 여기까지가······."

❖

포츠와 세 명의 경관은 침울한 표정으로 광장을 지나 순찰차로 향했다. 그러나 다섯 걸음도 채 옮기기 전에 지하 보일러실 쪽에서 들려오는 예상 밖의 소리에 멈춰야 했다. 잠시 그 소리에 귀를 기울였지만 소리는 곧 잦아들었고 경찰은 다시 걷기 시작했다. 이번에는 좀 더 천천히.

수사관 중 하나가 뒤에서 걷고 있는 포츠 곁으로 왔다. "포츠, 난 저들을 이해할 수 없어요. 모두 미개인들 같아요."

포츠는 어깨를 들썩여 보일 뿐 계속 걸었다. 돌아가면 바로 작전회의가 열릴 것이고 시장이 전화를 할 것이다. 맨해튼 마약 단속국에 새로 구성된 마약 전담반에서 공지 사항을 전해올 것이다. 모두 시간 낭비다. 그러다 결국 누군가는 임대주택 단지의 문제는 돈과 인력을 쏟아부을 만한 가치가 없다는 주장을 하게 될 테니까. 더구나 포츠가 방금 들은 소리를 세 명의 경관이 함께 들었다. 이 수사를 계속 진행해야 하는 이유를 상관들에게 설명하기가 그만큼 더 힘들게 됐다. 조금 전에 보일러실에서 들려온 소리는 너무나도 어이없고 충격적이었기 때문이다. 포츠처럼 지난 20년 동안 키즈하우스 관련 업무를 수행해온 사람이 아니고서는 도저히 납득할 수 없을 것이다.

그것은 왁자지껄한 웃음소리였던 것이다.

19
배신

 조 펙이 GTO의 헤드라이트를 환히 밝히고 엘레판테의 화물차 사무실이 있는 부두를 찾은 것은 새벽 2시였다. 펙이 늘 그렇듯이 이번에도 좋은 타이밍은 아니었다. 엘레판테와 그의 부하들이 한창 작업 중이었던 것이다. 엘레판테는 화물차 사무실 문턱에 서서 부하들이 옮기는 물건을 세고 있었다. 파나소닉 텔레비전 신제품이었는데, 거래된 34대를 옮기는 작업이 거의 마무리되어가고 있을 즈음이었다. 네 명의 부하들은 신속한 동작으로 부두에 정박한 작은 보트에서 데일리뉴스 배달 트럭으로 물건을 옮겼다. 트럭은 신문 배달 트럭 운전사인 부하가 그날 밤 11시경 신문 인쇄소에서 '슬쩍 빌려온' 것이었다. 조간신문이 나오는 새벽 4시 전에 돌려놓아야 한다.
 펙의 헤드라이트가 부두를 휘젓는 바람에 궤짝을 들고 있던 엘레판테의 부하 두 명이 기겁하며 그늘진 곳으로 숨었다. 그들이 혼비백산하는 모습에 이번에는 보트 선장이 놀랐다. 가뜩이나 긴장을 한 채 엔진을 켜고 기다리던 보트의 선장은 엘레판테가 뭐라 설명을 하기도 전에 갑판원에게 수신호를 보냈다. 그러자 갑판원은 보트를 부두에 고정시키고 있던 밧줄의 매듭을 풀었고, 보트는 불도 켜지 않은 채 순식간에 항구에서 미끄러져 나가 어둠 속으로 사라졌다. 아직 내리지 못한 파나소닉 두 개를 실은 채.

볼멘 표정으로 차에서 내린 펙이 거칠게 걸어서 화물차 문턱에 서 있는 엘레판테에게 다가갔다. "생전 처음 보는 구경거리로군." 엘레판테가 차갑게 내뱉었다. 물건을 다 싣고 트럭이 떠나기 전까지는 소란을 피우지 않는 게 좋다.

"뭘 처음 보는데?" 펙이 물었다.

"보트의 밧줄을 저렇게 빨리 푸는 거 말이야. 단 한 번 잡아당겨서 풀었잖아."

"그래서?"

"아직 두 대가 남아 있었어." 엘레판테가 말했다. "서른네 대 값을 지불했는데 서른두 대밖에 못 받은 거지."

"마지막 두 대는 내가 살게." 펙이 말했다. "자네와 얘기할 게 있어."

엘레판테가 트럭을 확인했다. 마지막 물건이 들어가고 화물칸 문이 닫혔다. 엘레판테는 부하를 향해 트럭을 출발시키라는 신호를 보냈다. 그러고는 화물차 안에 있는 책상으로 가서 앉았다. 펙이 따라 들어가서 옆에 있는 의자에 앉더니 윈스턴 담배에 불을 붙였다.

"이번엔 또 뭐야?" 엘레판테가 물었다. 펙이 여전히 화가 나 있음을 알아챌 수 있었다. "그 레바논 건은 하지 않겠다고 말한 것 같은데."

"그 일 때문에 온 게 아니야. 자네 왜 내 물건을 가지고 모험을 거는 거지?"

"무슨 말을 하는 거야?"

"토미, 자넨 내가 용빼는 재주라도 있는 줄 아나? 난 이제 빌어먹을 놈의 구슬 하나도 옮길 수 없게 되었다고. 경찰이 사방에서 날 주시하고 있어."

"무엇 때문에?"

"비탈리 항구에서 일어난 사건 때문이지."

"무슨 사건?"

"모르는 척하지 마, 토미."

"그렇게 빙빙 돌려서 얘기할 거면 서커스단에나 들어가지 그래. 지금 무슨 말을 하는 건지 전혀 모르겠어."

"자네의 그…… 그 늙은 영감이 어젯밤에 비탈리 항구에서 달아났다고. 세 사람에게 총을 쏘고 말이야."

엘레판테는 어떻게 반응해야 하는지 신중히 생각했다. 수년간 모르는 척하는 연습을 해온 덕분에 필요하다면 완벽하게 무심한 표정을 지을 수 있다. 언제든 목숨을 내놓고 일해야 하는 세계에 살다 보니 뭐든 알아도 모르는 척하는 편이 안전하다는 걸 안다. 하지만 지금과 같은 경우에는 조가 무슨 말을 하는지 정말 알 길이 없었다.

"늙은 영감 누구 말인가, 조?"

"나랑 농담할 생각 하지 말라고, 토미!"

엘레판테는 화물차 사무실의 문을 닫고 넥타이를 풀어 테이블 위에 던졌다. 책상 서랍을 열어 조니 워커 스카치 한 병과 잔 두 개를 꺼냈다.

"한잔하게, 조. 그리고 자세히 얘기를 해 봐."

"술로 얼버무릴 생각은 하지 마. 자넨 내가 독심술이라도 있는 줄 아나? 자네 머릿속에 대체 무슨 생각이 있는 거야? 정신이 나간 거 아니야?"

엘레판테의 인내심이 바닥을 드러내고 있었다. 조는 엘레판테의 신경을 거스르는 묘한 재주가 있다. 펙을 바라보는 엘레판테의 얼굴에 차분한 그늘이 내려앉았다.

펙도 엘레판테의 표정이 변하는 것을 알아채고 얼른 마음을 가라앉혔다. 엘레판테가 한 번 화를 내면 어떤 귀신의 저주보다도 무섭다.

"진정해, 토미. 내가 좀 곤경에 처하게 돼서 말이야."

"다시 한번 물을게. 도대체 무슨 일이야?" 엘레판테가 물었다.

"레바논에서 오는 물건이 9일 뒤면 도착할 건데. 난 완전 망했다고……. 코니아일랜드에 있는 레이에게 물건을…"

"난 알고 싶지 않아."

"토미, 내 말을 끝까지 들어봐 줄 수 없어? 우리가 늘 수영해서 건너가던 옛날 페인트 공장 알지? 엔조 비탈리의 옛 항구 말이야. 자네 영감, 아니 자네가 고용한 총잡이가 어제 거기서 세 사람에게 총질을 했다고."

"나는 늙은 총잡이를 고용한 적이 없는데." 엘레판테가 말했다.

"얼굴에 총을 맞고 잠든 친구에게 그렇게 말해 보든가. 그래서 경찰이 지금 모두 나를 쫓고 있단 말이야."

"자네야말로 내 말을 제대로 들을 수 없어? 난 어젯밤에 비탈리에 사람을 보내지 않았어. 어제 밤새도록 아까 하던 일을 위한 준비 작업을 했단 말이야. 일본에서 오는 텔레비전 서른네 대 옮기는 일 말이야. 자네가 올 때까지 하던 일. 덕분에 이제 서른두 대가 됐지만. 두 대는 지금쯤 항구 바닥에 가라앉아 있을 거야."

"그 두 대 값은 내가 주겠다고 했잖아."

"돈은 아꼈다가 다음에 내가 일을 할 때 방해하지 말고 춤이나 추러 가지 그래. 그렇게 해주면 내 인생이 훨씬 편안해질 것 같은데. 아무튼 와 줘서 고맙네. 이미 짐작은 했지만 자네 덕분에 그 보트 선장 녀석이 미꾸라지라는 걸 확인한 셈이니까."

"그럼 자네가 어제 그 세 사람을 쏘라고 시킨 게 아니란 말이야?"

"자넨 날 어떻게 보는 거야? 내가 내 주머니에 들어 있는 돈에 불을 붙일 만큼 멍청한 인간으로 보여? 다음 날 수송해야 할 물건이 있는데 내가 왜 그 전날 경찰이 부두를 온통 뒤지게 만들겠어? 난 계획하고 있는 일이 있었단 말이야."

펙은 비로소 화가 좀 가라앉는 것 같았다. 잔을 잡더니 조니 워커를 한 잔 따라 마시고는 말했다. "그 꼬마 기억해? 키즈하우스에서 영업하던 내 밑의 그 영리한 녀석 말이야. 어젯밤에 그 늙은 영감이 또 한 명의 늙은 영감을 데리고 그 녀석에게 갔다네. 둘이서 그 꼬마 녀석을 쏜 거야. 그래도 죽지는 않았어. 믿기 힘들겠지만. 그런데 녀석의 부하 중 한 명이 영감들 총에 맞아 죽었어. 늙은 영감들도 총에 맞았다는데, 자네 영감은 죽은 것 같다는군. 들리는 말에 의하면 말이야. 항구 어딘가에 떠 있다나. 경찰이 내일 시신을 수습할 거래."

"그런데 왜 자네는 계속 '자네 영감'이라는 표현을 쓰는 거지? 난 그 영감을 모르는데."

"자네가 아는 영감이야. 자네 집 정원사니까."

엘레판테가 눈을 끔벅이더니 자세를 고쳐 똑바로 앉았다. "다시 한 번 말해봐."

"그 늙은 영감 말이야. 꼬마 녀석을 쏘고, 항구에 빠져 죽은 영감이 자네 집에 오던 정원사라고. 자네 집에서 일했어. 자네 어머니를 도와서."

엘레판테는 잠시 말이 없었다. 책상 위를 물끄러미 바라보다가 사무실 안을 둘러보기 시작했다. 어둡고 낡은 사무실의 어느 구석엔가 해답이 숨겨져 있기라도 한 듯이.

"그럴 리가 없어."

"정확해. 76관할구에 심어 놓은 정보통에게 들은 거니까."

엘레판테는 뭔가 골똘히 생각하는 듯 아랫입술을 깨물었다. 집 안에 사람을 들일 때 조심하시라고 어머니에게 몇 번이나 말했던가? 엘레판테가 한참 만에 입을 열었다. "그 늙은 주정뱅이 영감은 누구를 쏠만한 인물이 아니야."

"그렇지만 쐈어."

"위장에서 출렁거리는 소리가 들릴 정도로 술을 마신다고. 똑바로 서지도 못해. 잼 만드는 병에 술을 담아 가지고 다니며 마신다니까."

"그럼 지금쯤 아주 원 없이 마시겠군. 항구의 물을 말이야."

엘레판테는 손으로 자기 이마를 쓰다듬었다. 잔에 위스키를 따라 단숨에 마시고는 한 마디 내뱉었다. "빌어먹을."

"어떤가?"

"내 말 잘 들어, 조. 난 그 일에 대해 전혀 아는 바가 없어."

"자네가 모른다면 나는 재규어를 몰고 다니는 나비라고 해 두지."

"내 아버지 무덤을 두고 맹세해. 난 정말 몰라."

펙은 위스키를 또 한 잔 따라 마셨다. 이건 강력한 부정이다. 엘레판테는 지금까지 단 한 번도 죽은 아버지를 입에 올린 적이 없었다. "그렇다고 해도 내가 곤란해진 건 마찬가지야." 펙이 말했다. "비탈리 항구에 경찰이 쫙 깔렸다고. 게다가 레이가 어디서 픽업을 할 예정인지 알아?"

엘레판테가 고개를 끄덕였다. 비탈리 항구가 최적이다. 현재 사용하지 않아서 비어 있고, 물이 깊다. 선착장의 반 정도는 여전히 쓸 수 있다. 일이 정말 심각하게 틀어졌다.

"레바논에서 물건이 언제 도착한다고?"

"9일 후에."

엘레판테는 신속하게 상황을 분석해 보았다. 이제 문제가 보인다. 아니면 그 시작이 보이는 것이거나. 다시 한번 생각해 보았다. 펙은 지금 그에게 폭탄을 투하하고 있다. 총격 사건은 경찰을 부를 것이다. 아니 이미 불렀다. 오늘 엘레판테에게 불똥이 튀지 않은 것은 76관할구 서장에게 정기적으로 돈을 지급해 온 덕분이며, 서장이 신의를 지키는 선한 아일랜드인이기 때문이다. 오늘 그에게 연락하려고 했으나 닿지 않았다. 이제 왜 그랬는지 알겠다. 서장은 순찰차와 살인 사건 담당 수사관들이 엘레판테의 선창을 못 뒤지게 하느라 문어처럼 사방으로 힘을 뻗치고 있었을 것이다. 혹시라도 내부 수사팀이 자신을 주시하고 있을까 봐 겁을 먹고 전화도 받지 못한 것이다. 여러 명이 총상을 입은 이런 사건은 센터 스트리트에 있는 본사에서 집중적으로 관심을 쏟을 것이어서 서류 작업도 엄청나다. 관할구 경사든 서장이든 그 불똥으로부터 안전할 사람은 없다. 엘레판테는 서장의 신의에 대해 좀 더 사례를 해야겠다고 생각했다.

"그때쯤엔 상황이 진정될 거야."

"그래야겠지. 내 영역을 넘보려고 총질을 한, 베드스터이에 있는 그 녀석을…"

"그자가 이번 사건의 배후일지 모른다는 거야?"

"내가 그걸 물어보려고 자네한테 온 거야. 자네 생각엔 영감이 그 녀석 밑에서 일하는 것 같나? 그럴만한 사람이냐고?"
 "난 그 영감에 대해 아는 게 없어." 엘레판테가 말했다. "딱 한 번 얘기를 나눴을 뿐이야. 그렇지만 그 영감이 그런 일을 벌이지는 못해. 늙은이라고. 늘 너무 취해 있어서 죽은 아내의 혼령과 대화를 할 정도거든. 그리고 그 영감은……" 엘레판테가 말을 멈췄다. "교회의 집사야"라고 말하고 싶었다. 그렇지만 막상 그렇게 말하려니 집사라는 게 어떤 의미를 갖는 건지 모호했다. 그 영감이 뭐라고 설명을 하긴 했는데 지금은 기억이 나지 않았다.
 펙의 거슬리는 음성이 엘레판테의 생각을 방해했다. "그 영감이 뭐?"
 "술고래라고. 고주망태 말이야, 빌어먹을. 눈이 풀려서 욕조에 들어 있는 코끼리도 맞히지 못할 거야. 한밤중에 비탈리 항구에서 사람을 쏘는 건 불가능하다는 거지. 늙은이 하나가 어떻게 젊은 놈들 둘에게 총을 쏘겠나? 어둠 속에 몸을 굴려 피하고 곧바로 반격을 가할 텐데 말이야. 그 영감은 제대로 서지도 못해. 그리고 그는 정원사라고. 화초를 가꾸는. 그래서 우리 어머니도 그를 오게 한 거고. 어머니가 화초에 열성인 건 자네도 잘 알잖아."
 펙은 엘레판테의 말에 일리가 있다고 생각했다. "아무튼, 자네 어머니도 새 정원사를 찾으셔야 하겠네."
 "영감이 그 어린 녀석과 무슨 관계인지 모르겠어. 그 꼬마 녀석 이름이 뭐랬지? 이 모든 사달의 원인이 된 녀석 말이야."
 "클레멘스. 딥즈 클레멘스. 정직한 녀석이야. 그 녀석이 시작한 건 아무것도 없어."
 엘레판테는 펙의 말을 들으면서 모순이라는 생각이 들었다. 정직한 녀석이라니. 마약 딜러인데. 아무것도 시작하지 않았다니.

"그리고 그 늙은 영감은?" 엘레판테가 물었다. "그 영감 이름은 뭐야?"

"내가 자네에게 물으려던 참이야. 자넨 돈이 너무 많아서 상대의 이름도 모르고 돈을 지불하는 건가?"

"돈은 어머니가 지불하셨어! 이름은 기억나지 않고. 저기 있는 교회에 다녔다던데." 엘레판테가 파이브엔즈 교회가 있는 옆의 블록을 향해 고개를 끄덕이며 말했다. 그런 다음 덧붙였다. "거기 집사야."

펙이 전혀 알아듣지 못하는 표정으로 물었다. "집사가 뭐 하는 건데?"

"이런저런 잡일들을 한다더군. 청구서에 지불도 하고, 스파게티도……. 나도 몰라." 엘레판테가 말했다. "지금 그게 궁금한 건 아니잖아. 중요한 건 배후가 누구냐는 거지. 내가 자네라면 그걸 알고 싶어 할 것 같아."

"아까도 말했듯이 배후가 누구인지는 짐작이 가. 베드스터이에 있는 그 망할 놈의 검둥이 녀석이야. 번치 문이 최근에……"

"난 더 이상 누구의 이름 같은 걸 듣고 싶지는 않아, 조. 그리고 선적 화물에 대해서도. 그건 자네 일이야. 나는 이 부두만 신경 쓰면 돼. 내가 관심을 갖는 건 그것뿐이야. 이 부두에 관계된 일이라면 자네와 함께 일하겠지만. 거기까지야. 현재 상황을 보면 비탈리 사건은 한동안 내 신변을 방사능만큼이나 위태롭게 만들 수 있어."

"자네는 어떻게 할 생각인데?" 조가 물었다.

"자네도 76관할구에 정보통이 한둘 있잖아. 나도 거기 한두 명 꽂아두었거든. 그러니 우선 어떻게 된 일인지 알아보자고."

"어떻게 된 건지는 우리도 알잖아."

"아니, 몰라. 그 영감은 너무 늙어서 술조차 빨대를 꽂고 마셔야 할 정도야. 그가 젊은 마약 딜러 둘을 쏘았을 리가 없어. 다른 영감이 있었다고 해도 그건 불가능한 일이야. 그 젊은 마약 딜러들은 민첩하고 세지 않은가. 자네에게 그 정보를 전해준 사람이 누군지는 모르지만, 잘못 짚었어."

"경찰이 말해준 거야."

"76관할구 경찰들 중에는 편지 봉투에 발신자 주소조차 제대로 쓰지 못하는 인간들도 있으니까. 그 젊은 녀석들은 손발을 묶어 놓지 않는 한 가만히 앉아서 당하지 않아. 키즈하우스에서 영업을 하는 녀석들은 몸집도 크고 힘도 세다고. 예전에 워치하우스 야구팀과 경기하는 걸 봤거든. 그 녀석들 셔츠 벗은 몸을 봤나? 늙은 영감 하나가, 아니 둘이었다고 치더라도, 그 애들의 손발을 묶고 총을 쏠 수 있었을 것 같은가? 그게 가능할 수 있는 유일한 상황이라면 그 두 젊은 녀석들이 남녀처럼 부둥켜안고 서로의 목에 키스를 퍼붓던 중이었다거나 그러면 모를까." 엘레판테는 여기까지 말하고는 잠시 말을 멈추고 생각에 잠겼다. "그러고 보니 가능할 것 같기도 하네. 두 십 대 청소년이 키스를 하거나 뭐 그러고 있었다면, 그래, 가능해."

"여자아이 얘기도 하긴 했어."

"누가?"

"76관할구에 있는 내 정보통이 말이야. 조서에 여자 얘기는 적혀 있지 않는데 누군가 여자애가 있었다는 말을 했다는군."

"누가 그 말을 했다는 거야?"

"아, 내가 자네한테 말한다는 걸 깜박했네. 포츠 멀린이 다시 76관할구로 왔어."

엘레판테는 잠시 말이 없었다. 그러다가 한숨을 내쉬고 말했다. "이 일은 자네에게 맡기고 난 손을 떼는 게 좋겠군. 자네는 늘 문제를 가져올 때 무더기로 몰고 와. 포츠는 다른 곳으로 전출된 걸로 알고 있었는데 말이야."

"그런데 왜 내 탓을 하는 거야?" 펙이 말했다. "포츠는 다른 곳으로 갔었어. 퀸즈에 있는 103관할구로 전출되었다는 정보를 들었으니까. 그런데 포츠가 거기서 슈퍼 경찰이 되려고 나대다가 서장의 눈 밖에 나서 수사관 자리에서 다시 강등되었다더군. 지금 포츠는 경사나 뭐 그 정도 계급이야. 포츠가 순찰차 안에서 동료에게 총잡이 여자애를 주시하라고 했다네. 부두에 여자애가 있었다는 말을 들었다고 하더래."

"포츠는 그걸 어떻게 알았는데?"

"내 정보통이 포츠에게 들은 바에 의하면, 포츠가 비탈리 항구 뒤에 있는 페인트 공장에 들어갔다가 사건의 전모를 모두 목격한 주정뱅이 하나를 만났다는군. 그 주정뱅이가 여자애가 있었다고 했대."

"자네가 직접 포츠와 얘기를 했어?"

펙이 답답하다는 표정을 지었다. "말도 안 돼. 차라리 내가 포츠와 마주 앉아 에일을 마시며 아일랜드 노래를 불렀냐고 묻지 그래. 난 혼자 경건한 척하는 그 빌어먹을 녀석과 일 초도 같이 있을 수 없어. 내 정보통에게 전해 들은 얘기라구."

엘레판테가 잠시 생각에 잠겼다가 말했다. "난 포츠와 오랜 인연이 있어. 내가 그와 얘기해 보지."

"그를 회유할 생각이라면 그건 어리석은 생각이야." 펙이 경고하듯 말했다.

"내가 그 정도로 바보는 아니야. 대화를 하겠다는 거야. 그가 나를 찾아오기 전에 내가 그에게 가겠다는 거지."

"왜 문제를 자초하려는 건가? 그는 자네에게 아무것도 말해주지 않을 거야."

"자네가 잊고 있나 본데, 난 여기서 합법적인 사업을 하고 있어. 보트 임대업과 창고업을 운영하고, 건설회사도 가지고 있지. 내 어머니는 화초를 찾아 온 동네를 돌아다녀. 그러니 이 근처 항구에서 죽은 영감에 대해 물을 정도는 된다고 생각해. 더구나 그 영감은 나, 아니 내 어머니의 정원 일을 도와주던 사람이야."

펙이 천천히 고개를 저었다. "이 지역은 안전했었어. 그 유색인들이 오기 전에는 말이야."

엘레판테가 인상을 찌푸렸다. "마약이 들어오기 전이겠지. 유색인들 때문이 아니야. 마약 때문이지."

펙은 어깨를 한 번 들썩여 보이고는 술을 한 모금 마셨다.

"이번 일은 같이 알아보자고." 엘레판테가 말했다. "그 외의 일에 대해서는 나를 연관시키지 마. 그리고 자네가 말하는 그 정직하다는 젊은 녀석들에게 꼭 전해. 내 어머니는 비탈리 총격 사건과 아무 관련이 없다고 말이야. 어머니가 수선화나 고사리, 다른 뭐든 채집하러 다니다가 무슨 일이라도 당하면, 그러니까 넘어져서 무릎이 깨지는 일만 생겨도 그 녀석들 사업은 끝이라고 해. 자네도 마찬가지야."

"자네 어머니는 벌써 수년째 이곳을 돌아다니시지 않나. 어머니를 귀찮게 할 사람은 아무도 없다고."

"그렇겠지. 나이 많은 유색인들은 내 어머니를 아니까. 그렇지만 젊은 녀석들은 모르잖아."

"그건 내가 어떻게 해 볼 수 없는 문제야, 토미."

엘레판테는 자리에서 일어나더니 잔에 남은 위스키를 마저 마시고는 조니 워커 병을 다시 책상 서랍에 넣고 서랍을 닫았다. "내가 할 말은 다 했어." 엘레판테가 말했다.

20
식물 박사

스포츠코트는 루퍼스의 지하실에 있는 낡은 소파에 누워 있었다. 그가 따져본 대로라면 3일이 지났다. 그동안 그 소파에서 술 마시고, 자고, 술 마시고, 약간의 음식도 먹고, 다시 자면서 대부분의 시간을 보냈다. 그런 그를 루퍼스는 무심한 듯 받아주었다. 루퍼스가 바깥세상에 드나들면서 좋을 것도 나쁠 것도 없는 소식들을 전해주었다. 핫소시지와 딤즈는 죽지 않고 보로 파크에 있는 병원에 있다고 했다. 경찰이 스포츠코트를 찾고 있다는 말도 전해주었다. 그가 일하던 여러 직장의 동료와 주인들도 그의 소식을 궁금해한다고 했다. 잇킨스 씨, 지 자매를 비롯한 파이브엔즈 교회의 자매들, 포 파이 여사, 그 외에 그가 잡일을 도와주었던 사람들. 그리고 전에 커즈하우스에 와서 그를 해치려 한 백인 남자도 스포츠코트를 찾고 있다고 했다.

스포츠코트는 상관하지 않았다. 한밤중에 항구의 물에 잠겨 있느라, 그리고 딤즈를 물에서 끌어내느라 완전히 탈진 상태였다. 생전 처음 해본 일들이었다. 스포츠코트도 헤티도 젊었던 시절, 스포츠코트가 처음 뉴욕에 왔을 때 헤티와 약속했었다. 언젠가 한밤중에 항구의 물에 뛰어들어 몸을 감싸는 물의 감촉을 느끼며, 그 속에서 바라보는 뉴욕은 어떤지 감상하기로 약속했었다. 젊은 시절 서로에게 다짐했던 많은 약속들 중 하나였다. 또 다른 약속들도 했다. 북 캘리포니아에 가서 거대한 삼나무를 볼 것. 오클라호마에 사는 헤티의 오빠를 방문할 것. 브롱크스에 있는 식물원에 화초 구경하러 갈 것. 많은 다짐 중에 이루어진 것은 단 하나뿐이다. 그것도 결국 각자 혼자서 해냈다. 한밤중에 그녀는 그 물의 감촉을 느꼈을까.

사흘째 되던 날, 오후에 잠이 들었는데 헤티의 꿈을 꾸었다.

세상을 떠난 후 그렇게 젊은 모습으로 스포츠코트를 찾아온 것은 처음이었다. 갈색의 피부는 윤기가 흘렀고, 촉촉하고 투명했다. 동그랗게 큰 눈에는 열정이 빛났다. 머리는 양 갈래로 가지런히 땋아 내렸다. 스포츠코트가 지금도 기억하고 있는 갈색 드레스 차림이었다. 어머니의 재봉틀로 헤티가 직접 만든 것인데 왼쪽 가슴 위에는 노란 꽃이 수놓아져 있었다.

꿈속에서 헤티는 루퍼스의 보일러실에 나타났다. 포섬 포인트에 살 때처럼 주일 날 교회 피크닉에 갔다 오는 길에 들른 듯한 모습이었다. 헤티는 한 편에 있는 낡은 싱크대에 가볍고 편안하게 걸터앉아 있었다. 그림처럼 우아하게 올라앉은 모습이 마치 편안한 안락의자에 앉아 있는 듯했으며, 미끄러지면 그대로 공중으로 날아오를 것 같았다. 예쁜 다리를 꼰 자세로 팔을 무릎에 얹고 있었다. 스포츠코트는 헤티를 한없이 바라보았다. 헤티의 갈색 피부가 어둡고 축축한 지하실에서 신비로운 빛을 받아 반짝이고 있었다. 그 모습이 가슴이 저리도록 아름다웠다.

"그 드레스 기억나네." 스포츠코트가 말했다.

그러자 헤티가 애잔하고 수줍은 듯한 미소를 지어 보였다.

"당신이 그걸 입었던 때가 생각나." 스포츠코트가 말했다. 이렇게 느닷없이 찬사의 말을 날리는 건 말다툼을 하고 나서 화해를 청하는 그만의 독특한 방식이었다.

헤티가 슬픈 얼굴로 스포츠코트를 보며 말했다. "쿠피, 당신 아주 힘들어 보여. 뭔가 잘못 하고 있는 것 같고. 무슨 일이야?"

헤티가 쿠피라는 이름으로 스포츠코트를 부르는 건 몇 년 만에 처음이었다. 젊은 시절 이후로 거의 불러본 적이 없는 이름이었다. 주로 '아빠'라거나 '허니' 또는 '바보'라고 불렀으며, 가끔은 그녀가 몹시 싫어하는 별명인 스포츠코트라고 부르기도 했다. 쿠피라고 부른 적은 거의 없었다. 그건 아주 오래전의 이름이었다. 지금과는 다른 시간.

"아무 일 없어." 스포츠코트가 명랑하게 대답했다.

"아무래도 문제가 있는 거 같은데." 헤티가 말했다.

"전혀 그렇지 않아." 스포츠코트가 말했다. "이제 모든 게 잘 돌아갈 거야. 다 잘 됐어. 그 성탄 모금 문제만 제외하면 말이지. 그건 당신이 해결해 줄 수 있는데."

헤티는 미소를 머금고 스포츠코트를 바라보았다. 스포츠코트는 그동안 헤티의 그 '눈빛'을 잊고 있었다. 이해와 수용이 담긴 눈빛. 마치 이렇게 말하는 것 같았다. "보이지 않는 모든 잘못을 용서할게. 당신의 또 다른 잘못, 순간적인 실수와 방황, 그 외의 모든 것을 받아들일게. 왜냐하면 우리의 사랑은 하나님의 수련장에서 단련되어서 당신이 아무리 바보 같고 어이없는 잘못을 해도 절대로 깨트릴 수 없으니까."

헤티의 그 눈빛이 스포츠코트의 마음을 휘저어놓았다.
"고향에서 지내던 때를 생각해 보았어." 헤티가 말했다.
"아, 다 지난 일이야." 스포츠코트가 손을 내저으며 대꾸했다.
헤티는 상관하지 않고 말했다. "달맞이꽃에 대해서도 말이야. 내가 종종 숲속을 돌아다니며 달맞이꽃을 꺾어왔던 거 기억해? 밤에 피는 그 꽃들 말이야. 난 그 꽃들이 너무 좋았어. 냄새도 좋았고! 그런 것들을 잊고 살았어!"
"그게 뭐 그리 중요하다고." 스포츠코트가 말했다.
"그게 무슨 말이야! 그 꽃들의 향기를 어떻게 잊을 수 있어?"
그렇게 말하며 헤티는 두 손을 깍지 끼어 가슴에 얹었다. 사랑과 젊음으로 당당해진 모습, 스포츠코트가 오랫동안 잊고 살았던 바로 그 모습이었다. 그러한 애틋함은 너무 오래전의 일이어서 마치 처음 느껴보는 것 같았다. 새로운 사랑, 젊음의 신선함. 스포츠코트는 속으로는 놀라고 있으면서도 시치미를 떼기 위해 입으로 "푸르르" 소리를 냈다. 이왕이면 고개까지 돌리고 싶었지만 그럴 수가 없었다. 헤티가 너무 예뻤기 때문이다. 젊은 헤티의 모습.
그러자 헤티는 자세를 바로 하고 앉았다. 장난기는 사라지고 진지한 표정이었다. "어린 시절 고향에 있을 때는 늘 숲속을 돌아다니며 달맞이꽃을 꺾었어. 아버지는 관두라고 꾸중을 했지. 아버지는 내가 대학에 가서 열심히 공부하기를 원했어. 그렇지만 나는 모험을 좋아하는 아이였잖아. 일고여덟 살 때부터 토끼처럼 숲속을 돌아다녔어. 그게 너무 재밌었거든. 하지 말라고 하는 일들은 다 하고 다녔지. 달맞이꽃을 찾으려면 꽤 멀리까지 가야 했어. 하루는 숲속 깊이 들어갔는데 큰 외침 소리가 들렸어. 놀라서 몸을 숨겼지. 그런데 궁금해지는 거야. 그래서 조심스럽게 기어서 다가가 보니 당신의 아버지가 당신을 데리고 나무를 베고 있었던 거야. 톱으로 커다란 단풍나무를 자르고 있었어."

헤티는 잠시 말을 멈추고 옛 생각에 잠기는 듯했다. "정확히는 당신 아버지가 베고 있었던 거지. 당신 아버지는 술에 취해 있었고, 당신은 작은 아이였어. 당신 아버지가 톱을 밀었다 당길 때마다 당신은 헝겊 인형처럼 앞뒤로 왔다 갔다 했어. 그렇게 열심히 나무를 자르고 있었지."

헤티는 옛 생각에 잠긴 채 빙그레 웃었다.

"당신은 그때 좀 지쳤던가 봐. 앞으로 뒤로 톱에 끌려다니다시피 하더니 나가떨어지더라고. 술에 취한 당신 아버지가 톱을 놓고 달려가서 한 손으로 당신을 일으켜 세우더라. 난 그 모습이 잊히지 않아. 그러고는 딱 두 마디를 하더군."

"톱질을 계속해라." 스포츠코트가 씁쓸한 어조로 중얼거렸다.

헤티는 잠시 생각에 잠긴 채 앉아 있었다.

"톱질을 계속하라니." 헤티가 말했다. "상상을 해 봐. 어린아이에게 그렇게 말하다니. 세상에서 제일 한심한 게 자기 아이를 모질게 대하는 부모야."

헤티는 진지한 표정으로 자기 턱을 쓰다듬으며 말했다. "그때 분명히 알았어. 우리가 백인들 밑에서 어떻게 살았는지. 그들이 우리를 어떻게 대했는지. 그들의 잔혹함과 허위, 서로에게 하는 거짓말. 그리고 우리도 모르는 새에 그 많은 것들이 우리에게 이식되어 있었다는 것도. 남부의 삶은 정말 힘이 들었어."

헤티는 한동안 생각에 잠긴 채 길고 매력적인 정강이를 긁적였다. "어린아이에게 '톱질을 계속해'라고 말했어. 어른이 해야 할 일을 하

식물 박사 379

고 있는 어린아이에게 말이야. 자기는 술에 취해 있으면서."

그러더니 스포츠코트를 보며 말했다. "그렇게 살았는데 당신은 정말 재주가 많아."

"옛날은 흘러갔어." 스포츠코트가 말했다.

헤티는 한숨을 내쉬고는 또다시 그 눈빛으로 스포츠코트를 바라보았다. 인내와 이해가 가득한 눈빛. 두 사람이 어린아이였을 때부터 보아왔던 눈빛이었다. 잠시 붉은 대지의 냄새가 코끝에 스미는 것 같았다. 봄꽃과 상록수, 태산목, 단풍나무, 생강나무, 메역취, 혈떨이풀, 꿩고비 그리고 달맞이꽃의 강렬한 향이 방안에 가득 찼다. 스포츠코트는 취기가 오르는가 보다 생각하면서 고개를 저었다. 잡동사니들이 가득한 남브루클린 워치하우스의 누추한 지하 보일러실에 누워 있는데 어느새 몸이 둥둥 떠서 사우스캐롤라이나로 가 있는 것 같은 느낌이 들었기 때문이다. 헤티가 자기 아버지의 조랑말 등에 타고 있는 모습이 보였다. 헤티가 조랑말의 목덜미를 쓰다듬었다. 조랑말은 헤티 아버지의 정원 옆에 서 있었다. 토마토와 호박, 푸성귀가 자라는 정원. 늘씬하고 젊고 예쁜 헤티가 화초가 가득한 아버지의 아름다운 정원을 바라보고 있었다.

헤티가 눈을 감더니 손을 들어 공기의 냄새를 맡았다. "당신도 냄새가 느껴지지 않아?"

스포츠코트는 아무 말 하지 않았다. 냄새가 느껴진다고 말하게 될까 봐 두려웠다.

"당신은 식물의 냄새를 좋아했어." 헤티가 말했다. "무슨 식물이든다. 당신은 모든 식물의 이름을 알고 있었지. 냄새만 맡아도 구분할 수있고 말이야. 나는 그런 당신이 좋았어. 나의 식물 박사."

스포츠코트가 허공에 손을 내저으며 말했다. "당신 아주 옛날이야기를 하고 있군."

"그래, 맞아." 헤티는 아쉬운 듯 스포츠코트의 머리 위를 멍하게 바라보았다. 멀리 있는 뭔가를 보고 있는 것 같았다. "엘라드 부인 기억해? 내가 일을 도와주던 백인 할머니 말이야. 내가 왜 그녀 곁을 떠나게 되었는지 얘기했던가?"

"그건 당신이 뉴욕으로 왔기 때문이잖아."

헤티가 씁쓸하게 웃었다. "당신도 그 백인 남자랑 똑같아. 자기 목적에 맞게 이야기를 바꾸는 게 말이야. 내 얘기 잘 듣고 제대로 이해하라고."

헤티는 무릎을 쓰다듬으며 이야기를 시작했다.

"엘라드 부인을 돌보기 시작한 건 내가 열네 살 때였어. 그때부터 3년을 돌봤지. 엘라드 부인은 누구보다도 나를 신뢰했어. 나는 그녀가 먹을 음식을 만들고, 운동이랑 다른 것들도 같이 했지. 의사가 처방해 준 약들도 챙겨 먹이고. 내가 갔을 때 그녀는 많이 아팠거든. 그렇지만 난 열두 살 때부터 백인들의 시중을 들어왔기 때문에 내가 하는 일에 대해서만큼은 자신 있었어. 엘라드 부인은 의사를 보러 갈 때도 내가 동반하지 않으면 안 가려고 했지. 아침에도 내가 출근하기 전까지는 집 안에서도 꼼짝 하지 않았어. 저녁에도 내가 도와주어야만 잠자리에 들었고. 그러다 보니 난 그녀에 대해 모든 걸 알게 되었지. 그런데 엘라드 부인의 딸이 좀 이상했어. 그 딸의 남편은 아주 나쁜 인간이었고.

그 남편이 어느 날 내게 오더니 집에서 뭔가가 없어졌다는 거야. 그래서 뭐가 없어졌냐고 물었더니, 내가 시치미를 떼며 말대답을 한다고 화를 내는 거야. 그리고 내가 자기에게 11달러를 빚졌다나. 그러면서 벼락같이 화를 내더니 다음 급여에서 그만큼을 제하겠다고 했어. 무슨 뜻인지 알아들었지. 엘라드 부인은 어차피 죽어가고 있으니 내가 없어져 주었으면 좋겠다고 생각한 거잖아. 그래서 내가 11달러를 훔쳤다고 몰아세우는 중이고. 그 바람에 그 주에는 결국 일주일 급여로 14달러밖에 못 받았어. 그래서 내가 2주 후에 그만두겠다고 통보를 한 거야. 그러자 그 딸이 말하더군. '어머니께는 말하지 마. 네가 그만두는 걸 알면 상심하실 테니까. 어차피 돌아가실 분인데 마음마저 상하게 하고 싶지는 않아.' 그러면서 내가 2주 동안 입을 다물어주면 보너스를 얹어주겠다고 했어. 그래서 그러겠다고 했지.

나 참. 그러고 나서 남아 있는 동안 그들이 하는 걸 봤거든. 부인을 어떻게 돌봐야 하는지 강아지만큼도 모르더라고. 엘라드 부인의 일거수일투족에 대해 불평만 하고, 음식을 만들 때도 부인이 먹지 말아야 할 것들을 마구 넣고 말이야. 제대로 씻겨 주지도 않아서 땀과 오물이 범벅이 된 채 있게 하고, 약도 제시간에 주지 않았어. 난 십 대의 어린 애였지만 그런 것들이 엘라드 부인에게 해가 된다는 것쯤은 알고 있었어. 그렇지만 어차피 칼은 떨어졌고, 칼날이 어디로 향할지는 뻔하잖아. 그래서 떠나기로 했던 거야.

떠나기 3일 전쯤, 엘라드 부인에게 먹일 음식을 가지고 올라갔는데 부인이 울기 시작했어. '헤티, 왜 나를 떠나는 거니?' 그러면서 말이야. 나는 당연히 그녀의 딸이 말했다고 생각했어. 그런데도 그 몹쓸 딸은 오히려 내가 자기 어머니에게 미리 말을 했다고 뒤집어씌우는 거야. 나는 당황해서 뒤로 물러서다가 문고리에 등을 세게 부딪쳤는데 그보다 내가 더 아팠던 건 그녀에게 기만당했다는 사실이었지. 결국 난 그 2주일 동안 헛고생을 한 셈이었으니까. 급여고 보너스고 다 거짓이었던 거야."

헤티가 어깨를 한 번 들썩여 보이고는 말을 이었다. "그녀의 남편이 그녀를 몰아세워서 그렇게까지 모질게 만들었다는 건 알고 있었어. 그 딸은 단순한 데 비해 그녀의 남편은 아주 영리하고 꾀가 많았거든. 나 같으면 그런 치사하고 더러운 계략은 생각해 낼 수조차 없었을 거야. 그런 생각을 한다는 것조차 부끄러운 일이잖아. 11달러로 나를 해고시키다니 말이야. 11달러가 아닌 천 달러를 훔쳤다고 할 수도 있었지만, 그게 중요한 건 아니었어. 다만 그가 백인이라는 사실 때문에 그의 말이 복음이라도 되는 것처럼 받아들여졌다는 거지. 세상 어떤 일도 백인이 사실이라고 하기 전까지는 사실이 아닌 거니까. 우리 입에서 나오는 진실보다 자기들끼리 하는 거짓말을 훨씬 더 믿었던 거야. 그래서 뉴욕으로 온 거였어." 헤티가 말했다.

"당신이 기억하는지 모르겠지만, 당신은 내가 뉴욕으로 가는 걸 좋아하지 않았어. 그때도 당신은 늘 너무 취해 있어서 내가 오는지 가는지도 몰랐겠지만 말이야. 내가 매일 매일 어떻게 견뎠는지도 몰랐을 거고. 아무튼 나는 남부를 떠나야 했어. 그러지 않으면 내가 누군가를 죽일 수도 있었으니까. 그래서 이리로 온 거야. 여기서 일용직 노동일을 하면서 지냈어. 당신이 용기를 내서 이리로 오기를 기다리면서 말이야. 그리고 마침내 당신이 왔어."

"난 약속을 지켰어." 스포츠코트가 힘없이 말을 받았다. "왔으니까."

헤티의 미소가 사라지고, 다시 익숙한 슬픔이 그녀의 얼굴을 덮었다.

"고향에서 지낼 때 당신은 남들이 전혀 관심을 두지 않는 것들에 생명을 불어넣는 사람이었어. 꽃과 나무, 덤불, 식물들 말이야. 대부분의 사람들이 그냥 밟고 지나가는 것들이잖아. 그렇지만 당신은…… 식물과 꽃들 그리고 하나님이 사랑의 기적으로 만들어 놓으신 것들을 보살피는 마음을 가지고 있었어. 술에 취해 있을망정 말이야. 고향에 있을 때 당신은 그런 사람이었어. 그런데 여기 와서는······."

헤티가 한숨을 쉬었다.

"뉴욕으로 날 찾아온 사람은 내가 사우스캐롤라이나에서 알던 사람이 아니었어. 이곳에 사는 수년 동안 집에 식물을 키운 적이 없잖아. 내가 가끔 들여오는 것 말고 당신은 화분 하나 들여놓은 적이 없었어."

"처음 여기 왔을 때 난 아팠잖아." 스포츠코트가 말했다. "어디 하나 멀쩡한 곳이 없었다고."

"물론 그랬지."

"그래. 수술도 받고 말이야. 기억하지?"

"물론 기억해." 헤티가 대답했다.

"그리고 내 양어머니가······"

"당신 양어머니에 대해서는 나도 다 알아. 다 안다고. 그녀가 주일날에만 하나님 앞에서 선한 척하고, 나머지 날에는 악마처럼 살았던 것도 알고, 어린 당신에게 못되게 했던 것도 알아. 그녀가 당신에게 했던 모든 것들은 다 잘못된 거야. 당신이 좀 더 나은 사람으로 자라도록 도와주었어야 하는 사람들이 당신에게 온갖 나쁜 것들을 가르쳤어. 그래서 당신이 딤즈를 그렇게나 좋아했지. 딤즈도 당신과 같은 길을 걸어왔다고 할 수 있어. 세상에 태어나던 날부터 이리저리 치이고 짓밟혔으니까."

스포츠코트는 입을 완전히 다문 채 헤티의 말을 듣고 있었다. 그의 심장이 뛰는 소리가 가늘게 들리고 있다. 한때 지혜와 지식에 목말라 하던 신체 건강한 한 젊은이가 그의 몸에서 떨어져 나와 일어나더니 방안을 둘러보는 것 같았다. 심한 두통을 느꼈다. 소파의 팔걸이를 잡고 몸을 구부렸다. 술병을 찾았으나 소파 밑에는 없었다.

"뉴욕이라는 도시는 참 대단하지 않아?" 헤티가 나지막이 말했다. "자유를 찾아서 이곳에 왔는데, 이곳에서의 삶은 고향에서보다 더 나빴잖아. 이곳의 백인들은 우리가 얼굴색이 그저 다를 뿐이라고 말하지. 지하철에서 당신이 옆에 앉거나, 당신이 버스의 앞 좌석에 앉아도 상관하진 않아. 그렇지만 당신이 그들과 똑같은 급여를 요구하거나 옆집에 살려고 하거나, 삶에 지쳐서 미국의 위대함을 찬양하는 대열에 합류하지 않으려고 하면, 당신에게 달려들어 귀청이 떨어지도록 고함을 치지."

헤티는 이렇게 말하고 잠시 생각에 잠겼다.

"별이 빛나는 깃발(The Star-Spangled Banner, 미국의 애국가)." 헤티가 조롱 섞인 어조로 중얼거렸다. "난 그 가사가 마음에 들지 않았어. 아무 의미 없는 거짓말과 위선으로 가득한 노랫말을 술꾼들은 주정을 하듯 고래고래 소리쳐 부르지. 공중에 대고 폭탄을 터트리 듯이 말이야."

"나의 헤티는 이런 식으로 말하지 않았는데." 스포츠코트가 못마땅한 듯 내뱉었다. "당신은 헤티가 아니야. 귀신이야."

"창피하게 죽은 사람을 두려워하면서 당신의 남은 시간을 낭비하지 마!" 헤티가 쏘아붙였다. "난 귀신이 아니야. 그리고 사람들한테 내가 내 장례식을 좋아했을 거라고 떠들고 다니지 마. 난 너무 싫었어!"

"아름다웠잖아!"

"난 우리가 주검을 놓고 벌이는 그 유치한 쇼에 신물이 나." 헤티가 차분하게 말했다. "왜 교회 사람들은 삶에 대해 말하지 않지? 교회에서는 예수님의 탄생에 대해서는 거의 얘기하는 법이 없어. 예수님의 죽음은 지치지도 않고 찬양하고 드러내려고 하면서. 죽음도 삶의 일부일 뿐인데 말이야. 예수님, 예수님, 예수님, 하루 종일 예수님의 죽음을 얘기한단 말이야."

"끊임없이 예수님을 찬양하던 사람은 바로 당신이었어! 예수님이 당신에게 치즈를 주셨다고 하면서 말이야."

"내가 예수님의 치즈에 대해 떠들었던 건 예수님과 그분의 치즈가 아니었다면 난 누군가를 죽였을지도 모르니까. 예수님은 67년 동안 내게 그런 힘을 주셨던 거야. 나를 제정신으로 살게 해 주셨고, 법을 지키며 살게 해 주셨어. 하지만 결국 기운이 빠지신 거지. 나를 지켜주는데 지치셨던 거야. 그분을 원망하지는 않아. 내 마음속에 있는 증오가 나를 그렇게 만든 거니까. 내가 그렇게 사랑했던 남자, 나의 식물박사가 아파트 창문 앞에 서서 게 다리를 쪽쪽 빨고, 창문 밖으로 보이는 자유의 여신상을 보면서 시시한 잡담을 하는 모습을 보고 있을 수 없었어. 그러면서도 속으로는 내가 어서 잠자리에 들기를 바라고 있다는 걸 알고 있었거든. 내가 잠들면 바로 또 술을 퍼마시려고 말이야. 그 순간 내 마음속에 치밀어 오르는 분노는 우리 둘을 죽이고도 남겠더라고. 그래서 차라리 내가 항구의 물속으로 걸어 들어간 거야. 그리고 하나님의 손에 나를 맡겼어."

태어나서 처음으로 스포츠코트는 자기 안의 뭔가가 부서지는 것을 느꼈다.

"지금은 행복해? 당신이 사는 그곳은 말이야, 헤티? 거기서는 행복해?"

"아유, 강아지처럼 엄살 부리지 말고 남자답게 굴어."

"날 모욕하지는 마. 내가 누군지는 나도 알아."

"당신이 딤즈를 물에서 끌어냈다고 해서 뭐가 달라지는 건 아니야. 그 녀석을 파멸로 이끈 건 당신이 아니라 그 녀석을 그렇게 기른 자들이라고."

"그 일 때문에 이러는 거 아니야. 성탄 클럽 모금한 돈 때문에 걱정이지. 교회 사람들이 그 돈을 기다리고 있어. 난 그 돈을 충당할 여력이 없고. 나 먹고살 돈도 없으니까 말이야."

"또 그런다. 자기 문제를 가지고 남을 원망하는 버릇. 당신이 술에 취하지 않았더라면 경찰이 지금 교회 주변을 맴돌 이유도 없었을 거 아니야!"

"딤즈가 마약을 팔기 시작한 건 나 때문이 아니잖아!"

"딤즈는 그래도 목숨을 재촉할 만큼 술을 마시지는 않았어!"

"그만해, 이 여자야! 나를 나대로 살게 놔둬. 이제 가라고!"

"갈 수가 없어." 헤티가 나지막이 말했다. "나도 가고 싶어. 그런데 문제가 있어. 당신이 나를 놔주어야 해."

"내가 어떻게 해야 하는지 말해 봐."

"나도 어떻게 해야 하는지는 몰라. 그 정도로 똑똑하지는 못하다고. 내가 아는 건 단지 당신이 잘 지내야 내가 갈 수 있다는 거야. 내가 갈 수 있게 해 주려면 당신이 잘 지내야 한다고."

그로부터 30분쯤 후 루퍼스가 볼로냐 샌드위치와 콜라 한 캔, 아스피린 두 알을 가지고 들어왔을 때, 스포츠코트는 무릎 위에 킹콩 병을 올려놓은 채 낡은 소파에 앉아 있었다.

"킹콩 마시기 전에 음식부터 좀 먹어야 해, 스포츠코트."

스포츠코트는 루퍼스를 힐끗 보더니 킹콩 병을 내려다보았다. 그러고는 다시 루퍼스를 보며 말했다.

"배고프지 않아."

"그래도 좀 먹어, 스포츠. 기분이 좀 나아질 거야. 그렇게 누워서 머리가 둘인 것처럼 혼자 얘기를 주고받으며 여생을 보낼 수는 없지 않은가. 그렇게 오랫동안 소파에 누운 채 정신이 들락날락하는 사람은 처음 봤어. 벌써 취한 거야?"

"루퍼스, 뭐 하나 물어봐도 돼?" 스포츠코트가 루퍼스의 말에는 대꾸하지 않은 채 물었다.

"물어 봐."

"당신 가족은 고향에서 어디 살았지?"

"고향이라면 포섬 포인트 말인가?"

"응."

"우리도 자네 동네에 살았지. 길 아래."

"자네 식구들은 뭘 해서 먹고살았는데?"

"자네 식구들처럼 소작 일을 했지. 콜더 씨네 집에서."

"헤티네 식구들은?"

"글쎄, 그건 자네가 더 잘 알겠지."

"기억이 나질 않아."

"헤티의 부모님도 한동안 콜더 씨 집에서 소작 일을 했지. 그러다가 헤티 아버지가 일을 그만두고 톰슨 크릭 근처에 조그만 땅을 샀잖아. 헤티의 부모님은 앞을 내다보는 사람들이었어."

"아직 살아계실까?"

"오래전에 다들 돌아가셨다네, 스포츠. 내가 기억하기로는 헤티가 막내였어. 부모님은 오래전에 돌아가셨지. 헤티는 자네 아내였지 않나. 연락하고 지내지 않았어?"

"이리로 오고부터는 연락하지 않았어. 나를 좋아하지 않았거든."

"남은 가족들도 아마 포섬 포인트를 떠났을 거야. 시카고나 디트로이트로 갔겠지. 이리로 오지는 않았어. 헤티의 친척 중에 아직 포섬 포인트에 남아 있는 사람이 있을지 모르지. 사촌이나 뭐 그런."

스포츠코트는 한동안 아무 말 없이 앉아 있었다. 그러다가 말했다. "옛 시골 동네가 그리워."

"나도 그래, 스포츠. 이제 좀 먹을래? 빈속에 킹콩만 마시는 건 안 좋아."

스포츠코트는 병마개를 따고 병을 들어 올리다가 멈추고 물었다. "루퍼스, 자네는 이곳에 왔을 때 몇 살이었지?"

"왜 그러는데? 지금 상금 걸고 퀴즈 맞히기라도 하는 건가? 마흔여섯 살이었어."

"난 쉰하나였는데." 스포츠코트가 생각에 잠긴 채 말했다.

"내가 자네보다 3년 먼저 왔어." 루퍼스가 말했다. "사실 파이브엔즈 교회에서는 우리 부부가 남부에서 온 세 번째 신자들이었지. 맨 처음이 우리 형 어빙이었고, 그다음에 폴 자매와 그녀의 딸 에디와 남편. 그다음이 나와 죽은 아내 클레미였어. 그다음에 헤티가 왔지. 나와 클레미, 헤티가 왔을 때 폴 자매는 벌써 여기 있었어."

"그럼 물어봐도 되겠군. 자네들이 파이브엔즈를 짓기 시작했을 때 헤티는 뭘 했는데?"

"이곳에 자리 잡고 자네를 오게 하려고 애쓰는 거 말고? 글쎄. 주중에는 백인들 집에 일하러 다녔고, 주말에는 교회 건물 기초 공사를 도왔지. 나와 헤티, 에디가 대부분의 일을 한 셈이야. 여자 둘이 먼저 시작하긴 했지만. 폴 자매와 그녀의 남편도 좀 하고. 폴 자매는 열심히 했는데, 남편인 칙소우 목사는 땅 파는 일을 그리 좋아하지 않았어. 그러다가 그 이탈리아인이 자기 사람들을 데리고 왔고, 그다음에 다른 사람들이 온 거야. 지 자매네 가족. 그리고 두 사촌 자매의 부모. 그렇지만 교회 공사가 크게 진전된 건 그 이탈리아인 덕분이었어. 그가 온 다음에 우리가 훨씬 더 자유롭게 뭔가 할 수 있게 되었거든. 헤티가 교회 뒤뜰을 만든 것도 그즈음이었지. 헤티는 거기다 넓은 정원을 만들고 싶어 했어. 헤티 말이 자네가 오면 그곳을 온갖 종류의 푸성귀와 고구마 그리고 희귀한 꽃으로 채울 거라고 했지. 밤의 어둠 속에서도 볼 수 있는 꽃이라나. 꽃 이름은 들었는데 잊어버렸네."

스포츠코트는 미안함과 회한으로 얼굴이 화끈거리는 것 같았다. "달맞이꽃."

"맞아. 달맞이꽃. 물론 자네는 그 후로 3년이나 지나서야 왔지. 그런데 여기 왔을 때 건강이 많이 나빴잖아. 그리고 정원 만들 시간이 어디 있었나? 뉴욕에서 뭘 기른다는 게 불가능하지 뭐."

루퍼스는 여전히 샌드위치를 손에 든 채 스포츠코트의 머리맡에 서서 말했다. "이 샌드위치 너무 오래 들고 있어서 맛없어지겠다. 먹을 거야, 안 먹을 거야?"

스포츠코트는 고개를 저었다. 다시 두통이 시작되었다. 머리를 망치로 두드리는 것 같았다. 제발 두통이 멈췄으면 좋겠다는 생각이 들었다. 스포츠코트는 한숨을 쉬면서 무릎 위에 있는 킹콩 병을 바라보았다. 술. 달맞이꽃 대신에 술을 선택하다니.

스포츠코트는 소파 팔걸이에 올려놓은 병마개를 집었다. 그러고는 천천히 마개를 돌려 닫은 다음 바닥에 내려놓았다.

"폴 자매는 어디 있다고 했지?" 스포츠코트가 물었다.

"벤슨허스트에 있어. 핫소시지와 딤즈가 있는 병원 근처야."

루퍼스가 킹콩 병을 보았다. "자네 안 마실 거면, 내가 마실게." 루퍼스가 이렇게 말하고 병을 들고 길게 한 모금 마신 다음 병을 다시 스포츠코트에게 주려고 했을 때는, 그는 이미 문밖으로 나간 뒤였다.

21
새 오물

포츠는 순찰차를 타고 엘레판테의 화물차 사무실 앞을 세 번이나 지나쳐갔다. 그러면서 텅 빈 골목과 근처의 거리들을 돌았다. 사전 경계를 위해서이기도 했고, 엘레판테에게 자기가 왔음을 알리는 의미이기도 했다. 이른 저녁이긴 하지만 커즈하우스의 외곽에는 사람의 발길이 뜸했다. 예전 같으면 막대기로 공치기를 하며 놀던 아이들 중 한 명이 달려가 카드 게임이나 사채놀이를 하는 조직폭력배들에게 경찰이 왔다는 걸 알렸을 것이다. 그들이 소식을 전하는 속도는 전화보다도 빨랐다.

포츠는 오늘 황량한 부두에서 놀고 있는 아이들이 없다는 걸 확인했다. 한눈에 보기에도 꽤 오랫동안 아이들의 발길이 닿지 않았다는 걸 알 수 있었다. 그렇다고 하더라도 갑자기 나타나서 엘레판테를 놀라게 하는 건 좋지 않다. 그래서 주변을 세 번이나 돌면서 경고를 한 후에 그의 화물차 사무실이 있는 선창으로 들어선 것이다. 그러고도 시동을 켠 채 한참을 기다렸다.
 포츠는 혼자 왔다. 그래야만 했다. 76관할구의 경사인 젊은 파트너 미치와 상사인 서장을 믿을 수 없었기 때문이다. 그들이 뇌물 받은 걸 탓할 생각은 없었다. 융자금 상환이라는 버거운 짐을 덜어내기 위해 여기저기서 폭력조직들이 떼어주는 떡고물을 받아먹고, 건달들이 방망이를 휘두를 때 슬쩍 다른 곳으로 시선을 돌리는 일이 다반사인 현실이니까.
 포츠는 지금까지 경찰로 살아오면서 청렴했다는 사실이 뿌듯하고 자랑스러웠다. 하지만 은퇴를 석 달 앞둔 지금 연금을 날려버릴 수 있는 어떤 위험도 자초하고 싶지는 않았다. 사흘 전에 비탈리 항구에서 있었던 총격 사건은 마약 전쟁의 불씨가 되거나, 경찰 부서들 간의 정치 싸움으로 번질 수도 있다. 두 가지 경우 모두 은퇴를 앞둔 경찰로서는 어떤 식으로든 연루되지 말아야 할 상황이었다. 일단 발을 담그면 자기도 모르는 사이에 허허벌판에 혼자 서 있는 고적한 신세가 될 것이다. 연금이 어디로 날아갔는지도 모르는 채 빈털터리가 되어 벤제드린과 커피에 절여진 채, PBA(*순찰 경찰관 노조*)에서 정치적으로 파고들어 자신을 파멸시킬 때를 기다려야 한다. 그건 곧 악어 떼에 먹히기를 기다리는 먹잇감 신세임을 의미한다.
 오물이야. 포츠는 차창을 통해 밖을 내다보며 생각했다. 씁쓸했다. 청소를 직업으로 갖고 있는 아름다운 지 자매가 교회에서 만났을 때 말했었다. "당신과 나는 같은 일을 하고 있어요. 오물을 치우는 일이죠." 그렇다, 오물이다. 포츠는 생각했다. 그런데 늘 치워온 그런 오물이 아니다. 특별한 오물. 새로 부상하는 오물이다. 포츠는 그것의 냄새를 맡을 수 있었다. 다가오는 느낌이 있었다. 아직 정체를 파악하지는 못했지만 큰 것임은 분명하다. 커즈는 변하고 있다. 눈길 닿는 곳마다 변화가 보였다. 1969년이었다. 일주일만 있으면 메이저리그의 웃음거리였던 뉴욕 메츠가 월드시리즈에서 우승을 하게 될 지도 모른다. 지난 7월에는 미국이 달에 사람을 착륙시켰다. 그리고 커즈는 망해가고 있었다.

1969년. 나는 단언할 수 있다. 올해 커즈는 산산조각이 날 것이다. 포츠의 눈에는 그 분열 과정이 보였다. 수십 년 전 뉴욕으로 온 늙은 흑인 주민들은 은퇴를 하거나 퀸즈로 옮겨가고 있다. 인정을 나눌 줄 알았던 늙은 주정뱅이, 부랑자, 좀도둑, 창녀, 하류의 삶을 살면서 습관적으로 무해한 범죄들을 저지르던 사람들. 한 때는 포츠에게 웃음을 가져다주고, 순찰 경찰관이나 수사관의 지루한 일상에 위안이 되어주기도 했던 자들이 하나둘씩 이곳을 떠나고 있다. 곧 모두 옮겨 가거나, 죽거나, 사라지거나, 투옥될 것이다. 그에게 손을 흔들어주던 어린 소녀들은 자라서 약물 중독에 빠진 미혼모가 되었으며, 몇 명은 몸을 파는 여자가 되었다. 방과 후에 그의 순찰차를 타고 집으로 가던 아이들, 그러다가 악기 가방에서 트롬본을 꺼내 엉터리 노래를 불어대서 포츠를 웃게 만들던 아이들도 이제는 보이지 않는다. 학교에서는 더 이상 음악을 가르치지 않는다. 야구 경기에 대한 자랑을 늘어놓으며 신이 나서 떠들던 아이들은 의기소침해져서 말을 잃었으며, 야구장은 텅 비어 있다. 순찰차가 지나가면 손을 흔들던 아이들이 이제 그의 순찰차를 보면 외면한 채 멀어진다.

갑자기 기온이 떨어진 날 밤이면 포츠가 수도 없이 길가에서 깨워 데려다 재워주었던 노숙자 더브 워싱턴조차도 그 변화를 감지하고 있었다. 이틀 전에 만났을 때, 더브 영감이 너무도 끔찍한 뉴스를 전해주었다. 비탈리 항구에서 총격이 벌어진 다음 날이었다. 한 달에 한 번씩 더브를 데리고 근처 윌로비 애비뉴에 있는 자비의 성모 수녀회에 데려다주는 날이었다. 그곳에서 친절한 천주교 수녀들이 그에게 음식을 대접하고 샤워도 하게 한 후 보내준다. 더브는 남에게 해를 끼치지 않았고, 늘 유쾌했으며, 도시의 뉴스에 밝았다. 그의 말에 의하면 키즈하우스에서 유일하게 뉴욕타임스를 매일 읽는 사람이었다. 그런데 포츠가 그를 만난 날은 더브 영감이 몹시 침울했으며 혼란스러워했다.

"끔찍한 걸 봤어." 더브가 말했다.

"어디서?" 포츠가 물었다.

"비탈리 항구에서. 늙은 영감 둘이 지옥으로 걸어 들어갔어."

더브가 목격한 바에 의하면 사건의 개요는 이랬다. 소녀 총잡이. 늙은 영감 둘. 그리고 두 명의 젊은이. 그중 두 명이 총을 맞고 쓰러졌다. 세 번째, 아니 어쩌면 네 번째 피해자는 항구에서 물속으로 떨어졌다.

"그들이 누구였는데?" 포츠가 물었다.

"한 사람은 스포츠코트였어." 더브가 말했다. "또 하나는 핫소시지였고."

'바로 그거야!' 포츠는 생각했다. 그렇게 사건은 마무리 될 수 있을 것이다. 포츠는 더브가 말한 그 늙은 영감에 관한 정보를 찾느라 이미 2주를 보낸 터였다. 아무도 그에 대해 아는 사람이 없었다. 모두가 다른 얘기들만 했다. 해답이 될 만한 내용을 알아낼 사람은 오로지 옛 친구 더브뿐이었다. 옛날 방식의 수사다. 오랜 세월 함께 지내면서 얻어진 믿을 수 있는 정보통이 결정적으로 도움이 된다. 물론 의문점들이 있지만 수사가 진행되는 동안, 스포츠코트가 앞서 벌인 일에 대해 상응하는 대가를 치른 것으로 보였다. 당연히 예상할 수 있는 결론이 아니겠는가? 포츠는 그 사실을 지 자매에게 알리고 싶었다.

그런데 여전히 의문이 남았다. 마약 전쟁이었을까? 아니면 늙은 영감이 벌인 일에 대한 응징으로 끝난 걸까? 그 점이 분명하지 않았다.

포츠는 더브를 수녀원에 데려다주고 보로 파크의 메이모니즈 메디컬센터에 누워 있는 두 피해자의 신상 정보를 요청했다. 그런데 어찌 된 일인지 이틀이 지나도록 포츠의 요청에 대한 답이 오지 않았다. 그러는 동안 사건의 네 번째 피해자는 항구에 빠져 죽은 것으로 결론 지어졌다. 그러나 아직 사체는 확보되지 않았다. 여자아이가 총을 쏘았다면, 그 아이는 지금쯤 멀리 달아났을 것이다.

이 동네와 빌어먹을 놈의 관할 부서는 너무 빨리 변하고 있어. 내가 따라잡을 수가 없어. 포츠는 이런 생각을 하며 쓴 입맛을 다셨다. 게다가 둘 다 점점 더 나빠지고 있단 말이야.

브루클린의 새로운 주인공은 헤로인이었다. 그 안에 너무 많은 돈이 모여 있다. 통제가 불가능하다. 키즈하우스의 흑인들 사이에 퍼져 있는 마약이 키즈지구를 넘어 브루클린 전체로 퍼지는 데 얼마의 시간이 걸릴까? 오늘은 키즈에 있는 흑인들과 주변의 소수 이탈리아인들뿐이겠지만, 내일이면······.

포츠는 가슴이 답답해지면서 몸을 좀 움직여야겠다는 생각이 들어 순찰차 문을 열고 나왔다. 시동은 켜놓은 채였다. 한쪽 팔로 자동차 지붕을 짚고 다른 팔은 열려 있는 차 문 위에 올렸다. 그 자리에서 정면에 엘레판테의 화물차 사무실과 부두가 보였다. 그리고 황량한 공터에 무성하게 자란 잡초들 뒤로 파이브엔즈 교회가 보였다. 지금까지 한 번도 화물차 사무실과 교회가 키즈하우스의 황량한 외곽에 자리잡고 있다는 사실을 떠올려 본 적이 없었다. 둘은 서로가 보이는 거리에 있었다. 쉽게 오갈 수 있는 가까운 거리였다. 그런데도 각각의 주인은 서로 다른 세계에 속해 있다. 화물차 사무실은 자존심 강한 엘레판테 가문의 것이다. 지금은 고인이 된 구이도는 거래 가치가 충분한 정보를 끝내 누설하지 않은 대가로 싱싱 감옥에서 12년을 고생하고 뇌졸중을 얻어 나온 후로 불편한 팔다리를 끌고 근처를 돌아다니곤 했다. 깔끔하고 입이 무거운 아들 토미, 버려진 화초들을 찾아다니는 괴짜 아내와 함께 살았다. 그리고 낡은 교회에 모여 사는 흑인들과 그들의 실질적 리더인, 오물을 사랑하는 매력적인 여자의 세계가 있다. 그 여자를 머릿속에서 지울 수가 없다. 지 자매. 베로니카 지. 이름도 어쩌면 그렇게 아름다운가 말이다. 베로니카. 베로니카 자매. 성서에 나오는 베로니카는 예수님께서 십자가를 지고 갈보리 언덕을 오르실 때 얼굴을 닦으시도록 자기 베일을 내어 드렸다. 얼마나 영광스러운 이름인가. 언젠가 그녀가 옷으로 그의 얼굴을 닦아준다면. 포츠는 한숨을 쉬었다. 지금쯤 지 자매는 일을 하는 중일 것이다. 갈색의 근엄한 얼굴은 세심한 주의를 기울이며 래티건스 건너에 있는 말끔한 적갈색 벽돌집 실내의 먼지를 치우고 있을 것이다. 아니면 버릇없는 어린 녀석의 화장실을 치우거나, 샹들리에의 먼지를 털면서 오물이 상징하는 것들을 생각하고 있을지도 모른다. "당신과 나는 같은 일을 하고 있어요." 그녀가 말했었다. "오물을 치우는 일이죠."

나 자신부터 깨끗이 해야 해. 포츠는 생각했다. 남은 인생을 살아가는 동안 그녀가 나를 깨끗이 씻어줄 수 있다면, 내게도 행복해질 기회가 주어질지 몰라. 그렇지만 그녀가 왜 그런 수고를 하려 하겠는가?

포츠가 차 문을 닫고 화물차 사무실로 향하려는데 토미 엘레판테가 바지 주머니에 손을 넣은 채 나왔다. 포츠는 첫 번째 순찰을 돌 때 엘레판테가 이미 자신의 순찰차를 봤다는 것을 알고 있었다.

"내 선착장에는 무슨 일이요, 포츠?" 엘레판테가 물었다.

"외로움 때문에."

"당신이? 아니면 내가?"

"자네는 불평하면 안 되지, 토미. 자넨 최소한 부자 아닌가."

엘레판테가 큰 소리로 웃었다. "그 말을 들으니 갑자기 목이 메는군, 포츠."

포츠도 따라 웃었다. 화물차 사무실 문으로 들어가려면 임시로 만들어 놓은 세 개의 계단을 올라야 했다. 엘레판테는 맨 위 계단에 걸터앉았다. 계단에 앉은 엘레판테는 포츠보다도 눈높이가 높았다. 포츠는 엘레판테가 조심스럽게 등 뒤로 사무실 문을 닫는 것을 알아차렸다. 포츠가 사무실 안으로 들어가는 것은 원치 않는다는 의사를 분명히 표시한 것이다.

엘레판테도 포츠가 그의 심중을 읽고 있음을 알아차렸다. "안에 페라리가 있어서." 엘레판테가 등 뒤의 문을 향해 고개를 까닥거리며 말했다. "친한 친구들한테만 보여주거든."

"페라리가 어떻게 저 안에 들어갔을까?"

"기도와 보험. 착실한 천주교 신자는 그 두 가지만 있으면 되지."

포츠가 빙긋이 웃었다. 포츠는 늘 토미 엘레판테가 마음에 들었다. 자기 아버지를 꼭 닮았지만 대화가 되는 점이 다르다. 그렇지만 그의 아버지 구이도만큼 입은 무겁다. 구이도는 진실한 선을 가진 사람이었다. 포츠는 그의 정직함과 유머 감각을 좋아했다. 두 남자, 계단 아래 있는 경찰관과 계단 위에 있는 조직폭력배가 함께 항구를 바라보았다. 땅거미가 지는 하늘을 배경으로 갈매기가 물을 차고 날아올라

자유의 여신상을 향해 날아갔다.

"이 계단을 올라간 지가 20년은 된 것 같군." 포츠가 말했다.

"여길 올라왔던 적이 있는 줄은 몰랐는데."

"예전에 자네 아버지와는 얘기를 많이 나눴거든."

"그것 말고 또 다른 거짓말이 남았소?"

"자네 아버지의 하루 여섯 마디 신화를 깬 적이 몇 번 있었지. 내가 자네 아버지를 어떻게 만났는지 얘기했던가?"

"이야기란 어차피 편파적일 수밖에 없지." 엘레판테가 말했다.

"6년 동안 발이 빠지게 걸어 다니고 나서 첫 순찰차를 받았을 때였어." 포츠가 껄껄 웃으며 말을 이었다. "아마 1948년이었을 거야. 감옥에서 막 출소한 이 구역 밀수업자 구이도 엘레판테가 그의 화물차 사무실에서 불법으로 담배를 들여온다는 정보가 들어왔어. 자네도 잘 알 거야. 노스캐롤라이나에서 싸구려 담배를 산 다음, 레이블을 뜯고 새것을 붙여서 50퍼센트 이윤을 남기고 파는 거지.

"예전엔 그렇게 했나 보지?"

포츠는 엘레판테의 반응을 무시한 채 말을 이었다. "관할구에서는 대대적인 소탕 작전을 펼치기 위해 경찰 병력 일개 분대를 보냈어. 아마 자네 아버지 때문에 골치깨나 썩고 있었던가 봐. 아니면 자네 아버지가 적절한 회유를 하지 않았거나. 아무튼 순찰차 세 대와 경사급 한 명이 출동했던 거야. 새벽 3시나 4시쯤이었을 걸세. 우리는 호언장담을 하고는 사이렌을 울리고 경고등을 번쩍거리며 이리로 들어섰지. 그땐 나도 젊고 혈기 왕성했어. 호전적이었지. 그때의 흥분이 지금도 느껴져. 내 앞으로 순찰차를 배당 받은 직후였지 않은가. 아무튼 의기충천해 있는 상태였어.

그렇게 문을 박차고 들어갔는데 아무것도 없는 거야. 안은 캄캄했어. 구이도는 집에서 자고 있는 게 분명하다고 판단했어. 그래서 돌아갔지. 다른 순찰차 두 대가 먼저 빠지고, 내가 마지막으로 나가게 됐어. 그때는 종종 혼자 다니기도 했거든. 막 차에 타려는데 한 녀석이 선착장에서 뛰어 달아나는 거야. 거기 숨어 있었던 거지. 난 그가 왜 뛰는지도 몰랐어. 그렇지만 나로부터 달아나는 거라는 건 알 수 있었지. 그래서 쫓아가기 위해 급히 시동을 걸었어. 그런데 염병하게도 시동이 안 걸리는 거야. 정말 난감하더군. 순찰차를 받고 나서 처음으로 배우는 게 '엔진을 끄지 말라'였거든. 신참인데다 이런 큰 실수를 했으니 이제 죽었구나 생각했어. 그래서 앞서 출발한 두 대의 순찰차에 무전을 쳐서 용의자로 보이는 자가 달아나고 있다고 알리는 대신, 차에서 내려 직접 그를 쫓아간 거야.

그는 이미 달리고 있었지만, 나도 그땐 젊었으니까. 린더 교차로에서 거의 잡을 뻔했는데, 그 녀석이 어디서 갑자기 힘이 솟았는지 나를 몇 야드 앞서더라고. 슬래그와 반 마를 교차로에 이르렀을 때쯤 그 녀석을 거의 따라잡았는데, 이놈이 갑자기 돌아서더니 나에게 총을 겨누는 거야. 어디서 났는지 모르겠더라고. 아무튼 곧 나를 죽일 것 같았지. 그런데 갑자기 어디선가 트럭이 나타나 시속 40마일로 달려오더니 교차로에서 그 녀석을 치고 말았지. 녀석은 그 자리에서 즉사했지. 트럭 운전사는 그 녀석을 보지 못했다고 주장했어. 정말 보지 못했다고.

그의 말은 사실이었지. 어두웠으니까. 그 녀석이 갑자기 교차로에 뛰어들었고. 운전자가 그를 볼 겨를이 없었지. 그건 사고였어. 순간적으로 일어난 사고. 트럭 운전사는 계속 사과를 했고, 나는 일단 알겠다고 했어. 아무튼 나는 길모퉁이에 있는 비상 전화기로 달려가서 구

조를 요청했어. 그런데 돌아와 보니 트럭은 가고 없더라고. 우리는 길바닥에 널브러진 그 녀석의 시신을 수습하고 시체 안치실에 연락하는 수밖에 달리 할 수 있는 게 없었지. 그리고 나서 6개월 후에 다시 이곳에 와야 하는 임무가 주어졌어. 구이도가 트랙터 같은 물건을 운송한다면서 말이야. 그래서 또 급히 이곳으로 달려온 거야. 이번에는 혼자였지. 그런데 트랙터를 운송을 하는 게 아니라 대형 삽이 달린 트랙터가 지금 자네 화물차 사무실이 있는 곳에서 땅을 파내고 있더라고. 그 안에 앉아 운전을 하고 있는 사람은 손 하나와 다리 하나만 성한 사람이었어. 가까이 가서 자세히 보니 바로 그날 밤에 트럭을 운전했던 사람이더군. 그래서 내가 '당신 그 트럭 운전사잖아!'라고 외쳤지. 그가 머뭇거리지도 않고 대답했어. '난 그 녀석을 본 적이 없어. 당신이 엔진을 끄지 않았더라면 그런 일이 일어나지 않았을 거야.'" 포츠는 이렇게 말하고 껄껄 웃었다. "아마 그게 구이도가 내게 던진 농담 중 그나마 들어줄 만한 거였어."

엘레판테는 애써 웃음을 감추려고 했으나 허사였다. "성인들도 처음 시작은 그다지 성스럽지 않지만, 모두 마무리는 성인답게 하지."

"자넨 구이도가 성인이었다고 생각하나?"

"전혀 그렇지 않소. 그렇지만 아버지는 절대로 체신을 잃지 않았소. 그리고 충실했고. 성인들도 충실하지 않소?"

"성인 얘기가 나와서 말인데," 포츠가 이렇게 말하며 파이브엔즈 교회를 가리켰다. "저기 사람들 중 아는 사람 있나?"

"가끔 보지. 좋은 사람들이오. 남을 귀찮게 하는 법이 없고."

"그 교회 사람들 중 여자 하나가 몇 년 전에 항구에서 죽은 걸로 기억하는데."

"좋은 여자였소. 수영을 하러 들어갔던 모양인데. 그럴 수 있지."

"내가 퀸즈의 103관할구로 전출된 후에 일어난 일이었어." 포츠가 말했다.

"그 이야기가 어떻게 끝을 맺었는지는 듣지 못했소." 엘레판테가 말했다.

포츠는 한동안 말이 없었다. "난 3개월 후면 정년퇴임을 한다네, 토미. 더 이상 자네를 귀찮게 할 일 없어."

"나도 그렇소."

"그게 무슨 말이지?"

"그때쯤엔 나도 여기 없을 거요. 가능하다면 더 빨리 떠날 수도 있고. 이곳을 팔 거요."

"무슨 문제가 생겼나?"

"전혀. 그저 은퇴하려는 거요."

포츠는 엘레판테의 말을 곰곰이 생각해 보았다. "무엇으로부터 은퇴하려는 건데?"라고 묻고 싶었다. 범죄자들이 은퇴하겠다고 단언하는 건 여러 번 들었다. 그는 밀수업자다. 범법자다. 그렇지만 악한 범죄자인가? 포츠는 어느새 그걸 판단하는 기준이 무엇인지 확신 있게 말할 수 없게 되었다. 엘레판테는 영리하고, 예측 불가능하다. 같은 물건은 짧은 기간 안에 두 번 움직이는 법이 없다. 절대로 지나친 욕심을 부리지 않는다. 마약은 절대로 손대지 않는다. 흔적을 남기지 않기 위해 창고와 화물차 사무실에서 합법적인 운송 사업도 계속하고 있다. 그 또한 이 세계의 다른 사람들처럼 경찰에게 뇌물도 준다. 엘레판테는 젊고 가난한 경찰의 냄새를 맡는 감각이 있었고, 청렴한 경찰을 알아보고 피할 줄도 알았다. 절대로 경찰을 함정에 빠뜨리거나 뇌물로 궁지에 몰아넣지 않았다. 좀처럼 부탁 같은 것을 하는 법도 없었다. 그의 일은 그야말로 그에게 사업이었다. 포츠에게 뇌물을 주려는 허튼 시도를 하지 않았고, 76관할구 경찰 중에 청렴하다고 알고 있는 소수의 경찰들에게도 절대 접근하지 않았다. 그것만으로도 포츠는 엘레판테에 관한 많은 것을 알 수 있었다.

그렇지만 엘레판테도 패밀리의 일원이다. 그들은 때때로 잔혹한 짓을 한다. 포츠는 '단지 정당하지 않을 뿐인 세계'와 '악한 세계'를 구분하는 기준이 무엇일까 생각해 보았다. 그러나 생각할수록 혼란스러워졌다. 냉장고 10대를 훔쳐서 한 대에 50달러를 받고 파는 사람과 5천 달러어치 냉장고를 팔고 세법을 가지고 장난쳐서 천 달러의 이득을 취하는 사람의 차이가 무엇일까? 그는 어느 쪽을 눈감아 주어야 할까? 만약 둘 중 하나를 눈감아 주어야 한다면 말이다. 아무래도 현실도피주의자가 되어야 할까 보다. 이런 생각을 하니 씁쓸한 마음이 들었다. 지금 나에게 중요한 건 그런 문제가 아니란 말이다. 난 오물을 청소하는 여자를 사랑하게 되었어. 그런데 그녀는 내 마음을 모른다.

포츠는 생각에 잠긴 중에도 엘레판테가 그를 보고 있다는 걸 느꼈다. "다들 늘 곧 은퇴하겠다고 말하더군." 한참 만에 포츠가 말했다.

"여기서는 지금 처음 듣는 걸 텐데."

"일하는 게 힘든가?" 포츠가 물었다. "모든 게 너무 빨리 변해서?"

엘레판테의 눈썹이 아주 약간 떨렸다. "조금. 당신은 어떻소?"

"나도 마찬가지야. 그렇지만 우리 일은 은퇴 시기가 정해져 있으니까."

"우리 일도 그렇소."

"당신들도? 언제? 몸이 굳으면?"

엘레판테가 냉소를 머금고 말했다. "이제 그만하고 싶소. 피곤해. 평생 쉬지 않고 일했소. 상수리나무는 50살이 되어서야 도토리 열매를 맺는다는 거 알고 있소?"

"그래서 자넨 상수리나무가 되고 싶은 건가?"

"난 단지 76관할구 형사들이 치과 검진을 하듯, 때마다 찾아오는 삶을 살고 싶지 않은 거요."

"사실 난 자네가 날 만나고 싶어 하는 줄 알았는데." 포츠가 웃으며 말했다.

"누가 그런 말을 했는데?"

"실은, 이번 사건과 관련해서 들은 이야기들 중에 이해되지 않는 점들이 있어. 자네가 그걸 좀 설명해 줄 수 있으면 좋겠는데."

"정말 이번 사건에 관해서만 이요?"

"그래, 정말 이번 사건 때문이야. 내 마지막 사건. 운이 좋다면 말이지. 자네하고 허심탄회하게 이야기를 나눠보려고 온 거라고. 자네가 분명하게 정리해 줄 수 있을지 몰라서 말이야. 그럼 나도 자네가 일을 정리할 수 있도록 도와주지. 내가 할 수 있는 거라면 말이야. 그럼 됐나? 그러고 나서 함께 은퇴하면 되겠군."

"우린 이해관계가 달라요, 포츠. 내가 어떻게 일을 그만두던지 당신이 신경 쓸 일이 아니오. 그리고 난 이미 너무 많은 걸 얘기했어."

"머리 쓸 생각 하지 마. 난 이미 많은 걸 알고 있어."

"머리 쓰는 거 아니오. 내가 하는 일이라는 게 문제상황은 늘 슬금슬금 다가오죠. 오래된 외상 계좌처럼 말이요. 그러니 등 뒤에서 칼을 꽂지 않을 사람들과 일을 하고, 내게 받을 빚이 있는 자들은 기억상실증에 걸려주길 바라는 거요. 그런 게 이쪽 일의 순리라는 거니까. 하지만 우리의 이해관계가 맞아떨어진다면 나는 도와줄 의향이 있소."

"좋아."

"그래, 당신이 알고 싶은 게 뭐요?"

"비탈리 항구에서 젊은 아이 하나가 죽었어. 두 명이 총상을 입었고. 영감 하나는 도망쳤어."

"그게 누군데?"

포츠가 엘레판테를 빤히 보며 말했다. "토미, 그러지 말라고."

"내가 그를 모를 수도 있다는 생각은 안 해 봤소?"

"그 영감이 자네 어머니를 도와주던 사람이란 말이야, 염병할."

엘레판테가 한숨을 쉬며 말했다. "현실적으로 얘기할 수 없소? 우리 어머니가 어떤지 당신도 잘 알지 않소. 어머니는 당신이 이곳에 처음 왔을 때와 조금도 달라진 게 없어. 공터를 돌아다니면서 화초처럼 생겼는데 똥 냄새만 나지 않으면 무조건 뽑아다가 마당에 심는다고."

"그게 뭐 잘못됐나?"

"당신도 이 동네를 좀 보소. 이제 이곳은 안전하지 않아."

"자네 어머니에게도 그럴까?"

"요즘 이곳에 새로 모여들기 시작한 자들을 난 도무지 모르겠소, 포츠. 그리고 그 영감도 몰라."

"그는 자네 집에도 들어갔었어!"

"그렇지 않아. 마당에만 있었지. 불과 한두 달 정도. 아니 석 달. 일주일에 한 번씩. 마당에 화초 심는 일을 했다고. 자기가 집사라고 했소. 사람들은 그를 스포츠재킷인가 뭐 그렇게 불렀다더군. 화초 가꾸는데 일가견이 있는 것 같았소. 뭐든 잘 기르고. 우리 골목에서는 그에게 일을 시킨 사람들이 많아."

"그런데 그가 딥즈에게 총을 겨눌 일이 뭐였을까?"

"그건 나도 몰라, 포츠. 나도 그걸 묻고 싶었다고."

"자네 마치 평화회담에 나온 사람처럼 말을 하는군." 포츠가 조금 격앙된 음성으로 말했다. "질문만 가득하고 답은 내놓지 않으니 말이야."

"내가 말하지 않소, 그를 모른다고. 지난 석 달 동안 말 한번 나눴을 뿐이야. 그는 마당에서 일을 했어. 어머니가 부탁한 화초들을 길렀지. 어머니는 그에게 현금으로 일당을 지급했고, 그는 돈을 받으면 바로 갔어. 술꾼 같았소. 20대부터 몸이 완전 망가진 채로 살다가 80세에 땅에 묻히는 그런 사람들 말이오. 교회에 다닌다고 했소. 저기 있는 교회 집사라고."

"집사가 뭐 하는 건데?" 포츠가 물었다.

"이번 주에만 두 번째 그 질문을 받는군. 도대체 내가 그걸 어떻게 알겠소? 노래를 하던가, 아니면 당나귀들을 앉혀 놓고 설교를 하던가, 달팽이처럼 졸던가, 아니면 사람들이 찬송가를 부르는 동안 군침을 흘리며 헌금을 걷던가 하겠지."

"그러니까 그 영감이 술꾼이고, 화초를 기르고, 교회에 다닌단 말이지." 포츠가 말했다.

엘레판테가 웃었다. "난 늘 당신이 맘에 들었소, 포츠. 내게 늘 골칫거리기는 했지만 말이오."

"내가 그랬나?" 포츠가 물었다.

"곧 은퇴한다면서 왜 이렇게 이번 사건에 매달리는 거요? 나도 곧 은퇴할 거니까…"

"그런 변명으로 지금 자네가 파놓은 구덩이에서 빠져나갈 생각이라면, 원하는 대로 되지 않을 거야, 토미. 다들 늘 그렇게 말을 하거든."

"그렇지만 내가 그렇게 말한 적은 지금이 처음이오."

포츠는 아무 말 하지 않았다. 엘레판테가 진심을 말하고 있다는 걸 알 수 있었다.

"하느님께 맹세코, 포츠, 난 은퇴할 거요. 어머니의 건강이 나빠지고 있어. 그래서 난 지금……. 비밀을 지킬 수 있겠소? 당신 머릿속이 한결 가벼워질 얘긴데, 난 브롱크스로 가려고 계획 중이오." 엘레판테가 말했다.

"왜? 거기는 야구팀이 완전 엉망이던데."

"그건 내가 알 바 아니오. 아무튼 이곳에 빚을 남기고 떠나고 싶지는 않아. 깨끗이 정리하고 싶단 말이오. 내 사업 상대가 어떤 사람들인지 알지 않소."

"그걸 걱정하는 거라면 친구를 골라 사귀어야 할 거야. 자네 친구 조 펙은 문제가 많아."

엘레판테는 잠시 생각에 잠긴 듯하다가 물었다. "뭔가 불안한 거요?"

포츠가 코웃음을 쳤다. "신경이 쓰이는 건 서장이 나를 엿 먹이려고 벼르고 있다는 것밖에는 없어. 난 76관할구에서 미움을 받고 있거든. 내가 진실을 말해주지. 고르비노 패거리는 한 손으로 검둥이들에게 마약을 팔면서 다른 손으로는 국기에 경례를 붙이느라 바빠서 자기들 앞에 어떠한 앞날이 펼쳐질지 생각할 여유가 없어. 하지만 두고 보라고. 그 자녀들도 결국은 마약 중독자가 되고 말 거야. 이곳에 사는 검둥이들은 바보처럼 보이나? 그들도 총을 가지고 있고, 돈을 좋아하고 조직도 있어. 옛날 그 시절이 아니야, 토미. 이제 모든 게 달라졌다고."

포츠는 화가 치밀어 오르는 걸 간신히 참으며 말했다. "난 이전의 선배들처럼 그렇게 물러가지는 않을 거야. 처량한 신세가 되어 씩씩거리면서 말이지." 포츠는 이렇게 말하고 교회를 힐끗 보았다. 또다시지 자매가 생각났다. 지금 이 순간 그녀는 너무 멀게 느껴졌다. 손을 대기엔 너무 먼 꿈.

엘레판테는 아무 대꾸도 하지 않았다.

포츠가 이전의 화제로 다시 돌아갔다. "항구에서 있었던 총격 사건 말인데, 그 여자아이에 대해 아는 게 있나?"

엘레판테가 고개를 저었다.

포츠는 한숨을 쉬었다. "비탈리 항구에 있는 페인트 공장에 기거하는 늙은 부랑자가 있어. 자네도 알 거야. 더브라고."

"근처에서 본 적이 있소."

"영감이 그날 저녁에 술에 진탕 취해서 일 층 창문 바로 아래서 자고 있었다네. 쥐들이랑 싸워가면서 말이야. 선창에서 말소리가 들려 깼다는데, 창문으로 밖을 엿보려다가 사건을 목격하게 된 거지. 전부 다 봤다더라고. 그다음 날 샤워 시설에 데려가느라 만났는데, 4달러짜리 와인 한 병 주니까 다 말해주더라고."

"좋은 와인이었나 보지?"

"내가 마시는 4달러짜리 와인이었는데 아주 괜찮더라고."

"그럼 그 4달러는 가치 있게 쓴 셈이네."

포츠가 한숨을 내쉬고는 말했다. "이제 내가 할 얘기는 다 했어. 자넨 들려줄 이야기가 없나?"

"그건 곤란해, 포츠. 먹고사느라 가끔 양심을 저버릴 수는 있지만, 경찰에게 입을 잘못 놀렸다가는 고꾸라질 수 있거든. 제명에 죽지 못한다는 말이지."

"이해해. 그렇지만 이거 하나는 물어보자. 베드스터이에 유색인이 있어. 영리한 친구지. 이름은 문이야. 번치 문. 그런 이름 들어본 적 있나?"

"들어봤을 수도."

"고르비노도 그 이름을 알까?"

"아마 알 거야." 엘레판테가 대답했다.

포츠가 고개를 끄덕였다. 이 정도면 됐다. 포츠는 모자를 쓰면서 말했다. "만약 은퇴를 하겠다면 지금이 좋은 시기야. 본격적으로 시끄러워지기 시작하면 모양새가 좋지 못할 테니까."

"이미 시끄러워지기 시작한 것 같은데." 엘레판테가 말했다.

"그럼 곧 모양새가 좋지 않게 흘러가겠군. 그렇지만 그 여자아이는 모양새가 예쁘다더군."

"웬 여자아이?"

"모르는 척 하지 말게, 토미. 지금 자네에게 힌트를 주는 거야. 여자아이라고. 흑인 여자애. 총잡이 말이야. 실력이 좋아. 청부 살인이지. 타 도시에서 왔다네. 내가 아는 건 그것뿐이야. 아주 매력적이래. 남자 같은 이름을 가졌는데 총도 남자처럼 쏜다네. 자네 친구 펙도 그녀를 조심해야 할 거야. 번치 문은 야망이 큰 사람이거든."

"그 애 이름이 뭐요?"

"이름을 말해주고 나면 아마 내일 아침에 나 자신을 혐오하게 될 거야. 그녀를 항구에서 건져내게 된다면 말이야."

"난 어떤 여자와도 볼 일이라는 게 없는 사람이오. 아무튼 이름이 뭐요?"

포츠는 자리에서 일어났다. 이제 볼 일은 끝났다는 뜻이다. "은퇴하고 브롱크스로 가면, 카드나 하나 보내주겠나?"

"그럴지도 모르죠. 당신은 은퇴 후에 뭘 할 생각이오?"

"낚시나 하려고. 자네는?" 포츠가 물었다.

"난 베이글을 만들 거요."

포츠가 웃음을 머금고 말했다. "자넨 이탈리아인이야. 혹시 잊은 건 아니겠지."

"상기시켜줘서 고맙소. 그렇다고 못할 이유는 없지 않겠소?" 엘레판테가 말했다. "난 내가 가질 수 있는 걸 취할 거요. 이 일을 정리한 후에 남은 삶이 주어진다면 그렇게 살아가는 게 맞는 것 같소. 그때는 매일 새로운 세계에서 눈을 뜨는 것 같을 테니까."

포츠는 길 아래 있는 파이브엔즈 침례교회를 바라보았다. 불이 켜져 있었다. 멀리 노랫소리가 들렸다. 성가 연습 중인 것 같았다. 성가대 앞줄에 앉은 사랑스러운 여인을 생각했다. 손에 열쇠 꾸러미를 딸각거리며 노래를 하고 있을 여자. 포츠는 자기도 모르게 한숨을 쉬었다.

"무슨 뜻인지 알겠네."

22
델파이 281번지

커닝엄 애비뉴 모퉁이에 자리 잡은 델파이 281번지 적갈색 벽돌집은 양쪽에 공터를 끼고 무성하게 자란 잡초들 사이에 호젓이 묻혀 있었다. 외부의 접근을 경계하기에 더 이상 좋을 수 없는 요지였다. 번치 문은 2층 창가에 앉아 거리를 내려다보고 있었다. 그가 앉은 자리에서는 모퉁이를 돌아 다가오는 사람을 놓치지 않고 볼 수 있었다. 길가에 주차되어 있는 자동차들 사이로 아이들이 뛰어놀았다. 10월치고는 유난히 후덥지근한 날이어서 아이들은 오늘도 소화전을 열었다. 번치는 조금 있다가 그의 낡은 픽업트럭을 소화전 앞에 끌어다 놓고 아이들이 세차하게 한 다음 25센트짜리 동전 몇 개씩 얻어가게 해야겠다고 생각했다. 그중에 일을 할 수 있을 정도로 자란 아이들 몇 명이 눈에 띄었다.

번치는 창문을 열고 좌우 동정을 살폈다. 먼저 오른쪽, 그다음에 왼쪽, 그리고 다시 오른쪽. 오른쪽은 문제없었다. 베드포드 애비뉴까지 여러 블록을 한 눈에 볼 수 있으니까. 베드포드에서부터 시작해서 몇 블록에 걸쳐 접근하는 자를 한눈에 살필 수 있었다. 그리고 델파이 스트리트의 왼쪽 끝자락은 T자형으로 되어 있는 막다른 길이다. 잡초가 무성한 공터에서부터 T 자가 시작되며 막다른 길 구석의 허름한 집 몇 채가 보이지 않았다. 그런데도 281번지를 선택한 이유는 다른 집들보다 접근해 오는 차들을 잘 볼 수 있기 때문이었다. 최적의 조건은 아니지만, 위치는 그런대로 쓸만했다. 경찰의 주의를 끌지 않으면서 외부를 살피기에 좋았다. 번치는 좀처럼 자동차를 가지고 다니지 않고 대부분 지하철을 이용했다. 외출할 때는 항상 뉴욕시 교통국 제복을 입고 다녔기 때문에 이웃 사람들은 그가 교통 노무자인 줄 알았다. 그의 부하들 몇 명과 헤로인 원료를 처리하는 직원들만 281번지의 실체를 알고 있었다. 그만큼 안전했다. 그렇지만 항상 조심해서 나쁠 건 없었다. 번치는 창문에 서서 좌우를 다시 한번 찬찬히 살폈다.

안전하다는 것을 확인하고서야 번치는 고개를 안으로 들이고 창문을 닫았다. 그런 다음 식탁에 앉아 뉴욕타임스와 데일리 뉴스, 암스테르담 뉴스의 헤드라인들을 훑어보고는 건너편에 앉은 예쁜 여자아이에게로 시선을 옮겼다. 소녀는 손톱을 손질하고 있었다.

죽음의 여왕 해럴딘이었다. 음흉하고 불만투성이에 바보 멍청이 같은 고자질쟁이 얼이 앉았던 바로 그 자리에 앉아서 손톱을 다듬는 중이었다. 번치는 그녀에게 저주를 퍼붓고 싶은 충동을 가까스로 누르고 물었다. "여기까지 어떻게 왔어?"

"버스로."

"차가 없나?"

"난 운전 안 해."

"버지니아에서는 어떻게 돌아다녔는데?"

"그건 내가 알아서 할 일이고."

"넌 일을 그르쳐서 아주 골치 아프게 만들었어. 알고 있지?"

"난 최선을 다했어. 어쩔 수 없는 상황이었다고."

"그런 것까지 감안해 주면서 돈을 지불할 수는 없어."

"내가 마무리할 거야. 돈이 필요하다고. 난 대학에 갈 거야."

번치가 코웃음을 쳤다. "왜 타고난 재능을 썩히려는 건가?" 해럴딘은 번치의 말에 아무런 대꾸도 하지 않고 손톱 손질을 계속했다. 번치는 해럴딘이 열네 살이었을 때 그녀의 또 다른 '재능'을 즐겼던 일에 대해서는 차마 언급하지 않았다. 그녀가 거리에서 쇼핑카트에 살림살이를 싣고 어머니와 함께 이곳저곳을 전전하며 지낼 때였다.

번치가 말을 이었다. "지하실 문으로 나가면 뒤뜰이야. 담장 구석에 문이 있으니 밀고 나가면 돼. 여기서 나갈 때는 그 방법을 이용하도록 해."

"알았어." 해럴딘이 대답했다.

"어떻게 지내지?"

"엄마랑."

"그건 영리한 선택이 아닌데. 대학생이 될 처녀가 말이야."

해럴딘은 잠자코 손톱 손질을 계속했다. 지금 번치가 머릿속으로만 굴리며 입 밖으로 내지 않는 이야기가 뭔지 안다. 번치는 해럴딘이 모른다고 생각하고 있다. 자기가 그녀의 어머니가 지닌 또 다른 '재능'도 즐겼다는 사실을. 그녀의 어머니가 젊었을 때. 그렇지만 해럴딘은 그것이 어머니의 생존 수단이었다는 걸 알고 있었다. 씁쓸하지만 사실이었다. 다만 모르는 척할 뿐이다. 바보인 척하기. 하지만 이제 바보짓은 집어치우기로 했다. 더 이상은 싫다.

"회계학을 공부할 거야." 해럴딘이 말했다.

번치가 크게 웃었다. "차라리 낙타한테서 젖을 짜내는 방법을 배우는 게 나을 거야. 회계학은 돈이 안 되잖아."

해럴딘은 그 말에 아무 대꾸도 하지 않고 지갑에서 매니큐어 병을 꺼내 손톱에 칠을 하기 시작했다. 사내아이 둘에게 총을 쏜 것이 못내 마음에 걸렸다. 아직 다 자라지도 않은 애송이들이었지 않은가. 번치 같은 철면피 어른이 아니다. 번치는 게임의 법칙을 알았고, 이미 해럴딘에게 많은 몹쓸 짓을 했다. 그녀가 어리고 예뻤을 때. 긴 머리와 초코 우유 같은 피부, 긴 다리를 가진 소녀였을 때 말이다. 아버지가 돌아가신 후, 해럴딘은 어머니와 함께 쇼핑 카트를 밀며 정처 없는 삶을 살았다. 사내들은 25센트짜리 동전을 내놓고 어머니의 속살을 주물렀고, 마약 딜러들은 해럴딘을 창녀로 가장시켜 강도질을 했다. "번치가 우리를 구해주었어." 어머니는 늘 말했다. 하지만 그건 어머니가 고통을 수용하는 방식이었다. 두 사람의 삶을 구한 것은 바로 어머니의 딸, 해럴딘이었다. 그 사실을 어머니도 알고 해럴딘도 알았다. 두 사람을 도와주었던 사회복지사가 그때의 상황을 명확하게 한마디로 정리했었다. 복지사가 쓴 보고서에 이렇게 적혀 있었던 것이다. "여느 가정과 다르게, 딸이 어머니를 양육하는 형편이다."

그러나 그 대가는 혹독했다. 잘생긴 도미니카인 아버지와 아름다운 아프리카계 미국인 어머니에게서 물려받은 해럴딘의 예쁜 머리칼이 완전히 빠져버린 것이다. 스무 살에 이미 대머리가 되었다. 어느 날 갑자기 머리가 빠졌다. 해럴딘은 그저 자기가 살아온 힘든 시간들이 그러한 결과를 가져온 거려니 생각했다. 지금은 가발을 쓰고 산다. 그리고 등과 어깨, 팔뚝에 남은 화상 자국을 가리기 위해 긴 소매 옷을 입는다. 몇 년 전 직업상 만난 남자에게 끔찍한 일을 당했던 것이다. 현재 아무것도 확실한 것은 없다. 다만 리치먼드에 멋진 아파트가 있고, 가끔 밤에 자기가 죽인 남자들이 꿈에 나타나 울부짖도록 하게 하지 않으려면 약을 먹어야 한다는 사실만 빼곤. 하나 같이 인간 말종들이었다. 마약을 얻기 위해서라면 서로를 불꽃이 튀는 용접기와 뜨거운 다리미로 지지고, 눈에 클로락스를 들이붓는 행동도 마다하지 않는 자들이었다. 헤로인 한 번을 흡입하기 위해 자기 여자 친구에게 몹쓸 짓을 시키는 자들이었다. 하룻밤에 일고여덟 남자를 상대하게 하던가, 개똥 위에 엎드려 지칠 때까지 팔 굽혀 펴기를 시키다가 결국 여자가 기진맥진해서 개똥에 얼굴을 처박으면 배꼽을 잡고 웃던 자들이었다. 어머니는 해럴딘을 그런 남자들 앞에 내놓았다. 지금 해럴딘이 어머니 곁에 남아 있는 것은 단지 의무감 때문이다. 어머니에게 음식을 사 먹이고, 약간의 용돈을 준다. 하지만 대화는 거의 하지 않는다.

"회계 일을 하면서도 충분히 잘 살 수 있어. 난 검소하니까."

"너희 어머니는 요즘 어떻게 지내니?" 번치가 물었다.

해럴딘은 어깨를 한 번 들썩여 보였다.

"너 벌써 대학생인 것처럼 행동하는구나."

해럴딘은 잠시 곰곰이 생각해 보더니 대답했다. "이틀 후에는 떠나야 해. 그때까지 일을 마무리할게."

"왜 그렇게 서두르지?"

"리치먼드에서 또 다른 일이 있어."

"어떤 일?"

"난 당신 일에 대해 묻지 않잖아." 해럴딘이 대답했다.

"난 돈을 주잖아."

"난 아직 한 푼도 구경하지 못했어." 해럴딘이 말했다. "교통비는 고사하고 말이지."

번치가 뒤로 물러앉으며 말했다. "일을 그렇게 망쳐놓은 것 치고는 말을 너무 함부로 하는구나."

해럴딘이 아랫입술을 깨물며 대답했다. "그 두 영감이 갑자기 나타났단 말이야."

"내가 지불하는 돈에는 그런 돌발 상황을 처리하는 비용까지 포함되어 있는 거야."

"내가 마무리하겠다고 했잖아. 정말이라고."

번치가 한숨을 내쉬었다. 이번 일이 잘못되지 않게 하려면 어떻게 해야 하나? 최악의 경우 모든 것이 눈앞에서 와르르 무너질 수도 있다. 조 펙에게 그의 속셈을 들켜버린 게 분명하니 말이다.

"항구에 분명 다른 사람은 없었지?"

"아무도 못 봤어. 그 사내애들과 두 늙은 주정뱅이 밖에."

"광장에 사람들은 없었고? 국기 게양대 말이야. 거기서 사람들이 너를 봤어, 그렇지? 너 거기서 일주일 동안 딤즈에게 약을 사느라 줄을 서 있었잖아."

"거기는 다시 가지 않을 거야. 딤즈와 늙은 영감은 다른 장소에서 처리할 거라고."

"네가 뭔데? 007 첩보원이라도 되나? 변장이라도 하려고? 딤즈는 지금 병원에 있어. 그 늙은 주정뱅이는 행방불명 상태라고 들었고."

"내가 다른 데서 처리하겠다고 했잖아."

"어디서 할 건데? 그리고 내가 그걸 어떻게 믿지?" 해럴딘은 말없이 듣고만 있었다. 가면을 쓴 듯 무표정이었다. 번치는 해럴딘이 차갑고 단단한 돌벽 같다고 느꼈다. 지금까지 본 것 중에 가장 아름다운 돌벽. 냉혹하지만 거부할 수 없는 매력을 가지고 있다. 한순간 예쁘고 앙칼진 여자였다가, 다음 순간 밝고 순수한 소녀로 변한다. 해럴딘을 찾아낸 것은 번치에게 가장 큰 행운이었다. 소문에 의하면 해럴딘은 섹스를 할 때 들개처럼 울부짖는다고 한다. 번치는 젊은 날에 만났던 해럴딘을 희미하게 떠올려 보았다. 열네 살이었던가, 열다섯 살이었던가? 그 시절의 해럴딘은 개처럼 울부짖지 않았다. 그랬으면 번치가 기억했을 것이다. 아무 소리도 내지 않았다. 흐느껴 울지도 않았고, 신음 소리를 내거나 숨을 가빠하지도 않았다. 어린 나이였지만, 그 예쁘고 여린 소녀는 바위처럼 단단한 내면을 지니고 있었다. 스물아홉 살이 된 지금, 해럴딘은 여전히 스물이라고 해도 믿을 만큼 젊고 예뻤지만, 자세히 보면 눈가와 귀 둘레에 생긴 잔주름 때문에 스물셋이나 다섯 정도까지는 볼 것 같았다. 번치가 해럴딘을 안아 보았던 게 벌써 그렇게 오래전이었던가?

해럴딘은 번치 앞에 놓인 신문을 턱으로 가리키며 말했다. "내가 마무리를 하고 나면 신문에서 읽게 될 거야. 그러니까 내 돈은 줬으면 좋겠어."

"넌 아직 일을 끝내지 않았어."

순간 해럴딘의 시선이 번치를 향했다. 대학 이야기를 할 때 얼굴에 드러났던 설렘은 사라지고, 음울한 냉기가 서려 있었다. 그것을 본 번치는 자기가 원하는 장소에서 만난 것이 다행이라고 생각했다. 해럴딘은 이미 이 집의 보안 상태를 확인했을 것이고, 보이진 않지만 가까운 거리에 사람들을 배치해놓은 번치가 자기보다는 훨씬 더 안전하다는 생각은 하고 있을 테니까. 방 안에 다른 누군가가 없다는 사실은 위험이 가까이 있다는 하나의 경고였다. 죽음엔 목격자가 있게 마련인데, 목격자는 적을수록 좋으니까. 번치는 베드스터이 깊숙이 자리 잡은 이 낡은 적갈색 벽돌집, 즉 번치 왕국의 적막함을 두려워해야 할 사람은 자기가 아니라 해럴딘이라는 사실을 그녀가 알고 있으리라 확신했다. 그러나 사실 지원 병력은 없었다. 부하들이 델파이 281번지를 에워싸고 있지도 않았고, 거리에서 공사를 하거나 차 안에 앉아 있거나, 이웃인 척 어슬렁거리거나 차를 타고 앞을 지나치지도 않았다. 번치는 해럴딘이 그러한 사실을 간파하고 있는지는 알 수 없었다. 하지만 아무래도 상관없다고 판단했다. 해럴딘은 자기 몫의 돈을 원하고 있으며, 돈을 받으면 지체없이 이곳을 떠날 것이다. 자기가 해럴딘이라도 그렇게 할 테니까. 아무튼 번치는 바로 옆에 권총을 가지고 있었다. 죽음의 여왕 해럴딘과 한 공간에 있는 것을 누군가 목격할 필요는 없었다. 더구나 얼이 그렇게 형편없이 일을 망쳐놓은 뒤였다.

　얼의 밀고는 어떤 면에서 좋은 점도 있었다. 76관할구에 있는 경찰을 알게 되는 기회가 되었으니까. 그 경찰이 번치에게 귀띔을 해 주었다. "아랫사람들을 좀 더 단속하는 게 좋겠어." 사실을 알고 나서 적지 않은 충격으로 번치는 주저앉을 뻔했다. 누구보다도 얼을 신뢰했기 때문이었다. 한때는 배짱이 두둑했던 얼이 무엇 때문에 그렇게 소심한 겁쟁이가 됐을까? 조 펙의 공급선을 끊고, 펙도 제거하고 독자적인 공급망을 구축하려는 번치의 계획 때문이었을까? 조 펙이 백인이기 때문에? 아니면 번치가 이해할 수 없었던 교회와 관련된 얼의 평소 생각 때문이었을까? 왜 검둥이들은 그렇게 백인을 두려워하는 걸까? 이런 생각을 하니 번치는 씁쓸한 기분이 들었다. 무엇이 그들의 정신세계를 그런 식으로 길들였을까? 교회 때문인 게 분명했다.

"어릴 적에 교회에 다녔어? 예수님을 믿었어?" 번치가 해럴딘에게 물었다.

해럴딘이 코웃음을 쳤다. "말도 안 돼."

번치의 시선이 잠시 해럴딘에게 머물렀다. 그 음침한 응시, 어슴푸레 빛나는 눈동자. "너 같은 정도의 실력을 갖춘 애는 열 명쯤은 찾을 수 있어." 번치가 말했다.

"그럼 고작 이 한 명에 대해서는 대가를 지불하는 게 어때."

"지금 반을 주겠다. 거기에 교통비까지 더해서. 나머지 반은 일을 마치고 나면 줄게."

"나머지 반을 내가 어떻게 받을 수 있지?"

"조랑말 속달 우편이든, 당일 속달 우편이든 원하는 방법대로 보내줄게."

"내가 바보로 보여?"

"내가 직접 갖다주던가. 직접 운전을 하고 가져다주겠다고."

"됐어. 사양할게."

"왜? 버지니아가 멀지도 않잖아. 현관 앞에 고대어로 쓰인 발 매트가 깔려 있고, 검둥이의 접근을 싫어하는 곳에 살고 있는 게 아니라면 말이야. 만약 그렇다면 우유 배달부인 척하면 되고. 아니면 정원사인 척하든가. 너 정원사랑 친하잖아."

해럴딘이 인상을 찌푸리며 말했다. "일이 어떻게 된 건지 잘 모르는 줄 알았는데."

"원래 나쁜 소문은 잘 퍼지는 법이거든."

"좋아. 지금 반만 줘. 일을 마치고 나면 돈을 어디로 보낼지 알려줄게."

"너 때문에 골치 아픈 일이 한두 가지가 아니야. 조 펙이 나를 잡아먹으려고 달려들 거고. 내 사람들을 공격할 기회만 엿보고 있을 거야. 내 사람들을 치우고 자기에게 충성하는 검둥이들로 대체할 거야."

"내가 맡은 일은 알아서 처리할게." 해럴딘이 말했다. "내가 약속할 수 있는 건 거기까지야."

번치는 자리에서 일어나더니 해럴딘을 등지고 창가로 가면서 말했다. "너와 내가 일로 만나는 건 오늘이 마지막이야." 그러고는 창밖을 살폈다. 오토바이 한 대가 길을 따라 내려오더니 그 뒤로 GTO가 따라왔다. 둘 다 오른쪽에서 오고 있었다. 전경이 다 보이는 안전한 방향이다. 그런데도 번치는 신경이 쓰였다. 저들을 전에 본 적이 있던가? 그들이 주위를 맴도는 건지 주시해서 봐야겠다고 생각했다. 오토바이가 모퉁이를 돌기 전에 깜박이를 켰다. 그때 해럴딘이 다시 묻는 바람에 번치는 고개를 돌렸다.

"내 돈은 어디 있는데?"

번치가 문을 향해 고개를 까닥였다. "아래층에. 뒷문. 거기 캐비닛이 있어."

"뒷문은 어디 있지?"

"집 앞쪽에 있는데 뒷문이라고 부르겠니?"

"지하층 뒷문 말이야, 1층 뒷문 말이야?"

"지하실까지 내려가. 지하실 뒷문을 이용하라고. 지하실 앞문으로 나가지 마. 1층 앞문으로 나가지도 말고. 지하실 뒷문으로 가. 그 문 근처에 캐비닛이 있어. 제일 위 서랍을 열어. 그 안에 봉투가 있을 거야. 봉투 안에 약속한 금액의 절반과 교통비가 들어 있어."

"알았어."

"누구를 겨냥해야 하는지 확실하게 알고 있는 거지?"

"딤즈와 집사. 그리고 또 다른 한 명."

"또 다른 한 명은 누구?"

"집사와 함께 있던 그 영감 말이야."

"난 세 번째 사내에 대해서 말한 적이 없어. 그 세 번째 사내에 대한 값은 지불하지 않을 거야."

"상관없어." 해럴딘이 말했다. "그가 날 봤으니까."

해럴딘은 민첩하고 빠르게 계단을 내려갔다. 번치는 아쉬운 듯 그녀의 뒷모습을 바라보고 있었다. 해럴딘은 삐걱거리는 계단을 소리도 내지 않으면서 유령처럼 미끄러지듯 조용하고도 빠른 속도로 내려갔다. 저 애는 재주가 많아. 번치가 생각했다. 번치는 해럴딘이 나갈 때 이웃에서 보는 눈이 있는지 창문으로 살펴야겠다고 생각했다. 더 이상 가까이 부르지 않을 것이니만큼, 그녀가 이 집에서 나가는 걸 아무도 보는 사람이 없어야 한다. 그러자 좀 전에 정면에 난 창을 통해서 보았던 GTO가 생각났다. 번치는 재빨리 창가로 가서 차가 있는지 살폈다. 차는 가고 없는 것 같았다. 안전하다.

지하층 뒷문으로 간 해럴딘은 문 가까이 놓인 캐비닛을 찾았다. 그리고 서랍에서 봉투를 꺼냈다. 주변이 어두웠기 때문에 해럴딘은 작은 창문을 통해 들어오는 희미한 빛에 대고 봉투 안의 내용물을 확인한 다음 얼른 봉투를 청바지 주머니에 넣었다. 그러고는 신발을 벗고 계단을 두 개씩 뛰어올라 1층 현관으로 가서 잠긴 문을 열어놓고 다시 지하층으로 내려갔다. 거기서 신발을 신고 뒷문을 통해 밖으로 나갔다.

뒷마당엔 폐품과 쓰레기가 산더미처럼 쌓여 있었고 잡초가 무성하게 덮여 있었다. 해럴딘은 잡초들 사이를 천천히 걷다가 뒤로 돌아 위를 올려다보았다.

예상했던 대로, 번치가 2층 창문을 열어놓은 채 그녀를 뚫어지게 보고 있었다.

이제 됐다. 저 모습을 더 이상은 볼 필요가 없다. 해럴딘은 돌아서서 뒷문을 향해 힘껏 달렸다. 마당에 널려 있는 폐품 더미들을 가볍게 건너뛰면서 최대한 빨리 뒷문으로 향했다.

번치는 여전히 2층 창문으로 해럴딘이 문을 향해 달려가는 모습을 보고 있었다. 그때 계단을 올라오는 요란한 발소리가 들렸다. 공포가 단숨에 온몸을 휘감았다. 번치는 겁에 질린 채 몇 발짝 거리의 의자에 놓아두었던 총을 시선으로 더듬어 찾았다. 그러나 번치가 총의 위치를 확인하기도 전에 방문이 벌컥 열리고 권총을 든 조 펙과 그의 뒤로 또 다른 두 명의 남자가 들어왔다.

해럴딘이 막 문을 나서는 찰나 총소리가 들렸다. 그리고 누군가 외치는 소리도 들렸다. "이 저주받을 검둥이 계집애!"

그러나 확실하지는 않았다. 이미 뒷문을 벗어나 멀어져가고 있었기 때문이다.

23
마지막 시월

딤즈는 병원으로 옮겨진 지 사흘 만에 의식을 회복했다. 팔에는 깁스가 씌워져 있었고, 전부터 욱신거리던 귀의 통증은 여전해서 매 순간 피가 찌릿거리며 머리 위로 솟구치는 것 같았다. 침대는 왼쪽 어깨의 상처를 자극하는 일이 없도록 오른쪽으로 약간 기울게 맞춰져 있었다. 어차피 왼쪽으로 기울이려고만 해도 등 전체와 척추를 타고 전해지는 통증이 극심해서 구토가 날 지경이었기 때문에 좋으나 싫으나 오른쪽으로 누워 있을 수밖에 없었다. 그렇다고 해서 달갑지 않은 방문객을 외면하지 못하는 건 아니었다. 방문객이라고 해 봐야 경찰과 지 자매, 그밖에 파이브엔즈의 몇몇 자매들뿐이었지만, 딤즈는 이들이 건네는 말에 전혀 대꾸하지 않았다. 포츠에게조차도. 야구를 하던 시절, 딤즈는 포츠가 야구장 근처에 순찰차를 세워놓고 차 안에서 그가 공 던지는 모습을 바라보던 걸 기억하고 있었다. 그래서 포츠가 싫지는 않았다. 하지만 결국은 그도 경찰이 아닌가. 딤즈의 문제는 경찰이나 파이브엔즈 사람들이 감당하기에는 너무 크다. 누군가 그를 배신했다. 라이트벌브라고 짐작되지만……. 그리고 비니가 죽었다.

딤즈는 천천히 몸을 돌려 등을 대고 누운 다음, 간호사가 침대 옆에 두고 간 물컵을 집기 위해 손을 뻗었다.

그러자 누군가가 그의 손을 잡았다. 눈을 들어 올려다보니 스포츠코트의 주름진 얼굴이 그를 내려다보고 있었다.

딤즈는 잠시 그를 알아보지 못했다. 늘 입고 다니던 낡은 스포츠코트 차림이 아니었기 때문이다. 스포츠코트는 교회에 가는 날에도 한결같이 그 초록색과 흰색 체크무늬 스포츠코트를 입었는데, 딤즈와 그의 친구들은 스포츠코트가 그걸 입고 9동 현관을 나와 당당히 걸어가는 모습을 보며 킬킬거리곤 했다. 그 모습이 마치 국기를 두르고 걷는 것 같았기 때문이다. 그런데 오늘은 주택 공사 소속 인부들이 입는 파란색 작업복 차림에 납작한 중절모를 쓰고, 오른손에는 집에서 만든 것 같은 흉측한 인형 모양의 베개를 들고 있었다. 머리에는 고동색 털실을 붙이고 헝겊으로 만든 얼굴에는 단추로 이목구비를 표시한 인형이었다. 왼손에는 작은 종이봉투를 들고 있었다.

딤즈가 베개인형을 향해 고개를 까닥이며 물었다. "그건 뭐야?"

"네게 주려고." 스포츠코트가 뭔가 대단한 물건을 주려는 듯 말했다. "아이티 요리사 도미니크 기억하지? 그가 이런 걸 만드는데, 마법 같은 힘이 있대. 행운을 불러온다는 거야. 악운을 불러올 수도 있고. 뭐든 그가 원하는 대로 이루어지게 할 수 있대. 이건 쾌유를 비는 인형이야. 특별히 너를 위해 만들었어. 그리고 이건……." 스포츠코트가 종이봉투 안에 손을 넣더니 분홍색 고무공을 꺼냈다. "네게 주려고 가져왔어." 스포츠코트는 공을 내밀며 말했다. "손힘 기르는 공이야. 이걸 꽉 쥐어 봐. 투구하는 손에 힘을 길러줄 거야."

딤즈가 인상을 찌푸리며 말했다. "염병할. 도대체 지금 여기서 뭐 하는 거야?"

"딤즈, 그런 막돼먹은 말 쓰지 마. 너를 보기 위해 아주 먼 길을 돌아서 온 거니까."

"이제 봤으니 가라고."

"친구에게 그따위로 말하는 거 아니지."

"내가 고맙다는 말이라도 하길 바라는 거야? 좋아, 고마워. 그러니 이제 가라고."

"그래서 온 거 아니야."

"어떻게 된 거냐고 나한테 묻지 마. 경찰도 벌써 이틀이나 조르고 있으니까."

스포츠코트는 빙긋이 웃고는 침대 끝에 인형을 내려놓았다. "난 네 일에는 관심 없어. 내가 해야 할 일을 하려는 것뿐이지."

딤즈는 어이가 없다는 듯 눈알을 굴렸다. 늙은 스포츠코트는 무엇 때문에 이렇게까지 딤즈의 무례함을 견디는 걸까? "당신이 이 병원에 무슨 볼일이 있는데? 당신 술을 빚는데 필요한 포도를 여기서 기르나? 킹콩 말이야. 당신과 당신의 술을 합해서 부르면 킹콩 집사가 되잖아." 딤즈가 키득거리며 말했다. "모두 당신을 그렇게 부르지."

스포츠코트는 딤즈의 모욕에 아랑곳하지 않고 말했다. "그까짓 이름이 날 아프게 할 수는 없어. 내겐 소중한 친구들이 있지." 스포츠코트는 자신감 넘치는 음성으로 말을 이었다. "그중 둘이 이 병원에 있어. 핫소시지도 이리로 데려왔거든. 알고 있나? 같은 층에 있는데. 믿어져? 지금 거기서 오는 길이야. 내가 병실에 들어가자마자 퍼부어 대더군. '자네가 그렇게까지 조르지 않았으면 내가 야구 심판복을 입고 딤즈에게 가서 그놈의 야구 얘기를 하지도 않았을 거야'라고 하면서 말이지. 그래서 내가 '소시지, 야구가 그 녀석의 미래를 열어줄 거라는 건 자네도 인정하잖아'라고 해줬어."

"빌어먹을. 지금 뭐라는 거야?" 딤즈가 대들 듯이 말했다.

"뭐?"

"이 빌어먹을 놈의 영감탱이야, 닥쳐!"

"뭐라고?"

"누가 당신 얘기 듣고 싶댔어? 늙은 주정뱅이 같으니. 당신은 끝났어. 모든 걸 망쳐놓았다고. 당신의 헛소리에 스스로도 지치지 않아? 킹콩 집사!"

스포츠코트는 딤즈의 등등한 기세에 눌린 듯 잠시 말없이 눈만 껌벅였다. "내가 말했잖아. 난 네가 무슨 말을 하든 개의치 않는다고. 그리고 난 네게 잘못한 게 없어. 너를 늘 걱정하고 있었던 것 말고는."

"내게 총을 쐈잖아, 이 멍청이 같은 검둥이야."

"난 전혀 그런 기억이 없어, 딤즈."

"내 이름 부르지 마, 이 얼빠진 늙은이야! 늘 말썽만 일으키고 다니더니 나를 쐈어. 내 할아버지만 아니었으면 당신을 벌써 끝장냈을 거야. 그러지 않은 게 첫 번째 실수였기는 하지만. 이제 당신과 그 핫소시지 때문에 비니까지 죽었어. 그 게을러빠지고 얼간이 같은 겁쟁이 배관공 말이야. 멍청하고 늙은 당나귀 같은 당신들 두 영감탱이들 때문에 말이야."

스포츠코트는 말없이 손에 들고 있는 분홍색 고무공을 내려다보았다. "네가 그런 말을 할 만큼 내가 잘못한 게 없다고 했잖아, 딤즈."

"내 이름 부르지 말라고 했잖아. 눈깔이 삐뚤어져서 하는 짓마다 한심한 개자식아!"

스포츠코트는 이해할 수 없다는 표정으로 딤즈를 바라보았다. 딤즈는 술주정꾼 영감의 얼굴이 다른 때와 달리 맑다는 생각을 했다. 늘 붉게 충혈되고 눈꺼풀로 반쯤 덮여 있던 눈이 오늘따라 동그랗고 반짝거렸다. 땀을 흘리며 손을 떨고 있기는 했다. 딤즈는 처음으로 늙은 주정뱅이 영감이 입고 있는 작업복 사이로 드러난 가슴과 팔의 근육이 그의 나이에 비해 생각보다 단단하고 건장하다는 사실을 알아차렸다. 왜 지금까지 한 번도 눈여겨보지 못했을까.

"내가 너에게 뭘 잘못했니?" 스포츠코트가 차분히 물었다. "함께 야구를 했고, 난 너를 늘 격려해 주었어. 주일학교에서도 너에게 좋은 말씀을 가르쳤다고."

"염병할. 여기서 나가란 말이야. 가라고!"

스포츠코트는 양 볼에 바람을 넣어 빵빵하게 부풀렸다가 긴 한숨과 함께 내뿜었다. "좋아. 한 가지만 더 얘기할게. 그러고 나면 정말 간다."

스포츠코트는 문으로 가더니 고개를 내밀고 복도 양편을 살핀 다음 문을 꼭 닫았다. 그러고는 딤즈의 침대 곁으로 다가와 허리를 구부리고 딤즈의 귀에 뭔가를 속삭이려는 자세를 취했다.

딤즈가 쏘아붙였다. "내게서 떨어…"

그때 스포츠코트가 딤즈에게 달려들었다. 재빨리 무릎을 들어 딤즈의 오른팔을 꾹 눌렀다. 그러고는 오른손으로 그 베개인형을 들어 딤즈의 얼굴을 덮어 눌렀다.

딤즈는 조금도 몸을 움직일 수가 없게 되자 갑자기 숨이 막히는 느낌이 들었다. 머리가 눌려서 꼼짝도 할 수 없었다. 스포츠코트는 몸부림치며 숨을 헐떡이는 딤즈를 힘껏 누른 채 천천히 차분한 음성으로 말했다.

"어렸을 때 내 아버지가 이렇게 했어. 그러면서 이래야 내가 크고 강하게 자란다고 했지. 아버지는 무식한 사람이었어. 악마처럼 사납고 거친 성격을 지녔었지. 그런데도 백인들 앞에서는 겁쟁이였어. 한 번은 백인에게서 노새를 샀는데, 사실은 이미 병 든 놈이었던 거야. 그런데도 그 백인은 그 노새가 절대 죽지 않을 거라고 한 거야. 자기가 살라고 명령을 했기 때문이라는 거지. 그러고 나서 어떻게 됐는지 아니?"

딤즈는 겁에 질린 채 여전히 숨을 쉬기 위해 안간힘을 쓰고 있었다. 그렇지만 실제로 공기를 들이마시지는 못하고 있었다.

"내 아버지는 그 백인을 믿었어. 그래서 노새를 끌고 집으로 갔지. 노새는 당연히 죽었어. 난 아버지에게 그 노새를 사지 말라고 했지만, 아버지는 내 말을 듣지 않았어."

딤즈의 저항이 한순간 드세지는 것을 느낀 스포츠코트는 베개인형을 누르는 손에 더욱 힘을 주면서 조용하고 일관된 어조로 말을 이었다. 무서울 정도로 차분했다.

"아버지는 내가 지나치게 영리하다고 생각했던 거야. 내 영리한 머리가 오히려 내게 독이 될 거라고 믿었지. 그래서 베개로 내 머리를 눌러 내 정신을 무너뜨리려고 했던 거지. 아버지는 내 몸과 마음을 자기가 통제해야 한다고 생각했어. 내가 지금까지 만났던, 권력을 탐하는 백인들과 조금도 다르지 않았던 거지."

스포츠코트는 딤즈의 얼굴을 덮은 베개를 더욱 세게 눌렀다. 그러자 딤즈는 절규하듯 저항하기 시작했다. 숨을 쉬기 위해 등을 둥글게 젖혀 침대에서 몸을 들었다. 그러나 스포츠코트는 손에 더욱 힘을 주면서 딤즈가 몸을 일으킬 수 없게 했다. 그러면서 이야기를 이어갔다.
"나는 유색인이 백인의 위치에서 권력을 쥐게 되었을 때 똑같은 행동을 하지 않는다고 확신할 수 없다는 사실을 깨닫게 되었어."
딤즈의 저항이 점점 더 거세지면서, 베개 밑에서 고양이 울음소리 같기도, 염소의 매애 소리 같기도 한 비명이 새어 나왔다. 그러더니 마침내 딤즈의 발버둥이 느려지면서 비명 소리도 잦아들었다. 스포츠코트는 손에 힘을 빼지 않은 채 차분하게 말을 이었다.
"그 시절에는 말이야, 모든 것이 운명처럼 정해져 있었어. 우린 그대로 따르기만 하면 되는 거였지. 따라간다는 개념조차 없었어. 다르게 사는 법이 있는 줄도 몰랐으니까. 다른 의문을 가질 여지가 없었지. 정해진 사고 안에 갇혀 있었으니까. 시키는 일 외에 다른 일을 한다는 건 생각지도 못했어. 왜 내가 뭔가를 해야 하는지, 뭔가를 하면 안 되는지 물어본 적도 없었지. 그저 시키는 일을 했을 뿐이야. 그렇게 살다 보니 내 아버지가 내게 이렇게 했을 때도 잘못되었다는 생각은 하지 못했어. 그저 살아가면서 겪게 되는 일들 중의 하나라고 생각했던 거지."
이제 딤즈는 더 이상 저항하지 않았다. 싸우기를 포기한 것 같았다.
스포츠코트는 딤즈의 얼굴에서 베개를 들었다. 딤즈가 자동차 시동 거는 소리를 내며 폐 속으로 공기를 빨아들였다. 길고 요란하게 그르렁거리더니 이어서 몇 번 캑캑거렸다. 겨우 의식이 붙어 있는 딤즈는 몸을 일으키려고 했으나 스포츠코트가 여전히 다른 한 손으로 그의 머리통을 잡고 있었기 때문에 그럴 수 없었다. 스포츠코트의 오른손은 베개인형을 높이 쳐들고 있었다.
드디어 마법이 풀리듯 스포츠코트는 아무렇지도 않게 베개인형을 병실 바닥에 던지고 몸을 일으키며 딤즈의 오른팔을 눌렀던 무릎을 들었다. "이제 알아듣겠지?" 스포츠코트가 말했다.

하지만 딤즈는 이해할 수 없었다. 여전히 숨을 헐떡이며 의식을 잃지 않기 위해 몸부림치고 있었다. 간호사 호출 버튼을 누르고 싶었지만 스포츠코트의 무릎에 눌려 있던 오른팔이 마비된 것 같았다. 부상을 입은 왼팔은 통증으로 화끈거렸다. 귀에서는 찌르르하는 이명이 신경을 긁는 것 같았다. 딤즈가 겨우 오른팔을 뻗어 간호사 호출 버튼을 누르려는 찰나 스포츠코트가 그의 손을 쳐내더니 딤즈가 입고 있는 환자복을 움켜쥐었다. 수십 년 동안 잡초를 뽑고, 도랑을 파고, 나무를 심고, 술병을 따고, 나사를 조이고, 철재를 들어 올리고, 노새를 부리느라 굵은 핏줄이 곤두선 손이 딤즈의 환자복을 움켜쥐었다. 딤즈는 강철 발톱 같은 그 손에 이끌려 거의 쪼그리고 앉은 자세로 들려진 채 가는 신음 소리를 냈다. 스포츠코트의 얼굴이 바로 코앞에 다가와 있었다. 그러자 부두에서 그의 팔에 몸을 맡기고 있을 때의 느낌이 되살아났다. 강한 힘과 사랑, 회복력, 평화, 인내 그리고 뭔가 새로운 느낌. 지금까지 보아온, 뭐든 쉽게 대충 넘어가는 술꾼 영감과는 다른 느낌이었다. 한 번도 보지 못했던 낯선 모습. 그것은 바로 무엇으로도 가라앉힐 수 없을 것 같은 절대적인 분노였다.

"이제 알겠구나. 내가 왜 너를 죽이려고 했는지." 스포츠코트가 말했다. "너의 부모는 너를 위해 선을 이루는 삶을 선택하지 않았지. 난 너의 삶이 나처럼 또는 나의 헤티처럼 슬픔에 젖어 부두에서 끝나는 걸 원치 않았어. 나는 이제 인생의 마지막 시월에 서 있다. 사월을 다시 맞이할 수 있을지 몰라. 나 같은 늙은이가 선한 인간으로 죽음을 맞이하는 것이 옳은 것처럼, 너도 좋은 청년으로 죽음을 맞이하는 게 옳아. 내가 기억하는 강하고 멋있고 영리한 청년으로 말이야. 세계 최고의 투수로서. 우리 모두가 갇혀 살았던 삶의 구렁텅이 너머로 공을 던질 수 있는 멋진 청년으로 말이지. 그렇게 기억되는 게 시궁창에 처박힌 인생으로 기억되는 것보다 낫겠지. 나 같은 늙은 술주정뱅이가 말년에 너를 통해 꿀 수 있는 최고의 꿈이었지. 난 그 선을 이루기 위해 내가 가진 마지막 페니까지 털어 넣었어. 하도 오래전 일이라 이제는 기억도 가물가물하지만 말이야."

스포츠코트는 이렇게 말하고는 잡았던 손을 놓으며 딤즈를 침대에 내쳤다. 그 바람에 딤즈는 침대의 헤드보드에 머리를 부딪치면서 다시 의식을 잃을 뻔했다.

"두 번 다시 내 근처에 얼씬거리지 마." 스포츠코트가 말했다. "만약 그랬다가는 서 있는 그 자리에서 죽여 버릴 테니까."

24
폴 자매

벤슨허스트에 있는 브루스터 메모리얼 양로원의 접수 담당자로 일하는 젊은 아일랜드계 미국인 마저리 딜레이니는 온갖 부류의 외부인들이 들어와 귀찮은 질문을 하는데 이골이 나 있었다. 양로원에 거주하는 노인들의 자녀, 친척 혹은 옛 친구라는 명목으로 지인을 방문하기 위해서는 물론이고, 누군가의 주머니나 가방을 털기 위해서 들어오는 조직폭력배도 있었고, 저속한 부랑자와 거리의 아이들까지 다양했다. 이곳에 거의 영구적으로 거주하고 있는 사람들은 주로 노인이거나 죽어가거나 거의 죽은 목숨들이었다. 이런 사람 저런 사람 다 보면서도 마저리는 예리한 분별력과 연민이나 동정심을 가지고 일을 했었다. 하지만 그렇게 3년이라는 세월을 지낸 마저리는, 그날 오후 파란색 뉴욕 주택 공사 작업복을 입은 볼썽사나운 몰골의 늙은 흑인 영감이 천천히 걸어 들어올 때 그에게 내줄 마음의 여유는 가지고 있지 못했다.

일그러진 미소를 띤 노인은 걷는 것조차 힘들어 보였다. 땀을 엄청 흘리고 있었으며, 마저리가 보기에 꼭 정신병자 같았다. 주택공사 작업복을 입고 있지 않았다면 경비원인 멜을 불러서 쫓아내도록 했을 것이다. 하지만 주택공사에 다니는 삼촌도 있고 유색인 친구도 몇 명 있는 마저리는 정문 가까이 앉아서 종일 데일리뉴스를 읽다가 졸고 있는 멜을 방해하지 않고 노인이 데스크까지 걸어오는 걸 보고만 있었다. 천천히 데스크까지 걸어온 노인은 로비를 감탄을 하듯 둘러보았다.

"폴 자매를 만나러 왔소." 노인이 작은 소리로 말했다.

"이름이 뭐라고 하셨어요?"

"폴." 스포츠코트가 책상에 기대고 서서 말했다. 오늘따라 두통으로 골이 지끈거렸다. 그리고 다른 날보다 유난히 힘이 들었다. 헤티와 대화를 나눈 이후로 술을 한 방울도 입에 대지 않았기 때문이다. 그게 열네 시간쯤 전인데 기분에 몇 년은 된 것 같았다. 술을 마시지 않음으로써 겪는 증상은 그 정도로 심각했다. 기운이 없고 불안했으며, 속이 메스껍고 온몸이 떨렸다. 마치 절벽에서 떨어지는 악몽을 꾸는 중인 것 같았다. 빙글빙글 돌면서 끝없이 떨어지는 꿈. 병원에서 딤즈와 핫소시지를 만나고 오는 길인 건 알겠는데, 그들에게 무슨 말을 했는지, 어떻게 여기까지 왔는지 생각이 나지 않았다. 양로원은 보로 파크에 있는 병원에서 열다섯 블록 거리였다. 평소 같으면 그 정도 거리를 걷는 건 아무것도 아니었겠지만, 오늘은 여러 번 멈춰 서서 숨을 고르고 방향을 물어야 했다. 마지막으로 길을 묻기 위해 멈춘 곳은 바로 병원 앞이어서, 길을 가르쳐주려던 백인 남자는 손가락으로 스포츠코트의 어깨 너머를 가리키며 나직이 욕지거리를 내뱉고는 가버렸다. 이제 그는 양로원 접수 데스크 너머에 앉은 젊은 백인 여자를 마주하고 있었다. 죽은 아내 헤티의 연금에 대해 문의하기 위해 브루클린 시내에 있는 사회보장국 사무소에 갔을 때 그곳 직원들의 얼굴에서 보았던 것과 같은 표정이었다. 똑같은 표정, 불쾌한 질문들, 참을성이라고는 조금도 없는 듯한 태도, 생전 처음 들어보는 서류들. 무슨 뜻인지도 모르겠고 어떻게 발음해야 하는지도 알 수 없는 제목의 양식들이 창구의 틈으로 계속 밀려 나왔었다. 끝도 없이 적어야 하는 목록과 생년월일, 첨부 서류. 그 모든 용어들은 하도 복잡해서 영어가 아닌 그리스어 같았고 듣는 순간 허공으로 날아가 버렸다. 사회보장국 직원의 입에서 나오는 '평생 경력 기록 확인 양식'이라는 이름도 듣자마자 한쪽 귀로 빠져나갔다. 그것이 무엇을 의미하는지, 그 양식으로 뭘 해야 하는지 알 수 없었던 스포츠코트는 사회보장국 사무소를 나오자마자 휴지통에 양식을 버렸고, 그때의 상황이 너무 당황스러웠던 나머지 스포츠코트는 그 후로 거기 갔었다는 사실조차 잊어버리고 살았다.

그런데 지금 바로 그때와 같은 상황에 맞닥뜨린 느낌이었다.

"폴이 이름인가요, 성인가요?" 접수 담당자 마저리가 물었다.

"폴 자매 말이요? 그게 그녀의 이름이요."

"폴은 남자 이름 아닌가요?"

"남자 아니고, 여자요."

마저리가 코웃음을 쳤다. "여자 이름이 폴이란 말이죠."

"내 평생 그 사람을 그렇게 불렀소."

마저리가 책상 위에 있는 명부를 재빨리 훑었다.

"폴이라는 이름을 가진 여성은 여기 없는데요."

"분명히 여기 살고 있소. 폴이라고. 폴 자매."

"다시 한번 분명히 말씀드리지만요, 영감님, 그건 남자 이름이에요."
 이미 땀에 흠뻑 젖어 있던 스포츠코트는 짜증과 함께 진이 빠지는 느낌이었다. 뒤를 돌아보니 흰 턱수염을 기른 경비원이 정문 옆에 앉아 있었다. 경비원이 들고 있던 신문을 접었다. 오늘 들어 두 번째로 분노가 치솟았지만 두려움에 눌려 수그러들었다. 그리고 늘 그렇듯 깊은 혼란과 무력감이 찾아왔다. 키즈하우스에서 이렇게까지 멀리 나오는 건 늘 내키지 않는 일이었다. 뉴욕에서는 무슨 일을 당할지 모르니까.
 스포츠코트가 마저리를 돌아보며 말했다. "이것 봐요 아가씨, 세상엔 남자 이름을 가진 여자도 있는 거요."
 "요즘 좀 그렇긴 하죠." 그녀가 조롱 섞인 미소를 지어 보이며 대꾸했다.
 "지난 수요일에는 남자 이름을 가진 여자가 세 남자에게 총을 쏘는 것을 보았소. 그중 하나는 죽었고. 그녀 이름은 해럴드 딘이었소. 남자 못지않게 잔혹했지. 공작처럼 아름다웠는데 말이오. 완전한 악당이었소. 남자와 여자가 한 몸에 들어 있는 것 같은 괴물 말이오. 이름은 그렇게 아무것도 아니란 말이오."
 마저리가 고개를 들었다. 경비원 멜이 다가와 물었다. "무슨 문제 있습니까?"
 경비원이 다가오는 것을 본 스포츠코트는 자기가 실수했음을 깨달았다. 주변의 백인들이 겁을 먹고 동요하기 시작한 것이다. 갑자기 두통이 심해지면서 눈앞에 검은 점들이 보이기 시작했다. 스포츠코트는 겨우 경비원을 향해 말했다.
 "폴 자매를 만나러 왔소. 교회에 다니는 사람이오."
 "어디 출신인데?"

"모국이 어딘지는 나도 모르오."

"모국? 미국인이긴 한 거요?"

"당연히 미국인이지!"

"어떻게 아는 사람인데?"

"사람이 사람을 어떻게 아느냐고? 모임에서도 보고, 교회에 다니기도 했으니까 알지."

"어느 교회?"

"파이브엔즈 교회. 나는 그 교회 집사요."

"아, 그래요?"

스포츠코트가 덧붙였다. "폴 자매는 매주 우편으로 돈을 보내고 있소! 요즘 매주 편지를 보내는 사람이 어디 있겠소? 전기 회사도 일주일에 한 번씩 청구서를 보내지는 않는데!"

그 말을 들은 경비원은 사뭇 진지한 표정으로 스포츠코트를 바라보았다.

"액수가 얼마나 되는데?" 경비원이 물었다.

스포츠코트는 새삼 분노가 치솟는 걸 느꼈다. 지금까지 느껴보지 못한, 원초적이면서도 얼음처럼 차갑고 견고한 분노였다. 스포츠코트는 지금까지 백인을 향해 한 번도 내보이지 않았던 태도로 말했다. "경비원 양반, 난 일흔한 살이오. 내가 레이 찰스처럼 맹인이 아닌 한, 당신도 내 나이쯤 되어 보이는데, 여기 이 젊은 여성이" 스포츠코트가 접수 담당자를 가리키며 말했다. "내가 하는 말을 도무지 믿으려고 하지 않지 않소. 백인이라는 특권과 젊음을 핑계 삼는 거겠지. 젊은이들은 자기들이 마법 같은 힘을 지니고 있어서 뭐든 주장하면 통한다고 믿으니까. 게다가 지금까지 살아오면서 남들이 하는 말 중에 들어야 할 말보다는 듣고 싶은 말을 듣는 데 익숙할 거요. 그걸 탓할 생각은 없소. 한 가지 노래만 듣고 살아온 사람에게 뭘 어떻게 할 수 있겠소. 그렇지만 당신은 나만큼이나 오래 살았소. 그러니 나 같은 늙은이가 술 한 모금 입에 대지 않고 거의 하루를 지내면서 아직 심장 뛰는 소리를 들을 수 있다는 것만으로도 어느 정도는 내 의지를 인정해 주어야 한다고 생각하오. 아니면 약간의 포상이라도 주거나 말이지. 사실 지금 난 너무 목이 말라서 에버클리어나 보드카 한 방울을 얻기 위해서라면 무엇이라도 할 것 같단 말이오. 그건 그렇고, 꼭 알아야겠다면, 폴 자매는 매주 4달러 13센트씩 보내오고 있소. 교회 헌금이니만큼 집사일 뿐인 내가 그 금액을 알 권리는 없소만, 아내가 회계를 맡았기 때문에……."

그러자 뜻밖에도 백인 경비원은 다분히 공감 어린 표정으로 고개를 끄덕였다. "술을 안 마신 지 얼마나 됐다고 했소?"

"거의 하루 정도."

경비원은 낮게 휘파람 소리를 냈다. "그녀의 방은 저쪽이오." 그러더니 접수대 뒤의 긴 복도를 가리켰다. "153호실."

스포츠코트가 복도를 향해 걸음을 옮기려다 돌아보더니 약간 못마땅한 투로 물었다. "폴 자매가 하나님께 얼마를 바치는지는 왜 알고 싶은 거요?"

그러자 늙은 경비원이 약간 쑥스러운 듯 말했다. "내가 매주 우체국에 가서 송금수표를 부치거든."

"매주 말이오?"

늙은 경비원은 어깨를 한 번 들썩여 보이더니 말했다. "몸을 움직일 수 있을 때까지는 일을 하는 게 좋잖소. 종일 오래 앉아만 있으면 여기서 나에게도 방 하나를 내줘야 할지도 모르니까 말이오."

스포츠코트는 여전히 중얼거리면서도 모자를 살짝 들어 인사를 하고 복도를 따라 걷기 시작했다. 접수 담당자 마저리와 경비원 멜이 그의 뒷모습을 보고 있었다.

"지금 뭐 하는 거예요?" 마저리가 물었다.

멜은 말없이 스포츠코트의 뒷모습을 바라보았다. 스포츠코트는 휘청휘청 복도를 걸어가다가 잠시 멈춰 서서 옷매무새를 정리하고 소매의 먼지를 털었다. 그러고 나서 또다시 터벅터벅 걷기 시작했다.

"저 영감도 나랑 똑같은, 그저 사람이야." 경비원 멜이 말했다.

스포츠코트는 이제 땀까지 뻘뻘 흘리면서 어지럽고 기운이 빠져 정신이 오락가락하는 상태로 153호실에 들어갔다. 방 안에 살아 움직이는 거라곤 없는 것 같았다. 그 대신 방 한쪽 구석에 휠체어가 벽을 향해 놓여 있었고, 그 위에 칠면조 독수리 한 마리가 앉아 있었다. 독수리는 스포츠코트가 들어서는 기척을 느꼈는지 등을 그에게 향한 채 말했다.

"내 치즈는 어디 있어?"

그러더니 휠체어를 돌려 스포츠코트를 마주 보았다.

스포츠코트가 휠체어에 올라앉은 칠면조 독수리가 사실은 104살은 되어 보이는 노파라는 사실을 깨닫는 데는 일 분 정도의 시간이 필요했다. 머리카락이 거의 남아 있지 않았고, 얼굴의 근육은 있는 대로 흘러내려서 마치 강력한 자장이 그녀의 턱과 입술, 눈꺼풀을 땅으로 끌어 내리는 듯한 인상을 주었다. 입은 턱까지 늘어진데다 양 끝이 특히 아래로 처져 있어서 표정이 찌푸린 인상으로 굳어져 보였으며, 남아 있는 머리카락은 계란을 실타래처럼 볶아 얹어 놓은 것 같았다. 이 모든 특징들이 노파를 괴팍하고 정신이 오락가락하는 노교수처럼 보이게 했다. 덮고 있는 담요 밑으로 나이트가운의 밑자락이 보였으며, 맨발에는 두 치수 정도 커 보이는 실내용 슬리퍼가 신겨져 있었다. 몸집이 얼마나 왜소한지 휠체어 의자의 3분의 1 정도밖에 차지하지 않았으며, 구부정한 자세로 앉아 있는 폼이 커다란 물음표를 연상케 했다.

스포츠코트는 폴 자매와 관련하여 뚜렷이 기억나는 장면들이 별로 없었다. 그녀가 양로원으로 가기 전, 교회를 위해 왕성하게 활동하던 시절에 스포츠코트는 늘 취해 있었기 때문이다. 그러다가 스포츠코트가 세례를 받고 새 삶을 시작하기 전에 폴 자매는 교회를 떠났다. 그렇다 보니 스포츠코트는 거의 20년 만에 처음으로 폴 자매를 만나는 셈이었다. 그렇기는 하지만, 누구라도 지금 폴 자매의 모습을 본다면, 그녀와 아주 가까웠던 사람이 아니고는 알아보기 힘들 것 같았다.

스포츠코트는 잠깐 머리가 핑 도는 느낌으로 비틀거렸다. 의식을 잃으면 안 된다고 마음을 다잡았다. 순간 심한 갈증을 느꼈다. 마침 침대 건너편 탁자에 물이 가득 담긴 유리 주전자가 보였다. "마셔도 될까요?" 스포츠코트가 물 주전자를 가리키며 물었다. 그러고는 대답을 기다리는 대신 비틀거리며 다가가 주전자를 집어 입으로 가져갔다. 한 모금만 마신다고 생각했는데 내려놓을 때 보니 주전자가 비어 있었다. 스포츠코트는 탁 소리가 나게 주전자를 내려놓은 다음 숨을 몇 번 헐떡이고는 시원하게 트림을 했다. 그러고 나니 기분이 훨씬 나아졌다.

다시 폴 자매를 힐끗 보았다. 빤히 쳐다보는 건 실례가 될 것 같았다.

"당신 정말 괴짜로군." 폴 자매가 말했다.

"뭐라고요?"

"이 봐, 당신 마치 악몽 속에나 나올 법한 사람 같아. 정말 못 봐주게 생겼구먼."

"우리가 다 잘생기고 아름다울 수는 없잖습니까." 스포츠코트가 낮게 투덜거렸다.

"그래 아무튼, 아주 잘생긴 편은 아니야. 몸은 그런대로 수영복 광고 모델 같기는 하네."

"난 이제 겨우 일흔한 살이오, 폴 자매. 당신에 비하면 봄볕에 태어난 햇병아리죠. 당신이야말로 남자들이 창문 밖에서 구애할 상황은 아닌 것 같은데. 적어도 내 얼굴에는 열흘 치 빗물도 받을 만큼 깊은 주름이 자글거리지는 않는단 말이오."

폴 자매가 석탄처럼 까만 눈동자로 스포츠코트를 빤히 바라보았다. 그 순간 스포츠코트는 이 노파가 마녀로 변해서 자기에게 끔찍한 마법을 걸어버리는 건 아닐까 하는 두려움이 일었다. 그런데 폴 자매는 다음 순간 고개를 뒤로 젖히며 잇몸이 훤히 드러나도록 큰 소리로 웃었다. 폴 자매는 염소의 울음 같은 소리를 내며 박장대소를 했다.

"헤티가 당신을 참아주며 산 이유를 알 것 같군!"

"나의 헤티를 잘 알아요?"

홀쭉한 턱을 오물거리며 깔깔대던 폴 자매는 한참 만에 웃음을 진정시키고 대답했다. "물론 알지."

"헤티는 당신 얘기를 한 번도 한 적이 없었어요."

"어떻게 얘기를 할 수 있었겠어? 당신은 늘 취해 있고, 헤티의 말을 들어주지도 않았을 텐데. 당신은 지난 시간 중에 기억하고 있는 게 거의 없잖아. 아마 나도 기억하지 못할걸."

"조금은 기억이……."

"아하. 나도 한때는 남자들에게서 8개 언어로 구애를 받던 여자야. 더는 그럴 일이 없지만 말이지. 당신은 요즘도 그렇게 술을 마시나?"

"지금…… 아니오. 안 마셨어요."

"한잔해야 할 것 같은 표정이구먼. 곧 마셔야 할 것 같아."

"사실은 그렇지만…… 그래도 안 마시려고……. 아니에요. 안 마시겠어요."

"일단 여기 앉아 봐. 내 이야기를 듣고 나면 누구라도 술을 찾게 될 테니까. 내 이야기를 다 듣고 나면 가서 당신이 하고 싶은 대로 해도 좋아. 그런데 내 치즈는 어디 있지?"

"뭐라고요?"

"내 치즈 말이야."

"난 치즈 가지고 오지 않았는데요."

"그럼 그 얘기부터 하지." 폴 자매가 말했다. "다 연결되어 있으니까 말이야. 오늘 딱 한 번만 얘기할 거야. 앞으로는 내 치즈를 가져오지 않으려거든 내 방문 앞에 얼씬거리지도 말라고."

폴 자매는 휠체어를 창가로 끌어 놓아 달라는 시늉을 했다. 스포츠 코트는 두 사람이 함께 햇볕을 바라볼 수 있도록 휠체어를 창가로 끌어다 놓은 다음 바퀴가 굴러가지 않도록 잠금장치를 채웠다. 그리고는 자신도 창가에 놓인 의자에 앉아 깊은숨을 들이쉬며 손으로 턱을 쓰다듬었다. 그러자 폴 자매가 이야기를 시작했다.

"우린 서로 다 알고 지냈어. 헤티와 나, 내 남편 그리고 딸 에디, 지 자매의 부모. 지 자매의 부모가 나네트와 스위트콘의 친척이야. 그리고 당신 친구 루퍼스도 있었어. 우린 비슷한 시기에 남부의 여러 곳에서 뉴욕으로 왔지. 나와 내 남편은 우리 집 거실에서 교회를 시작했어. 신도들이 모여들고, 얼마쯤 시간이 지나자 커즈하우스 외곽에 조그만 땅을 살 수 있을 정도의 돈이 모였지. 그땐 땅값이 쌌으니까. 파이브엔즈는 그렇게 시작된 거야.

우리가 뉴욕으로 왔던 1940년대에는 커즈 지구가 거의 이탈리아인들 차지였어. 그래서 정부에서는 부두에서 하역작업을 할 이탈리아인들을 위해 주택 단지를 지었던 거지. 그렇지만 우리가 왔을 때는 이미 산업이 하향길에 접어들었어. 보트들은 떠나고, 선착장은 문을 닫았지. 그리고 이탈리아인들은 우리가 오는 걸 원치 않았어. 그러다 보니 시내에 가려고 해도 실버 스트리트를 걸어서 지나다닐 수가 없었어. 버스를 타거나, 지하철을 타거나, 아니면 남의 차를 얻어 타고 가야 했어. 그렇지만 주변에 차를 가지고 있는 사람이 어디 있었겠나? 아무튼 이빨이 부러져도 좋다는 각오가 아니면 실버 스트리트를 걸어 다니지는 말아야 했지. 그래도 시간이 너무 늦었거나 버스 요금을 지불할 돈이 없으면 할 수 없는 일이었지만 말이야. 하지만 크게 개의치는 않았어. 남부는 훨씬 더 심했으니까. 난 이탈리아인들이 못된 짓을 해도 그저 새가 땅에 떨어진 빵부스러기를 채가는 정도로 여겼지.

난 코블 힐에 사는 백인 여자 집에서 시간제 가정부로 일을 하고 있었어. 하루는 파티가 있어서 일이 늦게 끝났지. 날은 추웠지만 버스가 너무 드문드문 왔기 때문에 집까지 걸어서 가기로 했어. 늦게 끝나는 날은 가끔 그러기도 했거든. 그렇지만 실버 스트리트로 가지는 않고 외곽으로 돌아서 갔지. 반 마를을 걸어서 내려가다가 슬래그 스트리트가 나오면 꺾어져 공장들이 있는 항구를 따라 걷는 거야. 유색인들이 늦은 밤 귀가를 할 때 종종 사용하는 길이었지. 그날 밤 아마 새벽 세 시쯤이었을 거야. 반 마를을 따라 걷고 있는데 두세 블록 뒤에서 요란한 소리가 나서 돌아보니 남자 둘이 힘껏 달려오는 게 보였어. 한 남자가 조금 앞서고 바로 뒤에 또 한 남자가 달려왔어.

무슨 일인지는 모르지만, 뭐든 잘못되면 내가 뒤집어쓸 가능성이 크다고 판단했지. 한밤중이었고 난 유색인에 더구나 여자였으니까. 그래서 건물 입구에 숨었어. 그들은 나를 지나쳐 달려갔어. 첫 번째 남자가 번개처럼 지나가고 바로 뒤에 두 번째 남자가 달려갔는데, 그는 경찰이었어.

그러다가 반 마를과 슬래그가 만나는 교차로에 다다랐을 때, 첫 번째 남자가 달리기를 멈추더니 돌아서서 두 번째 남자에게 권총을 겨눈 거야. 그 경찰에게 말이지. 경찰은 갑작스러운 행동에 놀랐고, 첫 번째 남자는 곧이라도 경찰의 머리를 날려버릴 것 같은 기세였지.

그런데 말이야, 갑자기 어디선가 트럭이 나타나서 붕! 교차로에 서 있던 첫 번째 남자를 날려버린 거야. 깨끗이 처리해 버린 거지. 그 자리에서 죽었으니까. 그러고 나서 트럭이 멈추고 사방이 고요해졌어.

경찰이 총을 쥔 채 쓰러져 있는 남자를 확인했어. 이미 죽은 상태였지. 경찰은 트럭 운전사에게 갔어. 운전기사가 하는 말이 내게까지 들리더군. '사람을 보지 못했습니다.' 그러자 경찰이 운전기사에게 말했어. '꼼짝 말고 여기 있어. 비상 전화를 걸어야 하니까.' 경찰은 지원 요청을 하러 비상 전화기로 달려갔어. 모퉁이를 돌았는지 보이지 않았지.

그렇다면 나도 집으로 가야 할 시간이었어. 그래서 건물 입구에서 나와 트럭을 지나 인도를 걸었지. 그런데 트럭에서 목소리가 들려왔어. '도와줘요, 제발.'

난 계속 걷고 싶었어. 무서웠거든. 그리고 나와 상관없는 일이었으니까. 그래서 모르는 척하고 몇 걸음 더 걷는데 그가 또 사정을 하는 거야. '제발, 제발, 제발 도와줘'라고 하면서.

그때 하나님의 음성이 들리는 것 같았어. '가서 도와주어라. 아프거나 부상을 당했는지도 모르지 않느냐.' 그래서 나는 트럭의 운전석으로 다가가서 물었어. '다쳤어요?'

그는 이탈리아인이었어. 이탈리아 억양이 얼마나 심한지 도무지 알아듣기가 힘들더라고. 대략 짐작해 본 바로는, '난 지금 곤경에 빠져 있소'라고 하는 것 같았어.

그래서 내가 말했지. '당신은 잘못한 게 없어요. 그 남자가 갑자기 당신 앞에 뛰어들었잖아요. 내가 봤어요'라고 말이야.

그러자 그가 말하더군. '그게 문제가 아니오. 난 이 트럭을 몰고 집까지 가야 해요. 이 트럭을 운전해 준다면 100달러를 주겠소'라고 말이야."

폴 자매는 여기까지 말하고는 잠시 말을 멈추고 어깨를 들썩여 보였다. 마치 그 순간 엉뚱한 문제에 발을 들여놓았던 것을 후회라도 하는 듯이. 잠시 후 폴 자매는 노령에 긴 이야기를 하려니 피곤한지, 긴 하품을 한 번 하고는 말을 이었다.

"난 그저 시골 여자였어. 도시로 온 지 그리 오래되지도 않았을 때고. 그렇지만 문제라는 게 어떤 건지는 알았지. 그래서 말했어. '어서 운전해서 가세요, 기사 양반. 난 당신 문제에 끼어들고 싶지 않아요. 난 아무것도 보지 못했어요. 난 커즈하우스의 내 집으로 돌아가야 합니다. 잘 가요.'

그렇게 말하고 돌아서려는데 그가 제발 있어 달라고 사정을 하더군. 날 보내주려고 하지 않았어. 트럭 문을 열고 말하는 거야. '내 발을 좀 봐요. 부러졌소.'

들여다보니까, 사고가 날 때 오른발이 잘못된 것 같았어. 발이 뒤틀렸더라고. 그러고는 왼쪽 다리와 팔을 들어 보이는데, 클러치를 밟아야 할 왼발은 전혀 쓸 수 없는 상태였던 거야. 절름발이였던 거지. 그가 말했어. '중풍이 왔었소. 그래서 한쪽 발밖에 쓸 수가 없는 상태였는데 이제 운전할 수 없게 된 거요.'

그래서 내가 말했어. '그렇다고 내 발을 떼어서 당신에게 줄 수는 없어요. 사람에게 발을 주시는 건 하나님만이 하실 수 있는 일이죠.'

그가 다시 사정을 했어. '제발 도와줘요. 아내와 아들이 있소. 내가 100달러를 주겠소. 당신은 100달러가 필요하지 않소?'

내가 말했어. '당연히 필요하죠. 하지만 난 여기서 자유인으로 살고 싶어요. 그리고 난 늙었어요. 노새 외에 다른 건 운전할 수 없다고요. 내 생전에 자동차든 트럭이든 운전해 본 적이 없단 말이에요.'

그가 어찌나 사정하고 매달리는지 맙소사, 어찌해야 할 바를 모르겠더라고. 이탈리아인이었는데 참 진지해 보이는 사람이었어. 그렇지만 그가 하는 말을 다 알아듣지는 못하겠더라고. 그래도 그는 계속 사정을 했지. '당신에게 100달러를 주겠소. 트럭을 함께 운전하면 될 거요. 제발. 이번에 걸리면 25년 정도 감옥에 가게 될 거요. 내겐 아들이 있소. 지금까지도 그 애에게 아비 노릇을 못 했단 말이오.'

우리 아버지도 내가 어렸을 때 감옥에 가셨지. 고향인 앨라배마에서 소작인 연합을 만들려다가 투옥되신 거였어. 아버지가 필요한 시절에 아버지가 곁에 없다는 게 어떤 건지 잘 알고 있지. 그래도 그의 부탁을 들어줄 생각은 없었어. 새벽 3시에 거기 서서 그와 말을 주고받고 있다는 자체가 이미 한 발은 들여놓은 셈이었지만 말이야. 그런데 그때 하나님에게 귀를 기울이니 그분의 말씀이 들렸어. '내가 너를 내 손바닥 안에 보호할 것이다'라고 하셨지.

그래서 그에게 말했어. '좋아요. 도와 드리죠. 그렇지만 돈은 받지 않겠어요. 내가 감옥에 가게 되더라도 나는 하나님의 말씀을 따르다가 가는 것이니까.'

하나님이 인도하시는 대로 난 트럭을 운전했어. 내 남편인 칙소우 목사도 트럭 운전사였거든. 그래서 앨라배마에 있을 때부터 그가 운전하는 걸 많이 봤지. 그래서 페달을 밟고 그 남자가 말하는 대로 운전대를 돌렸어. 기어는 그가 바꾸고. 그렇게 둘이서 몇 블록을 갔지. 실버 스트리트에 다다르자 조금 더 가더니 그가 멈추라고 하더군. 그래서 시동을 끄고 열쇠를 뽑았어. 나는 그를 차에서 내리도록 도와주고 부축을 했지. 그때 집 안에서 또 한 명의 이탈리아 남자가 나오더니 그에게 '어디 갔었어요?'라고 하며 곧장 트럭으로 달려가더니 트럭을 타고 사라졌어. 그 후로는 그 트럭을 보지 못했지. 아무튼 그러는 동안 나는 그 트럭 운전사를 집 안으로 들여보냈어. 멀쩡했던 오른발이 완전히 틀어져서 엉망이 되었더라고. 많이 다친 것 같았지.

그의 아내가 이 층에서 내려오자 그가 말했어. '저 여자에게 100달러를 줘.'

그래서 내가 말했지. '난 돈 필요 없어요. 집에 가겠어요. 난 아무것

도 못 봤어요.'

그가 말했어. '내가 뭘 해주면 좋겠소? 나도 당신에게 뭔가를 해 줘야 할 것 같은데.'

그래서 내가 말했지. '당신은 아무것도 해줄 필요 없어요. 난 단지 하나님께서 시키시는 대로 한 것뿐이니까. 당신의 부탁을 들어주기 전에 먼저 기도했어요. 하나님께서 나를 그분의 손안에 보호할 것이라고 하셨어요. 하나님께서 당신도 그렇게 해 주시기를 기원할게요. 그리고 당신의 아내도. 단지 아무에게도 내가 한 일을 말하지 말아주세요. 혹시 내 남편을 만나게 되더라도 말이에요. 난 커즈하우스에 살아요. 그러니 혹시 남편을 만나게 될 수도 있을 거예요. 거리에서 설교하는 그를 볼 수도 있고.' 난 그렇게 말하고 그의 집에서 나왔어. 그의 아내는 한마디도 하지 않았어.

그러고 나서 교회를 짓기 시작할 때까지 그를 다시 본 적은 없었지. 아무도 우리에게 땅을 팔려 들지 않던 시절이었어. 교회 이름으로 돈을 모았지만, 그 당시 이탈리아인들은 우리가 거기 정착하는 걸 원치 않았지. 신문들을 뒤져보고 전화를 걸면 팔 수 있다고 해놓고는 막상 우리를 보면 '안 되겠소. 마음이 바뀌었어. 팔지 않겠소'라고 말했지. 그때 이미 이탈리아인들은 가능한 한 모든 것을 정리하고 이곳을 뜨려고 할 때였어. 그러면서도 우리에게는 팔지 않으려고 했던 거지. 팔 수 있는 건 모두 팔아서 돈을 만들려고 하면서도 우리 돈은 거부했던 거야. 아무튼 포기하지 않고 계속해서 교회 지을 땅을 찾던 중에 누군가 귀띔을 해주었어. '실버 스트리트에 사는 사람이 땅을 팔기 위해 내놓았다네. 저 아래 선창에 있는 낡은 화물차 사무실에 있는 사람이야.' 남편과 나는 그 화물차 사무실을 찾아가서 문을 두드렸지. 그랬더니 바로 그 트럭 운전사가 문을 열어주는 거야.

나는 너무 놀라서 기절할 뻔했어. 아무 말도 나오지 않더군. 남편 앞에서 마치 그를 처음 보는 것처럼 행동했어. 그 남자도 그랬지. 수선을 떨거나 하지 않고 차분히 말이야. 그가 남편에게 말했어. '저쪽에 보이는 땅을 당신에게 팔겠소. 그 곳에 교회를 지으시오. 반대편의 땅 한쪽에는 창고 건물을 지을 계획이오.'

그렇게 해서 파이브엔즈가 거기 자리를 잡게 된 거야."

스포츠코트는 눈을 가늘게 뜨고 집중해서 폴 자매의 이야기를 들었다. "그 이탈리아인의 이름을 기억할 수 있겠소?" 스포츠코트가 물었다.

폴 자매가 얕은 숨을 몰아쉬더니 휠체어에 머리를 기대고 대답했다. "기억하지. 내가 평생 만났던 사람 중에 손으로 꼽을 만큼 멋진 사람이었어. 구이도 엘레판테."

"우리가 아는 그 엘레판테?"

"아니. 그 엘레판테의 아버지."

스포츠코트는 또다시 목이 말랐다. 창가에 앉아 있던 스포츠코트는 일어나서 비어 있는 물 주전자를 들고 화장실로 갔다. 주전자에 물을 가득 채워서 벌컥벌컥 마시고는 다시 창가 자리로 돌아와 앉았다.

"솔직히 말해서 지금 그 얘기를 당신에게서 듣는 게 아니라면 허풍이라고 생각할 거예요. 정말 희한한 우연이로군요." 스포츠코트가 말했다.

"하나님의 뜻인 거지. 그게 다가 아니야. 구이도는 우리에게 그 땅을

6천 달러에 내놓았는데, 어느 은행도 우리에게 돈을 빌려주려고 하지 않았어. 그러자 그가 모자란 돈을 융자해 준 거야. 우리는 그에게 단돈 400달러를 주고 그 땅에 공사를 시작할 수 있었어. 나와 남편은 많이 거들지 못했고, 우리 딸 에디와 루퍼스 그리고 헤티가 일을 많이 했어. 나중에 지 자매의 부모와 두 사촌 자매의 부모도 합류했지. 처음에 우리끼리 할 때는 많은 진전을 보지 못했어. 돈도 없고, 기계도 없이 그저 손으로 한 삽 한 삽 떠냈으니까.

어느 날 오후, 우리가 땅 파는 모습을 지켜보던 구이도가 큰 트랙터를 몰고 와서 기초를 다 파주었어. 지하실까지. 단 사흘 만에 해치우더군. 불평 한마디 없이 말이야. 워낙 말이 없는 사람이긴 했어. 나 말고 다른 사람과는 거의 말을 하지 않았고, 나와도 많은 얘길 주고받은 건 아니야. 그렇지만 우린 모두 그에게 감사하는 마음을 가지고 있었어.

콘크리트 벽돌로 담을 쌓기 시작했을 때 그가 다시 와서 나를 한쪽으로 불러내더니 말했어. '당신이 나를 도와준 것에 대해 보답을 하고 싶소.'

그래서 내가 말했지. '이미 갚아주셨어요. 당신 덕분에 우리 교회를 짓고 있잖아요.'

그랬더니 그가 '당신들은 그 교회를 짓기 위해 내게 융자를 했지 않소. 내가 교회 안에 선물을 남겨 놓을 수 있도록 해 준다면, 융자한 돈을 받지 않겠소'라고 하는 거야.

그래서 내가 말했지. '그러지 않아도 됩니다. 시간이 걸리더라도 우리가 갚겠어요.'

그러자 그가 '그럴 필요 없소. 내가 주겠소. 원한다면 융자 증서를 가져가 태워버려도 좋소'라고 하더군.

그래서 내가 말했어. '증서를 태워도 되는지는 모르겠지만, 구이도 씨, 우린 당신에게 5천6백 달러의 빚이 있어요. 앞으로 몇 년 내에 모두 갚을 겁니다.'

그러자 그가 '내게는 시간이 그렇게 많이 남지 않았소. 교회 뒷벽에 아름다운 장식을 할 수 있게만 해 준다면 지금 당장 융자 증서를 찢어 버리겠소'라고 하는 거야.

그래서 내가 물었지. '당신은 예수님을 통해 구원을 받으셨나요?' 그러자 그의 얼굴이 좀 굳어지는 것 같더니 말했어. '거짓말은 못 하겠소. 난 구원 같은 건 받지 못했소. 하지만 내 친구 중에는 그런 사람이 있소. 그를 위해 지켜줘야 해요. 뭔가를 보관해 주겠다고 약속했거든. 난 그 약속을 지키고 싶소. 사람을 시켜서 교회 뒷벽에 그가 나중에 볼 수 있도록 그림을 그리려고 해요. 그러면 언젠가 그가 이 교회를 지나게 되거나, 그의 자식들 아니면 그의 자식들의 자식들이 지나가다가 그 그림을 보고 내가 약속을 지키기 위해 그곳에 그림을 그려놓았다는 걸 알게 될 거요.' 그러고는 그 일에 대해서 아무에게도 말하지 말고 나와 자기만 알고 있어야 한다고 했어.

그래도 남편에게는 말을 했지. 남편은 그 교회 목사였으니까. 남편은 자기가 직접 구이도와 대화를 하고 싶어 했지만 구이도는 남편과 얘기를 하려 들지 않았어. 남편은 물론 파이브엔즈의 누구와도 말 한 마디 섞지 않았지. 건물을 올릴 때 시에서 나온 건물 감독관과 얘기를 하는 건 보았어. 무슨 얘기를 나눴는지는 모르지만 아무튼 건물 감독관과 뭔가를 의논하는 것 같더라고. 그 시절에도 이 뉴욕에 건물을 짓고 싶다고 말만 하면 지을 수 있는 게 아니었던 거지. 시의 허락을 받아야 했어. 아무튼 그는 유색인들과는 대화를 주고받으며 시간을 낭비할 수 없었던가 봐. 나만 예외였어. 결국은 남편이 말하더군. '당신만 괜찮다면 난 좋소. 어차피 그는 당신하고만 대화를 하니까.'

그래서 내가 구이도 엘레판테를 찾아가서 말했어. '좋아요. 당신이 하고 싶은 대로 하세요.'

며칠 후에 구이도는 세 명의 이탈리아인과 콘크리트 블록을 쌓을 인부들을 데리고 왔어. 전문 일군들이었지. 워낙에 일을 잘해서 벽돌 쌓는 일은 그 사람들에게 맡기고 우리는 안에서 해야 하는 일들을 했어. 건물 안에 바닥을 깔고 지붕을 완성했지. 교회 공사는 그렇게 진행되었어. 그 사람들은 밖에서, 우리는 안에서 일을 했지. 유색인과 백인이 함께 일을 했던 거야. 인부들이 허리 높이 정도까지 벽을 쌓았을 때, 엘레판테 씨가 점심시간을 이용해서 나를 찾아왔어." 폴 자매는 잠시 말을 멈추고 생각에 잠겼다가 말을 이었다.

"아, 그게 아니다. 내가 점심시간에 그에게 갔어. 그때는 점심을 먹으러 갈 때도, 이탈리아인들은 주로 자기들끼리 다니는 길로 집까지 가서 점심을 먹었고, 유색인들은 또 다른 길로 점심을 먹으러 가곤 했어. 그렇지만 그날은 구이도를 위해 점심거리를 챙겨서 가지고 갔어. 그가 끼니를 제대로 챙겨 먹지 않는 것 같아서 말이야. 그래서 내가 가끔 점심시간 조금 전에 먹을 것을 가져다주곤 했어. 그날도 일찍감치 갔더니 구이도는 뒷벽 쌓는 일을 하고 있었는데, 내가 걸어오는 것을 보자 묻더라고. '혼자 온 거요?'

그래서 내가 대답했지. '요기 할 것 좀 가져왔어요. 뭘 통 드시는 것 같지 않아서.'

그러자 구이도는 주변을 둘러보고 나서 말했어. '보여 줄 게 있소. 행운의 부적 같은 거요.'

구이도는 조그만 금속 상자를 내밀더니 뚜껑을 열며 말했지. '이 행운의 부적이 당신들에게 교회 지을 땅을 가져다준 셈일지도 모르오.'"

"그게 뭐였는데요?" 스포츠코트가 물었다.

"별거 아니었어." 폴 자매가 말했다. "뚱뚱한 소녀의 형상을 한 비누 조각 같았어. 낡은 트럼펫 같은 색이 났던 것 같아. 작은 유색인 소녀의 동상 같았어. 구이도는 그 비누 조각 같은 걸 다시 금속 상자에 넣고 뚜껑을 닫더니 콘크리트 블록의 빈 공간에 그 상자를 넣고는 콘크리트와 회반죽을 발라 밀폐했어. 그러고는 그 위로 계속 블록을 쌓았지. 그러니까 어느 블록에 그 상자가 들어 있는지 알 수가 없게 되더라고.

구이도는 그러고 나서 내게 말했어. '이걸 아는 사람은 당신뿐이오. 내 아내도 모르니까.'

내가 물었지. '나를 어떻게 믿죠?'

그러자 구이도가 대답했어. '남을 신뢰하는 사람은 신뢰할 수 있다고 생각하오.'

내가 말했어. '당신이 그 비누 같은 것을 그 안에 둔 건 나와 상관없는 일이에요, 구이도 씨. 난 비누를 욕실에 놓고 쓰죠. 그렇지만 당신은 엄연히 어른이고, 그건 당신의 비누니까. 그 속에 넣어두면 무슨 쓸모가 있을지는 모르겠지만……. 집에서 쓸 비누는 또 있으시겠지요.'

그러자 그가 웃더라고. 구이도가 웃는 걸 본 게 몇 번 안 되는데, 그중 한 번이었지. 늘 심각하고 진지한 사람이었거든.

점심 식사를 마치고 온 인부들은 그날로 그 뒷벽을 완성했어. 다음 날은 또 다른 이탈리아인이 그림 한 장을 들고 교회로 왔어. 이탈리아 남자는 그 그림을 그대로 교회 뒷벽에 옮겨 그렸지. 이틀이나 걸려서 말이야. 첫째 날에는 커다란 원을 그리더니 그 일부에 색을 칠했어. 바탕을 만든 것 같아. 두 번째 날에는 원의 가운데에 예복을 입은 예수님을 그려 넣었어. 두 팔을 활짝 벌리고 계신 예수님의 모습이었어. 손끝이 원의 테두리에 닿도록 그렸는데, 왼손이 그려진 곳이 바로 구이도가 비누 동상을 집어넣은 블록이었어. 바로 그 블록 위에 왼손을 그린 거야."

폴 자매는 여기까지 말을 하고는 잠시 멈추고 고개를 끄덕였다.

"그 물건은 지금도 거기 있다네."

"정말이에요?" 스포츠코트가 물었다.

"내가 지금 여기 앉아 있는 것만큼이나 분명한 사실이야. 건물이 무너져 먼지로 날아가지 않았다면 말이야. 그러고 나서 이탈리아인들은 교회의 나머지 벽들을 완성하고 내부 공사도 도와주었어. 그리고 마지막에 그림을 그린 남자가 다시 와서 뒷벽에 그려진 예수님의 머리 위에 글씨를 써넣었지. '하나님께서 당신을 그분의 손안에 보호하시리'라고 말이야. 정말 아름다웠어."

폴 자매는 이야기를 마치고 나서 다시 한번 하품을 했다.

"그 글귀가 오늘날까지 교회의 좌우명이 된 거야."

스포츠코트는 뭔가 의문이 남는지 턱을 긁적이며 말했다. "그런데 아직 치즈에 관한 얘기는 하지 않았잖아요."

"뭘 말하지 않았다는 거야? 난 벌써 얘기했는데." 폴 자매가 말했다.

"하지 않았어요."

"내가 트럭 얘기 했지?"

"트럭이 치즈와 무슨 상관인데요?"

폴 자매가 연로한 머리를 가로저으며 말했다. "이것 봐, 당신 나이를 먹다 보니 마음이 콩알만 하게 줄어들었나 보구먼. 트럭이 뭘 실어

나르던 중이었을까? 내가 구이도를 대신해서 운전했던 그 트럭에 치즈가 가득 실려 있었단 말이야. 그리고 구이도는 훗날 우리가 교회 문을 열자마자 그때와 같은 치즈를 보내기 시작했어. 내가 그 행운의 상자에 들어 있는 유색인 소녀의 동상인지 뭔지를 교회 벽에 집어넣을 수 있게 해준 대가였겠지. 좋은 치즈 같아서 인제 그만 보내도 된다고 여러 번 말했어. 비싼 치즈인 것 같더라고. 우리 작은 교회가 받기에는 너무 과하다고 했지. 그랬더니 구이도는, '내가 보내고 싶어서 보내는 거요. 누구나 음식은 필요하지 않소'라고 하더군. 그래서 얼마 후부터는 17동으로 보내라고 했어. 핫소시지가 그 건물의 관리를 시작하게 되었거든. 핫소시지는 정직하니까 키즈하우스 주민들 중에서 정말 필요한 사람들에게 나눠줄 거라고 믿었기 때문이지. 구이도는 그 후로 수년 동안 치즈를 보냈어. 그런데 그가 죽고 나서도 치즈가 계속 오는 거야. 내가 이 양로원으로 온 후에도 계속 오고. 요즘도 오고 있잖아."

"그럼 지금은 누가 보내는 걸까요?"

"예수님이시지." 폴 자매가 말했다.

"에이, 무슨 그런!" 스포츠코트가 혀를 차며 말했다. "꼭 헤티처럼 말씀하시네요. 어디서 누군가가 보내니까 오는 거겠죠!"

폴 자매가 어깨를 한 번 들썩여 보이더니 말했다. "창세기 27장 28절에 보면, '주님께선 하늘의 이슬과 땅의 기름짐이며, 풍성한 곡식과 포도주를 너희에게 주시기를 원하노라'라는 구절이 있지 않던가."

"이건 치즈잖아요."

"스포츠코트, 축복은 그것을 달게 받으려는 사람에게 내려지는 법이야. 그것이 어떻게 오는지 캐려고 하지 말게. 축복이 내려진다는 게 중요한 거잖아."

25
언약을 지키는 자

꿈만 같았다. 그동안은 시작도 하기 전에 사라졌던 꿈이었다. 요즘 엘레판테는 이러다 하늘을 날아오르게 될까 봐 자신을 어딘가에 꼭 붙잡아 두어야 할 것만 같았다. 그는 링컨의 운전대를 단단히 움켜쥐며 힘을 주었다. 옆자리에는 거버너의 딸인 멜리사가 말없이 앉아 있었다. 새벽 4시였다. 엘레판테는 행복했다. 멜리사가 '그녀 아버지의 일을 함께 마무리하자'는 엘레판테의 청을 받아들여서라기보다는, 그녀가 엘레판테와의 관계에 임하는 모습 때문이었다.

멜리사 같은 여자는 처음 만나보는 것 같았다. 이탈리아인들이 흔히 하는 말로 그녀는 '스텔리나', 그러니까 별과 같은 사람이었다. 가장 아름답게 빛나는 별. 엘레판테가 처음 봤을 때부터, 멜리사는 말이 없고 수줍음이 많은 사람이었다. 그러나 내면의 확고한 자신감과 신뢰를 바탕으로 사람을 대하는 태도가 배여 있었다. 몇 주에 걸쳐 만나는 동안, 엘레판테는 그녀가 베이글 가게와 공장에서 직원들을 대하는 모습을 볼 수 있었다. 그들의 문제를 지적할 때도 멜리사는 상대가 불쾌하거나 무안하지 않게 하면서 자신의 뜻을 전달했다. 그리고 항상 모두에게 공손한 태도를 보였다. 또한 늙은 집사를 비롯해서 연로한 사람들에게는 공경하는 태도로 일관했다. 멜리사는 한 달 전에 처음 만난 늙은 집사에게도 '유색인'이라든가 '검둥이'라는 표현 대신 언제나 '씨'라는 경어를 붙였고, 필요할 때는 '아프리카계 미국인'이라는 표현을 사용했다. 하지만 엘레판테에게는 그것이 오히려 어색하고 낯설게 들렸다.

비밀정보망을 통해서 들은 바에 의하면 펙이 번치를 무자비하게 처리했다고 한다. 이제 도처에 위험이 도사리고 있다. 백인, 흑인, 스페니시, 아일랜드 출신의 형사들, 이탈리아계 조직폭력배들이 너나 할 것 없이 본격적으로 총질을 시작한 것이다. 마약 전쟁이다. 끝이 없을 것이다. 앞날이 그렇게 암울한데도 엘레판테는 전혀 다른 세상으로 걸어 들어가는 느낌이었다. 외로운 남자의 삶에 사랑이 찾아오면서, 멋지고 아름답게 피어오르는 빛의 파노라마가 펼쳐지고 있었던 것이다.

연애는 두 사람 모두에게 새로운 영역이었다. 몇 번의 점심 식사를 거친 후, 두 사람은 윌리엄스버그에 있는 피터루거 스테이크하우스에서 느긋한 저녁 식사를 하고 브루클린 산책로를 따라 산책을 하기에 이르렀다. 그러는 동안 애정과 욕망의 씨앗이 열정적이고 아름다운 사랑의 만화경으로 피어났다. 물론 새벽에 링컨을 타고 브루클린의 주택 단지로 늙은 집사를 데리러 가는 것은 전혀 별개의 일이지만 말이다.

터널로 차를 몰고 들어가자 천장의 형광등 불빛이 멜리사의 얼굴에 어른거렸다. 남자에게 있어 배우자는 걱정거리와 두려움, 약점을 떠안기는 존재라는 것이 지금까지 엘레판테의 생각이었다. 특히 그와 같은 일을 하는 사람들에게는 더욱 그럴 것이라고 생각해왔다. 그런데 멜리사는 오히려 엘레판테의 내면에 용기와 겸허한 마음, 유머를 피어나게 했다. 그러한 정서는 엘레판테가 지금까지 모르고 살아온 것들이었다. 멜리사의 조용하고 진지한 성품은 사람의 마음을 끌어들여 무장해제 시키는 힘이 있었다. 벤슨허스트 양로원에 있는, 폴 자매라고 칭하는 유색인 노파를 방문했을 때도 확인할 수 있었다.

일주일 전 양로원에 갈 때 멜리사를 데려간 것은 정말 잘한 일이었다. 자신의 진실성과 열린 마음을 멜리사에게 보여주고 싶어서 의도적으로 데려간 거였다. 그런데 멜리사 덕분에 모든 상황이 엘레판테가 원하는 대로 되었다.

늙은 집사는 폴 자매에게 엘레판테에 관해 미리 말해놓겠다고 약속했었다. 그런데 막상 엘레판테가 폴 자매의 방으로 들어가니, 회색 담요를 두르고 있는 주름살투성이 노파는 싸늘한 눈빛으로 엘레판테를 쏘아보는 것이었다. 인사를 건네도 들은 체 만 체 대꾸도 없던 폴 자매는 주름진 손가락으로 침대 근처의 커피 캔을 가리켰다. 엘레판테가 커피 캔을 가져다주자 폴 자매는 그 안에 대고 침을 뱉었다.

"자네 아버지와 똑같이 생겼는데 자네가 좀 더 뚱뚱하구먼." 폴 자매가 말했다.

엘레판테는 폴 자매의 휠체어 가까이 의자를 놓고 마주 앉아 미소를 지었다. 멜리사는 그의 뒤에 있는 침대에 걸터앉았다. "제가 아버지보다 땅콩을 더 많이 먹어서요." 엘레판테가 분위기를 풀어 보려고 농담을 던졌다.

그러자 폴 자매가 주름살투성이 손을 휘저었다. "내가 기억하기로 자네 아버지는 땅콩을 먹지 않았어. 그리고 하루에 네다섯 마디 이상 하지 않았지. 그러고 보면 자네는 아버지보다 뚱뚱하기만 한 게 아니라 말도 더 많은 것 같군."

엘레판테는 민망해서 얼굴이 붉어지는 것 같았다. "집사가 저에 대해 얘기하지 않았나요?"

"날 찾아왔으면서 늙은 집사 얘기를 하려거든 그만둬! 자네는 언약을 지키는 사람인가?"

"뭐라고요?"

"언약을 지키는 사람이냐고."

"무슨 언약 말이요?"

"내가 물어봤잖아, 젊은이. 언약을 지키는 사람이야?"

"이것 보세요, 할머니."

"말대꾸하지 마." 폴 자매가 호통을 쳤다. "내가 묻는 말에 네, 아니요로만 대답 해. 자네는 자기가 언약한 대로 행동하는 사람이야?"

엘레판테는 손가락을 들어 올리고 폴 자매의 다그침을 저지하려고 했다. "내가 여기 온 이유는 단지……."

"그 손가락 주머니에 넣고 내 말 잘 들어, 젊은이! 자넨 자기가 원하는 걸 주고자 하는 사람을 찾아오면서 정어리 통조림 하나 아니면 선물 하나, 물 한 잔 들고 오지 않았어. 이 세상의 모든 것에는 값이라는 게 있다네. 자네는 대부분의 백인들과 똑같아. 자기가 노력하지 않은 것을 손에 넣을 수 있는 특권을 가지고 태어났다고 생각하는 거지. 난 당신에 대해 전혀 아는 게 없어. 자네가 입고 있는 양복에 온통 포도주 얼룩이 묻어 있는 걸 보니 이탈리아인 같긴 한데, 한편으로는 구이도의 아들인 척하면서 사실은 허랑방탕하고 앞일을 생각하지 않는 알코올 중독자일 수도 있지 않은가. 왜 나를 찾아왔는지 모르겠구먼. 난 그 집사를 잘 몰라. 자네에 대해서도 별로 말해 준 게 없고 말이지. 남자들이 다 그렇듯이, 그 늙은이도 여자에게 뭔가를 설명해야 할 필요를 느끼지 못했던가 보지. 그 늙은이는 자기 아내에게도 그랬으니까. 평생 술이나 퍼마시며 비틀거리고 다니는 동안 그의 아내가 온갖 잡일과 요리를 도맡아 해 주었는데 말이야. 난 백네 살이나 먹도록 살았지만 아무도 내게 뭔가를 설명해 준 적이 없어. 설명을 들을 수 없으니 모든 것을 책에서 배웠어. 나이 든 유색인 여자의 삶이라는 게 그런 거야. 자, 이제 다시 한번 묻겠네. 이번이 마지막이야. 자네는 언약을 지키는 사람인가?"

엘레판테는 화가 나서 눈만 껌벅이며 멜리사를 힐끗거렸다. 그러자 천만다행으로 멜리사가 조용히 속삭이듯 말했다. "폴 부인, 이 사람은 언약을 지키는 사람입니다."

그러자 잔뜩 성이 나 있던 폴 자매의 주름살투성이 얼굴이 펴지면서 멜리사를 돌아보았다. "아가씨는 이 남자의 아내요?"

"약혼녀입니다. 결혼할 사이예요."

폴 자매의 얼굴이 조금 더 환해졌다. "오호. 아가씨가 보기에 이 친구는 어떤 사람인가?"

"말을 많이 하는 사람은 아닙니다."

"이 친구의 아버지도 말이 많지 않았지. 그건 분명할 거야. 자네가 결혼하려는 이 젊은이도 그런 사람인가? 자기가 한 말을 지키는 사람이야? 어떤 일을 하고 나서 아무에게도 뒷말을 하지 않을 수 있는 사람인가? 자네 남자는 말만 앞세우는 사람인가, 행동으로 옮기는 사람인가? 어느 쪽이야?"

"저도 그러길 바라죠. 그런 것 같습니다. 앞으로 잘 지켜보겠습니다. 제 생각에는…… 행동으로 옮기는 편인 것 같습니다."

"그렇다면 좋아." 폴 자매는 비로소 만족한 듯 보였다. 폴 자매는 엘레판테에게로 시선을 돌린 채 마치 그가 방에 없는 것처럼 멜리사에게 말했다. "아가씨의 말이 맞기를 바라네. 아가씨를 위해서 말이야. 만약 그렇다면 아가씨는 괜찮은 사람을 얻은 셈이야. 그의 아버지는 남의 말을 듣는 편이었거든. 그의 아버지는 사방에 질문을 던지거나 공언을 떠벌리고 다니지 않았어. 마치 자기가 최고인 양 함부로 발톱을 세우지 않았지. 누구에게도 손가락질 같은 건 하지 않았어. 그는 우리에게 저 교회를 주었어. 공짜로 말이야."

"제게도 누군가 교회를 주면 좋겠네요." 멜리사가 말했다.

그러자 폴 자매가 갑자기 큰 소리로 웃기 시작했다. 입을 크게 벌리고 하나 남은 반쯤 썩은 이를 드러내면서. "우와! 대단한 아가씨로구먼!"

멜리사는 그 후로 두 시간 정도 폴 자매와 이야기를 나누며 늙은 노파의 마음을 어루만져주었다. 마침내 폴 자매는 껄끄러움을 말끔히 털어내고 자신의 지나온 삶을 풀어내기 시작했다. 늙은 흑인 여자가 겪어온 시련과 슬픔 그리고 기쁨으로 가득한 영혼의 노래였다. 고인이 된 그녀의 남편 이야기, 파이브엔즈 교회를 짓는데 젊은 시절을 바치고 14년 전에 저세상으로 간 사랑하는 딸 이야기. 앨라배마의 벨리 크릭에 있는 농장에서 남편을 만났던 이야기부터 시작해서 소작을 하던 시절의 이야기, 딸을 따라 뉴욕으로 온 이야기, 그 후로 예수님의 지혜를 가르치라는 소명을 받았던 이야기까지 들려주었다. 그러다가 파이브엔즈 교회의 시작과 구이도 엘레판테의 역할 그리고 그가 숨겨놓은 상자 이야기를 두 사람을 보며 하고 있었다.

폴 자매의 이야기는 거기서 멈추지 않았다. 시간이 지나면서 그녀의 이야기보따리에서는 더 소중한 보물들이 쏟아져 나왔다. 엘레판테가 어렸을 때 키즈에 살았던 이웃들의 이야기였다. 힘겹게 허겁지겁 사느라 바빠서 잊어버렸던 이웃들에 대한 기억이 되살아났다. 일요일 오후, 골목에서 말타기와 술래잡기를 하던 이탈리아인 사내아이들, 자기 아버지가 운영하는 식료품점 위층에 세 들어 살면서 창문 너머로 지나가는 행인에게 물풍선을 던지고 깔깔거리던 유대인 아이들. 브루클린 다저스의 경기를 두고 세 가지 언어로 논쟁을 벌이던 늙은 이탈리안, 유색인, 스페니시 부두 노동자들. 그리고 주일이면 제일 좋은 옷을 입고 교회에 가기 위해 부지런한 걸음으로 브루클린 시내로 향하던 커즈하우스의 흑인 주민들. 십 대였던 엘레판테는 종종 술에 취해서, 또는 화가 나서 그들을 협박할 때도 있었고, 밤에는 실버 스트리트까지 그들의 어린아이들을 뒤쫓아 간 적도 있었다. 그때의 그는 어쩌면 그렇게 아무 생각이 없었는지? 엘레판테가 한 짓들을 뒤늦게 알게 된 그의 어머니는 그에게 못난 녀석이라고 욕을 하면서 무척 화를 내곤 했다. 그때의 자신을 돌아보면 정말 어머니의 말대로 못난 인간이었다. 어머니는 엘레판테가 유색인과 아일랜드인, 유대인, 그 밖의 이방인들이 우리 블록을 침범한다는 못난 생각을 하고 있다고 했다. 어머니는 '우리 블록'이라는 건 없다고 했다. 이탈리안이 블록의 주인은 아니라고. 블록은 누구의 소유도 아니라고 했다. 뉴욕은 누구의 것도 아니라고 했다. 그는 자기가 얼마나 바보였던가 생각했다. 사랑의 힘이라는 게 이런 것인가? 이렇게 사람을 바꿔 놓는가? 과거를 이렇게까지 명확하게 돌아보게 하는가?

폴 자매의 이야기가 끝날 즈음, 엘레판테는 축성을 받고 성찬식을 치른 느낌이었다. 죄를 고백하고 깨끗이 용서받은 느낌이었다. 저녁 시간이었고, 폴 자매는 거의 수면 상태에서 이야기를 마무리했다. 엘레판테가 고맙다는 인사를 하고 막 일어서려는데 폴 자매가 물었다.

"어머니는 아직 생존해 계시는가?"

"그렇소." 엘레판테가 대답했다.

"어머니를 존경해야 해. 자네 아버지가 이룬 모든 것들은 어머니의 내조가 있었기에 가능했던 거니까 말이야. 요즘은 뭘 하고 지내시나?"

"정원을 가꾸시죠."

"좋은 일이야."

그렇게 말하곤 폴 자매는 한동안 엘레판테를 쳐다보더니 말했다. "이봐 젊은이, 난 백네 살이야. 모르는 게 없다고 할 수 있지. 나에 대해 어머니께 확인해 보고 싶다면, 예전에 내가 트럭을 운전해 준 대가로 자네 아버지가 나에게 주려고 했던 100달러에 대해 어머니께 여쭤 보게. 분명히 기억하고 계실 거야. 그 시절에는 큰돈이었으니까. 자네 어머니도 그땐 정말 경황이 없으셨을 거야. 한밤중에 남편이란 사람이 발목이 비틀어진 채 들어와 거실에 앉아 있었으니까. 집 앞에는 거대한 위험을 안고 있는 트럭이 서 있었고 말이지. 자네는 이 층에서 자고 있었겠지. 아내란 모든 걸 알고 있다네, 젊은이. 난 이미 늙었어. 거짓말할 이유가 없지."

엘레판테는 잠시 생각에 잠겼다가 말했다. "고마워요……. 전부 다. 내가 해드릴 수 있는 일이 있을까요?"

"혹시 기도를 할 줄 안다면, 주님께 내 몫의 치즈를 보내달라고 부탁 좀 해 주게."

"뭘 보내달라고요?"

"자네 아버지는 내가 가져다주는 먹거리들을 좋아했지."

"먹거리?"

"내가 가져다주는 음식들 말이야. 자네 아버지는 내가 만든 음식들을 좋아했어. 내가 만든 닭튀김을 단숨에 먹어 치웠지. 그에 대한 보답으로 자네 아버지는 치즈 한 조각을 주었어. 이탈리아 치즈였지. 이름은 잊어버렸어. 정말 맛있는 치즈였는데! 자네 아버지에게도 말해주었지. 그랬더니 교회가 완공되고 나자, 자네 아버지는 우리에게 그 치즈를 수년 동안 보내주었어. 그런데 자네 아버지가 돌아가신 후에도 여전히 치즈가 보내져 온다고 하는군. 마법처럼 말이야. 그래서 나는 그 치즈를 예수님께서 보내시는 거라고 생각하고 있다네."

그러자 엘레판테가 바로 목청을 가다듬고 나서 든든한 해결사의 음성으로 말했다. "누가 그걸 보내는지 제가……"

"내가 자네한테 누군지 말해 달라고 부탁했는가?"

"혹시 저의 어머니……"

"젊은이, 왜 자꾸 자네 어머니를 이 골치 아픈 수렁에 빠뜨리려고 하나? 자네가 도울 게 있느냐고 물어서 말한 것뿐이야. 예수님께 치즈를 보내달라는 기도만 해주면 돼. 스포츠코트 영감에게도 말을 하긴 했지만, 요즘 그 영감은 거의 정신이 나간 상태여서 말이지. 그 치즈는 예수님이 보내시는 거야. 다른 누구도 아니고. 예수님께서 보내시는 치즈라고. 그러니까 내게도 좀 보내달라고 기도해 달란 말이야. 한 조각만. 벌써 몇 년째 맛도 못 보았거든."

"어…… 알겠습니다." 엘레판테는 이렇게 말하고는 일어났다. 멜리사도 따라서 일어섰다. "또 다른 건 없고요?" 엘레판테가 물었다.

"음, 원한다면 경비원 멜에게 팁을 좀 주고 가는 것도 좋겠지."

언약을 지키는 자 463

"멜이 누구죠?"

"정문에서 우리 늙은이들이 빠져나가지 못하게 지키는 늙은 백인 영감 말이야."

엘레판테는 멜리사를 돌아보았다. 그러자 멜리사가 고개로 복도 끝 방면을 가리켰다. 요양원에 들어설 때 그곳에선 늙은 경비원 한 명이 데일리 뉴스에 얼굴을 파묻고 졸고 있었다.

"난 지난 12년간 내 몫의 헌금을 파이브엔즈로 보내고 있었다네." 폴 자매가 말했다. "4달러 13센트를 내 사회복지 연금에서 빼서 말이지. 저 경비원 영감이 매주 우체국까지 그걸 들고 가지. 그리고 송금수표를 사서 봉투에 넣어 부치는 거야. 난 저 영감에게 12년 어치의 우표와 봉투를 빚진 셈이지. 거기에 4달러 13센트를 송금수표로 바꾸는데 드는 수수료까지. 경비원 멜 씨는 일 년 전에 술을 끊기는 했지만, 그 전까지 지난 12년 동안은 그의 작은 식도로 위스키를 들이부었어. 그렇지만 하나님께 맹세코 그는 좋은 사람이라네. 내가 죽기 전에 그에게 진 빚을 갚고 싶어. 자네가 그 영감에게 조금이라도 갚아줄 수 있겠나? 돈은 받지 않을 거야. 돈을 받기에는 자기가 너무 늙었다고 하더라고."

"술 말고 좋아하는 게 있을까요?"

"마스초콜릿바를 좋아해."

"그럼 그걸 앞으로 사시는 동안 충분히 먹을 만큼 사 드리겠습니다."

다음 날 새벽 4시 20분에 엘레판테와 스포츠코트는 교회 뒷벽으로 갔다. 멜리사는 갓길에 세워 놓은 차 안에서 기다렸다. 헤드라이트는 끄고, 시동은 걸어 놓은 채로. 강도를 당하거나 할 위험을 미연에 방지하기 위한 조치였다. 자료 조사와 검색은 멜리사의 몫이었다. 어떤 물건인지 대충 들은 것을 바탕으로 그 당시에 발간된 신문들을 찾아보고, 유럽에 있는 인맥을 통해 운송과 매매를 위한 대책을 마련해 두었다. 1945년, 거버너의 동생이자 멜리사의 삼촌인 메이시가 비엔나의 동굴에서 도굴하여 미국으로 숨겨 들여온 '수집품' 중에서도 그 '비누'는 세계에서 가장 오래된 조각품이었다. 풍요의 여신 '빌렌도르프의 비너스'. 임신한 여인의 형상을 한 이 작은 석회암 조각상은 수천 년 전에 만들어진 것으로 알려져 있다. 그것이 지금 뉴욕 브루클린의 커즈하우스에 자리 잡은 파이브엔즈 침례교회의 뒷벽 콘크리트 블록 안에 숨겨져 있는 것이다. 그 벽에는 예수님의 초상화가 그려져 있고, 그분의 손바닥이 위치한 바로 그곳에 조각상이 숨겨져 있다. 그 후로 교회의 수장인 지 목사는 예수님을 유색인으로 표현하는 것이 좋겠다고 생각하게 되었고, 비브 자매의 아들인 지크를 시켜서 초상화에 덧칠을 하게 했다. 지크가 덧칠 작업을 할 때는 스포츠코트와 핫소시지가 도와주었다. 그러다 보니 예수님의 손이 마치 얼룩이 묻은 것처럼 뭉개져 버렸지만 그래도 손은 손이었다.

 엘레판테와 스포츠코트가 교회에 가던 날은 달도 뜨지 않아서 칠흑같이 어두웠다. 두 사람은 높이 자란 잡초들 사이에 몸을 숨긴 채 교회 건물을 따라 뒤뜰로 갔다. 멀리 맨해튼의 고층빌딩에서 몇 줄기 빛이 반짝이고 있었다. 엘레판테는 검은 천으로 싼 손전등과 망치, 돌을 쪼는 정을 들고 있었다. 스포츠코트는 엘레판테를 인도해서 뒷벽으로 가서는 손전등을 받아들고 예수님의 초상화를 비추고 살펴보았다. 유색인으로 덧칠이 된 백인 예수님의 초상화는 이제 색이 많이 바래 있었다. 양팔을 활짝 벌린 자세여서 두 손 사이의 거리는 2.5미터 정도가 되었다. 그 정도 살펴보고는 손전등을 엘레판테에게 건네주었다.

"폴 자매가 오른손이라고 했소, 왼손이라고 했소?" 엘레판테가 물었다.

"기억이 나지 않아. 그렇지만 손은 두 개밖에 없지 않소." 스포츠코트가 조금 짜증이 나는 듯 쏘아붙였다. 두 사람은 왼손부터 뜯어보기로 하고 조심스럽게 블록 주변을 두드려보았다. 블록 주변의 모르타르를 떼어내니 블록이 흔들리는 것 같았다. "잠깐만." 스포츠코트가 말했다. "내가 안으로 들어갈 테니 기다리게. 그런 다음 이 블록을 안쪽으로 밀어줘."

엘레판테는 망치로 콘크리트 블록의 가장자리를 조심스럽게 톡톡 쳤다. 가장자리에 쉽게 틈이 생기고 블록은 안으로 떨어졌다. 그러자 벽 안쪽에 있던 스포츠코트가 떨어지는 블록을 잡느라 '꿍'하고 힘을 주는 소리가 들렸다. 엘레판테가 벽을 통해 말을 걸었다. "그 안에 뭐가 있소?"

"어느 안에 말인가?"

"블록 안에 말이오. 세숫비누 같은 게 있소?"

"아니. 비누 같은 건 없네."

순간 엘레판테는 당황했다. 블록이 떨어져 나간 구멍을 통해 스포츠코트의 얼굴이 보였다. 엘레판테는 구멍으로 내부 공간에 손전등을 비춰보았다. 교회 내부가 보이고, 안쪽에서 그를 바라보는 스포츠코트의 눈이 보였다.

"이쪽엔 아무것도 없소. 그러니 이제 다른 손을 살펴봅시다." 엘레판테가 말했다.
 엘레판테는 예수님의 오른손으로 옮겨서 블록의 둘레에 틈을 내기 시작했다. 그때 교회 문이 열리고 비틀거리며 걸어오는 스포츠코트의 발소리가 들렸다. 엘레판테는 동작을 멈췄다.
 "안으로 들어가서 이 블록이 떨어질 때 잡아야지 않소." 엘레판테가 말했다.
 "내가?" 스포츠코트가 되물었다.
 "그렇소. 우린 지금 비누가 든 상자를 찾고 있으니까. 무진장 비싼 건데 깨질 수도 있단 말이오."
 "음, 이건 비누가 아닌데." 스포츠코트가 이렇게 말하면서 먼지에 싸인 금속 상자를 들어 보였다.
 "당신 때문에 불알이 떨어질 뻔했잖아!" 엘레판테가 상자를 낚아채며 말했다.
 "뭐가 떨어져?"
 "불알 말이오."
 "내가 자네의 그 물건에 무슨 짓을 했는데?"
 "방금 전에 아무것도 없다고 하지 않았소."
 "자네가 비누라고 했으니까. 이건 비누처럼 보이지 않잖소. 이건 상자네. 블록 안쪽에 석회 반죽으로 고정되어 있었어."
 "어디요?"
 "콘크리트 블록. 누군가 이 철제 상자를 블록 안에 넣고 밀폐해놓았더란 말이야."
 "그런데 왜 아무것도 없다고 한 거요."
 "자네가 비누라고 했잖아, 젊은이."

"날 젊은이라고 부르지 말란 말이오!" 엘레판테는 흥분에 겨워 이렇게 중얼거리며 무릎을 꿇고 상자를 내려놓았다. 그리고 스포츠코트를 향해 손전등을 내밀었다. "불빛을 비춰주시오."

스포츠코트가 전등 빛을 갖다 대자 엘레판테는 상자를 열고 통통한 돌 조각상을 꺼냈다. 높이가 10센티미터 정도 되는 가슴이 거대한 여인의 형상이었다.

"이게 뭐야." 스포츠코트가 말했다. "조그만 유색인 여자의 조각이잖아"라고 말하고 싶은 것을 꾹 참고, "인형이잖아"라고 했다.

"그가 말했던 그대로군. 팔모리브 비누만 한 크기라더니." 엘레판테가 조각상을 앞뒤로 돌려보며 중얼거렸다.

"시골 생쥐도 그보다 크겠네." 스포츠코트가 말했다. "만져 봐도 되나?" 엘레판테가 조각상을 건네주었다. "무겁구먼." 스포츠코트가 조각상을 다시 엘레판테에게 돌려주며 말했다. "몸집이 좋은 여인이야. 나도 이런 여자들 가끔 봤지."

"이렇게 생긴 여자들을 말이오?"

"가슴이 크고 몸집이 풍만한 여자들 말인가? 당연하지. 우리 교회에 그런 자매들 많아." 엘레판테는 스포츠코트의 말에 대꾸하지 않은 채 사방을 둘러보았다. 주위는 완전히 어두웠다. 사람의 그림자라곤 보이지 않았다. 갓길에는 링컨 자동차가 시동이 걸린 채 세워져 있었다. 물건은 손안에 있고, 그는 자유의 몸이다. 이제 행동할 시간이다.

"일단 당신을 데려다주고 나중에 연락하겠소."

스포츠코트는 움직일 기세가 아니었다. "잠깐만. 혹시 말이오. 나와 폴 자매가 당신을 도와주었으니, 당신도 내가 성탄 모금 상자 찾는 걸 도와줄 수 있겠나?"

"뭘 찾는다고 했소?"

"성탄 모금 상자. 성탄 모금액 말이오. 아이들에게 선물을 사주기 위해 교회 식구들이 모은 돈이오. 매년 내 아내 헤티가 모금을 해서 교회 어딘가에 숨겨놓았었지. 이제 성탄절이 한 달밖에 남지 않았는데 말이야."

"상자가 어디 있는데?"

"내가 알면 자네에게 도움을 청하지 않았겠지."

"그 안에 얼마나 모였는지 아시오?"

"글쎄, 실제 헌금 액수를 모두 더하고, 거기에 자기가 이러이러한 액수를 집어넣었다고 거짓말로 우기는 액수들까지 합하면 한 3, 4천 달러 정도 될 거요. 현금으로."

"그 정도는 내가 해결할 수 있습니다. 스포츠코트 씨."

"지금 뭐라고 했소? 젊은이?"

"스포츠코트 씨."

스포츠코트가 주름진 손으로 이마를 짚었다. 세상이 갑자기 환해지면서 새로워지는 것 같았다. 그러나 불편한 느낌은 아니었다. 종종 새로움은 낯설게 다가오기가 일쑤였는데 말이다. 마치 새 옷을 입었을 때처럼. 지난 몇십 년 동안 빠져 있던 술독에서 나온 후로 줄곧 그를 괴롭히던 두통과 메슥거림이 가셨다. 마치 라디오의 방송 채널을 바꿀 때처럼, 주파수 대역에 들어가면서 소리가 점차 맑아지고 또렷해지는 것 같았다. 드디어 스포츠코트는 헤티가 늘 바랐던 바로 그 깨어 있는 상태가 된 것이다. 이 새로운 느낌은 경이로웠다. 경건한 신앙심마저 들게 했다. 하나님께 한 걸음 다가선 느낌이었다. 하나님의 사랑하는 아들이 된 것 같았다. "지금까지 아무도 나를 스포츠코트 '씨'라고 부른 적이 없었어.”

"그럼 어떻게 불리기를 원하시오?” 스포츠코트는 잠시 생각해 보고 나서 대답했다. “하나님의 자녀가 좋을 것 같소.”

"좋소. 하느님의 자녀님. 내가 해결해 줄 수 있소. 새 성탄 모금함을 주겠소.”

엘레판테가 차를 향해 걸음을 옮겼다.

"잠깐만!”

"또 뭐요?”

"벽에 블록이 빠져 있는 건 어떻게 설명하면 좋겠소?”

이미 차까지 걸어간 엘레판테가 대답했다. “내가 내일 고쳐놓도록 하겠소. 교회 사람들에게 아무 말도 말라고만 하시오. 폴 자매에게 물어보라고 해 주시오. 나머지는 내가 알아서 하겠소.”

"예수님의 손은 어쩌고? 모두 무지하게 화를 낼 거라고. 얼른 고쳐놓아야 해.”

"예수님이 새 벽을 짓고 새 손을 가지게 될 거라고 하시오. 원한다면 새 건물이라도. 약속하겠소.”

26
아름다워라

딤즈 클레멘스 총격 사건 이후 22개월 만에 치르게 된 스포츠코트의 장례식은 그야말로 커즈하우스 역사상 최고로 성대한 예식이었다. 물론 파이브엔즈 침례교회답게 북새통을 이뤘다. 지 목사는 6년이나 탔으면서 새 차라고 우기는 그의 쉐비 자동차가 시동이 걸리지 않는 바람에 20분이나 늦었고, 꽃 배달부들 중 한 명은 교회 앞에 널려 있는 벽돌에 걸려 넘어지는 바람에 팔이 부러졌다. 보수공사를 하고 남아 뒹굴던 것들이었다. 돈이 어디서 나는지는 모르지만 보수공사는 한도 끝도 없이 이어지는 것 같았다.

사촌지간인 나네트와 스위트콘은 성가대 벤치에서 모자 하나를 두고 소리 없는 쟁탈전을 벌였다. 영안실에서 시신을 싣고 오는 영구차도 늘 그렇듯이 늦게 왔다. 늙은 모리스 헐리는 교회로 오는 길에 브루클린-퀸즈 고속도로에서 기름을 실어 나르는 트럭과 접촉사고가 있었기 때문이라고 했다. 그러면서 관 속에 담겨 영구차 안에 실려 있는 스포츠코트의 시신을 다시 간단히 손봐야 할 것 같다고 했다. 아무튼 교회 주차장에는 이미 주차 공간이 남아 있지 않았고, 시간이 늦어져 급해진 모리스는 영구차를 뒤뜰에 새로 조성된 정원 근처에 급히 세웠다. 범범과 비브 자매, 그 외 장례식에 참석한 몇 명의 신자들이 못마땅한 눈으로 뒤뜰에 세워진 영구차를 쏘아보았다. 잔뜩 못마땅한 눈초리로 영구차를 쏘아보던 사람들은 어느 한 구석 찌그러지거나 벗겨진 곳이 없는 영구차를 보면서 접촉사고는 핑계일 뿐, 사실은 헐리가 교회 밖에까지 늘어선 장례 인파의 줄을 보고는 정신이 번쩍 들어서 스포츠코트의 시신을 좀 더 단정하고 말끔하게 손보느라 시간이 필요했던 거라고 짐작했다.

"모리스가 앞으로 고객이 될 수도 있는 사람들에게 잘 보이고 싶은 거지 뭐." 범범이 씩씩거리며 내뱉었다. 헐리 장의사에서 나온 검은 정장 차림의 두 남자가 열려 있는 리무진 트렁크 문 옆에 지키고 서 있었고, 머리를 뒤로 묶은 모리스의 엄숙한 뒷모습이 보였다. 반짝이게 닦은 그의 구두에 새로 조성된 정원의 검은 흙이 잔뜩 들러붙었다. 그가 스포츠코트의 얼굴에 마지막 손질을 하는 동안 그의 구두는 이리저리 바삐 움직였다.

"저것 좀 봐." 범범이 비위가 상하는 듯 잔뜩 찌푸린 채 말했다. "꼭 족제비 같아."

그 모든 법석이 일어났어도 스포츠코트의 장례일은 고인을 추모하는 성대한 축제였으며, 커즈하우스 식구들이 모이는 날이었다. 마운트 태버나클 교회와 세인트 어거스틴 교회의 신자들도 참석했으며, 잇킨스 씨와 반 마을 거리에 있는 유대인 사원에서도 신도가 두 명이나 참석했다. 장례 인파가 만든 줄은 엘레판테의 화물차 사무실을 지나고 잉그리드 애비뉴, 슬랭 애비뉴를 지나 다시 키즈하우스 광장의 국기 게양대로 이어졌다. 장례식에서 공짜 치즈를 나눠주기 때문이라고 말하는 사람도 있었다. 누가 치즈를 보내는지는 여전히 아무도 모른다. 그럼에도 장례식 전날 밤, 전례 없이 어마어마한 양의 치즈가 여러 궤짝에 담긴 채 교회로 보내졌고, 다음 날 새벽 5시에 지 자매가 교회 문을 열었을 때 지하실에 가지런히 쌓여 있는 치즈 궤짝을 발견했다.

고인과 마지막 인사를 하려는 조문객들의 발길은 장장 아홉 시간 동안 이어졌다.

화재 안전기준에 의하면 파이브엔즈 교회는 150명까지 수용할 수 있었지만, 실제 그 두 배 가까운 사람들이 장례식에 참석했다. 교회 안에 너무 많은 사람들이 들어오자 누군가 131소방지구에 연락해서 소방차를 오게 했다. 소방관은 교회 안의 인파를 보더니 경찰에 무전을 쳤고, 76관할구에서 두 대의 순찰차가 동원되었다. 경찰관이 도착해서 교회 안에 모인 인파와 밖에 이중으로 주차되어 있는 차들을 둘러보았지만, 일일이 교통 위반 딱지를 떼려면 보통 귀찮은 일이 아닐 것 같았는지, 베이리지에서 교통사고가 발생해서 긴급 출동을 해야 한다며, 최소한 세 시간 정도는 그곳에 붙잡혀 있을 것 같다고 알렸다. 그 정도 시간이면 지 목사가 스포츠코트의 사람 됨됨이를 찬양하는 설교를 하기에 충분한 시간이었으며, 사촌 자매들이 천상의 목소리로 성가대를 이끌며 듣는 이의 마음을 충만케 하기에도 충분한 시간이었다. 찬양이 이어지면서 호아킨의 로스소냐도레스 밴드도 합세해서 예수님을 찬양했지만, 결국은 사촌 자매들의 우렁찬 목소리에 묻혀 버렸다.

시끌벅적하고 성대한 죽음의 향연이었다. 단지 달랐던 점이 있다면, 이번에는 파이브엔즈의 골수 멤버인 지 자매와 비브 자매, 핫소시지 그리고 퍼지 핑거스 외에 폴 자매와 루퍼스가 참석했다는 사실이었다. 퍼지 핑거스는 이제 법적으로 사촌 자매들의 보살핌을 받게 되었는데, 두 사촌 자매는 퍼지 핑거스를 누가 주로 돌볼 것인가를 놓고도 다른 모든 일에 보여주었던 열성과 집요함으로 싸웠었다. 이제 106살이 된 폴 자매는 단상 위에 마련된 특별석에 위치하우스의 청소관리인인 루퍼스 할리와 함께 앉아서 장례식을 참관했다. 루퍼스는 자기가 살아 숨 쉬는 동안 위선적이고 경건하지 못한 파이브엔즈 침례교회에 다시는 발을 들여놓지 않겠다던 자신의 말을 뒤집고 참석한 거였다. 키즈하우스 내 푸에르토리코독립협회의 회장이 된 이지도 새로 입단한 열일곱 명의 회원들을 양옆에 거느리고 앉아 있었다. 거대한 체구의 순둥이 수프 로페즈도 브롱크스에서 온 호아킨의 사촌인 엘레나, 지하철 승차권 발매소의 캘빈과 함께 앉아 있었다. 범범은 새로 얻은 남편이자 아이티 요리의 대가인 도미니크 그리고 그의 가장 친한 친구인 주술사 밍고와 함께 참석했다. 스포츠코트가 이끌던 올 커즈 청소년 야구부의 예전 팀원들도 몇 명 참석했다. 이제는 모두 어른이 되어 한 명을 제외하고는 모두 야구를 그만둔 상태였음에도. 외부 조문객 중에서 특히 시선을 끄는 사람으로는 은퇴한 경찰, 포츠 멀린과 신참 시절에 그의 파트너였다가 지금은 뉴욕시 부두 순찰대에서 최초의 흑인 순찰대원으로 재직 중인 제트 하드만이었다. 제트는 뉴욕시 경찰청 폭탄 제거 반에서 인종 장벽을 무너뜨린 후 내무부, 회계부, 교통부 그리고 순찰차의 수리를 담당하는 기계운송부를 두루 거쳤는데, 어디서든 제트가 부임해서 임무를 부여 받으면 곧 그 장벽은 무너지곤 했다.

마지막으로, 가장 눈길을 끄는 참석자들이 있었는데, 그중 하나는 엘리펀트로 불리던 토마스 G. 엘레판테였다. 회색 정장을 차려입는 엘레판테는 그의 어머니 그리고 신혼의 아내와 함께 참석했다. 엘레판테의 아내는 몸집이 풍만하고 수줍음을 타는 아일랜드인 여성이었는데 브롱크스에서 살았다고 했다. 한때는 키즈하우스에서 마약 딜러로 악명을 떨쳤으나 지금은 아이오와 컵스 프로야구팀의 신참 투수인 스물한 살의 딤즈 클레멘스도 있었다. 아이오와 컵스는 메이저리그에서 별로 기량을 발휘하지 못하고 있는 시카고 컵스 산하의 마이너리그 팀이었다. 세인트존스 대학의 야구 코치 빌 보일도 딤즈와 함께 참석했다. 딤즈는 그의 유일한 대학팀 시즌 경기였던 NCAA 결승전에서 세인트존스 팀의 투수로 출전하기 위해 일 년 동안 코치와 합숙을 하면서 훈련을 했다. 오른손 투수인 딤즈는 22개월 전 총에 천만다행히도 왼쪽 어깨를 맞았는데 그나마 깨끗이 아물었으며, 보일 코치의 집에서 사는 동안 그의 정신 건강 또한 눈에 띄게 좋아졌다.

딤즈는 20분쯤 늦게 식장에 들어왔는데, 그가 왔다는 사실과 프로야구 선수로 성공한 그의 소식은 순식간에 조문객들 사이에 퍼지면서 식장 안에 조용하지만 강렬한 돌풍을 일으켰다. "우리의 운이 그 정도밖에 안 되는 거지 뭐." 호아킨이 중얼거렸다. "그나마 키즈에서 유일하게 성공한 딤즈가 하필 형편없는 컵스 팀으로 가다니 말이야. 지난 63년간 월드 시리즈에서 이겨본 적이 한 번도 없는 팀이라고. 그러니 누가 그 팀에 돈을 걸겠어? 딤즈 덕분에 돈 좀 벌어볼까 했는데 틀려버렸어."

"그게 무슨 상관이야?" 이지가 말했다. "딤즈가 타고 온 차 봤어?"

이지의 말에도 일리가 있었다. 마약 딜러 시절에 중고 폰티악 파이어버드를 타고 다니던 딤즈는 폭스바겐의 최신형 비틀을 몰고 교회에 도착했던 것이다. 장례 예식과 매장 의식이 끝나고 40명 정도의 이웃이 파이브엔즈 지하에 모여 밤늦게까지 이야기를 나눴다. 음식이 남아서였기도 하고, 나눠야 할 치즈가 처치 곤란할 정도로 많아서였기도 했다. 치즈 분배를 놓고 논쟁이 벌어졌다.

범범이 더브 워싱턴을 통해 들은 바에 의하면, 더브 워싱턴 영감이 그날도 비탈리 항구에 있는 낡은 공장에서 잠이 들었다가 한밤중에 깨어나 먹을 것을 찾기 위해 실버 스트리트에 있는 쓰레기통을 뒤지러 돌아다니다가 치즈가 도착하는 장면을 목격했다고 했다. 치즈는 냉장 박스가 장착된 18피트 크기의 대형트럭에 실려 왔는데, 모두 41상자였으며, 상자마다 맛있고, 풍미가 넘치는, 영혼까지 충만케 하는 백인들의 치즈 5파운드짜리 덩어리들이 들어 있었다고 했다.

그동안에도 치즈를 저장할 방법이 없었기 때문에 바로바로 나눠 준 것이었는데, 장례식에 그 많은 사람들이 모였는데도 치즈를 다 나눌 수 없었다. 그래서 스포츠코트의 장례식이 끝난 직후 모여서 의논한 끝에 서둘러 결정한 것이 사랑의 치즈 나눔을 좀 더 확산하자는 거였다.

우선 치즈 여덟 덩어리는 베이 리지 '교통사고' 현장에서 돌아온 76관할구 경찰들의 순찰차 트렁크에 각각 넣어 주었다. 경찰들이 너무 많다고 사양하려 들자 지 자매가 절반 정도는 반 마을에 있는 사다리 소방대 131지구대에 가져가서 나눠주라고 했다. 경찰은 그러겠다고 대답했지만 사실 소방관들에게는 한 조각도 주지 않았다. 뉴욕시의 다른 곳들처럼 커즈 지구의 경찰과 소방관들도 서로 반목하는 관계였기 때문이다. 치즈에 관한 소문은 워치하우스에도 퍼졌다. 사람들이 교회 밖에 줄을 서기 시작했고 두 주택 단지 주민들이 모여들었지만, 그래도 워낙 많은 양이 남아 있었기 때문에 치즈를 받으러 온 사람들 중 대부분은 가져갈 수 있는 양보다 훨씬 더 많이 떠안아야 했다. 쇼핑카트나 자루, 쇼핑백, 손수레, 아기 바구니 등에 몇 덩어리씩 싣기도 하고, 가까운 우체국에서 빌려온 우편물 운송 카트에 담아가기도 했다. 커즈 지구에 그렇게 많은 치즈가 쌓였던 적은 없었으며, 슬프지만 앞으로도 그렇게 많은 치즈를 볼 일은 없을 것이다.

치즈 때문이었는지, 아니면 클레멘스와 그의 폭스바겐 아니면 엘레판테 때문이었는지는 모르지만 아무튼 교회의 골수 멤버들은 그날, 밤늦도록 교회에 모여 설전을 펼치고, 농담을 주고받으며 헤어질 줄을 몰랐다. 그러다가 스포츠코트의 행방과 그의 의문투성이 죽음에 대해 알고 있으면서도 말하지 않았다고 서로를 배신자로 몰아세우기도 했다. 하지만 실제로 어떻게 된 일인지 아는 사람은 없었다. 커즈에서 이런 일은 처음이었기 때문이다. 사실 테이블 정리와 설거지, 청소는 저녁 7시쯤 끝났다. 마지막 남은 치즈 덩어리도 임자를 찾아가고, 그때까지 남아 있는 달맞이꽃은 신자들에게 나눠주었다. 먼 곳에서 온 사람들이 하나둘씩 빠져나가고 나니, 파이브엔즈의 골수 신자인 지 자매와 핫소시지, 비브 자매, 범범 그리고 두 명의 방문객인 이지와 수프만이 남게 되었던 것이다. 이지와 수프는 교회 식구는 아니었지만 각각 자기가 속한 단체의 대표 자격으로 자리에 합석한 것이었다. 이지는 푸에르토리코독립협회의 신임 회장 자격으로 앉아 있었고, 수프는 (이제 수프라는 이름 대신 릭 X라는 이름으로 불리길 원하는데) 이슬람국가의 자랑스러운 시민이자 브루클린 모스크 역사상 가장 많은 콩 파이와 신문을 판매한 유능한 영업사원의 자격으로 앉아 있었다. 또한 수프는 강도 관련한 불법 감금죄로 캔자스에서 수배 중이었는데, 그날 모인 사람들에게 그건 이미 오래전에 해결된 문제라고 단언했다.

그렇게 여섯 사람은 밤늦도록 이야기를 나눴다.

대화는 굽이굽이 이어졌고, 각자의 다양한 이론이 펼쳐지면서 이런저런 추측들을 쌓아갔다. 그러다가 이야기의 방향이 샛길로 빠지기도 했지만, 결국엔 제자리로 돌아왔다. 지난 14개월 동안 스포츠코트는 어디에 있었던 걸까? 마지막 순간에 술에 취해 있었을까? 어쩌다가 죽게 된 걸까? 엘레판테는 왜 장례식에 왔던 걸까? 그리고 치즈는 누가 보낸 걸까?

그중에서도 치즈의 출처를 둘러싸고 가장 열띤 논쟁이 펼쳐졌다.

"벌써 수년 동안 치즈를 받아먹고 있는데, 아무도 그 출처를 알지 못하고 있어. 이건 너무 바보 같잖아." 이지가 말했다.

"내가 트럭 운전사를 잡았어." 범범이 자랑스럽게 말했다. "두 사람이 있었는데 그중 한 명은 차에 타는 중이었고, 트럭을 몰고 온 운전사는 막 교회에서 나오는 중이었어. 그래서 그가 트럭에 타기 전에 팔을 잡고 물어봤어. '당신 누구야?' 그랬는데 대답을 잘 안 하는 거야. 말을 하긴 했는데 이탈리아 억양이 아주 강했어. 조직폭력배 같았어."

"왜 그렇게 생각하는데?" 이지가 물었다.

"얼굴에 흉터 자국이 많더라고."

"그건 아무것도 아니야." 이지가 말했다. "포크 사용하는 법을 익히느라 그랬을 수도 있잖아."

그 말에 모두 잠시 한바탕 웃으며 떠들썩했다.

그것 밖에는 누구도 치즈의 출처에 대해 더 알고 있는 게 없는 것 같았다.

다음에는 화제가 핫소시지에게로 돌려졌다. 모여 있던 사람들은 오랜 시간 스포츠코트의 가장 친한 친구인 핫소시지를 맹렬하게 추궁했고, 핫소시지는 아무것도 모른다고 일관되게 주장했다. "그동안 감옥에 갔던 것 같아." 핫소시지가 말했다. "서류에 그렇게 적혀 있었어."

"그렇게 적혀 있지 않아." 이지가 말했다. "스포츠코트는 재판을 받아야 했고, 감옥에도 갔어야 했다고 쓰여 있었던 거지. 감옥에 갔다고 한 게 아니라. 실제로는 아무 데도 가지 않았어."

"그렇지만 여기 있지도 않았잖아!" 핫소시지가 말했다.

"당신은 어디 있었는지 알 거 같은데?"

"이거 퀴즈 게임이야? 내가 어떻게 알아." 핫소시지가 말했다. "스포츠코트는 죽었어. 살아 있는 동안 좋은 일을 많이 했는데 뭐가 걱정이야?"

스포츠코트의 행방에 관한 설전은 자정까지 이어졌다. 어디에 갔던 걸까? 그리고 그는 언제 발견된 것일까? 아무도 아는 사람이 없었다.

새벽 한 시쯤 되자 모두 집으로 돌아가려고 일어섰다. 대화를 하기 전보다 더 미진하고 답답한 심정들이었다.

"지난 20년 동안 그 영감이 어떤 모습으로 이 세상을 떠나게 될지 궁금했어. 그렇지만 이건 좀 너무하잖아." 범범은 그렇게 말하고는 핫소시지를 돌아보며 한마디 쏘아붙이고는 가버렸다. "허구한 날 시끄럽게 떠벌리던 사람이 남이 모르는 걸 알고 있으면서도 입을 다물고 있는 꼴이라니. 정말 못 봐주겠어."

핫소시지는 그런 범범의 말이 전혀 귀에 들어오지 않았다. 아무도 모르는 비밀 애인, 비브 자매가 막 자리를 뜨려는 참이었기 때문이다. 핫소시지는 그녀에게서 시선을 떼지 못했다. 거의 한 시간 동안 그녀와 윙크나 고개의 끄덕임으로 신호를 주고받을 기회를 엿보고 있었다. 나중에 아무도 눈치채지 못하게 그녀의 집까지 따라가서 스포츠코트를 추모하는 의미로 약간의 사랑 놀음을 할 수 있을지 타진해 보고 싶었던 것이다. 그러나 비브 자매는 아무 신호도 보내지 않은 채, 지갑을 챙겨 들고 문으로 향했다. 하지만 문고리를 잡은 비브 자매가 조용히 돌아보더니 핫소시지를 향해 고개를 까닥해 보였다. 핫소시지는 용수철이 튕기듯 벌떡 일어났다. 바로 그때 지 자매가 핫소시지의 팔을 잡았다.

"잠깐만 기다려 줄 수 있어요? 따로 할 얘기가 있는데."

핫소시지가 비브 자매를 힐끗 보았다. 비브 자매는 벌써 문밖으로 반쯤 나간 상태였다. "지금 얘기해야 하나?" 핫소시지가 물었다.

"잠깐이면 돼요. 오래 걸리지 않을 거예요."

문가에 서 있던 비브 자매가 짧게 두 번 눈썹을 까닥이고는 문밖으로 사라졌다.

지 자매가 두 손을 허리춤에 얹은 채 핫소시지를 향해 섰다. 다시 의자에 앉은 핫소시지는 잘못을 저지른 강아지처럼 조심스럽게 지 자매를 올려다보았다.

"자, 이제 사실대로 털어놔 봐요." 지 자매가 말했다.

"뭘 털어놓으라는 거요?"

지 자매는 접이식 의자를 끌어오더니 의자의 등받이에 팔을 얹어 끌어안듯이 하고 핫소시지와 마주 앉았다. 아랫니로 윗입술을 살짝 깨문 채, 그녀의 갸름한 갈색 얼굴이 핫소시지의 얼굴을 마주했다. 지 자매는 잠시 생각을 하는 듯 고개를 천천히 끄덕이다가 조용히 몸을 앞뒤로 흔들었다.

"사람은 호기심의 동물이에요. 그렇지 않아요?" 지 자매가 신중한 어조로 말했다.

핫소시지가 어리둥절한 표정으로 대답했다. "그런 것 같소만."

지 자매는 앞뒤로 흔들기를 멈추고 몸을 앞으로 기울이며 미소를 지었다. 지 자매의 미소는 상대방을 무장해제 시키는 힘이 있었다. 핫소시지는 불안해졌다.

"내가 왜 다른 사람의 일에 이렇게 신경을 쓰는지 나 자신도 잘 모르겠어요." 지 자매가 말했다. "내 안에 있는 어린아이 때문인 것 같아요. 우리는 모두 어머니 품을 떠나면서 삶에 발목을 붙잡히게 되죠. 그런데 왜 그런지는 모르겠지만 나이가 점점 들어가면서는 오히려 나의 본 모습으로 돌아가는 것 같아요. 그런 생각 해 본 적 있어요?" 지 자매가 물었다.

핫소시지가 인상을 찌푸리며 말했다. "지 자매, 난 지금 너무 지쳤소. 남자의 미숙함과 서툰 행실 그리고 1929년도에 채터누가(테네시강 유역에 있는 남북전쟁의 격전지)에서 있었던 일에 대해 이야기하고 싶다면 내일 합시다."

"진실은 내일이라고 해서 달라지지 않아요." 지 자매가 말했다. "오래 걸리지도 않을 거고요."

핫소시지가 두 손을 펼쳐 보이며 말했다. "뭘 알고 싶은 거요? 그는 죽었소. 죽어라 술을 마시다 죽었다고."

"그럼 스포츠코트가 술 때문에 죽은 거란 말이에요? 정말인가요?" 지 자매가 말했다.

아름다워라 **481**

"그렇다니까."

지 자매는 가슴이 내려앉는 기분이었다. 그녀의 어깨가 처지는 것을 핫소시지도 보았다. 긴 시간 이어지는 장례 예식을 관장하고, 매사에 서툰 남편을 수족처럼 도우면서 꽃장식을 하고, 사촌 자매들의 분쟁을 중재하고, 유족들을 위로하고, 출동한 경찰과 소방관, 주차요원들을 응대하면서 남편의 역할을 실질적으로 대신해온 그녀였다. 사실 주변 교회들 대부분이 점점 지 자매와 같은 여성 신자들의 노고로 운영되는 실정이었다. 그렇게 씩씩한 지 자매가 이렇게 깊은 슬픔에 빠지는 모습을 핫소시지는 그날 처음 보았다. 지 자매는 고개를 숙이고 두 손으로 얼굴을 감쌌다. 그런 지 자매를 보면서 핫소시지는 메어 오는 목을 추스르느라 침을 꿀꺽 삼켰다.

두 사람은 오랫동안 말없이 앉아 있었다. 한동안 얼굴을 감싸고 있던 지 자매가 손을 떼었을 때 얼굴은 눈물로 뒤범벅이 되었고, 화장이 뭉개져 얼룩져 있었다.

"술을 끊었다고 생각했는데." 지 자매가 말했다.

핫소시지는 차오르는 슬픔을 억누르고 상황을 가만히 생각해 보았다. 비브 자매와 사랑 놀음을 할 가능성은 이미 물 건너갔다. 어차피 뭔가를 하기에는 너무 피곤했다. 차라리 지금 여기서 알고 있는 걸 털어놓는 게 나을 것 같기도 했다. 그렇게 생각하고 보니, 말해서 나쁠 건 없을 것 같았다. 지 자매에게 신세 진 것도 많지 않은가. 교회에도. 그리고 교회 식구들에게도. 지 자매에게 숨기고 있는 건 도리가 아닌 것 같았다. 핫소시지는 털어놓기로 했다.

"음, 사실이기도 하고 사실이 아니기도 해." 핫소시지가 말했다.

지 자매는 핫소시지의 말을 얼른 알아듣지 못했다. "뭐라고요?"

"다 맞기도 하고, 다 틀리기도 하단 말이오."

"무슨 말이죠? 술을 너무 마셔서 죽었다는 거예요, 아니라는 거예요?"

핫소시지가 머리를 긁적거리더니 천천히 대답했다. "아니. 그런 건 아니야."

"그럼 어쩌다가 부두에서 발견된 거죠? 거기서 찾았다고 들었어요. 혹시 뛰어든 건가요?"

"아니, 뛰어들지 않았어! 부두에 뛰어드는 건 보지 못했어!"

지 자매가 다그쳤다. "그럼 도대체 무슨 일이 있었던 거예요?"

핫소시지가 미간을 찡그리더니 대답했다. "내가 병원에서 퇴원한 후에 있었던 일에 대해서만 얘기하겠소. 스포츠코트가 맑은 정신이었을 때를 본 건 그때뿐이었으니까."

"좋아요. 어떻게 됐는데요?"

핫소시지가 말을 이었다. "병원에서 나와서 스포츠코트를 찾아갔어. 자기 집에 있더군. 체포되지 않고 말이야. 감옥에 있지도 않았어. 경찰 조사도 받지 않았더라고. 오늘 장례식에 왔던 당신 친구, 포츠 경관조차도 그를 조사하거나 그러지 않았던 것 같아. 스포츠코트는 자유롭게 돌아다니고 있었어. 그는 나를 보자마자 이렇게 말했어. '소시지, 나 술 끊었어.' 음, 난 그의 말을 믿었어. 그러고 나서 며칠 동안 보이지 않더라고. 그즈음에 엘레판테가 찾아온 거야. 그 후의 이야기는 지 자매가 나보다 더 잘 알고 있을 테고. 엘레판테와 얘기를 나눈 사람이 바로 지 자매, 당신이니까. 당신과 스포츠코트. 당신들 세 사람이 무슨 이야기를 나눴는지 나는 모르지. 그런데 마지막에 봤을 때는 스포츠코트가 횡설수설하더라고. 아마 술을 안 마셔서 그랬던 것 같아."

"그렇진 않을 거예요." 지 자매가 말했다. "교회 뒤에 있는 정원을 다시 꾸미고 싶어 했어요. 달맞이꽃을 가득 심자고 말이에요. 처음에 교회를 지을 때 정원을 꾸미려고 계획했던 바로 그 자리죠. 내 생각도, 엘레판테 씨의 생각도 아니었어요. 스포츠코트의 생각이었죠."

"왜 그러고 싶어 했을까?"

지 자매가 교회 뒷벽을 향해 고개를 돌렸다. 뒷벽은 말끔히 수리가 끝나고 페인트칠까지 되어 있었다. "엘레판테 씨의 아버지가 저 벽 안에 물건을 숨겨두었던가 봐요. 예수님을 유색인으로 만들기 위해 당신네들이 덧칠을 한 초상화는 그냥 아무렇게나 그린 그림이 아니었어요. 엘레판테 씨의 말로는 조토라는 화가가 그린 '최후의 심판'이라고 하는 그림이더라고요."

"조토? 젤리 과자 같은 건가?"

"농담하는 거 아니에요, 소시지. 그는 아주 유명한 화가였어요. 교회 뒷벽에 그려진 초상화는 그의 그림을 본뜬 거였다고요. 우리가 22년 동안 몰랐던 거죠."

"그러면 나도 유명해져야 하는 거 아닌가. 수년 전에 당신 남편이 시켜서 나랑 스포츠코트가 그 그림에 훌륭하게 덧칠을 했으니까 말이야. 당신 남편이 예수님을 유색인으로 바꾸고 싶어 했잖아."

"그렇게 그림을 망쳤던 기억이 나네요." 지 자매가 말했다. "그 그림 안에 엘레판테 씨가 원하는 물건이 있었어요. 예수님의 손이 그려진 콘크리트 블록 안에 숨겨져 있었죠."

"어떤 물건이었는데?"

"난 못 봤어요. 폴 자매의 말로는 비누가 들어 있는 아주 고급스러운 상자라고 했어요."

"황금이나 돈다발, 돌 같은 게 아니고?" 핫소시지가 말했다.

"돌이요?"

"아, 보석 말이오."

"아니요. 그 상자 안에 인형이 들어 있었나 봐요. 작은 동상 같은 거. 뚱뚱한 여자의 동상이래요. 폴 자매는 갈색 비누 조각이라고 했어요. 이름이 '어딘가의 비너스'라고요."

"음. 흔한 물건은 아니었던가 보네. 일용직으로 일하는 우리 같은 사람들은 구경도 하기 힘든 물건이었겠지."

"재미있는 추측이네요."

핫소시지가 잠시 생각을 해 보더니 말했다. "좀 이상한 것 같네. 폴 자매가 또 뭐라고 했는데?"

"오래전에 구이도 엘레판테가 그 물건을 벽 속에 감출 때 폴 자매도 거기 있었다고 했어요. 마침내 그의 아들이 그 물건을 손에 넣는 것을 볼 때까지 살아 있어서 기쁘다고요. 엘레판테 씨에게는 벽을 훼손한 것에 대해 아무 말도 하지 않았어요. 그가 우리 교회를 위해 어떻게 했는지는 당신도 잘 알지요? 헤티가 숨겨놓은 성탄 모금 상자에 얼마가 들어 있었는지 물어보길래 내가 4천 달러 정도 될 것이라고 말했지요. 몇몇 신자들이 자기가 실제 넣은 돈보다 부풀려서 말하는 액수들을 포함해서라는 말도 했어요. 그런데도 엘레판테 씨는 아무래도 상관없다고 하면서 내가 말한 만큼의 돈을 주었지요. 그리고 설교대도 새로 지어주었어요. 블록들을 뜯어낸 뒷벽도 전체를 새로 올려주었고요. 새 정원도 만들어주었죠. '하나님께서 당신을 그분의 손안에 보호하시리'라는 구절도 다시 써 주었어요. 왜 그 구절이 거기 적혀 있었는지는 모르지만, 좋은 말씀이니까 그대로 두기로 한 거죠."

"치즈는 어떻게 된 거요?" 핫소시지가 물었다.

"치즈를 보내 준 사람은 엘레판테 씨의 아버지였어요."

"그의 아버지는 모세가 살아 있을 적에 이미 죽은 것 같은데. 20년도 더 됐을걸."

"솔직하게 말해서, 나도 누가 보내는지는 정확하게 몰라요." 지 자매가 말했다. "스포츠코트는 알았던 것 같아요. 내가 치즈가 어디서 오느냐고 물었을 때, '예수님이 보내시는 거지'라면서 더는 말을 하지 않더라고요."

핫소시지가 진지한 표정으로 고개를 끄덕였다. 지 자매가 말을 이었다. "스포츠코트가 치즈 얘기를 한 건 엘레판테가 나와 스포츠코트를 폴 자매가 있는 벤슨허스트의 양로원까지 태워다 줄 때였어요. 내가 짐작하기로는 폴 자매와 엘레판테의 아버지가 예전에 친구 관계였던 것 같았어요. 어떻게 그렇게 되었는지는 모르지만요. 엘레판테와 스포츠코트, 폴 자매가 나눈 이야기도 그들만의 사적인 일이어서 나는 대화에 끼어들지 않았고요. 다만 폴 자매가 하는 말을 귀넘어들었는데, 100달러라는 말과 트럭을 운전했다는 얘기를 하는 것 같았어요. 스포츠코트와 엘레판테가 큰 소리로 웃더라고요. 그러고 나서 악수를 나누었어요."

"세상에나! 엘레판테와 스포츠코트가 악수를 했다고?" 핫소시지가 깜짝 놀라 되물었다.

"믿기 힘든 일이지만, 악수를 했어요." 지 자매가 말했다. "그러고 나서 한밤중에 엘레판테가 교회 뒷벽의 콘크리트 벽돌을 파낸 거예요. 우리한테 허락도 받지 않고. 물론 그가 그럴만한 자격이 있다고 생각하지만 말이에요. 우리 교회 식구들 중에서는 스포츠코트가 유일하게 그를 도와줄 수 있었어요. 그리고 실제 도와주는 걸 봤고요. 스포츠코트가 미리 올 거라고 말했기 때문에 나는 성가대 벤치에 숨어서 다 지켜봤어요. 두 사람이 함께 작업을 하더라고요. 그런데 그 작은 동상을 찾아낸 후로는 함께 있는 걸 보지 못했어요. 그리고 나서 스포츠코트는 모습을 감췄지요. 그 후로 다시는 그를 보지 못한 거예요. 내가 아는 건 다 얘기한 셈이에요. 이제 그 나머지 얘기를 해 봐요, 소시지."

핫소시지가 고개를 끄덕였다. "그리지."

그러고 나서 그가 알고 있는 것, 본 것을 모두 털어놓았다. 핫소시지의 얘기가 끝나자, 지 자매는 경이로운 눈빛으로 그를 한동안 바라보더니 팔을 뻗어 앉은 자리에서 핫소시지를 안아주었다.

"핫소시지." 지 자매가 부드러운 음성으로 말했다. "당신 정말 좋은 남자예요."

스태튼아일랜드 페리가 화이트홀 터미널 선착장에 천천히 와 닿자 승객들이 배에 오르기 시작했다. 그중에 갈색 피부의 매력적인 여자가 있었다. 가지런히 빗어 내린 머리에 나비매듭 리본이 달린 클로체 모자를 쓴 여자는 손으로 얼굴을 반쯤 가린 채 난간에 서 있었다. 바로 지 자매였다.

커즈하우스에 사는 사람 중에 스태튼아일랜드 페리를 탈 사람이 누가 있겠는가? 그녀가 아는 한 아무도 없다. 그렇지만 만약의 경우라는 게 있지 않은가. 지 자매가 기억하기로 커즈하우스 주민의 절반은 교통 관련 직업을 갖고 있었다. 그중 누구라도 본다면, 지 자매는 자기가 왜 이 배에 탔어야 했는지 설명하느라 곤욕을 치러야 한다. 그러니 조심하는 것이 좋을 것이었다.
 그녀는 여름철에 걸맞게 시원한 파란색 원피스를 입고 있었다. 편안한 뒤트임 스타일에 철쭉꽃이 옆구리와 엉덩이 부분에 수놓아져 있었으며 갈색의 매끈한 팔은 온전히 드러나 있었다. 어제가 바로 그녀의 50세 생일이었다. 50년 인생 중에 33년을 뉴욕에서 살았으면서도 지금껏 스태튼아일랜드 페리는 한 번도 타 보지 않았다.
 페리가 선착장을 빠져나가 뉴욕 항구를 향해 남서 방향으로 달리기 시작하자 한쪽에 적갈색 벽돌 건물인 커즈하우스가 보이고 다른 한쪽엔 자유의 여신상과 스태튼아일랜드가 보였다. 한쪽은 확고부동한 과거를, 다른 한쪽은 불확실한 미래를 대변하고 있었다. 지 자매는 갑자기 초조해지기 시작했다. 믿을 거라곤 주소가 적힌 편지 한 통뿐이었다. 그리고 약속. 최근에 은퇴한, 이혼한 지 얼마 되지 않은 61세의 백인 남자. 생의 대부분을 그녀처럼 다른 사람의 오물을 치우느라 정작 자기 자신을 위한 시간을 가져보지 못한 한 남자의 약속이었다. 그의 전화번호조차 가지고 있지 않았다. 그 사실을 깨닫자 조금 더 불안이 엄습했다. 하지만 차라리 잘 됐다고 생각하기로 했다. 돌아서고 싶어졌을 때 좀 더 수월할 테니까.
 배가 항구를 가로지르는 동안 지 자매는 갑판에 서서 멀어지는 커즈하우스와 오른쪽으로 지나가는 자유의 여신상을 바라보았다. 가까운 곳에서 갈매기가 물을 차며 날다가 바람을 타고 오르는 모습을 지켜보았다. 갈매기는 열심히 날갯짓하며 허공 높이 날아오르다가 커즈하우스 쪽으로 날아갔다. 그것을 보면서 지 자매는 지난주에 작별을 고한 스포츠코트를 떠올렸고, 핫소시지와 나눈 이야기를 되새겨 보았다. 그날 밤 지하실에서 핫소시지가 알고 있는 사실들을 털어놓는 동안 지 자매는 자신의 앞날을 그려볼 수 있었다. 미래가 마치 카펫처럼 눈앞에 펼쳐지는 느낌이었다. 그러면서 카펫에 새겨질 그림과 내용이 떠오르는 것 같았다. 핫소시지가 했던 말들이 생생하게 떠올랐다.

교회 뒤에 정원을 만들고 있을 때, 스포츠코트가 내게 왔어. 그러더니 말했어. "소시지, 교회 뒷벽에 있는 예수님 초상화에 대해서 자네가 알아야 할 게 있어. 누군가에게는 말을 해두어야 할 것 같아서 말이야."
그래서 내가 물었지. "뭔데?"
스포츠코트가 말했어. "그걸 뭐라고 하는지는 모르겠어. 알고 싶지도 않고. 그렇지만 뭐가 됐든, 그 물건은 엘레판테의 것이야. 그가 뒷벽에서 찾았고, 그 물건의 소유권을 주장하기 위해 우리 교회에 트럭한 대를 가득 채울 만큼의 돈을 기부했어. 성탄 모금함에 들어가고도 남을 만큼의 돈이지. 딥즈와 그의 패거리에 대해서도 더 이상 걱정하지 않아도 돼. 성탄 모금액에 대해서도 걱정하지 마. 엘레판테가 모두 해결했으니까."
내가 물었어. "경찰은 어떡하지?"
"경찰이 무슨 상관이야? 그건 엘레판테의 일인데."
그래서 내가 말했어. "스포츠코트, 난 엘레판테에 대해 말하는 게 아니야. 경찰에 대해 말하고 있는 거라고. 경찰이 여전히 자네를 찾고 있잖아."
그러자 그가 말했어. "찾으라고 해. 그동안 헤티와 많은 이야기를 나눴어."
"자네 그동안 술 마셨어?" 그동안에도 스포츠코트가 헤티와 대화를 나눴다고 할 때는 주로 술에 취해 있을 때였거든. 그런데 그가 말하더라고. "아니. 술을 마셔야 헤티를 볼 수 있는 건 아니야. 이제 맑은 정신일 때도 헤티가 또렷하게 보여. 요즘에는 젊었을 때처럼 사이좋게 대화를 나누곤 해. 그땐 내가 지금보다는 괜찮은 남자였거든. 술을 마시고 싶기는 해. 그렇지만 아내의 남편으로 있는 시간이 좋더라고. 이제 우린 싸우지 않아. 옛날처럼 오순도순 담소를 나누지."

"헤티와 주로 무슨 얘기를 하는데?"

"대부분 파이브엔즈 얘기야. 헤티는 교회를 참 사랑했거든. 교회가 커지길 바라고 있어. 오랫동안 교회 뒤에 정원을 꾸미고 달맞이꽃을 기르고 싶어 했지. 소시지, 난 참 좋은 여자와 결혼했어. 그런데 그 후로 잘못된 선택들을 했던 거지."

"이제 다 지나간 일이야." 내가 말했어. "지난 과오는 이미 다 깨끗이 씻었잖아."

"그렇지 않아." 스포츠코트가 말하더군. "난 씻지 못했어. 하나님이 나를 용서해 주지 않을지도 몰라, 소시지. 술을 끊지 못하겠어. 지금은 안 마시고 버티고 있지만, 또 마시고 싶거든. 결국은 또 마시게 될 거야."

그러더니 주머니에서 킹콩 병을 꺼내더라고. 좋은 술이지. 루퍼스가 집에서 만든 것 말이야.

나는 말리려고 했어. "스포츠코트, 지금 마시면 후회할 거야."

"아니, 마시고 싶어. 마실 거야. 그렇지만 이 말은 해야겠어. 교회 뒤에 정원을 만들기로 했다는 말을 전해주었을 때 헤티는 정말 기뻐했어. 헤티가 늘 꿈꿔왔던 거잖아. 물론 자기 자신을 위해서 정원을 원했던 건 아니었어. 달맞이꽃을 심고 싶어서였기도 했지만, 교회 뒤에 온갖 종류의 식물이 자라는 넓은 정원을 꾸미고 싶어 했던 건 나를 위해서였어. 드디어 교회에서 정원을 꾸며도 좋다는 허락을 해 주었을 때,

내가 헤티에게 말했지. '헤티, 이제 곧 달맞이꽃을 보게 될 거야.' 그랬더니 헤티는 기뻐하기보다 슬픈 표정을 지으며 말했어. '여보, 당신에게 말하지 않아야 하는 것 같기도 하지만 아무튼 말할게. 정원이 완성되고 나면 당신은 나를 더 이상 보지 못하게 될 거야.'" 스포츠코트는 잠시 감정을 추스르더니 계속 말을 이어갔어.

"그래서 내가 물었어. '그게 무슨 말이야?' 그랬더니 헤티가 말하더군. '정원이 완성되고 달맞이꽃이 피어나면, 나는 천국에 가 있을 거야.' 그러더니 내가 물어보기도 전에 헤티가 먼저 묻더라고. '퍼지 핑거스는 어떻게 되는 거지?' 하고 말이야. '음, 헤티. 이런 생각을 해 보았어. 인간에게서 노동과 자녀를 빼면 뭐가 남을까? 하나님께서는 일을 하라고 우리를 세상에 보내셨어. 우리가 결혼할 때 당신은 기독교 신자였지. 결혼한 후로 나는 술만 마시고 허송세월했는데, 당신은 한 순간도 게으름을 부리지 않았어. 당신은 퍼지 핑거스를 정말 잘 키웠어. 당신은 자신에게 엄격하면서 나와 퍼지 핑거스에게는 진심을 다했지. 그러니 퍼지 핑거스는 앞으로도 건강하게 잘 살아갈 거야.' 소시지, 사실 헤티는 아이를 낳을 수 없었어. 퍼지 핑거스는 헤티의 아이가 아니야. 내가 뉴욕에 오기 전에 퍼지 핑거스가 헤티에게 먼저 왔어. 내가 사우스캐롤라이나에 있을 때 말이야. 헤티가 먼저 커즈하우스에 와서 살면서 나를 기다릴 때지. 어느 날 헤티가 아파트 문을 열었는데 퍼지 핑거스가 복도를 서성이고 있더래. 대여섯 살쯤 되었을 땐 가봐. 시각 장애인 아이들을 태우는 버스를 타기 위해 아래층으로 내려가려고 이리저리 길을 찾고 있었던 거지. 헤티가 그 아이가 사는 아파트 문을 두드렸더니 그 안에서 여자가 말하더래. '그 아이를 월요일까지만 데리고 있어 줄래요? 브롱크스에 있는 오빠 집에 다녀와야 해서요.'

그러고는 그 여자를 다시는 볼 수 없었다는 거야.

내가 왔을 때, 헤티는 이미 그 아이를 자기 아이처럼 기르고 있었지. 난 그 일에 대해 지금껏 문제를 삼아 본 적이 없어. 난 퍼지 핑거스를 사랑했거든. 그 애가 어떻게 오게 되었는지는 몰랐지만 말이야. 난 헤티를 믿었어. 헤티도 내 진심을 알았지. 그래서 헤티에게 말해주었어. '사촌 자매들이 퍼지 핑거스를 돌봐주기로 했어. 나는 잘 돌보지 못할 테니까 말이야.' 그랬더니 헤티도 마음을 놓더군. '잘됐네' 하면서 말이야. 내가 물었지. '그 애가 걱정됐어? 그래서 그동안 떠나지 못했던 거야?' '그 애 걱정을 한 게 아니야. 당신을 걱정한 거지. 나는 성경 말씀으로 다시 태어나서 힘을 얻었는데, 당신은 그런 힘이 있어?' '나도 힘이 있어. 일 년이 넘는 시간 동안 말씀으로 다시 태어났어. 전에도 그랬다고 말했지만, 사실 그땐 아니었어. 하지만 지금은 정말이야.' 그러자 헤티가 말했어. '그럼 내가 여기서 할 일은 끝난 거야. 난 하나님의 뜻에 따라 당신을 사랑한 거니까, 쿠피 램킨. 나를 위해서도, 당신을 위해서도 아니고, 하나님을 위해서 말이야.' 그렇게 말하고는 사라졌어. 그 후로는 헤티를 보지 못했어."

이 말을 하는 동안에도 스포츠코트는 킹콩 병을 들고 있었어. 말을 마치고는 병마개를 열었는데, 마시지는 않았어. "이걸 다 마셔 버리고 싶어." 이렇게 말하더니 나를 보고는 "나와 함께 걸어 줘, 소시지." 이러는 거야.

스포츠코트의 행동이 좀 이상했지만, 하자는 대로 했지. 비탈리 항구를 따라 걸었어. 그가 물에 빠진 딤즈를 구해냈던 바로 그 자리였어. 우리는 물가로 내려가서 모래 위에 서 있었어. 그때 내가 딤즈에 관한 뉴스를 전해주었지. "스포츠코트, 딤즈가 전화했었어. 트리플 A에서 잘하고 있대. 조금만 있으면 빅 리그에 들어가게 될지도 모른다고 했어."

그러자 스포츠코트가 말했어. "내가 말했잖아, 귀가 하나밖에 없어도 딤즈는 잘 던질 거라고."

그러더니 내 등을 다독이면서 말했어. "교회 뒤에 피어 있는 달맞이꽃 좀 잘 키워줘. 우리 헤티를 위해서 말이야." 그렇게 말하고는 물속으로 걸어 들어갔어. 킹콩 병을 든 채로. 점점 깊은 곳으로 들어가길래 내가 불렀어. "멈춰! 스포츠코트. 물이 차단 말이야." 그렇지만 그는 계속 걸어갔지.

처음에는 물이 엉덩이까지 차더니 허리까지 올라오고, 팔까지 잠기더라고. 그다음에는 목까지 차올랐어. 그러자 나를 향해 돌아서더니 말했어. "핫소시지, 물이 참 따듯해! 아름다워."

- 우리에게 비와 눈, 그 밖의 모든 것을 주시는
겸허하신 구세주께 감사드립니다. -

옮긴이의 말

《어메이징 브루클린(Deacon King Kong)》은 저자 자신이 어린 시절을 보낸 곳이기도 한 뉴욕 브루클린에 있는 가상의 빈민 주택단지를 배경으로 펼쳐지는 유쾌하면서도 깊은 울림이 있는 이야기다. 커즈하우스라는 주택단지의 주민들로 구성된 주요 인물들은 단지 내에 있는 파이브 엔즈 침례교회의 신도들이기도 한데, 그중에 중심인물은 '스포츠코트'라는 별명으로 불리는 그 교회의 집사. 이 책의 영문 제목이기도 한 '킹콩 집사'는 그에게 붙여진 또 다른 별명이다.

첫 장면에 총격 사건이 벌어지기는 하지만 소설의 분위기는 전체적으로 유쾌하고 훈훈하다. 한 사람의 지극히 개인적인 일도 어느새 다른 사람의 삶에 깊숙이 닿아 있게 마련인 이곳에서 고립이나 단절은 사치다. 첫 장면에 나오는 총격사건 조차도 열여섯 명이 보는 앞에서 일어났는데, 이들 대부분은 총을 쏜 사람과 맞은 사람 둘 모두에게 넓은 의미에서 가족 같은 존재다. 그러면서 동시에 각기 나름의 구구한 사연이 있는 이 소설의 주인공들이기도 하다. 이들은 광장의 벤치에서, 교회의 친교실에서 사건의 시비를 두고 논쟁을 벌이기도 하지만 결국은 누구도 사건의 진실을 알아내지 못한다. 그런 채로 제 몸을 챙기듯 자연스럽게 품어 준다. '누군들 그만한 흠 없고, 사연 없겠어' 하는 것이 모두의 속내인 것이다. 합리적인 문제 해결과 소통이 강조되는 이 시대에 이들의 이러한 태도는 오히려 신선하다.

이야기가 진전되면서 많은 인물, 다양한 인종이 등장하는데, 이 중에 어느 한 구석도 예뻐할 수 없는 완벽한 밉상은 없다. 이혼한 전처와 천박한 욕설을 쏟아내며 싸우는 도박꾼은 그 세계에서 드물게 정직하고, 평생 경찰직에 몸담아온 중년의 경관은 어쩔 수 없이 눈에 들어오는 이웃의 애환과 자신의 임무 사이에서 고민한다. 철부지 냉혈한으로 보이는 마약 딜러의 마음 밑바닥에도 차마 넘지 못하는 선이라는 게 있고, 심지어 조직 폭력배들조차도 충실하거나, 최소한의 도리라는 걸 품고 산다. 그도 저도 가지지 못했으면 심각한 허당이어서 미워할 수가 없거나……. 어떠한 경우에도 인간의 선함에 희망의 씨앗을 심어야 한다는 저자의 생각을 짚어볼 수 있다.

총격 사건으로 시작된 이야기는 꼬리에 꼬리를 물고 등장인물들의 삶을 헤집으면서 유쾌한 웃음 밑에 깔려 있는 또 하나의 기류를 드러낸다. 미처 궁금증을 해결할 틈도 없이 또 다른 사건이 벌어지고, 그것에 얽힌 등장인물들의 기구한 사연들이 비집고 들어온다. 그 밑바닥에는 사회의 제도적인 차별과 압박, 부조리에 대한 억압된 분노가 있고, 빈곤과 무지로 인한 슬픔이 있다. 하지만 누구 한 사람 주저앉아 자신의 척박한 삶을 애도하지 않는다. 훅하고 가슴을 때리는, 당연히 아팠을 것이고 힘들었을 일들을 마치 아무 것도 아닌 듯 익살맞게, 또는 무심하게 툭 내던져 놓고는 아무렇지 않게 가던 길을 간다. 그리고 그 옆에는 늘 "맞아, 그때 그랬어"라고 응수해주는 누군가가 있다. 마치 한 편의 마당극을 보는 것 같다. 소리 내어 읽다 보면 흥겨운 가락이 붙을 것 같다. 특히 스포츠코트의 어린 시절과 청년 시절을 묘사하는 부분에서는 익살과 해학이 넘치는 문장들로 인해 웃음이 터져 나온다.

코로나 팬데믹이 한창이던 지난봄부터 여름까지 번역 작업을 했다. 집 말고 유일한 아지트인 카페에도 가지 못하던 시기였다. 지루하고 답답할 수 있었던 시간을 따듯하고 유쾌한 인물들과 함께 보낼 수 있어서 행복하고 감사했다.

민지현

어메이징 브루클린

초판 1쇄 2022년 4월 20일
초판 2쇄 2022년 5월 09일

지은이 제임스 맥브라이드
옮긴이 민지현
펴낸이 김운태
기획·관리 박정윤
편집 김운태
디자인 당아
일러스트 박종웅

펴낸곳 도서출판 미래지향
출판등록 2011년 11월 18일 제2013-000129호
주소 서울시 마포구 마포대로 53 B동 1603호
전자우편 kimwt@miraejihyang.com
대표전화 02-780-4842
팩스 02-707-2475
홈페이지 www.miraejihyang.com
ISBN 979-11-85851-19-8

값은 뒤표지에 있습니다.
잘못된 책은 구입하신 서점에서 바꾸어 드립니다.